Astrid Fritz studierte Germanistik und Romanistik in München, Avignon und Freiburg. Als Fachredakteurin arbeitete sie anschließend in Darmstadt und Freiburg und verbrachte mit ihrer Familie drei Jahre in Santiago de Chile. Zu ihren großen Erfolgen zählen «Die Hexe von Freiburg», «Die Tochter der Hexe» und «Die Vagabundin». Astrid Fritz lebt in der Nähe von Stuttgart.

«Flott erzählt, Spannungsbogen bis zum Schluss: In allen ihren Büchern macht Astrid Fritz es dem Leser sehr leicht, in die Geschichte und die Zeit des frühen 15. Jahrhunderts einzutauchen.» *(Histo-Couch)*

ASTRID FRITZ

Der Hexenjäger

Historischer Roman

Rowohlt Taschenbuch Verlag

Originalausgabe
Veröffentlicht im Rowohlt Taschenbuch Verlag,
Reinbek bei Hamburg, Dezember 2018
Copyright © 2018 by Rowohlt Verlag GmbH, Reinbek bei Hamburg
Umschlaggestaltung any.way, Barbara Hanke / Cordula Schmidt
Umschlagabbildung bpk, John Foley / Trevillion Images,
The Travellers, 1836 (oil on canvas), Christian Ernst Bernhard
Morgenstern (1805-67) / Private Collection /
Photo © Christie's Images / Bridgeman Images
Satz aus der Adobe Garamond bei
Pinkuin Satz und Datentechnik, Berlin
Druck und Bindung CPI books GmbH, Leck, Germany
ISBN 978 3 499 27467 1

DER HEXENJÄGER

«Es ist ein überaus gerechtes Gesetz, dass die Zauberinnen getötet werden, denn sie richten viel Schaden an, was bisweilen ignoriert wird; sie können nämlich Milch, Butter und alles aus einem Haus stehlen, indem sie es aus einem Handtuch, einem Tisch, einem Griff melken, das ein oder andere gute Wort sprechen und an eine Kuh denken. Und der Teufel bringt Milch und Butter zum gemolkenen Instrument. Sie können ein Kind verzaubern, dass es ständig schreit und nicht isst, nicht schläft etc. Auch können sie geheimnisvolle Krankheiten im menschlichen Knie erzeugen, dass der Körper verzehrt wird. Wenn du solche Frauen siehst, sie haben teuflische Gestalten, ich habe einige gesehen. Deswegen sind sie zu töten.»

Martin Luther: Predigt über Exodus 22,18. Wittenberg 1526

KAPITEL I

Schlettstadt im Elsass, Juni 1484

Die letzten Nachbarn hatten das Haus verlassen, um sich an diesem sonnigen Frühsommermorgen an ihr Tagwerk zu machen. In der Wohnstube waren die Kerzen niedergebrannt, die noch immer verschlossenen Fensterläden sperrten die Geräusche von der Gasse aus. Nur die leisen Atemzüge meines um drei Jahre älteren Bruders Martin, der auf der Bank in der Fensternische eingenickt war, durchdrangen die bedrückende, düstere Stille.

Ich wischte mir die Tränen aus dem Gesicht und trat an den Eichenholztisch, auf dem die Mutter im weißen Totenhemd aufgebahrt lag. Ein Leintuch, das ihr bis zu den Schultern reichte, verbarg ihre zerschmetterten Glieder. Allein das Gesicht war unversehrt geblieben von dem Sturz aus großer Höhe, aber es lag so gar nichts Friedvolles darin, wie damals beim Tod unserer kleinen Schwester. In den feinen, noch immer fast mädchenhaften Gesichtszügen schienen Schmerz und Verzweiflung wie eingemeißelt zu sein.

Als ich vorsichtig ihre kalte Wange berührte, schluchzte ich laut auf. Martin schreckte hoch.

«Entschuldige», murmelte er. «Ich muss eingeschlafen sein.»

Er strich sein schwarz-weißes Ordensgewand glatt und sah sich verwirrt um.

«Sind Vater und Gregor noch immer nicht zurück?»

Ich schüttelte den Kopf, ohne den Blick vom Leichnam der Mutter lösen zu können. Gestern Abend noch hatte sie beim Abendessen mit uns gescherzt, war nach etlichen Tagen der Schwermut endlich wieder fröhlich gewesen. Hatte bei dem sauren Kraut mit Schweinespeck herzhaft zugegriffen, sich nach Vaters Geschäften erkundigt und uns mitgeteilt, dass sie am nächsten Tag wieder einmal im Kramladen mithelfen wolle. Nach dem Essen war sie nicht gleich in ihre Schlafkammer verschwunden wie an den Tagen zuvor, sondern hatte gemeinsam mit mir den Küchentisch abgeräumt und den Abwasch gemacht. Als ich schließlich zu Bett ging, hatte ich sie noch leise aus der Nachbarkammer Psalmen singen hören Und jetzt lag sie vor mir, eine leblose Hülle, aus der alles, was ihr Wesen ausgemacht hatte, entschwunden war.

Ein Schauer lief mir über den Rücken. Nie wieder würde ich sonntags an diesem Stubentisch essen können, ohne das Bild der toten Mutter vor Augen zu haben.

«Wo bleiben sie denn nur?», hörte ich Martin sagen. «Sie müssten doch längst hier sein.»

Ich antwortete nicht. Mit einem Mal war ich froh, dass Ruhe eingekehrt war nach dieser schrecklichen Nacht, die ich mit meinem Vater und meinen beiden Brüdern in verzweifeltem Weinen und Beten zugebracht hatte, bevor heute Morgen Nachbarn, Freunde und Bekannte zuhauf ins Haus geströmt waren, um von der Mutter Abschied zu nehmen oder uns Trost zu spenden. Wie ein Lauffeuer musste sich die Todesnachricht in den Gassen verbreitet haben.

Martin trat neben mich. Seine Stimme war sanft, sanft wie die unserer Mutter.

«Du solltest in die Küche gehen und was zu essen vorbereiten, wenn gleich der Herr Pfarrer kommt. Ich hol derweil einen Krug Wein aus dem Keller und neue Kerzen.»

«Das hat doch noch Zeit.»

Wieder und wieder strich ich der Mutter über Stirn, Augen und Wangen, dann wandte ich mich ab und ließ mich kraftlos auf den Stuhl neben der Tür sinken. Durch die Stille hatte ich plötzlich erneut das Rufen meines ältesten Bruders Gregor im Ohr, mit dem er mich in der Nacht geweckt hatte: «Susanna! Wach auf! Es ist was Schreckliches geschehen.»

Draußen im Hof unter dem Sternenhimmel hatte sie gelegen, mit verrenkten Armen und Beinen, die Augen weit aufgerissen. So hatte mein Vater sie gefunden und schleppte sie gerade in den Hauseingang, als ich die Treppe heruntergerannt kam und zitternd in meinem dünnen Hemd vor ihr stehen blieb. Sie war schon nicht mehr bei sich gewesen, ihr Atem ging stoßweise, aber sie lebte noch, als Pfarrer Oberlin, den Gregor geholt hatte, ihr die Absolution erteilte und sie mit Weihwasser besprengte. Als wenig später der Wundarzt eintraf, hatte der nur noch ihren Tod feststellen können. Da war mein Vater mit einem Aufheulen, das mehr an ein Tier als an einen Menschen erinnerte, zusammengebrochen, mitten auf dem kalten Steinboden. Ich hatte da noch nichts begriffen – wie in einem Albtraum rief ich immerzu «Warum?», doch niemand antwortete mir. Erst als Martin aus dem Kloster eingetroffen war, hatte sich mein Vater allmählich beruhigt. Da lag die Mutter bereits in der Stube aufgebahrt, die ersten Totengebete waren gesprochen, und ich erhielt endlich eine Antwort auf meine Frage.

«Sie hat wieder mal genachtwandelt und ist dabei aus dem Dachfenster gestürzt», erklärte mein Vater tonlos. «Sie hätte nicht vom Rotwein trinken dürfen, wo sie das doch immer so unruhig macht. Aber sie war endlich wieder fröhlich, endlich wieder guter Dinge.» Und plötzlich begann er zu schreien: «Ich bin schuld! Ich hätte es wissen müssen!»

Das Herz krampfte sich mir zusammen, als ich nun neben ihrem leblosen Körper an die letzte Nacht, an die Verzweiflung meines Vaters dachte. Ich hielt mir die Ohren zu, schlug mir mit den flachen Händen ins Gesicht, hörte mich lauthals auf einmal schluchzen. Da spürte ich einen Arm um meine Schultern.

«Beruhige dich, Susanna», flüsterte Martin. Seine Stimme zitterte dabei.

«Ich verstehe es einfach nicht», stieß ich hervor. «Wie kann das sein? Wie kann ein Mensch im Schlaf auf eine Leiter steigen, auf eine wacklige Leiter, und dann aus dem Dachfenster stürzen?»

«Du weißt doch, dass unsere Mutter immer wieder geschlafwandelt hat. Erinnerst du dich, wie wir sie mal gesucht und schließlich schlafend im eiskalten Keller gefunden haben? Komm, lass uns beten.»

Er wirkte zwar gefasst, war aber noch bleicher als zuvor. Dunkel zeichneten sich die Bartstoppeln auf seinen Wangen ab, und der tiefschwarze Haarkranz auf dem ansonsten kahl geschorenen Schädel stach noch mehr hervor. So viel Martin innerlich von der Mutter hatte, seine Empfindsamkeit und Verletzlichkeit, so sehr glich er äußerlich dem Vater, der wie viele Menschen hier am Oberrhein fast wie ein Welscher aussah.

Mitten in unseren Gebeten hörten wir unten die Haustür aufspringen. Müde und mit tiefen Schatten unter den Augen betraten der Vater und Gregor die Stube. Sie warteten, bis das Amen unser Gebet beendet hatte, dann schlugen sie das Kreuzzeichen, und im nächsten Moment war der Vater schon wieder aus dem Raum geflüchtet. Gleich darauf drangen seine schweren Schritte aus der Schlafkammer herunter.

«Was ist los?», fragte Martin. «Wo bleibt der Pfarrer?»

Gregor schüttelte nur niedergeschlagen den Kopf und setzte sich auf jenen Stuhl an der Tür, auf dem ich zuvor gesessen hatte und der am weitesten vom Leichnam entfernt stand.

«So red schon, Gregor», flehte ich.

Mein großer, stämmiger, um fünf Jahre älterer Bruder wirkte plötzlich hilflos wie ein kleines Kind.

«Der Pfaffe kommt nicht.» Seine Unterlippe bebte. «Weil wir nämlich ein Haus der Schande sind.»

Wir starrten ihn an, als hätte ein Geist zu uns gesprochen. Da packte Martin ihn beim Arm.

«Was soll das? Was redest du da für einen Blödsinn?»

«Dann frag halt den Vater», brauste Gregor auf. «Einer unserer Nachbarn war beim Pfarrer und hat ihm brühwarm gesteckt, dass er genau gesehen hätte, wie die Mutter hellwach am Fenster stand. Plötzlich hätte sie ‹Verzeiht mir!› gerufen und sich heruntergestürzt. Versteht ihr? Sie hat gar nicht genachtwandelt. Sie hat ihrem Leben ein Ende gemacht!»

«Das ... das glaube ich nicht», stieß ich hervor. In meinem Kopf begann es zu schwindeln, und ich musste mich an die Wand lehnen.

«Du glaubst es nicht?» Gregor ballte die Fäuste. «Wer müsste es besser wissen als du? *Du* hast dich doch immer um sie gekümmert, wenn sie mal wieder den ganzen Tag in der Schlafkammer geblieben ist, alles dunkel gemacht hat und nichts geredet und nichts gegessen hat! Nur deshalb bist du doch noch nicht mit dem Auberlin verheiratet – weil wir dich hier im Haus so nötig brauchen. Und hat sie dir nicht mehr als ein Mal gesagt, dass sie am liebsten gar nicht mehr sein möchte? Hast du das vergessen? Und jetzt hat sie's endlich getan. Und damit Schande gebracht über uns alle! Im Henkerskarren wird man sie aus der Stadt schaffen und in der Ill versenken oder auf dem Schindanger verscharren.»

«Hör auf!», schrie ich und begann, mit den Fäusten auf ihn einzuschlagen.

Martin zog mich weg. Er schüttelte nachdrücklich den Kopf.

«Das ist böswilliges Geschwätz und gehört bei Gericht angezeigt. Wer soll dieser Nachbar überhaupt sein?»

Gregor war vom Stuhl aufgesprungen. «Geh doch selbst zum Pfarrer und frag ihn, wer der verfluchte Kerl ist. Ich sag nichts mehr. Und im Übrigen wird nachher nicht der Pfaffe bei uns aufkreuzen, sondern der Stadtarzt zur Beschau. Wie bei jedem Verbrechen, das in der Stadt geschieht.»

Dann stürzte er hinaus, und wir hörten ihn auf dem Holz der Außentreppe nach unten poltern.

Am Nachmittag beschloss ich, als verspätetes Mittagessen eine Gemüsesuppe aufzusetzen, obwohl ich wusste, dass keiner von uns etwas davon anrühren würde. Ich selbst am allerwenigsten, so aufgewühlt war ich noch immer. Martin war ins nahe Dominikanerkloster zurückgekehrt, Vater hatte die Schlafkammer nicht mehr verlassen, und Gregor hörte ich unter mir im Lager unseres Kramhandels hantieren.

Gleich nachdem Martin gegen Mittag gegangen war, hatte ich den Vater aufgesucht, der stumm auf seinem Bett lag und die Deckenbalken anstarrte. Ich fragte ihn, ob es stimme, was Gregor behauptet hatte. Da war er in die Höhe geschossen, hatte sich das ergraute Haar gerauft und verzweifelt ausgerufen: «Ich weiß es doch selbst nicht, was ich glauben soll!» Danach war er wieder in Tränen ausgebrochen. Seither hatte ich die Zeit in der Küche totgeschlagen und gedankenverloren ins Herdfeuer gestarrt. Noch einmal nach der Mutter zu sehen, hatte ich nicht über mich gebracht.

Zum Kochen brauchte ich frisches Wasser, und so griff ich nach dem Ledereimer. Ich stockte: Der Brunnen befand sich an der nächsten Straßenecke. Alle Leute aus der Nachbarschaft würden mich anstarren. Da kommt sie, die Tochter der Selbstmörderin, würden sie tuscheln.

Ich ließ den Eimer wieder sinken und setzte mich zurück an den Küchentisch. Die Reste aus dem Krautfass zusammen mit eingeweichtem Brot mussten genügen als Essen.

Vor meinem Blick begann die Holzmaserung der Tischplatte zu verschwimmen. Immer wieder hatte die Melancholie meine

Mutter niedergeworfen, seit einigen Jahren schon. Dann war sie kaum ansprechbar gewesen, hatte nur regungslos und mit offenen Augen in ihrer Schlafkammer gelegen. Wir hatten einiges probiert, ihr etwa Granatsteine ins Bett gelegt und an den linken Arm gebunden, was gegen ihr schwarzgalliges Gemüt helfen sollte, aber es hatte nichts genutzt. Ebenso wenig wie der Aderlass durch den Bader, der ihre Zustände eher verschlimmert denn verbessert hatte.

Einmal, das war im letzten Herbst gewesen, hatte Vater viel Geld für die Frau des Henkers ausgegeben, die eine Zauberkundige war. Sie hatte ihn ausgefragt, wie und wann genau die Mutter zum ersten Mal in diese Zustände geraten war. Der Vater hatte sich erinnert, dass sie einige Wochen nach der Geburt unserer kleinen Schwester am Brunnen zusammengebrochen war und stundenlang geweint hatte. Da war die dünne Agnes – so nannte alle Welt die Henkersfrau – zu dem Schluss gekommen, die Krankheit der Mutter sei durch Schadenzauber über sie hereingebrochen. Wer aus ihrer Bekanntschaft ihr denn bös gesinnt sei, hatte sie uns alle gefragt. Vielleicht habe ja jemand damals am Brunnen gestanden? Doch uns war niemand eingefallen. Die Mutter war in ihrer stillen, fürsorglichen Art allseits beliebt gewesen, Mein Vater hatte aber einen Ratsherrn erwähnt, der ihr einst den Hof gemacht und ihr Jahre nach der Hochzeit einmal auf dem Kohlmarkt einen bösen Fluch entgegengeschleudert hatte – dass Margaretha bald keine gesunden Tage mehr erleben solle. Den Namen des Mannes hatte Vater jedoch nicht preisgeben wollen. Daraufhin hatte die Henkersfrau ein Wachsbild gefertigt, Kopf und Brust der Figur mit Öl gesalbt, dabei allerlei Bannsprüche gegen böse Geister vorgetragen und das Bildnis anschließend im Hof verbrannt. Zum Schutz unseres Hauses vor Dämonen hatte sie noch einen Drudenfuß auf die Türschwelle gemalt. Danach war es der Mutter tatsächlich eine Zeitlang besser ergangen.

Und jetzt das! Sich selbst zu töten, war ein schändliches, ganz und gar gottloses Verbrechen, das nur der Teufel selbst bewirken konnte. So jedenfalls predigten es die Pfaffen. Es hieß, die Seele sei nun für alle Zeit verflucht und dazu verdammt, umherzugehen und nie zur Ruhe zu kommen. Um die Wiederkehr zu erschweren, müsse der Leichnam mit dem Gesicht nach unten in die Grube gelegt und mit Dornengestrüpp bedeckt werden. Noch besser sei es, den Leichnam auf immer auszulöschen, mittels Feuer oder Wasser, da eine solch ungeheuerliche Tat großes Unheil nach sich ziehen könne.

Das laute Klopfen am Hoftor ließ mich zusammenzucken. Wenn das nun der Stadtarzt war? Für die Nachbarn musste seine Ankunft wie eine Bestätigung erscheinen, dass in unserem Hause ein Verbrechen geschehen war. Als es erneut und noch heftiger klopfte, schlich ich zur Außentreppe und spähte durch die kleine Luke der Holzverkleidung, konnte aber nicht erkennen, wer hinter dem Hoftor wartete.

Während ich die Stufen hinunterstieg, hatte ich Mühe, meine Beine zu bewegen. Ich fand Gregor im Lager, wo er im Schein der Tranlampe Ware einsortierte. Die beiden Läden zur Gasse hin waren geschlossen.

«Warum machst du nicht wenigstens den Laden auf?», flüsterte ich. «Dann sehen wir, wer's ist.»

«Ich kann's mir schon denken.» Mit versteinerter Miene hievte er eine kleine Kiste mit Gürtelschnallen auf den Verkaufstisch. «Soll doch der Vater den Stadtarzt einlassen.»

«Du weißt genau, dass er das nicht vermag. Er ist am Ende seiner Kraft.»

«Dann geh halt du! Oder der Medicus soll die Tür vom Büttel aufbrechen lassen. Das ist mir einerlei. Ich mache ihm jedenfalls nicht auf. Der hat hier nichts zu suchen.»

Notgedrungen ging ich in den Hof und entriegelte mit pochendem Herzen das Tor. Indes stand nicht der Stadtarzt vor mir, sondern ein kleiner, schmächtiger, ältlich aussehender Mann im schwarz-weißen Habit der Dominikaner.

Bass erstaunt sah ich ihn an. Was wollte dieser Predigermönch von uns? Hatte er etwas mit Martin zu tun? War etwa auch meinem Bruder etwas zugestoßen?

«Gelobt sei Jesus Christus», grüßte er, während er mich aus dunkelgrauen Augen musterte. Zumindest sah er nicht so aus, als wenn er grausame Nachrichten brächte.

«In Ewigkeit. Amen», gab ich verunsichert zurück.

«Weißt du denn nicht, wer ich bin, Susanna?»

Da erst erkannte ich in ihm den Prior der Dominikaner. Ich war ihm letztes Jahr zusammen mit der Mutter zufällig vor dem Kloster begegnet, an Martins Seite.

«Ihr seid der Vater Prior von den Predigern, nicht wahr?»

Er nickte. «Nenn mich schlichtweg Bruder Heinrich. Priester und Prior bin ich nur für meine Mitbrüder.» Dann fragte er mitfühlend: «Wie geht es dir, meine Tochter?»

Ich wusste nicht, was ich antworten sollte.

«Es ist ... es ist alles so schrecklich», murmelte ich.

«Darf ich hineinkommen?»

Schweigend führte ich ihn die Treppe hinauf zur Küche, die das gesamte erste Stockwerk einnahm. Ich ging voraus, bat ihn, auf der Küchenbank Platz zu nehmen, und bot ihm etwas zu trinken an. Aber er lehnte ab und verharrte im Rundbogen der offenen Tür.

«Das tut mir sehr leid mit eurer Mutter», sagte er leise, murmelte etwas auf Lateinisch und schlug das Kreuz. «Der Herr sei ihrer Seele gnädig.»

Er trat auf mich zu, nahm meine beiden Hände und drückte sie fest.

«Ich möchte euch Trost spenden in dieser schweren Stunde.

Die Wege des Herrn sind unergründlich, aber was ER tut, hat stets seinen Sinn. Zeigst du mir bitte, wo Margaretha aufgebahrt ist?»

Jetzt war ich noch mehr verunsichert. Wusste der Prior gar nicht, was für einen Frevel meine Mutter begangen haben sollte? Und warum nannte er sie, gerade so wie ein guter Bekannter, Margaretha?

«Oben in der Stube liegt sie», erwiderte ich.

«Dann bring mich zu ihr. Ist dein Vater auch da?»

«Ja, aber er hat sich in die Schlafkammer zurückgezogen. Es geht ihm sehr schlecht.»

Erneut betraten wir die Außentreppe. Wie alle Gebäude in dieser Gasse war unser Haus sehr schmal und sehr hoch, mit einem Laden oder einer Werkstatt zu ebener Erde. Eine überdachte, durch Bretterwände geschützte Außentreppe führte, wenn man von der Hofeinfahrt kam, direkt in den ersten Stock, zunächst in die Küche mit dem großen gemauerten Herd, dann weiter hinauf in die Stube, die feierlichen Anlässen vorbehalten war, und schließlich noch ein Stockwerk hinauf zu den beiden Schlafkammern. Auf den spitzgiebeligen Dachboden indessen gelangte man nur über eine Leiter aus dem Elternschlafzimmer – über jene alte Leiter, die meine Mutter im Stockfinstern emporgeklettert sein musste.

Oben angekommen, öffnete ich dem Prior die Tür zur Stube und ließ ihn eintreten. Ich selbst blieb stehen. Alles in mir sträubte sich, diese Schwelle zu überschreiten. Da die Fensterläden immer noch geschlossen waren, hatten die zahlreichen Kerzen die Luft verbraucht. In den würzigen Geruch des Weihrauchs hatte sich etwas Süßliches gemischt, das in mir einen Würgereiz auslöste. So riecht der Tod, schoss es mir durch den Kopf.

Bruder Heinrich schien der Geruch nichts auszumachen. Er hatte sich auf Höhe von Mutters Schultern dicht vor den Tisch gestellt, ihr das Kreuzzeichen auf die Stirn gemalt und dabei Worte auf Lateinisch gesprochen. Jetzt betrachtete er sie aufmerksam, ein stilles Lächeln lag auf dem hageren, bartlosen Gesicht. Ein Lächeln, bei dem sich seltsamerweise die Mundwinkel nach unten zogen. Mit einem Mal sah er aus wie ein verhärmter alter Mann.

Lange Zeit stand er nur da und betrachtete sie.

«Deine Mutter war eine ganz besondere Frau», sagte er endlich und drehte sich zu mir um. Das traurige Lächeln war verschwunden. «Ich werde alles dafür tun, dass sie christlich bestattet wird.»

«Dann wisst Ihr also ...», stammelte ich, «dass sie ...»

«Ja, ich weiß Bescheid. Mein Klosterbruder Martin hat mir in seiner Not alles berichtet. Und deshalb bin ich hier. Verlier also nicht den Mut, mein Kind. War der Stadtarzt schon da?»

«Nein, noch nicht.» Dann brach es aus mir heraus: «Niemals hätte sie uns so etwas angetan!»

«Ich weiß. Aber ich weiß auch, dass sie an der Melancholie litt, einer gefährlichen Krankheit des Geistes und der Seele.» Seine Miene wurde plötzlich streng. «Sie hätte sich rechtzeitig an ihren Seelsorger wenden sollen. Oder an mich. Mit Hilfe eines Exorzismus hätte man sie möglicherweise heilen können.»

«Aber wenn sie nun doch bloß genachtwandelt hat? Wenn dieser Nachbar böswillig gelogen hat?»

«Auch das mag sein. Aber was immer es gewesen ist: Wenn Arzt und Seelsorger nachweisen können, dass der Selbstmörder in geistiger Umnachtung gehandelt hat, können wir ihr die Gnade einer christlichen Bestattung erweisen. Ich will mit dem Medicus und Pfarrer Oberlin reden.»

Ich schöpfte zwar Hoffnung, fragte mich aber zugleich, warum der Prior all das mit mir besprach anstatt mit meinem Vater als Hausherrn und Ehemann der Toten. Die Anspannung der letzten Stunden presste mir die Brust zusammen, und ich spürte, wie mir schon wieder die Tränen in die Augen stiegen.

Er schien es zu bemerken. «Vertrau mir, Susanna. Und vertrau vor allem auf Gott. Jetzt führe mich bitte zu deinem Vater.»

Als ich die Tür hinter uns geschlossen hatte, atmete ich fast erleichtert auf.

«Darf ich Euch etwas fragen, Bruder Heinrich?»

«Nur zu, Susanna.»

«Stimmt es, dass der Leichnam von Selbstmördern großes Unheil auf die Menschen ziehen kann, wie zum Beispiel Kriege, Seuchen oder Unwetter?»

«Nun, das ist nur ein alter Aberglaube. Wahr ist aber, dass sich am nächtlichen Grab Unholde und Zauberer versammeln könnten, um sich mit Hilfe der von Dämonen vergifteten, ruhelosen Seele zauberische Kräfte zu verschaffen. Deshalb ist es tatsächlich das Beste, die sterblichen Überreste zu verbrennen. Aber wisse, deine Mutter hat sich nicht willentlich selbst gerichtet. So oder so war es ein Unfall, und dass alle sich dessen gewahr sind, dafür werde ich mich einsetzen.»

«Kanntet Ihr sie denn?»

Erstaunt sah er mich an.

«Hat sie euch Kindern nicht erzählt, dass wir zusammen aufgewachsen sind?»

Ich schüttelte den Kopf.

«Seltsam. Dabei waren unsere Familien Nachbarn, drüben in der Schustergasse.»

Da fiel mir ein, dass die Mutter nach Martins Ordensgelübde vor gut acht Jahren so etwas kurz erwähnt hatte. Und als Martin vor einiger Zeit einmal gesagt hatte, dass sein Prior ein gestrenger, etwas verbissener Mensch sei, wenn auch klüger und gebildeter als alle anderen im Kloster, da hatte die Mutter leise bemerkt, dass Heinrich bereits als Kind ein wenig seltsam gewesen sei. Aber Letzteres behielt ich besser für mich.

Unterm Dach angekommen, durchquerten wir das Kämmerchen, das ich allein bewohnte, seitdem Martin ins Kloster gegangen war und Gregor seine Schlafstatt unten im Laden hinter einer Bretterwand eingerichtet hatte. Es war mir mehr als unangenehm, als der Blick des Priors auf mein noch immer ungemachtes und zerwühltes Bett fiel. Auf der Schwelle zur Elternkammer hielt er noch einmal inne.

«Wann immer du etwas auf dem Herzen hast, kannst du zu mir kommen. Versprichst du mir das, Susanna?»

Ich brachte nur ein gestottertes «Danke» zustande. Dabei war es mir in diesem Moment ein unendlicher Trost, einen Mann Gottes an unserer Seite zu wissen.

KAPITEL 2

Schlettstadt im Elsass, Frühjahr 1439

Dem neunjährigen Heinrich brannte die Maulschelle, die ihm die Muhme verabreicht hatte, wie Feuer auf der Wange. Aber er schaffte es, die aufsteigenden Tränen zu unterdrücken.

«Damit du dir ein für alle Mal merkst, dass du beim Abendläuten daheim zu sein hast und nicht erst, wenn's dunkel wird!», zischte sie durch ihre Zahnlücken und zerrte ihn zur Haustür herein in die kleine, dunkle Werkstatt. «Und jetzt ab mit dir in die Küche!»

Trotzig presste er die Lippen zusammen. Und wenn ihm die Mutter obendrein noch eine Ohrfeige verpassen würde – das war ihm ganz gleich. Er fühlte sich wie ein tollkühner Ritter, der für seinen Herrn eine feindliche Burg erobert hatte.

Er sah über die Schulter, um noch einen Blick auf Margaretha zu erhaschen. Sie stand auf der Gasse und winkte ihm zu. Bevor er zurückwinken konnte, fiel die Tür schon ins Schloss.

«Kommst du endlich?»

Er stapfte hinter der Muhme die Holztreppe hinauf, die schmal und steil wie eine Leiter war. Bei jedem Schritt der schweren Frau ächzten die Stufen, als hätten sie Schmerzen. In der Küche stank es nach der ewigen Sauerkohlsuppe, die die Muhme fast täglich kochte. Seine Mutter, der Geselle Wölfli und sein um vier Jahre älterer Bruder Hannes saßen schon beim Essen.

«Wo warst du so lang?», fragte seine Mutter barsch.

«Auf der Baustelle vom neuen Badhaus», gab er wahrheitsgemäß zur Antwort.

«Dort hast du rein gar nichts verloren», schnauzte sie ihn an.

Er hätte ihr sagen können, dass es da wunderbare Sandhaufen zum Spielen gab und dass er seine Arbeit in der Werkstatt wie aufgetragen erledigt hatte, aber er schwieg. Er wollte sie nicht noch mehr gegen sich aufbringen.

Seitdem der Vater vor vier Jahren gestorben war und sie einen Gesellen eingestellt hatte, um die kleine Schusterwerkstatt weiterzuführen, war sie noch strenger geworden. Das heißt, eigentlich konnte er sich an seinen Vater gar nicht mehr richtig erinnern. Lange Zeit hatte er gehofft, dass er einen neuen Vater bekommen würde, aber inzwischen hatte er die Vermutung, dass die Mutter mit diesem ebenso dreisten wie verschlagenen Wölfli herumtändelte – eine mehr als widerwärtige Vorstellung!

«Das kann ja noch was werden mit diesem Jungen», hörte er sie in Richtung ihrer Schwester jammern. «Wenn der sich jetzt schon auf der Gasse rumtreibt wie ein Armenkind, statt sich im Haus nützlich zu machen. Dem fehlt einfach die harte Zucht des Vaters.»

«Mit der Tochter vom Flickschuster war er unterwegs», petzte die Muhme prompt.

«Was? Mit der kleinen Blattnerin treibst du dich rum?» Die Mutter fuhr mit rotem Kopf von der Küchenbank auf. Kurz glaubte Heinrich, nun würde er die nächste Ohrfeige einstecken müssen, doch sie besann sich anders.

«Du entschuldigst dich jetzt, und dann hockst du dich dort drüben in der Ecke auf den Boden, bis wir fertig sind mit Essen. Zur Strafe wirst du heut hungrig ins Bett gehen müssen.»

Er nickte.

«Entschuldigung, Mutter, Entschuldigung, Muhme, dass ich zu spät bin. Es tut mir leid.»

Der Geselle hob den Kopf und grinste frech.

«Und was ist mit mir?»

«Entschuldigung, Wölfli.»

Heinrich setzte ein trauriges Gesicht auf, als er sich auf dem harten Dielenboden niederließ. Innerlich aber strahlte er. So lange schon hatte er sich nichts sehnlicher gewünscht, als einmal mit Margaretha, dem blonden Nachbarsmädchen von gegenüber, zu spielen. Indessen hatte er sich nie getraut, sie anzusprechen, obwohl sie bestimmt drei Jahre jünger war. Heute aber hatte er allen Mut zusammengenommen. Hatte ihr gesagt, dass er ihr etwas Schönes zeigen wolle, und sie war tatsächlich mit ihm gegangen. Bis Einbruch der Dämmerung hatten die beiden an dem großen Sandhaufen beim Schlangbach gespielt, wo der Sand für das neue Badhaus gelagert wurde. Er hatte hierüber völlig die Zeit vergessen, bis am Ende seine wütende Muhme vor ihnen gestanden war.

Er schloss die Augen. Sein Magen knurrte zwar gewaltig, aber das war ihm herzlich gleichgültig. Morgen Nachmittag würde Margaretha wieder mit ihm spielen. Das hatte sie ihm hoch und heilig versprochen.

KAPITEL 3

Schlettstadt, im Juni 1484

Die Luft auf dem Friedhof von Sankt Georg flirrte in der Hitze, und nach Westen hin hatten sich über den Vogesen dunkle Wolkenberge aufgetürmt. Mit halblauter Stimme sprach ich das Totengebet mit, strich mir dabei verstohlen über das Gesicht. Für die Trauergemeinde mochte es aussehen, als ob ich mir die Tränen abwischte, dabei war es nur der Schweiß. In den letzten beiden Tagen hatte ich lange und heftig genug geweint.

Ich folgte dem Beispiel meines Vaters und meiner Brüder und warf eine Schaufel Erde über den schlichten Holzsarg zu meinen Füßen, dann trat ich zur Seite, um die anderen Trauernden Abschied nehmen zu lassen. Nicht nur Vaters Zunftgenossen mit ihren Familien, sondern die halbe Stadt war zum Begräbnis gekommen, und ich entdeckte sogar manch vornehmen Herrn. Unsere Familie gehörte zwar nicht zu den reichen Geschlechtern von Schlettstadt, aber als Kleinkrämer war mein Vater Bertolt Mittnacht durchaus angesehen in der Stadt. Vielleicht hatte den einen oder andern aber auch nur die Neugier hergetrieben: Würde Pfarrer Oberlin die seltsamen Todesumstände erwähnen? Oder würde vielleicht gar ein Zeichen geschehen, mit dem sich das nicht verstummende Geschwätz bestätigte, dass die Mittnachtin sich selbst gerichtet habe? Immer wieder hatte ich während der Leichenpredigt besorgt zum Himmel geschaut, ob nicht doch ein Blitz herniederfahren würde, doch das Gewitter mit seinem fernen Grollen schien in den Bergen festzuhängen. Den jähen Tod der Mutter hatte Oberlin nur kurz erwähnt und von einem «tragischen Unglücksfall» gesprochen.

«Der Herr gibt, und der Herr nimmt», waren seine abschließenden Worte gewesen. «Nun liegt es an uns Lebenden, Margarethas Seele ein Weiterleben in Gnade zu ermöglichen bis zum Jüngsten Tag.»

Ich wusste, dass Vater für ihr Seelenheil alles getan hatte. Auch wenn die Krämerzunft ihr Scherflein beitrug, hatte er für diese große Bestattung und für die vierzigtägige Trauerzeit mit ihren Gedächtnisfeiern tief in die Taschen gegriffen. Ein jedes musste bezahlt werden: Glockengeläut, Kerzen und Ewiges Licht, die Vigilien, die Totenmessen, die Grabbesuche durch die Messdiener, die Jahrzeitstiftung bei den Dominikanern und nicht zuletzt die beiden Seelschwestern, die sieben Tage lang am Grab beten würden. Was aber, schoss es mir immer wieder durch den Kopf, wenn die Mutter sich nun doch umgebracht hatte? Dann wäre all das umsonst.

Unwillkürlich sah ich mich um. Tuschelten die alten Weiber dort hinten nicht schon über uns? Gerade so wie die drei Mägde aus unserer Gasse, die ununterbrochen zu mir herüberstarrten? Die alte Kräuterfrau Käthe, die meiner Mutter immer eng verbunden gewesen war, stand auffallend weit abseits und schlug unablässig das Kreuzzeichen. Schließlich entdeckte ich den Nagelschmied Auberlin, der unentwegt zu mir herüberstierte. Rasch schaute ich in die andere Richtung.

Mein verunsicherter Blick traf sich mit dem des Priors, der eben vom Grab zurücktrat. Aufmunternd nickte er mir zu, und ich schüttelte meine Zweifel ab. Nein, es hatte schon alles seine Richtigkeit – was meiner Mutter geschehen war, war ein Unfall, ein schreckliches Unglück. In all meiner Trauer und Benommenheit durchfuhr mich das Gefühl tiefer Dankbarkeit gegenüber Bruder Heinrich, der das schier Unmögliche erreicht hatte. Vor allem Gregor hatte bis zuletzt daran gezweifelt, dass unserer Mutter eine christliche Bestattung zuteilwerden würde. Doch der Prior hatte sein Versprechen gehalten: Er hatte bei seinem Besuch nicht nur auf den Stadtarzt gewartet, sondern anschließend auch noch Pfarrer Oberlin aufgesucht. Wie er es geschafft hatte, die beiden davon zu überzeugen, dass sich jener Nachbar, in dem wir den alten Trunkenbold Clewi vermuteten, geirrt hatte, wusste niemand von uns.

Zwei Tage und zwei Nächte lag das Furchtbare nun schon zurück, doch der Schmerz wollte einfach nicht nachlassen. Ohne unsere Mutter war das Haus wie ausgestorben, die Stille kaum noch zu ertragen. Mit diesem Grab hatte ich nun wenigstens einen Ort, an dem ich um sie trauern konnte.

Sosehr ich damit beschäftigt war, sie jetzt schon qualvoll zu vermissen, so ergriff doch an diesem Morgen eine düstere Ahnung mehr und mehr von mir Besitz: Mein Leben würde sich entscheidend verändern. Ich war längst in dem Alter, verheiratet zu werden – meine Freundin Elsbeth hatte ihren Ruprecht bereits vor einem Jahr geehelicht und war nun guter Hoffnung. Mir hatten die Eltern vor einiger Zeit schon den Nagelschmied Auberlin zugedacht. Mir grauste vor ihm. Dass es bislang noch zu keiner Heirat gekommen war, lag einzig daran, dass meine Mutter, die die Auftragsbücher geführt und sich auch sonst um vieles gekümmert hatte, was der Kramhandel mit sich brachte, in den letzten zwei Jahren immer häufiger ausgefallen war. So gehörte längst nicht mehr nur der Haushalt zu meinen Aufgaben. An ihren düsteren Tagen musste ich für sie einspringen, musste an ihrer Stelle mit Gregor den Markt beschicken oder im Lager die Bestände an Nadeln, Garnen, Spindeln, Spiegeln, Kämmen, Gürteln, Beuteln und sonstigem Kleinkram erfassen.

Das alles sollte nun bald vorbei sein. Vater hatte entschieden, eine Magd einzustellen. Meine Hilfe würde überflüssig werden. Er hatte sogar schon jemanden im Auge: die Witwe eines verstorbenen Zunftgenossen, die sich im Handel gut auskannte. «Damit wirst du endlich das tun, was eine junge Frau tun sollte – an der Seite eines rechtschaffenen Mannes Kinder großziehen und den Haushalt zusammenhalten.» Das waren beim Morgenessen seine Worte gewesen.

Ich konnte jedoch allein den Gedanken an Auberlin nur schwer ertragen. Ich fand ihn tumb und grobschlächtig, und schon seine äußere Erscheinung – diese fliehende Stirn, diese hervorstehenden Augen – widerte mich an.

Eine Hand legte sich mir auf die Schulter. Es war Bruder Heinrich, der sich neben mich gestellt hatte.

«Alles wird gut», sagte er leise. «Die Seele deiner Mutter ist nun auf dem Weg zu Gott. Und denke daran: Je mehr wir für sie beten, desto eher wird sie in Gottes Angesicht schauen dürfen.»

KAPITEL 4

Tags darauf im Predigerkloster

Heinrich Kramer stand am Schreibpult der geräumigen, reich mit Handschriften und Druckwerken ausgestatteten Klosterbibliothek und versuchte, seine Gedanken zu Papier zu bringen. Der Sakristan hatte ihm eine neue Wachskerze gebracht, und bis zur Vesper blieb ihm noch ausreichend Zeit für seine Arbeit.

Eigentlich war er hochzufrieden mit dem bisherigen Resultat. Seine Streitschrift wider die unverzeihliche Nachgiebigkeit des Klerus gegenüber den Hussiten, Juden und jenen hinter übertriebener Frömmigkeit verborgenen Erzketzern, zu denen er auch die Beginen und all diese nicht regulierten Frauengemeinschaften zählte, schien ihm rhetorisch durchweg gelungen. Und er theoretisierte hierbei nicht etwa ins Blaue hinein – o nein! In allen Punkten konnte er mit eigenen Erfahrungen aufwarten: So hatte er sich in Böhmen an der Bekämpfung der Hussiten beteiligt, hatte entscheidend zu dem berühmten Ritualmordprozess gegen die Trienter Juden beigetragen und war vor nicht allzu langer Zeit in Augsburg gegen frömmlerische, verdächtige Weiber vorgegangen, auch wenn er sie nicht der Häresie überführen konnte. Nicht umsonst war er vor zehn Jahren von Papst Sixtus zum Inquisitor ernannt worden.

Jetzt, wo das Traktat fast fertig war – es fehlte ihm nur noch ein brillantes Schlusswort –, hatte er es niemand anderem als dem Heiligen Vater zugedacht. Aber er spürte, dass ihn diese Sache längst nicht mehr so bewegte wie noch vor Monaten.

Er kaute am Kiel seiner Schreibfeder. Da loderte etwas anderes in ihm, das förmlich darauf brannte, aus ihm emporzusteigen. Etwas ungleich Größeres wollte er schaffen als diese lächerlich kurze Abhandlung, mit der er höchstens die Konziliaristen treffen würde, diese heuchlerischen Papstkritiker. Etwas Allumfassendes im Kampf um den reinen Glauben und um die Vernichtung des Bösen im Menschen, danach drängte es ihn. Ein großes Werk schwebte ihm vor, von dem im ganzen christlichen Abendland die Rede sein sollte. Durch den neuen Buchdruck mit seinen beweglichen Lettern würde es sich rasch überall verbreiten. Sein Gelehrtenname, Doctor Henricus Institoris, würde in aller Munde sein.

Denn wenn er in den letzten Jahren eines erkannt hatte, kraft seines Amtes als päpstlicher Inquisitor *per totam Alamaniam superiorem*, für ganz Oberdeutschland also, dann war es dies: Die wahre Gefahr für die Christenheit drohte nicht etwa durch das Judentum oder das Treiben einiger versprengter Querköpfe, sondern durch jene neue Sekte, die sich wie ein tödliches Geschwür vom Alpenraum aus in alle Richtungen ausgebreitet hatte. Und so sah er es als sein nächstes Ziel an, vom Papst zum Generalinquisitor aller großen deutschen Kirchenprovinzen ernannt zu werden. Dafür sollte dieses Werk, das er schon als gedrucktes Buch vor sich sah, den Grundstein legen.

Ach, wäre der Tag doch zweimal so lang! Als Prior dieses Klosters, dem er seit zwei Jahren vorstand, als Inquisitor, als Mann der Wissenschaft, als Theologe und nicht zuletzt als Seelsorger blieb ihm viel zu wenig Zeit für all seine Aufgaben. Doch er hatte schon als junger Mensch gelernt, dass man Schritt für Schritt vorgehen musste, wollte man etwas erreichen. Heute noch würde er das Traktat beenden und morgen schon die Konzeption für sein neues Vorhaben entwerfen. Ihm war bewusst, dass hierzu umfangreiche Recherchen nötig waren – seine eigenen Erfahrungen sollten darin einfließen wie auch die Gedanken anderer großer Geister. Als Erstes würde er für seine Klosterbibliothek eine Ausgabe des *Formicarius* von Johannes Nider besorgen lassen, einem vor Jahrzehnten verstorbenen Ordensbruder. Dieses Buch schien ihm am geeignetsten für den Einstieg.

Er nahm einen tiefen Schluck von dem köstlichen Roten Traminer und setzte zur Schlussbemerkung des Traktats an. Als er merkte, wie seine Gedanken zum wiederholten Male abschweiften, ließ er fast ärgerlich die Feder sinken. Die Ereignisse im Hause des Krämers Bertolt Mittnacht beschäftigten ihn doch mehr, als ihm lieb war. Vor allem die junge Susanna ging ihm nicht mehr aus dem Kopf. Wie gelöst, wie erleichtert sie schließlich am Grab ihrer Mutter gestanden hatte! Dabei war es ihm dank seiner Eloquenz ein Leichtes gewesen, Pfarrer wie Stadtarzt davon zu überzeugen, dass Margaretha sich in einem Anflug von geistiger Umnachtung vom Dach gestürzt hatte. Nebenbei bemerkt auch dadurch, dass er jenen verleumderischen Nachbarn Clewi als notorischen Säufer darstellen konnte – ein kleines Detail, das er dem jungen Bruder Martin entlockt hatte. Und noch etwas Bedeutsames hatte er von ihm erfahren: dass ein Schlettstädter Ratsherr Margaretha aus enttäuschter Liebe einst verflucht haben sollte. Wenn dem so war, dann traf die Arme erst recht keine Schuld, dann entsprach das dem Tatbestand des

Schadenzaubers, und der Ratsherr gehörte mit dem Tode bestraft! Für einen kurzen Augenblick hatte er in Erwägung gezogen herauszufinden, wer dieser Frevler war, aber einen Prozess gegen einen angesehenen Mann dieser Stadt anzustrengen, war etwas ganz anderes, als damals gegen die Konstanzer und Basler Hexen vorzugehen. Und so hatte er vor dem Pfarrer und dem Stadtarzt hierüber wohlweislich geschwiegen. Bei solcherlei Verdächtigungen gegen hohe Herren musste man sich in Zurückhaltung üben, wollte man keine Verleumdungsklage auf sich ziehen.

Wieder nahm er von dem Wein und empfand endlich die ersehnte Leichtigkeit in seinem Kopf. Was für ein schönes Gefühl war es doch gewesen, Susannas Dankbarkeit zu spüren. Viel zu rar waren solche Augenblicke in seinem Leben geworden. Man hatte sich vom einfachen Menschen schlichtweg zu weit entfernt.

Plötzlich verschmolz vor seinen Augen das Bild Susannas mit dem der jungen Margaretha. Es war unfassbar, wie ähnlich sich die beiden sahen. Susanna war ihrer Mutter wie aus dem Gesicht geschnitten. Dieses goldblonde Haar mit dem leicht rötlichen Schimmer, diese grünen Augen ... Nein, noch schöner, noch ebenmäßiger waren Susannas Züge, und erst ihre schlanke Gestalt! Als er ihr letzten Sommer einmal vor dem Kloster begegnet war, war ihm das erstmals aufgefallen, doch nun, da er ausreichend Gelegenheit gehabt hatte, sie zu betrachten, war die Ähnlichkeit noch viel deutlicher gewesen.

Er seufzte laut auf. Warum nur hatte Margaretha ihrer Familie gar nichts über ihn erzählt? Waren sie einstmals als Kinder nicht echte Freunde gewesen? Hatte er sich das alles nur eingebildet? Er merkte, wie ein leiser Grimm in ihm nagte. So wenig war er ihr also wert gewesen. Aber warum wunderte ihn das, schließlich hatte sie ihm das ja später deutlich zu verstehen gegeben.

Mit einem lauten Klatschen erschlug er eine fette Fliege, die sich auf seinem Schreibpult niedergelassen hatte. Was scherte ihn seine Jugendzeit in dieser ärmlichen Gasse? Viel mehr zählte doch, wo er heute im reifen Alter stand, und da gab es so einiges, worauf er stolz sein konnte. Hatte er nicht gestern beim Abschied auf dem Friedhof in Susannas Augen diese reine, kindliche Bewunderung für ihn und seinen Einsatz gelesen? Für diesen Blick hätte er alles getan, um Schande von ihr und ihrer Familie abzuwenden. Wenn es hätte sein müssen, hätte er sogar diesen böswilligen Ratsherrn ausfindig gemacht.

KAPITEL 5

Ende Juni 1484

Die Frühsommerhitze hatte nur kurz gewährt. Seit Tagen schon war es viel zu kalt für die Jahreszeit, und heftige Sturmböen fegten immer wieder Regengüsse durch die engen Gassen.

Ich lehnte am offenen Küchenfenster, nachdem das Schlechtwetter endlich eine Pause eingelegt hatte. Nun schob sich sogar die Sonne durch die schweren, dunklen Wolken und schickte ihre Strahlen wie Fingerzeige zur Erde.

Ob es wohl wieder ein so nasses Jahr werden würde wie das vorletzte und das davor, als die Ernten überall fast leer ausfielen und in der Folge Hunger und Seuchen übers Land kamen? Bis jetzt war alles wohlgewachsen, auch in unserem kleinen Gartenstück vor der Stadtmauer, dennoch war die Teuerung kaum zurückgegangen. Ein Malter Roggen kostete noch immer drei Pfund Pfennige statt ein Pfund wie früher. Der Vater schimpfte gewaltig auf all die Geschäftemacher unter den reichen Kaufherren, die die Preise durch Zukäufe und Horten der Ware in die Höhe trieben. Erst neulich hatte ich ihn wieder gramerfüllt mit Gregor flüstern hören, dass er kaum noch wisse, wie wir über die Runden kommen sollten. Wenn unsere Schatulle so gut wie leer war, dann war das schlimm. Gleichzeitig konnte ich mich nicht gegen die freudige Hoffnung wehren, die immer stärker in mir aufstieg, nämlich dass der Vater nun wohl kaum eine Magd einstellen und mich verheiraten würde, wenn es so schlecht um unser Auskommen stand.

Von unten hörte ich das Hoftor ächzen, dann wurde unsere Karre hereingeschoben. Gregor und der Vater waren also vom wöchentlichen Krämermarkt auf dem Wafflerhof zurück, und ich hatte noch nicht einmal die Bratwürste in die Pfanne gelegt! Seit Mutters Tod vor knapp drei Wochen ging so manches drunter und drüber bei uns: Gregor fuhr wegen jedem Mäuseschiss aus der Haut, Vater marschierte versehentlich in Pantoffeln aus dem Haus oder vergaß, sich zu kämmen, und ich war fahrig, ungeschickt und vergesslich geworden wie ein altes Weib. Obendrein erschien mir immer wieder meine Mutter: Mal glaubte ich, ihre zierliche Gestalt über den Hof huschen zu sehen, mal fachte sie das Herdfeuer an und war doch sogleich verschwunden, sobald ich in die Küche trat. Wie schwer war doch der Abschied von einem geliebten Menschen!

Für mich war diese Trauerzeit eine ganz und gar unheimliche Zeit. Erst nach vierzig Tagen nämlich verließen die Seelen endgültig die irdische Welt und kamen im Fegefeuer an, dem Ort der Läuterung. Da sie davor als eine Art Seelentier oder ruheloser Windhauch in der Nähe des Grabes und des eigenen Hauses spukten, vor allem nach Einbruch der Dämmerung, waren wir Lebenden umso mehr dazu angehalten, für die Verstorbenen zu beten.

Wie oft hatte ich in diesen Wochen wach gelegen in meiner Dachkammer, hatte auf nächtliche Geräusche gelauscht, auf jedes Knacken im Holz, jedes Brausen im Dachstuhl, jedes Wimmern herumstreunender Tiere. Einmal war ich mitten in der Nacht nach unten zu Gregor getappt und hatte ihn gefragt, ob er die Mutter auch hören könne, aber er hatte mich nur böse angeschnauzt, ich solle ihn gefälligst in Ruhe schlafen lassen. Er hatte mich schon immer ausgelacht mit meiner Angst vor Geisterwesen.

Rasch schürte ich noch einmal das Herdfeuer, nahm die schwere Pfanne vom Haken und holte den Tiegel mit Schweineschmalz aus der Vorratskammer. Da hörte ich schwere Schritte auf der Treppe, bis die Tür aufsprang und mein Vater eintrat.

«Gregor ist gleich fertig mit dem Ausladen.» Er atmete schwer. «Aber ihr braucht mit dem Mittagessen nicht auf mich zu warten. Ich muss noch einmal fort.»

Wie er da so gebeugt und mit hängenden Schultern im Rundbogen der Tür stand, packte mich das schlechte Gewissen wegen meiner selbstsüchtigen Gedanken angesichts unserer misslichen Lage. Ich machte mir Sorgen um ihn: Er hatte in den letzten drei Wochen sichtlich abgenommen, und sein einst schwarzes, volles Haar und der Vollbart waren schütter und noch grauer geworden.

«Aber der Markt ist doch längst zu Ende», stellte ich fest.

Er schüttelte den Kopf. «Nicht zum Markt, nach Kestenholz will ich. Bin in zwei, drei Stunden zurück.»

Da begriff ich. «Zu diesem Jacob?»

Seitdem man vor einigen Jahren die Juden aus Schlettstadt vertrieben hatte, mussten die, die Geld brauchten, zu den Landjuden hinausfahren. Den christlichen Kaufleuten war es nämlich verboten, gegen Wucher Geld oder Saatgut zu verleihen.

Als der Vater nur die Schultern zuckte und sich schon abwenden wollte, hielt ich ihn am Arm fest.

«Dann steht es so schlimm um uns?», fragte ich ängstlich.

«So arg ist's auch wieder nicht. Ein kleiner Engpass nur.»

Ich hatte das Gefühl, ihn trösten zu müssen. «Martin sagt, dass die Zeiten bald wieder besser sind. Dass dieses Jahr ein gutes Jahr wird.»

«So? Sagt er das? Dann ist mein Sohn also ein Prophet», brummte er unwillig und verschwand nach unten.

Verunsichert machte ich mich wieder an die Zubereitung des Mittagsessens. Martin, der sich im Kloster mit der Sterndeutung befasste, hatte mir erklärt, dass der Planet Saturn schon bald in das Zeichen des Löwen eintreten würde, und zwar in enger Verbindung mit Jupiter. Obwohl ich nicht einmal die Hälfte davon verstanden hatte, war mir immerhin so viel klar, dass ein warmes und eher trockenes Jahr sicher sei. Mit einem Mal musste ich lächeln, als ich an den Augenblick zurückdachte. Schon immer war Martin darum bemüht gewesen, mir die Welt zu erklären. In seinen Ausführungen war er dann so eifrig, dass er viel zu schnell redete, dabei mit den Händen fuchtelte oder eilig auf und ab ging.

Martin war uns allen ein großer Trost in diesen Tagen. So oft es ging, kam er zu uns und betete mit uns. Ich wusste, dass seine Besuche vor allem mir galten. Von klein auf war er an meiner Seite gewesen, hatte mich mehr behütet, als meine Mutter es mir gegenüber getan hatte. Auf der Gasse hatten sie ihn gehänselt, weil er lieber drinnen mit seiner kleinen Schwester spielte, als draußen herumzutoben. «Die sind mir zu grob», hatte er oft gesagt, «die wollen immer nur raufen und irgendwelchen Unfug anstellen. Genau wie Gregor.» Schon früh hatte er lesen gelernt und mir mit seiner sanften Stimme Geschichten aus dem Buch der Heiligenlegenden vorgetragen – dem einzigen Druckwerk, das wir besaßen und das der Vater auf Mutters Drängen hin damals in Straßburg für viel Geld angeschafft hatte. Als Martin, der lange Zeit zu klein und schmächtig gewesen war, dann plötzlich in die Höhe geschossen war, hatte der Vater, der mit Martins nachdenklicher Art nie viel anfangen konnte, ihn zu einem befreundeten Eisenkrämer in die Lehre geben wollen. Da hatte mein sonst so nachgiebiger Bruder sich lauthals gewehrt: Er wolle studieren und Ordenspriester werden, nichts anderes! Ich erinnerte mich noch gut, wie beim Essen tagelang eisiges Schweigen geherrscht hatte. Am Ende durfte er auf Mutters Fürsprache hin für drei Jahre in die Lateinschule, bevor er als Novize zu den Predigern ging, um an der dortigen Ordensschule sein Studium fortzuführen.

Wie konnte ein Mensch nur so lange studieren, fragte ich mich, während ich den Kessel mit dem viel zu weich gegarten Gemüse an der Kette nach oben zog und die Bratwürste in der Pfanne wendete. Irgendwann musste es doch genug sein mit der Lernerei. War der Kopf nicht zu einem bestimmten Zeitpunkt voll? Nun ja, bald schon würden Martin andere Aufgaben erwarten. Zu Ostern nächsten Jahres nämlich sollte er zum Priester geweiht werden, obwohl er dafür eigentlich recht jung war. Der Prior hatte ihn jedoch hierzu wohl seit längerem immer wieder ermutigt.

Bruder Heinrich war übrigens schon dreimal mit Martin mitgekommen und hatte bei uns zu Mittag gegessen. Er hatte viel mit uns gebetet und vor allem dem Vater gut zugesprochen. Die Einladung, nach dem Essen noch einen Krug Wein mit uns zu trinken, hatte er jedes Mal gern angenommen. Dabei war mir nicht entgangen, dass er immer wieder die Gespräche auf unsere Mutter als junges Mädchen lenkte. Die beiden hatten sich als Kinder wohl doch recht nahegestanden.

Was ich zuvor auch nicht gewusst hatte: Bruder Heinrich war ein überaus bedeutender und weithin bekannter Mann. Er hatte in Rom die Theologie studiert und dort auch die Doktorwürde erworben. Obendrein hatte er vielerlei Traktate verfasst, die sogar gedruckt worden waren und die man daher überall in den deutschen Landen lesen konnte. Als Verfasser nannte er sich dann auf Lateinisch Doktor Henricus Institoris. Martin schwärmte regelrecht von ihm, wenn wir unter uns waren. Vor allem dessen

Welterfahrenheit bewunderte er, wo er doch selbst nie weiter als bis Straßburg oder Basel gekommen war. «Wenn er mir von diesen fernen Ländern und seinen Menschen erzählt, kann ich das bildhaft vor mir sehen! Überhaupt: Er ist wie ein zweiter Vater für mich, hat mich von Anfang an gefördert – erst als mein Lektor, dann als Prior. Und er nimmt mich trotz des Altersunterschieds ganz und gar ernst!»

Auch ich war inzwischen fast ein wenig stolz, dass ein solch wichtiger Mann unser bescheidenes Bürgerhaus aufsuchte wie ein guter Freund der Familie. Was mich inzwischen am meisten fesselte, war, dass der Prior ein leibhaftiger päpstlicher Inquisitor sein sollte, der sich dem Kampf gegen Ketzer und Ungläubige verschrieben hatte und aus diesem Grund viel in der Welt unterwegs war. Ein wenig gruselte mir allerdings auch, wenn er auf unsere Fragen hin voller Inbrunst berichtete, wo überall er schon tätig geworden war gegen das mal offene, mal versteckte Übel der Ketzerei: bei uns im Elsass, rheinaufwärts im Basler Land oder am Bodensee ebenso wie im fernen Trient, das schon auf der anderen Seite des riesigen Alpengebirges lag, dazu in berühmten deutschen Städten wie Heidelberg oder Augsburg, von denen ich indessen noch nie gehört hatte. Seine sonst so ruhige, ein wenig heisere Stimme wurde schneidend, wenn er mit zusammengekniffenen Augen den Eifer verdammte, den jeder dem Aberglauben widmete, statt sich um die Gebote der wahren Religion zu scheren. Der Drudenfuß sei unter den Leuten schon ebenso verbreitet wie das Kreuzzeichen, hatte er am gestrigen Tag so laut gewettert, das ich zusammengezuckt war. Zum Glück war von dem Fünfeck, das die Henkersfrau einst auf die Schwelle unserer Haustür gemalt hatte, nichts mehr zu sehen.

«O dieser Aberglaube, dieser allseitige Aberglaube!», klagte er, während er sich vom Vater den Becher mit Wein auffüllen ließ. «Anstatt zu unserem Erlöser oder der Heiligen Jungfrau zu beten, ruft man Dämonen an! Eine unerträgliche Verwilderung des Glaubens breitet sich derzeit in unserem christlichen Abendland aus, und es ist an uns Inquisitoren, dies bereits im Keim zu ersticken. Erst recht dort, wo Zauberei und Magie im Verborgenen blühen.»

«Und woran wollt Ihr erkennen, ob einer nicht den rechten Glauben hat, wenn's doch im Verborgenen blüht?», fragte Gregor mit einem leicht spöttischen Lächeln. Ich hatte mittlerweile den Eindruck, dass er den Prior nicht allzu sehr leiden mochte.

«Dies eben, mein Sohn, ist die wahre Kunst der Inquisition. Menschenkenntnis gehört ebenso dazu wie die durchdachte Methode der Befragung. Aber inzwischen wird ja sogar ganz offen gegen den Glauben verstoßen: Da suchen die Leute die Zukunft zu erfahren oder Heilung mittels irgendwelchem Hokuspokus, dabei werden sie von diesen selbst ernannten Zauberern nur aufs schändlichste betrogen.»

«Zurzeit wär mir viel dran gelegen, in die Zukunft zu sehen», warf der Vater seufzend ein.

«Das solltet Ihr strikt unterlassen, Meister Mittnacht. Der Allmächtige allein lenkt unsere Schicksale und weiß um jedes einzelne. Zu glauben, irgendwelche wirren Träume, irgendein Rabengekrächze oder gar ein Haufen Stallmist könnten uns Einblick in die Zukunft geben, ist nicht nur anmaßende Dummheit, sondern Gotteslästerung.»

Fast erschrocken sah mein Vater ihn an. Erst recht, als der Prior sich erhob und über unsere Köpfe hinweg sprach, als hätte er eine große Zuhörerschaft vor sich: «Wie steht in der Heiligen Schrift geschrieben? Ihr sollt euch nicht wenden zu den Wahrsagern, und forscht nicht von den Zeichendeutern, auf dass ihr nicht an ihnen verunreinigt werdet. Denn ich bin der HERR, euer Gott.»

Als er sich wieder setzte, herrschte für einen Moment Stille am Tisch. Ich war nicht weniger verunsichert als der Vater. Nutzte doch jeder, den ich kannte, die kleinen Zeichen des Alltags, um zu wissen, wie der Tag oder das Jahr werden würde. Beging Martin mit seiner Sterndeutung dann nicht sogar ein großes Unrecht? Bis dahin hatte ich schweigend zugehört, aber jetzt brannte mir etwas auf der Zunge.

«Darf ich Euch etwas fragen, Bruder Heinrich?»

Er lächelte. «Nur zu, Susanna.»

«Wenn mir nun des Morgens eine Spinne oder eine schwarze Katze über den Weg läuft und ich mich dann deshalb den Tag über vorsehe, dann will ich damit doch nicht gegen Gott lästern. Ist das dann trotzdem schon eine Sünde?»

«Ich glaube dir gern, dass du nicht abgöttisch handeln willst. Dennoch tust du es, wenn auch aus Gedankenlosigkeit. Aber dies ist ein minder schwerer Fall von falschem Glauben. Nehmen wir lieber den Schadenzauber: Sieht sich der gemeine Mann verhext, rennt er schnurstracks zu einem zauberischen alten Weiblein und fleht um Hilfe. Damit aber treibt man den Teufel mit dem Beelzebub aus. Einzig und allein ein Priester oder Exorzist kann dem Behexten wirklich helfen.»

«Exorzist? Dann glaubt Ihr als Geistlicher also gerade so an Hexerei wie die einfachen Leute?», fragte ich leise.

«Was für eine Frage! Solcherlei Übel ereignet sich schließlich jeden Tag. Ich selbst kenne einen braven Zunftmeister, der letzten Herbst mit einem adligen Herrn vor den Toren von Speyer spazieren ging. Als ihnen ein Kräuterweib entgegenkam, warnte sein Begleiter ihn, er solle sich mit dem Kreuzzeichen schützen, da das Weib den bösen Blick habe. Doch der Zunftmeister hatte darüber nur gelacht, als das Weib an ihnen vorbeiging. Da schmerzte ihm auch schon der linke Fuß so heftig, dass er nicht mehr laufen konnte. Und was tat der dumme Kerl? Er suchte eine dieser Zauberkundigen auf, die sich anmaßen, mächtiger als unser Herrgott zu sein. Zwar ging es ihm hernach ein wenig besser, doch heute noch humpelt der Mann. Was ich damit sagen will: Nicht nur Hexen und Unholde, auch diese selbsternannten Heilsbringer stehen mit Satanas im Bunde und lassen sich von ihm zum Werkzeug machen. Sie allesamt gehören unerbittlich verfolgt und bestraft, und zwar mit dem Feuertod. Steht doch schon im Buch Exodus geschrieben: Die Zauberinnen sollst du nicht leben lassen.»

Mir lief augenblicklich ein Schauer über den Rücken. Noch nie hatte ich länger über all diese Dinge nachgedacht.

«Wenn nun aber die Zauberer zum Werkzeug der Dämonen werden», brachte ich hervor, «und gar nicht mehr nach dem eigenen Willen handeln, so kann man sie doch eigentlich nicht bestrafen?»

«Von wegen. Sie bleiben trotz allem beseelte und frei handelnde Werkzeuge. Und nicht zuletzt haben sie sich durch ihren ersten Pakt freiwillig den Dämonen unterworfen.»

«Aber warum lässt Gott, der doch alles ordnet, überhaupt Dämonen zu?»

«Das indessen solltest du eigentlich wissen, Susanna. Gott selbst hat die Dämonen abgesandt, um uns Menschen heimzusuchen und die Verdammten zu strafen.»

Am Ende hatte ich so viele Fragen gestellt, dass der Vater mich heftig getadelt hatte, nachdem sich der Prior wieder auf den Heimweg gemacht hatte. Und überhaupt sei ihm der Prior diesmal zu weit gegangen mit seinen Predigten, sein Haus sei schließlich keine Kirche, sein Mittagstisch keine Kanzel.

Eine aufgebrachte Stimme ließ mich am Herdfeuer aus meinen Erinnerungen auffahren.

«Bist du noch bei Trost?» Es war Gregor, der sich vor mir in der Küche aufbaute. «Die Bratwürste sind ja halb verbrannt!»

«Dann schneid halt ab, was schwarz ist», blaffte ich zurück. Plötzlich sorgte ich mich darum, dass ich kurz vor dem Tod der Mutter die Henkersfrau aufgesucht hatte, damit sie mir aus der Hand lese. Ich hatte unbedingt wissen wollen, ob ich eines Tages mit diesem schrecklichen Auberlin verheiratet sein würde. Um sie zu entlohnen, hatte ich aus unserem Lager einen kleinen Holztiegel mit Deckel stibitzt, den sie gewiss gut würde brauchen können für ihre Heilsalben. Aber die dünne Agnes hatte nur gelacht und mich wieder nach Hause geschickt. Ich solle wiederkommen, wenn ich zwei Pfennige beisammenhätte. Klammheimlich hatte ich noch am selben Abend den Tiegel wieder zurück in die Kiste gesteckt.

Mit einem Mal war ich entsetzt über mein Tun: Nicht nur, dass ich drauf und dran gewesen war, etwas eindeutig Gotteslästerliches zu tun – um ein Haar hätte ich hierfür auch noch den Kramladen und damit meinen Vater bestohlen. Ich beschloss, baldmöglichst bei Pfarrer Oberlin zu beichten. Die dünne Agnes brauchte ich dabei ja nicht unbedingt erwähnen, auch wenn der Prior uns zu verstehen gegeben hatte, dass ein jeder von uns in der Pflicht stehe, Verdächtiges zu melden. Vielleicht hatte Bruder Heinrich ja gar nicht so unrecht: Überall dort, wo Hexen und Unholde ihr Unwesen trieben, mussten sie auch bekämpft werden. Sagte man der Henkersfrau nicht nach, sie stehe mit Dämonen im Bunde und könne die Toten auferstehen lassen? Bei Neumond berühre sie hierzu den Ring der Kirchentür und rufe: «Steht auf, ihr alten Brüder und Schwestern!», um dann im Stockdunkeln ärschlings dreimal um die Kirche zu gehen. Das mochte wahr sein oder nicht, aber eines wusste ich ganz sicher: Sie hatte noch niemals Schaden angerichtet, weder an Mensch noch an Vieh. Im Gegenteil: Sie half und heilte mit ihren Salben und Amuletten. Und das allein, fand ich, zählte am Ende.

KAPITEL 6

Schlettstadt im Elsass, Hochsommer 1440

Mühsam unterdrückte Heinrich seinen Ärger. Er hatte Margaretha drei seiner schönsten Murmeln geschenkt, und nun wollte sie nicht mit ihm spielen! Wollte stattdessen mit den anderen Kindern zum Fluss, obwohl ihnen das verboten war. Außerdem war es viel zu heiß. Hier im Schatten der Hofeinfahrt spielte es sich viel angenehmer.

«Was ist?» Margaretha verschränkte die Arme. «Kommst du jetzt mit oder nicht?»

Sie legte den Kopf schief. Aus ihren goldblonden Zöpfen, die zu einem Haarkranz geflochten waren, hatte sich eine Strähne gelöst und hing ihr als Locke über die hohe, helle Stirn.

«Hab keine Lust», erwiderte er mürrisch.

Sie schob die Unterlippe vor. «Hast ja bloß Angst, dass es wieder Streit gibt mit den älteren Buben.»

«Das ist nicht wahr. Ich hab keine Angst vor denen. Mir ist bloß zu heiß.»

«Dann bleibst halt da.»

«Tu ich auch. Aber dann kannst mir grad so die Murmeln zurückgeben.»

Für einen Augenblick wirkte sie enttäuscht. Dann zuckte sie die Schultern, warf ihm die Murmeln vor die Füße und wandte sich ab.

Er sah ihr nach, wie sie in ihrem hellen, immer ein wenig fleckigen Leinenkleid der Kinderschar hinterherrannte. Mit einem hatte sie ins Schwarze getroffen: Wenn gar zu viele Kinder beieinander waren, machte ihn das unsicher. Was aber allein daran lag, dass er mit seinen zehn Jahren immer noch viel kleiner und schmächtiger war als die Gleichaltrigen aus ihrem Viertel. Und die nutzten das aus und foppten und hänselten ihn, vor allem, wenn dieses Groß-

maul Bertschi dabei war. Erst gestern hatten sie ihm eine Kelle Mehl über dem Kopf ausgeleert, das sie dem Weißbeck zuvor aus der Backstube stibitzt hatten. Alle hatten sie gelacht, wie er da weiß bepudert auf der Gasse stand. Alle, bis auf Margaretha, die mit den Fäusten auf Bertschi losgegangen war. Obwohl der so viel älter war und um einiges größer als sie.

Wütend schüttelte er den Kopf. Du brauchst mir gar nicht immer helfen, dachte er. Wenn ich erstmal in der Lateinschule bin, dann zeig ich's euch allen. Und spielen will ich dann ohnehin nicht mehr mit euch. Der Herr Pfarrer nämlich, der hält große Stücke auf mich und begleicht mir sogar das Schulgeld. Jetzt muss es nur noch die Mutter erlauben.

KAPITEL 7

Schlettstadt, Anfang Juli 1484

Schwungvoll glitt Heinrichs Feder über das gelbliche Papier. Johannes Niders Schrift *Formicarius*, zu Deutsch Ameisenhaufen, war genau der richtige Einstieg in sein großes Vorhaben. Es war in der Tat bemerkenswert, wie präzise sein Ordensbruder bereits knapp fünfzig Jahre zuvor all die Auswüchse der heutigen Zeit beschrieben hatte. Obendrein anschaulich zu lesen, in dieser klugen Dialogform zwischen einem Theologen und seinem einfältigen Schüler, wobei der Ameisenhaufen als Sinnbild für das menschliche Gemeinwesen stand. Letzterem mochte Heinrich nicht unbedingt zustimmen, aber darum ging es ihm auch gar nicht bei seinen Abschriften: Ihn interessierten die zahlreichen Beispiele im letzten Teil dieses Prediger- und Erbauungsbuchs, in denen es um die neue Sekte der Unholde und Zauberer ging und ausführlich über die Hexenverfolgungen des Berner Landvogts Peter von Greyerz im eidgenössischen Simmental berichtet wurde.

Zuvor hatte Heinrich bereits eingehend die Kirchenväter Augustinus und Thomas von Aquin studiert, doch erst in Johannes Nider hatte er einen Gesinnungsgenossen gefunden, der bereits Jahrzehnte zuvor erkannt hatte, wovor die allermeisten seiner Ordensbrüder noch immer die Augen verschlossen: dass diese neue Sekte weitaus verbreiteter und gefährlicher war als die der Hussiten oder Waldenser.

Als er zwölf Blätter in engen Zeilen befüllt hatte, beschloss er, sich eine Unterbrechung zu gönnen. Im Kreuzgang wollte er das Geschriebene noch einmal auf sich wirken lassen. Es war die Zeit der Non, und seine Mitbrüder hatten sich, wenn sie nicht gerade aushäusig waren, in der Klosterkirche zum Stundengebet versammelt. So würde er ungestört seinen Gedanken nachgehen können.

Er zog die Tür der Bibliothek hinter sich zu, die sich des besseren Lichts wegen im Südflügel der Klausur befand, und tappte die Treppe zum Kreuzgang hinunter. Vom Chor der Kirche drang der Gesang der Mönche herüber, ansonsten lagen Arkaden und Innenhof still und menschenleer vor ihm. So war ihm der Kreuzgang am liebsten.

Am Brunnenbecken vor dem Refektorium wusch er sich gründlich die Hände, bevor er sie hinter dem Rücken faltete und mit leicht gebeugtem Rücken den Gang entlangwandelte, vorbei an den Grabsteinen derer von Rappenkopf, Sturm, Kogenheim, Windeck, Schurpfesack, Andlau und wie sie alle hießen, die Vornehmen und Großkopferten von Schlettstadt.

Wäre Nider noch am Leben – wie gerne hätte er jetzt mit ihm disputiert und sich mit ihm ausgetauscht! In einem nämlich gingen ihre Ansichten erheblich auseinander: Johannes Nider zweifelte an der Realität des Hexenfluges, den er auf Trugbilder zurückführte – ganz im Sinne des altehrwürdigen *Canon Episcopi*. Jene kirchenrechtliche Vorschrift hielt Heinrich indessen für überholt. Legte der Canon doch fest, dass allein der Hexen*wahn* teuflisch sei, eine von Satanas und seinen Spießgesellen eingegebene Verblendung also, und stellte damit die tatsächliche Wirksamkeit von Hexerei in Abrede. Heinrich glaubte nicht an einen Wahn: Es gab Hexen, und sie vermochten zu hexen.

Heinrichs Gedanken schweiften ab zur Familie Mittnacht. Vielleicht war er bei seinem letzten Besuch doch allzu forsch vorgegangen, schließlich hatte er diese braven, rechtschaffenen Leute mit seinen Ausführungen nicht erschrecken wollen. Andererseits hatte es ihm gefallen, wie aufmerksam Susanna ihm gelauscht, wie eifrig sie ihm Fragen gestellt hatte. Ihr helles, hübsches Gesicht war ihm ganz zugewandt gewesen, ihr Blick dabei offen und arglos. Nun, er würde sicherlich noch das ein oder andere Gespräch mit ihr führen. Dass sein Mitbruder Martin fast die ganze Zeit schweigend dabeigesessen war, wunderte ihn indessen. Aber es hätte sich auch nicht geziemt, wenn Martin ihm als dem Älteren und Mentor ins Wort geredet hätte. Heinrich wusste, dass der Junge in einigen Dingen anderer Ansicht war. So hatte jener ihn doch tatsächlich auf dem Heimweg darauf hingewiesen, dass Heinrich den Vers aus dem Buch Exodus mit «Zauberinnen» falsch wiedergegeben habe – wörtlich stehe dort geschrieben: *maleficos non patieris vivere*. Das Substantiv *maleficos* für Frevler und Zauberer aber sei grammatikalisch eindeutig männlichen Geschlechts, und somit seien Frauen wie Männer gemeint. Heinrichs Erwiderung, das möge für alte Zeiten zutreffend gewesen sein, aber heutigentags würden sich nun mal zuallermeist Weiber dem Teufel verschreiben, schien ihn nicht sonderlich überzeugt zu haben.

Nun ja, solcherlei Keckheiten waren das Vorrecht der Jugend. Junger Most musste sausen und brausen, das würde sich dann schon legen. Er hatte nämlich Großes vor mit seinem Zögling, den er nach der Priesterweihe als Mitstreiter der Inquisition an seiner Seite sah. Der Junge war blitzgescheit und ehrgeizig, war schon als Novize aufgeweckter gewesen als all die anderen Neulinge, die zumeist aus den reichen Geschlechtern Schlettstadts und Umgebung stammten und sich entsprechend blasiert gaben. Der alte Ludwig Dringenberg höchstselbst, als Leiter der hiesigen Lateinschule, hatte ihm Martin Mittnacht noch kurz vor seinem Tod als Schützling anempfohlen und ihm gesagt, der Junge müsse unbedingt weiterstudieren. Ein Wort des berühmten Schulmeisters, bei dem Heinrich selbst schon als Knabe gelernt hatte, galt viel. Denn Dringenberg und seine Nachfolger hatten es geschafft, die Schlettstädter Lateinschule mit ihrer stetig wachsenden Bibliothek zu einem Zentrum christlicher Bildung zu machen, das den Vergleich mit dem Geist der großen Nachbarstadt Straßburg nicht zu scheuen brauchte.

Auch Heinrich war der Meinung, dass Martin nach der Priesterweihe in Rom studieren und seinen Doktorgrad erwerben sollte. Dabei würde er obendrein die nötigen Verbindungen zum Heiligen Stuhl aufbauen können. Wenn der Junge nur nicht hin und wieder in seinen Gedanken über den Pfad der Scholastik hinausschießen würde. Und sich mit Dingen beschäftigte, für die er noch nicht reif genug war oder die unnütz und obendrein gefährlich waren wie die Astrologie. Erst neulich hatten sie darüber wieder in der Klosterbibliothek miteinander disputiert, wo Martin über astrologische Tabellen gebeugt saß.

«Was soll das, Bruder Martin?», hatte Heinrich ihn schroff angefahren. «Übst du dich wieder in diesem Teufelszeug der Wahrsagerei? Wenn die Sterne den Gang der Dinge auf Erden regieren, wo bleibt dann der freie Wille des Menschen und wo die göttliche Allmacht?»

Überrascht hatte Martin ihn angeblinzelt. «Aber um Prophetie geht es mir gar nicht, Vater Prior. Selbst Albertus Magnus und Thomas von Aquin vertraten die Ansicht, dass die Gestirne, als Gottes Schöpfung, auf das Wetter wirken wie auf den menschlichen Körper – wer will das heute noch bestreiten? Insofern lassen sich aus den Konstellationen allgemeine Tendenzen deuten, nicht mehr und nicht weniger. Auch dass der Körper auf die Seele wirkt, ist unbestritten. Wenn ich nun Thomas von Aquin folge, dann lassen sich leider die meisten Menschen von ihrem körperlichen Verlangen leiten, der Starke hingegen kann sich sehr wohl gegen die Macht der Gestirne wehren. Der freie Wille wie die göttliche Allmacht bleiben also im Prinzip bestehen. Und ist es nicht gerade unsere Aufgabe als Prediger, die Geistes- und Willensstärke des Menschen zu festigen?»

Der Junge hatte die Kirchenväter wahrhaftig genau studiert, und so hatte Heinrich sich fast ärgerlich eingestehen müssen, dass es hierauf nichts zu entgegnen gab.

Jetzt hörte er sich selbst leise schnauben. Er war beim Kapitelsaal angelangt, die Gesänge der Mönche waren verstummt. Da er niemandem begegnen wollte, beeilte er sich, den schmalen Gang zu erreichen, der zum Priorhaus führte. Doch die eiligen Schritte hinter ihm betrafen eindeutig ihn.

Misslaunig drehte er sich um. Es war Martin, der ihm gefolgt war und ihm nun das Zeichen gab, dass er ihn sprechen wolle.

Unwillkürlich musste Heinrich lächeln. Martin gehörte zu den wenigen, die das Schweigegebot beachteten, das zumindest für Kirche und Kreuzgang strikt eingehalten werden sollte. Seine Mitbrüder, die nun über die offene Kirchenpforte den Kreuzgang betraten, waren denn auch fast allesamt am Schwatzen, wenn auch in gedämpftem Ton.

Er bedeutete Martin, ihm in den Kapitelsaal zu folgen. Der Junge wirkte beunruhigt.

«Was gibt's, Bruder Martin?»

«Heute Vormittag war doch der Bader da, zum Barbieren und Aderlass ...» Er brach ab.

«Ja, und?»

«Nun, Meister Burkhard hatte auch meine Mutter behandelt. Nach dem Aderlass hat er mich zur Seite genommen und mir leise zugesteckt, dass ... dass ...»

Martin schüttelte den Kopf, das Gesicht kreidebleich.

Mitfühlend legte Heinrich ihm den Arm um die Schultern. «Was hat er über deine Mutter gesagt?»

«Dass sie tatsächlich vom Leben genug gehabt habe. Mehrmals habe sie ihm das gestanden, und er habe sie jedes Mal ermahnt, dass sie unbedingt den Pfarrer Oberlin aufsuchen müsse.»

Plötzlich standen Martin die Tränen in den Augen.

«Bitte, Vater Prior – ich flehe Euch an: Ihr müsst den Bader aufsuchen und ihm ins Gewissen reden. Das ist eine böse Unterstellung, und wenn sich das in der Stadt verbreitet, dann ... Mein Vater würde die Schande nicht überleben!»

Heinrich spürte, wie Martins Schultern zuckten.

«Ganz ruhig, mein Bruder, ganz ruhig. Ich kümmere mich darum.»

KAPITEL 8

Mitte Juli 1484

*D*ie vierzigtägige Trauerzeit war vorüber. Gestern nun hat Pfarrer Oberlin die Seelenmesse für die Mutter gelesen und uns in einer kurzen Predigt gesagt, wir sollten nicht mehr allzu sehr trauern: Das Leben sei vergänglich, der Tod aber die ewige Ruhe. Der Mensch sei am Ziel angelangt und gebe seine Seele an Gott zurück, und wer im Sterben nur innig genug seine Sünden bereut habe, für den sei das Fegefeuer keine Zeit des Leidens mehr, sondern der Hoffnung und Läuterung – von den Gebeten der Lebenden getragen, von den Engeln behütet. Und so werde auch Margaretha schon bald im ewigen Heil an der Seite des Herrn angelangen.

Wie tröstlich hatten mir diese Worte geklungen! Dass Bruder Heinrich dieses wichtige Ereignis nicht zusammen mit uns verbracht hatte, fand ich sehr schade, aber von Martin wussten wir, dass der Prior wegen einer wichtigen Versammlung des Predigerordens in Kolmar weilte. Noch am selben Abend hatte ich die Stube endlich wieder wohnlich hergerichtet.

«Ein schöner Tag ist das heute.» Der Vater leckte den Löffel mit der Hafergrütze ab, die ich zum Morgenessen gekocht hatte, und lehnte sich zurück. «Vielleicht hat mein jüngster Sohn doch recht mit seiner Prophezeiung, und es wird ein gutes Erntejahr.»

Gregor brummte nur etwas Unverständliches. Wie jeden Morgen nach den ersten Arbeitsstunden saß er stumm bei Tisch und schaufelte das Essen hungrig in sich hinein. Der Vater hingegen wirkte aufgekratzt.

«Lasst uns heute Abend endlich mal wieder in der guten Stube essen», fuhr er fort. «Zur Feier des Tages, weil heute Margarethentag ist, der Namenstag eurer Mutter!»

Überrascht sah ich ihn an. Daran, dass heute der Gedenktag der heiligen Nothelferin Margaretha war, Schutzherrin der Bauern, Jungfrauen, Mädchen und Gebärenden, hatte ich überhaupt nicht gedacht.

Mutter hatte ihre Namenspatronin geliebt. Sie hatte sogar von den Dominikanerinnen im Kloster Sylo ein Andachtsbildchen erstanden, auf dem die Heilige mit dem Kreuz in der Hand einen Drachen abwehrte. Es hing seither in der Stube. Solange ich zurückdenken konnte, hatten wir diesen Tag mit einem guten Essen begangen und hierzu auf Mutters Wunsch hin jedes Mal eine Familie der Schlettstädter Hausarmen eingeladen. Selbst in Zeiten der Schwermut hatte Mutter auf diese Gewohnheit bestanden.

Noch erstaunter war ich, als der Vater mir jetzt einen doch recht teuren Einkauf vorschlug.

«Holst du in den Metzgerlauben ein gutes Stück Fleisch zum Anbraten? Martin kommt auch, vielleicht noch der ein oder andere Gast. Kauf also reichlich ein. Ach ja – und frisches Herrenbrot soll's auch dazu geben.»

Ich nickte eifrig. «Ich mach mich gleich auf den Weg. Und als Vorsuppe könnte ich die Hühnerbrühe machen, die mir die Frau des Zunftmeisters gestern mitgegeben hat. Mit Dinkelklößen und aufgekochtem Ei.»

Der Gedanke, weiterhin den Margarethentag zu feiern, freute mich.

Nachdem auch Gregor endlich fertig gegessen hatte, räumte ich eilig die Küche auf, schnappte mir den Einkaufskorb und betrat kurz darauf die Gasse. Die Luft war von der Nacht noch angenehm kühl. Von unserem Haus im Gänsegässchen war es nicht allzu weit zu den Verkaufslauben der großen Metzig. Da mich in unserem Viertel jedermann kannte, grüßte ich freundlich nach rechts und links.

An diesem Morgen fühlte ich mich wie von einer Last befreit. Nach den gestrigen Feierlichkeiten hatte ich erstmals wieder tief und fest durchgeschlafen. Was vielleicht auch daran lag, dass ich vor der heiligen Messe tatsächlich beichten gewesen war, da mir die Sache mit der Wahrsagerei und dem entwendeten Holztiegel keine Ruhe gelassen hatte. Aber Pfarrer Oberlin hatte mir im Beichtstuhl gar nicht recht zugehört, wie mir schien, hatte immer nur «Hm … hm …» gemurmelt und mich dann mit der Buße von zwanzig Ave-Maria, Glauben und Vaterunser entlassen. Die dünne Agnes hatte ich wohlweislich nicht mit Namen erwähnt, und es schien ihm auch einerlei zu sein, bei wem ich mir hatte aus der Hand lesen lassen wollen.

An den Fleischbänken ließ ich mir vom Schweinemetzger ein großes, gut durchwachsenes Stück zurücklegen, um es auf dem Heimweg vom Garten abzuholen, dann kaufte ich noch beim Weißbeck ein feingemahlenes, helles Brot und verließ ohne Eile unser Städtchen durch das stark befestigte Niedertor. Die beiden Wächter, die müßig in der Morgensonne an den Mauersteinen lehnten, sahen nicht einmal auf, als ich an ihnen vorüberschlenderte.

Unser Gartenstück befand sich nur gut zwanzig Ruten hinter der Toranlage an der Landstraße auf Straßburg zu, gleich nach dem Armenfriedhof. Zum Schutz gegen wilde Tiere war es mit Weidengeflecht und Dornenhecken umgeben. Gegen menschliche Eindringlinge half allenfalls der Bannwart, der hier bei den Gärten seine Runden machte. In Notzeiten wie nach den letzten Missernten hatte er indessen nicht verhindern können, dass das wenige, das gedieh, restlos geplündert worden war.

Ich entriegelte das Törchen und schob es auf. Im Schatten der beiden alten Apfelbäume hatte der Vater eine selbstgezimmerte Bank aufgestellt. Dort legte ich meinen Korb ab, holte eine Hacke aus dem Schuppen und lockerte den Boden zwischen den Beetreihen. Nachdem ich das herausgerissene Unkraut auf der Miste entsorgt hatte, ließ ich mich auf der Bank nieder und blickte über die anderen Gärten hinweg auf die Felder und Weinberge. In der Ferne, auf der anderen Seite des Rheintals, erkannte ich die dunklen Rücken des Schwarzwaldgebirges. Mir kam der Spruch in den Sinn: *Regen am Margarethentag sagt dem Hunger guten Tag.* Aber seit einigen Tagen schon spannte sich ein wolkenloser Himmel über das Land, und das Heu war sicher eingebracht. Die ersten Bauern begannen bereits mit der Kornernte.

Schon als Kind war ich gern mit der Mutter hier herausgekommen. Hier war man weit weg vom Gassenlärm, hörte die Vögel zwitschern und den Wind in den Blättern rascheln, es roch nach frischem Gras und Wildblumen statt nach Abortgruben, Schlachtabfällen oder faulenden Tierhäuten.

Ich spürte, wie mir die Augen feucht wurden. Nie wieder würden Mutter und ich gemeinsam unser Gärtchen bestellen. Ich fühlte ich mich plötzlich auf diesem schönen Fleckchen Erde so alleingelassen, dass mir schwindelte.

Entschlossen schüttelte ich den Kopf. Die Mutter würde nicht wollen, dass ich heulend hier saß, und so zwang ich mich zu überlegen, was ich für das Abendessen mitnehmen sollte. Ich entschied mich für Zwiebeln, Lauch, Mangold und Spinat, dazu ein Sträußchen aus Petersilie, Dill und Liebstöckel. Und von den letzten reifen Kirschen wollte ich auch ein Säckchen mitnehmen.

Das Quietschen des Gartentors ließ mich auffahren.

«Susannchen, sei gegrüßt!», rief eine muntere Frauenstimme. Es war Käthe, das Kräuterweiblein. Für ihr Alter hatte sie eine erstaunlich wieselflinke Art, sich zu bewegen. Schon stand sie mit ihrem großen Korb auf dem Rücken vor mir.

«Gepflegt wie immer, euer Garten.» Sie blickte sich um. «Aber ein wenig Regen könnten die Pflanzen bald schon wieder vertragen.»

Ich nickte. «Grüß Gott, Käthe. Möchtest ein wenig Mangold mitnehmen? Der schießt grad mächtig ins Kraut.»

«Gern.»

Ich zog mein Messer aus dem Futteral, schnitt die größten Blätter ab und legte sie zu ihren duftenden Kräutern in den Korb. Die Mutter hatte immer gesagt, die Käthe habe zum Leben zu wenig, zum Sterben zu viel, und so hatte es sich eingebürgert, dass wir ihr etwas abgaben von unseren Gartenfrüchten, wenn sie des Weges kam.

«Vergelt's dir Gott, mein Kind.» Die Alte lächelte schief. «Ihr seid jetzt alle sicher recht froh, dass Margarethas Seele im Jenseits angekommen ist, nicht wahr?»

«Aber ja doch.»

Unter ihrem durchdringenden Blick wurde ich unsicher.

«Nun, ich habe gehört», sie blickte sich um und fuhr im Flüsterton fort, obwohl kein Mensch in der Nähe war, «dass sie sich selbst gerichtet haben soll.»

Erschrocken starrte ich sie an.

«Du weißt genau, dass das nicht wahr ist», stieß ich hervor. «Unser Nachbar Clewi ist ein Lügenmaul und war in dieser Nacht wieder mal sturzbetrunken.»

«Vielleicht hab ich's aber auch aus ganz anderer Quelle … Aber mach dir keine Sorgen, Susannchen. Du weißt, dass ich nix weitertratsche.»

«Aber du glaubst es womöglich, oder?» Ich ballte die Fäuste.

«Hab ich das gesagt?» Sie schüttelte den Kopf. «Jetzt will ich aber rasch nach Haus. Es wird zu warm für meine Kräuter.»

Mit ihren kurzen, schnellen Schritten eilte sie davon.

«So warte doch!», rief ich ihr hinterher. «Wer ist das, der da solche Lügen in die Welt setzt?»

Doch sie hob nur den Arm zum Gruß und hatte schon das Gartentor hinter sich zugezogen.

Der Braten roch köstlich und sah aus, wie er aussehen musste: außen knusprig braun, innen rosig und saftig. Ich richtete die Scheiben auf einer Platte an, stellte sie zum Warmhalten an den Rand des Herds. Das Gemüse und die Suppe ließ ich noch im Topf. Dann brachte ich ein halbes Dutzend Becher und Holzbrettchen in die Stube, wo ich die Tafel zur Feier des Tages mit einem Leintuch bedeckt hatte. Ich solle nur alles schön festlich herrichten, hatte der Vater mir gesagt, als er am Vormittag meinen Einkauf und das Gartengemüse begutachtet hatte, und so hatte ich den halben Tag in der Küche gestanden.

Was Käthe mir gesteckt hatte, ging mir immer wieder durch den Kopf. Andererseits sagte ich mir ein ums andre Mal, dass auch in einem Städtchen wie Schlettstadt gerade so schlimm geklatscht und getratscht wurde wie auf dem Dorf. Irgendwann würde niemand mehr ein Wort darüber verlieren, wie die Mutter zu Tode gekommen war. Glücklicherweise war ich zu beschäftigt, mir ernsthafte Sorgen zu machen.

Nachdem ich noch ein Sträußchen Feldblumen auf den Tisch gestellt hatte, klappte unten die Haustür.

«Ich hoffe doch, du hast ordentlich Hunger», hörte ich den Vater sagen. Die Stimme, die ihm antwortete, ließ mich vor Schreck zusammenzucken.

«Und ob! Einen rechten Kohldampf hab ich!»

Es war Auberlin! Ihn also hatte Vater eingeladen, und wahrscheinlich war das schon seit Tagen ausgemacht gewesen.

Wut stieg in mir auf. Ich stürzte zurück in die Küche, drehte mein langes Haar zusammen und verbarg es unter der hässlichsten meiner drei Hauben.

«Susanna, wir sind da!», rief der Vater, dann polterten sie auch schon die Außentreppe herauf. Über mir hörte ich sie die Bank an die Tafel heranrücken.

Reglos stand ich mitten in der Küche. Die ganze Freude auf das Abendessen war wie weggeblasen. Schließlich holte ich tief Luft und legte meinen fettbespritzten Haushaltsschurz ab. Es nutzte ja nichts.

Mit der Suppenschüssel in beiden Händen betrat ich die Stube, durch deren offene Fenster die Abendsonne hereinschien. Ihre Strahlen trafen genau auf Auberlin, der am Kopfende der Tafel stand und gerade mit seiner schwieligen Hand über das Tischtuch strich. Die Wangen, die schlaff herabhingen, waren wie immer gerötet, die flache Stirn glänzte verschwitzt, das halblange, dunkle Haar hatte er mit Öl streng nach hinten gekämmt.

«Ein feiner Stoff», nickte er anerkennend. Dann sah er auf und kam auf mich zu. «Wie schön, dass wir uns endlich mal wieder treffen, Susanna. Hättest ruhig mal bei mir in der Werkstatt vorbeischauen können.»

Als er jetzt dicht vor mir stand, stieß er einen anerkennenden Pfiff aus.

«Wirst von Tag zu Tag mehr zu 'nem richtigen Weib.»

Am liebsten hätte ich Auberlin hierfür die Zunge herausgestreckt. Er war kaum größer als ich, dafür breit in den Schultern und untersetzt. Unter seinem Wams wölbte sich ein runder Schmerbauch, und die Beinlinge spannten über seinen kräftigen Oberschenkeln. Er musterte mich aus seinen hervorstehenden Augen, bis sein Blick am Ausschnitt meines Mieders hängenblieb. Jetzt ärgerte ich mich, dass ich nicht mein Schultertuch umgelegt hatte, aber bei der Wärme heute hätte ich damit Hitzewallungen bekommen.

Wie einen Schutzschild hielt ich die Suppenschüssel vor mich.

«Grüß dich Gott, Auberlin», sagte ich so freundlich, wie es mir möglich war.

Er nahm seine Filzkappe ab und fächelte sich Luft zu.

«Ganz schön warm heut. Na, dann wollen wir uns mal setzen.»

In diesem Augenblick erschien Gregor mit zwei Weinkrügen. Er grinste mich, wie mir schien, schadenfroh an. Dann sagte er mit einem Augenzwinkern: «Gehört unser guter Auberlin jetzt schon zu den Hausarmen?»

Ich stellte die Schüssel auf der Tischmitte ab und schenkte rundum Wein ein, während mein Vater und Gregor nebeneinander auf einer Bank Platz nahmen. Auberlin saß ihnen gegenüber und klopfte neben sich auf das Holz.

«Setz dich zu mir, Susanna.»

Ich schüttelte den Kopf und zog stattdessen einen Schemel an die Schmalseite des Tisches.

«Ich muss immer wieder mal in die Küche», murmelte ich.

Nach einem kurzen Tischgebet hob Vater seinen Becher.

«Auf meine liebe Frau Margaretha – Gott hab sie selig.» Seine Stimme klang etwas heiser, seine Augen glänzten verdächtig. «Und auf Susanna, die für uns ein wunderbares Abendessen gezaubert hat.»

«Auf deine Tochter, Bertolt!», rief Auberlin.

Die Männer beugten sich mit ihren Löffeln zur Schüssel hin und langten ordentlich zu, aber ich hatte keinen Hunger mehr. Mutter hätte Auberlin niemals zum Margarethentag eingeladen. Oder vielleicht doch?

«Du bist ja eine wahre Meisterköchin, Susanna», ließ Auberlin sich schließlich vernehmen. In seinem Kinnbart, den er sich neuerdings im glatt barbierten Gesicht stehen ließ, schimmerte ein Faden vom Eigelb.

Ich zuckte nur die Schultern.

«Da muss ich dem Auberlin recht geben», nickte der Vater. «Du kochst schon so gut wie deine Mutter.»

Dabei warf er mir einen beschwörenden Blick zu, der wohl ausdrücken sollte: Sei ein bisschen netter zu unserem Gast.

Aber ich wollte nicht nett sein zu Auberlin. Wann immer sich die Gelegenheit bot, sprang ich auf, schenkte Rotwein nach, trug neu auf, brachte frisches Brot, wischte die Holzbrettchen sauber – nur um mich nicht am Tischgespräch beteiligen zu müssen und um Auberlins Blicken auszuweichen. Zumeist kam die Sprache auf das Wetter, die tägliche Arbeit, zwischendurch auch auf den jungen Herzog Maximilian, der wohl schon bald seinen alten Vater Friedrich als Kaiser beerben würde.

Beim Nachtisch dann – ich hatte Honigkuchen gebacken –

klopfte Auberlin auf den Tisch. Er und Gregor waren schon reichlich angetrunken.

«Dank dir, Bertolt, für die Einladung zum Essen. Und jetzt woll'n wir mal die Katze aus dem Sack lassen.»

Er patschte seine kräftige Hand auf meine.

«Ihr alle wisst ja, dass ich seit dem frühen Tod meiner lieben Gertrud und unserm einzigen Kindlein alleine lebe. Das ist so gar nix für einen Mann um die vierzig, da steht man ja noch mitten im Leben und will auch einen Nachfolger für die Werkstatt. Und deshalb», er starrte mich etwas verschwommen an, und ich zog meine Hand weg, «deshalb haben dein Vater und ich beschlossen, heute unser beider Verlöbnis zu feiern. – Na, was sagst du, Susanna?»

Ich sagte gar nichts. Jetzt war also ausgesprochen, was ich am meisten gefürchtet hatte. Aus dem Augenwinkel sah ich, dass der Vater unruhig auf der Bank herumrutschte.

«Wir woll'n natürlich noch ein bisschen warten mit der Hochzeit», fuhr Auberlin fort. «Muss ja noch einiges besprochen werden mit dem Herrn Pfarrer, auch das mit der Mitgift und der Brautgabe. Und eine Magd für euren Haushalt muss auch noch gefunden werden. Aber du wirst sehen: Du wirst es gut haben bei mir. Ich hab ein kommodes Häuschen, ein gutes Auskommen, und gut beieinander bin ich auch noch für mein Alter.»

Er lachte dröhnend. Polternd kippte der Schemel nach hinten, als ich aufsprang. Mit einem Mal war mir klar, aus welchem Grund der Vater neulich beim Geldverleiher in Kestenholz gewesen war.

«Warum werd ich erst gar nicht gefragt? Ich will nicht heiraten!»

«Dann stirbst halt als alte Jungfer», sagte Gregor ungerührt.

«Hör zu, mein Kind.» Vater räusperte sich. «Seit alters kümmern sich die Eltern um den Ehemann ihrer Tochter, auch deine

Mutter wollte immer nur dein Bestes. Einen rechtschaffenen Mann nämlich und eine sorglose Zukunft für dich. Wir hatten das alles längst abgesprochen, und das weißt du auch.»

Damit hatte er recht. Ich wusste das schon seit bald zwei Jahren. Aber das hieß noch lange nicht, dass ich diesen schrecklichen Mann ehelichen würde.

«Ich geh jetzt in die Küche zum Abwasch», stieß ich hervor. «Derweil könnt ihr ja den Preis für mich aushandeln.»

Ich stapelte die leeren Platten und Schüsseln ineinander und verließ mit raschem Schritt die Stube. In der Küche lehnte ich mich aus dem Fenster, um erst einmal tief Luft zu holen. Niemals würde ich diesen schmierigen Kerl heiraten!

KAPITEL 9

Am nächsten Vormittag

«Was willst da schon machen?» Elsbeth strich über ihren sichtlich gerundeten Bauch. «Ohne Mann kriegst auch keine Kinder. Ich freu mich jedenfalls auf mein Kleines.»

Es war früher Vormittag, und ich saß bei meiner Freundin in der Küche. Ein angenehm frischer Luftzug ging durch die geöffneten Türen und Fenster. Vom Hinterhof drangen die Schläge von Ruprechts Küferwerkstatt herauf, vom Weinmarkt her waren die Ausrufer, Hundegebell und knarrende Wagenräder zu hören.

«Aber ich will den Auberlin nicht heiraten!» Immer noch aufgebracht, ballte ich die Fäuste. «Nicht dieses widerliche Ekel.»

Ich dachte daran, wie böse der Vater am Vorabend geworden war, nachdem sich unser Gast reichlich schwankend mit einem Wangenkuss von mir verabschiedet hatte und ich grußlos aus der Stube gerannt war – ich solle mich gefälligst nicht so hoffärtig benehmen, hatte er mir in der Küche vorgehalten und mich undankbar und verstockt geschimpft.

«Meinst etwa, *mich* hat mein Vater gefragt, ob ich den Ruprecht haben will?» Elsbeth legte mir die Hand auf die Schulter. «Als Frau hast du eh nix zu vermelden. Entweder musst dem Vater gehorchen oder dem Ehemann. Aber ich sag dir: Man gewöhnt sich an alles.»

Ich unterdrückte ein Seufzen und nahm einen großen Schluck von dem kühlen Most, den meine Freundin auf den Tisch gestellt hatte. Wenn ich's recht bedachte: Ruprecht hätte ich ebenso wenig gewollt. Er war zwar um einiges jünger als Auberlin und sah obendrein gut aus mit seinen hellbraunen Locken und den männlichen, ebenmäßig geschnittenen Gesichtszügen. Aber jeder in der Stadt wusste, dass er liebend gern Streit vom Zaun brach, wenn er betrunken war. Nach seiner Meisterprüfung im letzten Jahr hatte er sogar wegen Raufhändel im Turm eingesessen. Man hatte nur angesichts der bevorstehenden Hochzeit Gnade vor Recht ergehen und ihn gegen eine hohe Strafzahlung nach einer Nacht wieder frei gelassen.

«Außerdem», fuhr sie fort und strahlte mich an, «wären wir dann fast Nachbarn, wie früher im Gänsegässchen.»

Von Elsbeth bis zur Schlossergasse, wo Auberlin seine Werkstatt hatte, war es wirklich nur ein Steinwurf, aber lieber wollte ich jedes Mal quer durch die Stadt zu meiner Freundin laufen, als bei diesem Mann zu wohnen.

«Behandelt der Ruprecht dich wenigstens gut?», fragte ich leise.

«Ach herrje, was soll ich da sagen? Eigentlich sehen wir uns nur zum Essen, zusammen mit dem Gesellen. Sonst ist er am Arbeiten oder drüben im Zunfthaus. Aber der Kirchgang am Sonntag ist schön: Da haben wir keine Eile, machen uns ein bisschen fein, plaudern nach der Messe noch mit den Leuten – so wie mit dir jedes Mal ...» Sie stieß mich in die Seite und lachte ihr fröhliches Lachen.

«Dann habt ihr also keinen Streit?»

«Hin und wieder schon. Aber in der ersten Zeit gar nicht, da hat er mir sogar kleine Geschenke gemacht. Jetzt stört ihn halt, dass ich nimmer so beweglich bin mit dem dicken Bauch, und die Hausarbeit fällt mir schwer. Da kann's schon mal sein, dass er mich anschnauzt, weil's nicht so sauber ist im Haus oder weil das Essen zu spät fertig wird.»

«Ist der noch bei Trost? Schließlich ist's auch sein Kind, das du bekommst, und du hast obendrein die Schmerzen bei der Geburt auszuhalten.»

«Ach, Susanna ... Jetzt tu nicht so, als ob dich dein Bruder Gregor nicht auch dauernd anmeckern würde. Und wenn das Kind erst mal da ist, krieg ich eine Magd, hat er mir versprochen.»

«So, hat er das?»

«Aber ja. Manchmal kann er richtig fürsorglich sein. Als Frau musst erst mal lernen, mit dem Ehemann richtig umzugehen. Dann wird das schon. Du bist halt jemand, der gern mit dem Kopf durch die Wand rennt. Das geht natürlich gar nicht.»

Ich schnaubte. «So ein Unsinn. Ich will nur ab und an auch ein Wörtchen mitreden.»

Wieder lachte sie, und mir fiel auf, wie pausbäckig sie geworden war. Elsbeth war schon immer klein und drall gewesen, und jetzt, wo sie guter Hoffnung war, wirkte sie noch rundlicher. Es stand ihr gut.

«Schau, Susanna – der Auberlin ist doch wirklich kein schlechter Kerl. Und ein Mann muss ja auch nicht schön aussehen, da sind ganz andere Dinge wichtig.»

«Aber es ist einfach ekelhaft, wie er mich immer anstiert. Und dauernd will er mich berühren.»

«Das ist doch nur, weil er dich *schön* findet.»

Da stellte ich ihr die Frage, die mir am meisten auf der Zunge brannte.

«Und wie ist das nachts mit Ruprecht? Im Bett, meine ich?»

Elsbeth verzog das Gesicht.

«Nun ja, ich lass es halt über mich ergehen. Tut nur beim ersten Mal weh, wenn du das meinst, dann gewöhnst du dich dran. Außerdem: Wenn erst mal der Bauch dick wird, lassen dich die Mannsbilder eh in Ruhe. Und die ersten vierzig Tage nach der Geburt, sagt der Herr Pfarrer, brauchst sie auch nicht an dich ranlassen. Und dann gibt's ja noch die Sonn- und Feiertage und die Fastenzeit, wo es dem Christenmenschen verboten ist ...»

«So schlimm ist das also?», unterbrach ich sie. Ich selbst hatte schon einige Jungen geküsst, was mal mehr, mal weniger angenehm gewesen war, und am Johannisfest hatte ich mich am dunklen Waldrand auch von Vitus, einem von allen umschwärmten Nachbarjungen, berühren lassen. Aber alles andere schreckte mich zutiefst ab.

«Jetzt guck nicht so entsetzt. Anders kriegst nun mal keine Kinder.»

Elsbeth klang schon wie meine Mutter! Der hatte ich nämlich mal vor Jahren mein Herz ausgeschüttet und sie voller Bangen gefragt, wie das sei für eine Frau, wenn ein Mann bei ihr liege. «Das kommt allemal auf den Mann an», war ihre ausweichende Antwort gewesen, und sie hatte dabei leise gelächelt. «Wenn du einen guten Mann hast, einen wie deinen Vater, dann hat das alles auch seine Richtigkeit. Schließlich willst du ja mal Kinder großziehen.»

Damit war ich so klug wie vorher gewesen.

«Und wie oft will ein Mann das?», fragte ich weiter.

Elsbeth schluckte. Das Lächeln war aus ihrem Gesicht verschwunden.

«Das erste halbe Jahr wollte Ruprecht jede Nacht. Aber jetzt kommt ja bald das Kind ...»

«Jede Nacht?» Ich starrte sie an. «Und was ist, wenn man das nicht will?»

«Ich tät's mir bei Ruprecht nicht trauen zu sagen. Aber», sie senkte die Stimme, «da gibt's so Kräuter, die man dem Mann ins Bier tun kann. Die machen müde und lustlos. Und dazu legst einen Zettel mit einem Bannspruch unter die Matratze. Hab ich alles von meiner Hebamme bekommen, und es hat tatsächlich ein bisschen geholfen.»

«Ein bisschen also», murmelte ich und schüttelte den Kopf.

Nein, nicht ein einziges Mal wollte ich mich Auberlin im Bett hingeben, mich von ihm begrabschen und besteigen lassen. Ich musste die Heirat um jeden Preis verhindern.

KAPITEL 10

Wenige Tage später im Predigerkloster

Vergeblich versuchte Heinrich, in einen kurzen Mittagsschlaf zu finden. Seit etlichen Tagen schon plagte ihn diese Unruhe, die ihn in der ohnehin kurzen Nachtruhe nicht einschlafen ließ und tagsüber von seinen Aufgaben abhielt. Was nicht allein daran liegen konnte, dass er großen Ärger hinter sich hatte.

Das diesjährige Provinzialkapitel, zu dem sich alle Amtsträger der dominikanischen Ordensprovinz Teutonia in Kolmar versammelt hatten, hatte in einem Tumult geendet. Wie zu erwarten, war alles wieder auf den alten Richtungsstreit hinausgelaufen: ob dem Orden nämlich Besitz erlaubt sei oder nicht. Darunter fielen nicht nur persönliches Eigentum, das bei Klostereintritt dem Orden vermacht werden sollte, sondern auch die

Einkünfte aus Abgaben und Renten, aus verpachteten Gütern und Stiftungen. Die Parteigänger um den Kölner Prior Jakob Sprenger und den gegenwärtigen Provinzialvorsitzenden, die beide auf umfassende Reformen streng nach Augustinus pochten, hatten leider inzwischen die Mehrheit erlangt, drohten am Ende mit einer Abmahnung gegen alle Reformunwilligen und wollten sich hierzu an den Papst wenden. Da war ihm der Kragen geplatzt: Niemals würden er und seine Mitstreiter sich dem Diktat der Observanten beugen, hatte Heinrich kämpferisch vorgebracht. Schon Papst Johannes habe einstmals gegen die Armutsapostel des Franziskus ins Feld geführt, dass das Eigentum eine notwendige Bedingung für klösterliches Leben sei und dass die Ansicht, Christus und die Apostel hätten nichts besessen, eine völlige Entstellung der Evangelien sei und somit ketzerisch. «Das Eigentum ist von Gott selbst gestiftet, und so sieht es auch unser Heiliger Vater in Rom!», hatte Heinrich schließlich in den allgemeinen Aufruhr hineingebrüllt und hierfür von den Umstehenden Beifall geerntet, vom Rest der Versammlung allerdings übelste Schmährufe. Danach hatte er mit seinem Häuflein – den Vorstehern der Klöster Augsburg, Speyer, der Friesacher Niederlassung in Salzburg und einiger kleinerer Konvente – den Kapitelsaal verlassen, um in Schlettstadt weiterzutagen. Sprenger hatte ihm noch hinterhergerufen, er, Heinrich Kramer, sei nichts als ein wirrköpfiger Wanderprediger und in seinem Starrsinn und Jähzorn des Amtes als Prior nicht würdig. Die Folgen werde er schon noch zu spüren bekommen.

Es sah ganz nach einem endgültigen Bruch zwischen Sprenger und ihm aus, ja, der ganze Orden drohte sich zu spalten wie damals bei den Franziskanern. Jetzt fragte Heinrich sich, ob er Sprengers Drohung ernst nehmen musste und ob er sich der Unterstützung des Heiligen Stuhls wirklich sicher sein konnte. Jakob Sprenger war nicht nur ein weithin bekannter Gelehrter, sondern überdies päpstlicher Inquisitor für die Diözesen Mainz, Köln und Trier. Der eitle und prunksüchtige Papst Sixtus hingegen war inzwischen völlig vergreist und scherte sich keinen Deut mehr um das, was außerhalb Roms vor sich ging.

Andererseits war Heinrich noch immer aus jedem Schlamassel gestärkt herausgekommen. Wie damals in Rom, als er wegen seiner Angriffe gegen Kaiser Friedrich in Arrest genommen und nach Fürsprache des Heiligen Vaters wieder entlassen worden war – noch am Tag der Freisprechung hatte Papst Sixtus ihm sogar die Befugnis zur Inquisition erteilt! Seine engen Beziehungen zur Kurie und zu einigen einflussreichen Fürsprechern in der Ordensleitung konnte ihm keiner nehmen, und genau das war Sprenger wohl ein Dorn im Auge.

Er wälzte sich auf dem Bett hin und her, bis er schließlich widerwillig aufstand. Vielleicht war das Mittagessen, das er im Gästesaal seines Hauses eingenommen hatte, doch gar zu fett gewesen. Eigentlich hätte er, nachdem er nun tagelang auswärts gewesen war, zusammen mit den Mönchen speisen müssen, aber er hatte keinerlei Lust darauf verspürt. Es war schon seltsam mit ihm: Wenn nicht anderweitig beansprucht, sollte es einem Klostervorsteher doch eine Wonne sein, mit den Brüdern im Refektorium zu essen, mit ihnen die nächtliche Matutin zu beten und sich täglich im Kapitelsaal zu versammeln. Aber es war ihm keine Wonne. Er war am liebsten allein – in seiner kleinen Schreibstube, in der Bibliothek oder draußen im Freien auf Reisen.

In diesem Augenblick klopfte es an die Haustür. Er schlüpfte in seine Pantoffeln und tappte in die Eingangsdiele, wo er unschlüssig verharrte.

«Bist du da, Bruder Prior?», rief eine ältere Stimme von draußen. «Ich bin's, der Bruder Pförtner.»

Da Heinrich es seinen Mitbrüdern gleichtat und seine Tür

auch als Prior unverschlossen ließ, galt die Regel, dass ein Schweigen seinerseits für den Besucher bedeutete, ihn nicht zu stören.

«Komm herein», beschied er schließlich.

Der Pförtner wirkte verlegen, als er vor ihm stand. «Verzeih, Vater Prior, wenn ich deine Mittagsruhe unterbreche. Aber ich habe eine dringende Nachricht für dich.»

«Eine Nachricht?» Heinrich blinzelte beunruhigt. Rührte sich Sprenger etwa jetzt schon gegen ihn?

Doch die kleine, zusammengebundene Rolle, die ihm der Pförtner entgegenhielt, war weder aus Pergament noch versiegelt, sondern aus dem grauen, schäbigen Papier, wie es die Kaufleute für ihre Notizen verwendeten.

Der Pförtner wollte sich schon abwenden, doch Heinrich bat ihn zu warten.

Er löste das Band und rollte das Blatt auf. Sein noch immer sehr scharfes Auge flog über die wenigen Worte in ungelenker Handschrift:

«Darf ich euch schprechen? dringent. in dankparkeit, Susanna.»

Heinrich sah auf. Sein Herz schlug schneller.

«Wer hat die Nachricht zur Pforte gebracht?»

«Irgendeiner dieser Gassenjungen, die so gern den Herrschaften zu Diensten stehen.»

«Hast du das Schreiben gelesen, Bruder Claus?»

«Wo denkst du hin! Ist es ... von Sprenger und Konsorten?»

Bruder Claus gehörte zu seinen Getreuen, und so schlug Heinrich ihm beruhigend auf die Schulter.

«Nur ein junger Mensch in Nöten, wahrscheinlich wird meine Hilfe gebraucht. Schick bitte den jungen Bruder Martin zu mir, damit ich ihm meine Antwort diktiere.»

Nachdem die Tür hinter dem Pförtner ins Schloss gefallen war, ließ er sich auf die Wartebank in der Diele sinken.

Susanna! Er hätte nie gedacht, dass die junge Frau zu lesen

und schreiben vermochte. Aber wahrscheinlich hatte Martin es ihr beigebracht. Wie rührend ihre kleinen Schreibfehler doch waren. Wieder und wieder las er ihre dringlichen Worte. Hatte dieser Meister Burkhard nun doch getratscht und geschwatzt? Dabei hatte er sich den Bader gleich nach der Unterredung mit Bruder Martin vorgenommen, und zwar ziemlich hart. Hatte gedroht, ihm die Badergerechtigkeit für sein Kloster zu entziehen, wenn er weiterhin so einen Unsinn über die Mittnachtin verbreite – ja, mehr noch: er werde ihn beim Rat anzeigen.

Andererseits: Je leidenschaftlicher er sich mit dieser neuen Sekte der Hexen befasste, desto mehr Zweifel kamen ihm nun hinsichtlich Margarethas Tod. Er glaubte nicht mehr so recht an das Faktum einer unschuldigen geistigen Umnachtung aufgrund böswilliger Verzauberung durch jenen unbekannten Ratsherren, wie er es noch vor Pfarrer und Stadtarzt vertreten hatte, zumal Schadenzauber seiner Erfahrung nach in aller Regel von gottlosen Weibern ausgeübt wurde. Er hatte Susanna und ihrer Familie aus einer misslichen Lage heraushelfen wollen, doch inzwischen war er sich nicht mehr sicher, ob das richtig gewesen war. Hatte Margaretha nicht schon als junges Ding etwas allzu Leichtfertiges in sich gehabt? Was, wenn sie nun gar nicht von einem Fluch heimgesucht worden war, sondern willentlich und aus eigenen Stücken einen Teufelspakt eingegangen war?

Wie ein Blitz durchfuhr es ihn: Hatte Margaretha, deren Mutter aus Kestenholz stammte, ihre Kinder nicht in jenem Dorf nahe Schlettstadt zur Welt gebracht, wo man vor sechs Jahren zwei Hebammen als Hexen verbrannt hatte? Von Martin zumindest wusste er sicher, dass er in Kestenholz geboren war. Was also, wenn eine dieser Hebammen bei Margaretha Geburtshilfe geleistet hatte? Hier tat sich möglicherweise ein Zusammenhang auf. War doch bekannt, dass diese schändlichen alten Weiber, die sich dem Teufel verschrieben hatten, stets auf der Suche nach jungen Frauen waren, die noch ganz der Eitelkeit und den Lüsten des Körpers ergeben waren. Und zwar um diese in ihrem fleischlichen Verlangen einem teuflischen Buhlen zuzuführen.

Er erinnerte sich noch genau, was den beiden Hexen vorgeworfen wurde: Sie hatten eine Totgeburt ausgegraben und zu dritt damit in einem Kessel Unwetter gesotten. Jene Dritte im Bunde war einige Zeit vor dem Prozess ins schwäbische Nördlingen ausgewandert, und die Versuche der Richter, sie aus Nördlingen zurückzubeordern, waren so halbherzig gewesen, dass diese Frau ungeschoren davongekommen war und dort mittlerweile sogar als städtische Hebamme arbeitete. Er selbst hatte zu jener Zeit leider in Rom geweilt, sonst hätte er, als frischgebackener Inquisitor, eine solche Laxheit niemals durchgehen lassen.

Begriffen diese feisten, trägen Rats- und Gerichtsherren noch immer nicht, dass es bei diesen Verbrechen nicht um Einzeltaten ging? Dass vielmehr eine Verschwörung dahintersteckte, die ihre feinen, bösen Fäden bis über alle Landesgrenzen hinaus spannte? Warum erkannte niemand, wie groß die Gefahr längst geworden war?

Er musste unbedingt herausfinden, ob Margaretha bei einer dieser Hebammen entbunden hatte. Und ganz gleich, ob es sich bei ihrem Fenstersturz nun um einen krankhaften Freitod gehandelt hatte oder um das Irrewerden an einer Teufelsbuhlschaft: Sie hatte nichts zu suchen in geweihter Erde, da war er sich nun sicher!

Ohne es zu bemerken, war er aufgesprungen und in der Diele hin- und hergewandert. Dann hielt er inne: Nein, nur nicht zu vorschnell handeln. Er würde sich in der Öffentlichkeit, besonders bei den hiesigen Ratsherren, bloß lächerlich machen, wenn er seinen abrupten Sinneswandel zum Ausdruck brachte. Dies zum einen. Zum andern konnte es ihm womöglich von Nutzen sein, die Wahrheit einstweilen zurückzuhalten.

KAPITEL II

Schlettstadt im Elsass, Frühjahr 1441

*E*s war Sonnabend, und Heinrichs Bruder Hannes und der Geselle Wölfli waren schon zum Feierabendbier in die Schenke verschwunden. Er würde also mit den beiden Frauen allein zu Abend essen.

Er hatte die Werkstatt ausgefegt und war eben dabei, die Leisten ordentlich der Größe nach hinter die Holzschienen zu stecken, als die Mutter von der Gasse her halb versteckt durch den offenen Laden hereinlugte. Dass sie ihn stumm beobachtete, erbitterte ihn. In ihrem Misstrauen unterstellte sie ihm, er würde ohne Aufsicht alles falsch machen. So tat er einfach, als bemerke er sie nicht. Sie trat ein.

«Komm einmal mit mir in die Küche, Heinrich», sagte sie leise. Er konnte nicht ausmachen, ob ihre Stimme nun bedrohlich oder freundlich klang.

Gehorsam folgte er ihr die schmale Stiege hinauf. Oben saß die Muhme am Tisch und schnitt Gemüse für das Abendessen klein. Er wollte sich zu ihr auf die Bank setzen, doch die Mutter hielt ihn am Handgelenk fest. Inzwischen reichte er ihr schon bis ans Kinn, aber sie war auch keine allzu große Frau. Dafür rund wie ein Fass.

«Habe eben vor Sankt Fides den Herrn Schulmeister getroffen», begann sie. «Er war sehr höflich zu mir, hat mich sogar angelächelt.»

Vor Aufregung bekam Heinrich rote Ohren. Das musste mit der Aufnahmeprüfung zur Lateinschule zusammenhängen, die er letzte Woche abgelegt hatte.

«Was ... was hat er gesagt?», stammelte er.

«Hast die Prüfung bestanden. Als Bester von allen!»

Ganz unvermittelt zog sie ihn an ihren mächtigen Busen und drückte ihn an sich. Sofort schossen ihm die Tränen in die Augen. Er konnte sich nicht erinnern, wann seine Mutter ihn das letzte Mal umarmt hatte.

Im nächsten Augenblick schon schob sie ihn von sich weg, holte aus und klatschte ihm rechts und links den Handrücken ins Gesicht. Mit einer solchen Wucht, dass es ihn rückwärts erst gegen die Küchenbank, dann mit dem Kreuz gegen die Tischkante schlug.

Er schrie auf vor Schmerz, als er sich aufrappelte.

«Fang bloß nicht an zu heulen, du Memme», schnauzte sie ihn an. «Die Maulschelle is dafür, weil du mich nich um Erlaubnis gefragt hast. Einfach so heimlich zur Prüfung gehen, das schlägt ja dem Fass den Boden aus!»

«Aber du hättest es ja niemals erlaubt», wimmerte er. Die Wangen brannten, das Rückgrat tat so weh, dass er nicht aufrecht stehen konnte.

«Erraten!», mischte sich die Muhme ungerührt ein. «Weil du dir nämlich jetzt schon als was Bessres vorkommst. Trägst die Nase reichlich hoch.»

Die Mutter packte ihn beim Arm und schob ihn unsanft zur Stiege. «Ab in die Schlafkammer. Bis morgen früh will ich dich nich mehr sehn.»

Mühsam humpelte er zum Treppenaufgang und zog sich Schritt für Schritt hoch.

«Und dem Herrn Schulmeister hab ich gesagt, dass du nicht in die Lateinschule gehst», hörte er sie rufen.

Er drehte sich um und schrie sie an, jetzt außer sich vor Wut:

«Dann geh ich halt zu den Predigern ins Kloster!»

«Ha!» Die Mutter lachte böse auf. «Wir haben gar nicht das Aufnahmegeld, das die verlangen. Bist schließlich kein Herrensöhnchen!»

Ohne ein weiteres Wort stapfte Heinrich hinauf in die Schlafkammer. Er war stolz darauf, dass er nicht zu weinen begonnen hatte.

Mit einem leisen Schmerzensstöhnen streckte er sich auf dem Bett aus, das er mit dem Bruder und dem Gesellen teilte, sofern der Wölfli es nicht vorzog, bei der Mutter unter die Decke zu schlüpfen und all diese widerlichen Dinge zu treiben. Heinrichs Magen begann, vor Hunger zu knurren. Er hasste seine Mutter, und er hasste die Muhme. Sein Vater hätte ihm niemals seinen Wunsch zu studieren verwehrt, dessen war er sich sicher.

Da läuteten vom nahen Predigerkloster her die Glocken zur Komplet. Es erschien ihm als ein Wink Gottes: Er würde Mönch werden, ganz sicher. Und die Lateinschule würde er ebenfalls besuchen, selbst wenn ihn die Mutter halb totprügelte. Denn wenn er eines wusste: Er wollte heraus aus diesem ärmlichen, schäbigen Haus, aus dieser engen, düsteren Schustergasse, die vor der hohen Stadtmauer endete.

Seinem Lebensweg sollte sich jedenfalls keine Mauer in den Weg stellen.

KAPITEL 12

Ende Juli 1484

Die schwüle Luft stand trotz der frühen Abendstunde schwer und warm in den Gassen, als ich, wie ausgemacht, kurz nach dem Vesperläuten das Haus verließ und aus dem Hoftor trat. Vom nahen Gerbergraben drang der Gestank der Tierhäute wieder einmal besonders heftig herüber, aber wie alle hier im Viertel war ich daran gewöhnt. Es gab sehr viele Gerber in unserer Stadt, die für ihre Lohe die Rinde der nahen Kastanienwälder nutzten.

Bis zur Kirche der Prediger war es nicht weit, und so konnte ich mir bei dieser Hitze Zeit lassen. Vorsichtshalber wechselte ich die Straßenseite, um nicht am offenen Laden des Vaters vorbeigehen zu müssen. Eigentlich sollte das Abendläuten der umliegenden Gotteshäuser die Menschen ermahnen, ihre Arbeit zu beenden, doch kaum einer hielt sich daran, schon gar nicht an solch warmen Sommerabenden. So stand auch der Vater jetzt drinnen beim Schragentisch dicht am Fenster und schrieb etwas in sein Buch, von Gregor im Hintergrund konnte ich nur die Umrisse erahnen. Die beiden brauchten nicht zu wissen, wohin ich unterwegs war.

Es hatte schon gereicht, dass Martin mich mit seinen Fragen gelöchert hatte, als er mir die Antwort des Priors überbrachte.

«Was willst du vom Vater Prior? Warum trefft ihr euch in unserer Kirche?»

Ich hatte nur den Kopf geschüttelt und geschwiegen.

«Ist es wegen Mutter, Susanna? Darüber kannst du doch besser mit mir reden. Oder hast du kein Vertrauen zu mir?»

«Nein, das ist es nicht. Und jetzt lass mich, vielleicht erzähl ich's dir ein andermal.»

Damit hatte ich ihn stehen lassen.

Mit Martin hätte ich niemals über diese erzwungene Verlobung reden können. Wie alle in der Familie war er der Ansicht, dass man sich als Tochter den Heiratswünschen der Eltern fügen sollte, zumindest wenn es sich um einen einigermaßen anständigen Bräutigam handelte.

Die Stadt war jetzt voller Menschen, die sich nach der Mittagshitze wieder hinauswagten. Da entdeckte ich in der Hammergasse Elsbeth. Sie blickte kurz in meine Richtung, lief dann aber eilig weiter, als ob sie mich nicht erkannt hätte.

«Elsbeth, so warte doch!», rief ich ihr nach.

Als ich sie eingeholt hatte, drehte sie sich um.

«Ach, du bist's.»

Sie tat erstaunt. Über ihrer linken Augenbraue schillerte ein blauroter Bluterguss.

«Was ist dir denn zugestoßen?», fragte ich erschrocken und deutete auf ihr Gesicht.

«Nichts Schlimmes.» Sie winkte ab. «Bin halt gestürzt, ganz dumm über den Besen gestolpert.»

«Und das Ungeborene?»

«Dem hat's nicht geschadet.» Sie lächelte ein wenig gezwungen. «Fühl mal, es strampelt wie verrückt, will bald raus in die Welt.»

Ich hielt die Hand auf den Stoff ihres Kleides, der sich über dem runden Bauch wölbte. Deutlich spürte ich die Bewegungen.

«Wie schön», sagte ich leise und wusste nicht, ob ich sie beneiden oder mich um sie sorgen sollte. «Kommst du ein Stück mit mir? Ich muss zu den Predigern.»

«Nein. Hab's leider eilig. Die Hebamme wartet.»

«Wann ist es denn so weit?»

«Sie meint, das dauert keinen Monat mehr.»

«Dann musst du mich unbedingt dazuholen. Versprichst du mir das?»

«Versprochen.»

Wir umarmten uns zum Abschied, und ich sah ihr nach, wie sie Richtung Sankt Fides davonwankte. Sie hatte diesen schwerfälligen Gang der Hochschwangeren, und zugleich wirkte sie völlig erschöpft. Dazu schien sie mir etwas zu verheimlichen. Konnte es etwas mit ihrer Verletzung zu tun haben?

Am Stadtbach vor der Klosterkirche blieb ich stehen und lauschte den Chorälen der Mönche, die bis hier draußen zu hören waren. Der Prior hatte mir ausrichten lassen, dass ich im Kirchenschiff warten sollte, bis die Vesper vorbei war. Nach kurzem Zögern ging ich zum Hauptportal, das tagsüber auch den Bürgern offen stand, und schob den Türflügel auf. Mein Herz klopfte heftig. War es die richtige Entscheidung, in dieser Sache ausgerechnet einen alten Mönch um Rat zu fragen?

Im Innern war es angenehm kühl. Hoch über mir wölbte sich das Hauptschiff dieser prächtigen Kirche. Zuletzt war ich, noch ein halbes Kind, bei Martins Profess hier drinnen gewesen. Ich blickte hinüber zum Halbrund des Altarraums und versuchte, die Stimme meines Bruders aus dem tiefen, einstimmigen Gesang herauszuhören. Zu sehen waren die Mönche hinter dem steinernen Lettner nämlich nicht. Dafür schien die Abendsonne durch das runde Buntglasfenster hoch oben im Chor und zauberte farbige Schatten auf den Boden zu meinen Füßen. Es sah wunderschön aus. Dazu hüllten mich die geheimnisvollen, wohlklingenden Gesänge wie ein schützender Mantel ein. Ich wurde zusehends ruhiger.

Außer dem Kreuzaltar, vor dem die Gottesdienste für die Laien und Bürger gefeiert wurden, befanden sich in den Seitenschiffen rechts und links zwei Kapellen mit weiteren Altären. Der eine war dem heiligen Sebastian mit den Pfeilen geweiht, der andere der Mutter Gottes. Zu diesem schlenderte ich hinüber und betrachtete die wunderschönen Bildtafeln, die Mariä Verkündigung, die Geburt des Jesuskindes und die Anbetung der Heiligen Drei Könige zeigten. So versunken war ich in der Betrachtung, dass ich gar nicht bemerkte, wie die Gesänge verstummten.

«Gelobt sei Jesus Christus», hörte ich hinter mir die Stimme des Priors und fuhr herum.

«In Ewigkeit, Amen», erwiderte ich und beugte unwillkürlich das Knie, so ehrerbietend wirkte er in seiner faltenreichen, bodenlangen Kukulle mit den weiten Ärmeln und der auf den Schultern ruhenden Kapuze. Zugleich blickte ich mich angespannt um, ob ihm nicht etwa mein Bruder gefolgt war. Doch die Mönche waren wohl alle in ihren Konvent zurückgekehrt, zu dem, wie ich von Martin wusste, ein eigener Ausgang aus der Kirche führte.

«Hier also hast du gewartet, Susanna.» Bruder Heinrichs dunkelgraue Augen betrachteten mich freundlich. «Dieser Altar ist auch *mein* liebster Ort in unserer Kirche, lieber noch als der weitaus prächtigere Hochaltar drüben im Chor. Ist doch die Jungfrau Maria unser aller Mutter, und wir alle sollten in glühender Verehrung zu ihr aufsehen. Wollen wir zu ihr beten?»

Ich nickte. Gemeinsam sprachen wir auf Deutsch das Ave-Maria. Beim Amen legte er mir väterlich die Hand auf die Schulter. Sie fühlte sich leicht wie ein Vogel an.

«Was also hast du auf dem Herzen?»

Ich überlegte, wo ich anfangen sollte.

«Es ... es geht um die Ehe, Bruder Heinrich. Besser gesagt, um die Heirat ... um meine Heirat.»

Dann brach es aus mir heraus: «Ich soll einen Mann heiraten, den ich nicht will.»

Für einen Moment wirkte er fast erschrocken, dann nickte er.

«Sich zu verheiraten, sollte wohlüberlegt sein. Die Ehe stellt die unauflösliche, gottgewirkte Einheit von Mann und Frau dar und gehört zu den sieben Sakramenten. Sie sollte uns also heilig sein, sie ist eine Verbindung der Liebe und Hingabe. Darum sehen wir Geistlichen auch seit jeher mit Schrecken, dass für all diese reichen Kaufherren und Edelleute die Ehe nichts anderes bedeutet als ein Mittel zur Vermehrung von Macht und Gütern. Das macht das Verlöbnis zu einem weltlichen Akt, einem schnöden Kaufvertrag. Dabei geht es doch um den Fortbestand der Familie im Sinne Christi, wenn es heißt: Liebet einander, seid fruchtbar und mehret euch! Und genau deshalb soll eine Ehe auch nicht durch die Hausväter oder Sippenältesten gestiftet werden, sondern durch einen Priester mit dem Segen unserer hochheiligen römischen Kirche.»

Verwirrt schaute ich ihn an. Sein langer Vortrag hatte, wie mir schien, überhaupt nichts mit mir zu tun. Einzig die Worte *Liebe* und *fruchtbar* hatten mich berührt, und zwar unangenehm wie ein Nadelstich.

«Aber wenn ich doch den Mann, der mir zugedacht ist, gar nicht lieben kann? Weil er mir ganz und gar zuwider ist?»

Er nahm seine Hand von meiner Schulter.

«Magst du mir denn verraten, wer er ist?», fragte er leise.

Ich begann ebenfalls zu flüstern: «Der Nagelschmied Auberlin aus der Schlossergasse. Kennt Ihr ihn vielleicht?»

«Ein wenig. Nicht gerade ein sonderlich feiner und kluger Mensch, aber soweit ich weiß, hat er keinen schlechten Ruf. Ist die Heiratsabrede denn schon beschlossene Sache zwischen ihm und deinem Vater?»

Ich nickte stumm und musste gegen die Tränen ankämpfen.

«Und dein Vater weiß, dass du den Auberlin nicht willst?»

Wieder nickte ich.

«Was ist es denn, was dich an ihm so abstößt?»

«Ich weiß nicht ... eigentlich alles. Sein Äußeres, seine plumpe, laute Art, sein stierer Blick ...»

«Und du glaubst nicht, dass du dich an ihn gewöhnen könntest? Manchmal kommt die Zuneigung ganz von allein, ist man erst einmal verheiratet.»

«Niemals!»

Ich dachte an das, was Elsbeth mir über die Nächte erzählt hatte, und gab mir einen Ruck, auch diese schreckliche Sache anzusprechen. Bruder Heinrich war schließlich ein Mönch und kein Mannsbild im landläufigen Sinne.

«Das mit den ehelichen Pflichten», stotterte ich, «all diese Dinge, die dazugehören ... ich würde das nicht aushalten mit Auberlin. Lieber würde ich sterben.»

Da entrang sich seiner Brust ein tiefer Seufzer.

«Ach, mein liebes Kind. So arg steht es also um dich?» Er ergriff meine rechte Hand und drückte sie fest. «Ich freue mich, dass du so offen zu mir bist. Und ich wünsche mir nichts mehr, als dir helfen zu können. Ist der Beischlaf doch fürwahr ein eher tierischer Akt, der umso roher wird, je weniger Liebe im Spiel ist.»

Ich schrak zusammen über diese Worte, und er seufzte erneut.

«Du denkst vielleicht, als Mönch würde ich davon nichts verstehen, aber auch ich war einmal jung, hatte ein Leben *vor* meiner Zeit im Kloster. Und wenn ich eines weiß, dann dies: Kein Mann kann sich dem weiblichen Zauber entziehen, wenn er denn erst in enge, körperliche Nähe zum Weib gerät. Das ist ein Naturgesetz, Susanna. Glaub mir, Auberlin wird dich nicht in Ruhe lassen, keine Nacht und vielleicht sogar bei Tageslicht nicht. Er wird dich umarmen wollen, dich überall berühren, dich spüren wollen, in dir sein.»

Plötzlich ließ er meine Hand los, als habe er sich verbrannt, und begann, vor mir auf und ab zu schreiten.

«Wenn du denkst, all das nicht aushalten zu können, dann müssen wir eine Lösung finden», murmelte er.

«Ihr würdet mir also helfen?» Ich war froh, dass mein Bekenntnis hiermit ein Ende gefunden hatte. Bei den letzten Sätzen des Priors hatte ich mich zunehmend unwohl gefühlt.

Er blieb stehen und faltete unter den überlangen Ärmeln die Hände ineinander.

«Hast du einmal daran gedacht, in ein Kloster einzutreten? Damit wärest du allen Widerwärtigkeiten entzogen. Die Dominikanerinnen von Sylo hier in der Stadt stehen unter meiner geistlichen Obhut. Ich kann dir dieses Kloster nur empfehlen. Man widmet sich dort der Miniaturmalerei, der Schreibkunst, der Musik. Die täglichen Gebete und Gesänge stärken die Gemeinschaft, man ist gut versorgt und beschützt vor der Welt draußen.»

«Aber ich will nicht eingesperrt sein!»

«Was redest du da, Kind? Als Nonne bist du doch nicht eingesperrt. Gut, da ist die Klausur, aber so streng werden die Regeln heutigentags auch nicht mehr eingehalten. Oder hast du noch nie Klosterfrauen in der Stadt gesehen?»

Damit hatte er natürlich recht, aber ich wäre trotzdem um nichts in der Welt in ein Kloster gegangen.

Nachdrücklich schüttelte ich den Kopf. «Ich will nur nicht den Auberlin heiraten.»

Er kniff die Augen zusammen. «Hast du jemand anderen im Sinn?»

«Nein, aber bestimmt finde ich eines Tages einen Mann, zu dem ich mich hingezogen fühle.»

«Dann bist du dem ehelichen Beischlaf prinzipiell also gar nicht abgeneigt?», raunte er so leise, dass ich ihn kaum verstand. «Denke daran, dass eine gute Frau die Begierde des Fleisches besiegt.»

Verwirrt sah ich ihn an. «Ich weiß ja in diesen Dingen noch gar nicht Bescheid.»

Ein Lächeln breitete sich auf seinem ältlichen Gesicht aus und ließ ihn plötzlich um einiges jünger erscheinen.

«Wie unschuldig du noch bist, Susanna.» Er räusperte sich. «Nun gut, ich werde mit deinem Vater reden. Es ist nämlich so, dass die Heilige Kirche der Frau denselben Rang im Sakrament der Ehe einräumt wie dem Mann und nur die einvernehmliche Heirat erlaubt. Auch mir ist es ein Dorn im Auge, dass der Bürger inzwischen die Unsitte des Adels übernommen hat und die eigenen Kinder nach Gutdünken verheiratet. Dein Vater ist ein gottesfürchtiger Mensch, er wird sich meinen Argumenten nicht verschließen.»

«Das würdet Ihr für mich tun?» Eine Welle der Erleichterung durchflutete mich, und voller Dankbarkeit küsste ich ihm die Hände.

«Na, na, Susanna», wehrte er ab. «Das braucht es doch nicht. Aber überleg es dir noch einmal mit dem Kloster. Nicht nur für Jungfern wie dich ist die mönchische Gemeinschaft ein Hort des Friedens und der Seelenruhe. Die Welt da draußen steckt voller Feinde auf der Jagd nach arglosen, einfältigen Seelen wie dir. Du wärst nicht nur geschützt vor den Anfechtungen des Triebes, sondern auch vor all diesen Ketzern, Juden, Hexen und Überfrommen, von denen es nur so wimmelt.»

Ich nickte, noch immer verwirrt.

«Übrigens», fuhr er fort, «falls du dir – zu Recht, denke ich – Sorgen um das Seelenheil deiner Mutter machst: Der Heilige Vater in Rom gewährt in seiner großen Gnade dem Straßburger Bischof ein Ablassprivileg, an dem auch unser Kloster teilhat und damit alle Schlettstädter Männer und Frauen. Es sichert nämlich denjenigen hundert Tage Nachlass an Sündenstrafen zu, die unsere Ablasspredigten besuchen, mit uns beten und ihre Almosen spenden. Wie du vielleicht weißt, kannst du den Ablass auch den Verstorbenen im Fegefeuer zuwenden. Morgen wird der Ausrufer es in der Stadt verkünden. Die Schlettstädter wird es freuen!»

«Ach, Bruder Heinrich, ich besitze doch nichts. Wie soll ich da den Ablassbrief bezahlen können?»

«Das musst du auch nicht. Wer nichts hat, der kann nichts geben, jedoch mit innigen, reuevollen Bußgebeten allemal einen Ablass erwirken. Wie heißt es doch? ‹Denn das Himmelreich soll den Reichen nicht mehr als den Armen offenstehen.› Komm also nur recht häufig zu unseren Predigten. Allerdings sollte deine letzte Beichte nicht allzu lange zurückliegen. Wann also warst du zuletzt beichten?»

«Vor etwa zwei Wochen, bei Pfarrer Oberlin.»

«Nun gut, das ist noch annehmbar.»

Mir schwirrte der Kopf, als er mich zum Kirchenportal begleitete und mir dort die Hand gab. Zugleich hätte ich diesen schmächtigen Mann umarmen mögen, so dankbar war ich ihm, dass mir Auberlin nun vermutlich erspart blieb. Denn daran, dass Bruder Heinrich abermals ein kleines Wunder bewirken würde, zweifelte ich nicht.

KAPITEL 13

Im Spätsommer 1484

Der Kelch der Heirat ging wahrhaftig an mir vorüber. Schon zwei Tage nach meinem Besuch in der Klosterkirche hatte der Vater mich im Hof, wo ich gerade die Wäsche wusch, beiseitegenommen.

«Ich habe nachgedacht: Vielleicht ist Auberlin ja doch nicht der Richtige für dich», hatte er mir ein wenig verlegen erklärt. «Aber das ändert nichts daran, dass wir schon bald einen Mann für dich finden sollten.»

Dass der Kelch der Heirat immer noch auf mich wartete und er meinen zukünftigen Ehemann mit aussuchen wollte, war mir zu diesem Zeitpunkt nicht so wichtig. Hauptsache, ich hatte fürs Erste meine Freiheit zurück.

In den nächsten Wochen kümmerte ich mich noch eifriger als zuvor um den Kramladen des Vaters und führte den Männern vorbildlich den Haushalt. Da wir uns also eine Hausmagd sparen konnten, hatte ich nicht einmal ein schlechtes Gewissen, dass Auberlin in seiner Wut über die Entlobung kein Wort mehr mit dem Vater sprach.

Zu Martins Verwunderung besuchte ich auch einige Male die Predigten im Kloster und erhielt, wie versprochen, nach meinen Bußgebeten einen kleinen Ablass für unsere Mutter, ohne dass ich hätte Geld spenden müssen. In der Regel wurden die Urkunden nach den Gebeten vom Bruder Schaffner ausgegeben, der wohl die Gelder verwaltete. Ich holte sie mir indessen bei Bruder Heinrich persönlich am Marienaltar ab. Die ersten beiden Male war er hocherfreut über mein Erscheinen, hatte mir väterlich den Arm um die Schultern gelegt und mich dabei wohlwollend angelächelt. Beim dritten Mal war seine Miene ernst geworden, und er hatte mich ermahnt: «Du solltest öfter kommen, Susanna. Denk an das Seelenheil deiner Mutter.»

Nicht aus Trägheit vernachlässigte ich die Kirchgänge, sondern weil mir in diesen Wochen meine Freundin Elsbeth wichtiger war. Sooft ich Zeit fand, traf ich mich mit ihr, denn ich machte mir Sorgen um sie. Nicht nur wegen ihrer baldigen Niederkunft, sondern weil sie sich verändert hatte. Früher hatte sie viel und gerne gelacht, hatte immer alles von der heiteren Seite gesehen, doch nun verstummte sie allmählich, starrte, wenn ich sie besuchte, ins Leere, wirkte erschreckend abwesend, wenn ich sie etwas fragte. Zunächst hatte ich angenommen, dass ihr die bevorstehende Geburt, die schließlich ihre erste war, große Angst bereitete. Doch dann wurde ich einmal Zeuge, wie Ruprecht in die Küche gestürmt kam und sie vor mir anschnauzte: «Was hockst du hier faul herum? Solltest du mir und dem Gesellen nicht das Mittagessen in den Hof bringen?»

Er hob den Arm, sie zuckte zusammen und wich ihm aus.

«Tut mir leid», flüsterte sie. «Hab's ganz vergessen, weil mich heut so die Kopfschmerzen plagen.»

Mehr geschah nicht, aber mit Sicherheit nur deshalb, weil ich zu Besuch war.

«Schlägt er dich?», fragte ich, nachdem wir die Platten mit den Bratwürsten in den Hof gebracht hatten und wieder unter uns waren.

«Aber nein!» Sie tat empört.

«Mir kannst du's doch sagen. Das mit dem angeblichen Sturz über den Besen. Das war doch Ruprecht!»

Sie brach in Tränen aus.

«Er wird manchmal so zornig, da vergisst er sich einfach. Aber hinterher tut es ihm immer leid.»

Entsetzt starrte ich sie an. Ich selbst hatte niemals erlebt, dass mein Vater gegen meine Mutter die Hand erhoben hätte.

«Das muss aufhören», stieß ich hervor. «Wenn du willst, sag ich's meinem Bruder oder dem Pfarrer, und dann reden die mit Ruprecht.»

«Bloß nicht! Das würde es nur noch schlimmer machen.»

In diesem Moment wusste ich, dass Elsbeth mit ihrer Ehe in eine schreckliche Falle getappt war.

Mitte August war es so weit. Ein Gassenjunge überbrachte mir am Vormittag die Nachricht, dass die Hebamme bei Elsbeth eingetroffen sei.

Ich stürmte quer durch die Stadt hinüber zum Krämermarkt, der an diesem Tag stattfand, und kämpfte mich durch die Menschenmenge zur Bude meines Vaters. Er und Gregor waren nicht eben begeistert, als ich ihnen mitteilte, dass ich heute nicht für sie kochen würde.

«Es ist genug Sauerkraut von gestern da, und ein Kanten Speck hängt auch noch in der Vorratskammer.»

«Was soll das?», brummte Gregor unwillig. «Deine Elsbeth wird ihr Kind ja wohl auch ohne dich zur Welt bringen.»

«Aber es ist ihr erstes, und sie hat Angst.»

«So geh halt.» Der Vater nahm von einer Magd das Geld für drei Garnrollen entgegen. «Aber vor der Dunkelheit bist du wieder zurück.»

«Danke!»

Ich rannte weiter, das kurze Stück hinüber zum Weinmarkt. In der Nacht hatte es gewittert und sich abgekühlt, und jetzt begann es auch noch zu nieseln. Reichlich nass kam ich bei Elsbeths Haus an und lief durch das offene Tor in den Hof, wo Ruprecht unter dem Vordach gerade ein fertiges Weinfässchen prüfte. Durch das Hämmern ringsum konnte man nicht hören, ob aus dem Haus Laute kamen.

«Ist das Kindchen schon da?», rief ich angespannt. Da ich

noch nie bei einer Geburt dabei gewesen war, wurde mir plötzlich angst und bange.

Ruprecht sah auf. Er wirkte müde, auf seinen Wangen standen Bartstoppeln, und er stank nach Männerschweiß.

Unwillig verzog er das Gesicht. «Du schon wieder?»

«Jetzt sag bitte!»

«Weiß ich doch nicht. Geh halt rauf. Hauptsache, ihr Weiber lasst mich meine Arbeit machen.»

Zögernd betrat ich die kleine Eingangshalle und stieg die Treppe hinauf, die bei Elsbeth bis unters Dach führte. Schon auf halbem Wege hörte ich Schmerzensschreie, die mir das Blut in den Adern gefrieren ließen.

Die Tür zur Schlafkammer war nur angelehnt, und ich stürzte hinein. Leichenblass und völlig ermattet kauerte Elsbeth auf einem halbrunden Gebärstuhl und krallte sich stöhnend an den Armstützen fest. Sie trug ein langes, weites Hemd, vor ihren gespreizten Beinen kniete Gertraud, die Hebamme.

«Schnauf erst mal ruhig durch, sonst wird das nichts», murmelte diese und betastete den riesigen, gewölbten Bauch.

Die beiden hatten nicht bemerkt, dass ich gekommen war. Ich trat neben den Stuhl und streichelte Elsbeths Hand, die eiskalt war.

«Wie geht es dir?», fragte ich unsicher.

«Es ... tut so weh!»

Schon im nächsten Moment bäumte sie sich auf und begann wieder zu schreien.

Am liebsten hätte ich mir die Ohren zugehalten. Wie konnte eine Frau nur diese Geburtsqualen aushalten?

«Heilige Dorothea! Das Kind liegt quer!», hörte ich Gertraud rufen.

«Was bedeutet das?», fragte ich mit zitternder Stimme.

Statt einer Antwort wies die Hebamme mich an, ihr zu helfen.

«Wir legen sie zurück aufs Bett, und du sorgst dafür, dass sie ihre Beine ausgestreckt hält. Ich muss das Kind im Mutterleib drehen.»

«Geht das denn?»

«Jetzt frag nicht lang, sondern pack mit an.»

Während wir gemeinsam Elsbeth zum Bett schleppten, dachte ich grimmig daran, wie Ruprecht seelenruhig im Hof seine Fässer band. Elsbeths Schreie waren in ein herzzerreißendes Wimmern übergegangen. Fast bereute ich, dass ich gekommen war. So hatte ich mir eine Geburt in meinen schlimmsten Vorstellungen nicht ausgemalt.

Mit meinem ganzen Gewicht drückte ich auf Anweisung der Hebamme auf Elsbeths Kniegelenke und bemerkte dabei Bündel verschiedener Kräuter, die um beide Oberschenkel gebunden waren. Ich hatte einmal gehört, dass sie die Geburt beschleunigen sollten. Aber offenbar nutzte das rein gar nichts.

Derweil machte sich Gertraud mit der Rechten an Elsbeths Bauch zu schaffen, mit der Linken griff sie ihr immer wieder an meiner Schulter vorbei in den Schoß. Ich wandte den Blick ab und starrte auf das Stück grauen Himmels in der offenen Dachluke. Elsbeths Wimmern war verstummt.

«Geschafft!», hörte ich die Hebamme nach einer gefühlten Ewigkeit sagen. «Du kannst sie loslassen.»

Behutsam halfen wir der werdenden Mutter aus dem Bett und brachten sie zurück auf den Gebärstuhl. Bald schon kündigten sich die nächsten Wehen an.

«Los, Elsbeth! Mit ganzer Kraft pressen. Jetzt kann das Kind heraus.»

Auf Gertrauds Anweisung hin hatte ich mich hinter Elsbeths Rücken gestellt und ihr unter die Arme gegriffen. Dabei sprach ich ihr immer wieder Mut zu.

Aber es wollte einfach nicht vorangehen. Die Wehen kamen

und gingen, mal mehr, mal weniger heftig. In den Ruhezeiten dazwischen führten wir Elsbeth in der Kammer auf und ab, damit das Blut in ihrem Körper wieder frei fließen konnte. An ihre Schreie hatte ich mich längst gewöhnt, aber als eine Stunde nach der anderen verrann, machte ich mir dann doch große Sorgen.

«Was, wenn das Kind gar nicht herauskann?», raunte ich der Hebamme zu. «Weil es ... weil es unten zu eng ist?»

«So was gibt's nicht! Nicht, wenn das Kind richtig liegt.»

Aber auch Gertraud schien sich Gedanken zu machen. Immer wieder verabreichte sie Elsbeth in kleinen Schlucken einen Sud zum Austreiben, den sie, wie sie sagte, selbst hergestellt hatte. Hernach beschwor sie das Ungeborene: «O Kind, ob lebend oder tot, komm heraus! Denn Christus ruft dich ins Licht! Komm heraus durch Ihn und mit Ihm und in Ihm», und wiederholte zum Abschluss dreimal die geheimnisvollen Worte: «Rex pax nax in Cristo filio suo. Amen.»

Doch erst zum Abend hin wurden die Wehen so stark, dass Elsbeth fast die Besinnung verlor. Ich hatte gerade die beiden Tranlampen entzündet, als mir Gertraud auftrug, aus der Küche einen Eimer warmes Wasser zu holen, das auf dem Herd bereitstand.

«Nur handwarm, keinesfalls heißer. Und beeile dich, es sind nur noch zwölf Atemzüge zwischen den Wehen!»

Als ich mit dem schweren Holzeimer in die Schlafkammer zurückkehrte, war das Kind auf der Welt! Und sah schrecklich aus, wie es da reglos zu Elsbeths Füßen auf dem Leintuch lag: blutig und schleimig der nackte Leib, der Schädel seltsam verformt, und das zerknautschte Gesichtchen wirkte uralt. Dazu hing es an dieser hässlichen hellblauen Schnur, die wie Gedärm aussah.

Ich erschrak bis ins Mark: Hatte hier im Halbdunkel ein Dämon blitzschnell das Neugeborene gegen diesen Wechselbalg ausgetauscht?

«Rundum gesund», hörte ich die Hebamme sagen, und ich starrte sie verwirrt an.

«Aber ... wie das aussieht!»

«Deshalb wollen wir es jetzt waschen.» Gertraud war wieder die Ruhe selbst, während das Kindchen zu zappeln begann. «Aber zuerst muss die Nabelschnur abgebunden werden. Reich mir mal den Faden aus meiner Tasche. Danke. Und jetzt tauchst du den Verband dort ins Olivenöl.»

Keine halbe Stunde später ruhte das Neugeborene, rosig und sauber in ein warmes Tuch gehüllt, in meinen Armen und hatte alles Teuflische verloren. Als es mich aus seinen großen dunkelblauen Augen ernst anstarrte, spürte ich, wie mir vor Rührung die Tränen kamen.

«Wie niedlich du bist», flüsterte ich. Es war ein überwältigendes Gefühl, dieses Wesen im Arm zu halten! Dann sah ich, dass Elsbeth, die halb vornübergesunken auf dem Stuhl hing, noch immer die Augen geschlossen hielt. Gütige Mutter Gottes, sie war doch nicht etwa tot?

«Gertraud! Was ist mit ihr?»

«Sie war wohl kurz ohnmächtig vor Erschöpfung.» Die Hebamme klopfte Elsbeth gegen die Wangen. «Komm zu dir, Mädchen. Alles ist bestens, dein Kleines hat Hunger.»

Elsbeth blinzelte und streckte mit einem Stöhnen den Rücken durch.

«Ist es gesund?»

«Aber ja.» Gertraud lächelte. «Und die nächste Geburt wird schon viel einfacher, wirst sehen.»

Sie nahm mir vorsichtig das Kind aus dem Arm, legte es an Elsbeths entblößte Brust und zeigte ihr, wie sie das Kind halten sollte, damit es richtig trinken konnte.

«Willst gar nicht wissen, was es ist?», fragte sie.

Elsbeth nickte schwach. «Junge oder Mädchen?»

«Ein Mädchen. Habt ihr schon einen Namen?»

«Nein.» Elsbeths Augen füllten sich mit Tränen. «Ruprecht will kein Mädchen.»

«Papperlapapp. So hat's der Herrgott entschieden, und damit gut. Dein Ruprecht wird sich schon dran gewöhnen. Wo steckt der eigentlich die ganze Zeit?»

Jetzt erst fiel mir auf, dass sich Ruprecht nicht ein einziges Mal hatte blicken lassen. Unten im Hof und in der Werkstatt war längst alles still.

Elsbeth strich dem Winzling so behutsam über den dunklen Flaum auf dem Köpfchen, als traute sie sich noch nicht so recht, es anzufassen.

«Der ist bestimmt mit seinen Knechten drüben im Ochsen», sagte sie leise und sah mich bittend an. «Kannst du ihm Bescheid geben? Und ihm auch gleich sagen, dass es nur ein Mädchen ist?»

«*Nur* ein Mädchen? Das sag ich ihm bestimmt nicht! Außerdem: Wenn er bis jetzt nicht hier aufgetaucht ist, hat's auch keine Eile.»

«Genau.» Die Hebamme nickte zustimmend. «Jetzt warten wir erstmal die Nachgeburt ab, dann wasche ich dich, und du darfst dich endlich ins Bett legen.»

«Nachgeburt?» Ich schluckte. Nach allem, was ich gehört hatte, war das eine ziemlich blutige Angelegenheit.

Gertraud lachte auf. «Am besten verschwindest du jetzt in die Küche und machst für Elsbeth eine stärkende Suppe. Es liegt alles bereit. Und uns beiden bringst von dem Kräuterwein mit, den ich in der Vorratskammer entdeckt hab. Lass dir aber ruhig ein wenig Zeit.»

Es war bereits stockdunkle Nacht, als mich einer von Ruprechts Knechten mit der Fackel heimbrachte. Auf Zehenspitzen, um den Vater nicht zu wecken, schlich ich hinauf, doch schon beim

Knarren der Tür zu meiner Kammer stand er im Hemd und mit einem Licht in der Hand vor mir. Statt böse zu werden, fragte er erwartungsvoll: «Ist alles gut gegangen bei deiner Freundin?»

«Ja, wenn auch alles furchtbar lang ging. Es ist ein Mädchen, und es hat schon bald richtig getrunken. Elsbeth war so erschöpft, dass sie am Ende dabei eingeschlafen ist.»

«Ich bin froh, dass die beiden wohlauf sind.»

Dass Ruprecht, den ich aus der Schenke holen musste, wo er sich einen gewaltigen Rausch angetrunken hatte, seine Tochter keines Blickes gewürdigt hatte, verschwieg ich.

Als ich endlich todmüde unter die Bettdecke schlüpfte, schwor ich mir, dass ich niemals heiraten würde.

KAPITEL 14

Im September 1484

Nach den Fürbitten für die Kirche, die Welt und die Verstorbenen begannen die Mönche, das Paternoster zu singen. Hernach noch die Oration, dann würde Heinrich den Segen spenden, und die Vesper ginge zu Ende.

Nachdem in den letzten Monaten ein gewisses Lotterleben im klösterlichen Ablauf Einzug gehalten hatte, waren bis auf zwei Kranke endlich einmal wieder alle versammelt bei diesem doch so wichtigen Stundengebet. So hatte Heinrichs strenge Rüge heute Morgen also doch Früchte getragen. Er könnte mit sich zufrieden sein, wäre da nicht die Enttäuschung mit dem Ablassprivileg.

Einen weitaus größeren Zulauf unter den Bürgern hatte er sich erhofft. Zumal ihm seitens des Straßburger Bischofs schriftlich zugestanden worden war, einen Teil der Einnahmen zur

Bekämpfung gewisser Frauenzimmer, die den Glauben verleugneten – *quarundam muliercularum fidem abnegantium* –, zu verwenden und somit auch die Kosten zu begleichen, die Heinrich für seine Reisen zu den Hexenprozessen überall im Land entstehen würden.

Machten sich diese Schlettstädter so wenig Gedanken um ihr Seelenheil? Mal waren es zwei Dutzend, mal nur lächerliche zehn, die an den Wochentagen nach der Vesper in ihre Kirche kamen. Nun gut, nachdem er die beiden Stadtpfarrer gebeten hatte, in den Predigten ausdrücklich auf die Bedeutung dieses bischöflichen Ablasses hinzuweisen, war es ein wenig besser geworden.

Dass Susanna anfangs nur gelegentlich vorbeikam, hatte ihn mehr getroffen, als er gedacht hätte. Immer wenn er nach dem Stundengebet der Vesper durch das Türchen im Lettner trat, war als Erstes sein suchender Blick über die Köpfe der wartenden Kirchgänger gestreift. Wenn er dann ihren goldblonden Schopf, der immer so vorwitzig unter der Haube hervorlugte, entdeckte, hatte sein Herz ein wenig schneller zu schlagen begonnen. War sie indessen nicht dabei, machte ihn das verdrossen.

Vielleicht war seine Ermahnung, den Sündenerlass für ihre Mutter doch ernster zu nehmen, gar zu streng gewesen. Ihre tiefgrünen Augen hatten sich mit Tränen gefüllt, als er ihr die unsagbaren Qualen des Fegefeuers beschrieb, und am liebsten hätte er sie zum Trost in die Arme geschlossen. Als Entschuldigung hatte sie die bevorstehende Niederkunft ihrer besten Freundin vorgebracht, was er natürlich sofort hatte nachprüfen lassen. Seit Anfang letzter Woche war sie danach tatsächlich täglich zu den Predigten erschienen.

Heute wollte er sich bei der Übergabe des Ablassbriefes ein wenig mehr Zeit für Susanna nehmen. Die Predigt trug an diesem Tag Bruder Benedikt vor, sein Stellvertreter in der Klosterführung. Er selbst würde sich im Hintergrund halten und die Gelegenheit nutzen, Susanna ein wenig zu beobachten.

«Es segne euch der allmächtige Gott», beendete Heinrich in feierlichem Singsang die Vesper und machte dabei das Kreuzzeichen über seine Mitbrüder, «der Vater und der Sohn und der Heilige Geist.»

«Amen», antworteten ihm die Mönche.

Gemessenen Schrittes verließen die Männer den Chor durch die Pforte zum Konvent. Bis auf Bruder Benedikt und Heinrich.

«Wollen mal sehen, wie viele heute gekommen sind», brummte Bruder Benedikt, ein wahrer Koloss, der allen leiblichen Genüssen sehr zugetan war. Schon aus diesem Grunde fand Heinrich ihn nicht sonderlich angenehm.

Als der Subprior ihm das Türchen im Lettner öffnete, traute er seinen Augen nicht: Weit über hundert Bußfertige drängten sich vor dem Kreuzaltar, Männer wie Frauen, und nicht wenige hatten ihre kleinen Kinder dabei.

«Wenn das keine Überraschung ist.» Wie ein Gassenjunge pfiff Bruder Benedikt durch die Zähne. «Da wird das Geld aber im Kasten klingeln!»

Sprach's und bestieg die steinerne Kanzel an der Säule nahe dem Kreuzaltar.

«So lasst uns beten!», donnerte seine tiefe Stimme über die Gläubigen hinweg.

Derweil schritt Heinrich die Reihen der Kirchgänger ab. Als er Susanna entdeckte – hatte sie schon gestern dieses hübsche, lindgrüne Kleid mit dem engen Mieder und den halblangen Ärmeln getragen? –, beugte er den Kopf lächelnd zum Gruß, und sie nickte zurück. Dann begab er sich in die Nähe des Beichtstuhls und lehnte sich an eine der Säulen. Von hier hatte er das Mädchen gut im Blick.

Auf Bruder Benedikts Worte achtete er nicht, die Inhalte seiner in deutscher Sprache gehaltenen Buß- und Ablasspredigten kannte er zur Genüge. Wohl aber sah er, dass Susanna die Augen geschlossen hielt und leicht hin- und herwankte. War das gute Kind übermüdet von der vielen Arbeit, die es tagein, tagaus verrichtete? Oder gab es sich ganz den bildhaften Ausführungen hin, in denen Bruder Benedikt das Fegefeuer als Reich des Schreckens wie der Läuterung schilderte?

Wie sie so dastand, ganz in sich versunken, ging ein seltsamer Zauber von ihr aus. In ihrer schmalen Gestalt mit den schlanken Gliedern war sie halb Kind noch, halb schon reife Frau. Er fragte sich plötzlich, was sie wohl in ihm sah. Einen väterlichen Freund? Einen ins Alter gekommenen Mönch, der einem jungen Menschen noch einmal etwas Gutes tun wollte? Oder war er ihr womöglich ganz und gar gleichgültig?

Er atmete tief durch. Auf der Kanzel war Bruder Benedikt nach einem gemeinsamen Bußgebet zum Ende gekommen, und schon umringten die Schlettstädter den Bruder Schaffner und sein Almosenkästchen, während sich Susanna aus der Menge löste.

Er erwartete sie im Halbdunkel des Seitenschiffs vor dem Marienaltar, auf dem ein einzelnes Altarlicht einen roten Schein verbreitete. Auf sein Nicken hin knieten sie nieder und sprachen, wie schon die vorigen Male, ein dreifaches Ave-Maria, dann überreichte Heinrich ihr den Ablassbrief über weitere hundert Tage Sündenerlass.

«Wie geht es deiner Freundin Elsbeth?», fragte er. «Ich habe gehört, sie hatte eine sehr schwere Geburt.»

«O ja! Ich kann gar nicht verstehen, wie sie das ausgehalten hat. Aber wie durch ein Wunder kann sie sich an die Schmerzen inzwischen kaum noch erinnern.»

Er musste lächeln. «Ihr jungen Menschen habt noch die Gnade des raschen Vergessens.»

Sie sah ihn offen an. «Darf ich Euch etwas fragen, Bruder Heinrich?»

«Nur zu.»

«Wie kann es sein, dass eine Frau solche Pein erleiden muss, wo sie doch einem neuen Menschen das Leben schenkt?»

«Das weißt du nicht, Susanna? Adam und Eva haben von der verbotenen Frucht gegessen. Nur deshalb wurden sie aus dem Garten Eden vertrieben, und deshalb muss die Frau fortan Kinder unter Schmerzen gebären.»

«Das weiß ich wohl.» Sie betrachtete das Bildnis von der Geburt Jesu. «Aber der Mann hat all diese Schmerzen nicht, und er hat auch von der verbotenen Frucht gegessen.»

Täuschte er sich, oder schimmerte da kindlicher Trotz in ihrem Gesicht?

«Dann höre, was in der Bibel steht», erwiderte er fast schroff. *Und das Weib sah, dass von dem Baum gut zu essen wäre, und sie nahm von der Frucht und aß und gab ihrem Mann auch davon, und er aß.*»

«Aber war Eva nicht von der bösen Schlange verführt worden?»

«Ja, das wurde sie. Und dennoch hat *sie* den ersten Schritt des Ungehorsams gegen Gott getan, und nicht Adam. Außerdem», seine Stimme wurde sanfter, «wurde auch Adam eine Strafe auferlegt, nämlich der harte und mühselige Ackerbau.»

In diesem Augenblick kam der Pförtner auf sie zu.

«Verzeih, Vater Prior, wenn ich dich unterbrechen muss. Eben ist ein Schreiben des Straßburger Bischofs gekommen. Der Bote meinte, es sei dringlich.»

Heinrich runzelte die Stirn. Das passte ihm jetzt überhaupt nicht.

«Danke, Bruder Claus.» Er nahm die mit dem bischöflichen Siegel versehene Rolle entgegen. Dann wandte er sich an Susanna: «Ich hoffe, du kommst morgen wieder.»

«Bestimmt», murmelte sie.

«So ist's recht.» Er legte ihr die Hand auf die kühle, glatte Stirn. «Der Herr segne und behüte dich.»

Damit drehte er sich um und eilte mit dem Pförtner zurück in den Mönchschor, wo er im Schein der Lichter des Hochaltars das Siegel erbrach. Was seine Augen entzifferten, mochte sein Verstand nicht glauben.

Er ließ das Blatt sinken. «Ich muss zum Bischof nach Straßburg, gleich morgen früh.»

«Was ist geschehen? Du bist ja ganz blass.»

«Dieser unselige Wittelsbacher Spross!» Mühsam versuchte Heinrich, sich zu beherrschen. «Erdreistet der sich doch wahrhaftig, den vom Papst empfangenen Ablass für unsere Klosterkirche zu widerrufen! Er brauche die Einnahmen ganz und gar für eigene Belange und sei im Übrigen zu der Überzeugung gelangt, dass sich unser Kloster zu wenig um Reformen bemühe, als dass es eines Ablassprivilegs würdig sei. Was für eine Impertinenz! Da steckt doch dieser Jakob Sprenger dahinter! Und der wagt das nur, weil mit Innozenz ein neuer Papst auf dem Heiligen Stuhl sitzt. Wo er es doch bei Papst Sixtus nie geschafft hat, sich einzuschmeicheln.»

Bruder Claus wich erschrocken vor seinen aufgebracht fuchtelnden Händen zurück.

«Aber nicht mit mir!» Heinrich steckte das zerknitterte Papier in seinen Ärmel. «Gleich morgen werde ich den Bischof zur Rede stellen. Und wenn er den Entschluss nicht zurücknimmt, werde ich einen Eilbrief nach Rom auf den Weg schicken und mich bei Papst Innozenz beschweren. Schließlich brauchen wir das Geld für meine Aufgabe als päpstlicher Inquisitor.»

«Heißt das», flüsterte Bruder Claus, «wir müssen die Ablasspredigten einstellen?»

«Gar nichts werden wir einstellen – wir machen weiter wie

bisher. Aber kein Wort zu niemandem von diesem Schreiben, hörst du? Noch wissen nur wir beide davon, dass der Bischof das Privileg zurückgenommen hat.»

Der Pförtner nickte eifrig.

Sie hatten den Chor verlassen und betraten den Kreuzgang des Klosters. Zwischen den offenen Spitzbögen sah Heinrich, wie die Mönche dem Refektorium zustrebten, um dort das Abendessen einzunehmen. Ihre leisen Gespräche verstummten, als sie sein Erscheinen bemerkten.

Er hielt nach Bruder Martin Ausschau und fand ihn drinnen im Speisesaal am Lesepult. Ihm fiel ein, dass er für diese Woche die Aufgabe des Lektors bei den Mahlzeiten innehatte. Während sich die Mitbrüder auf ihre Plätze verteilten, gab Heinrich ihm ein Zeichen, ihm zu folgen. Zurück im Kreuzgang, raunte er ihm zu:

«Ich werde morgen für drei Tage in Straßburg sein, beim Bischof. Und danach wohl bei dem einen oder anderen Hexenprozess die Untersuchung leiten – ich habe schon meine Fühler ausgestreckt. Daher bitte ich dich während meiner Abwesenheit um einen Gefallen: Sieh zu, dass deine Schwester Susanna weiterhin zu den Predigten kommt, die Urkunden bekommt sie dann später von mir.»

«Selbstverständlich, Vater Prior.»

«Da ist noch etwas. Hab ein Auge auf sie, wenn ich auf Reisen bin. Schau einmal täglich bei euch zu Hause vorbei und berichte mir. Ich gebe Bruder Benedikt und dem Pförtner Bescheid, dass dein täglicher Ausgang in Ordnung geht.»

Martin zog die Augenbrauen in die Höhe. «Aber worüber soll ich Euch berichten, Vater Prior?»

«Nun, ob euer Vater wieder einen Bräutigam für sie in Aussicht hat, zum Beispiel. Oder ob das Mädchen selbst ein Auge auf jemanden geworfen hat.»

Jetzt schien Martin erst recht beunruhigt. Heinrich biss sich auf die Lippen. Womöglich war sein Vorstoß doch etwas zu gewagt. Aber mit einem Mal war ihm der Gedanke unerträglich, während seiner Abwesenheiten die Kontrolle über das Mädchen zu verlieren.

«Verzeiht meine Neugier, Vater Prior, aber macht Ihr Euch etwa Sorgen um meine Schwester? Gibt es etwas, das ich wissen müsste?»

Mit dieser Gegenfrage hatte Heinrich nicht gerechnet, und so erwiderte er das Erstbeste, das ihm einfiel.

«Nicht direkt. Aber ich sehe Anzeichen bei Susanna, dass sie vielleicht an derselben Gemütskrankheit leidet wie eure Mutter. Falls dem so wäre, muss man rechtzeitig geistlichen Beistand leisten. Da ich gewissermaßen ein Freund eurer Familie bin, sehe ich mich hierbei in der Pflicht.» Er legte dem jungen Mann den Arm um die Schulter. «Gehen wir zurück, die anderen warten schon auf uns.»

Drinnen im Refektorium nahm er einigermaßen befriedigt am Kopfende der langen Tafel Platz. Das unterbrochene Gespräch mit Susanna würde er nach seiner Rückkehr nachholen. Und zwar nicht in der Kirche, wo man alle naselang gestört würde, sondern drüben im Gästehaus. Er wollte wissen, was diese junge Frau bewegte.

KAPITEL 15

Im September 1484

Zehn Tage lang hütete Elsbeth als Wöchnerin das Bett, zumindest die meiste Zeit über. Die Geburt hatte sie sehr geschwächt, und der Milchfluss wollte sich anfangs nicht so recht einstellen. Zum Glück schaute die Hebamme täglich nach ihr, und allmählich fand der Säugling zu festen Zeiten beim Trinken und Schlafen. Auch ich richtete es so ein, dass ich einmal am Tag meine Freundin besuchte, und sei es nur auf einen Sprung, wenn ich beim Einkaufen war oder für meinen Vater Botengänge erledigte. Dann brachte ich ihr jedes Mal etwas Frisches aus unserem Garten mit. Wenn Mutter und Kind schliefen, ließ ich sie schlafen und betrachtete voller Freude das Kleine in seiner Wiege. Das niedliche Mädchen mit dem dunklen Haarschopf war eine Woche nach der Geburt auf den schönen Namen Dorothea getauft worden. Seine kleinen Fäuste waren nicht viel größer als eine Walnuss, und wenn es im Schlaf mit den Ärmchen und Beinchen ruderte, fragte ich mich, ob es schon zu träumen vermochte.

Einige Male erwachte das Dorchen, wie wir es nannten, während ich still an Elsbeths Bettkante saß, und begann, leise vor Hunger zu weinen. Dann nahm ich es behutsam aus der Wiege, dieses federleichte Geschöpf, und küsste es auf die Stirn, bevor ich es an Elsbeth weiterreichte.

Ruprecht ließ sich bei meinen Besuchen niemals blicken. Ich wusste, dass er mich nicht leiden konnte, aber das war mir gerade recht. So waren wir unter uns. Dass Elsbeth anfangs so kraftlos wirkte, schob ich auf die schwere Geburt, von der sie sich erst einmal erholen musste. Doch auch nach der Taufe, zu der Pfarrer Oberlin mit dem Altardiener ins Haus kam, wurde es nicht besser. Sie rührte kaum etwas von meinen Gartenfrüchten oder den Speisen an, die, wie es im Wochenbett üblich war, die Nachbarinnen vorbeibrachten. Wenn ich ihr von dem üblichen Tratsch der Marktfrauen erzählte, starrte sie nur ins Leere. Dabei hatten wir uns früher mit solcherlei Geschichten immer zum Lachen bringen können, selbst wenn wir uns zuvor über etwas geärgert hatten. Ich begann, mir wirklich Sorgen zu machen.

«Freust du dich denn gar nicht über die kleine Dorothea?», fragte ich sie schließlich.

«Doch», erwiderte sie matt. «Jetzt, wo sie trinkt und viel schläft, ist alles gut.»

«Aber was ist es dann, was dich so traurig macht?»

Sie winkte ab. «Das wird schon wieder.»

«Ist es wegen Ruprecht? Ist er noch immer enttäuscht, dass du keinen Jungen bekommen hast?»

Sie schwieg.

Das war es also! Ich spürte, wie der Zorn in mir aufstieg. Wie konnte dieses selbstgefällige Mannsbild nur so hart sein? Jeder, der die kleine Dorothea auch nur ein Vaterunser lang betrachtete, schmolz dahin. Bei der Tauffeier hatte ich es selbst erlebt: Nicht nur die Weiber aus der Nachbarschaft waren immer wieder in entzückte Rufe ausgebrochen, auch mein Vater und Martin, der zu einem der Taufpaten erkoren worden war. Und Gregor hatte immerhin still gelächelt.

«Spielen wir das Zahlenorakel», versuchte ich, sie abzulenken. «Ich habe Würfel mitgebracht.»

Ich holte den Würfelbecher und das Brettchen aus meinem Korb und legte alles vor ihr aufs Bett.

«Du fängst an», forderte ich sie auf.

Sie schüttelte den Kopf.

«Jetzt komm schon. Das spielst du doch sonst so gern. Weißt du noch, wie wir das letzte Mal so laut gelacht haben, dass der Hund im Nachbarhof zu bellen angefangen hat?»

«Fang du an», sagte sie leise. «Ich hab ohnehin Pech.»

«Na gut.»

Ich wirbelte den Becher hin und her und sprach dabei mit verstellter Stimme: «O Würfel, ich beschwöre euch: Im Namen aller Engel und Gestirne sagt mir die Wahrheit über meine Wünsche.»

Dann ließ ich den Becher auf das Brettchen niedersausen und hob ihn hoch.

Ich tat verzweifelt: «Siehst du, wer hier Pech hat? Einmal die

Sechs und zweimal die Vier: keinerlei Hoffnung auf Erfüllung meiner Wünsche.» Elsbeth schwieg. «Willst du gar nicht wissen, was ich mir gewünscht habe?»

Teilnahmslos antwortete sie: «Was also?»

In Wirklichkeit hatte ich mir in der Eile überhaupt nichts gewünscht und musste mir rasch etwas ausdenken.

«Dass der Vater mir für den Winter neue Schuhe kauft. So muss ich also weiter die alten Kloben tragen. Jetzt bist du dran. Hast du dir was gewünscht?»

Sie nickte und nahm fast widerwillig Becher und Brettchen entgegen. Während sie kraftlos schüttelte, murmelte sie ebenso kraftlos die Beschwörung. Dann deckte sie ihren Wurf auf: Besser hätte es nicht kommen können.

«Dreimal die Sechs!», rief ich und sagte den zugehörigen Spruch: «So wird's denn wahr, wie du es denkst, noch vor Neujahr!»

Ich zog sie in meine Arme.

«Mensch, Elsbeth, was für ein Glück. Sag schnell, was du dir gewünscht hast.»

Sie blinzelte verwirrt. «Dass ich ... dass ich nicht mehr mit ... Nein, ich kann's nicht sagen.»

Plötzlich brach sie in Tränen aus, und ich starrte sie erschrocken an.

«Wenn doch nur meine Mutter noch am Leben wäre», stieß sie endlich hervor. «Dann wär alles einfacher. Und bei der Geburt wär sie auch dabei gewesen.»

Ich schluckte und griff nach ihrer Hand. Elsbeths Mutter war vor vielen Jahren schon an der Schwindsucht gestorben. Genau wie ich hatte sie nur noch einen Vater und zwei ältere Brüder, von denen der eine die väterliche Backstube in unserer Straße übernommen hatte, der andere nach Kolmar gegangen war. Eigentlich hatte ich geglaubt, Elsbeth wäre längst darüber hinweg, so herzlich, wie sie mich ihrerseits nach dem Tod meiner Mutter getröstet hatte.

Allein der Gedanke an meine Mutter hätte auch mich fast zum Weinen gebracht, aber ich riss mich zusammen.

«Weißt du, was? Morgen nach dem Mittagessen gehen wir beide ein bisschen spazieren. Es ist noch so schön warm draußen. Ich nehme das Dorchen in die Rückentrage. Wir könnten bis zum Herrenbrunnen am Wafflerhof gehen.»

«Dazu fühl ich mich zu schwach.»

«Das kleine Stück schaffst du, wirst sehen. Und beim nächsten Mal schaffen wir es vielleicht schon bis zu unserem Garten. Da sind jetzt die Äpfel reif.»

«Vermutlich hast du recht.» Sie lächelte schwach. «Versuchen wir's.»

Ich ließ ihre Hand los und stand auf. In der Wiege rührte sich die Kleine.

«Ich muss los, das Abendessen richten. Und dein Dorchen hat, glaube ich, auch Hunger.»

Ich reichte ihr das Kind hinüber und beobachtete noch ein Weilchen, wie es leise schmatzend und mit geschlossenen Augen trank. Dann drückte ich Elsbeth einen Kuss auf die Wangen.

«Bis morgen also.»

«Bis morgen, Susanna. Ich bin so froh, dass ich dich hab.»

Wieder standen ihr die Tränen in den Augen.

«Bist du wegen Ruprecht so unglücklich?», fragte ich leise.

Sie nickte. «Ich hatte mir vorhin gewünscht, dass ich nicht mehr mit ihm zusammen sein muss.»

Mein Herz krampfte sich zusammen. «Schlägt er dich wieder?»

«Das nicht. Aber er liebt und achtet mich kein bisschen! Ich bin für ihn wie ein Stück morsches Holz, unnütz und nicht mal für den Ofen zu gebrauchen.»

«So darfst du nicht reden. Vielleicht braucht er seine Zeit, um sich an alles zu gewöhnen. Es ist ja sein erstes Kind und nun mal leider kein Junge geworden.»

Dabei glaubte ich meinen eigenen Worten nicht.

«Jetzt freu dich einfach an Dorchen», fügte ich hinzu. «Alles andere wird sich schon geben.»

Reichlich niedergeschlagen trat ich wenig später vor die Haustür. Aus der Schenke schräg gegenüber drang trunkenes Gelächter, und ich glaubte Ruprecht herauszuhören. Ansonsten lag der Weinmarkt viel stiller als sonst vor mir, da es Sonntag war.

Einen kurzen Augenblick war ich versucht, die Schenke zu betreten und Ruprecht zur Rede zu stellen. Wie er sich das denn vorstelle, sein Weib im Kindbett tagaus, tagein allein zu lassen. Wie er sich das überhaupt vorstelle, ein guter Vater zu sein. Aber ich ließ es. Teils aus Furcht vor seinem Jähzorn, teils aus der Sorge, mich vor all den Kerlen da drinnen lächerlich zu machen.

Die Sonne stand schon tief, und ich kehrte eilig heim. Als ich die Außentreppe hinaufstieg, hörte ich aus der Stube Martins Stimme. Neuerdings tauchte er täglich bei uns auf, obgleich ein Mönch doch weitgehend in Klausur leben sollte. Mehr und mehr hatte ich den Eindruck, dass er nur wegen mir kam. Er fragte mich aus, was ich den ganzen Tag so treibe, ob es mir gutgehe, ob ich genug esse und nachts ruhig schlafe. Zuletzt hatte er mich sogar gefragt, ob ich jemanden kennengelernt habe. Ich verstand nicht, was das sollte. Zugleich drängte er darauf, dass ich weiterhin die Ablasspredigten besuchte. Aber dafür hätte es nicht sein Zureden gebraucht, da er doch wusste, dass ich es für unsere Mutter tat.

Die letzten beiden Male war der Prior nicht in der Klosterkirche gewesen, worüber ich fast ein wenig erleichtert war, nachdem er mich bei unserem Gespräch über die Erbsünde so finster angeschaut hatte. War ich womöglich gar zu forsch gewesen in meinen Antworten? Aber ich fand die Tatsache, alle Schuld unserer Urmutter Eva anzulasten, schlichtweg ungerecht. Den Ablassbrief hatte ich dann vom Bruder Schaffner erhalten, wenn er ihn mir auch reichlich unwillig herübergereicht hatte. «Wenn es nach mir ginge, bekäme keiner den Brief nur fürs Beten ...», hatte er mir letzten Freitag gesagt, und so war ich fürs Erste froh gewesen, dass das Wochenende kam und ich am Samstagnachmittag und Sonntagmorgen wieder mit Gregor und dem Vater die heilige Messe bei Pfarrer Oberlin besuchte.

Als ich nun die Stube betrat, saßen die Brüder mit dem Vater bei einem Krug Rotwein und unterhielten sich leise. Gregor sah auf:

«Kommst du auch mal wieder heim? Wir warten aufs Abendessen.»

«Das ist schnell gemacht», entgegnete ich ungerührt.

«Trotzdem. Du kommst und gehst inzwischen, wie's dir passt.»

«So lass sie doch!», wies der Vater ihn zurecht. «Sie macht ihre Arbeit, und zwar gut und gewissenhaft. Da darf sie wohl auch hin und wieder ihre Freundin besuchen.»

Ich warf ihm einen dankbaren Blick zu und beeilte mich, nach oben in die Küche zu kommen. Martin folgte mir.

«Ich helfe dir. Was soll's denn geben?», fragte er.

«Geschmälzter Haferbrei mit Apfelschnitzen. Du kannst die Äpfel schälen und klein schneiden.»

Ich reichte ihm ein Messer, und er setzte sich an den Tisch. Schon als Kind hatte er der Mutter gern beim Kochen geholfen und Gregors Spott hierüber mit Gleichmut ertragen.

Wie erwartet, fragte er mich, kaum dass er den ersten Apfel in der Hand hielt: «Geht's dir nicht gut? Du siehst so blass aus.»

«Ach was. Ich hab mich nur über den Ruprecht geärgert, aber du weißt ja selbst, wie der ist. Warum fragst du mich eigentlich dauernd so aus?»

Verunsichert blickte er auf. «Weil ich ... weil ich doch sehe, wie sehr dich Mutters Tod mitgenommen hat. Und dann die Sache mit Auberlin und deine unglückliche Freundin Elsbeth ...»

So sehr mich in letzter Zeit seine ständige Fragerei gestört hatte, so war ich jetzt doch gerührt.

«Ach Martin, wenn du glaubst, dass ich jetzt auch schwermütig geworden bin, dann brauchst du dir keine Sorgen zu machen. So schnell wirft mich nichts um.»

Er wirkte erleichtert. «Heute ist übrigens unser Prior zurückgekommen. Kommst du morgen also wieder zur Ablasspredigt?»

«Ja, das werde ich.»

KAPITEL 16

Am Tag darauf

*B*reitbeinig versperrte mir Ruprecht den Zugang ins Haus.

«Wer durch die Stadt spazieren will, kann auch wieder den Haushalt führen», fauchte er.

Wütend funkelte ich ihn an. «Bist du noch bei Trost? Eine Frau soll sich nach der Geburt sechs Wochen schonen. Das sagt dir jede Hebamme.»

«Ich pfeif auf dieses Geschwätz. Elsbeth ist nicht krank, sondern faul. Noch nicht mal das Mittagessen hat sie heute rechtzeitig fertig bekommen. Und ich muss mich den ganzen Tag schinden.»

Von oben hörte ich das Kind schreien.

«Lass mich sofort zu ihr!»

Ich versuchte, mich an ihm vorbeizudrücken, aber Ruprecht war nicht nur zwei Köpfe größer als ich, sondern in den Schultern auch doppelt so breit.

Da griff ich zu meinem letzten Mittel. «Dann hol ich eben Gregor her.»

«Ha! Mit diesem Waschweib willst du mir drohen?»

Damit nahm er das Maul reichlich voll. In der Vergangenheit waren die beiden zum Erntedankfest einmal heftig aneinandergeraten. Aus der blutigen Rauferei war mein Bruder schließlich als Sieger hervorgegangen.

Tatsächlich ließ Ruprecht mich nun passieren.

«Aber dass eines klar ist: Elsbeth verlässt nicht das Haus», brüllte er mir hinterher.

Ich fand meine Freundin in der Küche, auf einem Schemel sitzend, mit Dorothea an der Brust. Auf der Tischplatte häufte sich ein Berg an Kohl und Rüben, in der Pfanne schmorte ein Stück Fleisch.

Ich wendete den Braten in der Pfanne und setzte mich an den Tisch.

«Du kochst wieder für die ganze Männerrunde?»

Tiefe Schatten lagen unter Elsbeths Augen. «Ich muss. Ruprecht hat die Nachbarinnen angewiesen, kein Essen mehr zu bringen. Und rüber in die Garküche will er auch nicht mehr.»

«Aber wie sollst du das schaffen, wo das Kleine alle naselang trinken will?»

Elsbeth zuckte die Schultern.

«Das geht schon irgendwie. Wenn ich nur nicht für alles so lang brauchen tät. Und dauernd so müde wär.»

Ich versuchte zu lächeln. «Kein Wunder, wo das Dorchen bestens wächst und gedeiht.»

Nachdenklich strich ich dem Säugling über die rosigen Wangen. Je runder das Kind wurde, desto mehr fiel Elsbeth in sich zusammen.

«Jetzt bleibst erst einmal sitzen, und ich mache das Essen fertig. Weißt du, was mich zur Weißglut treibt? Dass Ruprecht versprochen hat, eine Magd einzustellen, wenn das Kind auf die Welt kommt. Und jetzt sollst du alles allein machen. Wo du nicht mal Frauen in der Verwandtschaft hast, die dir helfen könnten.»

«Er sagt, für eine Magd reicht das Geld nicht.»

«Ja, ja, aber versaufen kann er das Geld!»

Das Gemüse war schnell klein geschnitten und ins kochende Wasser getan, als Elsbeth das gestillte Kind auch schon frisch gewickelt hatte.

Sie legte es zurück in die Wiege. Dabei beugte sie so weit den Kopf vor, dass ich in ihrem Nacken einen großen Bluterguss erkannte.

Ich zuckte zusammen. «Er hat dich wieder geschlagen!»

«Was ... was meinst du?»

«Der Fleck am Hals. Zeig mir mal deine Arme.»

Ohne ihr Kopfschütteln zu beachten, schob ich ihr die langen Ärmel hoch. Handgelenke und Ellbogen waren blutunterlaufen.

«Jetzt erzähl mir bloß nicht wieder, dass du gestürzt wärst.» Beschwörend blickte ich sie an. «Das muss aufhören, Elsbeth! Verstehst du?»

Noch bedrückter als am Vortag, ging ich am späten Nachmittag zu den Predigern. Ich hatte mich so darauf gefreut, meine Freundin bei diesem herrlichen Sonnenschein auszuführen. Wo doch die Tage bereits spürbar kürzer und bald schon unwirtlicher werden würden.

Über meine Sorgen um die Freundin hinaus spürte ich, dass das, was ich bei Elsbeth erlebte, mich nur noch in meinem Vorsatz bestätigte, unverheiratet zu bleiben. Eher noch würde ich Gregor mein Leben lang den Haushalt führen, da wusste ich wenigstens, woran ich war.

Beim Abschied hatte ich Elsbeth versprochen, meinen Vater um Hilfe zu bitten. Er war zwar selbst bislang noch nie in den

Magistrat gewählt worden, kannte aber einige einflussreiche Ratsherren recht gut. Dass Ruprecht seine Frau schlug, war schlimm genug, aber dass er es tat, wo sie noch Wöchnerin war, sollte ausreichen, um ihn vor Gericht zu bringen. Wobei ich mir unsicher war, ob Elsbeth das überhaupt wollte. Vielleicht sollte ich zunächst ihren ältesten Bruder Konrad aufsuchen. Er schien mir besonnen genug, dass er Ruprecht ins Gewissen reden würde, bevor man ihn von Amts wegen an seine Fürsorgepflichten als Ehemann gemahnte. Tief im Innersten ahnte ich indessen, dass das meiner Freundin rein gar nichts nützen würde. Die Ehe sei heilig und unauflöslich, hatte Bruder Heinrich betont, doch Elsbeth war darin gefangen wie ein Tier in einem Käfig.

In meine Grübeleien versunken, wäre ich beim Kloster fast vor die Räder eines Fuhrwerks geraten.

«He! Gib doch acht, du Schlafhaube», brüllte der Kutscher mich an.

Ich sprang zur Seite und betrat mit weichen Knien die Kirche, wo die Vesper der Mönche eben zu Ende ging. Vor dem Kreuzaltar hatte sich heute nur ein kleines Häuflein versammelt. Mir fiel ein, dass ich ganz vergessen hatte, Martin zu fragen, was an dem Gerücht dran sei, welches am Samstag auf dem Markt die Runde gemacht hatte: dass nämlich der Straßburger Bischof sein päpstliches Ablassprivileg, an dem er Schlettstadt teilhaben ließ, zurückgezogen habe.

Als der Prior jetzt den Lettner durchquerte und gleich darauf die Kanzel erklomm, wirkte er voller Schwung.

«Stimmt es, dass wir keinen Ablass mehr kriegen?», rief ihm der dicke Mann neben mir zu. Da breitete sich ein Lächeln auf Bruder Heinrichs sonst so ernstem Gesicht aus.

«Da ist die Gerüchteküche wohl schon munter am Brodeln in unserer Stadt. Aber, ihr lieben Einwohner von Schlettstadt, es besteht kein Grund zur Sorge. Gestern bin ich aus Straßburg zurückgekehrt, und es war mir ein Leichtes, unseren Herrn Bischof zu überzeugen, wie wichtig euer Seelenheil uns Mönchen ist. Nun aber lasst uns beten.»

Heute vermochte ich der Predigt kaum zu folgen. Immer wieder schweiften meine Gedanken zu Elsbeth und ihrem Kind. Als mir der Prior keine halbe Stunde später am Marienaltar den Ablass überreichte, hielt er meine Hand fest.

«Hast du Kummer, Susanna?»

Mir entfuhr ein Seufzer. «Meine arme Freundin Elsbeth», begann ich.

«Warte. Gehen wir hinüber ins Gästehaus. Dort sind wir ungestört.»

Er ließ meine Hand los, und ich folgte ihm durch einen Seitenausgang zu einem breiten, zweistöckigen Haus, das wie eine Nase aus dem Klostervierreck herausragte.

«Hier empfangen wir jene Gäste von auswärts, die Laien sind», erklärte er. «Und gleich nebenan habe ich als Prior meine Wohnstatt.»

Ich zögerte beim Eintreten. Eigentlich war mir nicht nach einem längeren Gespräch mit Bruder Heinrich zumute, andererseits würde es vielleicht guttun, meine Sorgen einem Geistlichen zu offenbaren.

Der große, lichte Raum im Erdgeschoss war fast rundum mit gepolsterten Bänken umgeben, in einer Ecke stand ein großer, dunkelgrüner Kachelofen, der in der kalten Jahreszeit bestimmt wunderbar warm gab. Ansonsten war das Zimmer leer, die weißen Wände bis auf ein großes Kruzifix und einen schlichten Altar darunter schmucklos.

Auf ebendiesen steuerte der Prior zu.

«Ich möchte zunächst, dass du dein Gewissen erleichterst und beichtest. Dein letztes Mal bei Pfarrer Oberlin ist ja schon geraume Zeit her.»

«Hier bei Euch?», fragte ich verdutzt.

«Hier und jetzt. Als Priester kann ich dir die Beichte überall abnehmen, selbst bei dir zu Hause in der Küche.»

Gehorsam schlug ich das Kreuzzeichen, während ich die Worte sprach: «Im Namen des Vaters und des Sohnes und des Heiligen Geistes. Amen.»

«Gott, der unser Herz erleuchtet», erwiderte er, «schenke dir wahre Erkenntnis deiner Sünden und Seiner Barmherzigkeit.»

«Amen», gab ich zur Antwort, und wir knieten vor dem Altar nieder.

«So bekenne denn deine Sünden, meine Tochter.»

Ich hatte tatsächlich etwas zu beichten.

«Auf dem Weg hierher hatte ich gegen jemanden böse Gedanken.»

«Gegen wen und welcher Art böse?»

«Gegen Ruprecht, den Ehemann meiner Freundin Elsbeth. In meinem Zorn hatte ich ihm den Tod gewünscht.»

«Der Zorn ist ein schlechter Ratgeber. Bereust du diesen Gedanken?»

Meine Antwort entsprach nicht ganz der Wahrheit. «Ja.»

«Hast du sonst noch jemandem Böses gewünscht?»

Ich dachte nach. Mir fiel nur Gregor ein. Aber ernsthaft böse waren meine Gedanken gegen ihn nun doch nicht gewesen.

«Nein.»

«So lass mich nun dein Gewissen weiterhin erforschen. Warst du deinem Vater immer gehorsam?»

«In allen wichtigen Dingen ja.»

«Hast du stets deine täglichen Gebete am Morgen, vor den Mahlzeiten und am Abend verrichtet?»

«Am Morgen habe ich sie manchmal vergessen.»

«Hast du den Namen Gottes und die Namen der Heiligen missbraucht?»

«Einmal habe ich geflucht, als ich wütend auf Ruprecht war.»

«Hast du dich dem falschen Glauben hingegeben und gefallene Engel angebetet, in Worten oder Gedanken?»

«Nein.»

«Hast du geweissagt oder weissagen lassen?»

Da Bruder Heinrich hiermit so etwas Kindisches wie unser Würfelspiel gewiss nicht meinte, antwortete ich mit einem Nein.

«Hast du gezaubert oder zaubern lassen?»

«Gewiss nicht!», erwiderte ich erschrocken.

«Hast du manchmal unzüchtige Gedanken, hast du dir gewünscht, etwas Unkeusches zu sehen, zu hören oder zu tun?»

Jene Frage wiederum kannte ich von Pfarrer Oberlin, wenn auch nicht in dieser Länge.

«Nein.»

«Warst du unkeusch in Worten und Taten? Hast du dich selbst oder andere unkeusch berührt?»

Obwohl mein Blick nach unten gerichtet war, spürte ich, wie er mich anstarrte.

«Nie!»

«Dann sprich jetzt dein Reuegebet.»

Ich sagte jenes Gebet auf, das mich meine Mutter einst gelehrt hatte: «Dich liebt, o Herr, mein ganzes Herz, drum ist mir dies der größte Schmerz, dass ich erzürnt dich höchstes Gut, o Jesus, wasch mich rein in deinem kostbaren Blut.»

Er murmelte etwas auf Lateinisch, dann verkündete er laut: «So spreche ich dich los von deinen Sünden im Namen des Vaters und des Sohnes und des Heiligen Geistes. Amen.»

«Amen.»

Er erhob sich, nahm mich bei der Hand und führte mich zu der Bank am Kachelofen.

«Was also hast du auf dem Herzen? Sag es mir wie einem Vater und guten Freund.»

Ich erzählte ihm von Elsbeth und wie es um sie und Ruprecht stand.

«Warum nur schlägt er seine Frau? Meine Freundin ist so ein sanftmütiger Mensch!»

Er wiegte den Kopf hin und her. «So kennst *du* deine Freundin. Aber kannst du beurteilen, was geschieht, wenn du nicht dabei bist? Im Brief des Paulus an die Epheser steht geschrieben: *Die Frauen seien untertan ihren Männern wie dem Herrn. Denn der Mann ist des Weibes Haupt.* Wer weiß, vielleicht gibt Elsbeth ihrem Mann einen Grund, indem sie sich ihm widersetzt.»

Was Bruder Heinrich da sagte, gefiel mir nicht. Ich machte dennoch einen weiteren Versuch.

«Ich kann's nicht glauben, dass sie ihm Anlass für Schläge gibt. Es liegt einzig und allein daran, dass sie eine Tochter geboren hat, wo er doch einen Sohn wollte. Er würdigt das kleine Dorchen keines einzigen Blicks, dabei ist es solch ein niedliches Kind. Ihr glaubt gar nicht, wie leid mir Elsbeth tut.»

«Das ist fürwahr falsch, das eigene Kind nicht anzuerkennen. Jedes Kind ist ein Geschöpf Gottes, ob Junge oder Mädchen. Aber ein Mädchen ist nun mal kein Stammhalter. Deine Freundin muss Geduld und Nachsicht haben. Und sie ist noch so jung und kann noch oftmals gebären. Rede ihr gut zu und gib ihr Zuversicht, wenn du bei ihr bist. Dann wird sich auch diese Ehe eines Tages zum Guten wenden.»

Ich nickte, war aber wenig überzeugt. «Habt Dank für Eure Zeit, Bruder Heinrich. Ich muss jetzt nach Hause.»

Als ich aufstehen wollte, umfasste er meine Hüften mit beiden Händen und drückte mich zurück auf die Bank.

«So warte noch einen Augenblick.» Er ließ mich los und legte seine Hände in den Schoß. «Wie sind deine eigenen Gedanken zur Ehe, jetzt, wo du den Auberlin nicht heiraten musst?»

Plötzlich war es mir sehr unangenehm, wie dicht er neben mir saß. Fast glaubte ich, sein Bein an meinem zu spüren, und ich rückte ein Stück weit von ihm ab.

«Aber ich denke doch gar nicht mehr ans Heiraten.»

Er neigte mir den Kopf zu, sodass ich sehen konnte, wie er unter dem Haarkranz der Tonsur schwitzte, obwohl es hier herinnen angenehm kühl war.

«Dann gibt es also keinen Mann in der Stadt, der dir gefallen könnte?», fragte er leise. «Den du vielleicht auch begehren könntest?»

«Nein», erwiderte ich wahrheitsgemäß.

«Aber du solltest daran denken, dass dein Vater nicht ewig für dich sorgen und für dich entscheiden kann. Wenn du also nicht willst, dass das ein Ehemann übernimmt, bleibt dir nur das Kloster. Wie gesagt, die hiesigen Dominikanerinnen kann ich dir wärmstens empfehlen.»

Ich schüttelte den Kopf. «Jetzt, wo das Dorchen auf der Welt ist, weiß ich, dass ich eines Tages Kinder möchte.»

Da lachte er auf. «Ach, Susanna. Das eine geht nun mal nicht ohne das andere.»

Er strich mir über die Wange.

«Ich merke, du wirst unruhig und willst los. Wir sehen uns dann morgen bei der Predigt. Vielleicht können wir danach unser Gespräch fortsetzen.»

Erleichtert stand ich auf. Auch er erhob sich, und als er Anstalten machte, mich hinauszubegleiten, wehrte ich ab.

«Ich finde den Weg schon, danke.»

«Dann lass mich dir noch einen guten Rat auf den Weg geben.» Aus zusammengekniffenen Augen starrte er mich plötzlich an. «Du bist jung und schön, Susanna, dein Leib steht in voller Blüte. Keinem Mann entgeht das. Wenn du dich also nicht ins Unglück stürzen willst, solltest du dich draußen ein wenig besser bedecken, mein Kind.»

Er zupfte an meinem Tuch, das mir lose um die Schultern hing, und bedeckte damit meinen Ausschnitt. Ich erstarrte, als ich den Druck seiner Finger auf der bloßen Haut spürte, und wich zurück.

«Auf Wiedersehen, Bruder Heinrich», presste ich hervor und beeilte mich hinauszukommen.

Auf der Gasse am Stadtbach holte ich erst einmal tief Luft. Der Prior hatte es sicherlich gut gemeint in seiner väterlichen Art, und ich war ihm nach wie vor dankbar für alles, was er für mich getan hatte. Und doch war mir, als hätte unser vertrauensvolles Gespräch in einem schrecklichen Missklang geendet.

KAPITEL 17

Schlettstadt, zu Johanni des Jahres 1445

«Wenn ich im Herbst eine sehr gute Prüfung schaffe, sagt der Schulmeister, darf ich zu den Predigern, um dort zu studieren.»

Voller Stolz strahlte Heinrich Margaretha an. Er war jetzt fünfzehn Jahre alt, hatte die Lateinschule aufgrund seiner guten Leistungen in nur drei statt vier Jahren durchlaufen. So etwas hatte noch keiner aus ihrer Nachbarschaft erreicht.

«Wie schön für dich», erwiderte sie, während ihr Blick hinüber zu den jungen Leuten wanderte, die sich nach dem Tanz am Bierausschank gesammelt hatten.

Sie saßen etwas abseits des großen Feuers, das vor dem Niedertor in den allmählich dunkler werdenden Himmel loderte. Das große Sonnwendfest kam erst jetzt so richtig in Fahrt, aber etliche waren bereits betrunken. Margaretha hatte die ganze Zeit mit ihren Freundinnen in einem lustigen Reigen um das Feuer getanzt, während Heinrich allein hier am Baum gelehnt und ihr dabei zugesehen hat-

te. Als die Mädchen endlich verschnauften, hatte er die Gelegenheit ergriffen und sie bei der Hand genommen.

«Komm, ich muss dir was Wichtiges erzählen.»

Ein wenig widerwillig war sie ihm zurück zu der mächtigen Kastanie gefolgt, unter der sie jetzt nebeneinander im Gras hockten.

«Und denk dir nur», fuhr Heinrich fort, «ich darf dann ins Kloster eintreten, ganz ohne Vermögen. Meine Mutter und mein Stiefvater würden ja nie einen Pfennig rausrücken für mich.»

«Ach, Heinrich.» Sie rupfte zwischen ihren nackten Füßen ein Gänseblümchen ab und steckte es sich hinter das Ohr. «Was willst du bloß in einem Kloster? Da versauerst du hinter dunklen Mauern, und zum Johannisfest könntest du auch nicht mehr kommen.»

Es durchfuhr ihn warm.

«Würdest du mich denn vermissen?», fragte er.

«Schon. Du gehörst ja irgendwie dazu. Zu uns allen, meine ich.»

Wieder ging ihr Blick zum Ausschank. Er betrachtete sie verstohlen. Ihr Haar war noch immer goldblond wie in der Kindheit, auf ihrer zierlichen Nase zeichneten sich noch immer diese frechen Sommersprossen ab. Doch sonst hatte sie alles Kindliche verloren: Die Lippen waren voller geworden, ihre einst so knochigen Arme schlank und fest, und unter dem dünnen Leinenkleid waren die Umrisse ihrer runden Brüste deutlich zu erkennen. Wenn er sich nicht irrte, dann zählte sie jetzt zwölf oder dreizehn Jahre.

Er nahm allen Mut zusammen.

«Wenn du mich vermissen tätest, würdest du mich ... würdest du mich dann jetzt auch küssen?»

Ihr Gesicht fuhr herum. Fast erschrocken sah sie ihn an.

«Was sagst du da?»

«Ich meine, hier sieht uns ja keiner. Nur ein einziges Mal.»

«Du bist doch nicht ganz bei Trost!»

Ihre Worte taten weh.

«Aber den Bertschi, den hast du auch geküsst, neulich am Illufer!»

«Du schnüffelst mir also nach!», schnaubte sie.

«Bitte! Nur ein einziges Mal!»

Ohne nachzudenken, hatte er sie bei den Handgelenken gefasst und näherte sich nun mit dem Mund ihrem Gesicht.

Sie schüttelte ihn von sich weg und war auch schon auf den Beinen. Wütend blickte sie auf ihn herunter.

«Mach das nie wieder, hörst du?»

Eilig lief sie zurück zu den anderen. Heinrich beobachtete noch, wie sie von Bertschi ein Krüglein entgegennahm und dabei fröhlich lachte, dann streifte er sich seine Schuhe über und machte sich mit gesenktem Kopf auf den Heimweg.

KAPITEL 18

Villingen auf dem Schwarzwald, Ende September 1484

Rechtzeitig vor Torschluss erreichte Heinrich die Zähringerstadt Villingen, wo er bei den Johannitern abzusteigen gedachte. Zwei Tage war er nun schon unterwegs, zusammen mit dem struppigen Maulesel, der den Proviant und das Gepäck trug. Auf den Weiler Sasbach zu hatte Heinrich sich gegen Gotteslohn über den Rhein setzen lassen, im Waldkircher Pfarrhaus in einem weichen Bett eine erste angenehme Nacht verbracht und den Aufstieg ins Schwarzwaldgebirge bei mildem, trockenem Wetter gut hinter sich gebracht. Auch wenn er sich hin und wieder, den Maulesel hinten angebunden, von einem Fuhrwerk hatte mitnehmen lassen, war er den größten Teil der Strecke marschiert. Und er war noch immer so gut zu Fuß, dass sich manch Handwerksbursche eine Scheibe davon abschneiden konnte.

Wie jedes Mal, wenn er eine Reise begann, fühlte er sich jung und kraftvoll. Dann war ihm, als würde er allen Dreck hinter sich lassen. Die Misserfolge, Zwistigkeiten oder Enttäuschungen glitten von ihm ab wie die alte Haut einer Schlange. Nicht umsonst hatte er sich ein Predigerkloster für seine Laufbahn als Mönch ausgesucht, bekannte sich doch dieser Orden nicht nur zu hoher Bildung, sondern auch zur Freiheit des Reisens. Die wichtigste Aufgabe der Prediger bestand schließlich im unermüdlichen Kampf gegen das Ketzertum, das überall in den Landen wie Unkraut wucherte, und so gehörte es zu diesem Kampf, in der Welt unterwegs zu sein.

Auch diesmal waren die Ärgernisse der letzten beiden Wochen im Kloster mit jeder Meile weg von Schlettstadt weiter in die Ferne gerückt: die unerquicklichen Dispute mit einigen seiner Mitbrüder, die darauf drängten, sich der Partei Sprengers anzuschließen, ebenso wie die Ablassgeschichte mit dem Straßburger Bischof. Zwar hatte er Albrecht von Bayern umstimmen können, aber es war lediglich ein Kompromiss herausgekommen: Das Privileg für Schlettstadt wurde nur noch bis Jahresende gewährt.

Eine Sache indessen ließ ihn zu seinem Verdruss wohl doch nicht mehr los. Seit heute Nachmittag spukte Susanna wieder in seinen Gedanken herum. Es nagte in ihm, dass sie nicht mehr zu den Predigten gekommen war. Über Martin hatte sie ihm ausrichten lassen, dass Elsbeth krank geworden sei und sie ihre Freundin unterstützen müsse, aber das erschien ihm doch wie eine Ausrede.

Vor seiner Abreise hatte er noch einmal Martin zur Seite genommen und ihn gebeten, während seiner längeren Abwesenheit ganz besonders auf Susanna achtzugeben. Am Ende hatte er es sich nicht verkneifen können zu fragen: «Hat sie irgendetwas erzählt über mich, da sie so gar nicht mehr kommt?»

Als sein junger Mitbruder dies verneinte, hatte er nachgesetzt: «Ist da möglicherweise ein junger Mann im Spiel, mit dem sie sich trifft?»

«Ich denke nicht. Nur mit dem Konrad, dem Bruder von Elsbeth, hat sie sich wohl ein paarmal getroffen.»

Diese Auskunft hatte ihm einen schmerzhaften Stich versetzt, und er hatte beschlossen, nach seiner Rückkehr herauszufinden, ob sich zwischen den beiden etwas anbahnte. Ursprünglich hatte er ja vorgehabt, Martin nach Ravensburg mitzunehmen, um ihn durch ein praktisches Exempel endgültig davon zu überzeugen, wie wichtig man die Hexenjagd nehmen sollte und dass diese nun zu den Aufgaben des Dominikanerordens gehören musste, aber letztendlich war ihm, Heinrich Kramer, lieber, dass der Junge ein Auge auf seine Schwester hatte.

Vielleicht war es ohnehin das Beste, wenn er eine Zeitlang fort war. Vielleicht war er dem Mädchen bei ihrem Gespräch im Gästehaus, das so angenehm begonnen hatte, doch ein wenig zu nahe gekommen. Aber warum musste Susanna ihm auch bei jeder Frage so offenherzig ins Gesicht blicken? Er hatte plötzlich mit jeder Faser seines Körpers gespürt, wie das Leben in dieser jungen Frau pulste, das Leben und auch das Begehren. Zugleich wirkte sie noch so unschuldig und arglos, als ahnte sie gar nicht, welche Strahlkraft von ihr, wie von jedem Weib ihres Alters und ihrer Schönheit, ausging. Und war dieser Zauber nicht bei jungen Frauen im rothaarigen Typus besonders stark? Susanne hatte, genau wie ihre Mutter Margaretha, diesen rötlichen Schimmer im Haar, wenn sie in der Sonne stand, besaß dieselben hellen Sommersprossen auf der Nase, dieselbe alabasterfarbene Haut.

Unwillkürlich schüttelte er den Kopf, als er sich jetzt mit seinem Maulesel am Strick vor dem Torhaus in die Menge der Wartenden einreihte. Ein wenig mehr Zurückhaltung hätte dem Mädchen gut angestanden, erst recht in Gegenwart eines Geistlichen. Aber das bestätigte nur wieder einmal seine Erfahrung, dass ein jedes Weib irgendwann sein wahres triebhaftes Wesen zeigte – mochte das bei den einen auch eher zaghaft, bei anderen ungezügelt und wild nach außen dringen.

Er musste an den *Formicarius* von Johannes Nider denken. Seine ausführlichen Exempla zu Hexerei und Teufelspakt waren zwar wegweisend, in einem Punkt jedoch hatte sein Ordensbruder gefehlt, indem er das Geschlecht der Zauberer und Unholde außer Acht gelassen hatte: Fast immer waren es Frauen, die sich zu diesem verbrecherischen Unflat verführen ließen. Und das aus gutem Grund: War das Weib doch, wie schon die Schöpfungsgeschichte zeigte, dem Manne nicht nur an Verstand und Körperkraft unterlegen, sondern erst recht im Gemüt und Glauben. Diese Tatsache, gepaart mit einer ausgeprägten Triebhaftigkeit, machte Frauen weitaus anfälliger für den Teufelspakt, wie er es in seinen Verhören als Inquisitor immer wieder bestätigt bekam. Ließ nicht allein die lateinische Bezeichnung für das weibliche Geschlecht tief blicken? *Femina* bedeutete in deutscher Sprache nichts anderes als «minderer Glauben», abgeleitet aus lateinisch *fides* für «Glauben» und *minus* für «weniger».

Hierüber hatte er einmal mit Sprenger ein hitziges Streitgespräch geführt. Es sei keinesfalls gesichert, dass der Wortstamm *Fe* auf *Fides* zurückzuführen sei, hatte der behauptet, woraufhin Heinrich auf das eindeutige *minus* hingewiesen hatte und darauf, dass sich diese Minderwertigkeit im menschlichen Zeugungsakt fortsetze, bei dem der Mann als Schöpfer, die Frau nur als Gefäß in Erscheinung trete. Sprenger hatte sich nicht beirren lassen: Auch wenn das weibliche Geschlecht weniger Verstand und Stärke aufweise, so könne es diesen Mangel durchaus mit Milde, Herzensliebe und Nachgiebigkeit ausgleichen.

«He, jetzt drängelt doch nicht so!» Die junge Magd vor Heinrich warf ihm einen entrüsteten Blick zu, und er trat einen Schritt zurück.

«Junges Ding, weißt du überhaupt, mit wem du in diesem

Tonfall redest?», gab er zurück. Die Magd musste in demselben Alter sein wie Susanna.

«Nee, aber das ist mir wurscht. Wir wollen alle noch in die Stadt rein.»

Heinrich verzog das Gesicht. Diese jungen Leute waren doch alle gleich respektlos. Obwohl: Susanna hätte sich niemals einem Geistlichen gegenüber so aufgeführt.

Er seufzte. Es kam schon einem Fluch gleich, dass er sogar zwei Tagesmärsche von seiner Heimatstadt entfernt von den Gedanken an Susanna behelligt wurde. Einmal noch hatte er sie gesehen, als sie nach dem Sonntagsgottesdienst in einer kleinen Gruppe vor Sankt Georg stand. Sie schien ihn nicht bemerkt zu haben. Traurig hatte sie ausgesehen.

Mit einem Mal beschlich ihn das Gefühl, Susanna vor sich selbst schützen zu müssen. War in ihrem Innersten womöglich nicht nur der Keim der mütterlichen Schwermut angelegt, sondern weitaus Schlimmeres? Auf dem Rückweg vom Straßburger Bischof hatte er nämlich einen kleinen Umweg über das Dörfchen Kestenholz gemacht und herausgefunden, was er hatte wissen wollen. Susannas ältester Bruder Gregor war tatsächlich dort zur Welt gekommen, entbunden von ebenjener Hebamme Marie, die ihr gerechtes Ende als Hexe auf dem Scheiterhaufen gefunden hatte. Über diesen Umstand war er selbst erschrocken gewesen, hatte die Hebamme unter der Tortur doch dem Richter gestanden, etliche junge Frauen ihrer Hexensekte zugeführt zu haben, und zwar indem sie sie an einen Ort gebracht habe, wo sich Jünglinge, allesamt teuflische Buhlen, aufhielten. Möglicherweise auch Margaretha Blattnerin? Dies würde auch deren Melancholie und Freitod plausibel erklären, da es durchaus Frauen gab, die sich gegen den Teufelspakt immer wieder auflehnten und an diesem Zwiespalt schier zugrunde gingen. Sollte diese Annahme stimmen, konnte die noch weitaus erschreckendere

Schlussfolgerung heißen, dass auch Susanna dieser grausamen Sekte angehörte. Weihten doch Hexen nach der Niederkunft ihre Neugeborenen, besonders die Töchter, oftmals dem Teufel. Oder die Kinder entstammten ohnehin dem fleischlichen Umgang mit einem Dämon.

Als der Torwächter ihn in diesem Augenblick ohne weitere Fragen durchwinkte, beschleunigte er seinen Schritt in Richtung Gerbergasse, wo sich die Kommende der Johanniter befand, und zerrte das träge Packtier hinter sich her.

Nein, nein, nein! Solcherlei Überlegungen musste er sich verbieten. Susanna war keine Unholdin. Gewiss, allein durch ihre Jugend war sie ungefestigt und wankelmütig, allein durch ihr Geschlecht schwach und voller Neugier auf alles, was begehrenswert schien und zum Bösen hinführen konnte. Aber eine Hexe? Niemals! Er wollte fortan nicht mehr an sie denken, er hatte schließlich anderes zu tun.

Regelrecht erleichtert war er gewesen, als er vor einer knappen Woche den Ruf nach Ravensburg erhalten hatte und Schlettstadt eine Weile den Rücken zukehren konnte. Sein Geschick als Inquisitor würde in der oberschwäbischen Reichsstadt dringend gebraucht, hatte ihm der dortige Kaplan und kaiserliche Notarius Johann Gremper geschrieben, mit dem er fünf Jahre zuvor erfolgreich den Waldshuter Prozess geführt hatte. Nach Pest und Hagelwetter sei das Geschrei des Volkes, hier könne nur Hexerei im Spiel sein, groß! Mit dem Magistrat sei alles abgesprochen, man werde mit dem Beginn der Untersuchung auf ihn warten, aber er solle sich nur recht bald auf den Weg machen. Er, Gremper, werde ihm in Ravensburg als Notarius zur Verfügung stehen.

So hatte sich seine Befähigung als Inquisitor in der Diözese Konstanz also herumgesprochen! Endlich, war er gewillt zu sagen, wimmelte es doch in diesem größten deutschen Bistum nur so von Anhängern der neuen, brandgefährlichen Sekte. Seit der Verurteilung der Ursel Hanerin vor über einem Jahr in Konstanz, zu deren Ende auf dem Scheiterhaufen er maßgeblich beigetragen hatte, war dort nämlich nichts mehr geschehen. Es wurde höchste Zeit, dass sich die weltlichen Gerichte dieser Bedrohung ernsthaft und konsequent annahmen. Er selbst konnte sich schließlich nicht vierteilen, hatte schon genug zu schaffen in den Straßburger und Basler Bistümern, und was Konstanz betraf, so hatte er sich in den letzten Jahren jedes Mal förmlich aufdrängen müssen und gerade einmal zwei Dutzend Hexen dingfest machen können.

Um den Ravensburgern Richtern ein Instrumentarium an die Hand zu geben, hatte er in den Tagen vor seiner Abreise die Schrift *Directorium Inquisitorum* des spanischen Dominikaners Nikolaus Eymericus noch einmal gründlich studiert und sich Auszüge erstellt, denn zum Mitnehmen war das achthundert Seiten starke Werk wahrlich zu schwer und erst recht zu kostbar. Dieses Handbuch für Ketzerrichter enthielt unter anderem eine Liste von über vierhundert nach dem Alphabet geordneten Formen ketzerischer Freveltaten, zu denen die Delinquenten befragt werden konnten. Wenn er eines gelernt hatte in den letzten Jahren, dann, dass es bei den Verhören auf die richtige Fragetechnik ankam.

Nun denn: Es erwartete ihn also, neben dem Kampf gegen die scheußlichste Form der Ketzerei, eine großartige Aufgabe in Ravensburg, nämlich weltliche Richter und Obrigkeit im Führen von Hexenprozessen systematisch zu unterweisen. Und fürs Erste wäre er weit weg von Susanna.

KAPITEL 19

Schlettstadt, Anfang Oktober im Jahre 1484

Als ich mit meinen zwei Eimern rechts und links zum Gänsbrunnen schlenderte, bemerkte ich erst gar nicht, wie ich leise zu singen begonnen hatte. Zwei Mägde vom nahen Gerbergraben glotzten mich an, während ich den Pumpenschwengel betätigte, um den ersten Eimer zu füllen. Dann begannen sie zu kichern.

«Du bist aber fröhlich heut», sagte die ältere.

Ich verstummte.

«Ist ja auch ein schöner Tag», erwiderte ich schließlich. Ich mochte die beiden Klatschmäuler nicht besonders. Wahrscheinlich standen sie wieder einmal seit Ewigkeiten hier herum, fragten die Leute aus und tratschten hernach.

Aber sie hatten recht: Ich war wirklich frohgemut. Weil Elsbeth nämlich seit vorgestern wieder gesund und bei Kräften war. Dass ich nun nicht mehr jeden Tag auf einen Sprung bei ihr vorbeischauen musste, würde mir fehlen. Andererseits hatte ich meine Arbeit zu Hause fast ein wenig vernachlässigt. Dass ich jeden Nachmittag fortgedurft hatte, war nur der Gutmütigkeit meines Vaters zu verdanken. Gregor hätte es nie erlaubt.

«Wie kann einer bei diesem schönen Spätsommerwetter bloß so krank werden», hatte der ein ums andere Mal gelästert. «Nach dem zweiten Kind wird sie dann wohl auf Krücken daherkommen.»

«Schon mal was von Sommerkatarrh gehört?», hatte ich zurückgeblafft.

Dabei hatte er nicht ganz unrecht. Auch ich war verwundert, wie man um diese Jahreszeit einen solch schlimmen Husten bekommen konnte. Zumal niemand in ihrer oder meiner Umgebung derzeit krank gewesen war. Fieber hatte sie zum Glück keines gehabt, aber manchmal war ihr Husten so arg gewesen, dass es sie am ganzen Leib geschüttelt und das kleine Dorchen vor Schreck zu weinen begonnen hatte. Aber wahrscheinlich hatten nicht nur die Geburt und das Stillen sie geschwächt, sondern erst recht Ruprechts Lieblosigkeit und Schläge.

Doch damit war es nun hoffentlich vorbei. Zwar hatte mein Vater im Magistrat nichts ausrichten können, da er mit Elsbeth weder blutsverwandt noch unmittelbar Zeuge einer Misshandlung geworden war. Dafür hatte ich mich bei Elsbeths Bruder Konrad ins Zeug gelegt. Mehr als ein Mal hatte ich die Bäckerei hinter dem Gänsbrunnen aufgesucht, um ihm ins Gewissen zu reden.

«Du musst deiner Schwester helfen und was gegen den Ruprecht unternehmen. Sie schafft das nicht allein mit der Kleinen, und obendrein schlägt er sie.»

«Ach was. Dem wird halt mal die Hand ausgerutscht sein», hatte er beim ersten Mal ungerührt erwidert, während seine muskelbepackten Arme ein riesiges Teigstück kneteten. «Außerdem hat sie den schönen Ruprecht ja selbst haben wollen. Jetzt lass mich meine Arbeit machen, ich bin im Verzug.»

Elsbeths Vater hätte ich gar nicht erst um Hilfe bitten brauchen. Der hagere Mann wirkte wie ein Greis, obgleich er gar nicht so viel älter als mein Vater war. Während er bei einfachen Arbeiten in der Backstube und am Markt Konrad und dem Knecht noch zur Hand ging, war er neuerdings nicht mehr ganz Herr seiner Sinne. Außerdem war er fast taub. So behelligte ich ein ums andere Mal den Konrad, bis er schließlich seine Schwester aufsuchte und die blauen Flecken an ihrem Leib zu sehen verlangte. Als er nun mit eigenen Augen sah, was seiner Schwester angetan wurde, war er außer sich geraten. Im Beisein von Elsbeth hatte er, zornesrot, Ruprecht bei den Handgelenken gepackt und ihm gedroht, dass er ihn entweder windelweich prügeln oder eigenhändig vor Gericht schleppen würde, wenn nicht sofort Schluss wäre mit den Schlägen.

Was ich kaum zu hoffen gewagt hatte: Ruprecht hatte sie seither nie mehr angelangt, und seit letzter Woche gab es sogar eine Magd im Haus. Barbara war eine ältere, kräftige Witwe, die zupacken konnte und sich von Ruprecht nicht ins Bockshorn jagen ließ. Man hatte ihr eine Kammer unter dem Dach eingerichtet, und so war sie immer in der Nähe, wenn Elsbeth Hilfe brauchte. Inzwischen war meine Freundin fast wieder die Alte: Sie lachte wieder häufiger und wurde allmählich auch wieder rundlicher.

«He, dein Eimer läuft über.»

Die jüngere der beiden Mägde, die, wie mir jetzt wieder einfiel, Grit hieß, stieß mich in die Seite.

«Das ist, weil sie an ihren Liebsten denkt», grinste die andere.

«Ja, ja, schwatzt ihr nur», erwiderte ich geistesabwesend und hielt den anderen Eimer unter den Schwengel.

«Was heißt schwatzen?» Mit einem albernen Augenzwinkern deutete Grit hinter sich in Richtung von Konrads Bäckerei. «Stimmt's etwa nicht?»

Verdutzt starrte ich die beiden an. Inzwischen hatten sich noch die Tochter vom Weißgerber und die Magd des Käskrämers, der schräg gegenüber von uns wohnte, dazugesellt.

«Was redet ihr da?», fragte ich misstrauisch.

«Na, du und der Konrad, dass ihr heimlich verbandelt seid. Wo du doch dauernd bei ihm umherschleichst.»

«Seid ihr noch bei Trost? Der ist verheiratet und außerdem der Bruder meiner besten Freundin.»

«Na und? Das heißt noch gar nix.»

Ich konnte ihnen doch unmöglich sagen, warum ich den Konrad öfters aufgesucht hatte. Zu meinem Glück begann es in diesem Augenblick, aus heiterem Himmel zu regnen, und diese Tratschweiber beeilten sich heimzukommen.

Wie vom Donner gerührt stand ich am Brunnen, während der Regen mir über Gesicht und Ausschnitt rann. Da waren meine Besuche in der Bäckerei also nicht verborgen geblieben, und was schlimmer war: Man hatte sich einen Grund dafür zusammengesponnen, und zwar einen, der ihn und mich in Schwierigkeiten bringen konnte, auch wenn mir selbst egal war, was ein paar Gassenweiber von mir dachten. Sollte ich nicht besser schnurstracks zu Konrad gehen und ihm berichten?

Ach was, sagte ich mir, nichts wird so heiß gegessen, wie es gekocht wird. Und jedes Geschwätz findet sein Ende, sobald es etwas Neues gibt, über das man sich das Maul zerreißen kann.

Ich schnappte meine Eimer, eilte in die andere Richtung und fluchte leise vor mich hin, weil der Regen stärker wurde und mein leichtes Leinengewand schon ganz nass war. Es reichte, wenn ich Elsbeth von diesem dummen Gerücht erzählte. Und außerdem hatte ich jetzt keinen Grund mehr, Konrad erneut aufzusuchen.

Nachdem ich alles fürs Abendessen gerichtet hatte, machte ich mich noch einmal auf den Weg zum Weinmarkt, da das Gerede von der angeblichen Liebelei mir nun doch keine Ruhe ließ.

Ich gab dem Vater Bescheid, dass ich noch kurz zu Elsbeth müsse.

Gregor, der über dem Abrechnungsbuch kauerte, sah auf. «Ich dachte, die wär wieder gesund?»

«Ist sie auch. Ich will sie nur fragen, ob sie noch Äpfel aus unserem Garten braucht.»

«Wird Zeit, dass du unter die Haube kommst», knurrte er. «Kümmerst dich ja mehr um deine Freundin als um uns.»

«Jetzt lass sie schon gehen», fuhr der Vater dazwischen. «Aber vor Einbruch der Dunkelheit bist wieder da.»

Der Regen hatte zwar aufgehört, aber der Wind blies kalt

durch die Gassen. Ich gürtete meinen Umhang enger und schob die Kapuze übers Haar. Rasch durchquerte ich die Stadt, wo die ersten Werkstätten bereits ihre Läden schlossen.

Zu meiner Überraschung traf ich auf der Salzgasse meinen Bruder Martin.

«Was machst du denn hier?», fragte ich ihn.

«Das könnte ich dich auch fragen», gab er zurück. «Weiß der Vater, wohin du unterwegs bist?»

Täuschte ich mich, oder lag Misstrauen in seinem Blick?

«Aber ja. Zu Elsbeth, wohin sonst. Warum fragst du so seltsam?»

«Gregor hat mir zugesteckt, dass du ziemlich oft weg warst in den letzten zwei Wochen.»

«Weil Elsbeth krank war, deshalb.»

«Nun, du warst aber auch öfter bei Konrad in der Backstube.»

«Fängst du auch noch damit an?», entgegnete ich schroff. Dass das Geschwätz sich schon so weit herumgesprochen hatte, ließ mich noch unruhiger werden. Dann besann ich mich. Martin meinte es gut, er sorgte sich schlichtweg um meinen guten Ruf als Jungfer.

«Ja, richtig. Ich war einige Male in der Bäckerei», fuhr ich fort und nahm ihn beim Arm, während wir in Richtung Kornhaus weitergingen. «Und genau deswegen bin ich auf dem Weg zu Elsbeth.»

Unterwegs berichtete ich ihm, dass meine Bemühungen, Unterstützung gegen Elsbeths gewalttätigen Mann zu finden, Erfolg gehabt hatten, indem ich ihren Bruder so lange bestürmt hatte, bis er schließlich eingeschritten war. Und auch die Sache am Gänsbrunnen heute Mittag ließ ich nicht aus.

«Ich hab's für eine gute Sache getan, und wenn mir da jetzt ein paar Klatschmäuler einen Strick draus drehen wollen, so komm ich denen einfach zuvor. Indem ich Elsbeth davon erzählen werde, auf dass sie es auch ihrem Bruder sagt. Und du weißt es jetzt auch, damit laufen die Gerüchte ins Leere, denke ich mal.»

«Hoffen wir's.» Martin nickte ernst. «Danke, dass du's mir gesagt hast. Sogar mein Prior hat sich schon Gedanken in dieser Richtung gemacht. Zumindest hatte er mich mal gefragt, ob du jemanden kennengelernt hättest.»

«Bruder Heinrich?», fragte ich verblüfft. Unser letztes Zusammentreffen vor gut zwei Wochen hatte mir gar nicht gefallen, und so war ich froh gewesen, dass er sich kurz darauf auf seine Reise gemacht hatte und fürs Erste weit weg sein würde. Die Ablasspredigten hatte ich seither auch nur noch ein einziges Mal besucht, da mir der Bruder Schaffner beim Abholen der Urkunde beschied, dass dies nur noch gegen ein Geldalmosen möglich sei.

«Nun ja.» Martin wirkte verlegen. «Er macht sich als Freund der Familie eben auch so seine Gedanken. Und du scheinst ihm besonders am Herzen zu liegen.»

So viel Aufmerksamkeit verursachte mir plötzlich Unbehagen. Schließlich waren wir nicht einmal miteinander verwandt.

«Der ist ja mit seiner Fürsorge ärger als unser eigener Vater», entfuhr es mir.

Martin zuckte die Schulter. «Vielleicht ist's ja deshalb, weil er als Kind mit unserer Mutter befreundet war.»

Wir waren an der Kreuzung zur Schlossergasse angekommen, und spätestens hier hätte Martin nach links zu seinem Kloster abbiegen müssen.

«Ich bring dich noch zu deiner Freundin», beschied er. «Ich könnt mir denken, dass Ruprecht nicht gut auf dich zu sprechen ist.»

«Keine Sorge.» Ich musste lächeln. «Der behandelt mich jetzt wie Luft. Wann ist er eigentlich zurück, dein Prior?»

«Wahrscheinlich bleibt er den Winter über im Bistum Konstanz. Er meinte beim Abschied, dort gebe es so einiges für ihn zu tun. Hab ich dir schon gesagt, dass ich hätte mitkommen sollen? Als sein Secretarius?»

Ich blieb stehen.

«Zu den Hexenprozessen?»

«Ja. Aber ich bin froh, dass er es sich anders überlegt hatte.»

Ich betrachtete die zierliche Gestalt meines Bruders, sein sanftmütiges Gesicht. Voller Grauen stellte ich ihn mir in einer Folterkammer vor, wie er mitschrieb, was die gemarterten Hexen nach und nach gestanden. Unwillkürlich schüttelte ich den Kopf.

«Nein, das passt nicht zu dir. Für solche Dinge bist du viel zu weich», sagte ich.

«Das meine ich damit nicht. Ich will sagen», er begann zu flüstern und zog mich weiter, «dass ich glaube, dass diese ganzen Sachen wie Hexenflug oder Teufelsbuhlschaft nur in der Einbildung dieser armen Weiber vor sich gehen. Also nicht in Wirklichkeit geschehen. Und damit bin ich unter den Geistlichen und Gelehrten nicht der Einzige.»

«Dann glaubst du auch nicht an Schadenzauber?»

«Ich weiß nicht ... Ich denke schon, dass es so etwas wie Zauberei gibt, schwarze wie weiße Magie. Indem man sich, wie es die Alchimisten seit Jahr und Tag versuchen, die Naturerscheinungen untertan macht. Es gibt so vieles zwischen Himmel und Erde, das wir Menschen nicht verstehen und für das wir vielleicht erst in hundert oder dreihundert Jahren eine Erklärung finden. Eines allerdings ist dennoch ein Fall für die Inquisition: dass manche von diesen Zauberern dem Glauben abgeschworen haben und Dämonen anbeten.»

Er unterbrach sich, als wir den Torbogen zu Ruprechts Küferei durchquerten, wo Knecht und Geselle dabei waren, den Hof aufzuräumen.

«Ist euer Meister da?», fragte Martin den Gesellen.

«Nein, der ist schon drüben in der Schenke.»

«Auch recht», murmelte Martin und wandte sich mir zu. «Ich warte hier auf dich und bring dich dann nach Hause.»

«Gut. Es wird nicht lang dauern.»

Ich eilte hinauf in die Küche, wo die Magd Barbara gerade einen Milchbrei anrührte. Meine Freundin saß auf der Bank, das Dorchen an der Brust. Sie sah kreuzunglücklich aus.

«Was ist geschehen?», fragte ich erschrocken. «Hat Ruprecht wieder ...»

«Nein, nein.» Elsbeth schüttelte heftig den Kopf. «Es ist nur ... seit ich krank war, fließt kaum noch Milch. Die Hebamme wird gleich hier sein.»

«Das ist unnötig wie ein Kropf», brummte die Magd vom Herd herüber. «Ihr müsst halt abstillen, das ist alles. Und das Kleine mit Ziegenmilch großziehen. Hab selber fünf Kinder durchgebracht, zwei davon mit Ziegenmilch.»

Dorchen streckte den Rücken durch und begann zu schreien.

«Hat sie Hunger?», fragte ich verunsichert.

Elsbeth nickte. «Den ganzen Tag schon.»

Die Magd stellte den Topf mit Milchbrei auf den Tisch.

«Jetzt essen wir erst mal, dann mach ich mich auf den Weg. Mein Vetter, der wo in der Vorstadt zur Ill wohnt, hat eine Ziegenherde. Von ihm kann ich täglich frische Milch haben.»

Alle drei zuckten wir zusammen, als der Säugling plötzlich zu husten begann. Es war ein trockener Husten, eher wie ein Krächzen, der jedoch rasch wieder vorbei war.

«Gütiger Himmel, sie wird sich doch nicht von dir angesteckt haben», sagte ich.

Elsbeth war blass geworden. «Bestimmt hat sie sich nur verschluckt.»

Als wenig später die Hebamme erschien, verabschiedete ich mich. Noch zweimal war Dorchen von Hustenanfällen geplagt worden, der letzte war in ein klägliches Wimmern übergegangen.

Voller Sorge verließ ich die Küche. Erst beim Hinausgehen fiel mir ein, dass ich ganz vergessen hatte, das dumme Gerücht über Konrad und mich anzusprechen.

KAPITEL 20

Ravensburg, Mitte Oktober im Jahre 1484

«Lumpenbier!», stieß Heinrich halblaut hervor und schob den fast vollen Becher unwillig von sich weg. Noch immer ließen die hiesigen Papiermüller aus ihren Stampfen den ganzen Unflat der Lumpen in die Bäche, und daraus brauten die Leute dann wahrhaftig ihr Bier! Da hätte er sich lieber wieder das übliche Krüglein Wein bestellt, auch wenn dieser seit dem bösen Hagelschlag im letzten Jahr maßlos übertrümmt war. Aber ihm war heute Mittag schlichtweg nach einem kühlen Bier zumute gewesen.

Er hätte es wissen müssen. Gerade so ungenießbar hatte er das Ravensburger Bier von seinem letzten Aufenthalt in Erinnerung, als er vor neun Jahren nach dem Ritualmordprozess gegen die Trienter Juden hier Station gemacht hatte. Damals war er um Gotteslohn bei den Karmelitern abgestiegen, auch weil seine Reisekasse leer gewesen war, doch für diesmal hatte er es bequemer haben und sich nicht in der Pflicht sehen wollen, an jedem der klösterlichen Stundengebete teilzunehmen. So hatte er sich in der vornehmsten Herberge an der Marktgasse einquartiert, nahe beim Kontor der berühmten Ravensburger Handelsgesellschaft und dem prächtigen Haus von Bürgermeister Gäldrich. Nur leider hatte man ihm die letzte freie Kammer zum Hof hinaus zugewiesen, mit einem großen Himmelbett zwar, aber so eng, dass das eiligst herbeigeschaffte Stehpult kaum Platz darin fand. Und das Essen im Hause war auch eher kläglich und fade, dachte er, als sein Blick auf die abgenagten Hühnerknochen vor ihm fiel. Wahrscheinlich würde er schon bald wieder an Sodbrennen leiden.

Durch die grünlichen Butzenscheiben der Schankstube sah er immerhin, dass nach zwei Tagen Nieselregen endlich die Sonne durchbrach. Ein Spaziergang an der frischen Luft würde ihm guttun und seine Stimmung wieder aufhellen. Er erhob sich.

«Schmeckt Euch das Bier nicht, Herr Inquisitor?», fragte der Wirt, während er Heinrichs Platten abräumte. Wie immer, wenn er auf Reisen war, ließ er sich als Herr Inquisitor oder mit seinem Gelehrtennamen Doctor Henricus Institoris ansprechen. Ein Titel oder ein lateinischer Name verschaffte doch gleich mehr Respekt.

«Um ehrlich zu sein», erwiderte er mit hochgezogenen Brauen, «taugt es nicht mal zum Händewaschen.»

Dann fügte er hinzu, in der Hoffnung, dass die Stadtväter seine Rechnung ohne Murren begleichen würden: «Bringt mir zu den Mahlzeiten künftig von Eurem besten Burgunder Rotwein statt des sauren Bodenseeweins. Und auch zur Nacht hätte ich gern einen großen Krug davon auf meiner Kammer stehen.»

«Sehr wohl, Herr Inquisitor.»

Ohne den Wirt weiter zu beachten, verließ Heinrich grußlos die Stube und trat hinaus auf die Marktgasse. Hier, zwischen all den vornehmen Häusern der Oberstadt, hatte er den ganzen Reichtum Ravensburgs nun täglich vor Augen und mit seinen Düften nach allerlei Spezereien und erlesen zubereiteten Mahlzeiten sogar in der Nase. Vor allem die Familien Humpis, Muntprat und Möttelin waren durch den Fernhandel mit Tuchen, Papieren und Gewürzen bis ans Mittelmeer, in die Niederlande, nach Ungarn oder Polen steinreich geworden.

Je länger er hier war, desto mehr verdross ihn das. Diese großkopferten Pfeffersäcke glaubten, die Welt nach ihren eigenen Regeln beherrschen zu können, das Wort der Heiligen Mutter

Kirche galt ihnen nicht mehr allzu viel. Heinrich spürte genau, wie die meisten dieser Kaufherren, die auch im Magistrat saßen, auf ihn herabblickten. Obwohl man ihn dringend brauchte angesichts der großen Unruhe im Volk. Man brauchte ihn so dringend wie einen alten Reisigbesen, um damit eine verdreckte Stube auszukehren. Aber man würde erleichtert aufatmen, wenn man ihn wieder los war.

Argwöhnisch hatte man ihm bei seinen Zeugenvernehmungen über die Schulter geblickt, sich täglich in anmaßender Weise seine Aufzeichnungen von ihm persönlich vorlegen lassen und schließlich sogar versucht, sich in Quertreiberei zu betätigen: Mal wollte man unterbinden, dass er zwei bislang unbescholtene Bürgersfrauen aus der reichen Schneiderzunft auf seine Liste der Verdächtigen setzte, dann wieder hieß es, die Els Frauendienst dürfe er ja nicht hart angehen, denn sie führe eine untadelige Ehe mit dem Schlosser Hans und habe sechs Kinder in gottesfürchtigem Glauben großgezogen.

Dabei hatte alles recht vielversprechend angefangen, als er am sechsten Tag seiner Reise hier eingetroffen war. Als erste Amtshandlung hatte er Abschriften seiner Ernennungsurkunde zum päpstlichen Inquisitor ans Rathaus und an die Portale der Kirchen schlagen lassen, dann hatte er etliche Tage von den Kanzeln gepredigt und an das Volk appelliert: Wer von Hexen oder Unholden wisse oder von Schadenzauber an Mensch oder Vieh oder auch nur von Leuten mit schlechtem Leumund, der solle zu ihm ins Rathaus kommen und dieses angeben. Wer sein Wissen aber zurückhalte, dem drohe die Exkommunikation durch den Papst. In den düstersten Farben und mit donnernder Stimme hatte er seinen Zuhörern das Böse geschildert, das diese abscheuliche Hexenbrut mit Hilfe ihrer teuflischen Buhlen zu schaffen imstande sei und auch schon über diese ihre Heimat gebracht habe: die Regenfluten und Überschwemmungen zwei Jahre zuvor, die

Pest im folgenden Winter mit Toten zuhauf, das schreckliche Hagelwetter im letzten Jahr, das alle Feldfrüchte, Saaten und Weinberge in der Breite einer deutschen Meile zermalmt hatte. Missgunst, Heimtücke, ja Mord und Totschlag hätten seither von der Stadt Besitz ergriffen, allein in diesem Jahr seien sieben Diebe und Meuchelmörder hingerichtet worden. Letzteres hatte er gleich bei seiner Ankunft von Notarius Gremper erfahren, der ihn mit großer Freude empfangen hatte.

Bei seiner zweiten oder dritten Predigt – wenn er sich recht erinnerte, war das in Sankt Jodok in der Unterstadt gewesen – war ein Weib weinend zusammengebrochen und hatte lauthals geschluchzt, dass ihr einziger Sohn bei jener Pest gestorben sei, ihr kleiner, ganz und gar unschuldiger Junge. Da waren verzweifelte Rufe laut geworden: Warum bloß immer wieder Unschuldige von diesem Hexenfluch getroffen würden? «Wer von euch ohne Schuld ist, der werfe den ersten Stein!», hatte er ihnen zugerufen. «Es trifft den Geschädigten niemals ohne Ursache, wie in Exodus geschrieben steht: *Ich, der Herr, bin ein Eiferer, der die Sünden der Eltern in den Söhnen bis ins dritte und vierte Glied heimsucht.* Und habt ihr vergessen, dass an allem Anfang des Übels die Ursünde von Adam und Eva stehen und der Fall der Engel? Aber ihr könnt euch wappnen gegen diese teuflische Sekte, könnt wie ich den Kampf gegen sie aufnehmen, indem ihr uns jeden einzelnen Verdacht, jeden einzelnen Verdächtigen nennt. Denn die Hexen sündigen boshafter noch als die gefallenen Engel und als Adam und Eva. Sie brauen Hagelschauer, Stürme und Blitze. Sie töten Mensch und Vieh. Sie vermögen durch die Lüfte von Ort zu Ort auszufahren und Liebe oder Hass zu säen. Sie machen Weiber unfruchtbar und lähmen die Zeugungskraft der Männer. Sie bringen Neugeborene, die sie nicht gleich verschlingen, den Dämonen dar. Allen Unholden gemeinsam aber ist, dass sie mit den Dämonen fleischliche Schweinereien verüben.»

Nach diesen Worten hatte ein einfacher Mann verängstigt gefragt, warum der gütige Gott nur so viel Übel zulassen könne. Da war er, Heinrich Kramer, zu rhetorischer Meisterleistung aufgelaufen:

«Was erwartet ihr Kleingeister von dem Allmächtigen? Zur göttlichen Vorsehung gehört, dass eine jede Kreatur in ihrer Natur belassen wird, auch der Mensch, dem Gott freistellt, zu sündigen oder in Versuchung geführt zu werden. Er hat den Menschen also mit eigener Entscheidungskraft geschaffen, mit eigenem freiem Willen, und in dieser Freiheit kann er sich auch von Gott abwenden und Böses tun. Bedenkt also: Gott tut weder die bösen Dinge, noch schreibt er sie vor. Er kann nur böse Dinge verbieten und zum Guten in Überfülle raten. Wohl aber kann er zulassen, dass böse Dinge geschehen, tagtäglich. Aber zum Trost sei euch gesagt, dass der Herr aus allem Übel wieder Gutes erschafft.»

Jene Predigt war ihm, wie er fand, so gut gelungen, dass er nach der Rückkehr in seine Herberge sogleich alles aufgeschrieben hatte.

Um die Einwohner der Stadt, die wegen der schrecklichen Ereignisse ohnehin in argem inneren Aufruhr waren, nicht nur zu verschrecken, sondern ihnen auch Mut und Hoffnung zu verleihen, gab er ihnen in seinen Predigten zugleich die Mittel an die Hand, sich gegen das Böse zu schützen. Einem jeden sei angeraten, sich selbst wie auch Haus und Stall unter Anrufen der allerheiligsten Dreifaltigkeit mit Weihwasser zu besprengen. Hilfreich seien auch geweihtes Salz und Wachs, geweihte Kräuter und Palmzweige. Das stärkste Mittel gegen Schadenzauber aber sei das Sakrament der Buße.

Die Wirkung seiner Predigten war höchst erfreulich. In Scharen hatten ihn Frauen wie Männer im kleinen Saal des Rathauses aufgesucht und ihm das Herz ausgeschüttet. So war von etlichen Kühen die Rede, die keine Milch mehr gaben, von Leuten, die urplötzlich tagelang gelähmt, blind oder taub waren, von einem Blitz, der aus wolkenlosem Himmel eine Scheune in Brand gesetzt hatte, ja sogar von einem Jüngling, dem eine Hexe das männliche Glied weggehext hatte, und einem Fuhrmann, dem nacheinander dreiundzwanzig Rösser weggestorben waren. Auch mögliche Schuldige, zuallermeist Frauen, wurden zuhauf genannt, wobei, das sagte ihm sein gesunder Menschenverstand, gewiss die eine oder andere böswillige Verleumdung eines unliebsamen Nachbarn unter den Anzeigen war.

All diese Zeugen hatte er im Ratssaal unter Eid vernommen, während der Notarius eifrig jedes Wort mitschrieb. Zur Mittagspause und zur Nacht hin dann hatte Heinrich bei einem Krug Wein die Aufzeichnungen sorgfältig studiert und sich selbst noch einmal Notizen gemacht über alles, was ihm auffiel. Zuletzt stachen ihm bei der Lektüre seiner langen Liste zwei Sachverhalte besonders ins Auge: Zum einen wollten mehrere Zeugen gesehen haben, wie kurz vor jenem verheerenden Hagelunwetter draußen auf der Kuppelnau ein Weibsbild unter der mächtigen alten Buche gehockt habe, und zwar mit einem großen Topf vor sich. In einer Aussage war sogar von zwei Weibern die Rede. Zum anderen waren drei Frauen gehäuft benannt worden. Dies waren die ledigen Mägde Agnes Baderin und Anna Mindelheimerin sowie Els Frauendienst, jene Frau des Schlossermeisters.

Seit gestern nun war nichts Neues hinzugekommen, und so hatte Heinrich mit Einverständnis der städtischen Obrigkeit gleich an diesem Morgen das Verfahren offiziell eingeleitet. Diese drei der Hexerei dringend verdächtigten Frauen sowie drei weitere hatte man von den Büttelen abholen lassen und in den Grünen Turm gebracht. Von morgen an sollten sie täglich verhört werden. Heinrich selbst hätte gut und gerne das Dutzend vollmachen können, schließlich durfte diesem Prozess niemand entkommen, keine einzige Hexe, und war sie noch so frisch dabei. Mit Stumpf und Stiel musste dieses teuflische Geschwür ausgerottet werden, an jedem Ort der Christenheit. Seit einiger Zeit schon quälte ihn nämlich immer wieder der Gedanke, dass da eine weltumspannende Verschwörung im Gange war und der Inquisition nicht mehr allzu viel Zeit blieb für ihren Kampf gegen das Böse.

Umso ärgerlicher war, dass man ihm und seinem Notarius Gremper, diesem hervorragenden Kirchenmann und Ketzerverfolger, nicht völlig freie Hand ließ. Als Heinrich forderte, der Vorsicht halber noch weitere Verdächtige einzukerkern, hatten einige hohe Herren aus der Sippe derer von Neidegg und Sunthain, zu der auch der Stadtamman gehörte, sich ihm in den Weg gestellt. Erst rief man ihn, dachte er grimmig, und dann hielt man plötzlich die schützende Hand über die Bürger. Dabei war doch er selbst, Heinrich, die Hand, die die Bürger schützte, und zwar vor dem größten denkbaren Übel.

So sehr war er in seine Gedanken vergraben, dass er gar nicht bemerkt hatte, wie er am Frauentor angelangt war. Von der Unterstadt drangen Schwaden ekliger Gerüche herüber, die von den Häuten der Gerber, von Ziegen- und Schweinedung, ungeleerten Abortgruben und Armeleuteessen herrührten.

Sein Blick fiel auf den nahen Gefängnisturm, dessen Ziegelhaube in der Sonne smaragdgrün schillerte. Dort kauerten sie jetzt angekettet im Stroh, diese abscheulichen Weiber, und fürchteten zu Recht um ihr Leben. Hatte er zunächst nur etwas frische Luft schnappen wollen, so kannte er jetzt sein Ziel: Er wollte an den Schauplatz einer der schädlichsten Zaubereien, dem Wetterhexen.

Eilig verließ er durch das Frauentor die Stadt, der hier eine weite, als Allmende genutzte Grünfläche namens Kuppelnau vorgelagert war. Sie lag in der strahlenden Mittagssonne, die jetzt, Anfang Oktober, noch erstaunlich viel Kraft hatte, auch wenn die Blätter der Laubbäume sich schon herbstlich verfärbt hatten. Die riesige Buche, unter den Ravensburgern längst Wetter- oder Hexenbuche genannt, stand nahe der Stadtbefestigung inmitten einer Wiese.

Heinrich betrachtete den Baum lange. Von hier aus hatte also das Unwetter seinen Anfang genommen. Ganz unschuldig gab sich die uralte Buche, in ihren rötlich gelben Blättern raschelte der Wind.

Er wusste genau, wie diese Hexen Hagelschauer und Stürme zusammenbrauten. Sie begaben sich mit einem Kesselchen voll Wasser aufs freie Feld, um dort ihren Dämon anzurufen, dem sie mitunter ein schwarzes Huhn opferten. Dann hoben sie eine Grube aus und taten das Wasser hinein oder rührten das Wasser gleich im Topf. Immer im Namen ihres Dämons und aller anderen Teufel mit den bloßen Fingern linksherum. Bis der Dämon das Wasser hoch in die Luft führte und in Hagel und Sturm verwandelte. Dies dauerte in der Regel gerade so lange, bis sich die Hexe zu Hause in Sicherheit gebracht hatte.

In diesem Falle hatten fünf Zeugen die Baderin als Wetterhexe erkannt, drei die Mindelheimerin und ein altes Weib schließlich, das Heinrich allerdings als garstig und gehässig in Erinnerung hatte, die Els Frauendienst, die zudem auch die Pferde des Fuhrmanns getötet habe sollte. Handwerksburschen hatten obendrein ausgesagt, die Baderin schon häufiger in Gesellschaft eines geheimnisvollen Fremden gesehen zu haben, der ganz in Schwarz gewandet sei, mit einer langen Feder am Hut.

Er würde die Wahrheit schon aus allen herauskitzeln, ja mehr noch: Auch die Namen sämtlicher Gespielinnen würde er erfahren, und wer von denen sich jetzt noch in Sicherheit wiegte, der hatte sich zu früh gefreut.

Wenigstens auf Bürgermeister Konrad Gäldrich war Verlass. Heinrich kannte den schwerreichen Kaufherrn und religiösen

Eiferer von seinem letzten Ravensburger Aufenthalt, als Gäldrich noch Stadtamman gewesen war und ihm freie Hand beim Ausweisen der letzten Juden gelassen hatte. Heinrich mochte seine übertriebene Verkniffenheit nicht, aber bei diesem Besuch war ihm zu verdanken, dass sie bereits morgen mit den gütlichen wie auch peinlichen Befragungen beginnen konnten. Einzig dass Gäldrich so darauf drängte, möglichst bald öffentlich Anklage durch das Stadtgericht zu erheben, missfiel Heinrich. Das Inquirieren erforderte Gründlichkeit und Zeit, Gäldrich aber wollte rasch zu einem Urteil kommen, um wieder Frieden über die Stadt zu bringen. Und leider stand dem Gericht als jetziger Amman ausgerechnet Klaus Sunthain vor, ein allzu leutseliger und gönnerhafter Mensch, zu weich und durch sein Geschäft zu sehr mit fast allen Einwohnern der Stadt verbunden. Immerhin hatte sich Heinrich erfolgreich ausbedungen, dass bei den anstehenden Verhören wie auch bei der Tortur, die in Ravensburg mit dem Aufziehen vonstattenging, alleinig er selbst und Notarius Gremper inquirierten und dass die Ratsherren, zumindest vorerst, lediglich als Zeugen zugelassen waren. Sein Ziel war schließlich, sie die nötige effektive Fragetechnik zu lehren, damit solcherlei Prozesse bald schon von weltlichen Richtern ohne kirchlichen Beistand geführt werden konnten.

Mittlerweile war er unter dem Blätterdach der Buche angekommen. Er ließ sich vor dem knorrigen Baumstamm ins Gras sinken und streckte die Beine von sich, ungeachtet dessen, dass eine solche Haltung eines Priors und päpstlichen Inquisitors wohl kaum würdig war. Doch zum einen war niemand in der Nähe, zum anderen war es ihm einerlei. Er hatte sich noch nie darum gekümmert, was die Leute von ihm dachten.

Schläfrig schloss er die Augen. Die letzten Tage hatten ihn doch einiges an Kraft gekostet.

«Hier steckt Ihr also, Doctor Institoris!»

Er schrak auf. Sein Notarius, der um einiges jünger war als er selbst, kam leichtfüßig auf ihn zugeeilt.

«Ihr denkt doch daran», sagte Gremper, als er vor ihm innehielt und ihn ein wenig verwundert betrachtete, wie er da am Boden saß, «dass wir heute Abend zum Festmahl ins Haus Zum Esel eingeladen sind.»

«Wie könnte ich das vergessen», murmelte Heinrich mürrisch. Um das weitere Vorgehen mit der Obrigkeit abzusprechen, hatte man sie beide zu einem großen Bankett in das Gesellschaftshaus der vornehmen Geschlechter eingeladen. Ihm grauste jetzt schon vor all diesen reichen Schnöseln. Nun ja, immerhin würden neben Gäldrich auch einige gute alte Bekannte von früher anwesend sein, wie die beiden Äbte von Weißenau und Weingarten. Letzterer war ein ausgewiesener Befürworter der Hexenverfolgung.

Er ließ sich von Gremper auf die Beine helfen und streckte das Kreuz durch.

«Aber um mich daran zu erinnern, stört Ihr sicher nicht meine Mittagsruhe, die ich hier draußen zu genießen hoffte.»

«Nein, nein. Ich dachte mir nur, Ihr solltet wissen, was ich soeben von Bürgermeister Gäldrich erfahren habe. Die Herren vom Magistrat wollen die verdächtigen Frauen ebenfalls befragen, gegebenenfalls auch bei der Tortur.»

«Niemals!», entfuhr es Heinrich.

Er konnte sich denken, wie das ablaufen würde. Diese eitlen Herren, die so gar keinen Ratschlag von ihm annehmen wollten, würden die Weiber schwatzen und schwatzen lassen und am Ende auch noch zustimmen, dass die sich Bürgen suchten. Eh man sichs versah, wären sie wieder aus der Haft entlassen, noch bevor man überhaupt mit der Folter gedroht hatte. Namentlich diese Els Frauendienst, deren Schwiegersohn zur Sippe der Sunthainer gehörte und den Pfarrer von Liebfrauen zum Oheim hatte.

«Lasst es zu, Institoris», versuchte Gremper zu beschwichtigen. «Bürgermeister Gäldrich ist auf unserer Seite. Ohne seine Unterstützung wäre diese äußerst zwielichtige Els Frauendienst noch immer auf freiem Fuß. Und wir hätten niemals durchsetzen können, dass die Baderin und die Mindelheimerin in getrennte Verliese gelegt werden, damit wir sie leichter überführen können.»

«Nun, wir werden sehen», knurrte Heinrich. «Meine Mittagsruhe ist mir jedenfalls vergällt. Gehen wir zurück in die Stadt.»

Als er sich keine halbe Stunde später von dem Burgunderwein einschenkte, den der Wirt ihm bereits auf die Kammer gebracht hatte, war er noch immer aufgebracht, wie wenig ernst man hier, wie auch anderswo, die päpstliche Inquisition nahm. Er brauchte mehr Eigenmächtigkeit in seinem Kampf gegen diese schlimmsten aller Ketzer. Zu seinem Ärger zeigten selbst manche hohe Geistliche keinen großen Eifer in dieser Sache, und seine Ernennungsurkunde zum Inquisitor machte leider nur wenig Eindruck. Etwas anderes musste her.

Nach dem zweiten Becher Wein wusste er es. Der neue Papst Innozenz musste einen Erlass herausgeben, der vor der Gefahr dieser Hexensekte ausdrücklich warnte und ihn für die Inquisition endlich mit weitreichenden Vollmachten ausstattete, mehr noch: Er, Doctor Henricus Institoris, musste zum päpstlichen Generalinquisitor ernannt werden, und zwar für alle wichtigen deutschen Kirchenprovinzen.

Innozenz war zwar ein ausgewiesener Ketzerjäger, aber auch bekannt als ein schwacher, träger und unselbständiger Geist. Er musste ihm also eine ausgefeilte und wortgewaltige Vorlage liefern, die er nur zu unterzeichnen und besiegeln brauchte. Eine solche Vorgehensweise war, wie er wusste, in der päpstlichen Kanzlei gang und gäbe – je weniger Arbeit man dort mit den Dekreten hatte, desto besser. Mit einer solchen Hexenbulle würde er sämtliche Bischöfe und Kleriker in die Pflicht nehmen.

Sogleich machte er sich ans Werk und begann, im Namen des Heiligen Vaters zu schreiben:

In unserem sehnlichsten Wunsche, dass der christliche Glaube überall vermehrt werden und blühen möge und jegliche ketzerische Verworfenheit aus dem Lande der Gläubigen verjagt werden möge, verkünden wir ...

KAPITEL 21

Schlettstadt, Ende Oktober 1484

Der Fischmarkt neben Sank Fides war voller Menschen an diesem kühlen, aber sonnigen Freitagmorgen. Anders als in den Sommermonaten war der Gestank nach Fisch inzwischen zu ertragen, und so ließen sich die Leute Zeit bei ihren Einkäufen. Hier wurde gehandelt und gefeilscht, dort gelacht und getratscht. Die Körbe rund um den Brunnen und die Auslagen der Händler waren fast alle noch gut gefüllt mit silbrig glänzenden Rotaugen, grünlichen Schleien, spitzköpfigen Äschen und riesigen Karpfen.

Der Ausrufer neben mir ließ mich zusammenzucken: «Flusskrebse!», brüllte er. «Frische Flusskrebse! Nur drei Pfennige der Beutel.»

Im nächsten Moment versetzte mir jemand einen Stoß in den Rücken, der mich taumeln ließ.

Erbost fuhr ich herum: «Habt Ihr keine Augen im Kopf?»

Erst auf den zweiten Blick erkannte ich die junge Frau in dem vornehmen, dunklen Samtmantel mit pelzverbrämtem Saum und blütenweißer Leinenhaube auf dem Kopf. Es war Helwig, Konrads Ehefrau. Ich hatte sie seit geraumer Zeit nicht mehr gesehen, da sie für längere Zeit zur Badekur in einem Wildbad irgendwo in den Vogesen gewesen war, ihrer ständigen Unpässlichkeit wegen. Viel gesünder sah sie jetzt allerdings auch nicht aus.

Finster starrte sie mich an.

«Komm mit. Hab mit dir zu reden.»

«Warum sollte ich?»

«Wirst schon hören.» Sie wandte sich an ihre Magd, die einen großen Korb vor sich her trug. «Warte am Brunnen auf mich. Wird nicht lang dauern.»

Ich mochte Helwig nicht besonders. Sie stammte als Tochter eines Gärtners aus der Vorstadt aus eher einfachen Verhältnissen, war wunderschön, aber sie führte sich, seitdem sie mit Konrad verehelicht war, auf wie eine Edelfrau: verschwenderisch, eitel und gegen die gemeinen Leute reichlich herablassend.

Da ich ahnte, worum es ging, konnte ich mich nicht einfach so davonmogeln. Zumal ich mir wahrlich nichts vorzuwerfen hatte.

Sie zog mich weg aus dem Getümmel, bis vor das Kirchenportal von Sankt Fides.

«Du falsche Schlange», zischte sie mich ohne Umschweife an. «Hast meine Abwesenheit schamlos ausgenutzt und den Konrad ins Bett gezerrt. Das werd ich dir heimzahlen.»

«Bist du von Sinnen?» Ich musste an mich halten, nicht die Beherrschung zu verlieren. Aber wie mein Vater immer sagte: Wer schreit, hat unrecht. «Wie kommst du auf solch einen Unfug?»

Helwigs hübsches Gesicht war puterrot angelaufen. «Das pfeifen die Spatzen von den Dächern.»

«Deswegen ist's trotzdem dummes Geschwätz. Ich kenne deinen Konrad seit Kindesbeinen, mit ihm und Elsbeth bin ich aufgewachsen. Tät der mir gefallen, dann hätte ich schon vor Jahren mein Glück bei ihm versucht. Tut er aber nicht.»

«Ha! Das soll ich dir glauben? Und warum bist grad dann ständig in unserer Backstube aufgetaucht, als ich weg war?»

«Ganz einfach: weil er Elsbeths großer Bruder ist und ich seine Hilfe gebraucht hab. Wie dir vielleicht auch die Spatzen von den Dächern gepfiffen haben, hat nämlich der Ruprecht die Elsbeth geschlagen, und das musste ein Ende haben.»

Ihre Miene wirkte mit einem Mal verunsichert.

«Du lügst doch», brachte sie schließlich hervor. «Ich frag mich schon lang, warum du noch nicht verheiratet bist. Weil du nämlich Angst vor der Ehe hast. Und lieber heimlich mit verheirateten Männern herummachst.»

Einen solchen Unsinn hatte ich noch nie gehört. In diesem Moment kam die Frau von Wundarzt Oberreiner um die Ecke gebogen, hielt neben uns inne, starrte erst Helwig, dann mich an, bevor sie mit einem kurzen Kopfnicken ihrer Wege ging. Da wurde es mir zu bunt – wer wusste schon, ob die gute Frau gelauscht hatte.

«Es reicht, Helwig. Wir gehen jetzt zu deinem Konrad in die Backstube, und dann wiederholst du vor ihm deine unverschämten Anschuldigungen.»

«Der lügt doch grad so wie du!»

«So wenig Vertrauen hast du also zu deinem Mann? Eine schöne Ehe ist das. Los, komm, wenn du nicht feige bist.»

Widerstrebend ließ sie sich ein Stück weit mitführen, dann schüttelte sie meinen Arm ab.

«Lass mich bloß los. Ich will nicht mit dir gesehen werden.»

Sprach's und lief im Eilschritt vor mir die Gasse hinunter, sodass ich kaum hinterherkam. Erst im Gänsegässchen wurde sie sichtlich langsamer. Kurz vor ihrem Haus blieb sie stehen. Da es früher Vormittag war, waren die Läden der Bäckerei noch geschlossen. Nur zwischen der zehnten und zwölften Stunde nämlich durfte Konrad zum Fenster hinaus verkaufen.

«Was ist?» Ich schob die Haustür auf. «Gehen wir hinein.»

Sofort schlug mir der Duft nach frisch gebackenem Brot entgegen. Der Verkaufsraum, in dem normalerweise zu dieser Zeit der alte Bäckermeister die Fächer des Brotrahmens auffüllte, war leer.

«Konrad? Bist du da?», rief ich in Richtung des Rundbogens, der zur Backstube führte.

Spöttisch verzog Helwig das Gesicht. «Was stehst hier rum und schreist? Sonst bist doch auch immer schnurstracks in die Backstube gerannt, als wärst hier zu Hause.»

«Ich bin hier schon aus und ein gegangen, da hast du in der Vorstadt noch die Gänse gehütet», konnte ich mir nicht verkneifen zu entgegnen.

Unser Gezänk wurde vom Knecht unterbrochen, der aus der Backstube herbeigeschlurft kam, die dunklen Augenbrauen und die Leinenkappe mit Mehlstaub bepudert.

«Guten Morgen, Herrin, guten Morgen, Jungfer Susanna.»

«Wo ist mein Mann?», fragte Helwig knapp.

«So vor einer halben Stunde ist er weg. Zusammen mit dem Altmeister.»

«Und wohin, bittschön? Muss man dir alles aus der Nase ziehen?»

«Zu seiner Schwester, der Elsbeth.»

«Weißt du, warum?», mischte ich mich ein.

«Nee.»

Er wollte sich schon umdrehen, als ich ihn am Arm festhielt.

«Warte. Wo du grad da bist: Hast du mich und den Konrad jemals bei etwas … etwas Zweideutigem beobachtet?»

«Wie meint Ihr das?» Der arme Mann verstand überhaupt nicht, auf was ich anspielte.

«Nun denn: Glaubst du, dass ich mit deinem Meister heimlich angebändelt hab?»

«Hä? Niemals! Das hätt ich mitgekriegt.»

Das bezweifelte ich nicht. Der Knecht wirkte zwar manchmal, als sei er nicht der Hellste, aber er hatte seine Augen überall.

«Siehst du», sagte ich triumphierend zu Helwig.

«Das heißt noch gar nichts», entgegnete sie, und ihre Augen funkelten böse. «Der Kerl tät doch nie was gegen seinen Meister sagen.»

«Dann gehen wir jetzt zu Elsbeth. Da können dir gleich beide bestätigen, dass ich die Wahrheit sage.»

Als wir den Hof der Küferei betraten, herrschte dort eine seltsame Stille. Niemand war zu sehen, kein Klopfen und Hämmern war zu hören. Schon auf dem Weg hierher hatte ich mich sorgenvoll gefragt, warum Konrad und sein Vater mitten am Vormittag ihre Arbeit hatten stehen- und liegenlassen.

Beklommen ging ich voraus und stieg die Treppe hinauf. Aus der Stube, deren Tür angelehnt war, drang leises Stimmengemurmel.

Vorsichtig schob ich die Tür auf. Vor uns standen Konrad und der alte Bäckermeister, ihnen gegenüber Ruprecht, sein Geselle und Barbara, die Magd. Alle hatten sie die Hände gefaltet und murmelten ein Vaterunser. Da erst entdeckte ich mitten im Raum Dorchens Wiege. Über ihr kauerte mit ausgebreiteten Armen Elsbeth. Sie war ganz still. Vor Angst zog sich mein Herz zusammen – was war mit dem Kind geschehen?

Da erklang ein mehrstimmiges Amen, und Elsbeth entrang sich ein gellendes «Nein!».

Sie bäumte sich auf, und Barbara war sofort an ihrer Seite. Da begriff ich: Das Dorchen war tot!

Ich stürzte zur Wiege, kniete neben meiner Freundin nieder, nahm sie in die Arme und spürte, wie ihr Körper von lautlosem Schluchzen geschüttelt wurde. Ich suchte nach Worten, um sie zu trösten, aber mir fiel nichts ein, was Elsbeth in diesem unsagbaren Leid geholfen hätte. Vor mir lag Dorchen, wachsbleich und mit eingefallenen Wangen. Ihre Ärmchen, die auf der leinenen Zudecke ruhten, waren mager wie bei einem Greis.

«War der Herr Pfarrer schon da?», hörte ich Helwig in einem Tonfall fragen, als würde sie sich beim Fleischer erkundigen, was das Pfund Kalbsknochen kostete.

Barbara nickte. «Morgen ist die Bestattung.»

«Aber der Husten», stammelte ich unter Tränen, «der war doch schon viel besser geworden?»

«Das Kindchen war zu schwach und ausgehungert», antwortete Barbara leise. «Das hohe Fieber letzte Nacht hat es besiegt. Der Herr sei seiner Seel gnädig und gebe ihm ewige Ruhe.»

Mit schweren Schritten trat Ruprecht heran und legte Elsbeth die Hand auf die Schulter: «Wir werden es verschmerzen, Frau.»

Dann wandte er sich an uns alle mit den Worten: «So Gott will, ist Elsbeth ist nämlich schon wieder guter Hoffnung.»

KAPITEL 22

Zwischen Markdorf und Waldburg in Oberschwaben, Mitte November 1484

Heinrich kauerte auf der Ladefläche eines Fuhrwerks, eingezwängt von großen und kleinen Weinfässern, und ließ sich durchschütteln. Er hatte es alles andere als bequem, obendrein begann es schon kurz hinter Markdorf, wo er die Nacht in einer zugigen Kammer der bischöflichen Burg verbracht hatte, leicht zu nieseln. Der Fuhrmann hatte ihm zwar angeboten, vorne neben ihm Platz zu nehmen, doch Heinrich hatte dankend abgelehnt. Diese Fuhrleute galten gemeinhin als reichlich schwatzhaft, und so nützlich das für einen Inquisitor manches Mal sein konnte, wollte er heute in Ruhe nachdenken auf dem Weg zu Graf Johann von Sonnenberg, dem Truchsess und Herrn zu Waldburg. Der junge Graf, der teils auf der Waldburg, teils im benachbarten Wolfegg residierte, war der Bruder des Bischofs von Konstanz und hatte ihn erfreulicherweise in Sachen Inquisition zu sich gebeten.

Eigentlich hatte Heinrich ohne Umweg von Konstanz aus nach Schlettstadt zurückkehren wollen, bevor der Winter einbrach. Er fühlte sich nach den doch recht anstrengenden und nur halbwegs erfolgreichen Wochen in Ravensburg ausreichend erholt für die weite Reise. Ein wahrhaft herrschaftliches Schlafgemach hatte man ihm in der Konstanzer Bischofspfalz zugewiesen, und auch sonst hatte es der Bischof, Otto von Sonnenberg-Waldburg, nicht an Gastfreundschaft fehlen lassen, über viele Tage hinweg. Zu ihm war er nach dem Prozess gleich als Erstes geeilt, um ihm Bericht zu erstatten, während er Notarius Gremper nach Rom geschickt hatte, um für ihren Prozess vom Heiligen Stuhl eine Belobigung zu erbitten mitsamt einem Ablassprivileg. Die Vorlage zur Hexenbulle, mit der er endlich freie Hand bei der Hexenverfolgung haben würde, hatte Gremper im Reisegepäck.

Im Nachhinein war sein Aufenthalt in Konstanz ein kluger Schachzug gewesen. Nicht nur, dass der Bischof ihn für seinen Schlag gegen die Ravensburger Hexen hoch gelobt hatte. Heinrichs Anwesenheit hatte sich auch herumgesprochen, und so hatten ihn in den letzten Tagen nicht wenige bedeutsame Männer in der bischöflichen Residenz aufgesucht. Bei einem der abendlichen Bankette war er auch Rudolf von Baden begegnet, derzeit Komtur der Johanniter zu Überlingen. Dieser Mann hatte vor Zeiten etliche Hexen im Breisgau verbrennen lassen und bot Heinrich sogleich seine Hilfe für die nächste Inquisition an. Und wie es der Herrgott gewollt hatte, war bei ebenjenem Bankett ein reitender Bote in der Bischofspfalz mit der Nachricht des Grafen

Johann von Sonnenberg eingetroffen, dass er, Heinrich Kramer, sich doch baldmöglichst auf der Waldburg einfinden möge, da seine Herrschaft, der Graf, das Haus Waldburg von Hexen und Unholden zu reinigen gedenke und hierfür seine Unterstützung benötige.

«Seht Ihr, Institoris», der Bischof hatte ihm wohlwollend auf die Schulter geklopft, «auch in meiner Diözese hat sich Euer hervorragender Ruf herumgesprochen. Weiter so! Werdet Ihr also meinen Bruder aufsuchen?»

«Selbstverständlich. Gleich morgen mache ich mich auf den Weg. In zwei Tagen sollte die Reise leicht zu schaffen sein, auch im Herbst.» Heinrich wandte sich an Rudolf von Baden. «So wäre die Gelegenheit zu einer neuerlichen Hexenjagd bereits jetzt gekommen. Seid Ihr dabei?»

«Liebend gerne, sogar auf eigene Kost und Zehrung. Aber ich möchte doch zuvor ein formales und schriftliches Begehren seitens des Grafen in den Händen halten. Würdet Ihr das für mich veranlassen?»

«Selbstverständlich. Gleich bei meiner Ankunft werde ich den Grafen darum bitten, damit Ihr alsbald an meiner Seite steht. Ich selbst werde bis dahin erst einmal gründlich die Lage vor Ort erkunden.»

Ein Schlagloch ließ Heinrich in die Höhe schnellen, und er stieß sich den Kopf am benachbarten Weinfass.

«He, Fuhrmann!», schrie er. «Könnt Ihr nicht aufpassen?»

«Tut mir leid, Herr Inquisitor. Die Straße ist lausig schlecht.»

«Schon gut.» Heinrich rieb sich die Stirn. Der gute Mann konnte schließlich nichts dafür, er hätte ja auch zu Fuß gehen können.

Immerhin hatte es zu regnen aufgehört, und bald würde er beim Grafen auf der Waldburg sein. In der Ferne waren schon die Türme von Ravensburg zu erkennen. Dorthin würde er hoffentlich nicht so schnell zurückkehren müssen.

Fünfzehn Tage lang hatten sie die sechs gefangenen Frauen verhört. Wobei die Herren aus dem Magistrat die Wahrheitsfindung mehr behindert als gefördert hatten und sich, vor allem bei der leichten Tortur, mehr als täppisch angestellt hatten. Es kam, wie er befürchtet hatte: Der Rat ließ zu, dass zahlreiche angesehene Männer für vier der Weiber bürgten, die dann rechtzeitig vor der Folter freigelassen wurden – zuallererst die Els Frauendienst, die Heinrich noch immer für höchst verdächtig hielt.

Allein die dreiste Art, in der die Els seine Fragen beantwortet hatte, das war fast schon respektlos zu nennen! Er war sich sicher, dass sie mitverantwortlich war für die Unbilden, die er während der letzten Tage seines Ravensburger Aufenthalts erlitten hatte: Die Hexenweiber hatten doch wahrhaftig Dämonen beauftragt, ihm zu schaden! Dreimal hintereinander war er des Nachts, als er zum Gebet aufstand, von dem wilden Geschrei von Affen, Ziegen und Hunden erschreckt worden, unsichtbare Fäuste hatten an sein Fenster geklopft, obgleich das in großer Höhe lag, und einmal fand er sogar sein Bettlaken mit Nadeln gespickt vor. Doch Dank sei dem Höchsten und Allmächtigen, dass der ihn zu jeder Minute beschützt hatte.

Schuldig gesprochen worden waren letztlich nur Agnes Baderin und Anna Mindelheimerin – die Stadtväter sahen dies als erfolgreichen Abschluss des Prozesses an, er selbst indes als einen nur mäßigen Erfolg.

Die Verurteilten waren beide ledig, ohne Bürgen und nicht mehr die Allerjüngsten. Die Baderin hatte bei den gütlichen Befragungen stets hartnäckig ihre Unschuld beteuert, doch schon nach dem ersten Aufziehen im Folterverlies war der Schweigezauber gebrochen, und sie hatte alles gestanden, genau wie die Mindelheimerin wenig später: Seit rund zwanzig Jahren seien sie dem Teufel gefolgt, hätten gemeinsam auf der Kuppelnau Hagel gesotten, auch über eine lange Zeit Vieh und Menschen gelähmt und versehrt. Heinrich nahm es als Ergebnis seiner ausgeklügelten Fragetechnik, dass die Mindelheimerin, die von der Baderin denunziert worden war, dieselben teuflischen Schweinereien gestanden hatte wie ihre Komplizin, und zwar ohne jegliche Abweichungen.

Am dritten Tag nach ihrem Geständnis waren die beiden zu Asche verbrannt worden, draußen im Eschbann vor dem Untertor. Der Henker hatte famose Arbeit geleistet: Rasch waren die Flammen des Scheiterhaufens entfacht, loderten turmhoch in den Himmel hinauf, bis von den Leibern der beiden Hexen nur noch Asche blieb. Heinrich würde sich diesen guten Mann und seinen Knecht merken müssen. Aus Saulgau hatte man sie angefordert, wahrlich erfahrene Spezialisten, denen man zum richtigen Umgang mit Hexen und Unholden nichts vormachen musste. Die Mindelheimerin war im Übrigen bis in den Tod hinein aufsässig und widersetzlich geblieben gegen Obrigkeit und geistlichen Beistand. Dahingegen sah die Baderin reumütig ihrem Ende entgegen und tat unter Beten und mit dem Kreuz in den Händen ihre letzten Atemzüge. Heinrich musste zugeben, dass ihr Anblick bei ihm Rührung und sogar Mitleid ausgelöst hatte.

Mit einem Ruck hielt der Wagen an.

«Wir sind da», rief der Fuhrmann in die Stille der Landstraße und deutete auf die Gipfelburg, die von ihrem steilen Kegel aus die hügeligen Wälder und Felder weithin überragte.

«Ich lass Euch hier absteigen, Herr Inquisitor. Dort hinauf schaff ich es nicht mit dem schweren Fuhrwerk.»

Doch Heinrich war schon von der Ladefläche geklettert.

«Danke, Fuhrmann. Gott schütze Euch», rief er, während er den Maulesel losband. Dann machte er sich an den Aufstieg zur Waldburg, um vom Grafen seinen neuen Auftrag entgegenzunehmen.

Wieder fühlte er sich voller Tatendrang. Mochte der Ravensburger Prozess auch anders ausgegangen sein, als er persönlich es sich erhofft hatte: Er konnte zufrieden sein. Mehr noch, er durfte sich geschmeichelt fühlen, dass er nun schon zum zweiten Mal binnen kurzem herbeigerufen wurde, um dieser Geißel der Christenheit den Garaus zu machen.

KAPITEL 23

Schlettstadt, im Winter 1484/85

Diesen Winter würde ich wohl niemals vergessen. Nach einem angenehm warmen Sommer und einem milden Herbst kam Anfang Dezember mit einem gewaltigen nächtlichen Sturm schlagartig der Winter übers Land. Die Böen rissen die Schindeln von den Dächern, warfen den Lastkran am Neuen Hafen um und zwangen einen unserer Apfelbäume im Garten in die Knie. Vater schimmerten Tränen in den Augen, als er und Gregor den knorrigen Baum zu Brennholz zersägen mussten.

Der Sturm brachte den ersten Schnee in solchen Massen, dass nach einer Nacht und einem Tag die ganze Stadt zugeschneit war. Knietief lag er in den Gassen, und der noch immer starke Wind wehte die Hauseingänge und Hofeinfahrten zu. So viel Schnee hatte ich nie zuvor erlebt. Selbst zu Fuß war der Weg durch die Gassen mehr als mühsam, und wer nicht hinausmusste, blieb daheim. Fast unheimlich war es, wie ausgestorben die Stadt wirkte. Als alles wieder zu tauen begann, verwandelten sich Schnee und Eis in glitschigen, dreckigen Matsch, und die Menschen legten Bohlen vor ihre Häuser und schnallten sich

Trippen unter die Schuhe, um halbwegs sicher durch die Stadt zu kommen.

Dieses Hin und Her ging den ganzen Dezember über: Schneefälle wechselten mit Tauwetter, heftige Winde wiederum brachten erst Regenschauer, dann erneut Schnee. Bald schon war für Handkarren und Fuhrwerke kein Durchkommen mehr in den schlammigen Gassen und auf den Landstraßen. Die Märkte waren halb ausgestorben, das Angebot knapp, da die Bauern aus dem Umland ihr Wintergemüse nur noch in Rückenkraxen in die Stadt bringen konnten. Aber dafür verkauften sie es umso teurer. Auch der Vater machte zunächst einen guten Gewinn. Da auf dem Krämermarkt keine auswärtigen Händler mehr erschienen, blieb ihm das meiste Geschäft. Allmählich aber ging ihm die Ware aus, da seine Zuträger aus Kolmar, Straßburg und dem Rechtsrheinischen ausblieben.

Die Menschen wurden zunehmend müde, träge und missgelaunt, und das nicht nur der frühen Dunkelheit und trüben Tage wegen. Das Leben wurde schlichtweg teurer, dabei lagen die richtigen Wintermonate erst noch vor uns. Manch einem, der nicht so gut gestellt war wie unsere Familie, machte das Angst. Umso weniger verstand ich, warum in einer solchen Zeit so viele ihren kargen Lohn im Wirtshaus versoffen. Die Ablasspredigten hatten die Dominikaner übrigens längst eingestellt, wohl auf Befehl des Bischofs, und ihr Prior war noch immer fort. Martin machte sich große Sorgen um ihn, war doch das Reisen bei diesem Wetter nicht nur mühselig, sondern auch gefährlich. Zuletzt im November hatte man im Kloster die Botschaft erhalten, Bruder Heinrich halte sich beim Bischof zu Konstanz auf, was nur etwa acht Reisetage entfernt lag. Mitte Dezember hätte er also längst zurück sein müssen. Mir war das gleichgültig, ich vermisste ihn nicht.

Dass das Dorchen nicht einmal drei Monate alt geworden

war, sah ich im Nachhinein als den Anfang einer Kette von Unglücken. Meine Freundin Elsbeth konnte den frühen Tod ihres ersten Kindes nicht verwinden, obwohl sie tatsächlich wieder guter Hoffnung war.

«Wie kann das sein?», hatte ich sie gefragt, als sie mir kurz vor dem Weihnachtsfest die Nachricht überbrachte, dass Rupert mit seiner Vermutung recht behalten hatte und wahrhaftig und sicher wieder ein Kind geboren würde. Eigentlich hätte es eine freudige Nachricht sein sollen, aber schon die kargen Worte hierzu und ihre Miene verrieten mir, dass Elsbeth sich keineswegs freute.

«Die Hebamme sagt, das ist, weil ich so bald abgestillt hätte.» Leiser fügte sie hinzu: «Kaum war das Dorchen auf der Welt, hat er mich fast Nacht für Nacht bestiegen, vor allem, wenn er betrunken war. Und jetzt ist's auch nicht viel besser. Obwohl ich ihm täglich Mönchspfeffer ins Essen mische.»

«Freust du dich denn gar nicht auf das Kind?»

«Es ist mir einerlei, ob ich noch eins kriege oder nicht. Jetzt, wo das Dorchen tot ist.»

Elsbeth tat mir unendlich leid. Aber wie hätte ich ihr helfen können? So setzte ich alle Hoffnung auf den Frühling, der wieder Sonne und Wärme in den Alltag bringen würde.

Weihnachten wurde, trotz aller Sorgen, die die Menschen umtrieb, doch noch ein schöner Tag. Nach der heiligen Messe in Sankt Georg, bei der Pfarrer Oberlin uns in seiner abschließenden Rede zu Mut und Zuversicht aufrief, feierten wir wie immer bei einem festlichen Essen, mit Gesang und Gebet im Zunfthaus der Krämer, zu denen in Schlettstadt auch Arzt, Apotheker und Zuckerbäcker zählten. Dass wir einer angesehenen Zunft angehörten, hatte den Vater immer mit Stolz erfüllt. Auch in diesem Jahr hatte man es trotz der wetterbedingten Knappheit an nichts fehlen lassen: Rotwein und Bier flossen in Mengen, die Speisenfolge umfasste mit Fleischpasteten, Wildbret in Pfeffertunke, sauren Kaldaunen, Hecht in Butterbrühe und anderen Köstlichkeiten sieben Gänge. Dazu war die Stube mit Tannenzweigen geschmückt und durch den Kachelofen warm eingeheizt. Man spürte, dass viele, die zu Hause an Brennholz sparten, nicht in ihre zugigen, feuchtkalten Häuser zurückkehren wollten, und so ließ sich der Zunftmeister ein ums andere Mal erweichen, das Ende des Festes hinauszuzögern. Plötzlich musste ich schmerzvoll an meine Mutter denken, die Weihnachten immer so geliebt und voller Inbrunst die Psalmen mitgesungen hatte. Darüber wären mir am Ende der schönen Feier fast die Tränen gekommen.

«Mutter hätte der Tag sehr gefallen», sagte ich auf dem Nachhauseweg leise zum Vater. Erneut hatte dichtes Schneegestöber eingesetzt.

«Sie war bei uns», erwiderte er. «Da bin ich mir ganz sicher.»

So tröstlich diese Worte klangen, war da noch etwas anderes, das mich umtrieb. «Müssen wir uns denn Sorgen machen, wenn jetzt alles teurer wird?»

«Aber nein. Wir haben den Sommer und Herbst hindurch gut gewirtschaftet, und so werden wir auch gut durch diesen Winter kommen.»

Zwischen Weihnachten und dem neuen Jahr besuchte ich meine Freundin wieder täglich, da es für mich in unserem spärlich besuchten Kramhandel nicht viel zu tun gab und der Garten ohnehin brachlag. Wie schon kurz vor Dorchens Geburt wirkte Elsbeth verändert – kraftlos, still und in sich gekehrt. Wenn sie denn einmal mehr als zwei Sätze sprach, machte sie sich Vorwürfe: Sie sei schuld daran, dass das Dorchen gestorben sei, sie hätte mit ihrem schlimmen Husten die Kleine niemals stillen dürfen, ja, sich gänzlich von ihr fernhalten müssen, und überhaupt sei sie eine schlechte Mutter gewesen. Alle Gegenrede nutzte nichts, und es dauerte geraume Zeit, bis ich begriff: Sie litt an der Melancholie wie einst meine Mutter.

Im neuen Jahr ernährten wir uns von unseren reichlich angelegten Vorräten an eingemachtem Sauerkraut, Trockenfisch und Pökelfleisch. Frisches war, von Fisch aus der Ill abgesehen, kaum noch zu bekommen, da die Straßen rund um Schlettstadt nach wie vor unpassierbar waren. Not hatte unsere Familie trotz allem also vorerst keine zu leiden, und so kam ich auf den Gedanken, einmal die Woche Elsbeth zu uns zum Mittagessen einzuladen. Zumal deren Magd Barbara auch das Kochen für die Männer übernommen hatte und überhaupt meiner Freundin die meiste Arbeit abnahm, sodass Elsbeth abkömmlich war.

Die Stunden bei uns heiterten Elsbeth manchmal ein wenig auf, und zu meinem Erstaunen bemühte sich vor allem Gregor darum, sie zum Lächeln zu bringen. Darin lag nichts Zweideutiges, denn er hatte neuerdings eine Braut namens Maria, eine kleine, zupackende Person, die aus meinem ewig griesgrämigen Bruder einen anderen Menschen gemacht hatte. Ich mochte Maria und freute mich für Gregor. Ein großer Wermutstropfen indessen war, dass unsere Mutter dies nicht mehr hatte erleben dürfen. Auch sie hätte Maria gleich ins Herz geschlossen.

«Wenn ihr beiden erst mal verheiratet seid, kann ich mich ja endlich aufs Altenteil zurückziehen», verkündete mein Vater bei einem unserer gemeinsamen Mittagessen. «Da freu ich mich jetzt schon drauf, wenn ich dir die Verantwortung abgeben kann.»

Woraufhin Gregor Marias Hand nahm und strahlend erwiderte: «Allzu lange wollen wir mit der Hochzeit nicht mehr warten.»

In Momenten wie diesen ahnte ich, dass dann für mich in meinem Elternhaus kein Platz mehr sein würde.

Bevor ich mir hierüber allzu viele Gedanken machen konnte,

ging eine schreckliche Kunde wie ein Lauffeuer durch die Gassen. Am alten Ladhof, der einst als Hafen gedient hatte und wo vor allem Fischer und Schiffsleute wohnten, hatten sich drei sonderbare Todesfälle ereignet: Nach hohem Fieber waren zwei Frauen und ein Mann binnen kurzem verstorben, mit Knoten am Hals und unter den Armen.

«Das Große Sterben ist in unsere Stadt gekommen», raunte man allenthalben auf den Märkten und an den Brunnen. Selbstredend hatte der Stadtarzt die Leichname untersucht, woraufhin der Schultheiß tags darauf von der Rathaustreppe verkündete, in feierlicher schwarzer Amtstracht und mit Silberketten behängt, es handle sich um eine der üblichen hitzigen Krankheiten, was in diesem harten Winter kein Wunder sei. Niemand brauche unnötig kopflos zu werden, vorsichtshalber werde man aber, um giftige Ausdünstungen zu verhindern, die Toten im Grab mit Kalk bedecken. Dann ließ er vom Stadtarzt eine Reihe von Maßnahmen verlautbaren, die da waren: sich reinlich halten, auf maßvolle Ernährung im Einklang mit den Körpersäften achten, Türen und Fenster gegen die Miasmen geschlossen halten und ansonsten ein gottgefälliges Leben führen.

Wie die meisten Einwohner war auch ich dem Trommelklang des Amtsboten zum Wafflerhof gefolgt, wo ich auf Elsbeth und Barbara traf. Während meine Freundin sich die Worte der Obrigkeit unbewegt anhörte, bekam ich selbst es mehr und mehr mit der Angst zu tun.

«Was, wenn es doch die Pestilenz ist?», flüsterte ich ihr zu, als sich unter den Zuhörern sichtlich Unruhe verbreitete.

Elsbeth zuckte nur die Schultern. «Gott wird die drei für ihre Sünden bestraft haben.»

Ich erschrak über diese harten Worte, die so gar nicht zu ihr passten.

«Kanntest du die Toten denn?», fragte ich schließlich.

«Nein.» Sie wandte sich an die Magd. «Ich möchte nach Hause, Barbara.»

«Dann sehen wir uns also übermorgen, bei uns zum Mittagessen?»

«Ich denke schon. Auf Wiedersehen, Susanna.»

Ohne sich noch einmal umzudrehen, verschwand sie in Richtung Barfüßerkloster.

Bedrückt von Elsbeths seltsamem Verhalten wie auch von der möglichen Bedrohung einer Pestilenz, machte ich mich auf den Heimweg. Die Gassen waren wieder einmal vereist, und ich musste trotz meiner Trippen bei jedem Schritt achtgeben, nicht auszurutschen.

Zu Hause stapelten Gregor und der Vater neue Ware in die Regale. Da der harte Frost der letzten Tage dazu geführt hatte, dass neuerdings wieder Fuhrwerke die Stadt erreichten, waren die beiden in bester Stimmung.

«Na, hat unser Schultheiß den Leuten tüchtig Angst eingejagt?», fragte mich Gregor mit einem Grinsen.

«Red nicht so daher! Damit ist nicht zu spaßen.»

«Ach, Kind.» Der Vater legte mir die Hand auf die Schulter. «Seitdem du auf der Welt bist, hat's hier keine Pest mehr gegeben. Zuletzt war das, als deine Mutter und ich uns kennenlernten.»

Ich sah, wie seine Augen sich mit Tränen füllten, und legte ihm die Arme um den Hals. Da begannen wir beide, in unserer Umarmung still zu weinen, während Gregor uns erschrocken ansah.

KAPITEL 24

Schlettstadt, Anfang Februar 1485

Zwei Tage später erschien Elsbeth nicht zum vereinbarten Mittagessen. Ein Sturm rüttelte wieder einmal an den geschlossenen Fensterläden, die Zugluft brachte das Licht der Tranlampen zum Flackern. Kam sie wegen des schlechten Wetters nicht? Aber das konnte ich mir nicht recht denken.

Ein Weilchen warteten wir noch auf meine Freundin, dann machten wir uns im Halbdunkel der Küche ans Essen. Ich war mehr als beunruhigt, waren doch inzwischen etliche Menschen erkrankt, davon auch einige in der Nachbarschaft. Gewiss, bei vielen mochte es ein Winterkatarrh sein, doch in der Vorstadt, hieß es, seien zwei Kinder gestorben mit dicken, schwarzen Knoten am Hals und an der Leiste.

«Ich schau nachher mal bei Elsbeth vorbei», sagte ich.

«Bei diesem Mistwetter?» Der Vater schüttelte den Kopf. «Es regnet Hunde und Katzen, dazu der Sturm.»

«Trotzdem. Ich hab kein gutes Gefühl.»

«Nein, Susanna, ich gehe. Muss ohnehin noch zum Haus der Bäcker, die neuen Beschläge für die Zunfttruhe vorbeibringen. Von der Salzgasse ist's nur ein Katzensprung zu deiner Freundin.»

Nachdem ich den Abwasch gemacht hatte, ging ich Gregor unten im Laden zur Hand. Da hörten wir den Vater auch schon zurückkommen. Er war völlig durchnässt.

«Sehr seltsam», berichtete er, kaum dass er den Fuß über die Türschwelle gesetzt hatte. «Elsbeth lag im Bett, am helllichten Tag. Die Magd wollte mich nicht zu ihr lassen.»

«Dann ist sie krank?», fragte ich bestürzt.

«Ich weiß nicht ... Laut Barbara hat sie weder Fieber noch Durchfall, noch sonst ein Zipperlein. Sie ist wohl heute früh einfach nicht aufgestanden, will nichts essen und niemanden sehen.»

«Ich muss sofort zu ihr.»

«Das bringt doch nichts. Warte einfach ein, zwei Tage ab, dann ist sie sicher wieder auf den Beinen und ...» Ein heftiges Niesen unterbrach seine Rede.

Rasch half ich ihm aus dem nassen Kapuzenmantel.

«Setz dich oben ans Herdfeuer», drängte ich. «Sonst wirst du auch noch krank.»

Bei seinem Gang durch Regen und Sturm hatte sich der Vater einen anständigen Schnupfen eingefangen. Mit triefender Nase und roten Augen saß er am nächsten Morgen ohne den geringsten Appetit vor seinem Hafermus.

«Heut lässt du's langsam angehen, Vater», beschied ihm Gregor. «Die Susanna wird mir bei der Arbeit helfen.»

«Das werden wir noch sehen», schnaufte der Vater und unterdrückte einen Niesreiz. «Übrigens hab ich mir überlegt, dass jemand von euch zum Pfarrer sollte, ihm Bescheid geben. Wegen Elsbeth, meine ich. Eure Mutter hat das ja nie gewollt, hat lieber auf diesen Firlefanz von der dünnen Agnes bestanden, und was dabei herausgekommen ist ...» Er unterbrach sich und fuhr sich über die Augen. «Ich jedenfalls denke, dass nur ein Pfarrer bei der Schwermut helfen kann.»

Gregor nickte. «Heut Nachmittag geh ich bei Oberlin vorbei. Und dem Konrad geb ich auch Bescheid.»

«Tu das. Und jetzt an die Arbeit. Der Drechsler Hans bringt gleich eine Ladung Knöpfe, die müssen für den Markt morgen nach Größe sortiert werden.»

Keine zwei Stunden später schickten wir den Vater wieder zu Bett. Er schniefte nur noch, und die Augen tränten ihm unablässig. Während Gregor ihm half, sich auszukleiden, kochte ich einen Sud aus Sauerampferwurzeln und Salbei gegen den angehenden Katarrh.

Nachdem der Sud ein wenig abgekühlt war, brachte ich dem Vater einen Becher davon hinauf.

«Das trinkst du jetzt in kleinen Schlucken. Später bringe ich dir noch mal einen Becher voll.»

Recht mühsam, wie mir schien, richtete er sich ein wenig auf, und ich polsterte ihm den Rücken mit einem Kopfkissen aus. Dann zog ich ihm die Daunendecke bis über die Brust und reichte ihm den Becher.

Er verzog das Gesicht. «Hast du wenigstens Honig hineingetan? Das Zeug schmeckt sonst grauenhaft.»

«Der Honig ist ausgegangen, leider. Was hast du denn da wieder gemacht?» Ich deutete auf seinen rechten Arm, mit dem er mir den Becher abnahm. Dort auf der Innenseite zeichneten sich zwei dünne, halb verkrustete Blutspuren ab. «Du sollst die Flohstiche doch nicht immer aufkratzen!»

Ich kam mir vor wie eine Mutter, die ihr Kind ausschalt.

«Aber wenn's doch so juckt ...»

«Ich hol dir Kräuteressig aus der Küche, damit wasch ich es aus. Und nicht mehr kratzen, hörst du?»

Bevor ich hinausging, öffnete ich einen Spalt weit die Dachluke. Ungewöhnlich warme Luft wehte mir entgegen. In der Tür drehte ich mich noch einmal um.

«Soll ich nicht doch den Bader holen?»

«Ach was. Die beste Arznei ist Gottvertrauen. Außerdem krieg ich immer zum Winterende diesen schrecklichen Schnupfen. Nimm's einfach als gutes Zeichen, dass die kalte Jahreszeit bald vorbei ist.»

Am nächsten Tag war sein Niesen und Schnupfen zwar weniger geworden, doch er fühlte sich noch immer sehr matt und klagte über Kopfschmerzen. So begleitete ich an seiner Stelle Gregor auf den Krämermarkt, zumal sich Maria erboten hatte, zu Hause bei ihrem künftigen Schwiegervater zu bleiben. Ich wusste inzwischen nicht mehr, um wen ich mich mehr sorgen sollte: um meine Freundin Elsbeth oder um den Vater.

Kaum hatten wir unseren Stand aufgebaut, erreichte uns die nächste Schreckensnachricht: Am Flussufer würden sich zu Hunderten verendete Ratten einfinden, in den Gärten fielen Vögel tot aus den Bäumen, und im Viertel hinter dem Schiffergraben lägen etliche Menschen im Sterben. Das mochte vielleicht übertrieben sein, führte aber dazu, dass unter den Marktleuten und Besuchern von nichts anderem mehr die Rede war. Gregor hingegen wollte von all dem nichts wissen.

«Lass die Leute schwatzen und mach deine Arbeit», knurrte er, nachdem ich ihn bange gefragt hatte, ob auch er glaube, dass die Pestilenz über unsere Stadt gekommen sei. Also biss ich mir auf die Lippen und gab die Ware aus, während er sich ums Abrechnen kümmerte.

Als der Andrang vor unserer Laube zwischendurch einmal nachließ, suchte ich den Theriakkrämer auf, der sein Zeltdach vor der Stadtkanzlei errichtet hatte. Der Wanderkrämer verkaufte allerlei teure Drogen und Wunderheilmittel gegen fallendes Weh, Gift und Pestilenz. Heute machte er mit der Angst der Schlettstädter wohl den besten Handel seit Wochen, wie die große Menschentraube vor seinem Verkaufsstand zeigte. Nachdem ich mich endlich bis zur Auslage vorgekämpft hatte, erstand ich im Tausch gegen mein buntes, fast neues Schultertuch das, was ich wollte: ein Alraunmännchen. Es sah aus wie eine menschliche Gestalt, der ein paar vertrocknete Blätter wie Haarbüschel vom Kopf abstanden, und es trug ein Gewand aus Leinen. Man sagte, dass diese Wurzel dem Samen Gehenkter entspross, und man fand sie daher zumeist unter dem Galgen. Es war gefährlich, sie herauszuziehen: Sie schrie wie ein Mensch und konnte dem, der sie ausgrub, den Tod bringen.

Ich hatte das Alraunchen Elsbeth zugedacht. Wie fast jedermann glaubte auch ich an die Zauberkraft dieses kleinen Wesens. Unter dem Hemd auf den Leib gebunden, brachte es einem Glück und Reichtum; zerrieben und als Arznei verabreicht, half es bei Schlaflosigkeit, Haarausfall, Augenleiden, Schlangenbissen, schlimmen Wunden und sogar gegen die Pestilenz. Deshalb konnte ich von Glück sagen, dass ich überhaupt noch eines dieser Zauberdinger bekommen hatte. Zugegeben, ein bisschen klein war meine Wurzel schon, aber sie sei, wie mir der Krämer versichert hatte, besonders wirksam, da sie zu Johanni um Mitternacht geerntet worden war.

Vom Kräuterweib Käthe wusste ich, dass das Alraunchen auch eines der besten Mittel gegen ein schwarzgalliges Gemüt war. Da reichte es schon aus, es mit ins Bett zu nehmen und, sobald es sich erwärmte, drei Ave-Maria zu sprechen.

«Du bist du ja endlich», empfing mich Gregor ungehalten, als ich zurück war. Dann stutzte er: «Wo ist dein Schultertuch?»

Ich zeigte ihm, was ich erworben hatte. «Für Elsbeth, gegen ihre Schwermut.»

Gregor kniff die Augen zusammen: «Ein reichlich kümmerliches Exemplar hat dir der Quacksalber da angedreht für dein schönes Tuch. Wahrscheinlich nur eine ganz gewöhnliche Zaunrübe. Da wird sich der Vater aber freuen über deinen miesen Handel.»

«Brauchst es ihm ja nicht unter die Nase zu reiben. Hör zu, Gregor. Ich geh rasch bei Elsbeth vorbei. Der Verkauf tröpfelt eh nur noch dahin, und bis Marktschluss bin ich wieder da.»

Ich achtete nicht auf seine Einwände, sondern eilte los in Richtung Weinmarkt.

Doch auch heute wollte Elsbeth niemanden sehen, nicht

einmal mich, ihre engste Freundin. So übergab ich Barbara das Alraunmännchen.

«Ein guter Gedanke!», sagte sie aufmunternd. «Das wird ihr helfen. Bestimmt freut sie sich schon bald wieder über einen Besuch von Euch.»

Trotz dieser lieben Worte war ich enttäuscht. Warum wollte sich Elsbeth nicht von mir helfen lassen?

Ich war drauf und dran, in die Sankt-Georgs-Kirche zu gehen und für sie zu beten, ließ es dann aber. Gregor wartete sicher schon ungeduldig auf mich. Als wir dann nach Marktschluss mit unserer Handkarre heimkehrten, kam uns an der Ecke zum Gänsegässchen Meister Burkhard, der Bader, entgegen. Er grüßte uns angespannt.

«Wart Ihr etwa bei uns?», fragte Gregor.

«Ja, Eure Braut hatte nach mir geschickt.» Unruhig trat der Bader von einem Bein aufs andere.

«Wenn Ihr nochmals mit ins Haus kommt, kann ich Euch gleich auszahlen. Womit habt Ihr den Vater denn behandelt?»

«Nun ja», stotterte er, «ich ... ich hab ihn gar nicht behandelt. Weil nämlich ...»

«So redet schon!», fuhr Gregor ihn an.

«Ich muss Euch leider den Stadtarzt vorbeischicken. Euer Herr Vater, er hat ...»

Meister Burkhard stockte. Noch bevor er den Satz vollendete, wusste ich, was folgen würde, und krampfte meine Hände zu Fäusten zusammen.

«Es tut mir sehr leid», setzte er wieder an, «aber Euer Vater hat die Pestilenz.»

KAPITEL 25

Schlettstadt, im Februar 1485

Auf die Hiobsbotschaft des Baders folgte ein tagtäglicher Albtraum. Gregor und ich waren vor Schreck wie erstarrt gewesen, als wir nach der Rückkehr vom Markt mit eigenen Augen sahen, wie sehr sich der Zustand unseres Vaters in nur wenigen Stunden verschlechtert hatte: Zu den quälenden Kopfschmerzen war auch noch Fieber über ihn gekommen, und er klagte über Schwäche und Gliederschmerzen. Seine zittrigen Hände konnten den Becher mit dem Kräutertrank kaum festhalten.

Zunächst war tatsächlich noch am selben Nachmittag Stadtarzt Schnepflin bei uns aufgetaucht. Beeindruckend sah er aus in seinem bodenlangen, dunklen Gewand und der Gelehrtenkappe auf dem schütteren Haar. Er kam in Begleitung von Wundarzt Oberreiner, und gemeinsam hatten sie den Vater amtlich untersucht. Genauer gesagt, hatte ich die Bettdecke zurückschlagen müssen, und die beiden Männer waren zweimal um das Bett herumgeschlichen, um dabei den Kranken aus gebührender Entfernung zu betrachten. Mit glasigem Blick beobachtete mein Vater sie dabei. Ich lehnte derweil neben Gregor an der Wand und spürte, wie mein Herz raste. Würde der Vater bald sterben? Erst die Mutter, dann ein gutes halbes Jahr später der Vater? In Gedanken sah ich schon, wie Gevatter Tod seine Knochenhand nach ihm ausstreckte.

«Habt Ihr schwarzen Harn und gallige Durchfälle, Meister Mittnacht?», hörte ich den Medicus fragen.

«Nein», kam es schwach von meinem Vater zurück.

«Kälte der Glieder und Hitze in der Brust? Nasenbluten, Schlaflosigkeit, eine trockene Zunge?»

«Nicht so schnell, Herr Medicus.» Der Vater versuchte vergebens, sich aufzurichten. «Das hab ich alles nicht. Aber heiß und kalt ist mir im Wechsel, die Glieder tun mir weh, und zum Essen fühl ich mich zu schwach.»

«Gut, gut.» Schnepflin wandte sich an meinen Bruder. «Redet er irre?»

«Aber nein! Oder doch?», fragte Gregor mich verunsichert.

«So ein Unfug», erwiderte ich bestimmt. Der Vater wirkte zwar fiebrig, aber ganz und gar bei Verstand. «Warum aber, Herr Medicus, behauptet der Bader dann, unser Vater habe die Pestilenz?»

«Weil sich dieser Hasenfuß von Bader von der eigenen Angst ins Bockshorn hat jagen lassen», knurrte der Stadtarzt, wobei er nicht mich ansah, sondern meinen Bruder. «Immer gleich den Teufel an die Wand malen, bloß weil derzeit das Gerede von der Pest umgeht. Dieser Fall hier scheint mir, wie viele andere auch, eindeutig harmloser gelagert zu sein. Da hat sich unser Bader wohl von einem einzigen dunklen Fleck, einer einzigen kleinen Geschwulst täuschen lassen.»

Er winkte Gregor heran und deutete auf den Hals des Vaters, wo unterhalb des Ohrs eine wachteleiergroße, rötliche Schwellung zu sehen war.

«Das dort hat der Bader wohl für eine Pestbeule gehalten, und das am Unterarm – so krempelt bitte einmal den Ärmel Eures Herrn Vater hoch – für eine Pestblatter.»

«Himmel!», rief der Vater dazwischen. «Könntet Ihr aufhören, von mir zu reden, als sei ich Luft? Oder gar schon tot?»

Der Medicus beachtete ihn nicht. Ich hingegen erschrak, wie dunkel sich die Haut um die Flohbisse herum eingefärbt hatte.

«Da hat er sich die Flohbisse aufgekratzt!», murmelte ich.

«Seht Ihr? Genau das dachte ich mir. Ein winziger Wundbrand der Haut, nichts weiter. Einfach stündlich mit Essig betupfen, dann geht das weg.»

«So wird er also wieder bald gesund?», presste ich hervor.

«Das habe ich nicht gesagt. Bei der Auszehrung – und die vermute ich hier – weiß das nur der Allmächtige. Aber gute Pflege und viele Gebete könnten ihn über den Berg bringen. Was meint Ihr, Chirurgus?»

«Ich bin ganz Eurer Meinung, Herr Stadtarzt.»

«Nun denn, dann kann ich den Fall Mittnacht ja getrost Euch als Wundarzt übergeben. Die Pestbeschau können wir hiermit abbrechen.»

Oberreiner wirkte verunsichert. «Wenn nun aber doch noch weitere Beulen auftreten sollten?»

«Dann gebt Ihr mir selbstredend sofort Bescheid.» Er nickte Gregor zu. «Gott zum Gruße. Ich finde selbst hinaus.»

Ehe wir es uns versahen, war er verschwunden.

«Wirst *du* ihn pflegen, mein Kind?», wandte sich Oberreiner an mich.

Ich nickte beklommen.

«Gut. Vorsichtshalber solltest du jedes Mal, wenn du den Kranken berührt hast, hernach gründliche Essigwaschungen an Gesicht und Händen vornehmen. Und gib ihm einstweilen nur lauwarmen Milchbrei zu essen und kaltes Wasser, so oft er danach verlangt. Falls das Fieber steigt, kühlst du ihm die Stirn und legst Wadenwickel an, das zieht die Hitze aus dem Körper.»

Fortan blieb ich Tag und Nacht daheim, um in der Nähe des Vaters zu sein, und verließ das Haus höchstens bis zum Gänsbrunnen, um Wasser zu holen. Jeden Morgen nach der Terz besuchte uns Martin, um mit uns zu beten. Bestimmt hätte Bruder Heinrich ihn ab und an begleitet, aber der war noch immer fort, verbrachte den Winter bei einer Hexeninquisition im fernen Oberschwaben, wie Martin inzwischen erfahren hatte.

Auf die anfängliche Erleichterung über den Befund, dass Vater die Schwindsucht hatte, folgte das böse Erwachen: Drei

Tage später entdeckte ich am frühen Morgen, dass sich unter der Achsel sowie nahe den Flohbissen eine weitere Beule gebildet hatte. Die am Hals war inzwischen groß wie ein Hühnerei und hatte sich bläulich verfärbt. Der Vater, der in unruhigen Schlaf gefallen war, hörte meinen Aufschrei nicht. Kopflos stürzte ich die Treppe hinunter zu Gregor, der durch den Laden gerade einer Bürgersfrau ein Kistchen mit Bändern und Garnen verkaufte.

Ich musste an mich halten, vor der Frau nicht in Tränen auszubrechen. Gregor bemerkte, wie aufgewühlt ich war, und nahm eilig das Geld entgegen, bevor er mich nach hinten ins Lager schob.

«Was ist mit Vater?», fragte er voller Angst.

«Du musst den Stadtarzt holen. Er hat die Pest!» Atemlos beschrieb ich ihm die Beulen.

«Nicht so laut! Kein Wort zu niemandem, hast du verstanden?» Dann riss er seinen Umhang vom Haken und rannte los.

Indessen kehrte er allein zurück.

«Dieser feige Hund weigert sich, unser Haus auch nur zu betreten. Dafür schickt er den Bader vorbei, zum Aderlass und einen Einlauf machen.»

«Aderlass? Aber der Vater ist doch so schwach?»

«Der Schnepflin wird's schon wissen, wo er die Medizin studiert hat.» Auch Gregor stand die Verzweiflung ins Gesicht geschrieben. «Der Aderlass soll das schädliche Blut abführen, der Einlauf die Fäulnis aus dem Körper treiben. Wirst sehen, unser Vater wird wieder gesund.»

Doch auch Meister Burkhard verweigerte den Krankenbesuch. Man überließ also den Vater seinem schrecklichen Schicksal.

Spätestens jetzt wussten wir, wie ernst es um ihn stand.

Von diesem Tag an weinte ich Tag und Nacht, schlief höchstens zwei Stunden am Stück, aß kaum noch etwas und magerte zusehends ab. Meine Brüder schimpften mit mir, ich müsse bei Kräften bleiben, wenn ich den Vater durchbringen wolle, aber für mich war die Welt zusammengebrochen. Nach einer Woche zwang Gregor mich jeden Mittag zum Essen, wie eine Mutter ihr Kleinkind.

«Was, wenn du auch die Pest kriegst?», hatte er mich einmal angeschrien. «Der Wundarzt sagt, der Pesthauch trifft den als Erstes, der schwach ist!»

Selbstredend hatte auch ich große Angst, dachte immer wieder daran, ob wir nun alle sterben müssten. Aus diesem Grund ließ ich Gregor auch nicht in Vaters Schlafkammer. Martin hingegen ließ es sich von mir nicht verbieten und betete jeden Morgen mit mir und dem Vater, wenn er denn einmal bei sich war, gemeinsam am Krankenbett.

Das Einzige, was mich ein klein wenig beruhigte, war der Ratschlag von Wundarzt Oberreiner, der uns wenigstens nicht gänzlich im Stich gelassen hatte. Am Abend des Tages, an dem wir vergeblich auf den Bader gewartet hatten, war er überraschend vor unserer Haustür gestanden und hatte mich sprechen wollen.

«Du verstehst sicher, dass auch ich Abstand von deinem kranken Vater halten will, denn ich habe ein Weib kurz vor der Niederkunft und zwei kleine Kinder. Aber ich möchte dir einen Rat geben, den du unbedingt beherzigen musst: Die Erfahrung scheint zu zeigen, dass Essig und Wein in ihrer Säure einen Schutz gegen die Miasmen bilden, und daher solltest du Schwämme oder Tücher damit tränken und vor Nase und Mund halten, wann immer du die Schlafkammer betrittst. Und hinterher wasch dir mit Essig Gesicht und Hände.»

Daran hielt ich mich eisern und wurde allmählich ruhiger, obgleich der Vater inzwischen unter beiden Achseln Beulen hatte und an der Leiste obendrein. Von Oberreiner wusste ich, dass sich dort die verklumpten, vergifteten Körpersäfte sammelten, um am Ende das tödliche Fäulnisfieber zu verursachen. Außer unter Schmerzen litt der Vater unter heftigem Schüttelfrost, war nur selten bei Bewusstsein, und wenn doch, dann brabbelte er unverständliches Zeug oder hatte am helllichten Tag Traumgesichte. Manchmal verwechselte er mich auch mit meiner Mutter oder hielt mich für eine Fremde. Hoffnung hatte ich nur noch wenig, aber ich würde ihn bis in den Tod pflegen.

Da sich durch Grit, die Magd und Schwatzbase vom Gerbergraben, Vaters Zustand schnell im Viertel herumgesprochen hatte, wollte kaum noch jemand bei uns etwas kaufen.

«Fehlt nur, dass man uns den Stand am Krämermarkt verwehrt», hatte Gregor irgendwann geschnaubt. Doch zum Glück wollte der Magistrat jegliches Aufsehen und jegliche Unruhe in der Stadt vermeiden, was uns indessen auch nicht mehr Einkünfte verschaffte: Wie Gregor mir erzählte, wurde er von den meisten Marktbesuchern aus sicherer Entfernung begafft, nur Fremde oder gute Freunde wagten sich noch an unsere Laube.

In dieser Zeit hatte ich außer zu meinen Brüdern keinerlei Umgang mit anderen Menschen, selbst Gregors Braut Maria kam auf dessen Geheiß hin nicht mehr zu uns ins Haus. Einzig Käthe, die alte Kräuterfrau, die schon bald von unserem Unglück gehört hatte, hielt unserer Familie die Treue. Jeden zweiten Tag brachte sie einen starken Aufguss vorbei, den wir dem Vater gemeinsam einflößten.

«Der hochgelehrte Medicus faselt ja immer vom Gleichgewicht der Körpersäfte. Mag ja alles recht sein, ich aber verlass mich da mehr auf *meine* Erfahrung», versuchte sie, mich aufzumuntern. «Wenn sich nämlich der Körper durch eine Wunde äußerlich entzünden kann, dann kann er sich bei Krankheiten auch innerlich entflammen. Und innen wie außen helfen noch am besten meine Kräutermischungen. Gartenthymian, Salbei,

Knoblauch und Kamille wirken gegen jegliche Art von Entzündungen.»

Die herzhafte, zupackende Art dieser kleinen, alten Frau beschämte mich fast und trieb mir immer wieder vor Dankbarkeit die Tränen in die Augen. Auf ihren Rat hin durchlüftete ich auch, entgegen der Anordnung der städtischen Obrigkeit, jeden Mittag die Schlafkammer, um die stickige Luft und den beißenden Essiggestank hinauszulassen. Bei ihrem zweiten Besuch dann hatte sie mir von Elsbeth das Alraunmännchen mitgebracht und es dem Vater unters Kopfkissen gelegt.

«Sie sagt, sie braucht es nicht mehr. Und ich soll dich ganz lieb und herzlich grüßen. Sie betet jeden Tag für euch und euren Vater.»

Es kam mir vor, als hätte ich meine Freundin seit Ewigkeiten nicht mehr gesehen.

«Wie geht es ihr denn?»

«Ein wenig besser. Ich bringe ihr immer mal wieder Johanniskraut gegen die Melancholie vorbei.»

Ich atmete auf. Wenigstens eine Sorge weniger.

«Aber», fuhr Käthe fort, «sie wirkt mir reichlich kraftlos, genau wie du. Susanna, du musst mehr essen und schlafen, hörst du?»

«Ja, ja.» Ich nickte geistesabwesend.

Gut eine Woche nach dem Aufblühen von Vaters Pestbeulen betrat ich morgens im Dämmerlicht seine Kammer und fand ihn reglos auf der Seite liegend. Mein Herzschlag setzte aus – war er tot? Da erst bemerkte ich, wie sich sein Brustkorb unter dem Leinenhemd gleichmäßig hob und senkte. Er schlief so ruhig und entspannt wie seit langem nicht mehr. Vor allem aber hatte sich die Geschwulst am Hals verändert. Sie war kleiner geworden, brandig in sich zusammengefallen.

«Vater?», rief ich leise.

Er rührte sich nicht. Da hob ich seinen freien Arm an, um die Beule unter der Achsel sehen zu können: Auch diese hier war eingeschrumpft, wenn auch immer noch blauschwarz verfärbt. Zugleich stieg mir, trotz meines vor Mund und Nase gebundenen Leinenwickels, ein eitriger Gestank in die Nase.

«Susanna!» Der Vater schlug die rot umränderten Augen auf. «Mein Mädchen ... Gibst du mir zu trinken?»

Er sprach klar und deutlich!

Rasch füllte ich aus dem Krug Wasser ab, doch als ich ihm den Becher an die Lippen setzen wollte, merkte ich, dass er wieder fest eingeschlafen war.

Ich wusste nicht, was das zu bedeuten hatte: Die Ruhe vor dem Tod oder der erste Schritt zur Genesung? Ratlos und ohne mich zu rühren, wartete ich auf dem Holzschemel am Kopfende des Bettes, bis Martin wie jeden Tag pünktlich nach seinem Stundengebet bei uns auftauchte.

Er war es auch, der die Spuren der eitrigen, stinkenden Masse in der Bettwäsche entdeckte.

«Das Gift!», stieß er hervor. «Das Gift dringt nach außen! Hast du die verschmutzte Wäsche irgendwo mit den Händen berührt?»

«Nein. Ich ... ich hab noch gar nichts gemacht, seitdem er wieder eingeschlafen ist.»

«Dem Herrgott sei Dank. Du musst dem Vater Hemd und Bettzeug wechseln, aber mit Handschuhen, hörst du? Ich helf dir gleich dabei.»

«Aber warum bist du so angespannt? Was hat das zu bedeuten?»

«Hör zu, Susanna. Ich habe in der Klosterbibliothek dieser Tage viel in unseren Büchern zur Heilkunde gelesen, bei den antiken Gelehrten und auch bei Hildegard von Bingen. Wenn sich die Beulen öffnen und das Pestgift nach außen abgeht statt nach innen, dann besteht Hoffnung auf Heilung.»

«Also ist er über den Berg?»

«Ich weiß es nicht. Selbst wenn die tödliche Vergiftung nach innen ausbleibt, kann man immer noch an Auszehrung sterben. Oder am Wundbrand. Deshalb muss man die brandigen Stellen mit Essig oder Rotwein reinigen und hernach einen Umschlag aus warmem Zwiebelmus auflegen. Du kannst die Heilung verstärken, wenn du über jede wunde Stelle ein Gebet im Namen der Dreifaltigkeit sprichst. Aber eins darf man auf keinen Fall: Man darf nicht in Kontakt mit dem Pestgift kommen. Los, machen wir uns an die Arbeit.»

Während sich auf dem Küchenherd das Wasser für die anstehende große Wäsche erwärmte, wechselten wir, beide mit Handschuhen bewehrt, das Bettzeug und kleideten den Vater neu ein. Wie hundemager er geworden war – nur noch Haut und Knochen!

Die Besserung setzte indessen nur sehr langsam ein. Er litt nach wie vor unter Schwindelanfällen und Aussetzern des Verstands, obendrein war Durchfall hinzugekommen. So war ich nun am großen Bottich bei uns im Hof täglich mit Wäschewaschen beschäftigt, in der noch immer schneidend kalten Februarluft. Dafür ging sein Fieber allmählich zurück, und ich war plötzlich felsenfest davon überzeugt: Er würde nicht sterben!

KAPITEL 26

Ende Februar 1485

Mit dem ersten warmen Sonnenstrahl zwei Tage nach Sankt Petri war der Vater wieder auf den Beinen.

«Weißt was, Susanna», begrüßte er mich an jenem Morgen, als ich ihm seinen Kräutertrank brachte, «ich hätt jetzt richtig Gelüste auf eine warme Suppe.»

Mein Herz tat einen Freudenhüpfer. Schon am Tag zuvor hatte ich mir in der Vorstadt die Hacken abgelaufen, um zu einem maßlos übertrueten Preis eines der letzten lebenden Hühner zu erstehen. Hiervon kochte ich ihm nun zur Stärkung eine fette Brühe. Ich stand am Herd, als Gregor ihn in Morgenmantel und Hauspantoffeln in die Küche brachte. Vater hatte darauf bestanden, aus dem Bett aufzustehen. Vorsichtig, Schritt für Schritt, führte Gregor ihn zu dem Platz auf der Bank, der dem Herdfeuer am nächsten war.

«Was riecht das gut hier», sagte er, und ein Lächeln breitete sich auf seinen eingefallenen Wangen aus.

Ich legte den Kochlöffel zur Seite und umarmte ihn.

«Ich bin so froh, Vater», rief ich und unterdrückte einen Freudenschluchzer. Trotzdem konnte ich nicht verhindern, dass mir die Tränen in die Augen stiegen.

«Na, na, mein Mädchen … Wer wird denn jetzt weinen?»

Unbeholfen strich er mir über den Rücken, dann ließ er mich los.

«Ich danke dem Herrgott, dass er seine schützende Hand über mich gehalten hat. Vor allem aber», seine Stimme klang belegt, «danke ich euch Kindern, dass ihr mich nicht aufgegeben habt.»

Gregor legte ihm seinen Arm um die Schulter. «Ach, Vater. Es war eigentlich allein die Susanna, die dich gepflegt hat. Und Martin hat ihr hin und wieder geholfen, auch mit seinen Gebeten, während ich gearbeitet habe.»

Vater zwinkerte ihm zu. «Einer musste ja die Geschäfte am Laufen halten.»

«Nun ja.» Gregor räusperte sich. «Viel verkauft haben wir in dieser schlechten Zeit leider nicht. Erst war da der harte Winter, dann die Pestilenz. Es heißt, schon zwei Dutzend seien daran gestorben.»

«Das ist wahrhaftig nicht schön.» Bedächtig wiegte der Vater den Kopf hin und her. «Mich hat der liebe Gott wohl noch nicht haben wollen. Aber wo ist eigentlich Martin? Der war doch sonst jeden Morgen hier?»

«Der kommt immer erst nach der Terz», erwiderte Gregor.

«Na, der Junge wird Augen machen, wenn er mich hier in der Küche sitzen sieht.»

Ich nahm es als ein Wunder Gottes, dass ich nicht selbst an dieser schrecklichen Seuche erkrankt war, wo ich doch tagtäglich dem Pesthauch ausgesetzt gewesen war. Als an diesem Vormittag Martin nicht bei uns zu Hause erschien, hatte ich gleich die schlimmsten Befürchtungen. Zumal er zwei Tage vorher auch schon im Kloster geblieben war, weil er sich nicht ganz wohl gefühlt hatte.

Am Nachmittag beschloss ich, bei den Predigern anzuklopfen.

«Schaust du nachher noch mal nach dem Vater?», bat ich Gregor. «Im Augenblick schläft er tief und fest. Ich will ins Kloster, fragen, was mit Martin ist.»

«Tu das.» Gregor klappte das Rechnungsbuch zu. «Ich mach mir auch große Sorgen um ihn.»

Er trat einen Schritt auf mich zu.

«Ich ... ich will mich auch bei dir bedanken. Für alles, was du getan hast.»

Für einen Moment sah es aus, als wolle er mich umarmen, dann ließ er es aber.

«Danke», wiederholte er nur und lächelte verlegen.

Noch nie hatte sich mein ältester Bruder bei mir für irgendetwas bedankt, und ich war gerührt.

«Wärst du eine Frau», gab ich zurück, «hättest du dasselbe getan. Krankenpflege ist nun mal Weiberangelegenheit.»

«Ich weiß nicht ...», stotterte er. «Ja, vielleicht ...»

Als ich auf die Gasse hinaustrat, wechselte ich auf die sonnenbeschienene Seite. Ist an Sankt Petri das Wetter gar schön, kann man bald Kohl und Erbsen säen, dachte ich unwillkürlich und freute mich schon auf die Gartenarbeit. Und Martin war sicherlich nur durch eine wichtige Versammlung verhindert gewesen. Vielleicht ja auch, weil der Prior zurückgekehrt war.

Nachdem ich in den Gerbergraben eingebogen war, kam mir die Magd Grit entgegen. Ihr Mund blieb offen stehen, als sie mich erkannte, dann drehte sie das Gesicht zur Seite und verschwand eiligst in einer Toreinfahrt.

Ja, glotz du nur, hätte ich ihr am liebsten hinterhergerufen, unser Haus ist kein Pesthaus mehr. Schon im Gänsegässchen hatten mich zwei ältere Weiber angestarrt. Überhaupt herrschte eine merkwürdige Stimmung in der Stadt: Nicht wenige Häuser hatten sämtliche Läden verschlossen, und es waren weniger Menschen unterwegs als sonst an Werktagen. Trotz meiner Sorge genoss ich es, dass ich endlich wieder einmal aus dem Haus gekommen war. Und gleich nach dem Klosterbesuch würde ich noch bei Elsbeth vorbeischauen. Viel zu lange hatten wir uns nicht mehr gesehen.

An der Klosterpforte musste ich mehrmals die Glocke läuten, bis die Luke im Tor aufklappte und das Gesicht des alten Pförtners darin erschien.

«Gelobt sei Jesus Christus», grüßte ich, wie es sich einem Mönch gegenüber gehörte.

«In Ewigkeit. Amen», kam es zurück. «Was willst du hier, meine Tochter?»

«Ich bin Susanna Mittnachtin, die Schwester von Bruder Martin. Ist er da? Ich habe eine frohe Nachricht für ihn.»

«Richtig, jetzt erkenne ich dich. Aber es tut mir leid, er liegt im Siechensaal.»

Ich erschrak bis ins Mark. «Ist er krank?»

«Nun ja», er senkte die Stimme, «Bruder Martin hat seit gestern Fieber, und am Hals ...»

«Die Pestilenz!», entfuhr es mir.

«Pst! Nicht so laut, Mädchen. Aber ich will dir etwas sagen, das du deiner Familie ausrichten kannst: Wir alle hier waren entsetzt, als wir gestern von ihm erfuhren, dass er jeden Morgen bei eurem pestkranken Vater war. Das hatte er uns nämlich wohlweislich verschwiegen, sonst hätte unser Subprior ihm die Krankenbesuche niemals erlaubt. Und das wird Folgen haben, wenn unser Bruder Heinrich erst zurück ist.»

«Aber er hat unserm Vater seelischen Beistand geleistet», empörte ich mich. «Ist das etwa nicht Aufgabe von euch Klosterbrüdern?»

«Nicht in Zeiten der Pest.»

Er wollte die Klappe schon schließen.

«Bitte wartet, Bruder Pförtner!»

«Was gibt's denn noch?»

«Wie schwer krank ist Martin? Unser Vater muss das wissen.»

Das Gesicht des Pförtners verlor seinen grimmigen Ausdruck.

«Nun ja, laut unserem Siechenmeister hat er leichtes Fieber, und zwei Stellen am Hals sind angeschwollen. Der Allmächtige hat noch einmal Milde bewiesen: Es handelt sich wohl um eine leichtere Abart der Pestilenz.»

«Dann sagt Martin doch bitte, dass unser Vater wieder gesund ist! Bitte!»

«Keine Sorge, das werde ich tun. Die gute Botschaft wird ihn freuen und ihm Kraft geben.»

Mit einem hörbaren Knall fiel die Klappe wieder zu.

Ich war verwirrt. Was sollte das heißen, eine leichtere Abart der Pestilenz? Davon hatte ich noch nie gehört.

Eigentlich hätte ich mit dieser Nachricht umgehend zu Gregor zurückkehren müssen, aber ich wollte Elsbeth treffen. Zumal sie, laut Käthe, wieder besser beieinander war.

Tatsächlich schien in ihr Haus der Alltag zurückgekehrt zu

sein. Im Hof und in der Werkstatt wurde fleißig gearbeitet. Wie immer tat Ruprecht, als bemerke er mich nicht, und als ich die Treppe hinaufgestiegen war, traf ich meine Freundin mit Barbara in der Küche an. Die Magd stand am Herd, meine Freundin am offenen Fenster.

«Elsbeth!», rief ich und stürmte auf sie zu. Wir hielten uns umschlungen und drückten uns, bis sich Elsbeth mir entwand.

«Nicht so fest.» Sie lächelte sanft. «Du tust dem Ungeborenen sonst weh.»

Ich trat einen Schritt zurück und betrachtete sie. Jetzt erst fiel mir auf, dass sich unter ihrem Mieder der Bauch sichtlich gerundet hatte. Aber ihr Gesicht war schmal, und unter den Augen lagen Schatten.

«Dann freust du dich auf dein Kind?», fragte ich.

«Ja.» Ihr Lächeln erlosch, und sie sagte nichts weiter.

«Wie geht es mit dir und Ruprecht?», fragte ich schließlich.

«Gut.»

Mir kam es plötzlich vor, als stünde da eine Wand zwischen Elsbeth und mir. Verunsichert blickte ich zu Barbara, doch die schüttelte kaum merklich den Kopf.

Ich deutete auf das Strickzeug, das in einem Körbchen auf dem Küchentisch lag.

«Du hast mit dem Stricken angefangen?»

«Ja. Ich muss mich beschäftigen, bis das Kind kommt.»

«Das ist schön», sagte ich lahm und wunderte mich. Elsbeth war nie sonderlich geschickt in den Handarbeiten gewesen. Mehr noch wunderte mich, dass sie nicht nach meinem Vater fragte. Es war gerade so, als hätte sie vergessen, dass die Pestilenz über ihn gekommen war.

Das tat genau in diesem Augenblick Barbara.

«Was ist mit Eurem Vater, Susanna? Ihr habt so gestrahlt, als Ihr hereinkamt. Hat er also die Seuche besiegt?»

«Ja, dem Herrgott sei Dank. Ich kann's immer noch nicht glauben, aber heute Morgen saß er das erste Mal mit uns am Tisch und hat mit uns gegessen. Er wollte unbedingt Hühnersuppe, was ja gut ist zur Genesung. Er ist nämlich immer noch sehr geschwächt.»

Barbara schlug die Hände zusammen. «Das freut mich für Euch! Wir haben jeden Tag für Meister Mittnacht gebetet. Nicht wahr, Herrin?»

Elsbeth, die wieder aus dem Fenster geblickt hatte, wandte sich mir zu. «Ja, das haben wir.»

Ich fragte mich, ob sie mir zugehört hatte.

«Ich danke euch beiden von Herzen. Es ist bloß ... jetzt ist mein Bruder krank geworden, der Martin. Bei den Predigern sagen sie, es sei die leichte Abart der Pestilenz.»

Die Magd nickte. «Das gibt es, genau wie es die Beulenpest oder die Pest auf der Lunge gibt. Mein verstorbener Mann, Gott hab ihn selig, war nämlich Wundarzt in Marckolsheim. Euer Bruder wird wieder gesund, ganz bestimmt.»

Am liebsten hätte ich Barbara gefragt, ob Elsbeth noch das Johanniskraut nahm und ob sie immer so abwesend wirkte. Aber das wäre mehr als ungehörig gewesen.

Stattdessen fragte ich meine Freundin: «Kommst du dann bald wieder zu uns zum Mittagsessen? Ich muss jetzt nämlich schleunigst wieder nach Hause.»

«Ich weiß nicht. Der weite Weg durch die Stadt, die vielen Menschen ...»

Sie ließ sich auf die Küchenbank sinken und nahm das Strickzeug auf.

«Dann komm ich zu dir, gleich morgen Nachmittag», schlug ich vor.

«Morgen? Kommt da nicht mein anderer Bruder von Kolmar herüber?», wandte sie sich an Barbara.

«Ja, ganz recht. Morgen ist Freitag, da wollte er mit seiner Familie auf Besuch kommen. Bis Sonntag.»

Elsbeth nickte und begann zu stricken.

«Soll ich lieber nächste Woche kommen?», fragte ich zögernd.

«Ja, das wäre am besten.»

Nachdem ich mich verabschiedet hatte, machte ich mich wie vor den Kopf gestoßen auf den Heimweg. Mochte Elsbeth auch jeden Morgen wieder aus dem Bett aufstehen, so wirkte sie nur noch wie ein Schatten ihrer selbst.

Dem Vater verheimlichten wir, was mit Martin geschehen war, sondern sagten ihm stattdessen, er habe einen leichten Katarrh und müsse sich einige Tage schonen. Ob er uns das nun glaubte oder nicht, er ließ es sich jedenfalls nicht anmerken und eroberte sich tapfer und mit großen körperlichen Anstrengungen Stück für Stück seine Kraft zurück.

Fünf Tage nach meinem Besuch bei Elsbeth hörte ich vormittags freudige Rufe unten im Kramladen. Dann erst erkannte ich die sanfte Stimme von Martin. Ich ließ den Abwasch Abwasch sein und rannte die Treppen hinunter.

Im Lagerraum fand ich die Männer, wie sie sich alle drei in den Armen lagen. Dem Vater liefen die Tränen über die Wangen.

«Wir sind noch mal davongekommen, alle miteinander», rief er ein ums andere Mal. «Und ich dachte schon, dich hätte auch die Pestilenz erwischt und keiner wollt es mir sagen.»

«Ach, Vater.» Martin lächelte selig. «Unkraut vergeht nicht. Der Vorteil als Mönch ist ja, dass deine Mitbrüder dich von früh bis spät in ihre Gebete einschließen und man einen Garten voll Heilkräuter hat. Und dann hat Susanna ja im Kloster Bescheid gegeben, dass du wieder gesund bist. Das war das Allerwichtigste.» Er wandte sich mir zu. «Komm her, Schwester, lass dich auch umarmen.»

Dieses Mittagessen wurde zu einer der schönsten Mahlzeiten seit langem. Ich hatte rasch einen Topf sauer eingelegtes Kraut aufgewärmt und Speck in Streifen geschnitten, Gregor das letzte Fässchen Rotwein im Keller angestochen, und schon saßen wir alle vereint um den Küchentisch. Nur die Mutter fehlte. Aber wie der Vater an Weihnachten gesagt hatte: Ganz bestimmt war sie in unserer Nähe.

«Lasst uns auf die Gesundheit trinken und auf den heiligen Sebastian, der uns vor der Pest gerettet hat», verkündete der Vater und schenkte uns bereits zum zweiten Mal ein. «Und für dich, liebe Susanna, habe ich eine Überraschung parat. Du sollst fürs Frühjahr ein neues, wunderschönes Gewand bekommen. Noch heute geh ich mit dir zu Schneidermeister Zacher, um Maß zu nehmen.»

«Aber nein, Vater, das braucht es nicht. Nicht jetzt, wo die Geschäfte so schlecht gelaufen sind.»

«Keine Widerrede. Ich hab da noch mein geheimes Schatzkästchen ... Ihr Kinder braucht ja nicht alles über euren alten Vater zu wissen.»

«Ich denke auch», mischte sich Martin ein, «dass Susanna eine Belohnung verdient hat. Oder, Gregor?»

«Auf jeden Fall.» Er grinste mich mit seinen vom Wein geröteten Wangen an.

Nachdem sich Martin verabschiedet hatte, um ins Kloster zurückzukehren, machten wir uns auf den Weg. Vater konnte erstaunlich gut Schritt halten mit mir, grüßte dabei nach rechts und links und wurde angestarrt, als sei nicht er selbst, sondern sein Geist unterwegs.

Kurz vor dem Zunfthaus der Schneider hielt ich inne.

«Bist du dir sicher, dass du jetzt so viel Geld nur für ein neues Gewand ausgeben willst? Meine Kleider tun's doch noch.»

«Aber ja! Und neue Ausgehschuhe sollst du obendrein bekommen.» Der starke Rotwein musste ihm wohl ein wenig zu Kopf gestiegen sein, denn er fügte noch voller Begeisterung hinzu: «Du sollst die schönste Jungfer von Schlettstadt sein.»

«Ich möchte das alles gar nicht», sagte ich widerstrebend.

«Jede Tochter, die ihren Vater liebt, hätte ihn wie ich gepflegt.»

Da umfasste er meine Hände und wurde ernst.

«Ich bin dir unendlich dankbar, Susanna, und werde dir das nie vergessen. Aber ich will ehrlich sein: Noch aus einem anderen Grund möchte ich dich neu einkleiden: weil wir nämlich nach Ostern eine Reise nach Straßburg machen.»

«Nach Straßburg? Warum das?»

«Weil ... weil ich dort einen möglichen Bräutigam ausgemacht habe, den verwitweten Vetter eines guten Handelscollegen von mir. Kaufherr Seidensticker ist ein anständiger, guter Mann und obendrein steinreich.»

Mir blieb die Luft weg. Spätestens seitdem Maria bei uns ein und aus ging, wusste ich zwar, dass meine Tage daheim gezählt waren, aber dass ich so schnell nach Vaters Genesung verheiratet werden sollte, damit hatte ich wahrhaftig nicht gerechnet.

«Er möchte dich kennenlernen», fuhr er fort, «das ist vorerst alles. Ich verspreche dir: Sollte er dir völlig zuwider sein, zwinge ich dich zu nichts.»

«Dann können wir uns die Reise ersparen. Ich brauch keinen reichen Pfeffersack zum Mann.»

«Bitte, Susanna, sei vernünftig. Diesem Tratsch über dich muss ein Ende gemacht werden.»

«Aber Vater! Das ist doch längst vorbei, das Geschwätz über Konrad und mich.»

«Keine Widerrede. Wer weiß, was als Nächstes folgt.»

«Aber ich will nicht nach Straßburg», rief ich trotzig wie ein kleines Kind und entriss ihm meine Hände.

Ich stürmte im Laufschritt die Rittergasse hinauf in Richtung

Weinmarkt, bis ich schwer atmend die Küferei erreichte. Dort ruhte bereits die Arbeit, obwohl erst früher Nachmittag war. Hoffentlich war Elsbeth zu Hause, hoffentlich hörte sie mir wenigstens jetzt einmal zu. Ihr als meiner besten Freundin musste ich einfach mein Herz ausschütten.

Ruprecht kauerte zusammengesunken auf der Bank unterm Vordach und stierte vor sich hin. Sonst war niemand zu sehen.

«Du kannst da nicht rein», sagte er so leise, dass ich ihn kaum verstand.

«Ich muss aber.»

Ich rannte ins Haus, doch die Tür zum oberen Stockwerk war verschlossen.

Ruprecht war mir gefolgt und packte mich bei den Schultern.

«Verstehst du nicht? Da oben liegt meine Frau im hitzigen Fieber und mit blauen Lippen, kriegt keine Luft mehr und spuckt Blut!»

Was redet der da?, dachte ich noch und begann, mit den Fäusten gegen die Tür zu trommeln: «Elsbeth! Mach auf!»

Da wurde von innen aufgeschlossen, und Barbara stand vor uns. Ihr Gesicht war aschfahl.

«Es ist vorüber. Der Herrgott hat sie zu sich genommen.»

KAPITEL 27

Schlettstadt, Mitte März 1485

Bei feuchtkaltem Schmuddelwetter durchquerte Heinrich in eiligen Schritten die Stadt, ohne nach rechts und links zu blicken, die schwarze Kapuze tief ins Gesicht gezogen. Er wollte unerkannt und unbehelligt bleiben.

Zu seiner Erleichterung war es die Zeit der Vesper, als er das

Kloster erreichte, und so begegnete er außer Bruder Claus, der ihm nach mehrmaligem Läuten der Eingangsglocke öffnete, keinem seiner Confratres. Die neugierigen Fragen des Pförtners nach dem Erfolg seiner Reise wehrte er unwillig ab, während er seinen Maulesel dem Stallknecht übergab.

«Später, Bruder Claus. So lass mich doch erst einmal ankommen. Ich werde euch allen noch vor dem Abendessen im Kapitelsaal Bericht erstatten.»

«So darf ich dir wenigstens dein Gepäck ins Haus tragen und dir aus dem feuchten Mantel helfen?»

«Meinetwegen.»

Eilfertig ging Bruder Claus ihm voraus, sperrte mit seinem dicken Schlüsselbund am Gürtel die Tür zum Priorhaus auf, nahm ihm Mantel und Schuhe ab, legte in der Stube Feuerholz nach und hätte Heinrich wohl auch noch das Bett aufgeschüttelt, hätte der ihn nicht am Ärmel festgehalten.

«Es ist gut, Bruder Claus. Lass mich noch einen Augenblick allein und in Ruhe beten, die Reise war sehr anstrengend.»

«Aber natürlich, Bruder Prior, natürlich.»

Damit verschwand er endlich nach draußen, und Heinrich streckte seine müden Glieder auf dem Bett aus.

Er seufzte. Noch immer stieg Grimm in ihm auf, wenn er an Graf von Sonnenberg und den Misserfolg von Waldsee zurückdachte. Allein schon, dass man ihn zuerst auf der Waldburg, dann auf Schloss Wolfegg hatte sitzen lassen wie einen Bittsteller von der Straße! Wie ein Hündchen hatte er diesem Grafen hinterherrennen müssen, bis der sich endlich bequemte, ihm Audienz zu erweisen. Aber als Mann von Welt war Heinrich freundlich und zuvorkommend geblieben, und so hatte die Inquisition im oberschwäbischen Waldsee, wo die Truchsesse die Pfandherrschaft innehatten, endlich beginnen können. Zu seiner großen Freude war denn auch bald schon sein Bruder im Geiste, der Johanniter-

Komtur Rudolf von Baden, aus Überlingen eingetroffen. Nur leider hatten sie nicht damit gerechnet, dass ihnen eine Handvoll studierte Rechtsverdreher das Gerichtsverfahren vereiteln würden. Am Ende war es diesen Juristenholzköpfen wahrhaftig gelungen, die Freilassung sämtlicher beschuldigter Frauen durchzusetzen, indem sie die Vorwürfe der Hexerei allesamt als haltlos hingestellt hatten. Und er, Doctor Henricus Institoris, hatte sich von denen auch noch beschimpfen lassen müssen, dass er Geister sehe, wo keine seien, dass er sich Dinge einbilde und die Frauen grundlos in ihr Verderben reißen wolle.

Dem jungen Grafen von Sonnenberg war das Ganze mehr als unangenehm gewesen. Um Heinrich zu besänftigen, hatte der Graf ihn eingeladen, auf Schloss Wolfegg zu überwintern, da kurz vor Weihnachten heftiger Schneefall eingesetzt hatte. Dort hatte sich Heinrich umgehend Feder, Tinte und Papier bringen lassen und über die Behinderungen seiner Inquisition deutliche Worte an die römische Kurie verfasst. Er hatte sich nicht gescheut, diese neunmalschlauen Quertreiber namentlich aufzuführen und als heimliche Ketzer zu entlarven. Ein Vermögen hatte er für den Alpenkurier löhnen müssen, aber das war ihm gleich gewesen.

Und doch, wenn er es recht überlegte, hatte er für seine Mühen der vergangenen Monate letzten Endes reiche Ernte einfahren können. Eine mehr als reiche Ernte. Als er jetzt daran dachte, was er in seinem Ranzen nach Hause getragen hatte, war alle Reisemüdigkeit und schlechte Laune wieder verflogen. Vor gut acht Tagen war nämlich ein reitender Bote aus dem nahen Ravensburg auf Schloss Wolfegg eingetroffen, mit der Kunde, dass Notarius Gremper wohlbehalten aus Rom zurückgekehrt sei, mit Belobigungen, Empfehlungen und Ablassbriefen zugunsten der Reichsstadt Ravensburg im Gepäck sowie einem höchst wichtigen päpstlichen Erlass zu Händen des Generalinquisitors Doctor Henricus Institoris. Generalinquisitor! Seine Hände hatten gezittert, als er in der Eingangshalle des Schlosses die mit dem Siegel des Heiligen Stuhls versehene Urkunde entgegengenommen hatte. Noch an Ort und Stelle hatte er das Siegel erbrochen und die Zeilen überflogen. Bis auf einige Kleinigkeiten bezüglich der lateinischen Orthographie war seine Vorlage Wort für Wort übernommen worden. Obendrein trug er nun hochoffiziell den Titel Generalinquisitor und war beauftragt, den Inhalt der Hexenbulle überall unters Volk zu bringen.

In seinem Glück hätte er den Boten fast umarmt. Nichts hatte er sich mehr ersehnt als diese Schrift, von der er umgehend in der gräflichen Kanzlei eine beglaubigte und besiegelte Abschrift anfertigen ließ. Danach hatte es ihn keinen Tag länger auf Schloss Wolfegg gehalten.

Heinrich sprang aus dem Bett, zog die Lederhülle, die seinen größten Schatz enthielt, aus dem Ranzen und strich immer wieder über das feine Kalbsleder. Seine Mitbrüder würden staunen, wenn er ihnen von der päpstlichen Bulle verkünden würde. Ein Schauer lief ihm über den Rücken, und er freute sich fast schon, wieder in der Heimat zu sein. Dann kam ihm der Gedanke, dass er für seine nächste Inquisition, ganz gleich in welchem Teil der deutschen Lande, Bruder Martin als seinen Begleiter mitnehmen würde.

Martin Mittnacht ... Ob er wohl Neues über seine Schwester zu berichten wusste? An Susanna hatte er die ganze lange Zeit kaum noch gedacht, zumal er auch von Martin in diesen Monaten nichts gehört hatte. Das heißt, ein einziges Mal nur, beim Verhör in Waldsee, als er eine junge Frau zur gütlichen Befragung vorgeladen hatte, da hatte für einen Moment sein Herz schneller geschlagen: Äußerlich hätte die Delinquentin mit ihrem goldblonden Haar und den hellen Sommersprossen auf der Nase Susannas Zwillingsschwester sein können. Ansonsten wirkte sie eher schwächlich und gehemmt. Als man sie tags darauf, geschoren und im leinenen Kittel, in die Folterkammer des Stadtgerichts hatte bringen lassen, war sie allein beim Anblick der Geräte ohnmächtig zusammengebrochen und hatte zurück in den Turm gebracht werden müssen.

Es war schon seltsam. Jetzt, wo er zurück in Schlettstadt war, verstand er sich selbst nicht mehr, was Susanna betraf. Was hatte er damals an diesem halben Kind nur für einen Narren gefressen? Seiner Ansicht nach sollte Susanna schleunigst in ein Kloster eintreten oder unter die Haube kommen. Dass er ihrem Vater den Auberlin als Bräutigam ausgeredet hatte, bereute er inzwischen. Nein, er wollte mit ihr nichts mehr zu schaffen haben, er hatte wahrhaftig anderes zu tun, als zu Weibern heranwachsende Mädchen auf den richtigen Weg zu führen. Das hatten ihm die vergangenen Monate mehr als deutlich gezeigt. Er war ein Werkzeug Gottes gegen die Hexen und Ketzer, nun auch auf Geheiß des Papstes.

Keiner der Mitbrüder fehlte bei der Versammlung. Nachdem Heinrich auf seinem Lehnstuhl in der Mitte des Saals Platz genommen hatte, ließen sich auch die Mönche auf den Steinbänken rundum nieder und sahen ihn erwartungsvoll an.

«Mit großen Erfolgen im Kampf gegen das Hexenunwesen bin ich heute zu euch zurückgekehrt», hob er an. «Nicht nur, dass wir dieser teuflischen Sekte in ganz Oberschwaben einen herben Schlag versetzen konnten; nicht nur, dass wir die freundschaftlichen Bande zum Bischof von Konstanz, zur hohen Geistlichkeit dort und zu den Truchsessen von Waldburg aufs engste haben festigen können; nicht nur, dass man dort künftig äußerst wachsam sein wird gegen alle gottlosen Frevel, um beim kleinsten Verdacht auf einen weltlichen Prozess zu dringen. Nein, den größten Erfolg seht ihr hier: Mit dieser apostolischen Bulle, die mir erst vor kurzem aus Rom zugestellt wurde, bestätigt Seine

Heiligkeit Papst Innozenz in überdeutlichen Worten das abscheuliche Treiben dieser Hexen und fordert uns Inquisitoren auf, sie zu verfolgen und zu bestrafen, wie sie es verdienen. Ein Meilenstein in der Geschichte der Inquisition!»

Heinrich hob die Schriftrolle mit dem purpurroten Siegel am Band in die Höhe. Befriedigt vernahm er das erstaunte Raunen im Kapitelsaal.

«Aber das ist noch nicht alles, meine lieben Confratres. Vor euch steht nun, vom Heiligen Vater in dieses Amt erhoben, der Generalinquisitor für die wichtigsten deutschen Kirchenprovinzen, die da sind: Oberdeutschland wie bisher, dazu die Bistümer Mainz, Köln, Trier, Salzburg und Bremen.»

Wieder hielt Heinrich kurz inne, um die Wirkung seiner Worte zu überprüfen. Auf einigen Gesichtern erschien ein Lächeln, andere blinzelten verblüfft oder verzogen die Mundwinkel. Letztere verrieten damit, dass sie sich der Partei Jakob Sprengers zugehörig fühlten, diesem Quertreiber in Sachen Hexenverfolgung. Die würden gleich staunen: In einem Geistesblitz hatte Heinrich nämlich, beim Abfassen der Vorlage für die Hexenbulle, in letzter Minute Sprenger mit ins Boot genommen, indem er ihn namentlich als Mitstreiter aufgeführt hatte. Und Innozenz hatte dies wortwörtlich übernommen! Das allein schon verlieh dieser Bulle noch mehr Ansehen und Durchschlagskraft. Und obendrein würde Sprenger bei der Hexenverfolgung endlich in die Pflicht genommen.

«Wenn ich soeben von *Wir* gesprochen habe», fuhr er fort, «so meine ich damit neben meiner Wenigkeit noch unseren hochverehrten Ordensbruder, Prior und Inquisitor zu Köln, Jacobus Sprenger. Gleichsam gemeinsam oder auch ein jeder für sich verpflichtet der Heilige Stuhl fortan uns beide, in den genannten Kirchenprovinzen gegen alle verdächtigen Personen kraft unseres Amtes vorzugehen. Darüber hinaus bestimmt dieser päpstliche

Erlass, dass niemandem in den genannten Kirchenprovinzen erlaubt sei, sich uns Inquisitoren entgegenzustellen und uns in unserer Aufgabe zu behindern. Was unser schönes Bistum Straßburg anbetrifft, so wird Bischof Albrecht von Bayern ausdrücklich anheimgestellt, schärfer gegen den Hexenfrevel als auch gegen jegliche Behinderung unserer Inquisition vorzugehen.»

Er räusperte sich.

«So weit das Wichtigste in Kürze. Unsere Studiosi in der Klosterschule sollen gleich morgen damit beginnen, Abschriften zu fertigen, und zwar in großer Zahl. Damit ein jeder von euch selbst nachlesen möge, was genau in diesem Erlass geschrieben steht. Und nun wollen wir zum Abendessen schreiten.»

Bruder Claus warf ihm bewundernde Blicke zu, erhob sich von der Bank und klatschte zaghaft in die Hände. Der Schaffner neben ihm fiel darin ein, der Subprior folgte seinem Beispiel, und schon hallte das hohe Kreuzrippengewölbe des Kapitelsaals wider vom Beifall der versammelten Mönche.

Heinrich nickte ihnen allen freundlich zu und stemmte sich aus seinem Lehnstuhl. Er konnte zufrieden sein mit seinem Auftritt.

Im Kreuzgang fing er Bruder Martin auf dem Weg zum Refektorium ab und nahm ihn sich zur Seite. Selbstredend hatte ihn noch vor der Kapitelversammlung der Subprior aufgesucht und ihn über alle Vorkommnisse der letzten Monate ins Bild gesetzt. Aber es schadete nie, sich sozusagen von Volkes Stimme berichten zu lassen.

«Na, mein Junge, wie ist es unserem schönen Predigerkloster während meiner Abwesenheit ergangen?»

«Ich denke, Vater Prior, dass Bruder Benedikt Euch würdig vertreten hat. Es ging alles seinen üblichen Gang. Abgesehen davon, dass uns das Ablassprivileg sogar schon vor Jahresende entzogen wurde.»

«Ja, eine unschöne Wende. Einen solchen Vertragsbruch wird sich der Straßburger Bischof künftig nicht mehr erlauben, das kannst du mir glauben. Und was gab es sonst noch?»

Der junge Mönch errötete.

«Ich weiß nicht, ob Bruder Benedikt erwähnt hat, dass die Pestilenz bis vor kurzem unsere Stadt heimgesucht hatte.»

«Ja, das hat er. Dem Herrgott sei Dank, ist dieser Kelch nun an uns vorübergezogen, auch wenn es in der Stadt zwei Dutzend Opfer zu beklagen gab, wie ich gehört habe. Aber das allein ist es wohl nicht, was du mir sagen willst.»

«Nun ja. Ich muss Euch gestehen, dass ich unrecht getan habe. Ich hatte täglich meinen kranken Vater besucht, dabei den Mitbrüdern hier aber verschwiegen, dass er die Pestilenz hatte und daran fast gestorben wäre. Im Nachhinein weiß ich, dass ich den Pesthauch in meinem Gewand, in meinem Atem und in meinen Händen in unser Kloster hätte überführen können. Tatsächlich bin ich dann selbst erkrankt, wenn auch auf milde Weise.»

Heinrich lächelte gütig. «Auch hiervon wurde ich unterrichtet. Und ich weiß, dass dir nach deiner Genesung eine Buße auferlegt wurde, die du mit Freuden angenommen hast. Hast du sonst noch etwas zu berichten?»

«Nein, Vater Prior. Aber wenn Ihr erlaubt, hätte ich eine Frage an Euch.»

«Nur zu, Bruder Martin.»

«Es hat mich sehr erstaunt, dass unser Ordensbruder, Jacobus Sprenger, in der Hexenbulle erwähnt wird. Soweit ich gehört habe, sieht er die Aufgabe der Inquisition darin, die Abtrünnigen nicht auszumerzen, sondern in die Gemeinschaft der Gläubigen zurückzuführen. Hatte er nicht zuletzt hierfür zu Köln die Rosenkranzbruderschaft gegründet?»

«‹Rosenkranzbruderschaft›, wenn ich das Wort schon höre.

Will er den verstockten Herzen der Teufelsanbeter etwa mit dem Rosenkranzgebet beikommen? Nein, eine Hexe muss brennen. Das wird auch ein Sprenger einsehen müssen, jetzt, wo ihn der Heilige Vater in seinem Erlass ausdrücklich als Generalinquisitor erwähnt hat.»

«Weiß Bruder Jacobus denn schon davon?»

«Du stellst Fragen, Bruder Martin ... Früher oder später wird er die Bulle in den Händen halten und ebenso erfreut sein über die umfassende päpstliche Vollmacht, wie ich es war.»

Etwas in Bruder Martins Miene verriet ihm, dass der Junge an seinen Worten zweifelte, und das verdross ihn.

Heinrich verschränkte die Arme unter seiner weiten Mönchstracht. «Lassen wir Sprenger beiseite. Wie geht es denn nun deinem Vater? Du hättest mir ruhig einmal nach Oberschwaben schreiben können.»

«Verzeiht, aber das wurde mir nicht gestattet. Ihr wisst ja, wie teuer die reitenden Boten gerade im Winter sind. Was meinen Vater betrifft», fuhr Bruder Martin fort, «hat uns der Allmächtige eine große Gunst erwiesen. Er ist tatsächlich von der Beulenpest ganz und gar genesen. Aber meine Schwester hatte ihn auch hingebungsvoll gepflegt, das werde ich ihr nie vergessen.»

«Dann ist Susanna von der Seuche verschont geblieben?»

Kaum war die Frage heraus, ärgerte er sich. Was ging ihn noch dieses Mädchen an?

«Wie durch ein Wunder, Vater Prior. Nur leider hat es ihre Freundin Elsbeth getroffen, mit der Lungenpestilenz. Binnen drei Tagen war sie tot. Ein schreckliches Unglück für ihre Familie. Und natürlich auch für Susanna.»

«Nun, deine Schwester wird für das Seelenheil ihrer Freundin beten und darüber hinwegkommen.»

«Ich weiß nicht ...» Der junge Mönch sah bekümmert drein. «Zumal der Vater sie nun nach Straßburg verheiraten will.»

«Nach ... nach Straßburg also?»

«Ja. Sobald die Fastenzeit vorüber ist, soll sie dort einem Kaufherrn vorgestellt werden. Aber sie ist todunglücklich darüber.»

KAPITEL 28

Schlettstadt, Anfang April 1485

Gut einen Monat nach Elsbeths Tod führte mein Vater mich zu Schneidermeister Zacher, der, wie die meisten Schneider der Stadt, seine Werkstatt in der schmalen Gasse hinter deren Zunfthaus hatte.

Mir war alles gleichgültig in jenen Tagen. Schöne neue Gewänder tragen oder in Sack und Asche gehen, zu Mittag Bratfisch essen oder kalten Gemüsebrei, unter Menschen sein oder allein in der Küche die Wände anstarren: Nichts machte für mich mehr einen Unterschied. Seltsamerweise schlief ich nachts wie ein Stein, und auch tagsüber musste ich mich zwingen, meine Pflichten zu erledigen und nicht auf der Küchenbank einzunicken.

Bei Elsbeths Beerdigung war ich schluchzend am Grab zusammengebrochen. Innerlich hatte ich vor Zorn gebetet, dass Gott so grausam sein konnte, binnen eines Dreivierteljahres erst meine Mutter, dann das kleine Dorchen und jetzt auch noch meine Freundin zu sich zu holen. Martins Angebot, täglich in der Klosterkirche mit mir zu beten, hatte ich abgelehnt und schleppte mich stattdessen jeden Vormittag, bevor ich mich ans Kochen machte, hinüber zu Sankt Georg, um dort vor der Madonna mit dem Jesuskind im Stillen zu beten. Allmählich wurde ich ruhiger, dachte mir, dass der Herrgott vielleicht zumindest mit Dorchen und Elsbeth etwas Besonderes vorhatte oder dass er die beiden auch nur vor Ruprecht hatte schützen wollen. Aber nach wie vor vermisste ich meine Freundin so sehr, dass es mir manchmal in der Brust schmerzte. Den Weinmarkt mied ich fortan wie der Teufel das Weihwasser.

Nun denn, sollte der Vater, der mich seit Elsbeths Tod behandelte wie ein rohes Ei, doch seine Freude haben und mich neu einkleiden. Neue Schuhe hatte ich bereits, rindslederne Schnallenschuhe, die in der unter Bürgern jetzt so begehrten Entenschnabelform vorne aufgebogen waren. Sie mussten ein Vermögen gekostet haben.

«Ich dachte mir, grün wäre eine schöne Farbe für meine Tochter», hörte ich den Vater zu Schneidermeister Zacher sagen, während dessen Frau an mir Maß zu nehmen begann. «Das macht sich gut mit ihren grünen Augen.»

«Fürwahr, Meister Mittnacht. Zudem ist grün die Farbe des Frühlings, der Auferstehung und des bevorstehenden Osterfestes. Sobald wir die Maße notiert haben, zeige ich Euch meine Auswahl an Stoffen, und weitere liegen auf Lager drüben in der Zunftstube. Nehmen wir für den Rock Mailänder Samt oder Brokat?»

«Was meinst du, Susanna?», fragte mich mein Vater.

Mit erhobenen Armen und im Unterkleid stand ich vor der Schneidersfrau, damit sie meine Armlänge messen konnte.

«Das ist mir einerlei», murmelte ich.

«Dann Samt», beschied der Vater.

«Sehr schön.» Zacher nickte. «Und den Ärmel- und Rocksaum könnten wir mit Goldborten oder Schellen besetzen ...»

«Nein, keine Schellen», entfuhr es mir lauter als beabsichtigt. Ich fand es schrecklich, dass die vornehmen Damen neuerdings unter Glöckchenklang durch die Gassen zogen, als gehörten sie einer Gauklertruppe an.

Zacher nickte. «Dann Goldborte, wenn's genehm ist. Und das

Unterkleid aus dunkler Seide, die durch den seitlich geschlitzten Rock schön zu sehen ist. Einverstanden, Jungfer Susanna?»

Als ich nur stumm nickte, machte er sich eine Notiz auf der Schiefertafel, die vor ihm auf dem Schneidetisch lag.

«Die Ärmel zum Abknöpfen, schön eng, wie man es jetzt trägt?», fragte er weiter, an den Vater gewandt. «Da könnte ich Euch zwei verschiedene Paare anfertigen: eines in einem dunkleren Grün, eines zum Beispiel in Nachtblau. Allerdings wäre das Ganze dann kostspieliger.»

«Nein, nein, das macht nichts. Abnehmbare Ärmel sind bestens.»

«Könntet ihr Männer das vielleicht später aushandeln?», mischte sich die Schneidersfrau, mit ihrem Maßband in der Hand, in das Gespräch. Sie war groß und massig, überragte ihren Mann fast um Kopflänge.

«Hast ja recht, Frau. Sag mir die Maße, damit ich's notieren kann.»

Nachdem sie mir an allen möglichen Stellen das Maßband angelegt und an der Elle abgemessen hatte, sagte sie leise zu mir: «Du solltest ein wenig Speck auf die Rippen kriegen, Mädchen. Die Mannsbilder mögen keine Hungerhaken.» Zu den Männern gewandt, fuhr sie fort: «Ich würde ein Schnürmieder empfehlen, das wächst mit.»

Beide nickten sie. Da mich niemand gefragt hatte, blieb ich stumm und schlüpfte wieder in mein blaues, schon ein wenig zerschlissenes Winterkleid. Unter anderen Umständen hätte ich mich darauf gefreut, die Stoffe des Schneidermeisters einen nach dem anderen zu begutachten, aber jetzt wollte ich nur noch nach Hause, wo die tägliche Arbeit auf mich wartete und wo ich weitgehend für mich sein konnte.

«Werdet Ihr das Gewand fertig haben bis kurz nach Ostern?», hörte ich den Vater fragen.

«Ganz bestimmt, Meister Mittnacht, ganz bestimmt. Und jetzt gönnen wir uns erst einmal ein Krüglein Märzenbier, danach schauen wir uns die Stoffe für Ober- und Unterkleid an.»

Am selben Tag erschien zur Mittagszeit überraschend Martin. Er war in Gesellschaft des Priors. Seit Bruder Heinrichs Rückkehr war ich ihm nur ein einziges Mal begegnet, auf dem Hafnermarkt, wo ich nach einer irdenen Schüssel Ausschau hielt. Er hatte mich mit einem flüchtigen Nicken gegrüßt und war dann rasch weitergeeilt.

Als wir die Schritte im Treppenhaus hörten, hatten wir unsere Mahlzeit gerade beendet, und ich machte mich daran, warmes Wasser für den Abwasch aufzusetzen, während Gregor die Reste aus der Schüssel kratzte. Deutlich stand ihm der Missmut ins Gesicht geschrieben, als die Tür aufschwang und hinter Martin der Prior eintrat. Für Gregor waren die meisten Klosterleute Schmarotzer an der Menschheit, und dass sein eigener Bruder Mönch geworden war, hatte er ihm lange Zeit krummgenommen.

Umso erfreuter war der Vater.

«Gott zum Gruße, Bruder Heinrich. Wie schön, dass Ihr wieder einmal bei uns hereinschaut.»

«Gott zum Gruße, alle miteinander. Wir stören Euch doch hoffentlich nicht beim Mittagessen?» Der Prior lächelte ein wenig angespannt.

«Ganz und gar nicht, wir sind längst fertig. Wir waren heute später dran als sonst, da wir bei Schneidermeister Zacher ein neues Gewand für Susanna bestellt haben.»

Als ob das für Bruder Heinrich von Belang wäre, dachte ich bei mir. Doch zu meinem Erstaunen wandte er sich jetzt mir zu.

«Ich nehme an, du willst dich für deinen künftigen Bräutigam schön machen.»

«Das wird sich zeigen», sagte ich leise und warf Martin einen giftigen Blick zu. Was musste er seinem Prior gleich alles ausplaudern?

«Nun denn, Susanna, dein Vater wird sich das reiflich überlegt haben.» Bruder Heinrich musterte mich ernst. «Im Übrigen möchte ich dir mein aufrichtiges Beileid aussprechen zum plötzlichen Tod deiner Freundin. Der Herrgott sei ihrer Seele gnädig.»

Er bekreuzigte sich, und wir anderen taten es ihm nach. Dabei fragte ich mich, ob er nur deshalb gekommen war. Die Antwort erhielt ich prompt.

«Lieber Meister Mittnacht, ich will Euch gar nicht lange aufhalten. Ich wollte Euch nur meine große Freude mitteilen, dass Ihr diese schreckliche Seuche, die Gott über unsere Stadt geschickt hat, überlebt habt. Wie mir scheint, seid Ihr wieder bei Kräften.»

Der Vater nickte strahlend.

«Ich kann nicht klagen. Dank meiner lieben Susanna und der Gnade Gottes bin ich wieder wohlauf. Viel zu viele hat der Tod mit sich genommen, aber zum Glück ist die Seuche jetzt ausgestanden. Bleibt Ihr auf einen Krug Wein? Ich habe ein Fässchen mit ausgezeichnetem Muskateller.»

«Da mag ich nicht nein sagen.»

«Wie schön.» Er nahm den Prior beim Arm. «Kommt, Bruder Heinrich, gehen wir in die gute Stube, da ist es gemütlicher. Gregor, holst du uns einen großen Krug Wein aus dem Keller? Und du, Susanna, bring uns Becher und ein wenig Herrenbrot.»

Damit verließ er mit dem Prior und Martin im Schlepptau die Küche.

«Was hat unser Kuttenfreund für ein Glück, dass wir wieder was Gutes anzubieten haben», brummelte Gregor, während er nach dem großen Krug griff, der auf dem Wandbord stand. «Ich hab jedenfalls keine Zeit, mich dazuzusetzen. Bis zum Feierabendläuten will ich fertig sein mit der Arbeit.»

Ich kannte den Grund für Gregors Eile: Jeden Tag nach der Arbeit ging er zu seiner Braut, deren Vater zwischen Kaufhaus und Niedertor einen Eisenwarenhandel betrieb.

«Wann heiratest du eigentlich deine Maria?», fragte ich.

«Irgendwann zwischen Ostern und Pfingsten. Unsere beiden Väter sind sich noch nicht einig. Na ja, die Zunft muss ja auch noch ihren Segen geben.»

Dann eilte er hinaus, und ich holte aus der Vorratskammer das Brot, um es mundgerecht klein zu schneiden. Mir fiel erstmals auf, dass die Kammer inzwischen tatsächlich wieder reich mit Vorräten bestückt war, und im Keller lagerten mehrere Fässchen mit Wein und Bier. Die Geschäfte liefen wohl besser denn je. Jetzt, nach der Pestzeit, schienen die Menschen froh zu sein, dass sie mit heiler Haut davongekommen waren, und wer auch nur ein paar Münzen übrig hatte, kaufte und kaufte, was immer ihm angeboten wurde.

Als ich den Brotkorb mit den Bechern in die Stube brachte, lud Bruder Heinrich mich ein, mich zu ihnen zu setzen. Höflich lehnte ich ab: Das Wasser sei heiß, deshalb müsse ich den Abwasch machen.

«Dann kommst halt danach», sagte der Vater in bester Stimmung.

Ich nickte. Dabei wusste ich, dass ich mir nach dem Abwasch eine andere Arbeit suchen würde. So lange, bis Martin und der Prior aus dem Haus wären.

Ich verspürte nämlich keine Lust, mir das Gerede von meiner bevorstehenden Verheiratung nach Straßburg anzuhören. Und darauf würde das Gespräch mit Sicherheit hinauslaufen.

KAPITEL 29

Straßburg, Mitte April 1485

Ich fand schlichtweg nicht die Kraft, mich gegen die Reise nach Straßburg zu wehren. Nach Elsbeths Tod war ich noch immer wie betäubt, außerdem fiel mir rein gar nichts ein, was ich gegen Vaters Heiratswunsch vorbringen konnte, wo Maria doch nach der Hochzeit hier einziehen würde. Mir eine Stellung als Magd zu suchen, wäre für meinen Vater undenkbar, das wusste ich.

Schon kurz nach Ostern war der Frühling übers Land gekommen, und der Vater drängte nun darauf, Nägel mit Köpfen zu machen. Wie mir zum Hohn schien die Sonne an diesem Tag von einem wolkenlosen Himmel, erwärmte die Luft aufs angenehmste und zauberte noch auf das mürrischste Gesicht ein Lächeln. Nur ich konnte mich nicht freuen, obwohl mir der Frühling sonst die liebste Jahreszeit war.

Wir hatten eben das Niedertor durchfahren und rumpelten auf dem Kutschbock des Zweispänners dicht an unserem Garten vorbei. Ich hatte den Boden dort bereits gut für die Frühjahrsaussaat vorbereitet, fragte mich aber jetzt im Licht der Morgendämmerung, warum ich das eigentlich getan hatte. Sollte sich doch Maria darum kümmern ...

Seitdem wir das Haus verlassen hatten, hatten Vater und ich uns angeschwiegen. Umso munterer redete er nun mit dem Fuhrmann, der uns freundlicherweise bis Straßburg mitnahm. In dem Landstädtchen Erstein, wo die Eltern des Fuhrmanns lebten und gegen einen Obolus Reisende beherbergten, wollten wir übernachten. Von dort war es nur noch eine halbe Tagesreise bis in die Bischofs- und Handelsstadt.

«Sehr hübsch siehst du aus», flüsterte mir der Vater, der zwischen mir und dem Fuhrmann saß, zu.

Ich gab keine Antwort. Schon vor dem Schlettstädter Kaufhaus, wo wir mit dem Fuhrmann verabredet waren, hatte ich die bewundernden Blicke der Händler und Knechte bemerkt, die ihre Ware verluden. Ich trug das neue, fürwahr wunderschöne moosgrüne Gewand, dazu lose um die Hüfte gebunden einen schmalen, mit bunten Glasperlen bestickten Ledergürtel, an dem das ebenfalls hübsch verzierte Besteck für Messer und Löffel hing. Das am Vorabend gewaschene Haar trug ich offen und hatte es, auf Vaters Bitten hin, mit einem Blumenreif, den er mir einmal aus Kolmar mitgebracht hatte, geschmückt.

Was hätte ich ihm auch jetzt hier auf dem Fuhrwerk antworten sollen? Hätte ich die Wahrheit sagen sollen, nämlich dass ich mich nicht freuen konnte über meinen Putz? Kam ich mir doch vor wie ein Stück Vieh, das auf den Markt geführt wurde.

Er zuckte die Schultern. «Du wirst noch vernünftig werden.»

Dann wandte er sich an seinen Sitznachbarn. «Was haben wir nur für ein Glück mit dem Wetter.»

«Das ist wohl wahr. Die Straße ist trocken, kein Regen in Sicht, und sogar die Schlaglöcher sind frisch aufgefüllt.»

So zogen uns die beiden schweren, gemächlich dahintrottenden Pferde gen Norden, durch das Große Ried zwischen Ill und Rhein. Flach wie ein Brett lag die Landschaft vor uns und leuchtete in frischem, saftigem Grün. Hie und da weidete Vieh, und wo die Landstraße das Flüsschen Ill mit seinen noch kahlen Uferbäumen streifte, staksten überall in den feuchten Niederungen die heimgekehrten Weißstörche auf der Suche nach Nahrung umher und ließen sich von uns nicht stören. Ein Anblick, der mir sonst immer das Herz erfreut hatte.

Jetzt aber starrte ich nur teilnahmslos auf die breiten, dunkelbraunen Pferdekruppen vor mir, die sich im Gleichmaß der Tritte hoben und senkten, oder döste mit geschlossenen Augen. Bei dem Städtchen Benfeld hielten wir nahe der Ill zur Mittagsrast, wo mein Vater half, die Pferde auszuspannen, und teilten uns mit dem Fuhrmann die Brotzeit.

«Sag, Mittnacht, ist deine Tochter vielleicht stumm?», fragte der, während er von einem hartgekochten Ei die Schale pellte.

«Stumm nicht, aber stur.» Der Vater stieß mir verärgert in die Seite. «Ich warne dich, Susanna: Wenn du mir in Straßburg Schande machst, werde ich endgültig andere Saiten aufziehen.»

Am nächsten Mittag erreichten wir den mächtigen, mit hohen Warten, Toranlagen, Gräben und Zwingern bewehrten Mauerring Straßburgs. Vor Jahren war ich mit den Eltern und den Brüdern für mehrere Tage anlässlich der Hochzeit eines Vetters meiner Mutter dort gewesen. Diese riesige, lebhafte Stadt hatte mich damals zugleich beeindruckt und geängstigt. Ich erinnerte mich noch, um wie viel armseliger und schäbiger als bei uns so manche Häuser waren und dass es im Gegenzug dazu prächtige Stadtpaläste gab, wie ich sie nie zuvor gesehen hatte.

Unser Fuhrmann wusste genau, wie er zu seinem Ziel kam, schrie und fluchte lauthals, um sich erst über dem Festungsgraben und gleich darauf über der Ill, die hier durch die Stadt strömte, freie Bahn zu verschaffen. Alles war voller Menschen, Handkarren und Wagen, und ich fühlte mich jetzt schon bedrängt und eingezwängt wie eine Gefangene.

Gleich hinter der Ill-Brücke war unser Fuhrwerk nach rechts abgebogen, und wir rumpelten am Fluss entlang über das Pflaster. Das Ufer war mit einer mannshohen Mauer befestigt, über das Wasser glitten schlanke, flache Lastkähne auf der Suche nach einer Anlegestelle. Gleich hier befand sich der Hafen der Stadt, mit dem Kaufhaus und zwei mächtigen, hölzernen Lastkränen, und mir fiel wieder ein, dass wir bei unserem letzten Besuch in einer der zahlreichen Herbergen, die gegenüber dem Kai die Straße säumten, gewohnt hatten. Damals war mir das alles wie ein großes, wunderbares Abenteuer vorgekommen, so selten, wie ich aus Schlettstadt herauskam.

Kein Ave-Maria später hielt unser Wagen mit einem Ruck vor dem Kaufhaus. Der mehrstöckige Bau mit den bunten Fähnchen auf den Treppengiebeln war ungleich größer und prächtiger als unser Schlettstädter Kaufhaus, und auch hier landeten die eingeführten Waren wie Wein, Fleisch und Salz, die gewogen und verzollt werden mussten, bevor sie verkauft oder weitertransportiert wurden. So warteten etliche Maultierkarren und schwere Fuhrwerke vor dem bewachten Haupteingang, luden Bootsknechte und Lastenträger unter dem strengen Blick der Schiffseigner Fässer und Kisten von den Booten.

Wir kletterten vom Kutschbock, und der Vater hievte seinen Reisesack von der Ladefläche, der das Gastgeschenk für Seidensticker enthielt: einen schweren, dreiarmigen Messingleuchter. Der war auch der Grund gewesen, dass Vater sich eine Fahrgelegenheit gesucht hatte, wo er doch sonst am liebsten zu Fuß unterwegs war.

Er drückte dem Fuhrmann ein paar Münzen in die Hand.

«Einen guten Handel wünsch ich Euch und habt nochmals Dank», sagte er.

«Nicht der Rede wert, Mittnacht. Und wie gesagt, falls Ihr doch ein paar Tage in Straßburg bleiben wollt: Am Donnerstag fahr ich wieder zurück.»

Der Vater schien zu überlegen. Bloß nicht, dachte ich. Eine Nacht und nicht länger bleibe ich hier.

Er schüttelte den Kopf. «Wir machen uns morgen wieder auf den Weg, die Arbeit ruft. Aber da Ihr ja die Strecke öfters fahrt, komme ich sicherlich nochmals auf Euch zurück.»

Ich konnte mir denken, was er damit meinte, sagte aber nichts.

«Wo übernachten wir?», fragte ich stattdessen. «Doch wohl nicht bei diesem Kaufherrn?»

«Aber nein, es wäre unhöflich, sich aufzudrängen. Ich hatte ihm in meinem letzten Schreiben zwar angekündigt, dass wir ihn bald nach Ostern besuchen kommen, aber wann genau, hing ja vom Wetter ab. Ich denke, wir fragen mal bei der Herberge Zum Spanbett nach, dort sind wir damals recht gut untergekommen.»

Mit seinem schweren Reisesack über der Schulter steuerte er so eilig auf ein spitzgiebeliges Fachwerkhaus ganz in der Nähe des Kaufhauses zu, dass ich kaum mit ihm Schritt halten konnte. Vage erinnerte ich mich, dass wir dort in einem stickigen Schlafsaal über der Schankstube genächtigt hatten. Wir Kinder hatten selig geschlafen, doch die Mutter hatte kein Auge zugetan ob des Krachs und des Gestanks dort, und Flöhe hatten wir uns auch geholt.

Diesmal hatten wir mehr Glück.

«Es ist noch eine Kammer unter dem Dach frei, für Euch und Euer junges Weib», verkündete uns der freundliche Wirt.

«Das ist meine Tochter», berichtigte der Vater und zwinkerte mir vergnügt zu.

«Wie dem auch sei, Ihr könnt sie haben. Mein Knecht bringt Euch die Tasche hinauf.»

«Danke, aber die nehmen wir mit uns.»

«Nun, dann gebt acht, dass sie Euch nicht geklaut wird. In Straßburg wimmelt es von Lumpen und Strauchdieben.»

Wir ließen uns noch den Weg zur Zimmerleutgasse erklären und machten uns auf den Weg. Meine Beine waren plötzlich bleischwer.

«Willst du denn so gar nichts wissen über Simon Seidensticker?», fragte der Vater plötzlich.

Ich zuckte die Schultern. «Was soll ich schon wissen wollen?»

«Na etwa, wie alt er ist. Ob er Kinder von seiner verstorbenen Frau hat. Oder bis in welche Länder sein Tuchhandel reicht.»

«Also alles, was man über den künftigen Ehegefährten wissen sollte», platzte ich ungehalten heraus.

«Ja, ganz genau! Dann sag ich's dir halt: Er ist schon lange Witwer, betreibt zusammen mit seinem Partner und seinem einzigen Sohn eine kleine Handelsgesellschaft, die ‹Seidensticker Gesellschaft›, ist obendrein Gesellschafter in der bekannten Meutingschen Gesellschaft zu Augsburg und hat dadurch an deren Gewinnen im Tiroler Kupfer- und Silbererz teil.»

Ich starrte ihn an. «Wie alt ist dieser Sohn?»

«Was weiß ich? Ich denke, in deinem Alter … Derzeit ist der Junge allerdings im fernen Genua zur Lehre.»

Das verhieß Schreckliches. Dann war dieser Mann also so alt wie mein eigener Vater. Oder noch älter.

Das Liebfrauenmünster mit dem höchsten Turm der Christenheit hatten wir rechter Hand liegengelassen und bogen jetzt in eine langgestreckte, schnurgerade Gasse ein. Die Häuser mit ihren vorkragenden Obergeschossen waren bereits ein wenig vornehmer als die in unserem Gänsegässchen. Offenbar hatte sich hier angesehenes Handwerk angesiedelt, und bei dem schönen Wetter heute verrichtete man seine Arbeit am offenen Laden oder gleich auf der Gasse.

Wie ein Hündchen trottete ich meinem Vater hinterher, bis er an einer Kreuzung stehen blieb und sich umschaute.

«Ist das hier links schon die Zimmerleutgasse?», fragte er einen Goldschmied, der in der offenen Tür seiner Werkstatt lehnte.

«Nein. Alleweil die Judengass weiter bis zur nächsten Kreuzung. Dort dann links.» Während seiner Erklärungen lächelte er mich unentwegt an. «Wohin wollt Ihr denn?»

«Zum Handelsmann Simon Seidensticker.»

«Aha.» Er musterte das zwar saubere, aber nicht allzu erlesene Reisegewand meines Vaters. «Seid Ihr verwandt mit ihm?»

«Nein», gab der Vater zurück. «Wir sind seine Gäste.»

«Dann richtet dem Simon doch meine besten Grüße aus. Das Armgeschmeide sei fertig. Sein Haus könnt Ihr übrigens nicht verfehlen: Es kommt gleich nach dem Knick in der Gasse und heißt Zum Blauen Löwen.»

«Ich weiß. Gott zum Gruße, Meister.»

Als wir wenig später die Zimmerleutgasse erreichten, die, anders als der Name vermuten ließ, von wohlhabenden Steinhäusern gesäumt wurde, schnürte sich mir die Kehle zu. Erst recht, als wir vor Seidenstickers Haus standen: Das ochsenblutfarbene Haus war so breit wie anderswo zwei Häuser, auf dem Torbogen zur Linken, dessen Eichenholzflügel zum Hof hin offen standen, prangte ein blau-goldenes Wappen, das einen Löwen zeigte. Die Haustür zur Rechten war aus ebenso kunstvoll geschnitztem, dunklem Holz wie sämtliche Fensterrahmen, und aus dem Obergeschoss wölbte sich zur Straße hin ein Erker mit kostbaren Bleifenstern, wie es nur Patrizier hatten.

«Woher kennst du ihn eigentlich?», fragte ich leise.

«Von den Straßburger Jahrmärkten, die ich, wie du weißt, immer besuche. Vor Jahren sind wir einmal ins Gespräch gekommen, und mir gefiel sofort, dass er gegenüber einfachen Krämern wie mir keinerlei Standesdünkel pflegt. Seither haben wir so manchen Krug Wein miteinander geleert, im vornehmen Wirtshaus zum Heiligen Geist, das nicht weit vom Hafen liegt. Bei ihm zu Hause war ich allerdings noch nie.»

«Und bei der letzten Messe an Martini, da habt ihr dann über mich geredet.»

«Du hast es erraten.»

«Was hast du ihm bloß über mich erzählt, dass ein so reicher Handelsherr mich heiraten will? Wo ich als Mitgift grad mal mein Bettzeug und meine Kleidung habe.»

«Du vergisst die geschnitzte Truhe aus der Stube», lachte er gutgelaunt.

«Was also?»

«Nun, dass du fleißig und tugendsam seist, gottesfürchtig und vor allem wunderschön. Und nun mach endlich ein freundliches Gesicht, Susanna. Er ist ein guter Kerl.»

Beherzt schlug er den Ring im Rachen des blank polierten Löwenkopfes dreimal gegen die Tür. Wir mussten nicht lange warten, bis eine ältliche Magd in blütenweißer Schürze und ebensolcher Haube uns öffnete.

«Wen darf ich vermelden?», fragte sie kühl.

«Bertolt Mittnacht aus Schlettstadt mit seiner Tochter Susanna.»

«Dann kommt herein und wartet bitte hier.»

Ich holte tief Luft und trat hinter meinem Vater über die Türschwelle. Gut, ich würde freundlich sein. Mehr aber auch nicht.

KAPITEL 30

Kurz darauf im Haus des Kaufherrn

Allein die Eingangshalle, von Wandleuchtern mit teuren Wachskerzen in warmes Licht getaucht, war so geräumig wie unsere Wohnstube. Zwei schwere Eichenholztüren gingen von ihr ab, eine links, eine rechts, und in der Mitte führte eine Treppe nach oben. Einen solchen Treppenaufgang drinnen im Haus kannte ich zwar von Ruprecht, doch hier waren die Stufen ungleich breiter und aus hellem, glänzendem Stein.

«Dass mich der Hagel erschlag», entfuhr es meinem Vater. «Die Treppe ist aus Marmor!»

Ich hatte wohl einmal eine kleine Figur aus diesem kostbaren Stein gesehen, aber dass jemand damit eine ganze Treppe würde fertigen lassen, war mir fast unheimlich.

Da uns die Magd gebeten hatte, doch einstweilen Platz zu nehmen, sah ich mich nach einer Bank um. Doch es gab nur drei gepolsterte, mit dunkelrotem Samt bezogene Lehnstühle, die so herrschaftlich aussahen, dass selbst mein Vater sich nicht zu setzen wagte.

«Hältst du denn dein Versprechen?», flüsterte ich ihm zu.

«Welches Versprechen?», gab er ebenso leise zurück.

«Dass ich ihn nicht heiraten muss, wenn er mir zuwider ist.»

«Ja, ja. Aber du wirst ihn mögen.»

Er strich mir flüchtig über die Wange, dann drehte er sich einmal um sich selbst.

«Was für eine schöne Halle», raunte er. «Wahrscheinlich empfängt der Kaufmann hier seine Kundschaft. Sieh nur den bunten Teppich an der Wand. Den hat er bestimmt von seinen Reisen mitgebracht. Und das dort», er deutete auf eine Wandfigur mit Bischofsmütze neben dem Treppenaufgang, «das ist der heilige Nikolaus, der Schutzpatron der Kaufleute.»

«Ich dachte immer, der der Kinder und der Diebe», erwiderte ich spitz.

«Ganz recht», ertönte eine tiefe, leicht rauchige Stimme von oben. «Schutzpatron der Kaufleute, Diebe und Kinder.»

Der Mann im Hausmantel aus dunkelblauer Seide kam gemessenen Schritts die Treppe herunter. «Wie auch der Jungfern, Gebärenden und alten Menschen, der Schiffer, Fischer und Flößer, der Pilger und Reisenden, der Gefangenen und Bettler, der Tuchhändler, Knopfmacher, Brückenbauer, Bierbrauer und wer da sonst noch alles die Gunst dieses großherzigen Heiligen erfleht.»

Bei seinen letzten Worten hatte er den unteren Absatz erreicht und breitete die Arme aus.

«Willkommen in meinem Haus, Bertolt Mittnacht, willkommen, Jungfer Susanna.»

Ich stand da wie vom Donner gerührt und konnte nicht aufhören, Simon Seidensticker anzustieren. Zum einen war er zu meinem Schrecken wirklich im Alter meines Vaters, zum anderen hatte er ein so auffallendes Äußeres, wie ich es nie zuvor bei einem Mann gesehen hatte. Allein die Größe! Riesig und dabei gertenschlank war er und von eindrucksvoll aufrechter Haltung. Sein dichtes, mit silbernen Strähnen durchsetztes Haar trug er lang und nach hinten gekämmt, sodass die hohe, glatte Stirn frei war und sein ohnehin schmales Gesicht noch länglicher wirkte. Auch die Nase war lang und schmal, gebogen wie der Schnabel eines Raubvogels, das Kinn leicht fliehend, die Lippen voll und schön geschwungen, wie man es sonst nur von Frauen kannte. Um die Mundwinkel lag, wie ich fand, ein Zug von Wehmut, ebenso um die hellen, grauen Augen, die einen zu durchbohren schienen, wenn er einen ansah. Im Übrigen wirkte er äußerst gepflegt mit den sorgfältig gezupften Brauen, den sauberen, rund gefeilten Fingernägeln, dem frisch gewaschenen Haar.

«Wie schön, Euch wiederzusehen», rief mein Vater reichlich überschwänglich aus, schüttelte ihm die Hand und klopfte ihm dabei mit der Linken auf die Schulter wie einem guten alten Freund. Dann trat er zur Seite, um den Blick auf mich freizugeben.

Seidensticker trat einen Schritt auf mich zu. Er lächelte, aber seine Augen blieben ernst.

«Euer Vater hat nicht übertrieben, Jungfer Susanna. Ihr seid wirklich wunderschön. Ich hoffe, Ihr hattet eine gute Anreise?»

Diese Frage war eindeutig an mich gerichtet, und so antwortete ich höflich: «Ja, Kaufherr. Ein Fuhrwerk hat uns mitgenommen.»

Er lachte auf. «Nun, stundenlang durchgerüttelt zu werden, stelle ich mir als nicht gerade angenehm vor. Da bevorzuge ich doch eher das Reisen zu Pferde.»

So vornehm sind wir leider nicht, hätte ich am liebsten geantwortet, nickte aber nur.

«Denkt Euch bloß», wandte er sich an den Vater, «ich habe gewusst, dass Ihr heute kommt. Weil ich es nämlich geträumt habe letzte Nacht. Nun wollen wir aber zu Tisch gehen, Ihr habt sicher großen Hunger.»

Zu meiner Verblüffung reichte er mir den Arm wie einer vornehmen Frau, und so stieg ich an seiner Seite die schöne Treppe hinauf, gefolgt vom Vater, dem wahrscheinlich das Herz vor Freude aufging.

Oben, in einem kleinen Flur, erwartete uns die Magd.

«Gib der Köchin Bescheid, dass sie uns alsbald aufträgt», wies der Kaufherr sie an. «Und uns bringst du bitte einen großen Krug Wein. Weißwein oder Rotwein?», fragte er meinen Vater, ohne mich loszulassen. Der angenehme Duft von Veilchenwasser stieg mir in die Nase.

«Wenn Ihr mich so fragt: Gerne Rotwein.»

«Wunderbar. Ich habe gerade einen besonders fruchtigen aus der Lombardei im Keller.»

Derweil hatten wir die Wohnstube betreten, und ich sah mich in einen herrschaftlichen Rittersaal versetzt: Ganz in Holz war der Raum gehalten, mit geschliffenem Dielenboden, wandhohen Holztäfelungen und gewölbter Balkendecke, in die Herzen und Rosetten geschnitzt waren. Die breite Fensterseite mit dem schönen Erker ließ so viel Licht herein, dass tagsüber keine Kerzen nötig waren. Sanft schimmerten die aufgemalten Ornamente an Wänden und Decke in hellen Grün- und Rottönen. Verzierte Holzbänke mit Sitzkissen standen an allen vier Wänden und luden rundum zum Ausruhen ein. Mitten im Raum befand sich eine lange Tafel, die von einem hellen Leintuch bedeckt war. Genau drei Gedecke waren ordentlich aufgetragen und drei schwere Stühle herbeigeschafft. Die Magd hatte das unmöglich in dieser kurzen Zeit seit unserer Ankunft bewerkstelligen können.

«Ihr habt also wirklich fest mit uns gerechnet?», fragte ich verdutzt.

Seidensticker lachte leise, wobei jetzt auch seine hellen Augen lächelten. Er sah plötzlich jünger aus.

«Ich sagte doch, ich hatte von Eurer Ankunft geträumt», entgegnete er. «Gebt Ihr etwa nichts auf Träume?»

«Ja, doch ... schon ...», stotterte ich.

Da fiel mein Blick auf die schmale Seite der Wand neben der Tür, die als einzige von den Bänken ausgespart war. Hier zog sich ein Regal bis unter die Decke, das mit schweren, in Leder gebundenen Büchern bestückt war. So etwas hatte ich noch nie gesehen: An die drei Dutzend waren das bestimmt.

Seidensticker musste meinem Blick gefolgt sein, denn er fragte mich sogleich: «Könnt Ihr lesen, Susanna?»

«Ein klein wenig, ja. Aber ich hab keine Übung darin.»

«Mein jüngerer Sohn Martin hat es ihr beigebracht», warf der Vater ein. «Er ist, wie Ihr vielleicht noch wisst, Mönch bei den Predigern.»

«Das ist gut.» Der Kaufherr nickte. «In einer Kaufmannsfamilie sollte die Hausherrin lesen, schreiben und rechnen können.»

Ich zuckte zusammen. Die Pracht dieses Hauses wie auch die Höflichkeit des Handelsherrn hatten mich völlig vergessen lassen, warum ich hier war. In diesem Augenblick erschien die Magd mit dem Weinkrug und füllte die Kelche auf, die aus teurem Noppenglas waren.

«Die Vorsuppe kommt sogleich», sagte sie.

«Setzen wir uns also», beschied Seidensticker. «Marga, bring das Gepäck unserer Gäste bitte in ihre Schlafkammer.»

«Nein, nein», wehrte mein Vater ab. «Wir haben ein Zimmer im Wirtshaus Zum Spanbett angemietet.»

«Nichts da, Mittnacht, Ihr wollt Euch doch keine Flöhe und Läuse holen? Ihr übernachtet selbstverständlich hier.»

Seine Miene zeigte, dass er keine Widerrede duldete.

«Habt vielen Dank, Seidensticker. Dann möchte ich Euch aber jetzt unser Gastgeschenk überreichen.»

Der Vater band seinen Reisesack auf, den er auf der Türschwelle abgesetzt hatte, und zog den Messingleuchter heraus. Es war eine wirklich hübsche Schmiedearbeit, doch angesichts des Reichtums rundum nahm sich unser Geschenk mehr als bescheiden aus.

Der Kaufherr indessen schien sich ehrlich zu freuen.

«Ganz herzlichen Dank. Der Leuchter passt bestens auf unsere Tafel», sagte er und stellte ihn zwischen Brotkorb und dem Teller mit getrockneten Früchten ab. Dann führte er mich zu einem der Stühle und nahm selbst an der Stirnseite Platz, sodass ich zu seiner Rechten saß und der Vater mir gegenüber.

«Auf Gesundheit und Wohlsein», er hob seinen Kelch, «und auf meinen angenehmen Besuch aus Schlettstadt.»

Der Wein lag wie Samt auf der Zunge, und doch hätte ich in diesem Moment lieber einen sauren Most in der Herberge am Hafen getrunken. Bald schon wurde nach einem kurzen Gebet ein Gericht nach dem anderen aufgetischt, vor allem Fisch und Flusskrebs, da heute Freitag war. Zwischendurch brachte die Magd, ein Tuch über dem Arm, eine Wasserschüssel, damit wir uns ganz vornehm die Finger säubern konnten.

So gut das Essen, so wunderschön die Stube auch war: Ich kam mir fremd und verloren vor. Aus Höflichkeit nahm ich von allem ein wenig, obwohl mir der Magen wie zugeschnürt war. Derweil plauderten mein Vater und Seidensticker ungezwungen über dies und jenes, als ob sie sich seit ewigen Zeiten kennen würden. An mich richtete der Hausherr eher selten das Wort, und so keimte in mir bald schon die Hoffnung auf, dass er doch nicht allzu großen Gefallen an mir gefunden hatte.

KAPITEL 31

Schlettstadt, im Herbst 1445

Er hatte die Prüfung tatsächlich als Jahrgangsbester abgeschlossen! Wie stolz hatte er vor seinen Kameraden gestanden, die ihn fast alle um einen Kopf überragten, während Schulmeister Ludwig Dringenberg ihm kräftig die Hand geschüttelt hatte. «Meinen Glückwunsch, Heinrich Kramer. Nun steht deiner Aufnahme bei den Predigern nichts mehr im Wege.» Danach hatte es für die Absolventen der Lateinschule noch einen Umtrunk mit süßem Gewürzwein und Mandelgebäck gegeben.

Als er jetzt hinaus auf den Platz vor Sankt Georg trat, musste er vor Glück erst einmal tief Luft holen. Vom Wein war ihm angenehm schwindelig im Kopf. Nun ja, im Grunde hatte er es sich nicht anders gedacht, so wie er im letzten Jahr geschuftet und zugleich das ewige Maulen seiner Mutter stoisch ertragen hatte.

Er blinzelte gegen das grelle Licht der tiefstehenden Sonne. Standen dort am Kirchenportal, keinen Steinwurf von ihm entfernt, nicht Wölfli, der lange Bertschi und sein Bruder Hannes? Jetzt winkten sie ihm zu und überquerten lachend die Gasse, ungeachtet der Eselskarre, die ihnen gerade noch ausweichen konnte.

Hannes schlug ihm so grob auf die Schulter, dass es schmerzte. «Was ist, Kleiner? Hast du's geschafft?»

Heinrich spürte, wie er über das ganze Gesicht strahlte. «Als Bester sogar!»

«So haben wir uns das vorgestellt.» Wölfli schob den Bruder zur Seite. «Heinrich, unser strebsamer Musterknabe ... Jetzt übergibst mal deinem lieben Stiefvater die Urkunde, damit ich sie heil nach Hause bring, und dann macht ihr Jungen euch einen lustigen Abend. Ich lade euch wie versprochen ein.»

Er streckte Heinrich fordernd die Hand entgegen.

Nach kurzem Zögern zog Heinrich das zusammengerollte, mit einer hübschen, rot-weißen Schnur gebundene Pergament aus dem Ärmel. Widerrede wäre zwecklos gewesen, schließlich vertrat der einstige Geselle nun auch rechtlich die Vaterstelle. Hatte die Mutter den Kerl doch wahrhaftig geheiratet, obwohl er zehn Jahre jünger war. Angeblich hatte die Zunft auf Wiederverheiratung gedrängt, damit Wölfli endlich die Meisterstelle einnehmen konnte und die Mutter mit ihren Söhnen nicht eines Tages recht- und mittellos dastehen würde. Aber wahrscheinlich hatte man nur Ordnung schaffen wollen, wo die beiden doch schon seit Jahren auf widerwärtige Weise das Bett miteinander teilten. Jetzt indessen, wo Heinrich seine Familie endlich hinter sich lassen würde, war ihm das alles herzlich einerlei.

«Dann viel Spaß, ihr drei.» Wölfli drückte Hannes ein paar Münzen in die Hand. «Tät euch ja gern begleiten, aber wie ihr wisst, bin ich ein braver Ehemann. Bringt mir also den Kleinen halbwegs heil nach Hause.»

Der lange Bertschi und sein Bruder nahmen Heinrich in ihre Mitte und marschierten los.

«Ich will aber nichts trinken gehen», wehrte er ab.

Die beiden prusteten los, und Bertschi stieß ihn mit dem Ellbogen in die Seite.

«Wart's ab. Heut machen wir 'nen richtigen Mann aus dir.»

Quer durch die Stadt schleppten sie ihn im Eilschritt, bevor sie vor einer düsteren Kaschemme am Alten Ladhof innehielten.

«Da hinein.» Hannes stieß die Tür auf.

Heinrich wusste, dass sich hier das derbe Volk der Lastenträger, Bootsleute und Flößer traf. Er selbst hätte nie einen Fuß über die Schwelle gesetzt.

Um diese Zeit waren die grobgezimmerten Tische in dem niedrigen, düsteren Raum nur halb besetzt, und zu Heinrichs Erstaunen nicht nur mit Männern. An einigen Tischen saßen junge Weiber in leichten, bunten Kleidern mit allzu tiefen Ausschnitten. Alle trugen ihr langes Haar offen und scherzten und tändelten mit den Mannsbildern.

«Da ist er ja, der junge Mann.» Vom Ausschank her trat ihnen ein schon älteres Weib entgegen, mit weiß gepudertem Gesicht und rot überschminkten Lippen, und küsste erst Bertschi, dann Hannes auf die Wangen.

«Und du bist also der Heinrich, der kleine Bruder von dem Tunichtgut da.» Sie strich ihm mit ihren ledrigen Fingern über das Gesicht. «Wie alt bist du, mein Jungchen?»

«Fünfzehn. Fast sechzehn», brachte Heinrich mühsam hervor. Er sah, wie die Blicke der Männer rundum an ihm klebten. Augenblicklich brach ihm der Schweiß aus: Er war in einem Hurenhaus gelandet!

Das Weib grinste breit und entblößte dabei ihre zahlreichen Zahnlücken. «Ein bisschen schmächtig für dein Alter. Aber das soll ja nix heißen.»

Bertschi brach in wieherndes Lachen aus, während das Weib zwei jüngere Frauen heranwinkte: die eine blond und mager, die andere dunkelhaarig und mit riesigen Brüsten, die halb aus ihrem Mieder herausschauten. Im nächsten Augenblick schon hatten sie jeder einen Becher Rotwein in der Hand, und Hannes überreichte der Alten die Münzen.

«Was soll das hier?», stotterte Heinrich. «Ich will nach Hause.»

«Bist du noch bei Trost», brauste sein Bruder auf. «Heut liegt dir endlich mal die Damenwelt zu Füßen. Los, trink!»

Verunsichert nahm Heinrich einen tiefen Schluck, dann einen zweiten. Der saure Wein kratzte im Rachen.

Kein Vaterunser später stand er mit Bertschi, Hannes und den beiden Huren in einem Hinterzimmer mit breitem Himmelbett und Waschtisch, das von einer Tranlampe nur spärlich beleuchtet wurde. Trotz seines Widerstands schleppten ihn die beiden Weiber, die ei-

nen seltsam bitter-süßlichen Geruch verströmten, zum Bett. Dabei kicherten sie albern, nannten ihn «Schätzchen» und «Hasilein», berührten ihn überall am Körper.

«Lasst mich bitte los», flehte Heinrich, obgleich er spürte, wie sich sein Geschlecht unter dem Stoff des Beinkleids regte und spannte. Die Dunkle öffnete ihm Rock und Wams, zog ihm das Hemd aus dem Gürtel und küsste ihn dabei unentwegt, die Blonde nestelte derweil die Beinlinge auf und begann, sie abzustreifen.

Heinrich stöhnte auf. Wie in einem Traum spürte er überall an seinem Leib flinke Finger, zugleich sah er Bertschi und Hannes breitbeinig auf sich zukommen. Sie grinsten erwartungsvoll, schnalzten mit der Zunge, machten unzüchtige Handbewegungen.

«Auf, auf, Kleiner», feuerten sie ihn an, «zeig's den beiden Huren!»

Mit einem Mal war alles vorbei. Die plötzliche Hitze war aus seinem Körper entwichen, ihn ekelte vor den rot bemalten Lippen, dem Geruch der Mädchen, den fleischigen Brüsten der Dunkelhaarigen.

«Ach herrje», hörte er sie rufen, «Was haben wir denn da? Aus unserm Rammler wird 'ne taube Nuss!»

Sie griff ihm in den Schritt, da schlug er nach ihr und schaffte es, die beiden von sich abzuschütteln. Zitternd streifte er sich die Beinkleider über und brachte, so gut es eben ging, seine Kleidung in Ordnung. Dabei hörte er sich selbst wie einen Fremden schreien: «Lasst mich in Ruh, ihr Dreckshuren!» Dann stürzte er zur Kammer hinaus und stürmte quer durch den Schankraum.

Halb blind vor Tränen, das Hohngelächter der Weiber und des langen Bertschi in den Ohren, rannte er nach Hause, als sei der Teufel hinter ihm her.

KAPITEL 32

Schlettstadt, Mitte April 1485

Nach der Komplet setzte im gesamten Klosterbereich die Zeit des Schweigens ein, an die sich auch die Laienbrüder, die für die Mönche das Handwerk verrichteten, zu halten hatten.

Heinrich genoss diese Ruhe jeden Tag aufs Neue. Dann zog er sich für zwei, drei Stunden entweder in seine Schreibstube zurück oder in die Klosterbibliothek, um bei einem Becher Rotwein zu lesen oder an seinen Aufzeichnungen zu arbeiten.

Heute hatte er sich für seine Stube entschieden, da er jegliche Gesellschaft zu vermeiden gedachte, auch die von Bruder Martin, der sich um diese Zeit gern in der Bibliothek aufhielt. Schon ein Räuspern oder das Kratzen der Schreibfedern seiner Confratres wäre ihm bei der Niederschrift seiner Gedanken lästig gewesen. Noch in diesem Frühsommer nämlich wollte er nach Rom reisen und dem ihm so wohlgesinnten Papst Innozenz seine Absicht unterbreiten, eine spezielle Bruderschaft gegen Hexen zu gründen. Um den päpstlichen Segen zu erlangen, musste er stichhaltige Argumente vorbringen. Die vergangenen Erfolge im Bistum Konstanz waren schließlich nur ein Tropfen auf dem heißen Stein gewesen. Das Thema musste deutlich an Dringlichkeit gewinnen. Noch viel zu viele Widerstände galt es zu überwinden, sowohl bei einigen Bischöfen als auch bei der weltlichen Obrigkeit.

Rastlos ging er in der kleinen Schreibstube auf und ab, schrieb am Stehpult einen Satz nieder, den er gleich darauf wieder durchstrich, nahm einen Schluck aus dem Becher, schrieb erneut. Am besten brach er ein wenig früher auf nach Rom, dachte er fahrig, und sah unterwegs in Tirol nach dem Rechten. Denn auch in dieser Kirchenprovinz wimmelte es von Hexen und Unholden, wie er von den dortigen Ordensbrüdern wusste.

«Ha!», rief er in die Stille des Raums und begann dann, halblaut vor sich hin zu murmeln: «Ihr werdet mich noch kennenlernen, all ihr Zweifler! Auch du, Jacobus Sprenger! Niemand wird sich mir mehr in den Weg stellen, mit meiner Ermächtigung durch die Hexenbulle und dem Papst an meiner Seite! Und wer von euch die drohende Hexenverschwörung noch leugnet, der wird bald selbst als Ketzer gebrandmarkt werden!»

Als er erneut zu seinen Aufzeichnungen trat, erkannte er zu seinem Verdruss, dass er bislang nur reichlich wirres Zeug geschrieben hatte. Es gelang ihm einfach nicht, sich zu sammeln, sich in sein Vorhaben zu vertiefen. Vielleicht bekam ihm auch der schwere Wein nicht, dem er schon beim Abendessen reichlich zugesprochen hatte.

Leider war es ihm gestern ebenso ergangen und vorgestern auch.

Allmächtiger, er hätte sich nicht dazu verführen lassen sollen, Susanna wiederzusehen! Regelrecht aufgedrängt hatte er sich seinem Mitbruder Martin, den alten Mittnacht zu besuchen, um ihn zu dessen Genesung zu beglückwünschen, auch wenn ihm das Wohlergehen dieses Mannes reichlich gleichgültig war. Aber er hatte nicht anders gekonnt, er musste Susanna wiedersehen, nachdem er ihr auf dem Hafnermarkt begegnet war. Ihre kühle Zurückhaltung im Hause Mittnacht hatte erst recht etwas angerührt in ihm, mehr noch: angefacht zu einem lodernden Feuer.

Und dann war er ihr mitsamt ihrem Vater zufällig vor drei Tagen am Niedertor begegnet, bei ihrer Rückkehr aus Straßburg, wie Mittnacht ihm sogleich leutselig erzählt hatte. Im Hause des Kaufherrn Simon Seidensticker seien sie zu Gast gewesen, eines wirklich angenehmen Menschen, den sich jeder Vater nur allzu gerne als Bräutigam für die Tochter wünschen würde.

In ihrem wunderschönen neuen Kleid und dem künstlichen Blumenkranz im goldblonden Haar hatte Susanna in ihrer ganzen verführerischen Schönheit vor ihm gestanden. In jenem Moment hatte die Vorstellung, dass dieser Straßburger Kaufmann ihren zarten Leib bald schon berühren und besitzen sollte, ihm fast die Luft zum Atmen genommen.

Von da an war es mit seiner Ruhe aus und vorbei gewesen. Seit drei Tagen trieb es ihn immer wieder hinaus in die Stadt, wo er herumstreunte wie ein Hund auf der Suche nach Fressen. Auf dem Markt hatte er sich zwischen die Hausfrauen und Mägde gedrängt, hatte die Gassen hinter dem Gerbergraben durchstreift, ohne indessen zu wagen, das Gänsegässchen zu betreten. Und hätte er sich nicht rechtzeitig am Riemen gerissen, hätte er am Sonntag wahrscheinlich wie ein Ölgötze auf den Ausgang der Messe von Sankt Georg gewartet. Vielleicht war es ein Glück, dass er sie kein einziges Mal getroffen hatte.

Schwer atmend griff er sich nun an die Kehle und riss das Fenster auf, weil er dringend Luft brauchte. Die Nacht war sternenklar und kalt. Kurz entschlossen riss er den Schlüssel für die Seitenpforte des Klosters vom Haken, von dem nur Bruder Claus, sein Stellvertreter und er selbst ein Exemplar besaßen, warf sich seinen Kapuzenumhang über und eilte hinaus in die nächtliche Stille.

«... *peccavi nimis cogitatione, verbo et opere: mea culpa!*»
Ratsch! Ratsch! – zischte die Geißel durch die Luft.
«*Mea culpa!*»
Zwei weitere kräftige Schläge folgten.
«*Mea maxima culpa!*»
Und wieder schnellten die Lederriemen über Heinrichs nackten Rücken. Zum dritten Mal hatte er nun schon in seiner abgesperrten, stockdunklen Schlafkammer das Schuldbekenntnis gesprochen. Doch erst als er jetzt die Haut am Rücken aufplatzen spürte, ließ er die Geißel sinken.

Stöhnend richtete er sich auf. Obwohl er sich so viele Jahre mannhaft im Griff gehabt hatte, wurde er plötzlich seiner Triebe nicht mehr Herr. Er verabscheute sich zutiefst.

Seitdem er Prior dieses Klosters war, hatte er das nicht mehr getan. Sich heimlich mit einem dieser willigen freien Fräulein getroffen, die noch mehr Macht über das männliche Geschlecht hatten als gewöhnliche Weiber. Weil sie einem nämlich ungestraft ihre blanken Brüste und lüstern geöffneten Lippen entgegenstrecken durften. Weil sie den braven Mann mit ihrer nicht enden wollenden Wollust lockten, bis auch der Wackerste in die Knie ging.

Abermals entrang sich seiner Brust ein Stöhnen. O ja, die Macht des Dämons lag in den Lenden der Menschen, das wusste keiner besser als er. Er, als Inquisitor und treuer Diener Gottes, hatte das schwache Geschlecht in all seinen Facetten durchschaut, und doch, und doch steckte dieses teuflische Verlangen, dieser garstige, widerwärtige Trieb noch immer in ihm wie ein Stachel im Fleisch. Und das, wo er nun schon das fünfzigste Lebensjahr hinter sich gelassen hatte!

Wie beschämend, wie nichtswürdig es doch war, dass er denselben quälenden Sünden verfiel wie zu seinen Anfangszeiten im Kloster. Nicht nur ein Mal hatte er damals als junger Mönch heimlich die Huren der Stadt aufgesucht, während er immer die schöne, die starke, die betörende, die ach so trotzige Margaretha vor dem inneren Auge hatte. Und immer hatte er sich hernach jedes Mal bis aufs Blut gegeißelt. Bis er von seinem elenden Begehren schließlich krank geworden war. Danach erst war er zu sich gekommen, hatte mühsam, aber mit eisernem Willen alle Erinnerungen an seine Freundin aus Kindertagen in sich ausgemerzt und den ersten wahren Kampf seines Lebens bestritten: den Kampf um die Keuschheit des Herzens und der Seele. Mit unermüdlichen Gebeten, mit Fasten und Wachen hatte er gefochten, bis er schließlich dank der göttlichen Gnade sämtliche Wallungen der Fleischeslust in sich ausgelöscht hatte. Am Ende dieser schonungslosen Zeit hatte er eine nächtliche Vision gehabt: Ein Engel war ihm erschienen, mit einem scharfen Messer, und hatte ihm alle Regungen aus dem Geschlecht geschnitten. Dann hatte er ihm die Hand zum Segen aufgelegt: «Siehe, die Lockungen deines Fleisches sind nun entfernt. Vom heutigen Tag an hast du die beständige Keuschheit des Fleisches erlangt.»

Und jetzt das. Tränen stiegen Heinrich in die Augen. Sein Rücken brannte, aber mehr noch brannte es ihm in der Seele. Hatte ihn in jungen Jahren Margaretha verfolgt, so war es nun deren Tochter, die ihn zum Spielball ihrer und seiner Triebe machte. Mochten diese Huren auch faltig und mit welkem Fleisch, mit stumpfem Blick und ebensolchem Haar vor ihm auf der Bettstatt liegen, von ihnen ablassen konnte er trotzdem nicht. Hatte er doch immer nur *ein einziges* Bild vor Augen: den makellosen Leib der jungen Susanna.

In einem Zug kippte er den Becher Wein herunter und stürzte vor seinem geliebten Marienbildnis zu Boden. «Heilige Jungfrau Maria», rief er sie an, «du herzallerliebste Mutter Gottes, die du mit deinem Segen den Fluch Evas überwunden hast: Töte mich oder befreie mich endlich von dieser Versuchung.»

KAPITEL 33

Schlettstadt, Ende April 1485

Eine gute Woche nach unserer Rückkehr aus Straßburg klopfte es kurz vor Sonnenuntergang erst gegen die Tür zum Laden, dann gegen das Hoftor. Ich saß allein mit Gregors Braut am Küchentisch, während die beiden Männer zur Zunftversammlung außer Haus waren. Unter anderem würde es dort heute um die bevorstehende Hochzeit meines älteren Bruders gehen, weshalb Maria mich gebeten hatte, mit mir zusammen zu Abend zu essen und auf die Männer zu warten, da sie so schrecklich aufgeregt sei. Ich mochte ihre Gesellschaft nach wie vor und hatte zwischenzeitlich sogar gedacht, ob sie mir eine Freundin werden könnte, doch inzwischen wusste ich: Elsbeth würde mir nie jemand ersetzen können.

«Willst du nicht aufmachen?», fragte Maria nach dem zweiten Klopfen.

Ich zuckte die Schultern. «Wer soll das schon sein, so spät?»

Dabei hatte ich längst eine Ahnung, war doch das Hufgetrappel durch die ganze Gasse zu hören gewesen und genau vor unserem Haus verstummt. Wenn jemand zu Pferd kam, dann musste er schon von weit her sein.

«Ist denn niemand zu Hause?», rief nun eine kräftige Männerstimme ein wenig ungehalten.

Widerstrebend stieg ich die Außentreppe hinab und öffnete einen Spaltbreit das Tor. Vor mir in der Abenddämmerung stand ein untersetzter, vollbärtiger Mann, sein schnaubendes Pferd am Zügel.

«Habt Ihr taube Ohren, Jungfer? Mein Ross muss in den Stall, nach dem langen Ritt. Ist Meister Mittnacht nicht im Haus?»

«Nein. Um was geht es?»

«Ich hab hier», er zog ein zusammengerolltes Papier aus seiner Lederschatulle am Gürtel, «eine Nachricht des Straßburger Handelsherrn Simon Seidensticker an Bertolt Mittnacht.»

Ich schluckte. Meine Ahnung hatte mich nicht getrogen. «Ihr könnt sie mir geben. Ich bin Mittnachts Tochter.»

«Ich darf sie dem Mittnacht aber nur in Person übergeben.»

«Dann müsst Ihr eben warten, bis er von seiner Versammlung zurück ist.»

Offenbar war sein Verlangen nach einem Feierabendbier stärker als sein Pflichtgefühl, denn er zögerte nur kurz.

«Hier. Eine friedliche Nachtruhe noch.»

«Danke. Behüt Euch Gott.»

Ich verriegelte das Tor und tappte durch das dunkle Treppenhaus nach oben. Bei den letzten Stufen blieb ich stehen. Ich könnte das Schreiben einfach verschwinden lassen. So, als ob es nie hier angekommen wäre.

«Susanna?», hörte ich Maria rufen. «Bist du das?»

Nein, das ergab keinen Sinn. Als Nächstes würde Seidensticker womöglich selbst hier auftauchen. Meine einzige Hoffnung lag noch darin, dass er von einer Hochzeit absehen wollte. Schließlich hatte Seidensticker mich nicht gerade mit Aufmerksamkeit überschüttet an jenem Abend, und auch der Abschied von mir am Morgen war eher kühl ausgefallen.

«Wer war das?», fragte Maria neugierig, als ich mich auf den Schemel beim Herdfeuer setzte.

«Ein reitender Bote aus Straßburg.»

«Doch nicht etwa mit einer Nachricht von diesem reichen Kaufmann?»

Ich nickte und starrte auf die Papierrolle in meiner Hand.

«Wie schön, Susanna! Dann schreibt er bestimmt, dass er dich heiraten will.»

Eben das war der Unterschied zwischen Maria und Elsbeth. Wie konnte meine künftige Schwägerin mich so freudig lächelnd anstrahlen, wo ich ihr längst erzählt hatte, dass ich nicht nach Straßburg heiraten wollte?

In einem Anflug von Wagemut knotete ich die Schnur auf. «Das werden wir gleich sehen.»

«Kannst du denn lesen?»

«So halbwegs.»

Mein Herz klopfte bis zum Hals, als ich das Schreiben aufrollte und die schwungvolle Handschrift mühsam zu entziffern begann.

«Meine brüderlichen Grüße und alles Gute zuvor, lieber Freund und Handelscollege Mittnacht! Oder sollte ich besser schreiben: lieber Schwiegervater in spe? Euer Töchterlein Susanna war mir nämlich eine ganz und gar ansprechende Erscheinung. Sie scheint mir klug und verständig und von angenehmer Zurückhaltung. Sehr hübsch anzusehen ist sie obendrein.

Sofern Ihr Eure Tochter noch immer in meine Obhut zu geben bereit seid, sollten wir uns unbedingt bald schon bezüglich der näheren Konditionen einer Verheiratung zusammensetzen. Ich schlage daher vor, Euch zu Pfingsten in Schlettstadt aufzusuchen. Abzusteigen gedenke ich in der Herrenstube am Wafflerplatz, um Euch unnötige Umstände zu ersparen. So bitte ich Euch um baldige Antwort über den Stadtboten Eurer Heimatstadt, dessen Auslagen selbstredend von mir beglichen werden.

Hiermit Gott befohlen, datum Straßburg am Sonntag auf Sankt Markus anno domini 1485. Simon Seidensticker, Handelsmann.»

Mir schwindelte. Wie falsch hatte ich doch jenes erste Zusammentreffen eingeschätzt! Eine ganz und gar ansprechende Erscheinung war ich also, noch dazu von angenehmer Zurückhaltung. Nur dem Vater zuliebe war ich überhaupt ein wenig freundlich gewesen zu diesem seltsamen, verknöcherten Menschen. Am besten hätte ich gar nicht den Mund aufmachen sollen.

«Was ist?», fragte Maria bang. «Will er dich nicht?»

«Im Gegenteil», murmelte ich. «Der Vater wird sich freuen.»

«Und du? Freust du dich denn gar nicht? Ich meine, in solch

einem reichen, vornehmen Hause zu leben – welche Frau wollte das nicht? Und wir werden dich alle besuchen kommen, ganz bestimmt ...»

«Lass nur, Maria. Du verstehst das nicht. Für mich ist das grad, als ob ich ins Gefängnis käme.»

Am nächsten Morgen machte ich mich, kaum dass Vater und Gregor mit dem Kramhandel beschäftigt waren, auf den Weg. In der Nacht hatte ich kaum ein Auge zugetan, hatte abwechselnd das strahlende Gesicht meines Vaters vor Augen gehabt, nachdem er am Abend zuvor die Nachricht gelesen hatte, und die herablassende Miene des Straßburger Kaufmanns. Ja, hochnäsig und dünkelhaft fand ich den Seidensticker. Er gedachte wohl, sich fortan mit einem jungen Ding an seiner Seite schmücken zu können, das vom Alter her seine Tochter sein könnte.

Aber es gab noch immer eine letzte Möglichkeit, die ich in meiner Verzweiflung nun doch in Erwägung ziehen musste, sosehr mir das bislang widerstrebt hatte.

Es war ein kalter, nebliger Samstagmorgen, und ich zog die Kapuze meines Umhangs tief ins Gesicht. Außerdem wollte ich nicht, dass mich jemand erkannte, wenn ich an der Pforte der Klosterfrauen von Sylo läutete.

Ich rannte das kurze Stück fast und war noch ganz außer Atem, als sich die Luke im Tor auch schon öffnete und ich nach meinem Anliegen gefragt wurde.

«Ich möchte die Mutter Priorin sprechen. Es ist dringend.»

«Da könnte ja jeder kommen. Wer seid Ihr überhaupt?»

«Verzeiht, ich bin Susanna Mittnacht.»

Dunkle Äuglein musterten mich eindringlich.

«Die Tochter des Krämers Mittnacht?»

«Ja, die bin ich.»

«Dann kenne ich deine Mutter. Der Herr sei ihrer Seele gnädig.» Die Stimme der Pförtnerin wurde freundlicher. «Ich habe ihr mal ein Andachtsbildchen von der heiligen Margaretha gemalt.»

Ich nickte. «Das hängt noch immer in unserer Stube.»

«Ach Kindchen, das tut mir so leid mit deiner Mutter. Was für ein schrecklicher Tod. Die Melancholie ist schon eine elende Heimsuchung.»

Zwar war ich von ihrer Anteilnahme berührt, aber allmählich wurde ich unruhig. Drüben vor dem Zeughaus sammelte sich eine Gruppe Männer, darunter auch ein Bekannter meines Vaters.

«Darf ich hereinkommen?»

«Du hast Glück, soeben ist die Frühmesse zu Ende gegangen.»

Die Klappe fiel zu, der rechte Torflügel öffnete sich, und ich schlüpfte hinein. Ich befand mich in einem großen, gepflasterten Hof, vor mir das geschlossene Portal der Klosterkirche, an das sich zur Linken die Flügel des Konvents anschlossen. Entlang der Mauern zogen sich allerlei Gebäude aus hellem Stein, aus denen hier ein Hühnergackern, dort das Hämmern von Werkzeugen nach draußen drangen. An einem Brunnen füllte ein Weib in brauner Kutte Wasser ab.

Als kahl und schmucklos empfand ich das Ganze, denn kein Baum würde im Sommer Schatten spenden, und nirgends lud eine Bank zum Ausruhen ein.

Die Pförtnerin lächelte mich an. «Du kannst entweder hier warten oder dort drüben im Gästehaus.»

«Lieber hier», erwiderte ich beklommen.

Sie nickte und war gleich darauf in der Kirche verschwunden. Noch einmal blickte ich mich um: Wollte ich wirklich mein restliches Leben hinter hohen Klostermauern verbringen? Meine Freiheit, an schönen Tagen nach Gutdünken durch die Gassen oder über die Märkte zu schlendern, einfach aufgeben? Andererseits: Was war das noch für eine Freiheit, in einer riesigen, engen und düsteren Stadt wie Straßburg zu wohnen und nur noch am Gängelband eines mürrischen Alten zu leben, der mich womöglich in seinen goldenen Käfig sperrte? Zudem wusste ich, dass es die Nonnen von Sylo nicht allzu streng nahmen mit der Klausur. Oft genug hatte ich welche von ihnen vor den Marktbuden gesehen oder sogar bei den Darbietungen der Gaukler, und Besuch von auswärts, so munkelte man, bekämen sie mehr, als es für Klosterfrauen schicklich sei.

Die Kirchentür schwang auf, und eine kleine, dickliche Person im schwarz-weißen Habit der Dominikanerinnen trat heraus. Gefolgt von einem hageren Mönch, den ich nur allzu gut kannte: Bruder Heinrich.

«Susanna Mittnacht?» Die Nonne kam ohne Eile auf mich zu. «Ich bin Mutter Ursula, Priorin dieses Klosters. Unseren Priester und Beichtvater kennst du ja bereits.»

Fast erschrocken beugte ich das Knie vor den beiden. Dass die Nonnen von Sylo unter Bruder Heinrichs geistlicher Obhut standen, hatte ich völlig vergessen. Auch er schien mehr als überrascht, mich hier zu treffen. Sein Mund stand offen, als wolle er etwas sagen, dann schüttelte er fast unmerklich den Kopf.

«Du möchtest also gerne in unser Kloster eintreten», begann die Mutter Oberin. «Hast du dir diesen Entschluss auch reiflich überlegt?»

«Eigentlich schon, ehrwürdige Mutter», gab ich verunsichert zurück.

«*Eigentlich* genügt nicht. Der Wille, Nonne zu werden, muss ein brennender sein. Das ist keine Läpperei, die man mal eben zwischen Aufwachen und Morgenessen entscheidet.»

Ihr strenger Tonfall missfiel mir. Da ergriff Bruder Heinrich das Wort. Seine Augen waren zu schmalen Schlitzen verengt.

«Ich denke schon, dass Jungfer Susanna sich ausreichend bedacht hat. Wir haben über diese Angelegenheit bereits einmal ausführlich gesprochen, Mutter Oberin, und ich denke auch, ich kenne ihre Gründe.»

Er räusperte sich und fuhr fort: «Das Mädchen möchte keine weltliche Ehe eingehen, mit all ihren, nun ja, mit all ihren Widerwärtigkeiten, sondern sich lieber unserem Herrn und Heiland anverloben. Dem ist doch so, Susanna, nicht wahr?»

Aus seinem Mund klang das alles furchtbar falsch. Dennoch nickte ich.

«Weiß denn dein Vater Bescheid?», fragte die Priorin, und ich antwortete wahrheitsgemäß mit: «Nein, noch nicht.»

Missbilligend wiegte sie ihr verschleiertes Haupt. «Das ist nicht gut. So manche Väter heutigentags halten gar nichts davon, ihre Töchter ins Kloster zu geben. Möglicherweise ist dem so, weil das weibliche Geschlecht nirgendwo sonst mehr gefördert wird, in geistiger wie geistlicher Weise. Und weil es unter der Vormundschaft des Allmächtigen freier ist als unter der Vormundschaft der Väter und Ehemänner.»

«Bertolt Mittnacht wird ihr keine Steine in den Weg legen», beeilte sich Bruder Heinrich zu versichern. Ich wunderte mich, woher er diese Erkenntnis nahm. «Die Familie ist mir gut bekannt, obendrein ist der junge Martin Mittnacht einer meiner Schlettstädter Ordensbrüder.»

«Nun, so ganz überzeugt mich die Stärke deines Wunsches, nur noch Gott zu dienen, noch nicht.» Die Priorin musterte mich kühl. «Aber ich schlage dir Folgendes vor, Susanna: Du nimmst dir eine Woche Zeit, um in dich zu gehen. Besuche täglich die Frühmesse in Sankt Georg, bete mehrmals am Tag und gehe dieser Tage beichten. Und nächsten Samstag um diese Zeit kommst du wieder zu uns und teilst mir deinen Entschluss mit. Einverstanden?»

«Einverstanden, Mutter Oberin», erwiderte ich mit niedergeschlagenen Augen.

Bruder Heinrich nickte zufrieden. «Ich denke, es kann nicht schaden, wenn wir uns in diesen Tagen einmal unterhalten, Susanna. Du kannst mich jederzeit nach der Vesper besuchen kommen.»

«So soll es sein», warf die Priorin ein. Damit war das Gespräch für sie offensichtlich beendet. Sie nickte Bruder Heinrich zu, drehte sich um und ging zurück in die Kirche.

Die Pförtnerin ließ uns hinaus. In der Zeughausgasse machte Bruder Heinrich keine Anstalten weiterzugehen.

«Es würde mich sehr freuen, wenn du dich in die Obhut unserer Klosterfrauen begibst.» Seine Stimme klang rau. «Wenn du willst, begleite ich dich heim und bespreche die Angelegenheit mit deinem Vater.»

Nur das nicht, dachte ich. Mein Vater und Gregor würden aus allen Wolken fallen. Die Priorin wusste nicht, wie recht sie damit hatte, dass ich den Wunsch, in ihr Kloster einzutreten, überdenken sollte. Und zu Hause wollte ich auf keinen Fall verlauten lassen, was ich in meiner Hilflosigkeit erwog.

«Danke, aber ich muss mein Ansinnen tatsächlich erst überprüfen.»

Seine Mundwinkel zogen sich nach unten. «Wie du meinst, Susanna, wie du meinst. Ach ja, die Beichte kannst du gerne wieder bei mir ablegen.»

«Ich ... ich habe erst kürzlich bei Pfarrer Oberlin gebeichtet», log ich ihm so dreist ins Gesicht, dass ich selbst erschrak. Dann wünschte ich ihm noch ein «Behüt Euch Gott» und ging im Laufschritt davon.

Ja, ich würde ins Kloster eintreten, nicht aber in dieses hier! Von Martin wusste ich, dass es auch in Kolmar ein Kloster der Dominikanerinnen gab, nach seinen Worten sogar ein ganz vorbildliches. Jetzt, wo Mutter und Elsbeth tot waren, hielt mich nämlich nichts mehr in Schlettstadt. Und schon gar nicht ein

Bruder Heinrich, der sich mehr in mein Leben einmischte, als mir angenehm war.

KAPITEL 34

Im Predigerkloster, wenige Tage später

All seine Gebete, das Fasten, Geißeln und zuletzt die Beichte hatten nichts genutzt, denn er schaffte es nicht aus eigener Kraft! Das Bild der schönen Susanna musste hinweg aus seinem Gehirn, hinweg, hinweg, hinweg!

Heinrich sprang aus dem Bett des Krankenzimmers, wohin er sich gestern hatte verlegen lassen, und schritt wie ein gehetztes Tier hin und her. Schließlich blieb er stehen und stieß mehrmals hintereinander die Stirn gegen die weiß gekalkte Wand.

Dieses Weib hatte ihm einen Dämon angehext!

Mit zitternder Hand läutete er nach dem Siechenmeister.

«Lass mir aus Kolmar den Priester und Exorzisten Bruder Bonifaz herholen. Heute noch.»

Geweihte Kerzen erhellten das nächtliche Krankenzimmer und warfen gespenstische Schatten an die Wände, im Raum stand der schwere Geruch nach Weihrauch, Myrrhe und Knoblauch.

«Fahre aus, du unsauberer Geist, fahre aus aus diesem Menschen!»

Seit Stunden schon befragte und beschwor Bruder Bonifaz den bösen Dämon, schlug das Kreuzzeichen über den Besessenen, flehte Gott und alle Heiligen um Beistand an, während sein junger Helfer unter Anrufung Jesu Christi Heinrich mit Weihwasser besprengte.

Der kniete, barfuß und nur in seinem leinenen Unterkleid,

auf dem kalten Steinboden. Schreckliche Wehklagen entfuhren seinem Mund, ohne dass hieraus vernünftige Worte erkennbar gewesen wären. Dabei streckte der Teufel immer wieder seine lange Zunge aus dessen Mund heraus, und der Exorzist strich von seinem geweihten Salz darauf, bis Heinrich – oder der Dämon, wer wusste das schon? – zu würgen begann.

Mittlerweile hielt Bruder Bonifaz den Hals des Besessenen mit seiner Stola umschlungen, um gegen das Böse aus nächster Nähe ankämpfen zu können, bevor er gegen Heinrichs Gesicht blies und zu Boden spuckte. Seine Stimme war bereits heiser, als er wieder zu sprechen anhob:

«Im Namen des Vaters und des Sohnes und des Heiligen Geistes, Amen.» Er bekreuzigte sich. «Ich beschwöre euch, Unholde und Dämonen, wer ihr auch sein mögt, ob Tag- oder Nachtdämonen, im Namen des Vaters und des Sohnes und des Heiligen Geistes und der unteilbaren Dreieinigkeit, mit der Fürsprache der allerseligsten, glorreichen Jungfrau Maria, bei der Kraft der Gebete der Propheten ...»

So ging es in einem fort weiter, wobei der Exorzist in immer rascherer Folge das Kreuzzeichen schlug, während sein Helfer dem Besessenen mit Palmsonntagszweigen über den Rücken strich. Nein, Bruder Bonifaz würde nicht aufgeben. Unter den Ordensbrüdern genoss er einen hervorragenden Ruf als Exorzist, denn noch nie war ihm eine Teufelsaustreibung misslungen.

Weit nach Mitternacht war es endlich so weit: Unter widerlichem Gestank entwich der solchermaßen bedrängte Dämon durch Mund, Nase und sämtlichen Körperöffnungen des gepeinigten Heinrich, um sich anderswo eine neue Heimstatt zu suchen.

KAPITEL 35

Schlettstadt, Anfang Mai 1485

Am Vortag, gleich nach dem Vesperläuten, hatte ich Martin vor die Klosterpforte holen lassen, um ihn zu bitten, mich in den kommenden Tagen nach Kolmar zu begleiten, und nun dachte ich schon den ganzen Morgen über seine Worte nach: Nicht jede Frau sei für das Klosterleben geschaffen, denn noch mehr als bei den männlichen Mönchen sei, neben der Hingabe an Gott, die Bereitschaft auf Verzicht und Rückzug aus der Welt wichtigste Voraussetzung. Und mich, seine geliebte Schwester, sehe er in Nonnentracht eher unglücklich werden. Zwar lege die Priorin von Unterlinden, Mutter Elisabeth, größten Wert auf Bildung, was mir entgegenkäme, auf der anderen Seite würde dort aber auch die Augustinusregel sehr viel strenger eingehalten als beispielsweise hier in Sylo. Und ob ich mit dem Vater hierüber überhaupt schon gesprochen hätte? Der halte nämlich gar nichts davon, wenn junge Frauen ins Kloster gingen, und würde keinen einzigen Pfennig als Gift und Gabe springen lassen.

Mir hatte hinterher der Kopf geschwirrt von Martins Rede. Jetzt saß ich in der Küche, starrte ins Herdfeuer und versuchte, meine Gedanken zu ordnen. Im Haus war es ungewohnt still. Vater und Gregor waren beim Markt in Marckolsheim. Sie hatten sich eigens eine Maultierkarre ausgeliehen und waren früh losgezogen. Vor dem Nachmittag würden sie nicht zurück sein.

Ich wollte diesen Simon Seidensticker nicht heiraten, das wusste ich genau. Aber Martin hatte Zweifel in mir gesät: Würde ich es tatsächlich aushalten, in Klausur zu leben, enthaltsam, nur mit den Mitschwestern, ohne persönlichen Besitz und in allem der Gemeinschaft untergeordnet? Womöglich auch noch im Schweigen zu den meisten Zeiten des Tages?

Von draußen klopfte es gegen das Hoftor. Da Vater eine Lieferung Wein erwartete, erhob ich mich von meinem Schemel und stieg ohne Eile die Außentreppe nach unten. Kaum hatte ich die letzten Stufen erreicht, klopfte es erneut.

«Ich komm ja schon!»

Ich schob den Riegel zurück und zog das Tor auf. Doch vor mir stand nicht der Weinhändler, sondern Bruder Heinrich. Ihn konnte ich in diesem Augenblick am wenigsten brauchen.

«Gelobt sei Jesus Christus», grüßte er, woraufhin ich ein nicht gerade erfreutes «In Ewigkeit, Amen» zurückgab.

«Willst du mich nicht hereinlassen, Susanna?»

«Äh ... ich bin gerade am Putzen ... und nebenher am Kochen ...», stotterte ich.

«Ich will nicht lange bleiben. Aber wenn du für mich vielleicht einen Becher Most zur Erfrischung hättest?»

Ich sah, wie ihm unter den Fransen seiner Tonsur Schweißperlen auf der Stirn standen. Dabei war es heute Vormittag trotz des Sonnenscheins gar nicht sonderlich warm draußen.

«Ja, selbstverständlich, Bruder Heinrich. Kommt nur mit hinauf in die Küche.»

Schon die eine Treppe hinaufzusteigen, brachte ihn außer Atem, und ich beeilte mich, den noch halbvollen Krug Apfelmost aus der Vorratskammer zu holen. Dabei fiel mein Blick auf den Herd, den ich zwar an diesem kalten Maimorgen eingeheizt hatte, aber es hing weder ein Kessel über dem Feuer, noch stand eine Pfanne auf dem Rost. Dass ich nicht am Kochen war, war mehr als offensichtlich. Was daran lag, dass der Vater und mein Bruder nach dem Markt in eine Wirtschaft einkehren wollten, und so brauchte ich mich erst wieder ums Abendessen zu kümmern.

«Nun, beim Kochen störe ich dich zumindest nicht», sagte er denn auch prompt in einem leicht verärgerten Unterton, während ich ihm einen Becher einschenkte.

«Ich ... ich muss heute erst später kochen.»

«Wie dem auch sei. Susanna, ich hatte darauf gehofft, dass du mich einmal besuchen kämest, um mich um Rat zu bitten. Dir ist es doch noch immer ernst mit dem Klostereintritt, oder?»

Sein Blick wurde lauernd. Ohne dass ich es ihm angeboten hätte, ließ er sich auf der Bank nieder, während ich zwischen Herd und Küchentisch stehen blieb.

«Ich denke schon», erwiderte ich. «Aber falls Ihr deswegen meinen Vater sprechen wolltet: Der ist gerade nicht da.»

«Ich weiß. Die Läden unten sind ja verschlossen. Ich nehme an, er ist mit deinem Bruder Gregor in Marckolsheim.»

Da die letzten Worte nicht wie eine Frage klangen, schwieg ich. Woher wusste er, dass sie dort heute auf dem großen Frühjahrsmarkt waren? Unter seinem Blick wurde mir zunehmend unwohler.

«Nein, Susanna, deshalb bin ich nicht hier. Ich will ganz offen sein: Ich habe dich gestern Nachmittag bei der Klosterpforte mit meinem Mitbruder Martin sprechen sehen.» Er zog die Brauen hoch. «Und ich habe erfahren, dass du nicht zu meinen Klosterfrauen von Sylo willst, sondern nach Unterlinden in Kolmar.»

Ich biss mir auf die Lippen. Dieser Dummkopf von Martin! Warum nur musste er seinem Prior gleich alles brühwarm erzählen? Auf der anderen Seite hatte ich schlichtweg vergessen, ihm zu sagen, dass er darüber Stillschweigen bewahren sollte.

«Selbstverständlich ist das allein deine Entscheidung. Aber ich hätte mir etwas anderes gewünscht. Und auch du solltest dir vor Augen halten, dass du in Kolmar die Verbindung zu deiner Familie weitgehend abschneiden würdest.»

Sein hageres, bartloses Gesicht wirkte mit einem Mal traurig wie das eines geprügelten Hundes. Überhaupt sah er irgendwie krank und abgemagert aus. Jetzt fasste er sich auch noch ans

Herz und schloss die Augen. Deutlich konnte ich erkennen, wie sich seine Brust unter dem Habit hob und senkte.

«Ist Euch nicht wohl, Bruder Heinrich?», fragte ich erschrocken.

«Es ist nur die Hitze ... hier in der Küche ist es noch stickiger als draußen ...»

Er griff nach dem Becher und trank ihn aus. Dabei sah ich, wie seine Hand zitterte.

«Wenn Ihr verzeiht, Bruder Heinrich. Ich müsste noch so einige Besorgungen machen.»

«Tu das, Susanna.» Er erhob sich. «Ich will dich nicht davon abhalten. Aber denk noch einmal nach, wegen Kolmar.»

Er trat einen Schritt auf mich zu und legte mir väterlich den Arm um die Schultern. Ich drehte mein Gesicht zur Seite, als ich seinen Altmännerschweiß roch.

Plötzlich konnte ich nicht mehr an mich halten.

«Da gibt es nichts nachzudenken», sagte ich fast feindselig und entzog mich seiner Berührung. «Ich hab meinen Entschluss gefasst, und Ihr könnt nicht mehr dran rütteln.»

Er starrte mich an. Dann geschah etwas Furchtbares: Sein Gesicht lief rot an, er nahm mich bei den Armen und zog mich dicht an sich heran.

«Was tust du mit mir, Susanna? Welchen Fluch hast du über mich gebracht?»

Ich glaubte, im Boden versinken zu müssen, als er meinen Hals und meinen Ausschnitt mit hastigen Küssen bedeckte. Vor mir tat sich ein Abgrund auf. Zugleich spürte ich einen Ekel, wie ich ihn nur selten zuvor erlebt hatte. Ich nahm meinen ganzen Willen zusammen, um mich aus meiner Erstarrung zu lösen.

«Hört auf! Was soll das?» Nur ein Flüstern kam aus meiner Kehle.

«Mit welchem Dämon bist du im Bunde?», hörte ich ihn

keuchen, doch statt mich loszulassen, packte er mich bei den Hüften, presste seinen Unterleib gegen mich, und dann spürte ich auch schon seine feuchten Lippen auf meinem Mund.

Jetzt ergriff mich die nackte Angst. Und verlieh mir ungeahnte Kräfte. Ich zappelte und wand mich und schaffte es schließlich sogar, ihm gegen das Schienbein zu treten.

«Du elende Hexe!», schrie er auf. Sein Griff hatte sich gelockert, und so ich konnte mich endlich freimachen.

In diesem Moment klopfte es erneut gegen das Hoftor. Ich stolperte die Treppe hinunter, wäre dabei ums Haar gestürzt. Als ich das Hoftor aufriss, erblickte ich den Weinhändler.

«Kommt rasch herein! Bitte!», stieß ich hervor.

«Was ist mit dir, Jungfer Susanna?»

«Nichts, kommt einfach nur herein.» Ich versuchte, ruhiger zu atmen und mir meine Aufregung nicht mehr anmerken zu lassen.

Kopfschüttelnd bückte sich der Mann und rollte das Fässchen in den Hof. Als er sich vor dem Kellerhals wieder aufrichtete, stand Bruder Heinrich vor uns. Er wirkte vollkommen gefasst.

«Ach, der Herr Prior», rief der Weinhändler überrascht aus. «Gott zum Gruße.»

«Gott zum Gruße, Meister.» Bruder Heinrich lächelte. Dann nickte er mir zu, als sei nichts geschehen. «Einen schönen Tag noch, Susanna. Und grüß deinen lieben Herrn Vater von mir.»

KAPITEL 36

Wenige Stunden später

Eine halbe Ewigkeit hockte ich wie gelähmt auf dem Schemel am Herdfeuer, und mir wurde abwechselnd heiß und kalt. Nachdem erst der Prior, dann der Weinhändler verschwunden war, hatte ich mich nach einem heftigen Würgereiz in die Abortgrube im Hof übergeben, und jetzt versuchte ich zu begreifen, was mit mir geschehen war.

Nie zuvor hatte ich so etwas erlebt. Ich war kein Kind mehr, wusste, was so manche Mannsbilder sich bei den Frauen erhofften und dafür auch immer wieder die Grenzen des Anstands überschritten. Vor Jahren hatte einer der Jungen aus der Nachbargasse versucht, mich im Dunkeln zu küssen und zu umarmen, hatte nach meinem wütenden Aufschrei aber von mir abgelassen. Und auf feuchtfröhlichen Festen, wenn die Hälfte der Männer betrunken war, hatte ich sehr wohl die Erfahrung gemacht, dass man als junge Frau oft einen Spießrutenlauf ertragen musste unter den zweideutigen Komplimenten und dreisten Händen, die sich auf Hintern oder Busen verirrten. Nein, ich war keineswegs ahnungslos und blauäugig, aber so etwas?

Ich bemühte mich, das schreckliche Bild des alten, brünstigen Mönchs loszuwerden, wie er sich geifernd an mich klammerte, doch es gelang mir nicht. Ich fühlte mich über und über beschmutzt, und vor Scham liefen mir plötzlich die Tränen übers Gesicht. Was hatte ich falsch gemacht? War ich diesem Mann vielleicht allzu offenherzig begegnet? Hätte ich ihn gar nicht erst hereinlassen dürfen, wo ich doch allein im Haus gewesen war? Aber schließlich war Bruder Heinrich ein Mann des Glaubens, ein Inquisitor und angesehener Klostervorsteher gar, der Prior meines Bruders, ein Vertrauter unserer Familie ...

Auf dem Tisch stand noch immer der Becher, aus dem er getrunken hatte, doch es ekelte mich, ihn zu berühren und abzuwaschen. Aus der Ferne schlug die Glocke von Sankt Georg die zweite Mittagsstunde. Bald würde der Vater zurück sein, und ich hatte weder das Haus ausgefegt noch den Einkauf in der Metzgerlaube erledigt. Wie sollte ich ihm das erklären? Sollte ich den Besuch des Priors besser unerwähnt lassen? Stillschweigen bewahren, auch gegenüber Martin? Und bei der nächsten Begegnung mit Bruder Heinrich diesen freundlich grüßen, als sei nichts geschehen?

Als mir prompt wieder übel wurde, fürchtete ich schon, dass ich mich erneut übergeben musste. Ich zwang mich aufzustehen, lehnte mich aus dem offenen Fenster und atmete tief die milde Frühlingsluft ein. Kinderlachen drang herauf, dann das wütende Fauchen einer Katze. Immer wieder zählte ich auf zehn, bis die Übelkeit im Magen endlich nachließ.

Wäre Elsbeth noch am Leben, würde ich längst bei ihr in der Küche sitzen. Sie würde mich verstehen, würde mich trösten und wüsste einen Rat. Selbst meiner Mutter hätte ich mich, wenn auch unter Mühe, offenbaren können. Aber beide waren nicht mehr. Ich fühlte mich mutterseelenallein. Sonst gab es da nur noch Gregors Braut Maria. Aber so sehr ich sie schätzte, sie würde mir womöglich Vorwürfe machen, das ahnte ich.

Ich wischte mir die Tränen aus dem Gesicht, ließ in der Küche alles stehen und liegen und schleppte mich nach oben in meine Schlafkammer. Dort vergrub ich mich unter der Bettdecke, lag reglos und zusammengekauert da und konnte keinen klaren Gedanken fassen.

Irgendwann hörte ich unten das Hoftor klappen, dazu die fröhlichen Stimmen von Gregor und meinem Vater. Die beiden schienen bester Laune zu sein.

«Susanna? Hilfst du uns abladen?», hörte ich den Vater rufen. Ich antwortete nicht. Vom Hof her polterte und rumpelte es, dann schlugen die Läden im Erdgeschoss auf. Ich wollte mich erheben, fand aber nicht die Kraft dazu. Schließlich stand der Vater in der Kammer.

«Hier steckst du also.» Alles Fröhliche verschwand aus seiner Miene, und er runzelte die Stirn. «Bist du etwa krank?»

«Ich weiß nicht ... Ich fühl mich gar nicht gut ...»

Er legte mir kurz die Hand auf die Stirn. «Fieber hast du keins. Aber du siehst totenblass aus.»

«Es tut mir leid», murmelte ich. «Die Hausarbeit hab ich nicht geschafft, und beim Fleischer war ich auch nicht.»

«Nun, wir haben in Marckolsheim gut gegessen, dann gibt es zu Abend halt nur eine Kleinigkeit. Aber du zitterst ja!»

Da begann ich zu weinen.

«Ach herrje, Kind – was ist bloß mit dir?»

«Ich ... ich weiß nicht», schluchzte ich.

«Soll ich nach dem Bader schicken? Oder nach Maria?»

«Nein! Bloß nicht.» Ich richtete mich auf, versuchte, aus dem Bett zu steigen. Dabei wurde mir schwindelig, und ich sackte gegen ihn. Plötzlich stand mir wieder der Schweißgeruch des Priors in der Nase. Ich unterdrückte einen Aufschrei und ließ mich auf die Bettkante sinken. Ganz und gar ratlos starrte mein Vater mich an.

«Seit wann ist dir so?»

«Seit heute Vormittag.»

«Hör zu. Gregor bringt gerade das Maultier zurück. Sobald er wieder da ist, soll er den Bader holen. Du siehst furchtbar aus.»

«Nein, nein. Lass mich am besten einfach allein.»

Die Tränen liefen mir übers Gesicht, ich konnte nichts dagegen tun.

«Susanna! Du sagst mir jetzt sofort, was geschehen ist!»

«Das kann ich nicht», brachte ich mühsam hervor. Dabei hätte ich mir in diesem Augenblick nichts sehnlicher gewünscht, als mich zu erleichtern.

Er setzte sich neben mich und nahm meine Hand, was es nur noch schlimmer machte.

«Ich bin doch dein Vater, du kannst mir alles sagen.» Da ich nur den Kopf schüttelte, fuhr er fort: «Hat jemand versucht einzubrechen? Bist du bedroht worden?»

Ich schluchzte auf, und sein Gesicht wurde bleich.

«Wer? Wer hat dich bedroht?»

Jetzt gab es kein Zurück mehr.

«Der Prior von den Predigern», flüsterte ich und entzog ihm meine Hand.

Man hätte eine Nadel auf den Boden fallen hören können, so still war es nun im Raum.

«Was sagst du?», fragte der Vater endlich mit aufgerissenen Augen.

Ich rückte von ihm ab und stand auf. Während ich mich am Türrahmen festhielt, versuchte ich, das Ungeheuerliche in Worte zu fassen.

«Bruder Heinrich ... er war hier. Er hat mich angefasst und ...» Ich brach ab.

«Wie ... angefasst? Was redest du da?»

Mehr brachte ich indessen nicht heraus.

«Susanna! Das kann doch nicht wahr sein, du musst da etwas durcheinanderbringen. Der Prior ist ein angesehener Geistlicher, ein Freund der Familie, der gerade auf *dein* Wohlergehen immer sehr bedacht war. Wollte er vielleicht einfach mit dir beten? Hat er sich dabei neben dich gesetzt, so wie ich gerade?»

In diesem Moment schlug meine Scham und Verzweiflung in Zorn um.

«Ich wusste ja, dass du mir nicht glaubst!», schrie ich ihn an. «Wahrscheinlich sagst du jetzt gleich, dass ich mir das alles nur eingebildet hab.»

«Aber nein, das sage ich gar nicht», stammelte er. «Aber ihr jungen Dinger, ihr seid manchmal so empfindlich, bekommt vieles in den falschen Hals. Ein falsches Wort, eine falsche Bewegung und ihr ...»

«Empfindlich, ich, ha! Der Prior ist ein Scheusal! Der wollte nicht mit mir beten, der wollte etwas ganz anderes ...»

«So beruhige dich doch, Susanna!» Er sprang auf und nahm mich bei den Händen. «Gewiss hast du da etwas missgedeutet.»

Es hatte keinen Zweck. Er glaubte mir nicht. Niemand aus der Familie würde mir glauben. Martin schon gar nicht.

«Vielleicht hast du recht», sagte ich leise. «Bitte vergiss, was ich gesagt habe.»

Da zog er mich in die Arme, etwas, was er seit Ewigkeiten nicht mehr getan hatte.

«Ach Susanna, mein Kind. Meinst du nicht auch, dass es das Beste ist, wenn du bald verheiratet bist?»

«Ich heirate nicht», erwiderte ich tonlos. «Weil ich nämlich nach Kolmar ins Kloster gehe.»

Er ließ mich los, als hätte er sich verbrannt.

«Nach Kolmar? Ins Kloster? Ich hab mich wohl verhört.»

«Nein, das hast du nicht.» Ich spürte noch immer diese Wut in mir. «Ich will zu den Dominikanerinnen von Unterlinden. Weil ich die Mannsbilder nämlich jetzt endgültig satthabe, ob sie nun Auberlin, Seidensticker oder Bruder Heinrich heißen.»

«Ach herrje! Ach herrje!» Kopfschüttelnd lief er neben dem Bett auf und ab. «Wär jetzt nur die Margaretha bei mir.»

Er blieb stehen.

«Hör zu, Susanna: Geh nicht ins Kloster. Wenn dir das mit dem Kaufherrn Seidensticker nun doch so unangenehm ist, dann will ich dich nicht zwingen. Irgendwann wird schon einer kommen, der dir gefällt. So lange bleibst du einfach hier bei uns. Auch wenn's ein wenig eng wird, wenn Maria hier einzieht.»

Von unten hörten wir Gregor rufen.

«Ich muss hinunter», murmelte der Vater und wollte an mir vorbei zur Tür hinausgehen. Ich hielt ihn am Arm fest.

«Sag bitte nichts zu Gregor. Und zu Martin erst recht nicht.»

Er nickte. «Wir beide, wir sprechen noch miteinander. Über das, was du da angedeutet hast, meine ich.»

Dann war er auch schon draußen, und ich blieb restlos verwirrt zurück.

Wie viel von dem, was am Vormittag in der Küche geschehen war, hatte ich mir womöglich doch nur eingebildet? Aber da spürte ich plötzlich alles wieder, ganz deutlich – die ekelhafte Umklammerung des Priors, seine nassen Lippen auf meinem Ausschnitt, meinem Mund. Ich fühlte es so deutlich, als wäre er leibhaftig zurückgekehrt. Und im Ohr hallten mir die Worte nach: «Mit welchem Dämon bist du im Bunde?», mitsamt seinem Aufschrei: «Du elende Hexe!»

KAPITEL 37

In der Predigerkirche, einige Tage später im Mai

Der Altarraum hallte wider von den tiefen Männerstimmen, die das Benedictus zum Morgenlob sangen. Heinrich sah sich davon eingehüllt wie von einem warmen Mantel, der nicht nur gegen die morgendliche Kälte, sondern gegen alle Anfechtungen der Welt zu schützen vermochte. Hier, im Kreis seiner Glaubensbrüder, im Zwiegespräch mit Gottvater, Gottes Sohn und Heiligem Geist, fühlte er sich sicher.

Ach, könnte die Welt doch einzig mit dem männlichen Geschlecht bevölkert sein! Um wie vieles einträchtiger und friedsamer wäre das Zusammenleben der Menschheit. Schon in jungen Jahren hatte er sich oft gefragt, warum der Allmächtige den Menschen als Mann und Weib geschaffen hatte. In seiner unermesslichen Weisheit hätte Er auch andere Wege zur Fortpflanzung hervorbringen können als jenen garstigen, ganz und gar tierischen Geschlechtsakt. Dieser konnte doch nur als ewige Versuchung über die Menschen gebracht worden sein, mittels der der Mann seine Standhaftigkeit zu erproben gemahnt war. Wohl dem Manne also, der sich vom weiblichen Geschlecht fernzuhalten wusste!

Denn das eigentlich Teuflische war ja eindeutig der weibliche Körper, ein Gefäß der Sünde, das den Mann mit Macht anzog und zugleich abstieß. Der Geschlechtstrieb selbst war unflätig in all seinen Ausprägungen, auch der im Manne, doch wer den Mann zum Zeugungsakt trieb, war allein das Weib! Und Gott verlieh dem Teufel bei diesem Akt weitaus mehr Macht als bei allen anderen Möglichkeiten zum Schadenszauber, da die Verderbtheit der ersten, ursprünglichen Sünde durch den Zeugungsakt auf das ganze Menschengeschlecht übergegangen war. Es konnte gar nicht anders sein: Im weiblichen Geschlecht hauste seit Evas Sündenfall ein Fluch.

Den Altvorderen war dies noch bewusst gewesen. Schon Cato der Ältere hatte erkannt: «Wenn die Welt ohne Frauen sein könnte, wäre unser Lebenswandel göttlich.» Und Valerius hatte gewarnt, dass ihr Anblick zwar schön sei, die Berührung aber grausam und der Umgang tödlich. Die Kirchenväter wie Augustinus oder Hieronymus waren dieser Auffassung gefolgt, denn die biblische Schöpfungsgeschichte bewies sie aufs Neue. Auch die Schule der Scholastik mit dem heiligen Thomas von Aquin ging von der geistigen Minderwertigkeit und Verführbarkeit des Weibes aus. Heutigentags indessen verwahrten sich immer mehr Gelehrte und Geistliche gegen dieses Faktum. Nun ja, spätestens seit der ebenso affigen wie verlogenen höfischen Minne war dem weiblichen Geschlecht eine Erhöhung zuteilgeworden, die ihm nicht gebührte. Und dass den Frauen in den Städten mehr und mehr Rechte zugebilligt wurden, machte es noch schlimmer. Wo führte das hin, wenn Witwen sogar einen Meisterbetrieb fortführen durften, wo sie doch nicht einmal in der Heiligen Schrift zu lesen vermochten, geschweige denn über einen klaren Verstand verfügten? Für ihn, Heinrich, war der massenhafte Zulauf von überfrommen Frauen zu den Beginen und Ketzern nur die logische Konsequenz aus diesem Zuviel an Freiheit.

Nach dem Segen verharrte Heinrich noch eine Weile vor dem Hochaltar, während sich seine Mitbrüder hinaus in den Kreuzgang begaben. Er fiel auf die Knie. Sein Blick heftete sich an den geschundenen Leib des gekreuzigten Heilands, während er leise zu flehen begann:

«Mein geliebter Herr Jesus, der du mich schon einmal vom Dämon befreit hast: Warum gestattest du es, dass der Teufel im Gewand des Weibes dein Volk stets aufs Neue betört und betrügt? Ich bitte dich: Sei deinen Geschöpfen gnädig und lass um deines heiligen Namens willen nicht zu, dass wir Männer verführt und verdorben werden. Gib uns die Kraft zu widerstehen. Amen.»

Da hörte er den Heiland sprechen:

«Vertiefe dich in deine Arbeit, Bruder Heinrich, und erfülle deine Aufgabe!»

Dankbar für diese Antwort, senkte er den Blick. Wie wahr! Das Einzige, was gegen die Versuchungen der Welt half, war harte, geistige Arbeit. Das hatte er schon als Lateinschüler erfahren. Hohe Bildung und Belesenheit, dazu die Fähigkeit, sich überzeugend auszudrücken, in Wort und Schrift. Das waren die Fähigkeiten, die ihn auszeichneten. Und hierin wollte er endlich Großes schaffen, etwas, das doch schon so lange in ihm brannte: jenes universale, allumfassende Werk über das Hexenunwesen und dessen Bekämpfung, ein Werk, das der Christenheit so nötig fehlte. In allen deutschen Landen sollten die weltlichen Richter gleichermaßen vorgehen gegen dieses teuflische Geschwür der heutigen Zeit, und er, Doctor Henricus Institoris, würde die Grundlage dafür schaffen.

Er erhob sich. Es war beschlossen: Noch in diesem Frühsommer würde er nach Rom reisen. Nicht nur um den Segen für seine Hexenbruderschaft wollte er den Heiligen Vater bitten, sondern ihm auch seine Gedanken zu der geplanten Schrift vortragen. Er wusste: Damit würde er nichts weniger als eine neue Ära der Inquisition einläuten.

KAPITEL 38

Schlettstadt, Ende Mai 1485

*I*ch stand am Grab meiner Mutter, in dessen Erde auch die Eltern und Großeltern meines Vaters ruhten, und strich über das schlichte Holzkreuz. Tote waren geduldige Zuhörer, und seitdem ich der Mutter mein Herz ausgeschüttet hatte über den hässlichen Vorfall mit dem Prior, der nun schon bald zwei Wochen zurücklag, kam ich oft hierher. Nach jedem Gottesdienst und wann immer ich nach dem Einkauf noch ein wenig Zeit hatte.

Tote bohrten nicht nach und machten keine Vorwürfe. Sie ließen Tränen zu, unterstellten einem keine Falschheit und trösteten durch ihre Stille. Der Vater hingegen hatte auch Tage später nicht wissen wollen, was mir in der Küche seines Hauses zugestoßen war. Stattdessen hatte er mir befohlen, mit keiner Menschenseele darüber zu reden und dem Prior fortan aus dem Weg zu gehen. «Sonst bleibt es nur an dir hängen, wenn das öffentlich würde!», waren seine abschließenden Worte gewesen.

In Gedanken umarmte ich die Mutter noch einmal, dann verließ ich den sonnenbeschienenen Kirchhof von Sankt Georg durch die Pforte neben dem Kirchenportal.

Da trat auf der anderen Seite der Gasse ein stattlicher Mann in bodenlanger, dunkler Gelehrtentracht aus der Tür der Lateinschule.

«Ihr könnt Euch ruhig Zeit lassen mit dem Isidor von Sevilla», hörte ich ihn in seiner kräftigen Schulmeisterstimme sagen. «Für meine Schüler benötige ich die Etymologiae erst wieder in gut acht Wochen.»

«Habt tausend Dank, Meister Hofmann. Aber so lange brauche ich sie gar nicht, weil mir allein das siebte und achte Buch wichtig sind. Bis bald also.»

Bei den letzten Worten trat Bruder Heinrich hinaus ins Sonnenlicht und blickte genau in meine Richtung. Erschrocken drehte ich mich um und eilte zurück auf den Kirchhof. Dort gab es noch eine schmale Seitenpforte auf das Niedertor zu, von wo es nicht mehr weit zu mir nach Hause war.

Doch die Pforte war mit einer Kette verschlossen!

«Gott zum Gruße, Susanna. Du hast wohl das Grab deiner Mutter besucht?»

Ich fuhr herum. Etwa drei Schritte entfernt von mir stand er da, mit verschränkten Armen und einem Lächeln, das keine Freude, sondern eher Verachtung ausdrückte. Er verharrte auf dem einzigen Weg, der zwischen den Gräberfeldern hindurch die beiden Eingänge verband. Wie ein Hase saß ich in der Falle! Es gab nur einen Ausweg.

Ich holte tief Luft und ging wortlos, ohne ihn anzublicken, auf ihn zu und an ihm vorbei. Zwei, drei Atemzüge lang geschah nichts, dann wurde mein rechter Ellbogen grob nach hinten gerissen.

Ich unterdrückte einen Aufschrei.

«Lasst mich los!»

Hinter dem Geräteschuppen bei der Friedhofsmauer sah ich den Totengräber mit seiner Handkarre auftauchen und zu einer aufgelassenen Grabstelle humpeln. Dort begann der bucklige Mann zu graben, wobei er neugierig zu uns herübersah. Ich wurde ruhiger. Nie zuvor hatte ich mich mehr gefreut über die

Anwesenheit dieses etwas seltsamen Alten, dem man sich, da er zu den Ohnrechten zählte, nur sehr ungern näherte.

«Jetzt erzählst du mir erst einmal», Bruder Heinrichs Mund kam so dicht an mein Ohr, dass ich seinen Atem spürte, «was da in dich gefahren ist, damals in eurer Küche.»

«Wie?» Ich glaubte, mich verhört zu haben.

«Du weißt genau, wovon ich rede.» Er hielt mich weiterhin am Ellbogen fest. «Wie konntest du nur einen Mönch, einen Gottesmann, solchermaßen herausfordern ... mir wie eine junge Hure deine Brüste entgegenstrecken ... mich zu küssen versuchen ...»

In seinen Mundwinkeln bildeten sich Speichelreste, und angewidert wandte ich den Blick ab. Ich hatte begriffen: Um aus der Sache herauszukommen, drehte er den Spieß schlichtweg um. Oder glaubte er womöglich selbst daran, was er sich da zusammenspann?

«Lasst mich los oder ich schreie», presste ich hervor.

«Dann tu das. Du wärst nicht die Erste, die hier vor all den Toten der Veitstanz oder das fallende Weh überkommt und die sich zappelnd und schreiend auf dem Boden windet.»

Immerhin ließ er meinen Ellbogen los. Dafür legte er mir jetzt die Hand auf die Schulter. Für den Totengräber musste es aussehen, als ob ein Geistlicher seinen Schützling ins Gebet nähme. Wenigstens konnte mir hier, am helllichten Tage auf einem geweihten Gottesacker, nichts Schlimmes geschehen.

«Aber ich vergebe dir, wozu du dich hast hinreißen lassen.» Seine Stimme wurde sanft. «Komm, Susanna, lass uns nun zusammen am Grab deiner Mutter beten.»

Widerstrebend ließ ich mich das kurze Stück mitführen, während ich fieberhaft überlegte, wie ich dieser Lage entkommen konnte, ohne großes Aufsehen zu erregen.

Am Grab schlug er das Kreuzzeichen, während seine Linke noch immer schwer auf meiner Schulter lastete.

«Bete mit mir für das Seelenheil deiner armen Mutter, dann kannst du deiner Wege gehen. *Pater noster, qui es in caelis ...*»

Heiser sprach ich das Vaterunser auf Deutsch mit, wobei ich mich immer wieder vergewisserte, dass der Totengräber noch in unserer Nähe war.

«Amen», beendeten wir das Gebet.

«Hör zu, Susanna, eines noch: Ich habe nachgeforscht und weiß nun mit Sicherheit, wie deine Mutter zu Tode gekommen ist. Es liegt an dir, ob du es hören willst.»

Endlich rückte er von mir ab. Aber anstatt davonzulaufen, blieb ich wie Lots Weib stehen und starrte ihn an.

«Es war kein Unglücksfall», fuhr er fort, «und auch nicht die Melancholie, die sie in den Tod getrieben hat. Willst du also die Wahrheit wissen?»

Ich nickte mit angehaltenem Atem.

«Gut. Dann höre: Bei der Geburt deines Bruders Gregor in Kestenholz hatte sie ein Weib namens Marie zur Hebamme. Diese Marie war mit dem Teufel im Bunde, wie das Schlettstädter Gericht vor Jahren herausgefunden hat, und landete deshalb auf dem Scheiterhaufen. Sie war also eine Hexe, die großen Schaden angerichtet hatte. Obendrein hatte sie ihrem teuflischen Buhlen immer wieder neue Weiber zugeführt. Gerade in jungen Mädchen, die der Eitelkeit und den Lüsten ihres Körpers ergeben sind, entfachen die Dämonen, die sich als vermeintlich schöne Jünglinge tarnen, großes fleischliches Verlangen und besiegeln auf diese widerwärtige Weise den Bund mit ihnen. So war auch deiner Mutter geschehen.»

«Das ist nicht wahr!», rief ich so laut, dass der Totengräber in seiner Arbeit innehielt.

«O doch. Genau aus diesem Grund hat sich Margaretha nämlich aus dem Fenster gestürzt. Weil der Teufelspakt ihr die Seele zerfressen und sie in den Tod getrieben hat. Deine Mutter hatte also zweifach Todsünde begangen: Zum Ersten hatte sie dem Glauben abgeschworen und sich dem Teufel verschrieben, zum Zweiten hatte sie sich selbst gerichtet, anstatt sich einem Priester anzuvertrauen. Was euer Nachbar Clewi im Übrigen sehr richtig beobachtet hatte.»

Mir begann es in den Ohren zu rauschen. «Ihr lügt», flüsterte ich.

«Was erlaubst du dir?» Er hob verärgert die Brauen. «Nun, ich verzeih dir die Frechheit, mich der Lüge zu bezichtigen. Ein großer Schrecken ist das für dich, das kann ich verstehen. Bedeutet es doch, dass der Leichnam deiner Mutter ausgegraben und auf dem Schindanger verbrannt werden muss. Was natürlich eine Schande ist für dich und deine Familie. Aber keine Sorge, Susanna», er lächelte breit, «bis jetzt weiß niemand von meinen Nachforschungen, und ich kann schweigen. Aber du müsstest auch deinen Teil dazu beitragen.»

Er trat näher an mich heran, so nahe, dass ich seinen sauren Atem riechen konnte.

«Komm zu den Klosterfrauen von Sylo. Dann bist du in meiner Obhut und vor dir selbst geschützt.»

«Niemals!»

In diesem Moment trat Pfarrer Oberlin aus dem Seitenportal und spazierte auf den Totengräber zu.

«Herr Pfarrer!», rief ich, so laut ich eben konnte. «Gott zum Gruße, Herr Pfarrer.»

Oberlin blieb stehen und nickte freundlich in unsere Richtung.

Dem Prior gefror das Lächeln im Gesicht.

«Du entkommst mir nicht, Susanna», raunte er mir zu. Dann eilte er davon, um mit gespielter Freude den Stadtpfarrer zu begrüßen.

Die nächste Zeit war ich nicht mehr ich selbst. Ich konnte weder essen noch schlafen, zuckte bei jedem Türenschlag zusammen, wagte nicht, auf die Gasse zu gehen. Selbst zum Wasserholen am Gänsbrunnen überredete ich meinen Bruder, indem ich ihm Rückenschmerzen vorgaukelte.

Ich wusste nicht, was mich mehr peinigte: die Furcht, Bruder Heinrich zu begegnen, oder der Gedanke, er könne in der Stadt herumerzählen, dass meine Mutter eine Hexe sei und Selbstmord begangen habe. Dass dies eine abscheuliche Lüge war, bezweifelte ich indessen keinen Atemzug lang.

Vielleicht hätte ich mich dem Vater offenbaren sollen, doch das wagte ich nicht. Ganz allmählich erst hatte er, genau wie ich, den Tod meiner Mutter überwunden und sogar zu seiner alten Lebensfreude zurückgefunden. Dafür machte er sich nun um mich große Sorgen, ließ es sich am Ende nicht nehmen, nach dem Bader zu schicken, der mich zur Ader ließ.

«Nicht, dass du jetzt auch noch so ein schwarzgalliges Gemüt kriegst wie deine Mutter», murmelte Meister Burkhard, während er mir die Lassbinde um den Oberarm anlegte und zusammenzog.

«Meine Mutter hatte keine Schwermut! Das war ein Unfall, weil sie geschlafwandelt hat», brauste ich auf.

Für den Rest der Behandlung schwieg er zum Glück, beschwerte sich aber hinterher über meine widerborstige Art.

«Was ist nur in dich gefahren, Susanna?», fragte mein Vater mich ein ums andere Mal. «Ich kenn dich gar nicht wieder. Du lachst nicht mehr, siehst aus wie ein Hungerhaken, und im Haushalt geschieht dir ein Missgeschick nach dem andern.»

Am Tag nach dem Pfingstfest hielt ich es nicht mehr aus. Die Zunft hatte der Hochzeit meines Bruders zugestimmt, und Maria und Gregor würden bald schon meine Dachkammer beziehen, sodass ich mich gezwungenermaßen mit dem Verschlag neben dem Warenlager würde begnügen müssen. Ich hätte mich noch einsamer, noch mehr als fünftes Rad am Wagen gefühlt in meiner Familie. Vor allem aber wollte ich, da Elsbeth und Mutter tot waren, fort aus dieser Stadt, wo mir allein der Gedanke, Bruder Heinrich zu begegnen, Angst und Ekel verursachte.

«Ich möchte den Seidensticker heiraten, falls er mich überhaupt noch will», beschied ich dem Vater, als ich nach dem Morgenessen für einen Moment allein mit ihm war.

In seiner Freude schloss er mich in die Arme.

«Endlich wirst du vernünftig. Du glaubst gar nicht, was für eine Last du mir damit von den Schultern nimmst.»

KAPITEL 39

Im Gästehaus der Domherren zu Brixen, Juli 1485

Nach einem reichhaltigen Abendessen im Kreis der Brixener Domherren streckte sich Heinrich der Länge nach auf dem rotsamtenen Himmelbett in seinem Gastzimmer aus und stieß ein zufriedenes Schnaufen aus. Er hatte allen Grund zu triumphieren.

Auch wenn er mit seinem Vorhaben, eine Bruderschaft gegen das Hexenunwesen zu gründen, in Rom nicht gerade auf Begeisterung gestoßen war, so hatte sich die Audienz bei Papst Innozenz doch als äußerst fruchtbar erwiesen. Für sein großes Werk, das er zu schreiben gedachte und das er in einer spontanen Eingebung *Malleus Maleficarum* tituliert hatte, zu Deutsch «Hexenhammer», hatte er den Heiligen Vater, diesen schwerfälligen Menschen mit seinen weichen, weibischen Händen, fast schon zu Begeisterung hinreißen können. Obendrein hatte er zwei päpstliche Briefe erwirkt, die zur tatkräftigen Unterstützung der Inquisition aufriefen: den einen an den Erzbischof von Mainz, dem auch die Diözesen Straßburg und Konstanz unterstanden, den anderen an Erzherzog Sigismund. In dessen Grafschaft Tirol sollte es ja von Hexen nur so wimmeln.

Bereits auf der Hinreise nach Rom vor gut acht Wochen hatte er auf den Gassen von Innsbruck und erst recht bei seiner Übernachtung im vornehmen Gasthof Rümler die Leute davon reden hören. Seit langem schon hatte er es sich zur Gewohnheit gemacht, unterwegs dem Volk aufs Maul zu schauen, und das einfachste Mittel war, sich in den Wirtschaften zu ihnen an den Tisch zu setzen. Auch wenn ihn dies manchmal arge Überwindung kostete. Von einer gewissen Ennel Notterin, einer getauften Jüdin, war in Innsbruck mehrfach die Rede gewesen und dass sie das Haupt und die Lehrmeisterin dieser Hexensekte sei.

Was seine nächste große Aufgabe sein würde, lag also auf der Hand. Das päpstliche Schreiben an Erzherzog Sigismund sollte in dessen Innsbrucker Residenz bereits angekommen sein, jetzt fehlte ihm nur noch der Segen von Georg Golser, der als Bischof von Brixen das geistliche Oberhaupt Tirols war.

Leider residierte der Bischof derzeit nicht in seiner Hofburg, aber das machte nichts. Die Domherren, die ihn seit zwei Tagen aufs beste beherbergten und verköstigten, hatten ihm jegliche Unterstützung zugesagt und sogleich nach seiner Ankunft eine Abschrift der Hexenbulle anfertigen und an die Domkirche nageln lassen. Sie würden sich bei Georg Golser für seine Sache verwenden, und mit etwas Glück würde Heinrich ihn ohnehin in Innsbruck antreffen.

Seine Rechte griff nach dem Weinkelch auf dem kunstvoll geschnitzten Beistelltischchen. Sobald er zurück in der Heimat war, wollte er in Straßburg seine Hexenbulle in hundertfacher Auflage drucken lassen, auf dass er unterwegs in den Klöstern nicht immer wieder aufs Neue drauf drängen musste, ihm Abschriften anzufertigen. Denn dank dieses päpstlichen Erlasses, dieses höchstpersönlichen Auftrags an ihn, die Hexensekte zu vernichten, würde es niemand mehr wagen, sich ihm in den Weg zu stellen. Schon gar kein Jakob Sprenger, da dieser in dem Dekret ebenfalls namentlich als Inquisitor benannt war.

Er nahm einen tiefen Schluck. Nicht nur das Wetter war hier in den Bergen Südtirols so viel angenehmer als die sommerliche Schwüle des Rheintals, nein, auch der von der Sonne verwöhnte Wein mundete besser. Trotz der Hunderte von Meilen, die hinter ihm lagen, fühlte er sich frisch, ausgeruht und vor allem gut gewappnet für den bevorstehenden Kampf, den er in Innsbruck auszufechten gedachte.

Zuallererst, als förmlicher Auftakt, würde er an den Kirchen und Kapellen des Inntals seine Hexenbulle anschlagen, um anschließend von den Kanzeln der wichtigsten Kirchen die Bedeutung des Hexenübels zu predigen. Diese Vorgehensweise hatte sich als am sinnvollsten erwiesen. Und anders als in Ravensburg durfte er sich nicht von ein paar wankelmütigen Ratsherren ins Bockshorn jagen lassen. Nein, das würde ihm kein zweites Mal passieren.

Er leerte den Becher bis auf den Grund, bevor er sich aus der hübschen Glaskaraffe nachschenkte. Spürte er da einen bitteren Nachgeschmack auf der Zunge? Nein, der rührte eher vom Herzen her. Ein einziger Wermutstropfen nämlich minderte seit Tagen sein Hochgefühl und seine Freude: Eigentlich hätte Bruder Martin an seiner Seite sein sollen.

«Ich möchte, dass du mich in die Heilige Stadt begleitest», hatte er ihm an jenem warmen Maientag beschieden, an dem er sich in der Bibliothek der Lateinschule den Isidor von Sevilla ausgeliehen hatte. «Ich werde dich bei unseren Ordensbrüdern in Rom einführen, desgleichen am Heiligen Stuhl, zu dem ich engste Verbindungen habe. Mit dem persönlichen Segen des

Papstes werden wir auf dem Rückweg gemeinsam gegen das Hexenunwesen in den deutschen Landen vorgehen. Es wird eine lange, mitunter auch beschwerliche Reise, auf der du unsagbar viel lernen und von der du reich an Erfahrungen zurückkehren wirst.»

«Es ehrt mich, Vater Prior, dass Ihr mich als Begleiter dabeihaben wollt.» Der junge Mönch hatte ihn ernst angeschaut. «Und auch ich sehe den Kampf um den rechten Glauben als meine Lebensaufgabe. Ihr aber mögt im Großen handeln, ich im Kleinen. Hier in meiner Heimat also.»

«Ach Junge, dann wird es aber Zeit, dass du deine Nase mal in die Welt hinausstreckst. Komm mit mir und unterstütze mich bei meinem päpstlichen Auftrag, diese Hexensekte auszurotten.»

Er schüttelte den Kopf. «Ich wäre Euch keine große Hilfe.»

«Was soll das heißen?»

«Nun ja», er schien sich zu winden, «im Gegensatz zu Euch sehe ich da einen Unterschied zwischen Ketzern und Teufelsanbetern einerseits und dem verwirrten Geschwätz einfältiger Seelen andererseits. Das beste Beispiel sind doch zerstrittene Nachbarn: Da bezichtigt der eine den andern der Hexerei, weil das Pferd im Stall stirbt, das Kind krank wird oder die Kuh Blut statt Milch gibt. Und befragt man den Geschädigten, was genau geschehen oder wie der Zauber bewerkstelligt worden sei oder ob er Beweise habe, dann weiß er nichts zu sagen! Es gibt Zauberei, ohne jeden Zweifel, aber würden sich die Gerichte auf die wirklichen Schäden beschränken, dann hätten sie halb so viel zu tun!»

Heinrich verdrossen zwar die Widerworte dieses jungen, unerfahrenen Menschen, aber ausgefeilte Rhetorik gehörte nun einmal zur Ausbildung der Prediger dazu. Und gut geschult und redegewandt war Martin zweifellos, deshalb schätzte er ihn ja auch so. Aber Heinrich wollte und konnte das Gesagte nicht stehenlassen.

«Der Bauer», gab Heinrich zurück, «lässt auch nicht die Apfelernte ausfallen, nur weil heuer ein Großteil besonders wurmstichig ist. Da gilt es eben, jeden einzelnen Apfel einzuordnen: Taugt er zum Verkauf, zum Mosten oder nur als Viehfutter? Und genau das würdest du an meiner Seite lernen, nämlich die Spreu vom Weizen trennen: Was ist nur boshaftes Neidgeschwätz, was tatsächlich Hexen- und Teufelswerk? Dazu wiederum ist die Kunst der ausgeklügelten Befragung vonnöten.»

«Ich will Euer Können und Euer Urteilsvermögen nicht in Frage stellen, Vater Prior, aber was, wenn es hierbei nur *einen einzigen* Unschuldigen trifft? Das wäre doch schon einer zu viel. Aber nehmen wir ein anderes Beispiel, den Hexenflug. Es wird von gottlosen Weibern berichtet, die sich vor Zeugen mit Hexensalbe einreiben, danach in Rausch und Wahn verfallen und hinterher vom Hexenflug berichten. Wie aber sollen sie zum Sabbat geflogen sein, wenn sie nach Zeugenaussagen die ganze Zeit über auf dem Boden oder im Bett gelegen sind?»

«Weil ihre vergiftete Seele geflogen ist, deshalb.»

«Aber wenn sie es nur geträumt haben? Selbst unser kirchenrechtlicher Canon Episcopi beschreibt den Nachtflug als reines Hirngespinst derer, die als törichte Seelen in heidnischen Irrglauben zurückgefallen sind. Der Teufel könne verderbte Menschen zwar täuschen, heißt es dort, aber niemals Wunder bewirken.»

Allmählich wurde Heinrich ungeduldig. «Selbst ein solches Hirngespinst wäre nur möglich, wenn das Weib von Satan verführt, vom Gottesglauben abgefallen ist und den Teufelspakt besiegelt hat. Was seine Bosheit und Strafwürdigkeit also nicht herabsetzt. Außerdem, mein Junge, wird der Hexenflug mittels der Bibel bewiesen: Im Buch Daniel steht geschrieben, dass ein

Engel den Propheten Habakuk durch die Luft trug. Dasselbe vermögen Dämonen, die nichts anderes als gefallene Engel sind.»

«Im Canon steht aber auch: Wer glaubt, es könne sich eine Kreatur in eine andere Gestalt verwandeln, es sei denn, es ist vom Schöpfer selbst verursacht, der ist ohne Zweifel ein Ungläubiger ...»

«Ha! Dann lies in Exodus nach: Dämonen schweifen in der Welt umher und sammeln Samen und können daraus, wenn Gott es will, neue Gestalten hervorbringen.»

So war ihr unerquicklicher Disput eine Weile hin- und hergegangen, bis Heinrich ihm ein Ende setzte: «Weißt du, was die größte Häresie ist? Nicht an Hexerei zu glauben! *Hairesis maxima est opera maleficarum non credere.* Du musst dich entscheiden: Begleitest du mich also?»

«Ist dies ein Befehl?»

«Nein, Bruder Martin. Aber mein sehnlichster Wunsch.»

«Dann, und bitte verzeiht mir das, Vater Prior, möchte ich lieber hierbleiben.»

Nur noch mühsam hatte sich Heinrich im Zaum halten können. «Wie du meinst, Bruder Martin. Aber wisse: Fortan sehe ich dich nicht mehr als meinen Schützling und Schüler an.»

Ja, das alles war schon eine herbe Enttäuschung für Heinrich gewesen. Voller Zorn hatte er noch am selben Abend seinen Ranzen gepackt und sich am nächsten Morgen nach den Laudes allein auf den Weg gemacht.

So schwer es ihm fiel, er musste den jungen Mönch aus seinem Herzen tilgen. Und was dessen Schwester Susanna betraf: Heinrichs Schuss vor den Bug damals am Kirchhof hatte gesessen! Auch wenn es seine Zeit dauern würde – und Heinrich hatte alle Zeit der Welt! –: Susanna würde mürbe werden. Viel zu sehr hing das Mädchen an seiner Mutter, als dass sie diese der Schande preisgeben könnte. Gleich nach seiner Rückkehr in Schlettstadt würde er Susanna zu Hause, im Beisein ihres Vaters, aufsuchen und sie auffordern, Novizin bei den Dominikanerinnen von Sylo zu werden.

KAPITEL 40

Straßburg, Mitte September 1485

Meine Hochzeit zu Johanni lag nun fast drei Monate zurück, doch es kam mir vor, als hätte ich schon Jahre in dieser riesigen, düsteren Stadt verbracht.

Was die Feier selbst betraf, so hatte ich fast alle Erinnerungen daran getilgt, hatte diese Stunden wie eine Nachtwandlerin hinter mich gebracht. Zu schmerzhaft war es für mich gewesen, ein letztes Mal im Kreis meiner Familie zu sein, bevor ich in die Obhut dieses Straßburger Kaufherrn übergeben werden sollte.

Benommen hatte ich den Abend neben diesem viel zu alten Mann an der langen Tafel verbracht, während Musikanten und Sänger für Unterhaltung sorgten. Ich konnte im Nachhinein nicht einmal mehr sagen, was für Speisen und Getränke nach und nach aufgetragen worden waren. Wildfremde Menschen, deren Namen ich mir nicht merken konnte, hatten neugierig das Wort an mich gerichtet. Mein Vater hatte voller Stolz mir gegenübergesessen, neben ihm Gregor und Maria, die am Sonntag nach Pfingsten geheiratet hatten. Noch Wochen später hatte ich mich gefragt, ob eigentlich auch Martin bei der Hochzeit dabei gewesen war. Selbstredend war er das, hatte aber wohl ebenso stumm bei Tisch gesessen wie ich. Am nächsten Morgen nach dem kirchlichen Segen hatte sich meine Familie von mir verabschiedet, der Vater mit dem Versprechen, mich noch vor dem Winter besuchen zu kommen. Das alles lag wie ein wirrer Traum lange zurück. Auch war mir erst viel später aufgegangen, wie klein doch der Kreis bei der Hochzeit dieses reichen, angesehenen Handelsmannes gewesen war, denn nicht einmal sein Sohn Dietrich war aus Genua gekommen.

Lediglich an die Hochzeitsnacht würde ich mich für immer genau erinnern, da ich den ehelichen Beischlaf gefürchtet hatte wie der Teufel das Weihwasser. Nachdem der letzte Gast gegangen war, hatte Seidensticker mich bei der Hand genommen und nach oben geführt.

«Gehen wir zu Bett», hatte er verkündet und dabei ebenso angespannt gewirkt wie ich. Zum ersten Mal hatte ich die Schlafkammer betreten, die dreimal so groß war wie die meiner Eltern. In ihr befanden sich ein großer Waschtisch auf gedrechselten Beinen, zwei geschnitzte Kleidertruhen und ein Himmelbett mit rotem Seidenvorhang, in dem drei erwachsene Menschen Platz gefunden hätten.

«Ich pflege auf der linken Seite zu schlafen, wenn's recht ist.»

Bei diesen Worten begann er, sich noch im Schein der Tranlampe zu entkleiden, legte ein Kleidungsstück nach dem anderen ab, faltete es sorgfältig zusammen, um es in der offenen Truhe zu verstauen, bis er schließlich splitternackt vor mir stand.

Währenddessen war ich wie angewurzelt am Bettpfosten stehen geblieben, hatte abwechselnd zu Boden gestarrt und auf die gesteppte, rot-blaue Bettdecke und dennoch nicht vermeiden können, dass mein Blick ihn zwischendurch streifte. Alles an diesem hochgewachsenen Mann war schmal und sehnig, die Haut um Hüften und Bauch bereits ein wenig faltig, und sein Gemächt hing schlaff und blass herab.

Natürlich hatte ich im Leben schon viele Männer nackt gesehen: im Badhaus, wo der knappe Schurz kaum etwas verbarg, sommers am Illufer, wenn die Knechte und Gesellen nach Feierabend entgegen der Stadtverordnung hüllenlos im Wasser tobten, meinen Vater einige Male, wenn ich als Kind nach einem Albtraum nachts zu den Eltern ins Bett geschlichen war, oder in jungen Jahren auch meine Brüder. Aber nie zuvor hatte die Nacktheit mir gegolten, als Ankündigung sozusagen, dass sich dieser Männerleib mir nun nähern würde, um sich mit mir zu vereinigen.

Ich setzte mich auf den Bettrand.

«Was ist mit dir, Susanna? Möchtest du dich nicht ausziehen?», fragte er leise in dieser kühlen Höflichkeit, die er mir von der ersten Begegnung an entgegengebracht hatte.

«Wenn Ihr ... wenn du das Licht löschen würdest?»

«Aber ja, selbstverständlich.»

Er drehte mir den Rücken zu und öffnete die zweite Kleidertruhe. Auch sein Hintern war der eines älteren Mannes.

«Hier kannst du deine Kleider hineinlegen. Gib acht, dass du dich nicht im Dunkeln stößt.»

Danach wurde es stockfinster. Ich schlüpfte aus den Schuhen, streifte den Silberreif mit dem Haarnetz vom Kopf und begann, mich auszuziehen. Es war nicht einfach mit meinen zittrigen Fingern, die vielen Knöpfe, Haken und Ösen meines Festtagskleides aufzubringen. Die Luft in der Kammer war warm und stickig, und ich hätte einiges dafür gegeben, wenn es Winter gewesen wäre und ich ein leichtes Unterkleid hätte anbehalten können.

Vorsichtig tastete ich mich zurück zum Bett und schlüpfte unter die Decke. Seidenstickers Atem neben mir ging ruhig und gleichmäßig. Zu meiner großen Erleichterung glaubte ich schon, dass er eingeschlafen sei, als ich ihn flüstern hörte: «Willkommen in meinem Haus, Susanna, und an meiner Seite. Auf dass wir eine friedvolle Ehe führen werden.»

Ich nickte, obgleich er das im Dunkeln nicht sehen konnte. Dann wartete ich. Hin und wieder bewegte sich etwas neben mir, doch weiter geschah nichts. Schließlich spürte ich, mit angehaltenem Atem, seine Hand leicht wie ein Vogel auf meiner Wange, meinem Hals, meinen Brüsten. Es war nicht unangenehm, aber ich hatte Angst und lag starr ausgestreckt wie ein Stück totes Holz.

Da zog er seine Hand zurück, stieß einen kleinen Seufzer aus und küsste mich auf die Stirn.

«Es war ein langer Tag heute. Schlaf wohl, Susanna.»

Dabei blieb es auch weiterhin, und ich fühlte mich wie erlöst. Seidensticker machte es sich zur Gewohnheit, mir mit einem Kuss auf die Stirn eine gute Nacht zu wünschen, um sich dann auf seine Seite zu drehen. Darüber, dass unsere Ehe somit gar nicht vollzogen war, machte ich mir keine Gedanken. Für mich war er nach wie vor ein Fremder, bei dem ich zu Gast war. Ihn bei seinem Vornamen Simon zu nennen, das fiel mir schwer.

Im Grunde bewohnten wir das riesige Haus nur zu zweit, da die Hausmagd, die Köchin und die beiden Knechte im Hinterhaus nächtigten, jenseits des großräumigen, gepflasterten Hofes, wo sich auch Remise und Pferdestall befanden. In diesen Gebäudeteil gelangte man entweder von der Straße her durch die Hofeinfahrt, die breit genug für ein Fuhrwerk war, oder aber über die Eingangsdiele, wo hinter dem Treppenaufgang eine Rundbogentür in den Hof führte.

Über die Hausdienerschaft hinaus standen noch ein Fuhrmann bei Seidensticker in Lohn und Brot und ein Faktor, der die Transporte begleitete, beaufsichtigte und hierüber die Rechnungen führte. Zuletzt gab es noch einen Handelsgehilfen und Mitgesellschafter namens Übelhör, einen freundlichen, etwas schwatzhaften Menschen mittleren Alters, der mit seiner Familie in der nahen Judengasse lebte und fast jeden Morgen im Kontor erschien.

Es war ein kleines Reich für sich, dieses Handelshaus in der Zimmerleutgasse, und anfangs kam ich mir darin ziemlich verloren vor mit seinen vielen Räumen, dem großen Innenhof, dem verschachtelten Hinterhaus, den tiefen Kellergewölben hüben wie drüben. Zuerst glaubte ich auch noch, jene zweite große Schlafkammer neben der unsrigen sei ein Gästezimmer. Sie war hübsch eingerichtet, wie unsere in Lindgrün ausgemalt, wurde aber nie benutzt und doch täglich von Marga gereinigt. Der erste Gast im Hochsommer, ein Handelscollege aus Augsburg, kam indessen in dem Zimmer neben dem Kontor unter, in dem auch mein Vater und ich einstmals übernachtet hatten. Von Kläre, der Köchin, erfuhr ich schließlich, dass die Schlafkammer für den jungen Herrn Dietrich reserviert war, in der Hoffnung, er würde im nächsten Jahr als Handelsgehilfe ins Elternhaus zurückkehren und an Übelhörs Seite in seine Aufgabe als zukünftiger Herr hineinwachsen.

Das Herzstück des Hauses bildeten das Kontor gleich bei der Eingangsdiele, mit seinem verglasten Fenster zur Straße hin, und das Warenlager im Erdgeschoss des Hinterhauses. Beides war in nichts zu vergleichen mit dem engen, vollgestopften Laden meines Vaters. Im Kontor gab es zwei mit zierlichen Schnitzereien verzierte Schreibpulte, an denen Seidensticker und Übelhör die Rechnungs- und Auftragsbücher schrieben, dazu eine eiserne, mehrfach verschlossene Truhe mit den Geldvorräten, die an die Wand gekettet war, ein Regal mit den Maßen und Waagen und längs der Wand schließlich eine breite Bank zum Auslegen der Stoffe und Tuche. Auch im Gewölbekeller des Hinterhauses wurde Handelsware gelagert, dort allerdings zumeist Gewürze und Weine, mit denen Simon zusätzlich zum Tuchhandel seinen Gewinn machte. Der Keller im Haupthaus hingegen diente unseren eigenen Vorräten. Er war kleiner, da der hintere Teil mit einer Mauer und einer dicken Eichenholztür abgetrennt war. Dieser besondere Raum war stets verschlossen, und nur Seidensticker besaß den Schlüssel dazu.

«Was ist darin?», hatte ich ihn einmal gefragt, nachdem ich nach und nach das gesamte Anwesen erkundet hatte.

«Nichts, was für dich von Belang wäre», war seine knappe Antwort gewesen.

In den ersten zwei Wochen nach der Hochzeit bestand meine Aufgabe hauptsächlich darin, die neue Rolle als Kaufmannsgattin einzuüben, indem Seidensticker mir die Honoratioren der Stadt, seine Handelspartner und die gesamte Käuferschaft vorstellte. Fast täglich musste ich mich hierfür von Marga kämmen und zurechtmachen lassen, und wenn Seidensticker mich dann in der Wohnstube bei seinen Gästen erwartete, hatte ich mich auf einen Becher Wein in die kleine Runde zu setzen. Ich solle nur ja nicht schüchtern sein, sondern frank und frei am Gespräch teilnehmen, hatte er mich vor dem ersten Mal ermuntert, denn eine Frau müsse nicht stumm dabeisitzen, wenn Männer sich unterhielten. Das war gewiss gut gemeint gewesen, ich aber fühlte mich dennoch zunächst wie bei einer Viehbeschau, zumal Seidensticker der Stolz auf sein junges Eheweib deutlich anzusehen war. Doch um ihn nicht zu verletzen, gab ich mich freundlich und höflich, und bald schon lernte ich diese kleinen Abwechslungen in meinem sonst so eintönigen Tagesablauf zu schätzen, zumal hin und wieder auch wirklich angenehme Menschen dabei waren. Als diese Runden seltener wurden, vermisste ich sie auch schon.

Ansonsten sahen Seidensticker und ich uns tagsüber nur wenig. Wenn ich zum Morgenessen kam, war er zumeist schon auf dem Sprung ins Kontor, zu Mittag pflegte er außer Haus zu essen, um sich mit wichtigen Leuten zu treffen, und so blieb uns beiden höchstens das Abendessen. Dann saßen wir ein wenig verloren an der langen Tafel, im Licht der Kerzen, die auf dem von der Holzdecke hängenden Leuchter auf uns herabschienen, und schwiegen die meiste Zeit. Dabei hätte ich mir nichts sehnlicher gewünscht, als dass er mir von seinem Arbeitstag berichtet hätte, denn ich selbst erlebte so gut wie nichts.

Seidensticker war ein Kaufmann durch und durch, dem der Handel alles bedeutete. Zu seinen Tätigkeiten gehörte auch die des Verlegers, der den hiesigen Tuchmachern die Rohstoffe lieferte, um hernach die fertige Ware zu verkaufen. Auch als Geldverleiher verdingte er sich und ging so einer Tätigkeit nach, gegen die die Pfarrer, hier wie in Schlettstadt, eifrig wetterten und als Judenwucher verdammten. Doch Seidensticker beruhigte sein Gewissen damit, dass er großzügig stiftete und spendete.

Von meinem Vater hatte ich gehört, dass ein Handelsmann, im Gegensatz zum Krämer, die meiste Zeit in seiner Schreibstube verbringe, um von dort aus Einkauf und Verkauf zu lenken, sichere Reisewege zu erkunden und die Hin- und Rückfrachten aufeinander abzustimmen, da jede halbleere Fuhre einen Verlust bedeute. Der echte Fernhandelskaufmann sei also eher selten außer Haus: Die Warenbestellungen und Anweisungen an die Niederlassungen erfolgten meist schriftlich über reitende Boten, und für die Reisen selbst habe er seine Leute, die sich für weit entfernte Ziele wie Italien, Hispanien oder das Burgund einer Handelskarawane anschlössen. Ich würde mich jedenfalls nicht einsam fühlen und bräuchte mich um meinen Ehemann nicht allzu sehr sorgen, so viel sei gewiss.

Aus dieser Welt des Handels hätte ich, als Krämerstochter, liebend gerne mehr erfahren, aber Seidensticker hielt mich außen vor. Alles, was ich jetzt, nach einem Vierteljahr in Straßburg, darüber wusste, hatte ich ihm regelrecht aus der Nase ziehen müssen oder von dem freundlichen Übelhör erfahren. Zudem war Seidensticker, entgegen den Worten meines Vaters, überraschend häufig unterwegs, etwa bei den Straßburger Tuchwebern und

Färbern oder im Kaufhaus am Hafen, wo er im Obergeschoss seine Waren für den örtlichen Handel auslegte. Barchent aus Ravensburg bot er an, Seide aus Genf, flämische und englische Tuche, glatte, farbige Wollstoffe und mit Gold und Silber durchwirkte Brokate aus Venedig. Obendrein hatte er dort das Amt des Waagmeisters inne, das, wie Übelhör mir ein wenig missgünstig zugesteckt hatte, über sechzig Gulden im Jahr einbrachte. Ein einziges Mal nur, kurz nach meiner Hochzeit, hatte ich ihn ins Kaufhaus begleiten dürfen. Wie berauscht war ich gewesen von den herrlichen Stoffen und all den anderen Handelsgütern aus aller Welt.

Jetzt, in der warmen Jahreszeit, ging Seidensticker hin und wieder selbst auf Reisen, wenn auch nur im Rheintal, nach Schwaben oder an den Bodensee. Doch selbst hierfür war er schon tagelang unterwegs, ohne dass ich von ihm hörte. Im Herbst sowie zur Fastenzeit würde er dann die Messen in Frankfurt und Nürnberg besuchen, hatte er mir angekündigt.

So fühlte ich mich denn bald schon einsam. In Zeiten, in denen er mehr als sonst zu Hause war, hatte ich auch nicht viel von ihm. Obwohl er Gott und die Welt kannte, schien er keine Freunde zu haben, denn nachdem er mich jedermann vorgestellt hatte, kamen kaum noch Gäste, es sei denn, sie hatten im Handel mit ihm zu tun.

Ich erkannte schließlich, dass er ein Eigenbrötler war. Die Feste und Bankette in der Trinkstube der Kaufherren suchte er nur auf, wenn es denn nötig war, die Jagd, zu der sich die Reichen und Vornehmen der Stadt in den Vogesen trafen, verabscheute er. Am liebsten war er wohl allein mit sich. Mal suchte er nach Feierabend, in eine warme Wolljacke gewandet, jenen geheimnisvollen Keller auf, mal las er bei Kerzenschein in seinen geliebten Büchern, und zwar so lange, bis ich im Bett lag und schlief. Dann wieder ertappte ich ihn dabei, wie er auf der Steinbank im

Erker kauerte und ins Leere starrte. Beim ersten Mal erschrak ich: Völlig geistesabwesend saß er da, dieser sonst so aufrechte, stolze Mann, und seine Miene drückte nichts als Traurigkeit aus.

Ich begann, unter meiner Ehe zu leiden, fühlte mich wie in einen goldenen Käfig gesperrt. Dies umso mehr, da ich kaum aus dem Haus kam: Die Köchin kümmerte sich um die Einkäufe und ließ sich dabei auch nicht dreinreden, und für alles, was sonst außer Haus erledigt werden musste, sah sich die Hausmagd zuständig. Frisches Wasser wie Feuerholz besorgten die Knechte. Aus diesem Grund kannte ich mich auch nach drei Monaten in Straßburg kaum aus, wusste gerade einmal den Weg durch die Judengasse zum Liebfrauenmünster, wo wir regelmäßig die heilige Messe besuchten, aber schon zum Kaufhaus am Hafen hätte ich mich auf eigene Faust wahrscheinlich in den engen, verwinkelten Gassen verlaufen. Irgendwann hatte ich Seidensticker gefragt, ob er mir sonntags nach dem Kirchgang nicht ein wenig die Stadt zeigen könne, etwa das Gerber- und Müllerviertel, aus dem die Köchin stammte, mit seinen vielen Wehren, Mühlen, Inseln und Brücken, oder die Pfalz, das prächtige Rathaus der Stadt, mit seinen beiden Freitreppen.

«Im Herbst vielleicht», war seine ausweichende Antwort gewesen. «Jetzt im Hochsommer stinken die Wasserläufe in der Stadt gotterbärmlich nach Kloake, und die Mücken fressen einen auf. Da ist ein Stadtspaziergang wahrlich kein Vergnügen.»

Beim Einschlafen hatte ich manchmal unseren Schlettstädter Garten vor Augen oder den verwunschenen Illwald, die saftigen grünen Wiesen im Ried, die Weingärten am Fuße der Berge. All das lag unmittelbar vor der Stadtmauer, hier indessen schien die Natur unendlich weit weg.

Ja, ich hatte Sehnsucht nach Schlettstadt. Selbst der Gassentratsch am Gänsbrunnen fehlte mir. Ich hätte Seidensticker bitten können, mir einen Platz auf einem Fuhrwerk nach

Schlettstadt zu besorgen, um für ein paar Tage meinen Vater zu besuchen. Womöglich hätte er nichts dagegen einzuwenden gehabt, doch vorerst wagte ich es nicht, meine Heimatstadt auch nur zu betreten.

KAPITEL 41

Straßburg, im Herbst 1485

Eigentlich war es undankbar von mir, zu klagen und zu lamentieren, wo es Elsbeth damals mit ihrem Ruprecht um so vieles schlechter getroffen hatte. Simon Seidensticker hätte niemals die Hand gegen mich erhoben. Er gab sich weiterhin höflich und zuvorkommend, ließ es mir an nichts fehlen, zumal was Schuhe, Schmuck und Gewänder betraf, und jegliche Arbeit war mir durch die Dienerschaft abgenommen. Dass mein Ehegefährte mich nicht als Frau sah, störte mich nicht weiter, das Gegenteil war der Fall. Den Gedanken, dass mir damit Kinder verwehrt blieben, schob ich erst einmal von mir weg.

Doch da er mich auch sonst kaum wahrzunehmen schien, fragte ich mich bald, warum er überhaupt noch einmal geheiratet hatte. Einen Stammhalter hatte er ja immerhin gezeugt.

Im Herbst schließlich wurden mir die Tage vollends trostlos. Da waren nicht nur die Einsamkeit, das Heimweh, die kühle Stimmung im Haus, die mich quälten, sondern vor allem die Langeweile.

«Was soll ich bloß den ganzen Tag über tun?», fragte ich ihn, nachdem wir an einem kühlen Sonntag bei strömendem Regen vom Kirchgang nach Hause geeilt waren und uns in der Stube am Kachelofen aufwärmten. «Ich fühle mich in diesem Haus unnütz wie ein Kropf.»

Erstaunt zog er seine schmalen Brauen in die Höhe, die er sich jede Woche, wie ich inzwischen wusste, von Marga zupfen ließ.

«Ich verstehe deine Frage nicht, Susanna. Eine Kaufmannsgattin hat ihrem Mann zur Seite zu stehen und das Haus nach außen zu repräsentieren und nicht etwa die Wassereimer vom Brunnen zu schleppen. Außerdem bedeutet der Handel nach wie vor Wagnis und Gefahr, auch wenn ich nicht mehr selbst auf große Reisen gehe. Umso wichtiger also ist die Familie als Hort der Ruhe und der Stärkung.»

«Familie!», schnaubte ich leise. «Wir sind nicht mehr als zwei Menschen in diesem Haus, und obendrein bist du meistens gar nicht da.»

Offenbar hatte ich einen wunden Punkt getroffen, denn er schaute plötzlich genauso traurig drein wie in den Momenten, wenn er im Erker vor sich hin starrte.

«Ich weiß doch», erwiderte er, «ich bin nicht der Mann, den sich ein junges Weib wie du erträumt hätte ... Der Altersunterschied ist groß, dein Leben hier so ganz anders als in Schlettstadt. Aber auch wenn ich es dir nicht allzu gut zeigen kann, solltest du wissen: Ich bin froh und dankbar, dass du an meiner Seite bist.»

Erstaunt sah ich ihn an. Seine Worte drückten mehr Zuwendung aus, als ich je von ihm erwartet hätte.

Beinahe gerührt nahm ich seine Hand. So saßen wir eine Zeitlang wie ein altes Ehepaar auf der Ofenbank.

«Du könntest doch mit mir lesen üben, wenn jetzt die Tage kürzer und die Abende länger werden», bat ich ihn und deutete auf das Wandregal. «Wo hier so viele Bücher stehen.»

In meinen eintönigen Stunden hatte ich sie mir längst näher angesehen: Neben Bibel, Psalter und den Rechnungsbüchern der vergangenen Jahre hatte ich auf den Buchrücken mehrfach die Zeichenfolgen Cicero, Cato, Boccaccio und Dante Alighieri entziffert. Einen dieser schweren Bände herauszuziehen hatte ich indessen nicht gewagt.

Da lachte er leise und sah gleich viel jünger aus.

«Ach, Susanna.» Er zog seine Hand zurück. «Bücher sind von Männern für Männer geschrieben, von der Heiligen Schrift einmal abgesehen. Außerdem sind diese dort alle in Latein gehalten, bis auf den Dante und den Boccaccio.»

«Dann lass uns mit denen anfangen.»

Er schüttelte den Kopf, hatte aber noch immer ein Lächeln um die Augen. Eigentlich war er ein fast schöner Mann mit seiner hochgewachsenen, aufrechten Gestalt und den scharf geschnittenen Gesichtszügen.

«Die sind auf Italienisch.»

«Du kannst Italienisch lesen?»

«Lesen und sprechen, wie fast jeder im Fernhandel. Aber hör zu: Ich könnte versuchen, dir ein deutsches Büchlein zu besorgen, vielleicht den Ackermann aus Böhmen, mit hübschen Bildern versehen.»

«Das würdest du tun?»

«Nun, ich kann nichts versprechen. Deutsche Bücher sind rar, selbst in einer Stadt des Buchdrucks wie Straßburg.»

Doch statt eines Buches schleppte er zwei Tage später einen Stickrahmen nebst Garnen und einem Heftchen mit Nadeln an. Der Rahmen war aus glänzendem Elfenbein, die Garne leuchteten in kräftigen Farben.

«Das ist wunderschön», sagte ich. «Aber ich kann überhaupt nicht sticken.»

«Umso besser. Neues zu lernen bringt den Menschen weiter. Marga wird es dir zeigen. Sie ist nicht nur eine gute Hauswirtschafterin, sondern auch in den Handarbeiten eine wahre Künstlerin.»

Da ich nicht undankbar sein wollte, ließ ich mir in den nächsten Tagen und Wochen von Marga, wann immer sie sich gnädigerweise Zeit dafür nahm, die Kunst des Stickens beibringen.

Nur leider verband mich mit der alten Hausmagd nicht die geringste Zuneigung. Marga war eine mürrische, gestrenge Person, und ihr griesgrämiges Wesen hatte ihr tiefe Furchen und Falten ins Gesicht gegraben. Sie stand, wie ich von der Köchin erfahren hatte, seit jeher in Simons Diensten und kannte noch die erste Herrin. Mich junge Frau nahm sie schlichtweg nicht ernst.

«Wenn Ihr bei jedem Stich so fest am Garn zerrt, wird das nie was», tadelte sie mich ständig. Oder: «Mit Euren verschwitzten Händen zerstört Ihr die schönen Farben. Wisst Ihr denn gar nicht zu schätzen, wie viel Geld der Herr für die Garne ausgegeben hat?»

Dabei hatte ich die verschwitzten Hände nur, weil mir das Sticken so gar keinen Spaß machte und mir vor jedem neuen Tadel bange war.

«Hab vielen Dank, Marga, für deine Hilfe», beschied ich ihr eines Tages, «aber ich denke, ich werde künftig alleine üben.»

«Wenn Ihr meint», war ihre knappe Antwort. So hatte ich fortan wenigstens meine Ruhe, wenn ich in der Stube am Erkerfenster saß und öfter auf die Gasse hinunterschaute als auf meinen Stickrahmen.

Wahrscheinlich wäre ich wie meine Mutter allmählich der Schwermut verfallen, wäre nicht Kläre gewesen. Die rundliche, stets heiter gestimmte Köchin hatte ich von Anfang an ins Herz geschlossen, auch wenn ich zunächst nur wenig mit ihr zu tun gehabt hatte, da sie zumeist in der Küche beschäftigt oder auf den Märkten unterwegs war. Wir fanden zueinander, als Simon an Michaeli nach Basel gereist war und ich beschlossen hatte, gemeinsam mit den Hausdienern in der Küche zu essen.

«Dem Herrn wird das nicht gefallen», hatte sich Marga

prompt missbilligend geäußert, als ich mit meinem Wunsch die Küche betrat, doch Kläre hatte mich beim Arm genommen und zum Kopfende des Tischs geführt: «Der Herr ist schließlich auf Reisen, was kann er also dagegen haben? So ganz allein in der Stube, da schmeckt einem ja das beste Essen nicht!»

Kläre erinnerte mich nicht nur vom Äußeren her an Elsbeth. Auch im Wesen ähnelte sie meiner Freundin, zumindest der Elsbeth in jungen Jahren: Kläre lachte viel und gerne, auch über ihre eigenen Missgeschicke. Überhaupt nahm sie das Leben von der leichten Seite. Sie war gut zehn Jahre älter als ich und noch immer ledig und selbstredend auch kinderlos.

«Was brauch ich einen Ehemann, solange ich im Hause Seidensticker in der Küche mein eigener Herr bin», pflegte sie zu sagen. Dabei hatte sie sogar einen Bräutigam, einen Sattlergesellen namens Jörgelin, der auf eine Meisterstelle hoffte und seit Jahren um sie warb. Aber sie wollte von einer Heirat nichts wissen.

Als ich sie einmal fragte, ob sie sich denn keine Kinder wünsche, erwiderte sie: «Ich hab doch die lieben Blagen meiner Schwester, um die ich mich hin und wieder kümmere. Und irgendwann verlassen einen die Kinder sowieso.»

Nachdem Simon aus Basel zurück war, eröffnete ich ihm, dass ich künftig immer in der Küche zu Mittag essen wolle.

Da hatte er mich zum ersten Mal scharf angefahren: «Bist du noch bei Trost? Die Hausherrin will beim Gesinde in der Küche hocken?»

«Aber du bist doch ohnehin tagsüber nie hier.»

«Das eine hat mit dem andern nichts zu tun. Es gilt schließlich, die Standesgrenzen zu wahren. Nein, das billige ich nicht.»

Doch für diesmal wollte ich nicht nachgeben.

«Ich will aber nicht mehr allein in der Stube essen, an dieser langen, leeren Tafel. Sieh es doch einfach so: Der Mittag wäre eine gute Möglichkeit, mit der Dienerschaft die wichtigsten

Hausangelegenheiten zu besprechen. Marga führt sich nämlich in deiner Abwesenheit auf, als hätte *sie* hier das Sagen. Ich finde, das sollte aufhören.»

Damit hatte ich wohl die passende Rechtfertigung gefunden, vielleicht aber auch nur sein schlechtes Gewissen getroffen, weil er mich so oft allein ließ. Jedenfalls dachte er einen Moment nach.

«Nun gut.» Er nickte widerstrebend. «Wenn ich nicht zu Hause bin, kannst du meinetwegen in der Küche essen. Aber nicht, dass mir das in der Stadt die Runde macht.»

So wurden mir die gemeinsamen Mahlzeiten mit Kläre, Marga und den beiden Knechten zu Lichtblicken des Tages, und wenn Simon dann doch einmal über Mittag zum Essen erschien, bedauerte ich das fast.

Es brauchte nicht lange, und Kläre und ich freundeten uns an, soweit dies zwischen einer Hausherrin und ihrer Köchin möglich war. Von ihr erfuhr ich so einiges über Simon, der mir gegenüber kaum einmal ein Wort über sich oder seine Familie verlor. Seine Vorväter waren, wie der Name verriet, Seidensticker am Straßburger Bischofshof gewesen, die für ihre kunstvollen Paramente und Baldachine berühmt waren. Simons Vater hingegen hatte der Tradition den Rücken gekehrt und in der Zimmerleutgasse den Tuchhandel seines Schwiegervaters übernommen, welchem keine Söhne beschieden waren. Simon selbst hatte anschließend das väterliche Erbe mit großer Freude und viel Ehrgeiz übernommen, den Handel bis in weit entfernte Lande ausgedehnt und zuletzt die Seidensticker Gesellschaft gegründet. Schon früh hatte er die gleichaltrige Kaufmannstocher Apollonia geheiratet, doch die Ehe war viele Jahre kinderlos geblieben, bis endlich ein Stammhalter auf die Welt kam.

Kläre hatte Simons erste Ehefrau nur noch im Krankenbett erlebt, bevor sie qualvoll am Brechdurchfall starb. Laut Marga und den Hausknechten musste Apollonia zu Lebzeiten ein rechtes Mannweib gewesen sein, die auch gegenüber dem Kaufherrn die Zügel in der Hand gehalten hatte. Zwölf Jahre lag ihr Tod nun zurück. Der kleine Dietrich war damals gerade mal acht Jahre alt gewesen.

«Der Junge ist sozusagen von Marga aufgezogen worden», erzählte mir Kläre, als ich einmal vorzeitig in die Küche kam, um ihr beim Gemüseschneiden zu helfen. «Mir hat der Kleine oft leidgetan, so streng war sie mit ihm gewesen. Und dem Vater hat's der Dietrich auch nie recht machen können, weil er nämlich alles andere als der geborene Kaufmann ist. Schon als Junge war er ziemlich maulfaul und konnte kaum eins und eins zusammenrechnen.»

«Und trotzdem hat Simon ihn ins ferne Genua zur Lehre geschickt?», fragte ich erstaunt.

«Eben drum. Damit er richtig was lernt und ein bisschen weltgewandter wird. Aber ich sag Euch was, Herrin: Der Dietrich wär besser im Handwerk aufgehoben, als Schmied oder Schlosser, bei dem seinen Muskeln. Und mit den Händen ist er geschickter als mit dem Kopf. Ja, ja, der Dietrich hat so gar nix vom Vater. Ihr werdet es selbst sehen, wenn er mal kommt. Kräftig und untersetzt ist er, mit einem runden Schädel wie die Mutter.»

Sie ging zur Tür und spähte hinaus, ob niemand in der Nähe war. Dann flüsterte sie mir zu: «Die Knechte munkeln, er wär ein Kuckucksei, das die Herrin dem Herrn ins Nest gesetzt hat!»

«Wie? Das kann ich nicht glauben. Das ist sicher nur dummes Gerede.»

«Ich weiß nicht.» Sie zuckte die Schultern und ging zurück an den Herd. «Ich war ja damals noch nicht im Haus, und von Marga erfährt man nix darüber. Aber ich find das auch nicht wichtig. Hauptsache ist doch, dass der Kaufherr sich immer wie ein Vater um seinen Sohn gekümmert hat.»

Von der Treppe her waren Schritte zu hören. Rasch trat ich neben die Köchin.

«Bevor die anderen kommen ... weißt du vielleicht, was Seidensticker des Abends im abgesperrten Keller zu schaffen hat?», fragte ich leise.

«Das weiß keiner so recht. Marga sagt, er tät sich da unten mit der Wissenschaft beschäftigen. Was immer das heißen soll.»

Als sich die Blätter der wenigen Bäume in der Stadt golden verfärbten, kündigte Simon beim Abendessen an, dass sein Sohn zur Adventszeit nach Straßburg komme und als sein Kaufmannsgehilfe bleiben werde.

Auf seinem sonst so ernsten Gesicht deutete sich ein Lächeln an. «Dann sind wir eine richtige kleine Familie.»

Eine richtige kleine Familie ... Ich biss mir auf die Lippen. Dietrich war, wie ich nachgerechnet hatte, zwanzig Jahre alt und damit gerade mal ein gutes Jahr jünger als ich. Damit bekam ich allenfalls einen jüngeren Bruder hinzu.

Längst wünschte ich mir eigene Kinder, hätte hierfür auch mit Simon den Beischlaf vollzogen, zumal er mir allmählich immer vertrauter wurde, auch sein Leib nachts neben mir. Doch zumeist kam er zu Bett, wenn ich längst eingeschlafen war. Lag ich wach, plauderte er noch eine Weile mit mir, um mir dann den üblichen Gutenachtkuss auf die Stirn zu hauchen und sich wegzudrehen. Einige wenige Male indessen war ich mitten in der Nacht erwacht, weil er den Arm um mich gelegt hatte. Dann spürte ich, wie er sich von hinten an mich schmiegte, seine Brust an meinem Rücken, die Rute hart und groß. Doch mehr geschah nie, und so schlief ich jedes Mal rasch wieder ein.

Inzwischen war ich nahe dran, Kläre um Rat zu fragen, die ja immerhin um einiges älter und erfahrener war als ich. Ich hätte von ihr gerne gewusst, ob ich selbst die Sache in die Hand nehmen sollte, gleichwohl ich eine Frau war. Elsbeth hätte ich das unverblümt gefragt, doch da Kläre zugleich unsere Köchin war, wagte ich es nicht, solcherlei Dinge preiszugeben.

«Ich freue mich sehr auf meinen Jungen», hörte ich Simon sagen. «Und damit auch du dich auf Weihnachten freuen kannst, habe ich deine Familie eingeladen. Vorausgesetzt natürlich, das Wetter spielt mit.»

«Das wäre schön!»

Ich freute mich wirklich. Zwar hatte der Vater schon einige Male geschrieben, aber ihn endlich wiederzusehen, war doch etwas anderes. Noch immer vermisste ich ihn jeden Tag.

KAPITEL 42

Straßburg, Anfang November 1485

Eine Woche später brach Simon, wie ich ihn nun bei mir nannte, zusammen mit Übelhör und anderen Kaufleuten nach Frankfurt auf, um dort die große Herbstmesse zu besuchen. Allein die Reise dorthin dauerte eine gute Woche, und so würde er mindestens vier Wochen fort sein. Nach einem recht wetterwendischen Sommer mit Hitze, Hagel und Dauerregen im steten Wechsel, der die Ernten wieder einmal nur mäßig hatte ausfallen lassen, zeigte sich der Herbst bis jetzt ausnehmend freundlich. Guter Dinge hatte Simon sich von mir verabschiedet, und zumindest was das Wetter betraf, brauchte ich mir also einstweilen keine Sorgen zu machen. Zumal auf der letzten Wegstrecke alle Reisenden kaiserlichen Geleitschutz erhielten.

In dieser Zeit nahm ich sämtliche Mahlzeiten in der Küche ein, löffelte dort gemeinsam mit den anderen schon morgens aus dem Topf in der Tischmitte den lauwarmen, mit Honig gesüßten

Milchbrei. Selbst die beiden Knechte Jost und Hans, die anfangs in meiner Gegenwart kaum ein Wort herausgebracht hatten, störten sich nicht mehr an meinem Beisein. Die Einzige, der noch immer anzusehen war, dass ich eigentlich in die gute Stube gehörte, war Marga. Doch das war mir einerlei.

«Begleitet Ihr mich auf den Martinimarkt?», fragte mich Kläre eines Morgens, nachdem wir zusammen den Tisch abgeräumt hatten. «Da kommen Wanderkrämer und Gaukler und Musikanten, die zum Tanz aufspielen. Wir könnten viel Spaß haben, und», fügte sie mit einem Grinsen hinzu, «Ihr tätet endlich mal wieder die Nase aus dem Haus stecken.»

«Na ja», lachte ich, «ganz so eingesperrt bin ich nun auch wieder nicht.»

Ich hatte es mir nämlich zur Gewohnheit gemacht, Kläre jeden Mittwoch und Samstag auf den Markt zu begleiten. Dagegen hatte Simon nichts einwenden können, war es doch gang und gäbe, dass eine Hausherrin ihre Magd beim Einkauf begleitete. Daher kannte ich mich in der Stadt mittlerweile einigermaßen aus.

Sosehr ich diese kleinen Ausflüge genoss, hatte sich auch ein leicht bitterer Beigeschmack eingeschlichen: Wie ich erst nach und nach bemerkte, genossen die reichen Kaufherren beim Straßburger Volk beileibe nicht nur hohes Ansehen. Da war auch viel Neid und Misstrauen dabei. So konnte es vorkommen, dass mich die Marktfrau am Eierstand schnippisch fragte: «Ach, hat die Frau Seidensticker schon wieder ein neues Gewand?» Doch ich hatte beschlossen, solcherlei Bemerkungen oder auch finstere Blicke an mir abprallen zu lassen. Wirklich angegriffen fühlte ich mich nur, wenn der neue Domprediger Johann Geiler von Kaysersberg mit scharfen Worten gegen den Stand der Kaufleute wetterte und deren närrische Adelsgewänder und prunkvolle Stadtpaläste verdammte.

Dass am morgigen Samstag der große Martinimarkt begann, wusste ich selbstredend. Er dauerte eine ganze Woche und fand rund um den Kornmarkt, die Pfalz und das Liebfrauenmünster statt. Ich wäre aber nie auf den Gedanken gekommen, ihn ohne Simon zu besuchen.

«Der Herr hat uns ja für morgen freigegeben und jedem ein kleines Handgeld spendiert», fuhr Kläre fort. «Ist das nicht überaus großzügig?»

«Allerdings.» Ich verzog das Gesicht. «Wie schön, dass ich als Letzte erfahre, dass ich morgen ganz allein im Hause bin.»

«Oh! Er hat bestimmt nur vergessen, es Euch zu sagen, in seinem Reisefieber.»

Das passte zu Simon. Einfach zu vergessen, mir Bescheid zu geben. Hatte ich bis jetzt noch gezögert, auf Kläres Vorschlag einzugehen, war meine Entscheidung damit gefallen.

«Ich komme gerne mit», erwiderte ich und zog sie, ohne nachzudenken, in meine Arme.

Wir vergnügten uns wirklich am nächsten Tag, ließen uns bei mildem Sonnenschein zwischen den Marktlauben treiben, lachten über das derbe Spiel der Possenreißer in ihren schreiend bunten Kostümen, hielten uns bei den Messerwerfern und Tierbändigern furchtsam an den Händen fest und staunten wie kleine Kinder über die Darbietungen der Taschenspieler, Feuerschlucker oder Schlangenmenschen. Marga hatten wir bald schon aus den Augen verloren, und am Ende landeten wir, nachdem wir bereits einige Becher Wein geleert hatten, zusammen mit Kläres Bräutigam Jörgelin und dessen Gesellenbruder Matthis auf dem Tanzboden vor der Pfalz. Dort spielten Fiedeln, Flöten und Sackpfeifen auf, und bis Einbruch der Dämmerung ließen wir keinen Tanz mehr aus. Im Reigen oder auch zu zweit, im Wechsel mit Jörgelin und Matthis, hüpfte und wirbelte ich über die Dielen, bis ich völlig außer Atem war. Nur mühsam siegte die Vernunft über meine ausgelassene Fröhlichkeit.

«Wir müssen nach Hause, es wird schon dunkel», drängte ich, zog Kläre fort aus dem Menschengewühl, die beiden Gesellen im Schlepptau. In der Zimmerleutgasse verabschiedete sich Matthis mit einem frechen Kuss auf die Wange von mir, während Kläre das Tor zum Hof aufsperrte. Nachdem sie hinter uns dreien wieder abgesperrt hatte, fragte sie mit unschuldigem Blick: «Ihr erlaubt doch, dass Jörgelin hier übernachtet?»

Ich verkniff mir ein Lächeln.

«Würde Seidensticker es denn erlauben?», fragte ich in gespieltem Ernst.

«Er würde das gar nicht mitkriegen. So, wie auch Ihr das bislang nie mitgekriegt habt.»

Wir mussten beide lachen, und ich wünschte dem Paar eine gesegnete Nachtruhe. Als ich durch die Hintertür der Diele unser Haus betrat, hörte ich die beiden im Hof leise tuscheln und kichern. Da durchfuhr mich ganz plötzlich wieder dieses Gefühl tiefster Einsamkeit, erst recht, als ich an das große, leere Himmelbett dachte, das auf mich wartete. Doch schon als ich die Treppe hinaufstieg, mit schweren Beinen und leichtem Taumel im Kopf, war der kurze Seelenschmerz wieder verflogen. Was für ein herrlicher Tag war das heute nur gewesen, so ausgelassen und unbeschwert wie lange nicht mehr!

Leider sollten diese vergnüglichen Stunden nicht ungesühnt bleiben. Zehn Tage nach Martini kehrte Simon aus Frankfurt zurück. Ich freute mich aufrichtig, ihn wiederzusehen, während er jedoch ein finsteres Gesicht machte. Zunächst schob ich es auf den strömenden Regen, der in den letzten Tagen immer wieder eingesetzt und die Straßen im Rheintal in Schlammbahnen verwandelt hatte.

Noch in der Diele half ich ihm aus dem nassen Reiseumhang, hängte seinen tropfenden Hut an den Haken und brachte ihm Pantoffeln und den leichten Hausmantel. Dies wäre gemeinhin Margas Aufgabe gewesen, aber die hatte ich in die Küche geschickt, um von dort aus den Stubenofen kräftig einzuheizen.

«Komm, setzen wir uns auf die Ofenbank, damit dir wieder warm wird.»

Kaum hatte sich Simon dort niedergelassen und seine langen Beine von sich gestreckt, verschränkte er die Arme und starrte mich mit zusammengekniffenen Augen an.

«Erzähl», bat ich. «Wie war es in Frankfurt? Habt ihr einen guten Handel abgeschlossen?»

Statt einer Antwort schoss es aus ihm heraus: «Da muss ich also, kaum bin ich daheim, erfahren, dass mein Weib sich mit seiner Köchin und irgendwelchen Mannsbildern auf dem Tanzboden verlustiert hat.» Wütend funkelte er mich an. «Halb betrunken obendrein!»

Ich war sprachlos.

«Ich war nicht betrunken», brachte ich schließlich hervor.

«Nein? Das habe ich aber ganz anders gehört. Mich zum Gespött der Leute machen! Nie wieder tust du das, hörst du? Nie wieder!»

So außer sich hatte ich ihn noch nie erlebt.

Da siegte der Trotz in mir. «Ich war nur fröhlich und hab's genossen, endlich mal wieder so richtig Spaß zu haben. Hier komm ich mir ja langsam vor wie ein altes, sieches Weib.»

Ich sprang auf, lief zum Fenster und holte erst einmal tief Luft. Obwohl ich nichts Böses getan hatte, fühlte ich mich wie bei einer Übeltat ertappt. Und das ärgerte mich am meisten.

Ich drehte mich wieder zu ihm um. «Das hat dir Marga zugetragen, nicht wahr?»

«Da täuschst du dich aber in ihr.» Seine Stimme wurde ruhiger. «Sie würde niemals schlecht reden über ihre Herrschaften. Nein, viel schlimmer: Ich war zuvor im Kaufhaus, unsere Ware aus Frankfurt anmelden. Und da haben's die Spatzen von den Dächern gepfiffen.»

Er kam auf mich zu.

«Hör zu, Susanna: Über unseren Stand zerreißt man sich schon genug das Maul, da muss man erst recht auf seinen guten Ruf achten. In erster Linie natürlich ich selbst, aber du als meine Ehefrau ebenfalls.»

KAPITEL 43

Im Predigerkloster zu Schlettstadt, Anfang März 1486

Zwischen den Arkaden des Kreuzgangs zog es heftig an diesem feuchtkalten Märztag, doch in Heinrich brannte ein Feuer. Ein Feuer der Wut, der Enttäuschung, der Empörung. Was sollte er seinen Confratres bloß berichten? Dass er in Innsbruck auf der ganzen Linie Schiffbruch erlitten hatte? In stolzen und blumigen Worten hatte er ihnen noch im Spätsommer von seinen Erfolgen in Rom geschrieben und dass er nun in Innsbruck mit eisernem Besen kehren würde. Kein halbes Jahr war das her. Damals hätte er nicht im Traum damit gerechnet, dass der Brixener Bischof ihn dermaßen hart an die Kandare nehmen würde.

Die Hände auf dem Rücken, den hageren Oberkörper weit nach vorn gebeugt, als würde er gegen einen Sturmwind anrennen, durchmaß Heinrich in eiligem Schritt den Kreuzgang. Runde um Runde legte er zurück, während sich die Mönche zum Stundengebet der Non versammelt hatten.

Mit dem, was geschehen war, würde er sich der Lächerlichkeit preisgeben. Ohnehin stand nur noch eine Minderheit der

Schlettstädter Ordensbrüder hinter ihm und seinem rigiden, kompromisslosen Kampf gegen die neue Hexensekte. Dabei hatte zunächst alles einen vielversprechenden Anfang genommen: Die Brixener Domherren hatten nicht zu viel versprochen und von Bischof Golser tatsächlich eine Ermächtigung erwirkt. Ausgestattet mit diesem bedeutsamen Schreiben sowie der päpstlichen Hexenbulle, hatte er die Stadtoberen von Innsbruck überzeugen können, einen Hexenprozess anzustrengen, hatte in den dortigen Kirchen zu predigen begonnen und sage und schreibe fünfzig Verdächtige ausfindig gemacht. Darunter waren auch zwei Männer gewesen, die er aber bald schon wieder freigegeben hatte, da sich die Vorwürfe gegen sie als unhaltbar erwiesen hatten. Den ganzen August und September hindurch hatte er die verdächtigen Frauen im Gasthaus Rümler vernommen, im Beisein seines neuen Notars Johann Kanter und einiger Innsbrucker Ordensbrüder. Eifrig hatte er sich jeden Abend seine Notizen gemacht zu all diesen schändlichen Freveln wie Wetterzauber, verhextem Vieh, nächtlichem Hexenflug und immer wieder Unzucht mit teuflischen Buhlen oder dem zauberischen Entfernen des männlichen Glieds.

Dann aber kam die Wende: Namhafte Bürger und Vertreter der Tiroler Landstände begannen, gegen Heinrich zu murren, sodass bald schon ein herzoglicher Beobachter seinen Verhören beiwohnte und, übler noch, ein Pfarrer und Rechtsgelehrter namens Saumer, den der Bischof abgesandt hatte. Man sei nicht einverstanden mit Heinrichs Führung der Vernehmungen, die allzu dreist auf das Geschlechtsleben der Vorgeladenen abziele, ließ man ihn bald schon wissen, ohnehin glaube man nicht an die Schuld dieser Frauen. Am Ende waren nur noch sieben Verdächtige übrig geblieben, die im Oktober auf sein Betreiben hin wenigstens gefänglich eingelegt wurden, darunter die Scheuberin, ein Weib von ganz zweifelhaftem Ruf, und jene konvertierte

Jüdin Ennel Notterin, von der er bereits auf der Hinreise nach Rom hatte reden hören. Als er schon den Scharfrichter bestellt hatte, um die peinliche Befragung vorzubereiten, folgte der nächste Eklat: Das eilig einberufene Stadtgericht lud Heinrich mitsamt seinem Notar und drei seiner treuesten Ordensbrüder Ende Oktober vor. Im großen Saal des Rathauses mussten sie vor den hohen Herren antanzen, als seien sie selbst die Malefikanten! Man verdrehte ihnen das Wort im Munde, rügte ihre Vorgehensweise, unterstellte ihnen blinden Übereifer. Mit dabei waren dieser Pfaffe und zwei weitere Abgesandte des Bischofs.

Noch am selben Tag standen den sieben Verdächtigen Verteidiger zur Seite, und zwei Tage später wurde Heinrich erneut vorgeladen. Es kam zu einem lautstarken Tumult, anlässlich dessen die Kommissäre des Bischofs den Prozess für null und nichtig erklärten und die Freilassung der Gefangenen befahlen. Er, Kramer, habe Beweismittel und Aussagen gefälscht! Daraufhin war Heinrich der Kragen geplatzt. Wutentbrannt war er auf Pfarrer Saumer losgegangen, was zur Folge hatte, dass man ihm drohte, ihn in den Turm werfen zu lassen, wenn er nicht sofort Ruhe gebe und vor allem die bischöfliche Vollmacht herausrücke. Die hatte er im Gasthof Rümler liegen, wohin ihn eine Abordnung begleitete. Sie hatten ihn rechts und links an den Armen gehalten, als sei er ein Schwerverbrecher. Das Volk in den Gassen hatte ihn angestarrt wie eine Erscheinung, hinter seinem Rücken wurde getuschelt und gefeixt! Diese Schmach würde er nie vergessen, erst recht nicht jene, als im Gasthof vor seinen Augen das bischöfliche Schreiben in Fetzen gerissen und er selbst hinausgewiesen wurde.

Damit war alles zu Ende gewesen. Zwar hatte er sich daraufhin in einer Vorstadtkaschemme eingemietet, von wo aus er sich in aller Form und Höflichkeit um eine Wiederaufnahme des Prozesses bemühte und für Erzherzog Sigismund und den

Bischof von Brixen eine Gegendarstellung verfasste, doch man hatte ihn zappeln lassen. Den ganzen Winter hatte er in diesem schäbigen Wirtshaus verbracht und nach und nach seine Ersparnisse für die verlauste Kammer, hundsmiserables Essen und schlechten Wein aufgebraucht, bis ihm ein Bote endlich vor gut zwei Wochen ein Schreiben aus Brixen überbracht hatte. Er solle aufhören, andere zu belästigen, und heim in sein Kloster ziehen, sonst könne man für seinen Schutz nicht mehr garantieren, ließ Bischof Golser ihn wissen, ja mehr noch: Als kindisch und nicht ganz bei Verstand hatte er den Prior geschmäht! Außer sich hatte Heinrich am selben Tag sein Bündel gepackt und die Heimreise angetreten.

Ha! Er wäre nicht Heinrich Kramer, würde er sich von dieser Schlappe entmutigen lassen. Dieser schwächliche, wetterwendische Bischof! Schlichtweg eingeknickt war der vor der weltlichen Obrigkeit! Doch wenn Heinrich eines im Leben gelernt hatte, dann dies: Nicht die Rückschläge zählten, sondern die Erfolge. Jedes Scheitern sollte für einen aufrechten Mann erst recht Antrieb sein, an seinen Zielen festzuhalten. Nur die Mittel und Wege waren möglicherweise abzuwandeln, und sein nächster großer Schritt würde das Abfassen des Hexenhammers sein. Mit diesem Werk würde er ins Schwarze treffen und die verkrustete Rechtsprechung aus den Angeln heben.

Noch heute wollte er sich an die Arbeit machen. So viele Gedanken, so viele Geistesblitze mussten aus ihm heraus, das brodelte förmlich in ihm. Des Weiteren wollte er baldmöglichst zum Bischof nach Straßburg. Waren ihm in Innsbruck auch die Hände gebunden, hier in seiner heimatlichen Kirchenprovinz konnte ihm keiner Knüppel zwischen die Beine werfen. Schließlich hatte Papst Innozenz in seiner Bulle den Bischof ausdrücklich angewiesen, jegliche Behinderungen der Inquisitoren im Straßburger Bistum zu verhindern.

Ums Haar wäre Heinrich mit dem Mönch, der ihm mitten im Kreuzgang zügigen Schrittes entgegenkam, zusammengeprallt. Er erkannte Bruder Martin. Der hatte ihm in diesem Moment gerade noch gefehlt.

«Gelobt sei Jesus Christus.»

«In Ewigkeit. Amen», gab Heinrich fast barsch zurück. «Ist die Non etwa schon zu Ende?»

Zugleich bemerkte er, dass die Gesänge in der Kirche verstummt waren.

«Ja, Vater Prior, eben gerade. Wie schön, dass Ihr gesund und wohlbehalten zurückgekehrt seid.» Der Junge deutete ein Lächeln an. «Unser Subprior lässt fragen, ob Ihr jetzt gleich ein außerordentliches Kapitel einberufen wollt, um über Eure Zeit in Innsbruck zu berichten.»

«Das hat auch noch Zeit bis nach der Vesper.»

«So wart Ihr also erfolgreich im Bistum Brixen?»

Täuschte er sich, oder lag da Spott in Martins Stimme?

«Gedulde dich bis zu meinem Bericht. Und dem Bruder Benedikt richte aus, dass ich zur Vesper wieder bei meinen Confratres sein werde. Bis dahin möchte ich ungestört in meiner Wohnstatt arbeiten.»

Er wollte sich schon abwenden, um auf kürzestem Wege sein Domizil aufzusuchen, als ihm sein seelsorgerisches Vorhaben einfiel, das ihm seit Tagen im Kopf herumspukte.

«Eine Kleinigkeit noch, Bruder Martin.» Er hielt den Jungen am Ärmel fest. «Morgen will ich deinem Vater einen Besuch abstatten. Wenn du willst, kannst du mich begleiten.»

«Meinem Vater?»

«Ja. Es geht um Susanna. Kurz vor meiner Abreise hatte sie mir eröffnet, dass sie ins Kloster will. Nun möchte ich deinen Vater davon überzeugen, dass sie bei den Dominikanerinnen von Sylo am besten aufgehoben ist.»

«Das wird nicht nötig sein.» Bruder Martins Miene wurde starr. «Susanna hat nach Straßburg geheiratet.»

«Höre ich recht?» Heinrich spürte, wie an seinen Schläfen die Adern zu pochen begannen. «Doch nicht etwa diesen alten Pfeffersack?»

«Simon Seidensticker ist sein Name. Und jetzt entschuldigt mich bitte, Vater Prior. Ich habe ebenfalls noch zu arbeiten.»

Aber Heinrich hielt ihn noch immer am Ärmel fest. Das Pochen in den Schläfen wurde heftiger.

«Das ... das kann nicht sein», stieß er hervor. «Sie sollte doch warten, bis ich zurück bin, auf dass ich sie zu den Nonnen bringe.»

«Meine Schwester wollte niemals Nonne werden.»

«Dann glaubst du also im Ernst, dass sie die Ehe dem Kloster vorzieht? Nein, das hätte unbedingt verhindert werden müssen!»

«Warum das denn? Am Stand der Ehe ist nichts auszusetzen.»

«Nichts auszusetzen? Da hast du als gelehrter Prediger unsere Kirchenväter nicht im Kopf. Ambrosius von Mailand sagt beispielsweise: ‹Die Ehe verändert den gottgewollten Zustand der Jungfräulichkeit, und verheiratete Leute sollten über die Verhältnisse, in denen sie leben, erröten.›» Heinrich schoss seine Sätze jetzt ab wie Pfeile. «Und Augustinus sagt: ‹Die Ehe ist ein befleckter und schändlicher Lebensweg.› Bei Horigines steht: ‹Der Ehestand ist unrein und unheilig, ein Mittel der geschlechtlichen Leidenschaft›, bei Tertullian: ‹Die Ehe ist schrecklicher als jede Strafe und jeder Tod› und bei Hieronymus: ‹Da Jesus sich von seiner Familie losgesagt hat, sind Ehe und Familie antichristlich.›»

Er musste Luft holen. Verdutzt schwieg auch Bruder Martin. Auf der anderen Seite des Kreuzgangs stiegen die Mönche die Treppe zu ihren Zellen hinauf. Einige starrten dabei neugierig zu ihnen herüber.

«Ihr vergesst, dass die Ehe uns Christen heilig ist», sagte Bruder Martin leise.

«Ja, aber nicht ohne Grund ist sie das *letzte* der Sakramente, nur gerechtfertigt aus dem alttestamentlichen Auftrag ‹Seid fruchtbar und mehret euch› und natürlich zur Vermeidung der Unzucht. Der Apostel Paulus hielt die Ehe für moralisch geringwertig, auch wenn er sagt, es sei besser zu heiraten, als sich in Begierde zu verzehren. Im Übrigen ist die Fortpflanzung angesichts des bevorstehenden Weltenendes bedeutungslos geworden.»

Damit ließ Heinrich den jungen Mönch stehen. Was ging ihn noch dieses Weibsstück an, dachte er, als er mit geschürztem Rocksaum eilig den Kreuzgang verließ.

KAPITEL 44

Straßburg, im März 1486

Der Winter mit seinen langen Abenden hatte Simon und mich ein wenig näher zusammengebracht. Seitdem ich beim Sticken nicht mehr Margas grimmigen Blicken ausgesetzt war, machte mir diese Handarbeit sogar Spaß, und ich hatte bereits einige hübsche Bezüge für die Sitzkissen in der Stube fertig bekommen. So saßen wir abends oft bei Kerzenschein auf der Ofenbank, ich mit meinem Stickrahmen, Simon eines seiner Bücher lesend. Auch das Mittagessen nahm er nun häufiger mit mir in der Stube ein, und er hatte nichts dagegen, wenn ich ihm hin und wieder im Kontor bei der Arbeit über die Schulter sah. Manchmal ging es dort zu wie im Taubenschlag, wenn Fuhrleute und Kaufherren ihre Geschäfte besprachen, manchmal waren Simon und Übelhör auch ganz für sich. Dann führten sie meist die Rechnungs- und Auftragsbücher, jene riesigen, in Leder gebundenen Bücher, die das halbe Schreibpult bedeckten, und es war nur noch das Kratzen der Feder auf Papier zu hören. Zum Schreiben klemmten sie sich Augengläser auf die Nase, da beide bereits an der Schwachsichtigkeit des Alters litten. Bei Simons schmalem Gesicht mit der langen Nase sahen diese neumodischen Dinger besonders lustig aus, und ich musste mir anfangs das Lachen verkneifen, da ich wusste, wie eitel er war.

Durch meine Besuche im Kontor wurde mir deutlich, wie bewandert die Kaufleute auf allen möglichen Wissensgebieten waren. Die meisten sprachen mehrere Sprachen, kannten sich in den hintersten Winkeln der Welt aus, wussten Bescheid über fremde Münzen, Maße und Gewichte oder wer über welches Land herrschte und welche Gebote und Vorschriften dort galten. Einige von ihnen hatten sogar schon von Angesicht zu Angesicht leibhaftige Mohren oder Tiere wie Kamele und Elefanten gesehen.

Ich begann also, mich in diesem Winter allmählich heimisch zu fühlen in der Zimmerleutgasse. Obendrein war Weihnachten sehr schön geworden: Mein Vater war mit Gregor und Maria für drei Nächte zu Gast gewesen, da der Wintereinbruch zum Glück auf sich hatte warten lassen. Dass Martin nicht dabei war, war indessen mehr als schade. Der Prior hatte ihm, warum auch immer, nicht erlaubt, über Weihnachten das Kloster zu verlassen.

Wir anderen verlebten gemütliche und unbeschwerte Stunden miteinander, in der warm beheizten Stube, bei der festlichen Weihnachtsmesse oder auch nach dem Gottesdienst in der Herrentrinkstube. Die arme Kläre stand von früh bis spät am Herd, um die köstlichsten Speisen auf den Tisch zu zaubern, und wenn ich mich mal mit schlechtem Gewissen zu ihr in die Küche stahl, versicherte sie mir nur mit einem fröhlichen Lachen, dass sie das gerne tue. «Außerdem fällt da so manch guter Bissen für unsereins ab.»

Simon blühte regelrecht auf während des Besuchs, indem er lustige Schwänke von seinen früheren Fernreisen zum Besten gab. Nie zuvor hatte ich ihn so häufig lächeln gesehen, ja zwei-, dreimal sogar herzhaft lachen. Er schien meinen Vater wirklich zu mögen. Als dann die Stunde des Abschieds nahte, wurde mir elend ums Herz, auch wenn Simon versprochen hatte, dass wir zu Ostern nach Schlettstadt reisen würden.

Unten auf der Gasse wartete bereits ein schweres Fuhrwerk auf dem Weg nach Basel, das die drei mitnehmen würde, als der Vater mich noch einmal beiseitenahm.

«Bist du glücklich in Straßburg?», fragte er leise.

Ich dachte nach. Glücklich war zu viel gesagt. Noch immer fühlte ich mich manchmal alleingelassen, noch immer reichlich nutzlos in diesem großen Haus. Und dass sich Simon mir in all den Monaten noch kein einziges Mal genähert hatte, hätte ich dem Vater niemals anvertrauen können.

«Es ist gut, wie es gekommen ist», gab ich ausweichend zur Antwort.

Der Vater nickte. Dann winkte er Maria und Gregor heran.

«Wir haben noch eine Überraschung. Ich weiß es auch erst seit einigen Tagen. Maria, willst du es Susanna nicht selbst sagen?»

Maria errötete.

«Ich ... ich bin guter Hoffnung. Im Frühjahr ist es so weit.»

Ihre Worte versetzten mir einen Stich.

«Wie schön für euch!», murmelte ich. Mir war zwar beim Wiedersehen aufgefallen, dass Maria üppiger geworden war und über das ganze Gesicht strahlte, aber damit hatte ich nicht gerechnet, wo die Hochzeit erst ein halbes Jahr zurücklag. Jetzt würden sie bald eine richtige Familie sein.

Ich gab mir einen Ruck und umarmte sie, wobei Gregor mir auf die Schulter klopfte. «Als Nächstes bist du an der Reihe, Schwesterherz. Also strengt euch an.»

Ich schluckte. Wenn er wüsste ... Womöglich würde ich niemals Kinder haben.

Nachdem wenig später das Fuhrwerk in die Judengasse abgebogen war, kamen mir nun doch die Tränen.

«Nicht weinen, Susanna.» Simon zog mich tröstend an sich. «Ihr seht euch doch zu Ostern wieder.»

Aber das war es nicht allein. Wie gerne wäre ich jetzt an Marias Stelle gewesen und könnte mich auf ein Kind freuen.

In dieser Nacht versuchte Simon, mit mir zu schlafen. Es gelang ihm nicht. Ich hatte keinerlei Vorstellung, was er da in der Dunkelheit trieb, aber ich hätte in diesem Moment alles getan, um ihm behilflich zu sein. Indessen war ich viel zu unerfahren, um zu wissen, was eine Frau in einem solchen Fall tun musste.

Schließlich ließ er von mir ab.

«Es tut mir leid», hörte ich ihn flüstern, und kurz darauf verrieten seine regelmäßigen Atemzüge, dass er eingeschlafen war. Enttäuscht lag ich wach und starrte in die Dunkelheit. Dann dachte ich an Ruprecht und dessen nächtliche Überfälle auf Elsbeth und sagte mir: Besser so als andersherum. Ich entschied mich, ihn von meiner Seite aus erst einmal nicht zu bedrängen. Vielleicht würde er sich mir bald noch einmal nähern, nachdem er nun einen ersten Versuch gemacht hatte.

Indessen hatte auch Simon an Weihnachten eine bittere Pille zu schlucken gehabt, selbst wenn er sich nichts anmerken ließ. Sein Sohn, der eigentlich schon in den Adventswochen nach Straßburg kommen wollte, hatte ihn in einem Schreiben aus Augsburg wissen lassen, dass er noch einiges Wichtiges zu erledigen habe und daher wohl erst im neuen Jahr eintreffen werde, sofern es das Wetter zuließ.

Doch wie es das Schicksal wollte, brach am Dreikönigstag der Winter ein, mit Schnee und Eis und stürmischen Böen. Bis zum Valentinstag lag Straßburg unter einer dichten Schneedecke, der Fernhandel war zum Erliegen gekommen, das Angebot auf dem Wochenmarkt mehr als kärglich, zumal die letzte Ernte schlecht ausgefallen war. Von Kläre wusste ich, dass die Zahl der Armen in der Stadt angesichts der Teuerung sprunghaft angestiegen war.

Weniger noch als im vergangenen Pestwinter zu Schlettstadt bekam ich hier im herrschaftlichen Kaufmannshaus die allgemeine Knappheit an Brennholz und Lebensmitteln, unter der die einfachen Leute litten, zu spüren. Fleisch gab es zwar auch bei uns nur noch an Sonn- und Feiertagen, ansonsten hatten wir im Hause Seidensticker keinen Mangel. Großzügig spendete Simon für die Armenspeisung, und jeden Sonntag wurde eine bedürftige Familie zum Mittagstisch in unsere Küche eingeladen.

Ende Februar dann hatte endlich Tauwetter eingesetzt, und jetzt im März schien die Sonne zur Mittagszeit mitunter schon recht warm vom Himmel. Ich wusste, dass sich Simon inzwischen um Dietrich Sorgen machte. Seit jenem Brief kurz vor Weihnachten hatte er nichts mehr von ihm gehört. «Was treibt der Kerl bloß so lange in Augsburg? Hier bei mir ist sein Platz als künftiger Handelsherr», schimpfte er.

Am Samstag nach Josefi tauchte Dietrich ohne Vorankündigung bei uns auf. Kläre und ich kehrten gerade vom Markt zurück, als wir einen jungen Mann mit Reisesack über der Schulter unschlüssig vor der offenen Hofeinfahrt auf und ab schreiten sahen.

«Heilige Martha von Bethanien!» Kläre blieb unvermittelt stehen. «Das ist ja der junge Herr!»

Sie drückte mir den Korb in die Hand und lief los. Zu meiner Überraschung umarmten sich die beiden wie gute alte Freunde. Als ich näher kam, rief sie: «Seht nur, Dietrich, das ist Susanna. Die neue Frau Eures Vaters.»

Das Lächeln aus Dietrichs Gesicht verschwand.

«Gott zum Gruße, Frau Susanna», murmelte er nur, musterte mich kurz und wandte den Blick wieder zum Hoftor.

«Warum steht Ihr Euch hier draußen die Beine in den Leib?», fragte Kläre ihn.

«Ich war schon drinnen. Übelhör hat mir gesagt, dass der Vater noch im Kaufhaus ist. Du warst auch weg, und der alten Marga beim Staubwischen zuzugucken, dazu hatte ich keine Lust.»

«Dann kommt jetzt. Bringt Eure Sachen rauf in die Kammer, und ich mach derweil etwas zu essen. Ihr habt sicher einen Heißhunger nach der langen Reise von Augsburg her.»

Er schüttelte den Kopf. «Bin schon gestern Abend angekommen. Hab im Roten Hahn übernachtet und dort auch gut zu Morgen gegessen.»

«Was? Ihr seid seit gestern in Straßburg und kreuzt jetzt erst zu Hause auf? Das sagt Ihr dem Vater aber besser nicht.»

Gleichmütig zuckte Dietrich die Achseln. Er war ein wenig untersetzt, mit kräftigen, breiten Schultern, semmelblondem Haar, blauen Augen und einer kurzen, aufgeworfenen Nase – in allem also das genaue Gegenteil seines Vaters.

«Wollen wir nicht hineingehen?», unterbrach ich das Gespräch, von dem ich ausgeschlossen war wie eine Fremde. Nun ja, eine Fremde war ich ja auch für Dietrich.

«O verzeiht, Frau Susanna!» Kläre nahm mir wieder den Korb ab. «Wie ungehörig von mir. Das ist nur, weil ich mich so freue, dass der Junge wieder da ist.»

Nicht nur mir gegenüber zeigte sich Dietrich verschlossen. Die Freude des Vaters, ihn wiederzusehen, schien er nicht zu erwidern. Das Mittagessen in der Stube, zu dem Simon pünktlich zurück war, nahmen wir mehr oder minder schweigsam ein, meine Fragen nach Italien und der Hafenstadt Genua beantwortete Dietrich höchst einsilbig.

«Was ist los mit dir, Junge?», fragte Simon, nachdem Marga die Tafel abgedeckt hatte. «Freust du dich denn gar nicht, wieder daheim zu sein?»

«Daheim? Ich fühle mich eher fremd hier.»

«Unsinn. Das wird sich schnell ändern. Ich muss gleich nochmals ins Kaufhaus und nehme dich mit. Damit du schon mal weißt, wer derzeit in Straßburg den Handel am Laufen hält.»

«Verzeih, Vater, wenn ich nicht mitkomme. Aber ich möchte ein paar Freunde besuchen.»

«Freunde? Seit wann hast du in Straßburg Freunde? Nichts da, du kommst mit mir. Keine Widerrede.»

Kaum hatten sich die beiden, der Sohn stumm und mit eisiger Miene, wieder auf den Weg zum Hafen, gemacht, lief ich zu Kläre in die Küche.

«Warum ist Dietrich so missmutig? Liegt es an mir?» Ich merkte, wie meine Stimme vor Anspannung zitterte. «Ich meine, kein Wunder, wo dem Jungen aus heiterem Himmel eine Stiefmutter vor die Nase gesetzt wird, die grad mal so alt ist wie er selbst.»

«Um Himmels willen, das dürft Ihr nicht denken. Nein, nein, keine Sorge, das geht schon lange so zwischen den beiden. Wisst Ihr, was ich glaube?» Sie rückte näher heran und flüsterte mir ins Ohr: «Der Dietrich hat irgendwann diesen elenden Tratsch mitbekommen, dass der Kaufherr gar nicht sein richtiger Vater wär. Seither lässt er sich nichts mehr sagen von ihm.»

Dass Dietrich etwas mit sich herumtrug, hatte ich die ganze Zeit schon geahnt. Auf dem Heimweg vom Sonntagsgottesdienst am folgenden Tag ließ er die Katze aus dem Sack.

«Nach dem Mittagessen mach ich mich wieder auf den Weg», eröffnete er uns.

Simon blieb stehen. «Was soll das heißen? Was redest du da?»

«Nun, ich will noch vor Einbruch der Dunkelheit in Offenburg sein. Und von dort weiter nach Augsburg.»

Auf Simons hoher Stirn zeigte sich eine Zornesfalte. Ich wich erschrocken zurück, als er seinen Sohn unerwartet grob am Kragen packte.

«Du willst dich also aus dem Staub machen? Einfach alles hinschmeißen, was wir hier aufgebaut haben?»

«Ich hab mit deinem Handel nichts zu schaffen. In den drei Jahren in Genua hab ich gemerkt, dass das nicht meine Welt ist.»

«Und was ist dann deine Welt?», fauchte Simon ihn an. «Wie ein herrenloser Hund durch die Gegend vagabundieren?»

«Ich werde in Augsburg den Buchdruck lernen. Mit Meister Schönsperger ist das alles schon ausgemacht.»

Plötzlich bewunderte ich den Jungen für seinen Mut. Er wirkte mit einem Mal so selbstsicher und war im Gegensatz zu seinem Vater die Ruhe selbst. Simon ließ ihn wieder los. Er hatte vermutlich gespürt, dass der Sohn seinen Entschluss nicht rückgängig machen würde.

«Aha! Mein Sohn will also Buchdrucker werden. Wie schön für mich. Damit verschwindet unser Handelshaus also sang- und klanglos vom Erdboden, wenn ich einmal nicht mehr bin.» Um Simons Mundwinkel zitterte es. «O nein, mein Junge. Dann werde ich dir keinen Pfennig Lehrgeld bezahlen.»

«Keine Sorge, ich brauch dein Geld nicht. Das Lehrgeld für die ersten zwei Jahre habe ich mir längst zusammengespart.»

«Verstehst du denn nicht, Dietrich? Ich hab auf dich gezählt! Der Übelhör ist ein guter Mann, aber er ist oft krank, der schafft es bald nicht mehr, tagein, tagaus im Kontor zu stehen.»

«Ich weiß, Vater. Ich will mir von dir auch nicht nachsagen lassen, dass ich undankbar wäre oder treulos. Deshalb hab ich mich um einen Nachfolger gekümmert, einen jungen Mann, den ich in Genua kennengelernt habe. Er stammt aus Venedig, und du kennst seinen Vater aus alten Zeiten vom dortigen Deutschen Handelshof. Es ist Tommaso di Lombardio.»

«Etwa Tommaso, der Tuchhändler?»

«Ebender. Orlando ist sein nachgeborener Sohn und hat mehr Verstand im Kopf als ich Muskeln an den Armen. Er will sich noch dieses Frühjahr auf den Weg hierher machen und sich dir vorstellen. Weil er sich nämlich nichts andres für sein Leben denken kann als den Tuchhandel. Außerdem brennt er darauf, das Land seiner Mutter besser kennenzulernen. Und nun lass uns endlich heimgehen.»

Nach diesem Streitgespräch wollte Dietrich vom Mittagessen nichts mehr wissen. Zu Hause angekommen, packte er schnurstracks sein Bündel und verabschiedete sich von mir und Kläre. Simon hingegen war nirgends im Haus zu finden.

Zum Abschied nahm ich Dietrich bei der Hand. Er ließ es geschehen. «Dein Vater wird sich wieder beruhigen. Schreib ihm aus Augsburg. Er hängt sehr an dir.»

«Ach was, für den bin ich ein Versager.»

«Das bist du nicht. Ganz bestimmt nicht. Versprichst du mir also, dass du schreibst?»

Nach kurzem Zögern nickte er. «Versprochen.»

Plötzlich breitete sich ein Lächeln über sein noch so kindliches Gesicht.

«Schade eigentlich», sagte er und warf sich den Reisesack über die Schulter, «dass wir uns gar nicht richtig kennengelernt haben.»

«Ja, Dietrich. Ich find's auch jammerschade.»

KAPITEL 45

Straßburg, im April 1486

Von Kläre wusste ich, dass in den Gassen schon getuschelt wurde, warum sich im Hause Seidensticker noch kein Nachwuchs ankündigte.

Nach wie vor ging ich meist als Erste zu Bett. Lag ich noch wach, wenn Simon auf knarrenden Dielen in die Kammer schlich und sich im schwachen Schein der Tranlampe auszog, hielt ich den Atem an und wartete darauf, dass er mich in den Arm nahm. Was er auch einige Male tat, um ein Vaterunser später eng an mich geschmiegt einzuschlafen. Kurz gesagt: Es geschah gar nichts. Seit jenem Mal nach Weihnachten hatte er nie wieder versucht, mich zu beschlafen, und ich war nahe dran, Kläre nach einer Kräuterfrau zu fragen, die mir in dieser Angelegenheit vielleicht helfen könnte. Doch nicht nur die Scham hielt mich davor zurück, sondern mittlerweile fragte ich mich auch, ob Simon mich als Frau schlichtweg nicht anziehend fand.

Einige Male hatte ich den Eindruck, dass er seltsam roch, wenn er neben mir lag, nach Weihrauch und altem Gemäuer, als ob er aus der Kirche käme, dazu nach seinem geliebten Burgunderrotwein, den er in den Abendstunden trank. Ich wunderte mich dann, bis mir einfiel, dass der Geruch vom Gewölbekeller herrühren musste. Dorthin verkroch er sich häufig seit Dietrichs überstürzter Abreise.

Eines Morgens beim Erwachen kam mir ein erschreckender Gedanke: dass Simon mich nur geheiratet haben könnte, um seinem Ansehen in der Stadt Genüge zu tun, in Wirklichkeit aber seit Jahren eine heimliche Geliebte hatte. Irgendein Weib, das nicht standesgemäß war oder bereits verheiratet.

Beim Aufstehen versuchte ich, diesen Gedanken abzuschütteln, doch er holte mich den ganzen Tag über immer wieder ein. Am Abend ging ich früher schlafen als sonst, da mir der Wetterumschwung von fast sommerlicher Wärme zu kaltem Dauerregen Kopfschmerzen verursacht hatte. Nach einem unruhigen Schlaf erwachte ich und hörte die Glocke vom Liebfrauenmünster Mitternacht schlagen. Simons Platz neben mir war leer.

War er wieder in seinem geheimnisvollen Keller? Oder lag er

gerade jetzt in den Armen seiner Geliebten, irgendwo in einer schäbigen Kammer, in einem zerwühlten Bett? Ich sprang auf, schlüpfte in meine bestickten Seidenpantoffeln, die er, wie die seinen auch, aus der Levante hatte kommen lassen, und holte die Tranlampe aus dem Flur. Hastig kleidete ich mich an und tappte nach unten.

In den Keller des Vorderhauses gelangte man sowohl durch einen Abgang vom Hof her als auch über die Diele, wo hinter einer schmalen Tür eine steinerne Treppe steil nach unten führte. Ich zuckte zusammen, als im Hof der Schrei einer Katze die Stille zerriss. Mit klopfendem Herzen zog ich die Kellertür auf, bei jedem Knarren hielt ich kurz inne. Dann stieg ich hinab, eine schier endlose Zahl von Stufen, bis ich unter der hohen Gewölbedecke stand. Hier unten war ich höchstens zwei-, dreimal gewesen, und das auch nur bei Tag, wenn ein Lichtschein durch das vergitterte Fensterchen ganz oben in der Wand fiel. Jetzt war es nach Mitternacht, die Tranlampe in meiner Hand gab kaum Licht. Ohne zu wissen, wovor, fürchtete ich mich.

Ein Schatten huschte vor meinen Füßen davon, und ich hätte beinahe aufgeschrien. Ich zwang mich weiterzugehen, vorbei an den Fässern, Säcken und Krügen, die unsere Vorräte enthielten, und näherte mich der Tür in der hinteren Wand. Da hörte ich eine gedämpfte Stimme, ein wenig verzerrt durch den Hall des Gewölbes. Sie gehörte Simon. So hatte ich also richtig vermutet. Bloß was um aller Welt trieb er hier mitten in der Nacht? Und warum redete er mit sich selbst?

Vorsichtig ruckte ich an der Tür, aber sie war von innen verriegelt. Ich drückte mein Ohr gegen den Türspalt, als mir der Atem stockte: Da war noch eine zweite Stimme, eine viel jüngere, hellere!

Ich sank auf den Getreidesack neben der Tür nieder und versuchte, ruhig durchzuatmen. Ich würde warten, warten, bis die verdammte Tür aufging und mir preisgab, was Simon mit diesem jungen Weib im Keller trieb. Auch wenn er mich daraufhin aus dem Haus jagen würde …

Während ich, nur in meine dünne Jacke gehüllt, vor mich hin dämmerte, vernahm ich wie in einem schlechten Traum immer wieder die Stimmen, die seltsam fremd klangen und seltsam fremde Worte raunten. Plötzlich wurde von innen der Riegel zurückgeschoben, die Tür sprang auf – und vor mir stand ein junger Mann! Er hatte lange, blonde Locken, dunkle, tiefliegende Augen, und seine Wangen waren gerötet. In der Hand hielt er einen leeren Weinkrug.

Er starrte mich ebenso entgeistert an wie ich ihn. Ich blinzelte gegen das helle Licht des von zahlreichen Kerzen erhellten Kellerraums und entdeckte hinter seinem Rücken Simon, wie er gerade Salz in eine kleine Feuerschale warf, woraufhin es zischend in Rauch aufging. Ein beißender Geruch nach Schwefel, Pferdemist und Weihrauch stach mir in die Nase.

«Ach herrje!», rief der Unbekannte, und Simon fiel vor Schreck der kleine Löffel aus der Hand.

«Susanna! Was machst du hier?»

«Das sollte ich eher dich fragen.» Meine Stimme zitterte. «Wer ist der Kerl da?»

Simon blickte drein wie ein Kind, das man beim Diebstahl ertappt hatte.

«Das … das ist Niklas», stotterte er und kam auf mich zu. «Er ist sozusagen mein Schüler.»

«Schüler in was?»

«Nun ja, in den Wissenschaften.»

Niklas legte Simon die Hand auf die Schulter. Er hatte zarte, feingliedrige Hände wie eine junge Bürgersfrau.

«Ich geh jetzt besser», murmelte er, nahm seinen Umhang vom Wandhaken und eilte davon.

Aufgebracht schüttelte ich den Kopf. «Da darf kein Mensch deinen Keller betreten, aber dieser ... dieser Fremde geht hier ein und aus, ohne dass ich davon weiß. Bin ich denn völlig Luft für dich?»

Simon hatte sich wieder gefasst. Seine hellen Augen funkelten mich an.

«Das eine hat mit dem andern nichts zu tun», entgegnete er schroff. «Erstens ist Niklas kein Fremder, sondern mein Schüler, wie ich dir eben gesagt habe, und zum Zweiten braucht es dich als Frau nicht zu kümmern, was wir hier machen.»

Kurzerhand schob ich mich an ihm vorbei und betrat den Raum, in dem die Luft zum Schneiden war. Mittendrin standen ein kleiner Kohleofen mit einer Feuerschale darauf und ein mit allerlei Gerätschaften vollgestellter Tisch; da gab es bauchige, kürbisförmige Glaskolben, einen hohen Tiegel mit Mörser sowie kleinere Schüsseln mit verschiedenfarbigen Pulvern und Steinen – ähnlich wie im Laboratorium der Schlettstädter Apotheke, zu der der Vater mich hin und wieder mitgenommen hatte. In der hinteren Ecke befand sich ein Strohsack mit einer zerknüllten Wolldecke, auf einem weiteren Tisch an der Wand lagen neben einem Kerzenleuchter und zwei leeren Weinkelchen ein aufgeschlagenes Buch und ein Bogen Pergament. Auf dem war ein von einem Kreis umschlossenes Dreieck zu sehen, mit allerlei geheimnisvollen Zeichen, Worten und Bildern. Ich erkannte ein Schwert, ein Zepter und eine Schlange, die sich in den eigenen Schwanz biss.

Mir lief ein Schauer über den Rücken.

«Zauberei betreibt ihr hier also», flüsterte ich und zeigte auf das dunkle Tuch, das die Fensteröffnung zur Gasse hin abdeckte. «Und das da habt ihr aufgehängt, damit niemand von draußen den Lichtschein sieht, wenn ihr beide nachts hier unten seid.»

«Zauberei!», stieß Simon verächtlich hervor. «So mag das die

Kirche nennen, die in ihren Ansichten in grauer Vorzeit stehen geblieben ist, wenn sie Magie jedweder Art immer noch als Teufelswerk ansieht und mit Ketzerei gleichsetzt.»

«Was ist es dann?» Ich musste plötzlich an Bruder Heinrich denken, an seine Strafpredigten gegen Hexen und Zauberer, und bekam Angst um Simon.

«Die *Magia naturalis* ist eine Wissenschaft.» Er begann, vor mir auf und ab zu laufen. «Bestehend aus Beobachtung und Experiment, und sie hat das erhabene Ziel, unsichtbare oder unerklärbare Vorgänge sichtbar und erklärbar zu machen. Alles hängt nämlich mit allem zusammen, Ähnliches wirkt stets durch Ähnliches, das Große findet sich im Kleinen. Rein gar nichts hat das mit Gotteslästerung oder gar mit einem Teufelspakt zu tun. Das haben selbst einige Kirchenlehrer wie Albertus Magnus und Thomas von Aquin erkannt. Gerade diese beiden waren große Meister in der Magie. Und weißt du, was? Selbst unser Herr Bischof hat bei Hofe einen Alchimisten, dem er eigens ein Laboratorium eingerichtet hat. Mit der Superstitio, also dem abergläubischen, dilettantischen Treiben der einfachen Leute, hat das alles rein gar nichts zu tun.»

Ich verstand nur die Hälfte. «Aber wenn's doch keine Zauberei und Teufelsbeschwörung ist, warum machst du dann solch ein Geheimnis daraus?»

«Weil Wissen Macht ist und nicht in falsche Hände geraten darf. Oberstes Gebot ist es, die Lehre rein und streng zu bewahren und nur den Eingeweihten zu offenbaren. In der Alchimie nennt man das Arkanum.»

«Dann ist ein Magier also nicht mit dem Teufel im Bunde?»

«Teufelsbund! Du schwatzt schon daher wie die Dominikaner, diese Hunde des Herrn! Wir sind tiefgläubige Christen allesamt.»

«Aber die seltsamen Zeichen hier auf dem Pergament, der Gestank, eure Stimmen vorhin, als ihr in fremder Sprache geredet habt ... das hat alles geklungen, als ob unsere Schlettstädter Henkersfrau ihre Dämonen beschwörte!»

Er schien mit sich zu ringen.

«Nun gut», sagte er schließlich, «ich will dich nicht belügen. Mit unseren magischen Ritualen rufen wir den Allmächtigen und die Engel an, um uns die Dämonen dienstbar zu machen. Und zwar aus dem einzigen Grund, weil wir mit unseren Erkenntnissen Gutes schaffen wollen. Und wir verhandeln nicht mit Dämonen, sondern gebieten über sie. Schon der weise König Salomon hatte sich die Dämonen durch seinen Zauberring gefügig macht.»

Er blieb stehen und packte mich bei den Schultern.

«Hör zu, Susanna! Du warst niemals hier unten, und den Niklas hast du niemals gesehen. Und du wirst diesen Keller auch nicht wieder betreten. Vergiss das alles. Versprichst du mir das?»

Ich hätte alles versprochen, so gespenstisch war mir dieser Ort, so unheimlich mein eigener Ehegenosse in diesem Augenblick.

«Ja, ich versprech's.»

Ich drehte mich um und wollte so schnell wie möglich diesen Geisterkeller verlassen, da hielt er mich an der Schwelle zurück.

«Warte.» Sein Blick durchbohrte mich. «Warum bist du mir überhaupt nachgeschlichen?»

«Weil ich wach wurde und du nicht da warst.» Trotz kam in mir auf. «Es ist schon nach Mitternacht, da möchte ein Eheweib ja wohl wissen, wo der Mann steckt.»

Er runzelte die Stirn. «Und deshalb schleichst du dich im Dunkeln in den Keller?»

Jetzt konnte ich nicht mehr anders, als ihm die Wahrheit zu sagen. «Ich habe geglaubt, du hättest eine Geliebte. Nur deshalb bin ich in den Keller gekommen.»

«Eine Geliebte?» Erschrocken sah er mich an.

«Nun ja ... weil, weil du mich nicht begehrenswert findest.»

Dann platzte es aus mir heraus: «Sonst wäre ich doch längst guter Hoffnung!»

Da stiegen ihm tatsächlich die Tränen in die Augen.

«Es tut mir so leid, Susanna! Ich weiß auch nicht, was das ist mit mir. Aber vielleicht brauche ich einfach noch Zeit ...»

«Vielleicht hättest du mich niemals heiraten dürfen.»

«Sag das nicht, bitte! Ich hatte geglaubt, es würde gehen, wo ich dich doch vom ersten Tag an ins Herz geschlossen hatte. Mehr noch, ich hab dich liebgewonnen, glaub mir. Und nun geh zu Bett, du zitterst ja. Ich lösche nur noch die Lichter und die Glut und räume ein wenig auf, dann komme ich nach.»

Als er wenig später neben mir unter die Bettdecke kroch, raunte er mir zu: «Schläfst du schon?»

«Nein. Wie soll ich schlafen können, bei allem, was ich soeben erfahren habe?»

«Vertrau mir, Susanna. Ich tue nichts, was uns schaden könnte.» Er tastete nach meiner Hand. «Und eigentlich ist es doch sehr schön, dass ich jetzt mit dir ein Geheimnis teile. Es ... es erleichtert mich.»

Ich küsste ihn auf die vom Alter ein wenig ledrige Wange. «Von mir wird niemand was erfahren. Schlaf gut, Simon.»

Da hörte ich ihn leise aufseufzen. «Ich wusste, dass du nicht nur eine schöne Frau bist, sondern eine kluge obendrein.»

Wir sprachen nie wieder über jene Nacht, doch wenn er hin und wieder nach Feierabend in Richtung Keller verschwand, mit den Worten «Bis später, meine Liebe», dann lächelte er mir halb entschuldigend, halb verschwörerisch zu.

Zu Ostern machte er sein Versprechen wahr und reiste mit mir nach Schlettstadt, wo wir zwei geruhsame Tage in meinem Elternhaus verbrachten. Maria verstand sich fast ebenso gut aufs Kochen wie Kläre und verwöhnte uns mit aufwendigen Mahlzeiten, zu denen auch Martin aus dem Kloster herüberkam. Da ich bis auf einen gemeinsamen Besuch am Grab meiner Mutter das Haus nicht verließ, bekam ich Bruder Heinrich nicht zu Gesicht. Dem Himmel sei Dank, wurde dessen Name auch nicht ein einziges Mal erwähnt, sodass ich mich schon fragte, ob mein Vater Martin gegenüber nicht doch etwas angedeutet hatte.

Selbstredend war ich traurig, als es an die Heimreise ging. Aber ich wusste auch, dass mein Platz fortan in Straßburg war. Jetzt, wo ich sogar ein Geheimnis mit Simon teilte, wäre ich wohl trotz alledem an seiner Seite geblieben, bis dass der Tod uns scheide. Hätte da nicht eine Kette von Ereignissen mein Leben bald schon in völlig andere Bahnen gelenkt.

KAPITEL 46

Schlettstadt, Ende April 1486

Hastig, ja fieberhaft arbeitete Heinrich in diesen Tagen an seinem *Malleus Maleficarum*. Stund um Stund beugte er sich über das Stehpult in seiner kleinen Schreibstube, ließ sich von einem der Novizen immer wieder aufs Neue Bücher und Handschriften aus der reich bestückten Bibliothek holen und beschrieb ein Papier nach dem anderen. Die Belange des Klosters berührten ihn nicht mehr, er besuchte nur noch die wichtigsten Stundengebete, die Mahlzeiten nahm er bei sich ein – geistesabwesend und ohne Appetit. Überdies hatte er Bruder Benedikt als Subprior gebeten, die morgendlichen Besprechungen im Kapitelsaal abzuhalten und ihm hernach kurz zu berichten.

Nachts wälzte er sich ruhelos im Bett, morgens schmerzten Rücken und Gelenke, spätestens am Nachmittag zitterte ihm die Hand vom Schreiben. Und ja, er trank zu viel. Doch der Geist des Weines ließ seine Gedanken fließen.

Der Allmächtige hatte ihm eine Mission verliehen: Er, Heinrich Kramer, musste die Christenheit von der drohenden Hexenverschwörung überzeugen und diesem Heer Satans entgegentreten! Deutlich sah er, wie die Welt auf ihre Vernichtung zusteuerte, denn die Bosheit der Menschen wuchs, die Liebe gefror, und zauberischer Frevel zeigte sich im Überfluss ...

Ja, das klang gut, das musste gleich zu Anfang hinein!

Er griff zur Feder und kratzte die Worte in Latein auf das Papier. Dann hielt er inne: Von größter Bedeutung würde sein, auch noch den letzten Zweifler davon zu überzeugen, dass die von Hexen verübten Zaubereien kein Wahn waren, wie ein Teil der Geistlichkeit noch immer glaubte, sondern, ganz wie das einfache Volk es sah, abscheuliche Wirklichkeit. Hierfür mussten eindringliche Beispiele angeführt werden, bei denen dem Leser der Atem stockte. Zum Glück konnte er hierbei auf seinen eigenen reichen Erfahrungsschatz zurückgreifen.

Sein Blick streifte den Stapel Bücher neben dem Pult, auf dem zuoberst Johannes Hartliebs «Buch aller verbotenen Kunst» lag. Darin deckte der gelehrte Medicus und Hofdichter schonungslos die Vorliebe des Teufels für das weibliche Geschlecht auf. Nicht minder wichtig war nämlich die Tatsache, dass die Verführbarkeit des Weibes in den Mittelpunkt allen Übels gerückt werden musste. Mit Belegen aus dem Hartlieb, die er mit seinen eigenen Erfahrungen als Inquisitor untermauerte, würde er dem Leser beweisen, dass sich die Ruchlosigkeit der Hexerei weitaus mehr beim Weibe als bei den Männern fand.

Rasch schrieb er auf ein anderes Blatt nieder: ‹*Mala ergo mulier ex natura* ... Schlecht also ist die Frau von Natur aus, da sie schneller am Glauben zweifelt, auch schneller den Glauben ableugnet. Das ist das Fundament der Hexen.› Dann schnaubte er abfällig: Bereits durch seine Schaffung aus einer krummen Rippe war das Weib ein unvollkommenes Lebewesen!

Mit einem Mal musste er daran denken, wie er vor seiner Abreise nach Rom hierüber einen Disput mit Bruder Martin geführt hatte. In seiner unreifen, dreisten Art hatte der junge Mönch ihm vorgeworfen, er sei ein Feind der Frauen. «Nein, das bin ich fürwahr nicht», hatte Heinrich ihm entgegnet. «Aber es ist nun einmal so, dass Weiber in der Regel einen höchsten Grad im Guten oder auch im Schlechten erlangen. Werden sie von einem guten Geist regiert, gehören sie zu den Besten, werden sie vom bösen Geist regiert, kommt nur das Allerschlechteste heraus. Und kennst du nicht das Sprichwort: Es ist kein Zorn schlimmer als der Zorn der Frau, klein ist jede Bosheit gegen die Bosheit der Frau?»

Sehr schön, auch das musste notiert werden! Er zog ein neues Blatt aus der Mappe und tauchte die Feder ins Tintenfass. Und stammte nicht von Chrysostomos der Satz: Was anders ist die Frau als ein Fehler der Natur, mit schöner Farbe bemalt?

Nachdem er das Blatt vollgeschrieben hatte, schenkte er sich Rotwein nach und nahm einen tiefen Schluck. Dann schüttelte er seufzend den Kopf. Dieser ganze Haufen von Papieren mit Notizen um ihn herum. Wären seine Gedanken doch nur nicht so sprunghaft! Nein, er musste seine Ausführungen von Beginn an sinnvoll ordnen. Am besten in drei Teile, denn die Zahl drei war göttlich.

Zunächst würde er umfassend darlegen, was einen realen Schadenzauber ausmachte – stets im Zusammenhang mit der Frage, warum Gott Dämonen zulasse, warum das Verleugnen der Existenz von Hexen schon an sich ganz und gar ketzerisch sei und erst recht, warum in weit stärkerem Maße Frauen der Hexensekte anheimfallen. Im zweiten Teil dann wollte er genauestens auf die magischen Praktiken eingehen und sich dabei auch nicht scheuen, all diese widerwärtigen Dinge wie Liebeszauber, Teufelsbuhlschaft, nächtliche Ausschweifungen bei den

Hexenversammlungen oder Schadenzauber beim Geschlechtsakt zu benennen. Auch wie man sich gegen Hexerei schützen und die bösen Folgen beheben konnte, gehörte hierher. Im letzten Teil endlich würde er den weltlichen Gerichten ein Werkzeug zur Verfolgung und Ausmerzung der Hexen an die Hand geben, einschließlich der rechtlichen Verfahrensweisen wie Zeugenvorladungen, geschickte und erfolgversprechende Befragungen, wirkungsvolle Anwendungen der Tortur und der Kerkerhaft sowie vieles mehr.

Vor allem die beiden ersten Teile mussten sehr klug ausformuliert sein, damit es auch die schlichteren Gemüter unter den Juristen und Theologen begriffen, und erst recht, um noch dem gelehrtesten Zweifler mit stichhaltigen Belegen zu begegnen.

Die päpstliche Hexenbulle würde er dem *Malleus Maleficarum* voranstellen, ebenso eine von namhaften Doktoren unterzeichnete Approbation der berühmten theologischen Fakultät zu Köln. Beides zusammen sowie die mehrfache Erwähnung seines Ordensbruders Sprenger, der bei der Geistlichkeit leider noch immer eine größere Autorität besaß als er selbst, würde seinem Hexenhammer noch mehr Gewicht verleihen.

Das laute Klopfen gegen die Tür zur Kammer riss ihn aus den Gedanken.

«Wer stört?», rief er lauthals.

«Ich bin es. Bruder Benedikt.»

Leicht schwankend schlurfte Heinrich zur Tür. Vor ihm stand die massige Gestalt des Subpriors, seine Miene wirkte nicht gerade freundlich.

«Was gibt es zu so später Stunde?»

«Nun, Bruder Heinrich, ein gewisser Unwillen macht sich im Kloster breit. Unsere Confratres lassen fragen, ab wann du wieder regelmäßig an den Mahlzeiten und Stundengebeten teilnimmst. Auch sehen sie es als die Aufgabe eines anwesenden Priors und nicht als die seines Stellvertreters an, das tägliche Kapitel abzuhalten. Ich spreche als dein Freund und rate dir: Nimm ab morgen wieder mehr an unserer klösterlichen Gemeinschaft teil.»

«Aha. Danke für den Hinweis. Ein gewisser Unwillen also. Dann sag doch unseren Mitbrüdern, dass in diesem unseren Kloster derzeit ein bahnbrechendes Werk der deutschen Inquisition entsteht, das bald schon in gedruckter Fassung um die Welt gehen wird. Und was den morgigen Tag betrifft: Da will ich den Bischof von Straßburg aufsuchen. Auf dass die Vernichtung des Hexenunwesens auch in diesem Bistum endlich vorangehe.»

KAPITEL 47

Drei Tage später in Straßburg

𝒲ie träge und schwatzhaft dieser Albrecht von Bayern war, dachte Heinrich, als er hinaustrat auf den vom letzten Regen durchweichten Platz zwischen Liebfrauenmünster und Bischofshof. Um den heißen Brei reden und in blumigen Worten nichts als Luftblasen ausstoßen, das vermochte der Bischof nach allen Regeln der Kunst. Aber eine weltumfassende Verschwörung wollte er nicht wahrhaben, auf den Entwurf seines Hexenhammers war er gar nicht erst eingegangen. Immerhin hatten sie ihre alte Streitigkeit um den Ablass für Schlettstadt gütlich beilegen können, und als Heinrich ihm die Hexenbulle vor die Nase gehalten hatte, war dieser hoffärtige Mensch sogar blass um die Nase geworden. Mit feierlicher Stimme hatte Heinrich ihm die entsprechende Passage vorgelesen, in der Papst Innozenz den ehrwürdigen Bruder Bischof namentlich anwies, die Inquisitoren Henricus Institoris und Jacobus Sprenger zu unterstützen und jeden, der die Inquisition in seinem Bistum behindere, ganz gleich, welchen Standes, mit Suspension und Exkommunikation zu strafen.

«So waltet denn Eurer päpstlichen Aufgabe, mein lieber Institoris», hatte der Bischof ihn am Ende in leutseligem Ton aus der Audienz entlassen, «und wenn Ihr aus diesem Ketzervolk jemanden aufgestöbert habt, bin ich der Erste, der Euch bei Euren Bemühungen unterstützt.»

Der Entschluss, nach Straßburg zu reisen, war Heinrich wie eine göttliche Eingebung gekommen, und zwar erst in dem Augenblick, als er sich Bruder Benedikts Kritteleien hatte anhören müssen. Seine Entwürfe zum Hexenhammer würde er für einige Tage ruhen lassen, um beim Bischof für sein künftiges Buch einerseits, für seinen inquisitorischen Auftrag andererseits zu werben. Das war für die Menschheit wichtiger, als sich um die Empfindlichkeiten seiner Mitbrüder zu kümmern. Heinrich war zu Höherem berufen.

Und leider nagte die Niederlage von Innsbruck noch immer an ihm. Was er brauchte, waren neue Erfolge, am besten in seiner ureigenen Heimat. Auch deshalb hatte er sich auf den Weg gemacht. Obwohl er inzwischen mehrere Dutzend Hexen überführt und auf den Scheiterhaufen gebracht hatte, waren es viel zu wenige angesichts der übermächtigen Bedrohung. Und die allerwenigsten davon hatte er im Bistum Straßburg aufgestöbert. Dabei wimmelte es auch hier von diesen Unholdinnen. Wie sonst war der Hagelzauber zum Ende des vergangenen Frühjahrs, kurz nachdem er nach Rom aufgebrochen war, zu erklären, der bei Schlettstadt die gesamte Baumobsternte zerstört hatte? Mit dem Unterelsass würde er beginnen, und wehe, die Obrigkeiten stellten sich ihm in den Weg!

Heinrich verspürte trotz des kühlen und windigen Wetters wenig Lust, in sein Gästezimmer zurückzukehren. Er war bei den hiesigen Predigern untergebracht, deren weitläufige Klosteranlage im Herzen der Stadt lag. Mit dem dortigen Prior, einem Parteigänger Sprengers, sah er sich nicht gerade freundschaftlich verbunden, doch man respektierte einander und begegnete sich mit ausgesuchter Höflichkeit. Von ihm hatte Heinrich heute Morgen auch erfahren, wo Susanna wohnte. Nun hätte er ebenso gut Bruder Martin um Susannas Wohnanschrift bitten können, doch seit seiner Rückkehr aus Rom und Innsbruck herrschte eisige Kälte zwischen ihnen. Außerdem hatte er ursprünglich keineswegs vorgehabt, das Mädchen wiederzusehen, im Gegenteil: Es war ihm eine Erleichterung, dass es aus seinem Leben verschwunden war.

In seiner Verantwortung als Seelsorger indessen sagte er sich, dass er, wo er nun schon einmal hier war, sich zumindest nach dem Wohl Susannas erkundigen sollte. Und so hatte er, ganz unverfänglich, den Prior nach jenem Handelsherren gefragt, der im letzten Jahr eine junge Frau aus Schlettstadt geehelicht habe. Dessen Namen hatte er nämlich in seiner damaligen Gefühlsaufwallung vergessen.

«Und zwar ein junges Mädchen namens Susanna, das einst zu meinen Schützlingen gezählt hat.»

«Der Tuchhändler Seidensticker, aber natürlich», war prompt die Antwort gekommen. «Der ist ein großer Wohltäter der Armen, und die beiden, heißt es, seien ein ganz liebevolles Paar. Nur leider bislang noch ohne Kindersegen.»

Da hatte er aufgehorcht. Eine junge, bildschöne Frau wie Susanna? Wie konnte das gehen?

Wie von fremden Mächten geführt, fand er sich mit einem Mal in der Zimmerleutgasse wieder. Die Kapuze tief ins Gesicht gezogen, sah er sich in der belebten, von vornehmen Häusern gesäumten Gasse um, bis er das ochsenblutfarbene Haus Zum Blauen Löwen entdeckte. Rasch trat er rückwärts in den Torbogen des gegenüberliegenden Anwesens.

Er verzog das Gesicht. Da hatte Susanna ja in eine wahrhaftig feine Gegend eingeheiratet. Wahrscheinlich wurde sie von diesem Seidensticker verwöhnt wie eine kleine Prinzessin.

«Sucht Ihr jemanden, ehrwürdiger Bruder?»

Ein kleiner Mann im Kaufmannsgewand hatte ihm auf die Schulter getippt und lächelte ihn jetzt freundlich an.

Heinrich zögerte. Noch hätte er den Kopf schütteln und den Rückzug antreten können. Aber etwas in seinem Inneren trieb ihn an, Susanna wiederzusehen. Und sei es nur, um ihr zu sagen, wie enttäuscht er von ihr war.

«Seid Ihr der Kaufherr Seidensticker?», fragte er.

«O nein, mein Name ist Übelhör. Aber ich bin sein Handlungsgehilfe und Mitgesellschafter. Was kann ich also für Euch tun?»

«Wenn Ihr mich vielleicht zu Frau Susanna führen könnt? Ich bin Bruder Heinrich, Prior der Schlettstädter Dominikaner, und würde ihr gern Grüße von ihrer Familie ausrichten.»

«Wie schön, da wird sie sich freuen. Kommt nur mit mir.»

Er führte ihn durch das offene Tor in den Hof, wo zwei Knechte von einem Fuhrwerk Stoffballen abluden. Neben dem Kellerabgang zum Hinterhaus stand ein in vornehmem Dunkelrot gekleideter, hochgewachsener Mann von wahrhaft beeindruckendem Äußern. Ein wenig blasiert wirkte er in seiner aufrechten Haltung und dem silbrig glänzenden, nach hinten gekämmten Haar. Heinrich machte jede Wette, dass dieser Kerl, der ihn um zwei Köpfe überragte und noch älter als er selbst sein musste, Simon Seidensticker war.

Und tatsächlich winkte Übelhör ihn heran mit den Worten: «Simon, das ist Bruder Heinrich, Prior aus Schlettstadt. Er möchte deiner Susanna Grüße bestellen.»

Seidensticker reichte ihm die Hand, wie es unter Kaufleuten üblich war.

«Sehr erfreut, Prior. Gehen wir ins Haus, meine Frau ist gewiss oben in der Stube.»

Durch eine schmale Tür folgte ihm Heinrich in die Eingangshalle, die einem Adelshof zur Ehre gereicht hätte. Dort läutete Seidensticker ein Glöckchen, woraufhin auf dem obersten Treppenabsatz die Magd erschien.

«Marga, schicke doch bitte die Hausherrin herunter. Es ist Besuch für sie gekommen», bat er sie. Dann wies er auf die gepolsterten Lehnstühle. «Wollt Ihr nicht Platz nehmen, Prior?»

«Danke, aber ich will nicht lange bleiben. Ich war auch nur rein zufällig in der Gegend. Ich bin ja ein guter Freund der Familie Mittnacht, kenne die Susanna schon sehr lange, und da hab ich mir gedacht, ich schaue einfach einmal vorbei. Und gut hat sie's ja fürwahr getroffen, hier bei Euch. Wusstet Ihr übrigens, dass Susanna eigentlich ins Kloster eintreten wollte?»

Ungläubig starrte der Kaufmann ihn an. «Nein, das muss ein Irrtum sein. Davon wüsste ich.»

«Nun, vielleicht kenne ich Euer Weib doch ein wenig besser als Ihr», gab Heinrich zurück.

Da hörte er Schritte von oben, und seine Finger krampften sich unter den langen Ärmeln ineinander. Auf der Treppe erschien Susanna. Sie trug ein besticktes, hellblaues Gewand mit tiefem Ausschnitt, ohne Schultertuch noch Haube, und hatte das goldene Haar bis auf zwei lockige Strähnen hochgesteckt. Der enganliegende Stoff ihres Kleids, das die körperlichen Reize mehr betonte als verbarg, verriet ihm sofort, dass sie kein Kind erwartete.

Er hielt den Atem an. Sie war noch fraulicher geworden, seitdem er sie vor einem knappen Jahr das letzte Mal gesehen hatte. Doch statt ihn zu betören wie damals, verursachte ihre blühende Weiblichkeit ganz plötzlich einen heftigen Widerwillen in ihm.

Nach wenigen Stufen blieb sie wie erstarrt stehen.

«Was wollt Ihr hier?»

Er fasste sich und lächelte. «Mich nach deinem Wohlergehen erkundigen. Und dir Grüße von deinem geliebten Bruder ausrichten.»

«Verlasst sofort unser Haus!» Er sah, wie sie schluckte. «Simon, führst du den Prior bitte hinaus?»

Heinrich glaubte, sich verhört zu haben. Was erlaubte Susanna sich? Als er zu einer Erwiderung ansetzen wollte, hatte sie bereits auf dem Absatz kehrtgemacht und verschwand nach oben.

«Das ist mir jetzt sehr unangenehm», murmelte Seidensticker, und Heinrich machte sich schon auf eine Entschuldigung seitens des Ehemanns gefasst. Stattdessen fand er sich plötzlich in der geöffneten Haustür wieder. «Aber Ihr solltet besser gehen.»

KAPITEL 48

Straßburg, im Mai 1486

Den Prior hätte ich zuallerletzt in unserer Eingangshalle erwartet. Noch verhärmter als früher hatte er ausgesehen, mit seinem falschen, nach unten gezogenen Lächeln und dem wässrigen, stieren Blick. Jedenfalls hatte ich wie vom Donner gerührt dagestanden, sobald ich ihn erkannt hatte, und innerlich vor Anspannung gezittert, bis er zur Tür hinausgegangen war. Aus dem Erkerfenster heraus hatte ich dann beobachtet, noch immer völlig erschrocken, wie er mit hochgezogenen Schultern und stampfenden Schrittes durch die Gasse geeilt war.

Hinterher hatte Simon mir Vorwürfe gemacht. Wie ich denn einen Bekannten aus meiner Heimatstadt so dreist vor die Tür setzen konnte, noch dazu einen Gottesmann! Nachdem ich mir ein Herz gefasst und ihm erzählt hatte, dass dieser Mensch mir in

Schlettstadt wie ein brunftiges Tier nachgestellt hatte, war er erst recht außer sich geraten. Dann aber aus dem richtigen Grund.

«Was für eine unglaubliche Impertinenz! Wie verdorben und verlogen ist die Kirche doch an ihren Gliedern! Du hättest dich längst beim Bischof über ihn beschweren müssen. Oder wenigstens bei deinem Pfarrer in Schlettstadt.»

«Wie denn? Nicht mal mein eigener Vater hat mir damals geglaubt.»

«Jedenfalls wird dieser Erzschelm keinen Fuß mehr über unsere Schwelle setzen, das schwöre ich dir.»

Auch wenn mich das einigermaßen beruhigt hatte, hatte ich mich tagelang nicht mehr aus dem Haus gewagt, gerade so wie damals in Schlettstadt. Es wurde erst wieder besser, als Simon bei den hiesigen Dominikanern Erkundigungen eingezogen hatte, von denen ihm zu meiner großen Erleichterung mitgeteilt wurde, dass Bruder Heinrich längst abgereist sei.

Anfang Mai traf der neue Kaufmannsgehilfe ein, Orlando di Lombardio aus Venedig. Simon und ich saßen gerade am Mittagstisch, als er bei uns anklopfte und Marga ihm die Tür öffnete.

«Hier ist ein junger Herr aus Venedig», rief sie aus der Eingangshalle.

Simon schob den Stuhl zurück und erhob sich. «Ich komme.»

Dann hörte ich die beiden Männer plaudernd die Treppe heraufkommen und sah sie schließlich in die Stube eintreten. Mit einem strahlenden Lächeln stellte sich der junge Mann mir vor, dann bat Simon ihn, mit uns zu essen und von seiner Reise zu erzählen.

Orlando sah aus, wie ich mir einen Welschen vom mittelländischen Meer immer vorgestellt hatte: schlank, nur wenig größer als ich, mit leicht gebräunter Haut, pechschwarzen Augen und ebensolchem Haar, das ihm leicht gekräuselt bis zur Schulter ging. Von der Reise standen ihm dunkle Stoppeln in dem schmalen, bartlosen Gesicht, ansonsten wirkte er kein bisschen erschöpft.

«Ich hatte sehr großes Glück mit dem Wetter und mit meinen Reisebekanntschaften», schloss er seinen Bericht. «Und von meinem Vater soll ich Euch die herzlichsten Grüße ausrichten. Er hofft sehr, dass Ihr mich in Eure Dienste nehmt. Dieses Empfehlungsschreiben hat er mir mitgegeben.»

Simon klemmte sich seine Augengläser auf die Nase und entrollte das Papier, das Orlando ihm überreicht hatte. Ein Lächeln breitete sich auf seinem sonst so ernsten Gesicht aus, während er die Zeilen überflog.

«Sehr schön, junger Mann. Ich denke, mit Euren Erfahrungen und Kenntnissen passt Ihr ganz wunderbar hierher.»

Mit Handschlag und einem kräftigen Schluck Rotwein besiegelten sie den Kontrakt über ein Jahr zur Probe. Sollte man sich dann entscheiden zusammenzubleiben, wovon Simon, wie er versicherte, ausging, dann würde sich Orlando mit Geldmitteln seines Vaters in die Seidensticker Gesellschaft einkaufen.

«Jetzt fällt mir ein großes Stück Fels vom Herzen», sagte Orlando, und ich musste lachen über diese drollige Formulierung. Gleich darauf hielt er ein weiteres Schreiben in der Hand.

«Das hat mir Dietrich mitgegeben. Ich habe ihn unterwegs in Augsburg getroffen. Es geht ihm sehr gut.»

Simons Hände zitterten ein wenig, als er die Nachricht seines Sohnes las. Dann legte er das Blatt zur Seite und seufzte leise.

«Keine guten Neuigkeiten?», fragte ich leise.

«Im Gegenteil.» Er wischte sich über die Augen. «Sein Meister ist hochzufrieden mit ihm, und er dankt mir für alles, was ich im Leben für ihn getan habe. Er wünscht sich nichts mehr, als dass Orlando all das erfüllen wird, was er selbst niemals hätte erfüllen können. Vor allem aber bittet er mich um Verzeihung und dass wir uns bald einmal wiedersehen.»

Jetzt standen ihm tatsächlich Tränen in den Augen, Tränen der Freude.

Viel länger als sonst saßen wir heute bei Tisch, und es war ganz erstaunlich, wie ungezwungen wir uns unterhielten. Gerade so, als sei Orlando schon seit Wochen bei uns. Simon strahlte in einem fort, und auch ich war sehr angetan von dem Kaufmannsgehilfen aus Venedig.

«Wie kommt es, dass Ihr so gut unsere Sprache sprecht?», fragte ich ihn.

«Meine Mutter war eine Deutsche, die Tochter eines Augsburger Gewürzhändlers, und sie hat mit uns Kindern nie anders als in ihrer Sprache geredet.»

«War? Lebt sie denn nicht mehr?»

Er schüttelte den Kopf. «Nein, sie ist schon vor vielen Jahren gestorben. Ich war noch ein halbes Kind.»

Simon legte ihm seine Hand auf den Unterarm.

«Ich weiß. Ich durfte sie noch kennenlernen, eine wunderbare Frau. Dein Vater hat sehr um sie getrauert. Auch Susannas Mutter lebt nicht mehr, sie ist vor zwei Jahren gestorben.»

Orlando sah mich mit seinen dunklen Augen voller Mitgefühl an. «Das tut mir leid.»

Ich schluckte. «Ja, es war schlimm. Weil es so plötzlich kam.»

Zugleich spürte ich, dass der Tod meiner Mutter längst nicht mehr so schmerzlich war. Vielleicht ja, weil seither so viel geschehen war. Oder weil dieser Augenblick, dasselbe Schicksal zu teilen und einander wortlos zu verstehen, so schön war.

Nachdem Orlando das Haus erkundet und sich Dietrichs Zimmer wohnlich hergerichtet hatte, bekam ich ihn die nächste Zeit kaum noch zu Gesicht, nicht einmal zu den Mahlzeiten. Simon schleppte ihn überall hin mit: ins Kaufhaus, zu seinen Handelskollegen, seiner Käuferschaft und allen Meistern, die ihm zuarbeiteten. Bis Übelhör einschritt.

«Es wird höchste Zeit, dass er endlich in unsere Buchführung eingearbeitet wird», hörte ich ihn im Kontor sagen, als ich einmal mit Kläre vom Einkauf zurückkehrte. «Wie aber soll ich das bewerkstelligen, wenn er andauernd unterwegs ist.»

So sah ich unseren neuen Mitbewohner nun öfter. Auf meine neugierigen Fragen beim Essen, etwa nach seiner Familie oder seiner Heimat, antwortete er freimütig und oft mit so farbenfrohen Schilderungen, dass ich seine älteren Brüder, das Alpengebirge oder die Hafenstadt Venedig leibhaftig vor Augen hatte. Wie früher schaute ich hin und wieder im Kontor vorbei, wo Orlando mich jedes Mal mit einem Zwinkern oder einem leisen Lächeln begrüßte. Jeder mochte ihn in seiner offenen, aufmerksamen und stets gut gelaunten Art, selbst unsere mürrische alte Marga. Auffallend oft hielt die sich in seiner Nähe auf, um ihn nach seinen Wünschen zu fragen. Schließlich erklärte er ihr einmal lachend, dass er sehr gut selbst seine Kammer aufräumen könne.

«Liebe Marga, ich bin doch kein vornehmer Junker, den du immer bedienen musst. Du hast doch schon genug zu tun in diesem großen Haus.»

Daraufhin war die Magd für den Rest des Tages fast schon beleidigt gewesen.

Auch Kläre hatte ihn von Anfang an ins Herz geschlossen. Sie wusste, dass er gern gut gewürzte Speisen aß, und so richtete sie kurzerhand ihre Kochkünste darauf aus. Als sie einmal des Guten zu viel tat und uns beim Sonntagsessen allen dreien die Tränen kamen, entschuldigte sie sich hinterher verlegen.

«Aber nein», hatte Orlando abgewehrt, «das war das beste Hasenpfeffer, das ich je gegessen habe. In der Heimat meines Großvaters macht man das übrigens aus Murmeltierfleisch.»

«Murmeltier?» Kläre bekam große Augen. «Was ist das denn für ein Tier?»

Und schon waren die beiden in ein Gespräch über die lombardische Kochkunst verwickelt, und jegliche Standesunterschiede waren hinweggewischt.

Kläre war es auch, die mir gut zwei Wochen nach Orlandos Ankunft berichtete, dass bereits die halbe Stadt von Seidenstickers neuem Gehilfen rede.

«Ich sag Euch, Frau Susanna, vor allem die Weiber kriegen ganz glänzende Augen, wenn sie nur seinen Namen aussprechen. Ich verwette meine beste Bratpfanne, dass der Junge bald an jedem Finger zehn Verehrerinnen hat. Hach, wär ich doch nur zehn Jahre jünger, ich glaub, ich tät's auch bei ihm probieren.»

Dass Orlando zu uns gefunden hatte, schien für uns alle wie ein Geschenk des Himmels. Vor allem Simon, der ihn wie einen eigenen Sohn aufgenommen hatte, war wie verwandelt: In seinem Strahlen wirkte er plötzlich viel jünger, manchmal lief er schon morgens pfeifend durchs Haus. Zum Lesen nahm er sich kaum noch die Zeit, und diesen schrecklichen Keller hatte er meines Wissens seit Orlandos Ankunft nie wieder betreten. Schon nach kurzer Zeit waren die beiden zum vertraulichen Du übergegangen, und Ende Mai eröffnete mir Simon, dass er zusammen mit Orlando in wichtigen Geschäften nach Basel müsse.

«Wie lange seid ihr fort?»

«Gut zehn Tage dürften es schon sein. Vielleicht auch mehr.»

Es wurden zwölf Tage. Jeden einzelnen hatte ich gezählt. Das Haus war wie ausgestorben in dieser Zeit, und mit jedem Tag länger hatte ich das Gefühl, als fehle jemand an meiner Seite. Und es war nicht Simon, den ich vermisste.

KAPITEL 49

Straßburg, im Frühsommer 1486

Habt Ihr in Straßburg eigentlich schon ein Mädel gefunden, das Euch gefällt?», fragte ich Orlando, als er eines Nachmittags die Nase durch die Stubentür steckte und mir eröffnete, er sei zum Abendessen nicht da.

«Sehe ich so aus, als ob mir etwas fehlen würde?» Er grinste von einem Ohr zum andern und trat näher zu mir an den Fenstererker, wo ich auf der Steinbank saß und ein Leintuch flickte. «Ich habe doch Euch, Frau Susanna, dazu die liebe Kläre, die mir meine Leibspeisen kocht, und eine knurrige Magd, die mir jeden Wunsch von den Augen abliest. Was brauche ich da noch eine Braut?»

Ich musste lachen. «Verratet Ihr mir noch, welche Bestimmung *ich* für Euch habe? Das habt Ihr nämlich ausgelassen.»

Eine leichte Röte überzog seine Wangen.

«Wollt Ihr das wirklich wissen?»

«Ja.» Jetzt war es an mir, verlegen zu werden.

«Nun gut. Wie soll ich das ausdrücken? Manchmal fehlen mir die richtigen Worte in der deutschen Sprache.»

«Versucht es einfach.»

Ich hielt seinem schwarzäugigen Blick nicht mehr stand und sah an ihm vorbei auf die Straße hinunter, wo unser Knecht Jost gerade eine Maultierkarre in den Hof führte.

«Ihr, Frau Susanna», hörte ich ihn in seiner weichen Stimme ansetzen, «Ihr macht, dass ich mich hier zu Hause fühle. Und nirgendwo anders mehr leben möchte.»

Das hatte er schön ausgedrückt. Hätte ich doch so etwas nur einmal von Simon gesagt bekommen.

«Aber», fuhr er fort, «wollen wir beide nicht du sagen?»

«Ja, lass uns du sagen.» Um von meiner Verlegenheit abzulenken, fragte ich: «Dann hast du niemals Heimweh nach Venedig?»

«Ach, ich war schon so viele Jahre unterwegs in meinem Leben, dass das Heimweh mit der Zeit schwächer wird.» Er sah aus, als wollte er noch mehr erzählen, stockte dann aber. «Wie schade, dass ich nicht noch ein Weilchen bleiben kann, aber ich muss gleich bei Gottlieb, dem Wollweber, vorbei. Und hernach bin ich in der Herrentrinkstube zum Abendessen eingeladen.»

«Begleitet dich Simon denn nicht?»

Er schüttelte den Kopf. «Nein, er hat wohl ein wenig Kopfschmerzen heute, und er meint, da sei ihm nicht nach Essen und Trinken in großer Gesellschaft. Aber es ist ohnehin besser, wenn ich hin und wieder allein ausgehe.» Er lachte. «Sonst werde ich ihn ja niemals würdig vertreten können.»

Er war schon halb zur Tür hinaus, als er sich noch einmal umdrehte.

«Es ist so herrliches Wetter, wollen wir nicht am Sonntag alle zusammen ein wenig durch die Stadt spazieren?»

«Durch die Stadt spazieren? Einfach so?», fragte ich verdutzt.

«Ja. In meiner Heimat machen wir das oft. Nach Feierabend oder am Sonntag schlendern wir durch die Gassen und über die Plätze, schwatzen mit Freunden oder Nachbarn, kaufen uns beim Karrenbeck ein Fladenbrot und genießen die Abendsonne. Bei euch sind die Leute immer nur am Rennen oder Arbeiten, oder sie sitzen in dunklen Schenken mit schlechter Luft und betrinken sich. Würdest du also mitkommen?»

«Was du für Einfälle hast. Nun ja, wenn Simon einverstanden ist ...»

«Das werde ich ihn gleich fragen.»

Am Sonntag herrschte noch immer warmes, sonniges Frühsommerwetter. Auf dem Weg von der heiligen Messe nach Hause stapfte Simon stumm neben uns her. Ich hatte den Eindruck, dass er unserem lebhaften Gespräch zwar aufmerksam lauschte, er selbst blieb aber einsilbig. Nach dem Mittagessen fragte Orlando ihn:

«Wollen wir also ein wenig spazieren gehen?»

«Geht ohne mich», antwortete er. «Morgen kommt eine Lieferung flandrischer Tuche aus Antwerpen, da ist für mich noch einiges vorzubereiten.»

«Aber das könnten wir danach auch gemeinsam machen.»

«Nein, nein, geht ihr nur. Ich bin noch immer ein wenig angeschlagen.»

Das erstaunte mich, denn von den Kopfschmerzen der letzten zwei Tage abgesehen, machte Simon nicht gerade den Eindruck, als würde er krank werden.

Ich war zwar schon einige Male zusammen mit Orlando in der Stadt unterwegs gewesen, niemals indessen allein mit ihm: Zumeist war einer der Knechte dabei gewesen oder Simon selbst. Als wir nun zu zweit loszogen, kam es mir mit einem Mal vor, als täte ich etwas Ungehöriges. Dabei hatte uns Simon mit einem leisen Lächeln viel Spaß gewünscht.

Nachdem wir in Richtung Liebfrauenmünster losgezogen waren, fragte Orlando: «Wohin möchtest du am liebsten?»

Sein strahlendes Lächeln verstärkte mein schlechtes Gewissen nur noch.

«Weißt du, was mir gefallen würde?», gab ich nach kurzem Zögern zur Antwort. «Ein bisschen aus der Stadt herauskommen. Ins Grüne, an die frische Luft.»

«Daran habe ich auch schon gedacht. Kennst du die Lange Brück über den Rhein?»

Ich schüttelte den Kopf.

«Dann wird es aber Zeit. Komm!»

Wir bogen in Richtung Bischofshof ab. Auf Höhe der Brudergasse hatte ich mit einem Mal den Eindruck, wir würden verfolgt. Aber hinter uns war nur ein älterer, gebückter Mann zu sehen, mit einem Gehstock und im Gewand eines Landadligen. Er schien sich bei dem schönen Wetter die Füße zu vertreten.

Am Tor zur Schindbrücke, wo es deutlich nach den Abwässern der nahen Metzig stank, winkte uns der Brückenwächter mit einem freundlichen Gruß durch. Orlando zeigte auf die kleine Kapelle mitten auf der Brücke.

«Simon hat mir erzählt, dass man hier Kindsmörderinnen in der Ill ertränkt und Betrüger in Käfigen untertaucht. In der Kapelle dürfen die Todgeweihten zuvor noch rasch ihre Beichte ablegen. Wie grausam wir Menschen doch sein können.»

«Da hast du recht», erwiderte ich. «Lass uns rasch weitergehen.»

Wir durchquerten Finkenweiler, die Vorstadt der Gärtner, Fischer und Zimmerleute. Kurz vor dem zweifach befestigten Metzgertor fühlte ich mich abermals beobachtet. Ich drehte mich um: Täuschte ich mich, oder war das wieder dieser alte Mann gewesen, der eben hinter dem Holzschuppen verschwand? Hatte Simon uns etwa jemanden an die Fersen geheftet? Aber warum sollte er hierfür ausgerechnet einen gehbehinderten Greis einsetzen?

«Was hast du?», fragte Orlando verwundert.

«Ich weiß nicht ... Mir war, als ob uns jemand verfolgte. Aber ich hab mich wohl getäuscht.»

Warum machte ich mir nur so dumme Gedanken? Schließlich war nichts dabei, wenn Orlando und ich für ein, zwei Stunden das schöne Wetter genossen, noch dazu mit Simons Erlaubnis.

Draußen auf dem freien Feld wurde ich endlich ruhiger. Das junge Getreide wogte im Wind, in den Obstbäumen zwitscherten die Amseln, und am Wegesrand duftete es nach Blumen. Die Landschaft erinnerte mich an die Wiesen und Felder vor Schlettstadt, und wie zu Hause staksten Störche durchs hohe Gras. Mir wurde weit ums Herz, und ich fragte mich, warum ich nie zuvor hier herausgekommen war.

Bald schon erreichten wir das Rheinufer und den wehrhaften Brückenkopf mit seinem Torhaus. Obwohl es Sonntag war, sahen wir hier erstaunlich viele Wanderer, Maultierkarren und Fuhrwerke.

«Warte hier», bat Orlando und verschwand im Schatten des Torbogens, um kurz darauf mit vergnügter Miene wieder aufzutauchen.

«Der gute Mann lässt uns ohne Maut auf die Brücke.»

Ungeachtet der Leute rundum, hakte er mich unter und führte mich durchs Tor. Jetzt erst konnte ich die Lange Brück in ihrer ganzen eindrucksvollen Länge bestaunen. In einer schier endlosen, gezackten Linie überspannte sie den breiten, träge dahinfließenden Strom mit all seinen Armen und flachen Inselchen. Sie ruhte auf mächtigen Holzpfeilern und war mit Schiffsplanken belegt, breit genug, dass zwei Wagen aneinander vorbeifahren konnten.

Aber wie hoch sie doch war! Viel zu hoch, wie ich fand. Ich tastete mich mit der Rechten am Geländer entlang, das an einigen Stellen Lücken aufwies. Als ich zwischen den Ritzen der Bretter zu meinen Füßen das dunkle Wasser schimmern sah, blieb ich stehen, klammerte mich ans Geländer und schnaufte tief durch. Dabei hatten wir noch nicht einmal einen Drittteil des Weges hinter uns.

«Ein wenig unheimlich ist das schon», murmelte ich.

Orlando lachte.

«Du müsstest mal rüber, wenn Hochwasser ist. Da glaubst du, du bist auf hoher See.» Er deutete auf das im Dunst liegende Gebirge jenseits des Rheins. «Das ist der Schwarzwald. Warst du dort schon einmal?»

«Aber nein. Stell dir vor, ich war noch nie auf der anderen Seite des Rheins.»

«Ach, Susanna.» Er legte seine Hand auf meinen Unterarm. «Du müsstest einmal mit uns kommen, wenn wir auf Reisen sind. Das hier zum Beispiel ist ein uralter Handelsweg, der drüben im Gebirge als Passstraße über den Kniebis nach Ulm und weiter nach Augsburg geht. Oder nach Innsbruck, wenn du willst. Und weiter über den Brennerpass kommst du bis in meine Heimatstadt Venedig. Du glaubst gar nicht, wie wild und beeindruckend das Alpengebirge ist. Und wie schön Venedig. Eine Stadt mitten in einer glitzernden Lagune, mit prachtvollen Palästen, von zahllosen Kanälen durchzogen ...»

«Eine Stadt ganz im Wasser? Das kann nicht gehen!»

«Aber ja. Die Venezianer sind Meister in der Landgewinnung und Trockenlegung von Sümpfen.»

«Das alles tät ich sehr gern mal mit eigenen Augen sehen. Aber Simon würde es nicht erlauben. Nicht einmal nach Basel hätte er mich mitgenommen.»

«Aber warum nicht?» Er verdrehte in gespielter Entrüstung die Augen. «Du hast doch noch keine Kinder zu versorgen. Ich verstehe das nicht.»

Ich schwieg und sah der Strömung des Wassers zu. Eine Schwanenfamilie ließ sich mit stolz erhobenen Köpfen dahintreiben, bevor sie zu meinen Füßen unter der Brücke verschwand.

«Darf ich dich etwas fragen?» Mit ungewohnt ernster Miene musterte er mich.

Ich ahnte, was kommen würde, und nickte beklommen.

«Du und Simon, ihr seid nun schon seit einem Jahr Mann und Frau. Warum ... warum also bist du nicht guter Hoffnung? Ich will euch nicht zu nahe treten, aber du bist eine schöne junge Frau, und Simon schätzt dich sehr, das weiß ich ...»

Er brach ab und starrte nun ebenfalls auf das Wasser.

Was hätte ich darauf antworten sollen? Orlando schlief nur durch eine Bretterwand von unserer Kammer getrennt, sodass er den ehelichen Beischlaf mit Sicherheit würde hören können. Dass in dieser Richtung rein gar nichts geschah, wusste Orlando also. Und um ehrlich zu sein: Seitdem er bei uns eingezogen war, war ich fast dankbar hierfür.

Er drehte sich zu mir um. «Verzeih mir, Susanna. Das war ungebührlich. Wollen wir noch ein wenig am Rheinufer spazieren gehen?»

Wie er so dastand, mit seiner zerknirschten Miene, und sich die schwarzen Locken aus der Stirn strich, hätte ich ihn am liebsten umarmt.

Stattdessen brachte ich nur die einfallslosen Worte «Ja, gern» zustande.

In jenen Tagen erlebte ich ein wahres Wechselbad der Gefühle. War Orlando in meiner Nähe, beim Essen, im Kontor oder beim Kirchgang, dann fühlte ich mich lebendig wie nie zuvor hier in Straßburg. Mit ihm vermochte ich über Gott und die Welt zu reden, dabei lachten wir viel, alberten manchmal herum wie kleine Kinder. Dann wiederum hielt ich Simons prüfende Blicke, gepaart mit seiner kühlen Freundlichkeit, kaum noch aus und fühlte mich schlecht. Obwohl ich mir nichts vorzuwerfen hatte: Orlando und ich waren nie wieder allein ausgegangen seit unserem Ausflug vor vier Wochen, nie kam es zu irgendwelchen Anzüglichkeiten zwischen uns. Selbst allzu vertrauliche Gespräche vermieden wir, seitdem ich auf seine Frage nach der Schwangerschaft geschwiegen hatte.

Ich war glücklich und niedergeschlagen zugleich, seitdem Orlando bei uns lebte. Tagtäglich redete ich mir ein, dass ich ihn mochte wie einen Bruder, und wusste doch längst, dass mich mehr als nur freundschaftliche Gefühle mit ihm verbanden. Dass er Simon bewunderte und achtete, ihn niemals getäuscht oder betrogen hätte, machte die Sache nicht besser.

Auch mit Simon ging eine Veränderung vor sich. War er nach Orlandos Ankunft zunächst wie aus dem Häuschen gewesen, voller Überschwang, ihm etwas beizubringen oder zu zeigen, so zog er sich mehr und mehr in sich zurück. Zwar blieb er weiterhin aufmerksam und fürsorglich gegenüber seinem jungen Schützling, und unsere albernen Tändeleien schienen ihn auch nicht zu stören, doch er stimmte nur noch selten in unser Lachen ein. Manchmal hatte er sogar wieder diesen traurigen, abwesenden Blick, den ich so gut kannte, wenn er am Kachelofen oder auf der Fensterbank saß und vor sich hinstarrte.

«Hattet ihr Streit, du und Simon?», fragte ich Orlando in einem der seltenen Momente, in denen wir allein waren.

Er sah mich mit großen Augen an. «Nein, wieso? Er ist immer ganz ... wie sagt man? Er ist ganz liebevoll zu mir. Wie ein Vater oder großer Bruder.»

Ich hätte mir ernsthaft Sorgen um Simon gemacht, wäre nicht diese schreckliche Nachricht aus Schlettstadt eingetroffen.

KAPITEL 50

Schlettstadt, Anfang Juli 1486

Niemals würde er diese Schmähung vergessen. Einen Heinrich Kramer wie einen räudigen Hund aus dem Haus zu jagen – das hatte noch niemand gewagt!

Viel zu aufgebracht war er gewesen, um hernach schon gleich die Heimreise anzutreten. Stattdessen hatte er sich noch für zwei Tage in einer Vorstadtherberge einquartiert, was sich jetzt im Nachhinein mehr als richtig erwies.

Die Erkundigungen, die er in dieser Zeit über das Ehepaar Seidensticker eingeholt hatte, ließen nämlich tief blicken: Wie konnte es sein, dass die beiden noch immer keinen Nachwuchs erwarteten? Am Kaufherrn konnte es nicht liegen, war der doch schon einmal verheiratet gewesen und Vater eines Stammhalters namens Dietrich. Wahrscheinlich mühte sich der alte, silberhaarige Trottel Nacht für Nacht, seine junge Frau zu schwängern, und so lag die Frage auf der Hand: Warum hatte er keinen Erfolg?

Nachdem Heinrich wieder zurück in Schlettstadt war, hatte er alles in die Wege geleitet, um Susanna die Schmach heimzuzahlen. An ihrem wundesten Punkt würde er sie treffen, und allein diese Vorstellung ließ ihn ruhiger werden. Immerhin sechs Wochen lang schaffte er es, sich ganz und gar seinem Hexenhammer zu widmen.

Doch dann hatte es ihn abermals nach Straßburg getrieben. Unter dem Vorwand, er wolle nun demnächst in Schlettstadt wegen des vergangenen Hagelzaubers zu inquirieren beginnen, hatte er erneut den Bischof aufgesucht und ihn gebeten, seinen Einfluss auf die Schlettstädter Obrigkeit geltend zu machen. Das hatte er in der Tat schon länger vorgehabt, jetzt schien ihm der richtige Zeitpunkt gekommen.

Für die Reise nach Straßburg hatte er eigens ein Gewand, wie es die Vornehmen trugen, sowie einen Gehstock für alte Männer erstanden, um nach der Audienz am Bischofshof unerkannt durch die Stadt streifen zu können. Er hatte sich für einige Tage am Hafen einquartiert, um von dort aus die Machenschaften im Hause Seidensticker voller Eifer zu verfolgen. Das Ergebnis seiner Mühen hatte ihm recht gegeben und aufs treffendste seine Ahnung bestätigt: Bereits am dritten Tag hatte er Susanna mit dem jungen Welschen ertappt, mit diesem fremdländischen Kerl, der sich dem Kaufherrn angedient hatte.

O, wie vertraut das junge Paar wirkte, das da zum Rhein hinausflaniert war! Seine Erfahrung als Inquisitor sagte ihm: Dieser eitle Schönling war Susannas Buhle! Ob ein Buhle aus Fleisch und Blut, würde sich zeigen ...

Zugleich hatte der Anblick der beiden ihn schier rasend gemacht, und ein Dämon hatte ihn ins nächste Hurenhaus getrieben. Wie er Susanna allein dafür hasste!

Zu gerne hätte nun er ihr entsetztes Gesicht gesehen, wenn sie die Nachricht aus Schlettstadt erfahren würde. Indessen war das nur der Anfang, nun würde das Rad ins Rollen kommen. Er wollte sie nicht nur im Innersten verletzen, sondern ganz und gar vernichten. Und dafür hatte er in Schlettstadt das Feld gut beackert ...

KAPITEL 51

Straßburg, Anfang Juli 1486

Simon ließ das Schreiben, das ein reitender Bote aus Schlettstadt zu Mittag gebracht hatte, so plötzlich los, als habe er sich verbrannt. Sein Gesicht war totenbleich.

«Ist etwas mit meinem Vater?», brachte ich mühsam hervor.

«Nein, nichts mit deinem Vater. Trotzdem musst du jetzt stark sein, Susanna.»

Sein Blick wanderte unruhig zwischen Orlando und mir hin und her.

«Vielleicht möchtest du lieber mit mir allein sein, wenn du das liest.»

Ich schüttelte den Kopf. «Orlando gehört doch zur Familie. Er soll bleiben.»

«Gut.»

Er reichte mir das Blatt, auf dem ich die etwas ungelenke Schrift meines Vaters erkannte. Aber meine Hände zitterten zu sehr, all meine Kraft war entschwunden.

«Bitte, Simon, lies du mir vor.»

Seine Stimme war rau, als er zum Lesen ansetzte:

«Meine herzallerliebste Tochter!

Es ist etwas ganz Furchtbares geschehen. Unser Nachbar Clewi sowie Badermeister Burkhard haben bei Gericht unter Eid behauptet, dass eure liebe Mutter sich selbst gerichtet habe. Clewi hat auf die Heilige Schrift geschworen, dass er mit eigenen Augen gesehen habe, wie sie aus dem Fenster gesprungen sei und dabei gerufen habe: Hinweg mit dir, Beelzebub! Burkhard wiederum, dass sie ihm wiederholt anvertraut habe, dass sie die Dämonen in sich nicht mehr aushalte. Ach, Susanna: Es fällt mir so unendlich schwer, dies niederzuschreiben, aber heute nun hat man ihre sterblichen Überreste ausgegraben wie die Knochen eines Hundes und auf dem Schindanger draußen beim Gutleuthaus verbrannt. Von nichts anderem ist hier in der Stadt mehr die Rede, als dass Margaretha eine zweifache Todsünde begangen habe, nämlich den Freitod und die Hexerei.

Ich selbst werde auf meine alten Tage diese Schmach, die uns nun anhängt, wohl tapfer durchstehen, euch Junge indessen trifft es härter. Schon will so mancher bei uns nichts mehr kaufen, und Maria getraut sich nicht mehr aus dem Haus. Möglicherweise wird auch mein lieber Schwiegersohn Simon es zu spüren bekommen, wenn die Kunde erst Straßburg erreicht. Ich bete zu Gott, dass er dennoch zu dir hält und dir Trost geben kann.

Noch eines zum Schluss: Ganz gleich, wie eure Mutter zu Tode gekommen ist – eine Hexe war sie niemals! Und der Herr

in seiner unendlichen Güte wird ihr, was immer sie getan hat, verzeihen. Das weiß ich.
In Liebe, dein ach so verzweifelter Vater.»

Meine Hände hatten sich in die Tischplatte gekrallt, in meinen Ohren begann es zu rauschen, und die Luft wurde ganz dünn. Wie hinter einem Nebelschleier sah ich Simon stocksteif mir gegenüber sitzen, während Orlando vom Stuhl aufsprang. Da kippte ich schon zur Seite und fiel in seine Arme.

«Komm zu dir, Susanna!»

Orlando klopfte mir gegen die Wangen. Als ich die Augen wieder aufschlug, sah ich sein liebes, sorgenvolles Gesicht dicht vor mir.

Wenn das doch nur ein Albtraum wäre, dachte ich, und mich gleich ein Hahnenschrei wecken würde. Doch da lag der Brief, der sich wieder zusammengerollt hatte, neben Simons Weinkelch.

«Es geht schon wieder», flüsterte ich und löste mich aus Orlandos Armen. Derweil hatte Simon mir einen Becher mit Wein eingeschenkt und hielt ihn mir an die Lippen.

«Trink einen Schluck. Du bist ganz grün im Gesicht.»

Ich trank den Becher leer, griff nach seiner Hand, dann sahen wir uns wortlos an.

«Ich begreife es nicht», stieß er schließlich hervor. «Dein Vater hatte gesagt, dass es ein Unfall gewesen sei, beim Schlafwandeln. Habt ihr mich etwa angelogen?»

«Niemand hat dich angelogen», flüsterte ich. Da endlich begann mein Verstand wieder zu arbeiten. «Bruder Heinrich ... dieser Prior aus Schlettstadt ... der steckt dahinter.»

«Dieser Kuttenmensch? Ich bitte dich, Susanna!»

Ich kann schweigen, hatte ich seine böse Stimme im Ohr. *Aber du musst deinen Teil dazu beitragen. Komm zu den Klosterfrauen von Sylo ...*

«Du hast ihn doch selbst erlebt», brachte ich mühsam hervor. «Er wollte *mich* treffen damit, mich allein. Er hatte es mir angedroht.»

«Aber warum nur? Was hat dieser Lump mit dir zu schaffen? Warum lässt er dich nicht einfach in Ruhe?»

«Ich weiß es doch auch nicht», schrie ich in den Raum hinein. Dann erst kamen mir die Tränen.

Den Rest des Tages verbrachte ich in der Schlafkammer, mit einem Krug frischen Wassers neben dem Bett. Kläre und Marga hatte man gesagt, ich sei unpässlich und bräuchte meine Ruhe.

In einer Art Dämmerzustand starrte ich an die Decke. Ein einziges Wort nur umkreiste und quälte mich unablässig: Warum?

Bruder Heinrich war mir als Mensch und erst recht als Mann zutiefst widerwärtig. Aber was hatte das mit *seinem* Handeln zu tun? Warum hatte er es auf mich abgesehen? Warum wollte er meine Familie, meine Ehe zerstören? Hatte ich ihm jemals irgendetwas getan?

Das Haus war stiller als sonst. Mal hörte ich Frauenstimmen, dann wieder Männerstimmen miteinander flüstern. Als es draußen zu dämmern begann, wichen meine Grübeleien der Angst. Der Angst, dass mein Vater mitsamt Gregor und Maria an dieser Schande zugrunde gehen könnte. Dass Simon mich verstoßen mochte, wenn er wirklich glauben sollte, unsere Familie hätte ihn belogen und betrogen. Ein einflussreicher, vermögender Handelsherr, verehelicht mit der Tochter einer gottlosen Selbstmörderin und vermeintlichen Hexe? So etwas würde Simon niemals auf sich sitzen lassen können. Womöglich gab es sogar ein Gesetz, nach dem die Ehe in einem solchen Fall aufgelöst werden durfte. Dass er die letzten Stunden nicht ein einziges Mal nach mir gesehen hatte, zeigte mir, wie tief ihn diese Nachricht getroffen haben musste.

Die Kammertür quietschte leise in den Angeln.

«Schläfst du?»

Ich hob den Kopf und erkannte im Halbdunkel Simon. Er setzte sich zu mir auf die Bettkante.

«Verzeih mir, dass ich dich so lange allein gelassen habe.»

«Das Beste wäre», entgegnete ich matt, «ich würde dich verlassen und nach Schlettstadt zurückkehren.»

«Nein, das wäre das Schlimmste, was du tun könntest. Hier bist du in Sicherheit.»

«Aber dein guter Ruf!» Die Verzweiflung stieg erneut in mir auf. «Du könntest alles verlieren, was du dir aufgebaut hast.»

«Glaub mir, ich hab schon so manch übles Gerücht überstanden. Da wird mir auch das hier nicht den Kragen kosten.»

Seine gleichmütige Art, die mir so oft zu schaffen gemacht hatte, beruhigte mich in diesem Moment.

«Dann hast du also keine Angst, dass man bald schon mit dem Finger auf dich zeigen könnte?»

«Wir sind hier nicht in Schlettstadt, wo es deine Familie weitaus ärger trifft. Außerdem: Wer weiß hier schon, dass du eine geborene Mittnachtin aus Schlettstadt bist. Da müsste schon jemand gehörig nachhelfen.»

Ich fuhr auf. «Eben! Und dieser Jemand hat einen Namen: Bruder Heinrich. Weshalb, glaubst du, hat es zwei Jahre lang keine Menschenseele gekümmert, was mit meiner Mutter war? Warum ausgerechnet jetzt? Hast du vergessen, dass ich diesen Menschen vor die Tür gesetzt habe?»

«Das allein kann es nicht sein. Ich denke, in diesem Mann steckt der Teufel.»

Aus Simons Mund klang das furchterregend.

«Hör zu, Susanna», fuhr er fort, «da ich genau wie du glaube, dass das eine von Menschenhand gemachte Intrige ist, habe ich heute Nachmittag einen Brief an deinen Vater geschrieben und sogleich meinem Boten übergeben. Ich habe ihm Schutz und Beistand versprochen und angeboten, mit Gregor und Maria hierherzukommen, bis sich die Aufregung in Schlettstadt gelegt hat.»

«Das hast du getan?» Ich war gerührt und dankbar zugleich.

«Ja. Dein Bruder Martin indessen muss selbst entscheiden, ob er sich nicht lieber ein Kloster an einem anderen Ort sucht. Eine Frage aber hätte ich noch: Warum habt ihr mir verschwiegen, wie deine Mutter zu Tode gekommen ist?»

«Wir wussten es doch selbst nicht.»

Er nickte, ohne dass ich mit Sicherheit hätte sagen können, ob er mir glaubte oder nicht.

Ich ließ mich in mein Kissen zurücksinken.

«Hast du die ganze Zeit über den Brief geschrieben?», fragte ich leise.

«Was meinst du damit?»

«Es wäre schön gewesen, wenn du bei mir gewesen wärst.»

Er unterdrückte ein Seufzen. «Ich will dir die Wahrheit sagen: Ich war auch noch unten im Keller und habe aus Flammen und Rauch die Zukunft befragt. Die Antworten blieben mir aber alle recht rätselhaft.»

«Etwa zusammen mit ... mit diesem Niklas?»

«Nein. Im Übrigen ist Niklas nicht mehr mein Schüler. Und nun versuche zu schlafen. Ich komme auch bald.»

Sachte strich er mir über die Stirn und verließ die Kammer. In diesem Augenblick hätte ich mir gewünscht, dass er mich in den Arm nehmen würde – so, wie es Orlando am Mittagstisch ohne nachzudenken getan hatte.

KAPITEL 52

Straßburg, Mitte Juli 1486

Die folgende Woche nahmen mich Simon und Orlando immer wieder mit bei ihren Besorgungen in der Stadt. Zum einen, um mich nicht allein zu lassen, zum anderen wohl, um aufkommenden Gerüchten die Stirn zu bieten.

Aber die Menschen in Straßburg begegneten uns wie sonst auch: die einen, die den Reichen und Vornehmen nicht sonderlich gewogen waren, zurückhaltend, die anderen wie immer in schier überbordender Liebenswürdigkeit. Ich begann, mich zu fragen, ob ich falschlag mit Bruder Heinrich. Vielleicht hatten sich Clewi und Burkhard ja gar nicht von ihm anstacheln oder gar bezahlen lassen, sondern, aus welchen Gründen auch immer, von sich aus unsere Familie angegriffen und unsere Ehre durch den Dreck gezerrt. Bei dem ewig trunkenen Clewi hätte mich das nicht gewundert, auch dem schwatzhaften Bader traute ich nicht über den Weg. Und so schrieb ich dem Vater einen Brief, in dem ich ihn fragte, ob er mit den beiden Streit gehabt habe.

Der Hausdienerschaft gegenüber hatten wir uns darauf verständigt zu verschweigen, was in Schlettstadt vorgefallen war. Bei Kläre fiel mir das sehr schwer. «Sobald das Gerede auch in Straßburg die Runde macht, werden wir das am ehesten durch sie erfahren», hatte Simon gemeint. Da er sich in diesen Tagen fürsorglicher als sonst zeigte, schien es ihm wirklich ernst zu sein, aller Welt zu zeigen, dass er zu mir stand.

Orlando indessen hatte sich merklich verändert seit meinem Zusammenbruch. Er wirkte befangen in meiner Nähe, ja mehr noch: Er wich mir aus. Wenn wir durch die Gassen gingen, hielt er sich dicht an Simon, bei den Mahlzeiten richtete er kaum noch das Wort an mich, geschweige denn, dass er mit mir gelacht oder gescherzt hätte. Obendrein zog er sich nach Feierabend häufig in seine Kammer zurück oder ging bis in die Dunkelheit allein draußen spazieren.

Ich spürte, wie mich das schmerzte, gerade jetzt, wo ich Unterstützung gebraucht hätte, sagte mir aber zugleich, dass es so am besten für alle sei.

Es war eine windstille Sommernacht nach einem heißen Tag. Noch immer stand die Wärme in den Gassen, und ich wälzte mich ruhelos auf dem Bettlaken. Wieder einmal quälten mich Schreckensbilder von geöffneten Gräbern und brennenden Scheiterhaufen aus meiner Heimatstadt, und vergebens versuchte ich, mich zu erinnern, was genau der Prior damals für schändliche Lügen am Grab meiner Mutter erzählt hatte.

Durch die offene Dachluke drangen Gesprächsfetzen und Gelächter herauf, irgendwo grölten Betrunkene ein Lied, selbst Kindergeschrei war zu dieser späten Stunde noch zu hören.

Der Platz neben mir war leer. Simon war für drei Tage und zwei Nächte in Zabern, der Sommerresidenz der Straßburger Bischöfe. Seine Fuhrleute belieferten den Hof mit Tuchen, er selbst reiste einmal im Jahr dorthin, um die Geschäfte zu besprechen. «Sollte der Bischof anwesend sein, werde ich ihn auf diesen unseligen Prior ansprechen, das kannst du mir glauben», hatte er mir beim Abschied verkündet. Doch ich hatte ihn beschworen, nur ja keine schlafenden Hunde zu wecken.

Allmählich wurde es stiller draußen, doch die stickige Luft unter dem Dach hinderte mich am Einschlafen. Kurzerhand stand ich auf, streifte mir ein leichtes Kleid über und tappte barfuß ins Treppenhaus. Aus der Kammer nebenan war nichts zu hören. Wahrscheinlich schlief Orlando längst. Er hatte mit mir in der Küche zu Abend gegessen und war noch vor mir zu Bett gegangen.

Er hatte sehr darauf gedrängt, Simon nach Zabern zu begleiten, doch der war zu meiner Verwunderung strikt dagegen gewesen. «So lass ihn doch mitkommen, wenn er unbedingt will», hatte ich mich eingemischt. «Ich bin oft genug allein gewesen.»

Aber es hatte nichts genutzt. Simon wollte mich unbedingt gut beschützt wissen. Inzwischen fragte ich mich, ob es Orlando unangenehm geworden war, mit der Tochter einer Todsünderin unter einem Dach zu leben.

In der Küche trank ich einen Becher mit halbwegs kühlem Most, dann beschloss ich, an die frische Luft zu gehen. Nie zuvor war ich bei Nacht allein im Hof gewesen, doch heute war mir danach.

Zu meinem Schreck war das Türchen zum Hof nur angelehnt. Wer ging hier mitten in der Nacht aus und ein? Die beiden Knechte betraten das Vorderhaus nur, wenn gearbeitet wurde, Kläre und Marga besaßen einen Schlüssel, wenn sie nach Einbruch der Dunkelheit noch einmal herüberkamen, und sperrten hinter sich wieder ab.

Die Tranlampe in meiner Hand flackerte, als ich das Türchen langsam aufschob. Obwohl mir das Ganze ein wenig unheimlich war, siegte die Neugier. Falls ich einen Fremden im Hof ertappte, würde ich einfach schreien wie am Spieß. Die Fenster von Hans und Jost gingen nach hinten hinaus, sodass mir die beiden schon zu Hilfe kommen würden.

Ich spähte hinaus. Nichts rührte sich im Hof. Die Wand des Hinterhauses glänzte im Mondschein, als ich in dem Winkel zwischen Stall und Schuppen einen Schatten ausmachte. Ich wollte die Tür schon erschrocken wieder zuschlagen, da hörte ich eine Stimme flüstern: «Susanna?»

Jetzt klopfte mein Herz erst recht. Es war Orlando, der da auf der Deichsel unserer Maultierkarre saß.

Ich trat näher. «Was machst du da, in aller Welt?»

«Ich konnte nicht schlafen.» Er lächelte verhalten. «Du offenbar auch nicht.»

«Nein, es ist so stickig in der Kammer.»

«Hier ist es schön.» Er erhob sich. «Schau nur, wie friedlich der Mond am Himmel steht.»

Ich folgte seinem Blick. Der Mond war fast voll, und um ihn herum schimmerte der Nachthimmel wie smaragdgrüne Seide. Als ich Orlando wieder ansah, stand er dicht vor mir. Stumm und mit verunsicherter Miene.

Ich gab mir einen Ruck. Jetzt musste ich es ihn fragen.

«Warum bist du so anders auf einmal? Ist es, weil meine Mutter eine Hexe und Selbstmörderin sein soll?»

Er schüttelte den Kopf.

Ohne ein weiteres Wort nahm er mein Gesicht in seine Hände und küsste mich mit weichen Lippen. Ein warmer Schauer durchfuhr mich, und ich erwiderte seinen Kuss. Unendlich lange.

Als wir voneinander abließen, uns noch immer bei den Händen haltend, sagte er leise: «Ich liebe dich, Susanna. Das ist es.»

Vielleicht wäre noch mehr geschehen, hätten wir nicht Jost aufgeschreckt.

«Ist da wer?», hörten wir ihn rufen.

Orlando legte mir den Finger auf die Lippen und trat hinter dem Schuppen hervor.

«Ich bin's nur, Orlando di Lombardio. Es ist nichts, hab nur eine Katze aufgescheucht.»

«Na, dann gute Nacht und schlaft wohl.»

Wir schlichen zur Tür und verdeckten dabei das Licht der Tranlampe mit unseren Händen.

In der Diele sagte er: «Lass mich noch eine Weile draußen bleiben. Ich muss nachdenken.»

Er gab mir noch einen raschen Kuss und verschwand wieder

nach draußen. Mit weichen Knien kehrte ich in die Kammer zurück, wo ich mich auf dem Bett ausstreckte. Den Geruch seiner Haare und seiner Haut hatte ich noch in der Nase, und noch immer spürte ich seine Lippen auf meinen. Seine Worte «Ich liebe dich» hallten in mir nach wie ein Sturmrauschen im Wald. Nichts war wie zuvor. Nie hatte ich diese Worte von einem Mann gehört. Und nie hatte ich diese Worte gesagt.

Auch ich liebte ihn. Nun konnte ich es endlich auch vor mir selbst zugeben. Doch gleichzeitig wusste ich: Unsere Lage war ganz und gar aussichtslos.

Am nächsten Tag bekam ich Orlando kaum zu Gesicht, so beschäftigt war er in Simons Abwesenheit. Er erschien weder zum Mittag- noch zum Abendessen.

«Was seid Ihr heute nur fahrig, Frau Susanna», bemerkte Kläre, als wir gemeinsam die Küche aufräumten. «Aber wenigstens lächelt Ihr wieder. Ich hatte mir schon große Sorgen gemacht.»

Als ich zu Bett gehen wollte, klopfte es an meine Schlafkammer.

«Ich bin's. Orlando», hörte ich es flüstern.

Ohne auch nur einen Atemzug zu zögern, öffnete ich die Tür, und wir fielen uns in die Arme wie Liebende, die wochenlang voneinander getrennt gewesen waren.

Die halbe Nacht küssten und liebkosten wir uns, mein Innerstes stand in Flammen. Ich hatte nicht geahnt, wie wunderbar es sein konnte, bei einem Mann zu liegen. Am Ende war er es, der den letzten Schritt der körperlichen Liebe verhinderte.

«Simon ist mein Dienstherr und Freund», sagte er leise, während er sich behutsam aus meiner Umarmung löste. «Und dein Ehemann.»

«Ich weiß doch. Ach, es ist so schwer. Ich weiß weder ein noch aus.»

«Soll ich dann besser gehen?»

«Nein, Orlando, bitte bleib bei mir. Ich möchte, dass du neben mir einschläfst und neben mir wieder aufwachst.»

«Das möchte ich auch. Am liebsten jede Nacht.»

Wir schmiegten uns aneinander und versuchten zu schlafen. Aber die Gedanken sprangen wie wild in meinem Kopf herum. Auch wenn wir nicht bis zum Äußersten gegangen waren, empfand ich das, was wir taten, als Ehebruch. Wie sollte ich morgen Simon unter die Augen treten? Wie konnte Orlando noch Seite an Seite mit ihm arbeiten? Dann wieder quälten mich die Bilder von Frauen in Büßerkittel und mit einem Strohkranz auf dem geschorenen Haupt, die an der Rathaustreppe ins Halseisen gestellt wurden. Die Strafen auf Unzucht und Ehebruch waren hart: Rutenschläge am Pranger vor gaffendem Volk oder aber mit dem Lasterstein um den Hals durch die Gassen getrieben werden, im schlimmsten Fall bis hinaus vor die Stadt. Fast immer waren es die Frauen, die bestraft wurden. Es waren die Frauen, deren Ehre dahin war. Ich hatte es selbst schon erlebt, auch wenn ich mich nach einem ersten mitleidsvollen Blick jedes Mal abgewandt hatte und meiner Wege gegangen war.

Ich spürte, wie sich Orlando neben mir bewegte.

«Schläfst du schon?», flüsterte ich.

«Nein. Mir geht so vieles im Kopf herum.»

«Mir auch.» Ich stockte. Dann sprach ich leise weiter: «Ich muss dir etwas sagen, Orlando. Zwischen Simon und mir, das ist nicht so wie sonst zwischen Mann und Frau.»

«Wie meinst du das?»

Ich gab mir einen Ruck. «Wir haben noch nie beieinandergelegen. Deshalb bin ich auch nicht guter Hoffnung.»

Zwei, drei Atemzüge lang schwieg er. Dann zog er mich in die Arme. «Das habe ich mir fast gedacht. Aber warum nur? Ich verstehe das nicht.»

«Ich dachte immer, das würde an mir liegen. Weil er doch schon mal verheiratet war und einen Sohn hat. Aber jetzt, zusammen mit dir ...» Ich brach ab.

«Soll ich dir was sagen, Susanna? Ich kenne Dietrich schon lange. Vor Jahren hatte ich ihn in Genua kennengelernt, und dann haben wir uns in Augsburg, wo ich eine Zeitlang bei den Fuggern gelernt hatte, wiedergesehen. Er ist ein wirklich feiner Kerl. Seitdem ich seinen Vater besser kenne, habe ich mich jedoch immer öfter gefragt, wie die beiden Vater und Sohn sein können.»

«Das hat Kläre auch schon vermutet», murmelte ich. Wie verworren das alles war.

Er küsste mich auf die Wange. «Geh mit mir nach Venedig. Dort fangen wir ein neues Leben an. Bitte!»

Fast erschrocken erwiderte ich: «Das geht nicht. Das könnte ich Simon niemals antun. Auf seine seltsame Art liebt er mich.»

«Und du? Liebst du ihn auch?»

«Nein», wehrte ich ab. «Manchmal bin ich ihm dankbar, manchmal bewundere ich ihn. Mehr nicht. Aber ich habe ihm in der Ehe die Treue geschworen.»

Er ließ mich los und richtete sich im Dunkeln auf. «Aber das ist doch gar keine Ehe, die ihr führt! Willst du etwa als vertrocknete Jungfer alt werden? Willst du das?»

Regelrecht zornig war er geworden.

«Pst, nicht so laut!», beschwichtigte ich ihn. «Vielleicht ist es besser, du gehst jetzt.»

«Du hast recht.»

Er sprang aus dem Bett, tastete nach seinen Kleidern. Dann kehrte er noch einmal zu mir zurück, strich mir übers Haar und küsste mich sanft.

«Entschuldige, dass ich so wütend geworden bin. Es ist nur ... ich liebe dich so sehr, dass ich euch, wenn du bei Simon bleibst, verlassen muss. Ich würde das nicht länger aushalten. Darum bitte ich dich innigst: Denk darüber nach.»

Noch vor dem Abendessen kehrte Simon aus Zabern zurück, wo er einen guten Handel abgeschlossen hatte. In bester Stimmung fragte er uns, was es für Neuigkeiten gebe, aber Orlando antwortete nur einsilbig, dass alles seinen gewohnten Gang genommen habe. Und ich war vollkommen durcheinander seit letzter Nacht und versuchte angestrengt, mir nichts anmerken zu lassen.

So bestritt Simon das Gespräch beim Essen fast allein, berichtete von der anstrengenden Reise bei dieser Hitze, machte sich über die übertrieben höfischen Gepflogenheiten in der Residenz lustig und bedauerte, dass er den Bischof leider nicht angetroffen habe. Immer wieder spürte ich Orlandos Blicke, aber ich wagte nicht, ihn anzusehen, aus Angst, meine Gefühle zu verraten.

KAPITEL 53

Straßburg, Mitte Juli 1486

Wenige Tage später traf ein Brief von meinem Vater ein. Darin dankte er Simon von ganzem Herzen für dessen Beistand und ließ mir liebste Grüße ausrichten. Nein, er könne sich an keinen Streit mit Meister Burkhard erinnern, wobei er ohnehin schon seit längerem die Dienste eines anderen Baders in Anspruch nehme. Und Clewi sei ja, wie jedermann wisse, mit fast allen Nachbarn zerstritten. Aber wie dem auch sei: Gregor habe ihn überzeugt, die Schmach nicht auf sich sitzen zu lassen und im Gegenzug Clewi und Burkhard wegen Verleumdung und Ehrverletzung anzuzeigen. Die Dinge nähmen jetzt vor Gericht ihren Lauf.

Ich stand mit Simon in der Eingangshalle, wo wir vom Boten das Schreiben in Empfang genommen hatten. Nachdem er mit dem Vorlesen fertig war, brach ich in Tränen aus. Hatte ich doch seit Tagen nicht mehr daran gedacht, was in Schlettstadt geschehen war. Jetzt traf mich diese Ungeheuerlichkeit wieder mit voller Wucht.

Erstaunt sah er mich an. «Das ist doch eine gute Nachricht, Susanna!»

«Mag sein. Aber es ändert nichts daran, dass alle Welt glaubt, dass meine Mutter nun in der Hölle schmort.»

«Glaubst du denn daran?»

«Nein.»

«Na also. Das ist das Wichtigste. Und was das Gerede der Leute betrifft: Irgendwann wird Gras darüber gewachsen sein.»

Er küsste mich väterlich auf die Stirn. Im offenen Türspalt zum Kontor tauchte in diesem Moment Orlandos schwarzer Lockenkopf auf.

«Weinst du?», fragte er mich mit großen Augen.

«Nein, schon vorbei», stammelte ich. «Es ist nur ... ein Brief meines Vaters ...»

Simon winkte ihn heran. «Lies selbst, mein Junge. Im Grunde ist es eine gute Nachricht.»

Wie die beiden da so dicht bei mir standen – Simon rechts von mir, die Hand auf meiner Schulter, Orlando links von mir –, da hatte ich plötzlich das verstörende Gefühl, ich sei mit zwei Männern verheiratet: mit einem, den ich liebte, mit einem, der mich beschützte. Überhaupt brachte mich Simons verständnisvolle Art allmählich aus der Fassung. Spürte er denn nicht, dass zwischen seinem Gehilfen und seiner eigenen Frau etwas vorgefallen war? Er musste doch unsere sehnsuchtsvollen Blicke bemerken, die wir uns immer wieder zuwarfen, meine Verwirrtheit, wenn ich bei Tisch mitten im Satz stockte und nicht mehr wusste, was ich eigentlich hatte sagen wollen. Gestern hatte er uns sogar dabei ertappt, wie Orlando kurz meine Hand gestreichelt hatte, als wir uns auf der Treppe begegnet waren, und dabei keine Miene verzogen.

«Simon hat recht.» Orlando drückte mir den Brief in die Hand, wobei unsere Finger sich berührten. «Dein Vater und dein Bruder werden es schon schaffen.»

In diesem Augenblick beschloss ich, Simon bei nächster Gelegenheit reinen Wein einzuschenken. Sonst würde ich noch den Verstand verlieren. Und ich ertrug es nicht, ihn so zu betrügen.

Am nächsten Vormittag war die Gelegenheit gekommen, wenngleich das Gespräch einen völlig anderen Verlauf nahm, als ich gedacht hätte. Simon hatte Orlando allein ins Kaufhaus geschickt, da er zu Hause einen Käufer für einen Ballen Seide erwarte. Dann bat er Marga, das Kontor zu putzen, Kläre hatte sich auf den Weg zum Fischmarkt gemacht. Wir waren also allein im Haus.

«Kommst du auf einen Moment mit in die Stube?», bat er mich. «Ich habe etwas mit dir zu besprechen.»

Er wirkte angespannt, und auch mir begann, das Herz bis zum Hals zu klopfen.

In der Stube nahm er mich bei der Hand, und wir setzten uns nebeneinander an den Kachelofen. Die Sonne schien durch das Erkerfenster, irgendjemand hatte einen Strauß Feldblumen auf den Tisch gestellt.

«Wir haben ein schönes Zuhause, nicht wahr?», begann er.

Ich nickte befangen. Worauf wollte er hinaus?

«Fühlst du dich denn wohl hier?»

«Ja», erwiderte ich leise und fragte mich, ob das nun gelogen war oder nicht.

«Fühlst du dich auch wohl mit mir?»

Ich kämpfte mit mir. Sollte ich jetzt die Wahrheit sagen? Dass er zwar ein wundervoller Mensch war, aber eben kein Ehemann? Und dass ich noch mein ganzes Leben vor mir hatte?

Doch er fuhr bereits fort zu reden: «So langsam bin ich ein alter Mann und sehe die Dinge anders, nun ja: gelassener. Ich bin sehr, sehr froh, dass du an meiner Seite bist, und möchte dich nicht verlieren. Ich würde dir jeden Wunsch erfüllen. Aber ich weiß auch», sein fein gezeichneter Mund verzog sich zu einem wehmütigen Lächeln, «dass ich es nicht kann. Du bist eine junge Frau aus Fleisch und Blut, und ich liege jede Nacht wie ein Strohsack neben dir. Das tut mir unendlich leid, ja es schmerzt mich regelrecht.»

Er unterbrach sich, und ich sagte rasch, ehe mich wieder der Mut verlieren würde: «Ich muss dir auch etwas sagen.»

«Das brauchst du nicht. Ich habe Augen im Kopf und spüre seit langem, was da ist. Du liebst den Jungen, und er liebt dich.»

Erschrocken starrte ich ihn an. «Du weißt es?»

«Ja, und ich kann dich besser verstehen, als du glaubst. Auch ich liebe Orlando, auf meine Art eben. Er ist der beste Kaufmannsgehilfe, den ich mir vorstellen kann. Ich hoffe immer noch darauf, dass er mein Gesellschafter wird und später einmal mein Nachfolger. Und was euch angeht, ihr beide seid ein wunderbares Paar.»

Träumte ich? Was redete Simon da? Was als Nächstes folgte, verschlug mir die Sprache.

«Du weißt, ich vermag es nicht, bei einer Frau zu liegen, warum auch immer der Herrgott mich so geschaffen hat. Darum mache ich dir einen Vorschlag, Susanna: Ich möchte euch beiden nicht im Wege stehen. Wenn ihr euch ein wenig vorseht, wird niemand von irgendwem erfahren, dass ihr euch liebt, zuallerletzt von mir. Denn ich möchte, dass ihr bei mir bleibt, alle beide. Und wer weiß», jetzt wurde sein Lächeln warm und liebevoll, «vielleicht erfüllt dann eines Tages Kindergeschrei dieses stille Haus.»

Ich brachte kein Wort heraus, und Simon drückte meine Hand.

«Sag bitte Orlando nichts davon. Ich möchte selbst mit ihm reden, wenn der richtige Augenblick gekommen ist.»

KAPITEL 54

Straßburg, Mitte Juli 1486

Am nächsten Morgen erwachte ich noch vor Simon, was selten geschah. Er lag mir zugewandt, die rechte Hand auf meiner Hüfte. Behutsam nahm ich seine Hand weg und betrachtete sein Gesicht. Ja, er war alt, hatte viele Fältchen um Augen und Mund, die Jahre hatten seine Haut ledrig werden lassen. Doch seine hohe, helle Stirn und die schmalen Wangen wirkten glatt wie bei einem jungen Mann. Es war ein gutes, ein ansprechendes Gesicht.

Was für ein seltsamer Mensch Simon doch war. Nie zuvor hatte ich davon gehört, dass ein Ehemann sein Weib einem anderen überließ, weil er nicht verlassen werden wollte. Nach der anfänglichen Verblüffung war ich entsetzt gewesen von seinem Angebot, dann wütend. Denn zu nichts Geringerem als Unzucht und Ehebruch wollte er Orlando und mich anstiften. Bedachte er nicht einmal, dass wir damit vor Gericht landen könnten?

Den restlichen Tag über hatte ich kein Wort mehr mit ihm gewechselt, und auch Orlando war ich aus dem Weg gegangen. Am Abend dann, kurz bevor ich zu Bett ging, hatte ich Simon ein einziges Wort entgegengeschleudert: «Niemals!»

Jetzt indessen im Morgenlicht, als ich Simon anblickte und sah, wie verletzlich er da neben mir lag, da begriff ich, wie sehr er an mir hing, wie groß sein Herz war. Und war es nicht doch ein verführerischer Gedanke, meinen Gefühlen zu Orlando nachgeben zu dürfen? Bloß: Wie sollte das gehen? Sollte ich künftig jede Nacht in die andere Schlafkammer wechseln? Wenn ich eines Tages tatsächlich guter Hoffnung sein würde, dürfte Orlando dann sein Kind überhaupt auf den Arm nehmen und herzen? Oder hätte es zwei Väter? Nein, so etwas gab es nicht auf der Welt und durfte es auch nicht geben.

Ich kleidete mich leise an und ging in die Küche, wo Kläre das Herdfeuer schürte.

«So früh auf den Beinen?», fragte sie und setzte einen Topf Milchbrei auf.

«Ja. Ich hab schlecht geschlafen.»

Kläre schüttelte den Kopf. «Ich muss sagen, seit einigen Wochen fühlt sich hier im Haus alles anders an. Mal schweigt Ihr Herrschaften Euch an, mal lächelt Ihr versonnen, dann wieder habt Ihr, Frau Susanna, ganz verweinte Augen. Es ist, als ob Ihr alle ein großes Geheimnis mit Euch trügt.»

«Ach, Kläre, ich weiß doch auch nicht, was mit mir ist.»

Sie ließ den Kochlöffel sinken. «Eines solltet Ihr wissen: Wenn Ihr meine Hilfe braucht oder jemanden zum Aussprechen, könnt Ihr jederzeit zu mir kommen.»

Gerührt zog ich sie in die Arme. Da sah Simon zur Küche herein.

«Was ist das denn für eine Verbrüderung?» Er runzelte die Stirn. «Ist Orlando noch nicht auf? Er sollte mich zu Gebhard begleiten.»

«Doch», erwiderte Kläre. «Er ist schon unten im Kontor und macht ein Gesicht wie drei Tage Regenwetter. Vielleicht solltet Ihr einmal mit ihm reden, Herr.»

«Das werde ich, Kläre.» Er warf mir einen vielsagenden Blick zu. «Ist das Morgenessen schon fertig? Wir müssen gleich los.»

Nachdem Simon und Orlando zu dem befreundeten Tuchhändler Gebhard verschwunden waren, setzte ich mich in den Hof auf die Bank und sah den Knechten beim Abladen der eingetroffenen Waren zu. Wie schön wäre es doch, in diesem Haus Kinder großzuziehen – neben allem anderen hätte ich endlich eine Aufgabe, wäre nicht mehr zu dieser ewigen Untätigkeit verdammt.

«Ist Euch nicht gut, Frau Susanna? Ihr seid so blass.»

Übelhör stand vor mir, mit seinem dicken Auftragsbuch unter dem Arm.

«Nein, alles bestens. Vielleicht setzt mir diese Hitze seit Tagen zu.»

«Ja, die lässt einen schlecht schlafen. Aber so grau, wie der Himmel heute ist, wird es wohl bald ein Gewitter geben. Jetzt entschuldigt mich bitte, ich muss mit Jost die Fuhre überprüfen.»

Meine Brust krampfte sich zusammen, als ich daran dachte, dass Simon vielleicht just in diesem Augenblick Orlando jenes ungeheuerliche Angebot machen würde. Ich war mir fast sicher, dass Orlando empört sein würde. Sein Stolz würde es nicht zulassen, ein Schattendasein zu führen, ein Familienleben im Verborgenen. Wahrscheinlich würde er ohne Umschweife sein Bündel packen in seinem Zorn.

Ich fuhr aus meinen Gedanken. Das herrische Klopfen an der Haustür drang bis in den Hof.

«So geht doch durchs Hoftor», hörte ich von drinnen Marga rufen. «Das ist offen.»

Kein Ave-Maria später standen zwei bewaffnete Männer in Helm und halbem Harnisch vor mir. Das rot-weiße Wappen auf dem Schild zeichnete sie als Bischofswache aus.

«Verzeiht die Störung, seid Ihr Susanna Seidenstickerin, die Ehefrau des Tuchhändlers Simon Seidensticker?», fragte der Ältere höflich.

Ich erhob mich von der Bank. «Ja, die bin ich. Aber mein Ehemann ist außer Haus. Er kehrt erst zu Mittag wieder zurück.»

Sogleich war Übelhör zur Stelle und trat zwischen die Männer und mich. «Was wollt Ihr von der Hausherrin?»

«Befehl Seiner Exzellenz, des Bischofs von Straßburg: Die Seidenstickerin ist zu einer gütlichen Befragung geladen.»

«Könnt Ihr mir dann auch verraten, um was es geht?», fragte ich und versuchte, die Unsicherheit in meiner Stimme zu verbergen.

«Nun, wir haben nur den Befehl, Euch abzuholen.»

Übelhör legte sein Buch auf der Bank ab. «Gut, dann werde ich die Kaufherrin begleiten. Sie steht unter meinem Schutz, solange Meister Seidensticker außer Haus ist.»

Der Jüngere stellte sich breitbeinig auf und legte die Hand an den Knauf seines Schwertes. «Da müsst Ihr Euch schon gedulden, bis wir sie zurückbringen. Es ist allein die Seidenstickerin vorgeladen. Und nun kommt.»

«Macht Euch keine Sorgen, lieber Übelhör.» Ich versuchte zu lächeln. «Bis heute Mittag werde ich zurück sein. Und Ihr, Wächter, wartet auf der Gasse auf mich, ich möchte noch meine Haube und meinen Umhang holen.»

In der Eingangshalle traf ich auf Marga und Kläre, die beide gelauscht hatten.

«Was wollen die bloß von Euch?», fragte Kläre außer sich. «Euch mit Schwertern bewaffnet abzuholen, als wärt Ihr eine Diebin!»

«Das wird schon alles seine Richtigkeit haben. Und wenn ich bis Mittag nicht zurück bin, soll Simon in den Bischofshof kommen.»

«Das wird er, ganz bestimmt.»

Ich rückte meine Haube zurecht, warf mir den Sommerumhang über und betrat durch die Haustür die Gasse. Dort hatte sich schon ein Haufen Volkes versammelt, und auch ich war überrascht: Die Wache war im Wagen vorgefahren!

«Dachtet Ihr, ich schaffe die paar Schritte nicht zu Fuß?», fragte ich, nun schon reichlich verärgert über diesen Aufwand. Zugleich begann ich, gegen eine unbestimmte Angst anzukämpfen: In welcher Angelegenheit wollte der Bischof höchstselbst mich um Himmels willen befragen? Etwa zum Tod meiner Mutter? Oder war, auf welchem Wege auch immer, das Gerücht über Unzucht im Hause Seidensticker an den Bischofshof gedrungen? Ich klammerte mich an den Gedanken, dass Simon schon alles wieder ins rechte Licht rücken würde.

Stumm, wenngleich höflich, reichte mir der Ältere den Arm und half mir auf den offenen Einspänner, wo ich zwischen den beiden Wächtern zum Sitzen kam. Dann zog das Pferd an. In der offenen Haustür sah ich Kläre stehen und mir mit einem bemüht aufmunternden Lächeln nachwinken. Wie besorgt sie war, konnte sie dadurch nicht verbergen.

Wenig später glaubte ich mich in einen bösen Traum versetzt: Wir ließen den Bischofshof rechter Hand liegen und rumpelten stattdessen über die Schindbrücke stadtauswärts.

«Was soll das?», fragte ich mit klopfendem Herzen. «Wo bringt Ihr mich hin?»

«Haltet den Mund und wartet ab!», schnauzte der Jüngere.

Doch es sollte noch übler kommen: Draußen vor dem Metzgertor hielt die bischöfliche Wache neben einem mit Planen umhüllten Zweispänner. Ich wurde recht unsanft vom Wagen gezogen und zwei kräftigen, ebenfalls bewaffneten Männern übergeben. Zwei weitere saßen hoch zu Ross.

«Ist das die Susanna Seidenstickerin?», fragte einer der Reiter, der einen schwarzen Vollbart trug und offenbar der Anführer war.

«Ja, das ist sie. Somit haben wir unseren bischöflichen Auftrag erfüllt. Gute Reise.»

Eh ich michs versah, wurden mir die Hände auf den Rücken gebunden.

«Los, hinauf auf den Wagen mit Euch.»

Doch ich blieb stocksteif stehen und hatte Mühe, überhaupt ein Wort herauszubringen. «Was wird mir vorgeworfen?»

«Ihr sollt nach Schlettstadt gebracht werden», entgegnete der Schwarzbärtige. «Mehr wissen wir auch nicht.»

Ich versuchte, ruhig durchzuatmen. Ganz gewiss ging es um die Verleumdungsklage, die mein Vater gegen Clewi und Burkhard angezettelt hatte. Die ersten Neugierigen, die auf dem Weg in die Stadt waren, blieben stehen und glotzten.

«Das muss ein Irrtum sein», sagte ich mit fester Stimme, während mein Herz raste. «Wenn ich dort vor das Stadtgericht geladen bin, dann als Zeugin. Nehmt mir also sofort die Fesseln ab.»

«Ihr seid es, die irrt. Unser Befehl lautet, Euch gebunden nach Schlettstadt zu bringen, damit Ihr uns unterwegs nicht abhandenkommt. Und Ihr werdet auch nicht vom Stadtgericht erwartet, sondern von dem päpstlichen Inquisitor Heinrich Kramer.»

KAPITEL 55

Schlettstadt, am selben Tag

Mit forschem Schritt überquerte Heinrich den Wafflerhof. Wie gut, dass er die städtische Obrigkeit davon hatte überzeugen können, die Sache mit dem zerstörerischen Hagelzauber vom letzten Sommer neu aufzurollen, denn jetzt würde er zwei Fliegen mit einer Klappe schlagen. Was inzwischen vor dem Schlettstädter Hochgericht verhandelt wurde, mit ihm als

Inquisitor, würde nicht nur der Hexensekte hier im Elsass den Garaus machen. Es würde auch ihm ganz persönlich eine große Genugtuung bereiten.

Er dachte daran zurück, wie man damals die des Hagelzaubers verdächtige Leitnerin, eine alte Kräuterfrau aus dem Flecken Orschweiler, auf der benachbarten Hochkönigsburg festgehalten und dort so dilettantisch verhört hatte, dass man sie wieder hatte freisetzen müssen. Was niemals geschehen wäre, hätte Heinrich die Zügel in der Hand gehabt, doch leider war er zu jener Zeit auf seiner Romreise gewesen. Nun aber hatte er nachweisen können, dass die Leitnerin gut bekannt gewesen war mit jener als Hexe überführten Hebamme Marie, die auch Susannas Mutter entbunden und ihrer teuflischen Rotte zugeführt hatte. Seither saß die Alte, mit vorerst drei weiteren verdächtigen Frauen, im Verlies des Niedertors.

Wie wenig es doch gebraucht hatte, die Leitnerin zu ihrer Aussage zu bringen, dass Susannas Mutter eine Unholdin war. Unwillkürlich musste er lächeln. Es hatte schon ausgereicht, diesem Kräuterweib im Folterkeller die Instrumente vorführen zu lassen. Am ganzen Körper zitternd, hatte sie ihr Schweigen gebrochen und auf seine Fragen bezüglich der Kestenholzer Hexen ohne Zögern geantwortet. Noch am selben Tag hatte man Margarethas Leichnam exhumiert und auf dem Schindacker verbrannt.

Für ihn war dies jedoch nur der erste Schritt gewesen. Die Schande mit der bislang angesehenen Bürgerin Margaretha Mittnachtin hatte den Boden dafür bereitet, dass der Magistrat schließlich, nach einer schier endlos langen Bedenkzeit, eingewilligt hatte, auch deren Tochter nach Schlettstadt vorzuladen.

Vor der Treppe des Rathauses wischte er sich den Schweiß von der Stirn. Wie schwül es plötzlich geworden war. Als ob sich die Hitze wie ein Deckel über die Stadt gelegt hätte. Als Erstes würde er sich einen großen Krug kühlen Bieres in die kleine Ratsstube bringen lassen, bevor er die Eierkrämerin aus der Vorstadt als neue Verdächtige befragen wollte.

Der Höhepunkt dieses Prozesses indessen würde sein, Susanna von Angesicht zu Angesicht gegenüberzusitzen. Zu seinem Ärger hatte sich der Bischof von Straßburg nur höchst widerwillig bereit erklärt, Susanna von seinen Wächtern abholen und vor die Stadt bringen zu lassen, um sie dort der Schlettstädter Stadtwache zu übergeben. Doch Heinrich hatte ihm vorgeschlagen, die Überführung unter größter Geheimhaltung vorzunehmen, um in Straßburg kein vorzeitiges Aufsehen zu erregen. Ihm selbst war das ganz einerlei, denn saß Susanna erst einmal in der Arrestzelle des Rathauses, war sie seiner Macht ganz und gar ausgeliefert.

Glasklar hatte er bereits vor Augen, womit er sie in der Hand haben würde. Sie würde ihm nicht mehr entkommen.

KAPITEL 56

Schlettstadt, am Abend

Eine Folge von Blitzen gleißte zwischen den beiden Kirchtürmen von Sankt Fides auf, dann brach mit einem Donnerknall der Gewitterregen los und füllte binnen kurzem die Löcher auf den Gassen mit Schlamm und Unrat.

Beim nächsten Donnerschlag zog ich unwillkürlich den Kopf ein. Ich hörte den Kutscher und die beiden Reiter neben dem Wagen laut fluchen und spähte angstvoll zwischen einer Lücke in der Plane hinaus. Pechschwarze Wolken hatten sich vor den flammend roten Abendhimmel geschoben, und ich sah die Menschen von der Straße flüchten, nach Hause oder in ein anderes Obdach.

Schon als Kind hatte ich große Angst vor Gewitter gehabt,

nun aber galt mein Zittern nicht dem Unwetter. Wohin würden mich die Männer bringen? In eines der Verliese in den Stadttürmen? Oder gleich zu Bruder Heinrich? Nein, im Kloster würde er mich wohl kaum empfangen, um mich auszuhorchen. Als ich vor dem Straßburger Stadttor erfahren hatte, dass ich zu ihm gebracht werden sollte, hatte vor Schreck mein Herzschlag ausgesetzt. Sofort hatte ich ihn wieder vor Augen gehabt, mit seinem schäbigen Grinsen in unserer Eingangsdiele, auf dem Friedhof am Grab meiner Mutter und erst recht in seiner widerwärtigen Zudringlichkeit damals in der Küche. Nur: Was warf er mir überhaupt vor? Welchen Frevels sollte ich beschuldigt werden? Aus meinen Bewachern, die mich behandelten wie eine gefährliche Übeltäterin, hatte ich nichts herausbringen können.

Die ganze Reise über hatte ich an nichts anderes denken können. Mittlerweile schmerzten mir die Handgelenke von den Fesseln und der Rücken vom Sitzen, die Beine waren von der langen Fahrt halb taub. Nur mit einem einzigen kurzen Halt, bei dem die Pferde gewechselt und mir selbst Brot und Wasser gereicht wurden, waren wir von Straßburg nach Schlettstadt gelangt. Verborgen unter der Plane, bemerkte niemand, wer da noch zu später Stunde in die Stadt geschafft wurde.

Plötzlich fiel es mir wie Schuppen von den Augen: Bruder Heinrich konnte mir selbst nichts vorwerfen, also musste es etwas anderes sein. Irgendjemand in Straßburg musste von Simons geheimnisvollem Keller erfahren und es brühwarm dem Bischof zugesteckt haben. Ganz gewiss wollte der Prior mir Zauberei und Geisterbeschwörung anhängen! Hatte vielleicht dieser junge Kerl namens Niklas geredet, um sich dafür zu rächen, dass Simon ihn nicht mehr als Schüler wollte? Nein, damit würde er sich ja nur selbst hineinreiten. Ich jedenfalls würde alles abstreiten. Allein schon, um Simon zu schützen.

Der Regenguss prasselte lautstark auf die Plane, und in meinem Kopf begann sich alles zu drehen. Halte durch, sagte ich mir, halte durch bis morgen. Simon und Orlando hatten sich gewiss schon auf den Weg gemacht, mit einer ganzen Schar angesehener Straßburger Ratsherren und Bürger, um mich zu befreien. Selbst wenn auch sie von diesem Unwetter überrascht worden waren – spätestens morgen würden sie hier sein.

Als der Wagen mit einem Ruck hielt, fiel ich wie ein Kartoffelsack gegen meinen Bewacher.

«He, he!», raunzte der, während er mich von sich wegschob. Und mit einem Blick nach draußen: «Wir sind da. Was für ein Scheißwetter!»

Er schob mich nach vorne, wo der Kutscher die Plane öffnete. Von dessen Hutkrempe floss das Regenwasser wie in einem Vorhang herab.

«Scheißwetter!», fluchte auch er. Zu zweit hoben sie mich vom Wagen, und ich landete mit meinen dünnen Sommerschuhen mitten in einer Pfütze. Zwei Atemzüge später waren auch mein Gesicht und meine Haare unter der Haube völlig durchnässt, da ich mir mit den gebundenen Händen nicht die Kapuze meines Umhangs überstreifen konnte.

Inzwischen war stockdunkle Nacht eingebrochen. Ich brauchte einen Moment, um zu erkennen, dass wir vor dem Rathaus standen. Aus den Arkaden löste sich eine Gestalt mit einer Fackel in der Hand. Der Mann trug das Gewand der hiesigen Stadtwache.

«Ist das das Weib aus Straßburg?», fragte er.

Der schwarzbärtige Reiter, der sein Pferd dicht neben mich getrieben hatte, nickte.

Da nahm ich noch einmal all meinen Mut zusammen. «Ich bin Bürgerin der Reichsstadt Straßburg und Ehefrau des ehrbaren Handelsmannes Simon Seidensticker. Ihr habt kein Recht der Welt, mich wie eine Gefangene hierherzuschleppen.»

«Vorerst *seid* Ihr eine Gefangene», entgegnete der Wächter und hielt mir die Fackel dicht vors Gesicht, «und zwar der päpstlichen Inquisition.» Er drehte sich zu seinem Kollegen um. «Los, bringen wir sie rein.»

Als ich vor den Seiteneingang des Rathauses geführt wurde, wusste ich, wo ich die Nacht verbringen würde. Hier gab es keine Arkaden mehr, sondern eine feste Mauer mit vergitterten Fenstern, und hinter der Tür führte eine Treppe hinunter zur Arrestkammer, die von den Hiesigen spöttisch «Herrenstüblein» genannt wurde, da dort die Vornehmen unter den Gesetzesbrechern eingesperrt wurden. Auch wenn ich diese Kammer nie von innen gesehen hatte, war ich fast erleichtert, weil es allemal besser als im Turmverlies sein würde.

Mit weichen Knien stieg ich die Treppe hinunter. Vor mir tat sich ein Gewölbekeller aus rohem Stein auf. Der hintere Teil wurde von einer Wandfackel erleuchtet. Dort kauerte auf einer Bank der Gefängniswärter, vor sich auf dem grob gezimmerten Tisch eine Brotzeit, einen Becher sowie einen dicken Prügel. Seine Beine hatte er unter einem Kohlebecken ausgestreckt. Der Mann hatte den Körperbau eines Bären, sein Gesicht war hinter dem zotteligen Vollbart und dem ebenso zotteligen Langhaar kaum zu erkennen.

«Dann mal herein in die gute Stube», knurrte er, packte mit seiner Pranke den Knüppel und wies damit auf ein halbrundes Gitter an der Seite, das offen stand.

Mir stockte der Atem: Hinter dem Gitter tat sich ein weiterer Keller auf, schmaler, dunkler und niedriger. Ein wahres Loch! Auf dem blanken Boden war zur Hälfte Stroh aufgeschüttet, in der Ecke stand ein leerer Eimer für die Notdurft. Mehr gab es nicht.

Jemand band mir hinter dem Rücken die Hände los und stieß mich in die Zelle. Ich taumelte auf die Strohschütte, hörte, wie hinter mir die Gittertür ins Schloss fiel und vom Stockwart dreimal verriegelt wurde. Die anderen waren verschwunden.

«Eine gesegnete Nachtruhe wünsche ich», brummte er und wollte sich schon abwenden.

«Wartet!», rief ich. «Habt Ihr keine Decke für mich? Es ist kalt und feucht hier unten.»

«Vielleicht auch noch ein Krüglein Roten Traminer? Oder einen Gänseschlegel auf Kraut?»

Damit verschwand er um die Ecke.

Zitternd schälte ich mich aus meinem nassen Umhang, zog mir die Haube vom Kopf und hängte alles an einem der Gitterstäbe auf. Sofort begann ich, noch mehr zu frieren. Ich kauerte mich eng auf der Strohschütte zusammen, doch es wurde nicht besser. Orlandos Gesicht erschien mir vor Augen, ein Flackern der Hoffnung, und dann verschwand es wieder. Da begriff ich: Er war so weit entfernt wie ein leuchtender Stern am Himmel. Wie würde ich diese Nacht bloß überstehen?

«Hier, Mädchen», hörte ich den Stockwart sagen. «So nimm schon.»

Seine Hand reichte ein zusammengeknülltes Bündel zwischen den Stäben hindurch. Es war eine zerschlissene Pferdedecke.

«Danke», stammelte ich und hüllte mich in die Decke ein. Sie roch schimmelig und nach altem Schweiß, gab aber warm.

Mein Kopf wurde plötzlich schwer und müde, ich wollte nicht mehr nachdenken. Ich hörte den Wärter schmatzend seine Brotzeit verzehren, während mein leerer Magen knurrte, schließlich rülpste und furzte er herzhaft, dann wurde es still.

Wenig später schlief ich erschöpft ein.

KAPITEL 57

Am nächsten Morgen

"Nun bist du also doch in meiner Obhut, Susanna. Ganz, wie ich es mir gewünscht hatte.»

Bruder Heinrich saß vor mir am Tisch in einem bequemen Lehnstuhl, während ich selbst stehen musste, neben ihm ein etwas jüngerer Mann, der sich mir fast höflich als Notarius Gremper, Kaplan aus Ravensburg, vorgestellt hatte.

Gleich am Morgen hatte man mich in die Kleine Ratsstube gebracht. Nach dieser Nacht voller Albträume und einem Schüsselchen klumpiger Hafergrütze als kärgliches Frühstück vermochte ich mich kaum noch auf den Beinen halten. Doch um nichts in der Welt hätte ich ihn um einen Stuhl gebeten.

«Glaube nicht», fuhr der Prior in säuselnder Freundlichkeit fort, «du seist zur Strafe eingekerkert, denn noch ist keine Schuld bewiesen. Nein, du bist hier im Amtshaus zu deinem eigenen Schutz und zur Bewachung.»

Ich schwieg und spürte, wie in mir der Hass auflodert.

«Dann hat es dir also die Sprache verschlagen? Kein Funken Wiedersehensfreude? Ich verstehe.» Er kniff die Augen zusammen. «Höre, Susanna: Du bist vorgeladen, um Licht ins Dunkel einiger Vorkommnisse zu bringen. Sieh unser Gespräch als eine Unterhaltung an, ohne juristische Förmlichkeiten und Umstände. Und so frage ich dich: Kannst du dir denken, warum du hier bist?»

Ich biss mir weiterhin auf die Lippen.

«Seht Ihr, Gremper», Bruder Heinrich zeigte mit seinem knochigen Zeigefinger auf mich, «so sind die Weiber, wenn es um die Wahrheit geht. Verstockt und undankbar. Selbst mir gegenüber, einem alten Freund ihrer Familie.»

«Vielleicht», sagte Gremper, «sollten wir der Seidenstickerin einen Schemel holen? Sie wird uns noch umfallen.»

«Höre ich da etwa Mitleid heraus? Mein lieber Notarius, Ihr wisst doch selbst am besten, wie man Hexen mürbe macht.»

«Hexen?» Das Wort entfuhr mir als ein entsetzter Aufschrei.

Bruder Heinrich lächelte. «Sieh an, jetzt wirst du wach.»

In diesem Augenblick schwang die Tür auf, und ein rotgesichtiger Mann in schwarzer, pelzbesetzter Schaube, die Brust mit Silberketten behängt, betrat den Raum. Er musterte mich kurz aus angemessener Entfernung, dann sagte er, nicht einmal unfreundlich:

«Ich bin Ratsherr Martin Böcklin, Richter in diesem Prozess.»

Ärgerlich verzog Bruder Heinrich das Gesicht. «Hatten wir nicht vereinbart, dass der Notarius und ich das erste Gespräch mit der Delinquentin allein führen?»

«Dann müsst Ihr eben umdenken, Inquisitor», gab der Ratsherr ungerührt zurück. «Ich will mir ein unabhängiges Bild von der Verdächtigen machen. Sie ist immerhin die Tochter eines angesehenen Bürgers.»

«Und einer Unholdin und Selbstmörderin!», kam es prompt von Bruder Heinrich.

Ich geriet ins Schwanken und musste mich an der Tischkante festhalten.

Kopfschüttelnd holte der Ratsherr einen Schemel aus der Ecke und stellte ihn neben mich. «Bei aller Wertschätzung, Institoris, aber Ihr solltet Euch an die Regeln halten. Noch ist die junge Frau keines Frevels überführt. Und daher zu behandeln wie eine unbescholtene Bürgerin.»

«Danke, ehrwürdiger Ratsherr», flüsterte ich und ließ mich auf den Stuhl sinken. Ein winziger Funken Hoffnung keimte in mir auf. Die Böcklins gehörten zu den Schlettstädter Rittergeschlechtern, und auch wenn ich diesen vornehmen Herrn nie zuvor gesehen hatte, erinnerte ich mich, was mein Vater einmal über ihn gesagt hatte: dass Martin Böcklin von all diesen großkopferten Emporkömmlingen noch einer der ritterlichsten sei.

Ein plötzlicher Wagemut überkam mich.

«Darf ich Euch etwas sagen, ehrwürdiger Ratsherr?»

«Nur zu, junge Frau.»

Ich ballte die Hände zu Fäusten. «Aus einem einzigen Grund nur bin ich hier: weil nämlich Bruder Heinrich einstmals in schändlicher Weise ausgenutzt hatte, dass ich allein zu Hause war. Weil ich mich gewehrt hatte, als er mich anfassen und küssen wollte. Jetzt will er sich rächen.»

Man hätte eine Nadel fallen hören können, so still war es geworden. Da schlug Bruder Heinrich mit der Hand auf den Tisch.

«Was für eine Impertinenz!» Sein Gesicht war puterrot geworden, seine Stimme schrill. «Ich werde Euch das Gegenteil beweisen, meine Herren. Dass dieses Weib nämlich durch und durch verdorben ist. Verdorben und mit dem Teufel im Bunde.»

Er holte tief Luft und fuhr überraschend gefasst fort: «Und nun lasst mich weitermachen in meiner Untersuchung, Ratsherr Böcklin. Damit Ihr seht, wie die Wahrheit ans Licht kommt.»

Böcklin, der neben dem Notarius Platz genommen hatte, erwiderte: «So einige Fragen hätte ich aber zu dem eben gehörten Vorwurf schon noch.»

Bruder Heinrich fuhr in die Höhe.

«Dann ist die Vernehmung hiermit beendet, und ich werde Meldung machen an den Bischof von Straßburg, dass Ihr meine Inquisition behindert.» Er schlug den Zeigefinger auf eine Urkunde, die vor ihm lag. «Hier in der päpstlichen Bulle steht schwarz auf weiß geschrieben, was demjenigen droht, der mich behindert. Soll ich es Euch vorlesen?»

Der Ratsherr winkte ab. «Das habt Ihr bereits mehrmals getan, lieber Institoris. Setzt Euch wieder und fahrt fort. Ich werde

Euch vorerst nicht unterbrechen. Und Ihr, Seidenstickerin, beantwortet wahrheitsgemäß die Fragen des Herrn Inquisitor, dann habt Ihr auch nichts zu befürchten. Nehmt ihr also den Eid ab.»

Ich sah Bruder Heinrichs kleine Äuglein triumphierend aufblitzen. Meine Hoffnung war dahin. Er wies auf das in schwarzes Leder gebundene Buch, das vor mir auf dem Tisch lag.

«Leg deine Hand auf die hochheiligen vier Evangelien Gottes und sprich mir nach: Ich schwöre, über mich als auch über andere nichts als die Wahrheit zu sagen. So wahr mir Gott helfe und die hochheiligen Evangelien.»

Was blieb mir anderes übrig? Ich tat, was er mich geheißen hatte.

«Du bist also Susanna Seidenstickerin, die angetraute Gattin des Straßburger Handelsherrn Simon Seidensticker», eröffnete er das Verhör, und sein Notarius begann, alles eifrig mitzuschreiben.

«Wo bist du geboren, und wer sind deine Eltern?»

Verdutzt gab ich Auskunft auf diese albernen Fragen.

«Hier in Schlettstadt. Mein Vater ist der Kleinkrämer Bertolt Mittnacht, meine Mutter ist die Margaretha Blattnerin aus Kestenholz.»

«Sind die Eltern am Leben oder tot?»

«Warum fragt Ihr das, Bruder Heinrich? Das wisst Ihr doch selbst am besten!»

«Für dich nicht mehr Bruder Heinrich. Du sprichst mich fortan als Herr Inquisitor an, verstanden? Und nun beantworte meine Frage.»

Ich sah hinüber zu Richter Böcklin. Der nickte mir auffordernd zu.

«Mein Vater ist am Leben, meine arme Mutter tot.»

«Ist sie eines natürlichen Todes gestorben oder eingeäschert worden?»

Die Kehle wurde mir eng. «Eingeäschert», flüsterte ich.

«Warum eingeäschert?»

Abwehrend schüttelte ich den Kopf.

«Dann will ich es dir sagen: weil sie als Unholdin und Selbstmörderin erkannt wurde. Schreibt auf, Gremper, dass die Vorgeladene auf diese Frage die Antwort verweigert hat.»

Spätestens jetzt wusste ich, dass das Verhör einen bösen Verlauf nehmen würde.

«Machen wir weiter: Deine Ehe mit Seidensticker besteht seit mehr als einem Jahr. Richtig?»

«Ja.»

«Bist du guter Hoffnung?»

«Nein.»

«Warum nicht?»

Diese Frage versetzte mir einen Stich.

«Weil es der Herrgott noch nicht wollte, deshalb.»

«Ist es nicht eher so, dass du und dein Dämon es nicht wollen?»

Ich starrte ihn an. Aus dem Augenwinkel sah ich, wie Richter Böcklin aufhorchte.

«Was für ein Dämon? Was redet Ihr da für einen Unsinn?»

Ungerührt fragte der Prior weiter: «Welche Art Zauber habt ihr ausgeübt, dein Dämon und du? Habt ihr deinem Mann die Kraft aus den Lenden gezogen? Oder habt ihr ihm das Glied weggehext? Sag es uns, Susanna.»

Ich brachte kein Wort heraus. Allmählich begriff ich, worauf dieser Erzschelm hinauswollte. Flehentlich sah ich den Ratsherrn an.

Der räusperte sich. «Verehrter Institoris, meint Ihr nicht, diese Anschuldigungen gehen zu weit? Nur weil eine junge Frau noch nicht mit einem Kind gesegnet ist?»

Bruder Heinrichs graues Gesicht wurde starr wie eine Maske.

«Wartet ab, Ihr werdet noch staunen. Zuvor aber, Ratsherr

Böcklin, möchte ich Euch vortragen, was ich neulich erst für meine Streitschrift *Malleus Maleficarum* zusammengetragen habe und was für die Entlarvung des Hexenunwesens von grundlegender Bedeutung ist.» Er streckte den Rücken durch und machte sich damit größer, als er in Wirklichkeit war. «Fast alle Zauberei geschieht durch fleischliche Begierde, die bei den Hexen unersättlich ist. Darum auch haben sie mit den Dämonen zu schaffen, um nämlich ihre Lust zu stillen. Besonders schlechte Frauen, die da sind Ehebrecherinnen, Huren oder Konkubinen, werden beherrscht von den Lastern Unglaube, Ehrgeiz und Wollust. Zur Erfüllung ihrer verderbten Begierden vermögen sie siebenfach Schaden zu zaubern beim fleischlichen Akt und bei der Empfängnis: Sie können den Menschen zu unbändiger Liebe oder zu unbändigem Hass entflammen. Sie hemmen die Kraft der männlichen Lenden, und sie entfernen das männliche Glied. Sie verwandeln den Menschen durch Blendwerk in Tiergestalten. Sie vernichten die Empfängnis beim Weib. Sie bewirken Fehlgeburten, und zum Siebenten schließlich bringen sie den Dämonen fremde oder eigene Kinder dar.»

Seine Worte hämmerten mir in den Ohren wie die Schläge auf einen Amboss.

«Was hat das alles mit mir zu tun?», stieß ich hervor.

«Genau das sollst du mir offenbaren. Wenn nicht jetzt, dann morgen oder übermorgen. Ich habe unendlich viel Zeit.»

«Gar nichts werde ich Euch offenbaren. Ich habe meinen Mann nicht verhext. Es ist allein Gottes Wille, dass wir bislang keine Kinder haben.»

Drohend erhob er den Zeigefinger. «Führe *du* nicht den Namen des Herrn in deinem verderbten Munde. Selbst an einem Gottesmann wie mir hast du deine zauberischen Kräfte versucht, damals in eurer Küche, doch scheinst du nicht zu wissen, dass derlei Zauber an uns Geistlichen abprallt.»

Ich war sprachlos. Nicht in mir, sondern in diesem Bruder Heinrich steckte der Teufel!

«Nun sag mir eines», fuhr er fast sanftmütig fort. «Ist jener schwarzhaarige Jüngling dein Asmodeus?»

«Mein was?»

«Stell dich nicht dumm. Der Teufel trägt viele Namen. Dämon, Diabolus, Belial, Beelzebub, Satanas, Behemoth, Leviathan, Luzifer oder eben Asmodeus, der Fürst der Huren und jeder Schändlichkeit. Und deinen Asmodeus habe ich mit eigenen Augen gesehen.»

«Ihr habt mich mit einem Dämon gesehen?» Mit einem Mal hatte ich das Gefühl, dass mein Stuhl aus weichem Wachs war.

«Wie geschickt du ausweichst, Susanna. Aber du hast mich schon verstanden. Mit einem Fleisch gewordenen Dämon habe ich dich gesehen. Wie die meisten dieser gefallenen Engel ist er dunkel, mit schwarzem Kraushaar und glühend schwarzen Augen. Eng und vertraulich wart ihr miteinander zugange, vor den Toren Straßburgs.»

«Ihr ... Ihr meint den Kaufmannsgehilfen meines Mannes ...», stotterte ich, und mit einem Schlag wurde mir klar, dass es der Prior gewesen war, der Orlando und mich an jenem Sonntag verfolgt hatte. Was um Himmels willen wusste er noch über Orlando und mich?

«Seit wann treibst du Unzucht mit deinem teuflischen Buhlen? Bereits hier in Schlettstadt? Wolltest du deshalb nicht ins Kloster? Ja?»

Sein Gesicht begann, sich zu verzerren, wurde immer länger, dann zog es sich in die Breite wie ein Froschgesicht. Zugleich begannen die Dielenbretter unter meinen Füßen zu schwanken, als säße ich auf einem Boot.

«Wer also hat dich diesem Buhlen zugeführt? Die Leitnerin, die dich gewiss schon in die Kunst des Hagelzaubers eingeführt hat? Oder hat dich gar deine Mutter gleich nach der Geburt dem Teufel geweiht? Möglicherweise entstammst du ja ihrem fleischlichen Umgang mit einem Inkubus ...»

Die letzten Worte hörte ich nur noch wie aus weiter Ferne.

Als ich wieder zu mir kam, lag ich auf dem Dielenboden und erblickte über mir das rotwangige Gesicht des Ratsherrn.

«Habt Ihr noch etwas zu sagen, Seidenstickerin?»

«Ja. Ich möchte meinen Vater sehen.»

KAPITEL 58

Im Ratsgefängnis zu Schlettstadt, am selben Tag

Die Stunden in meiner Arrestzelle schleppten sich unendlich langsam dahin, nur unterbrochen vom Mittagessen, das wie am Morgen lediglich aus einem winzigen Schüsselchen Hafergrütze bestanden hatte, und den Glockenschlägen vom nahen Predigerkloster, die die Mönche alle drei Stunden zum Gebet riefen. Wenn ich dabei nur an Bruder Heinrich dachte, diesen eiskalten Lügenbeutel, wurde mir schon wieder speiübel. Und Martin ahnte nicht einmal, dass sein Prior mich hier gefangen hielt wie eine Schwerverbrecherin, das hatte ich inzwischen begriffen.

Am Morgen nämlich, noch bevor man mich hinauf in die Ratsstube gebracht hatte, war der bärtige Stockwart der Nachtwache von einem jungen Kerl abgelöst worden, der mich durch die Gitterstäbe begaffte wie einen Affen auf dem Jahrmarkt.

«So also sieht eine leibhaftige Hexe aus», hatte er schließlich seinen Kollegen angegrinst. «Ein ganz schön hübsches Ding!»

«Ich warne dich, Jecklin, das Weib gehört nicht dir, sondern der päpstlichen Inquisition. Und noch ist sie nicht schuldig gesprochen. Hüte dich also, ihr auch nur nahe zu kommen.»

Irgendwann, nachdem der Nachtwächter uns allein gelassen hatte, war Jeckli wieder ans Gitter getreten.

«Weißt du eigentlich, warum du hier steckst und nicht angekettet im Turm bei den anderen Hexen?»

«Ich bin keine Hexe!», schnaubte ich und schickte ein Stoßgebet zur Heiligen Jungfrau, dass er mich in Ruhe lassen würde.

«Ich sag's dir, warum. Weil nämlich keiner wissen darf, dass du hier bist. Und weil dich ja jemand erkennen könnt, wenn man dich am helllichten Tag vom Turm ins Rathaus zum Verhör führt. Brauchst also gar nicht zu glauben, dass dich deine Familie rausholt.»

So hatte ich also von diesem schwatzhaften Wärter erfahren müssen, dass ich unter höchster Geheimhaltung gefangen saß. Und auch Ratsherr Böcklin hatte mir, nachdem ich aus meiner kurzen Ohnmacht wieder zu mir gekommen war, eröffnet, dass man meinen Vater erst benachrichtigen könne, wenn das Gericht öffentlich Anklage erhebe.

Wann würde das sein? Morgen? In ein paar Tagen? Oder erst nach Wochen? Die Vernehmung in der Ratsstube hatte mich mehr niedergeschmettert als die Stunden in diesem Kellerloch. Bruder Heinrich wollte mich wahrhaftig als Hexe anklagen, und schon morgen früh war ich erneut zum Verhör bestellt. Aus jedem Satz, den ich ihm antwortete, würde er mir einen Strick drehen, würde die schamlosesten Lügen über mich verbreiten und mir schließlich jede Ehre nehmen.

Warum nur tat er das?, fragte ich mich ein ums andere Mal, während ich zusammengekauert auf der stinkenden Pferdedecke lag, die ich über die Strohschütte gebreitet hatte, und mich mühsam beherrschte, nicht die Floh- und Wanzenstiche aufzukratzen. War es Rache, weil ich ihn zurückgewiesen hatte? Aber hatte er wahrhaftig geglaubt, dass ich jemals auf seine liederlichen Annäherungen eingehen würde? Hatte er sich allein deshalb als Freund in unsere Familie eingeschlichen? Wenn ich zurückdachte, wie ich anfangs auf seine scheinheilige, väterliche Art hereingefallen war, packte mich die Wut. Wie vertraulich ich ihm damals mein Herz ausgeschüttet hatte und was er inzwischen alles über mich und meine Familie wusste! Hatte nicht schon meine Mutter festgestellt, dass er als Kind äußerst seltsam gewesen war?

Aus der Ecke des Wärters drang lautes Schnarchen zu mir herüber. Es musste früher Nachmittag sein, denn in mein sonst finsteres Loch drang nun ein wenig Licht von Süden, und die Luft hatte sich erwärmt. Die Müdigkeit steckte mir in allen Knochen, doch ich fand keinen Schlaf. Dabei hätte ich mir nur eines gewünscht: tief und traumlos zu schlafen, bis sich die Gittertür öffnete und ich meinen Vater erblickte, der mich in den Arm nehmen würde mit den Worten: «Es war alles nur ein böser Irrtum, mein Kind.»

Mein Vater! Die Tränen schossen mir in die Augen, als ich daran dachte, wie er vielleicht genau in diesem Moment in seiner Handkarre Ware zu einem Käufer brachte, gar über den Wafflerhof zog, an den Arkaden dieses Rathauses vorbei, ohne die geringste Ahnung zu haben, dass hinter dessen Mauern seine Tochter aus den unsinnigsten Gründen gefangen gehalten wurde. Und Orlando und Simon ahnten ebenso wenig, wo ich steckte, da offenbar alles im Geheimen vor sich ging. Was hatte ich also noch zu hoffen? Für meine Lieben war ich aus dieser Welt verschwunden ...

«Heulst du?»

Ich fuhr auf. Am Gitter lehnte Jecklin mit verschlafenem Gesicht. Deutlich konnte ich die tiefe Narbe quer über seiner Wange erkennen.

«Aber keine Sorge, gleich wird's lustig hier. Meine Kumpane kommen zum Kartenspiel.»

Ich wandte mich ab und wischte mir die Tränen aus dem

Gesicht. Jecklin wirkte alles andere als vertrauenerweckend, und die Tatsache, dass ich ihm mehr oder weniger ausgeliefert war, ließ erneut die Angst in mir aufsteigen. Mein Blick fiel auf das hölzerne Kruzifix droben unter der Decke, und ich begann zu beten, zum Heiland und zur Jungfrau Maria und zu allen Heiligen, die mir einfielen. Legt eure schützende Hand über mich, rief ich ihnen im Stillen zu, errettet mich aus diesem Kerker, errettet mich aus den Fängen dieses toll gewordenen Mönchs.

«Ja, ja, bete du nur. Aber das wird dir auch nix nutzen. Wer einmal mit dem Teufel hurt, der ist verloren.» Jecklin lachte laut auf. «Außerdem ist das Kreuz gar nicht für dich aufgehängt, sondern gegen deine Dämonen. Und der Knoblauch und Baldrian unter der Kellerdecke gleichfalls.»

Als ich mich umdrehte, lehnte er noch immer am Gitter.

«Was glotzt du so? Verschwinde!», rief ich.

«Ich schlage dir einen Handel vor, jetzt, wo wir allein sind.» Er schüttelte seinen Schlüsselbund. «Erkläre mir deine Zauberkünste. Sag mir, wie ich vom Nachbarn die Kuh verhexen kann, damit sie keine Milch mehr gibt. Dann lass ich dich frei.»

Für einen kurzen Moment war ich versucht, ihm irgendwelchen Unsinn zu erzählen, von Segenssprüchen und unter der Stallschwelle vergrabenen Blindschleichen, bevor ich erschrocken innehielt: Das konnte nur eine Falle sein! Ganz gewiss war der Kerl von Bruder Heinrich zu dieser Hinterlist angestiftet worden.

«Ich weiß nichts von Zauberkünsten. Und jetzt lass mich in Ruh!», erwiderte ich lauthals, schnappte mir meinen Umhang, versteckte mich darunter und hielt mir die Ohren zu.

Schwere Schritte trampelten die Kellertreppe herunter, begleitet von ausgelassenem Gelächter. Noch immer hielt ich mich unter meinem Umhang verborgen wie ein Kleinkind, das etwas ausgefressen hatte.

«He, Jecklin, wo ist jetzt dein schönes Hexenweib?», hörte ich eine tiefe Männerstimme. «Mir scheint, es hat sich in einen Haufen Lumpen verwandelt.»

«Die wird sich schon wieder rühren.» Das war Jecklins Stimme. «Spielen wir erst mal 'ne Runde. Habt ihr Wein mitgebracht?»

Zu meiner großen Erleichterung schenkten die Burschen mir die nächste Zeit keinerlei Beachtung. Sehen konnte ich sie von meinem Verlies aus nicht, da sich Tisch und Bänke um die Ecke befanden, am Ende des großen Gewölbekellers. Wohl aber hören: Karten klatschten auf den Tisch, Becher stießen gegen Becher, mal rülpste einer von ihnen, mal riss einer zotige Sprüche oder fluchte lauthals, wenn er ein schlechtes Blatt in den Händen hielt.

Ich hatte mich wieder aus meinem Umhang geschält und kauerte reglos auf dem Strohlager, als ich einen von ihnen rufen hörte: «He, ihr Leute, ich muss mal pissen!»

«Dann geh hoch auf die Gass!»

«Schaff ich nich mehr.»

Ein langer, dürrer Kerl schwankte heran und bog in einen stockdunklen Gang ab, der sich schräg gegenüber meiner Gittertür befand und über den ich schon zuvor gerätselt hatte, wohin er führte. Ob es hier noch mehr Arrestzellen gab? Derzeit war ich jedenfalls die einzige Gefangene.

Aus dem Gang schlug weithin hörbar ein Wasserstrahl gegen das Mauerwerk, und mir stieg beißender Uringeruch in die Nase.

«Bist du blöde, in den Gang zu pissen?», brüllte Jecklin erbost. «Wenn das nachher der Gottschalk riecht, brät er mir eins über.»

Der baumlange Bursche kehrte zurück und nestelte sich den Hosenbund zu. Dann blieb er stehen und stierte in meine Richtung.

«He, Hexenweib, du kannst mit mir mitspielen. Ich hab ein Scheißblatt die ganze Zeit, könntest mir ein bessres herzaubern.»

Sofort drehte ich ihm den Rücken zu.

«He! Ich red mit dir!»

Ich hörte etwas poltern, dann bohrte sich mir ein stumpfer Gegenstand in die Seite. Der Kerl stieß tatsächlich mit einem Besenstiel nach mir.

«Lass das!», fauchte ich und schob mich in die hinterste Ecke.

Doch mein Widersacher gab nicht auf. «Jecklin! Komm her und sperr auf! Wir woll'n jetzt unsern Spaß haben mit der Hexe.»

«Ich weiß nicht ...»

«Los, komm schon. Sei kein Spielverderber.»

Der Schlüsselbund klirrte. Zitternd drückte ich mich gegen die Wand, während sich die Gittertür mit lautem Quietschen öffnete. Schon standen die drei Männer breitbeinig vor mir, der Lange ganz krumm und gebückt unter der niedrigen Decke. Er hielt mir ein Talglicht vors Gesicht.

«Was für ein hübsches Näschen mit diesen Sommersprossen. Und der Mund ... zum Küssen!»

Jecklin neben ihm rieb eine Knoblauchzwiebel in den Händen.

«Damit sie nich ihren Dämon zu Hilfe ruft.»

Alle brachen sie in trunkenes Gelächter aus, wobei sich der Jüngste, ein schmächtiger Bursche, eher schüchtern im Hintergrund hielt.

«Wer ist die Hexe eigentlich?», fragte der. «Die ist doch aus Schlettstadt, oder nich?»

«Das darf ich nich sagen», erwiderte Jecklin. «Und ist ja auch eh wurscht. Alsdann, ihr seid meine Gäste: Wer will als Erster?»

Mit breitem Grinsen fasste er sich an den Hosenlatz und wiegte dabei schamlos seine Hüften vor und zurück. Hatte ich mir bis zu diesem Moment noch eingeredet, dass die drei mich zu ihrem Kartenspiel an den Tisch schleppen würden, packte mich jetzt das nackte Grauen.

Mit einem Ruck zerrte Jecklin mich aus der Ecke und warf mich rücklings aufs Stroh, wo er mit eisernem Griff meine Arme festhielt.

Ich bäumte mich auf und begann in meiner Verzweiflung zu schreien: «Lasst mich los, sonst verfluche ich euch! Ich rufe Satan und Luzifer und alle Teufel an, euch zu Asche zu verbrennen!»

Augenblicklich lockerte sich Jecklins Griff, dann wurde er umso härter.

«Uns machst du keine Angst. Der Kleine darf zuerst. Veit, du hältst dabei ihre Beine fest.»

Vor Scham und Angst wäre ich am liebsten gestorben, als mir der Rock hochgeschoben und die Beine auseinandergerissen wurden. Zugleich wusste ich: Das war nur der Anfang!

«Los, Stoffel, mach schon.» Jecklin begann, auf widerliche Weise zu schnaufen. «Sonst mach ich's für dich, ich kann's eh kaum erwarten.»

Da erst erkannte ich den Jungen. Stoffel war der jüngere Bruder von Grit, der Schwatzbase aus dem Gerbergraben.

Ich stieß mit den Knien gegen Veit und schrie: «Kennst du mich nicht mehr, Stoffel? Ich bin's, die Susanna Mittnachtin vom Gänsegässchen.»

Mit großen Augen glotzte er mich an. Dann verzog er verächtlich das Gesicht. «Ich weiß schon, die Krämerstochter. Die immer die Nase so hoch getragen hat und jetzt einen reichen Pfeffersack geheiratet hat.»

«Hör zu, Stoffel, du musst meinem Vater sagen, dass ich hier bin! Ich bin unschuldig, ich muss hier raus! Und jetzt lasst mich endlich los.»

Doch Stoffel hatte schon die Hände am Hosenbund und nestelte die Knöpfe auf.

«Nein!», brüllte ich aus Leibeskräften, woraufhin Jecklin mir hart ins Gesicht schlug.

«Was ist das für ein Geschrei?», donnerte es in diesem Augenblick von der Treppe her.

Jecklin und Veit schnellten in die Höhe. Am offenen Gitter stand der Nachtwächter, das bärtige Gesicht zornesrot.

«Kreuzsackerment! Raus mit euch!»

Er holte aus und schlug Jecklin seine Bärenpranke rechts und links ins Gesicht. Rasch rollte ich mich zur Seite und kauerte mich zusammen.

Kein Ave-Maria später waren Veit und Stoffel weg, die Gittertür wieder verschlossen.

«Glaub mir, Gottschalk», hörte ich Jecklin um die Ecke in jammervollem Ton sagen, «das war nur ein kleiner Spaß. Wir wollten ihr nix tun, ehrlich.»

«Du weißt genau, dass es mich sonst nicht kümmert, was du hier unten treibst. Aber bei der Mittnachtin war uns ausdrücklich befohlen, keinen reinzulassen. Pack also deinen Kram und verschwinde. Du brauchst morgen nicht mehr anzutanzen. Ich werd beim Gerichtsdiener einen neuen Wärter anfordern.»

Noch immer steckte mir der Schreck in allen Gliedern. Sofort verkroch ich mich wieder unter meinem Umhang. Unter leisen Flüchen hörte ich Jecklin an meinem Verlies vorbeischlurfen, dann fiel oben eine Tür krachend ins Schloss, und es wurde still.

«Kannst rauskommen aus deinem Versteck, dir geschieht nichts mehr.» Gottschalks Stimme klang freundlich, doch wem konnte ich hier schon trauen?

«Jetzt guck schon her, Susanna.»

Der feine Duft nach gebratenem Fleisch stieg mir in die Nase. Das musste eine Einbildung sein. Ich schwankte zum Gitter, und tatsächlich bot mir der Gottschalk eine knusprige Hähnchenkeule dar.

«So nimm halt. Der ewige Grützenfraß macht dich noch krank. Bist eh viel zu dünn.»

«Aber ... das ist gewiss Euer Abendessen.»

«Mir reicht der Rest, keine Bange.»

Überwältigt von so viel Fürsorge, konnte ich nur mühsam die Tränen unterdrücken.

«Danke!», stotterte ich. «Habt vielen Dank, auch wegen eben gerade. Euer Name ist Gottschalk, nicht wahr?»

«Hm», brummte er.

Da erst nahm ich die Keule entgegen und biss hinein. Mir war, als hätte ich nie zuvor etwas Köstlicheres gegessen. Während ich langsam kaute, um jeden Bissen zu genießen, beobachtete er mich.

«Ich kenne deinen Vater», sagte er schließlich. «Mein Weib hat schon paarmal was gekauft bei euch.»

«Dann kanntet Ihr vielleicht auch meine Mutter?»

Er nickte. «Eine gute Frau. Tut mir leid, dass sie so arg die Schwermut hatte.»

«Und daran ist sie auch gestorben. Und nicht, weil sie eine Hexe gewesen wäre.»

Er zuckte die Schultern. «Das Stadtgericht hat so entschieden.»

«Aber es ist nicht die Wahrheit! Das sind alles Lügen, die dieser Inquisitor verbreitet. Um mir und meiner Familie zu schaden.»

Prüfend musterte er mich. Sein Gesicht hinter dem Zottelbart sah längst nicht mehr so grimmig aus wie am Abend zuvor. «Warum sollte er das tun? Der Prior ist ein hochangesehener Mann, wenn er auch unter seinen Mönchen nicht allzu beliebt ist, wie ich mir hab sagen lassen.»

«Ich weiß es doch auch nicht, warum meine Mutter und ich plötzlich eine Hexe sein sollen.» Ich ließ die abgenagte Keule sinken. «Glaubt Ihr es denn?»

«Ich hab nur meine Arbeit zu machen», erwiderte er ausweichend.

Ich gab nicht auf. «Könntet Ihr trotzdem etwas für mich tun?»
«Na ja, kommt darauf an.»
«Ich flehe Euch an: Gebt meinem Vater Bescheid. Er soll einen reitenden Boten nach Straßburg schicken, zu meinem Ehemann. Damit der für mich bürgen kann.»

Er zögerte, dann schüttelte er den Kopf.

«Niemand darf wissen, dass du hier bist, hat der Inquisitor befohlen. Und daran muss ich mich halten.»

KAPITEL 59

Am folgenden Tag

Am nächsten Morgen erwachte ich aus einem tiefen, traumlosen Schlaf. Nicht einmal von Orlando zu träumen war mir vergönnt gewesen.

Als ob er seine Freundlichkeit vom Vorabend vergessen machen wollte, war Gottschalks Tonfall wieder schroffer geworden.

«Dein Frühstück», knurrte er und reichte mir den Napf durchs Gitter. Die gelbgraue Grütze sah grauslich aus, doch angesichts der bevorstehenden Vernehmung brachte ich ohnehin keinen Bissen herunter.

Kurz darauf wurde er abgelöst, zu meiner großen Erleichterung nicht von Jecklin, sondern von einem kahlköpfigen Alten, der mich keines Blickes würdigte. Bevor Gottschalk den Keller verließ, rief er mir noch leise «Gott schütze dich» zu. Da schoss mir der Gedanke durch den Kopf, dass Gott mich vielleicht schon lange aufgegeben hatte. Wollte er mich etwa bestrafen? Hatte ich zu wenig um die Mutter getrauert, zu selten für sie gebetet? Hätte ich mich mehr um Elsbeth kümmern müssen? Oder war es die Strafe dafür, dass ich den heiligen Bund der Ehe gebrochen hatte? Aber bedeutete meine Liebe zu Orlando schon den Bruch der Ehe, zumal wenn der eigene Mann seinen Segen hierzu gegeben hatte? Obendrein hatte unsere Liebe noch gar nicht richtig begonnen und war schon am Ende angelangt ...

Kurz nach der Wachablösung erschien, mit einer Laterne in der Hand, der Stadtbüttel, derselbe, der mich schon am Vortag hinaufgeführt hatte. Doch zu meinem Entsetzen kam er nicht allein: Den kräftigen Mann hinter ihm wiesen der rote Hut und das halb rot, halb blau gefärbte Gewand als den Henker von Schlettstadt aus!

Zwischen dem Scharfrichter und seinem jungen Knecht schleppte sich eine zum Gotterbarmen aussehende Frau Schritt für Schritt voran: kahlgeschoren, barfuß in Holzpantinen, über dem mageren Leib nichts als einen löchrigen, grobleinenen Kittel, der vor Dreck starrte. Ihre auf dem Rücken gefesselten Hände zitterten wie Espenlaub.

Fassungslos umklammerte ich die Gitterstäbe meines Gefängnisses, als sich unsere Blicke einen Atemzug lang kreuzten. Es war nicht zu erkennen, wie alt sie war. Ihre rot unterlaufenen Augen hatten allen Glanz verloren, auf der Stirn klebte schmutziger Schorf, die Wangen waren eingefallen.

Kurz vor dem dunklen Gang blieben sie alle stehen und schienen zu warten. Da polterten erneut Schritte die Treppe hinunter.

«Tja, mein lieber Gremper, auch ich gehe diesen Weg nicht zum Vergnügen, das könnt Ihr mir glauben.»

Ich erstarrte. Es war die Stimme von Bruder Heinrich!

Schon stand er mit seinem Notarius vor der Gittertür, und ich wich einen Schritt zurück.

«Sag bloß, Susanna», säuselte er übertrieben freundlich, «du hast sie wohl nicht wiedererkannt, deine Hexengefährtin? Ja, das ist die Leitnerin, sie soll ja deine Lehrmeisterin gewesen sein.»

«Warum führt Ihr mir diese arme Frau vor? Um mich zu erschrecken?»

Seine Mundwinkel zogen sich tief nach unten.

«Wir werden sehen, Susanna, wir werden sehen.» Dann rief er in Richtung des Henkers: «Weiter geht's, oder wartet ihr auf eine Erleuchtung?»

In gehörigem Abstand folgten die beiden Männer dem Henker in den Gang, wo ich den Prior schimpfen hörte: «Pfui, wie das stinkt hier! Wie in einer Abortgrube.»

Knarrend öffnete sich eine Tür und schlug wieder zu, danach waren die Stimmen nur noch gedämpft zu hören.

Kraftlos ließ ich mich auf mein Strohlager sinken. Ich verstand nichts von dem, was da eben vor sich gegangen war, aber ich ahnte, dass ich bald ebenso elend aussehen würde wie diese Leitnerin. Jetzt schon waren mein schönes Sommerkleid und der Kapuzenumhang völlig verschmutzt, das ungekämmte Haar mit Stroh verfilzt, die zerstochenen Arme und Beine blutig gekratzt.

Kein Vaterunser später ließ mich ein gellender Schrei auffahren. Nach kurzer Stille folgte der nächste Schrei, dann der nächste und nächste.

Längst hielt ich mir die Ohren zu und begann, lauthals zu beten.

«Gegrüßest seist du, Maria, voll der Gnade, der Herr ist mit dir.» Die Schmerzensschreie übertönten meine Worte. «Du bist gebenedeit unter den Frauen, und gebenedeit ist die Frucht deines Leibes, Jesus.» Ich schlug mir auf die Ohren, um das Gebrüll nicht mehr mit anhören zu müssen. «Heilige Maria, Mutter Gottes, bitte für uns Sünder jetzt und in der Stunde unseres Todes.»

Erst beim Amen merkte ich, dass Stille eingetreten war. Ich zitterte am ganzen Leib. Nun wusste ich, wohin jener dunkle Gang führen musste: geradewegs in den Folterkeller!

Kurz darauf schleiften der Henkersknecht und der Büttel die

reglose Leitnerin, deren Arme merkwürdig verrenkt nach unten hingen, an meinem Verlies vorbei. Ihren Kittel hatte sie eingenässt, die Hände waren ihr verbunden. War sie etwa tot?

Ich schlug mir die Hände vors Gesicht und rang nach Luft. Kein Vaterunser später befahl eine tiefe Stimme: «Susanna Mittnachtin zur mündlichen Schreckung!»

Es war der Henker. Neben ihm stand der kahlköpfige alte Wärter und schloss die Gittertür auf.

«Mitkommen!» Der Scharfrichter packte mich beim Arm.

«Was habt Ihr vor?», flüsterte ich, doch keiner der beiden antwortete mir. Ich wurde durch den dunklen Gang geführt, von dem rechts und links zwei Zellen abgingen, ähnlich der meinen, aber sie waren leer. Die schwere Tür am Ende des Gangs stand halb offen.

Der Henker schob mich in einen hallenartigen Gewölbekeller, wo mich Gremper und Bruder Heinrich im Licht zweier Wandfackeln erwarteten. Sie hielten sich Tücher vor Nase und Mund. Der Boden war nass abgespritzt, dennoch schlug mir sofort ein ekliger Gestank nach saurem Erbrochenem, Angstschweiß und Urin entgegen.

Ich spürte, wie sich mir der Magen hob und wieder senkte.

«Schau dich nur um», sagte der Prior. «Schau dich genau um. Meister Hans wird dir nun die Instrumente erklären, die wir bei der peinlichen Befragung nutzen.»

Ich schloss die Augen, öffnete sie wieder. Gleich neben den Männern befand sich ein wuchtiges, hölzernes Gestell, dessen Querstrebe mit einem halb aufgerollten Seil bedeckt und einem großen Handrad verbunden war. Davor lagen steinerne Gewichte in unterschiedlichen Größen. Das Ende des Seils, das unter der hohen Gewölbedecke über eine eiserne Rolle lief, hing halb herunter.

Der Henker deutete auf einen tischhohen Block, auf dem

merkwürdige Gerätschaften ausgestellt waren, und winkte mich heran.

Stocksteif blieb ich stehen. Kalter Schweiß lief mir den Rücken herunter.

«Los jetzt!», schnauzte der alte Wärter, und ich stolperte zu dem Holzblock.

«Das hier sind die Daumenschrauben, gemeinhin zum ersten Grad der Tortur verwendet», erklärte der Henker mir so gleichmütig, als würde es sich um die Werkzeuge eines Schlossers handeln. «Deine Daumen werden zwischen die eisernen Platten der Zwinge gespannt, anschließend das Gewinde langsam zugedreht. Je nachdem, wie lange du schweigst, wird erst der Fingernagel zerstört, dann das Fleisch zerquetscht, am Ende der Knochen. Und hier haben wir die spanischen Stiefel.» Er deutete auf zwei durch Gewindestäbe verbundene, längliche Platten, die innen mit Eisenstiften bestückt waren. «Die arbeiten ähnlich wie die Daumenschrauben, nur eben für die Unterschenkel. Auch hier sind Blutungen, Quetschungen und Knochenbrüche die Folge. Schon der erste Druck auf das Schienbein ist äußerst schmerzhaft.»

«Hört auf! Bitte!», brachte ich mühsam hervor, doch er zog mich schon weiter zu der Seilwinde.

«Stell dich hierher», befahl er. «Hände auf den Rücken.»

Ich war inzwischen schweißüberströmt.

Blitzschnell legte er mir eine Fessel um die Hände, zog das Seil, an dem eine Art Metzgerhaken befestigt war, noch ein Stück weit herunter und hakte es in meiner Handfessel ein. Dann trat er an das Handrad und begann zu kurbeln. Mit leisem Quietschen fuhr das Seilende nach oben, und mit ihm zuerst meine auf den Rücken gebundenen Hände, gleich darauf die ganzen Arme. Ich hatte Mühe, nicht nach vorne zu stolpern, doch da war der Zug auch schon vorbei, und das Seil erschlaffte.

«Du siehst also: Beim Aufziehen werden dir stetig und unaufhaltsam die Arme hinter dem Rücken nach oben gehoben, so hoch, bis dein Körper über dem Boden schwebt», erklärte der Henker ruhig, während er die Fessel wieder löste. «Dabei springen in der Regel die Arme aus der Schulterpfanne, erst recht, wenn noch Gewichte an den Füßen hängen. Dabei können auch die Sehnen an den Schultern reißen. Die Schmerzen sind unerträglich.»

Er zeigte auf eine Reihe von Spießen und Zangen, die über einem Becken mit glühenden Kohlen an der Wand hingen.

«Um die Tortur zu verstärken, kann der Inquisit auch noch mit glühenden Zangen gezwickt werden oder mit Ruten gestäupt.»

Fragend blickte er hinüber zu Bruder Heinrich, der das Ganze mit verschränkten Armen beobachtet hatte. Der nickte.

«Gut gemacht, Meister Hans. Das reicht so weit.»

Der Prior betrachtete mich mit einem erwartungsfrohen Lächeln, als habe man ihm eine Tafel voller Köstlichkeiten auftischt. Mein Hass auf ihn war verschwunden, denn in mir war nur noch Platz für eine schier unerträgliche Angst.

«Nun weißt du, was auf dich zukommen könnte. Die Leitnerin hat beim Aufziehen übrigens gestanden.»

Aus dem Augenwinkel bemerkte ich, wie der Henker erstaunt aufsah.

«All ihre schändlichen Missetaten hat sie gestanden», fuhr der Prior fort. «Und obendrein, dass du, Susanna, vor Jahren schon bei den Zusammenkünften der hiesigen Hexen dabei warst und mit ihr letzten Frühsommer den Hagel gesotten hast! Gestehe also auch du!»

«Ihr lügt! Sie hat gar nichts gestanden.»

Sein Lächeln verschwand.

«Nun, wir werden unser Verhör in Kürze fortsetzen. Gehe also bis dahin in dich. So oder so werde ich dich deiner Freveltaten überführen.»

«Dann verhört mich eben», rief ich so laut, dass es unter dem Gewölbe widerhallte.

Seine Miene wurde ärgerlich.

«Was steht Ihr noch hier herum?», raunzte er den Scharfrichter an. «Ihr solltet Euch besser um die Leitnerin kümmern und ihr die Arme wieder einrenken. Danach kommt Ihr zurück und lasst Euch vom Gerichtsdiener weitere Instruktionen geben.»

«Sehr wohl, Herr Inquisitor.»

Nachdem man mich wieder in mein Verlies zurückgebracht hatte, kauerte ich mich auf dem stinkenden Stroh zusammen und wartete, dass man mich erneut zum Verhör holen würde. Mir war, als spürte ich jetzt schon die Schmerzen an meinen Daumen und Beinen. Allein die Qual, wenn einem die Arme ausgerenkt wurden, vermochte ich mir nicht vorzustellen. Doch so schrecklich, wie die Leitnerin gebrüllt hatte, musste es schier unvorstellbar sein. Es musste die Hölle sein.

Wenigstens war sie nicht tot. Ich bezweifelte, dass ich solche Torturen ertragen würde, ohne nicht alles zu sagen, was man von mir hören wollte.

KAPITEL 60

Am Vormittag desselben Tages

«Susanna Mittnachtin zur gütlichen Befragung», schnarrte der Büttel und ließ sich von dem Kahlköpfigen die Gittertür aufschließen.

Ich stapfte hinter ihm die Kellertreppe hinauf, musste warten, bis er oben umständlich die schwere Eichenholztür aufgeschlossen hatte. Dann ging es einen verwinkelten Gang entlang und eine weitere Treppe hinauf, bis wir in einer schmucklosen Kammer standen. Hinter der unverriegelten Tür, das wusste ich nun schon, befand sich die Kleine Ratsstube, das vergitterte Fenster ging hinaus auf die Kaufherrengasse.

Ich stellte mich auf die Zehenspitzen und sah hinunter: Die von schönen Herrenhäusern gesäumte Gasse lag friedlich in der warmen Vormittagssonne, einige vornehm gekleidete Männer standen müßig beieinander und plauderten, während ihre Fuhrwerke in den breiten Hofeinfahrten verschwanden oder gleich auf der Gasse entladen wurden.

Ich musste an Straßburg denken, und die Brust wurde mir eng. Am Vorabend hatte ich mich beim Einschlafen noch fest an die Hoffnung geklammert, dass Orlando und Simon auf irgendeine Weise herausgefunden hatten, dass ich nach Schlettstadt gebracht worden war. Und dass die beiden längst auf der Suche nach mir waren, hier in meiner Heimatstadt. Nun aber, da ich schon den dritten Tag in meinem Kerker verbrachte, ohne dass etwas geschehen war, verließ mich alle Hoffnung. Sie würden erst erfahren, was mit mir geschehen war, wenn es zu spät war.

«Dir wird das Träumen gleich vergehen», hörte ich den Büttel sagen. «Los, rein mir dir.»

Er hatte seinen Knüppel gezogen und wies damit auf die offene Tür. Mir fiel auf, dass mich bis auf den Scharfrichter niemand mehr berührte. So hielt mich also alle Welt inzwischen für eine Hexe.

Ich holte tief Luft. Diesmal würde ich vor dem Prior keine Schwäche zeigen.

Drinnen im Saal hatten außer Richter Böcklin noch zwei weitere Ratsherren Platz genommen. Niemand stellte sie mir vor, noch grüßte mich einer der Männer. Stattdessen schlugen sie bei meinem Eintreten alle das Kreuzzeichen. Bis auf Bruder Heinrich trugen sie seltsame Amulette um den Hals gebunden, die

die Männer, wie ich vermutete, vor mir beschützen sollten. Immerhin hatte man mir wieder den niedrigen Schemel an meinen Platz gestellt.

Der Prior erhob sich und blickte in die Runde.

«Bevor wir nun höchst amtlich unsere Befragung der Seidenstickerin im Beisein des Herrn Richters, der Herren Beisitzer und meines Notarius beginnen, möchte ich das ehrsame und wohlweise Gericht davor warnen, die Verhörte zu berühren oder ihr in die Augen zu sehen, da bei der Verdächtigen inzwischen der ernste Verdacht auf Hexerei besteht. Ich als Mann Gottes bin gefeit gegen solcherlei Zauber.»

Ich wunderte mich selbst, dass meine Stimme nicht versagte, als ich auf Befehl des Richters den Eid auf das Evangelium sprach.

«Nun, Susanna», begann Bruder Heinrich, «was wir gestern miteinander geführt hatten, das war eine freundliche Unterhaltung, die wir aufgrund deines Schwächeanfalls leider vorzeitig abbrechen mussten. Nun aber gibt es kein Herauswinden mehr. Ich erkenne sehr genau, wann du lügst und wann nicht. Schreibt, Gemper: Susanna Mittnachtin, auch Seidenstickerin genannt, geboren in Schlettstadt, wohnhaft in Straßburg, zur zweiten gütlichen Befragung. Anwesend sind der päpstliche Inquisitor Henricus Institoris, der kaiserliche Notarius Johann Gremper und das ehrsame, fürsichtige Hohe Gericht in persona von Richter Martin Böcklin, Beisitzer Johannes Goll und Beisitzer Konrad Mendelin. Datum zu Schlettstadt am Magdalenentag anno domini et cetera 1486.»

Sein linker Beisitzer, ein dürres Männlein mit Spitzbart, hob die Hand: «Bevor wir beginnen, hätte ich noch eine Frage an Euch, werter Inquisitor. Mir wurde zugetragen, dass Ihr an einem großen Werk namens *Malleus Maleficarum* arbeitet, was zu Deutsch ‹Hammer der Übeltäter› oder ‹der Zauberer› heißt.

Wenn meine Lateinkenntnisse mich nicht trügen, verwendet Ihr aber das weibliche Geschlecht, benennt es also mit Hammer der Zauberinnen. Warum?»

«Nun, hochverehrter Ratsherr Goll, ganz bewusst habe ich es solchermaßen tituliert. Meine Erfahrung hat gezeigt, dass das Weib in seinem schwachen Glauben und seiner Triebhaftigkeit weitaus häufiger von der Ketzerei der Zauberer befallen ist als der Mann. Daher also die Benennung vom Wichtigeren her. Ihr dürft meinen bescheidenen Traktat also gerne auch Hexenhammer nennen.»

Der Spitzbärtige nickte beifällig. «Damit habt Ihr recht getan. Gepriesen sei der Höchste, der das männliche Geschlecht vor der Schändlichkeit der Hexerei weitgehend bewahrt. Dass der Heiland in unserem Geschlecht geboren wurde, beweist nicht das allein schon die Bevorzugung desselben?»

«Sehr gut, Ratsherr Goll! Schreibt das auf, Gremper, das muss ich mir merken.»

Hatte ich mich eben noch diesen fünf Männern völlig ausgeliefert gefühlt, fachte dieses widerwärtige Geschwätz meine Wut an. Und diese Wut wiederum gab mir neue Kraft.

Trotzig blickte ich Bruder Heinrich ins Gesicht, als er sich mir zuwandte.

«Alsdann, Susanna: Deine Antworten gestern haben uns nicht befriedigt, und so wollen wir es jetzt erneut versuchen. Gibst du zu, eine Hexe zu sein?»

«Nein!»

«Was aber ist das hier?»

Er legte ein Lederbeutelchen vor mir auf den Tisch.

«Das hab ich nie zuvor gesehen.»

«Nein?» Er klaubte aus dem Beutel ein winziges Knöchelchen. «Das ist der Fingerknochen eines ungetauften Knaben. Von deinem Dämon hast du es empfangen. Das Amulett dient dir als Schweigezauber, auf dass weder Gericht noch Henker dir die Wahrheit entlocken. Ihr ehrbaren Herren: Dieses Amulett beweist einmal mehr, wes Geistes Kind die Delinquentin ist. Unser Stockwart Jecklin hat es in ihrem Rocksaum eingenäht gefunden.»

Ein Raunen ging durch die Stuhlreihe, und ich sah unwillkürlich an meinem Kleid herab. So schmutzig mein Gewand inzwischen war, der Saum war nirgendwo eingerissen.

«Ich kenne diesen Knochen gar nicht und wüsste auch nichts damit anzufangen. Jemand muss mir das untergeschoben haben.»

«Du sprichst nur, wenn du gefragt wirst, verstanden?», fuhr der Prior mich an. «Sodann will ich dem ehrsamen Gericht noch mehr enthüllen: Als der brave Jecklin nämlich, gemeinsam mit zwei ebenso wackeren Freunden, der Delinquentin das Indiz entreißen wollte, ist sie gleich einer Furie auf sie losgegangen. Sie hat geschrien: ‹Ich verfluche euch! Ich rufe Satan und Luzifer an, euch zu Asche zu verbrennen!› Beten wir also, dass diesen drei Männern nichts Schlimmes geschehen wird.»

«Das klingt fürwahr besorgniserregend», mischte sich Richter Böcklin ein. «Gibst du also zu, Seidenstickerin, dass du unseren Gefängniswärter und dessen Freunde behexen wolltest?»

Mir war nicht entgangen, dass er mich nun duzte wie eine Dienstmagd.

«Nichts gebe ich zu, weil der Jecklin nämlich lügt! Die drei sind im Kerker über mich hergefallen und wollten mich ... schänden.» Ich hatte Mühe, die Tränen zurückzuhalten. «So fragt doch den Gottschalk, der hat's nämlich grad noch verhindert. Und ja, ich habe geflucht, aber nur, um sie zu erschrecken.»

«Das werden wir nachprüfen, verlass dich drauf. Wenn Ihr nun weitermachen wollt, verehrter Inquisitor?»

Bruder Heinrich nickte und beugte sich weit über die Tischkante in meine Richtung. Sein Atem roch nach saurem Wein.

«Der Jecklin lügt also. Willst du dann auch behaupten, dass Stadtpfarrer Oberlin lügt?»

Ich war verwirrt. «Was hat der Herr Pfarrer mit dem Jecklin zu schaffen?»

«Nichts. Aber ich hatte im Vorfeld zu diesem Prozess, zu dem im weitesten Sinne auch die Einäscherung deiner Mutter gehört, Erkundigungen über dich und deine Mutter eingezogen. Und habe hierzu, neben vielen weiteren ehrenwerten Personen, auch den Stadtpfarrer aufgesucht. Da es sich bei der Hexerei um ein *crimen extraordinarium*, ein außerordentliches Verbrechen, handelt, konnte ich ihn überzeugen, das Beichtgeheimnis zu brechen. Dabei musste ich erfahren, dass du mehrfach zwielichtige Weiber aufgesucht hast, um mit ihnen zusammen die Dämonen anzurufen, damit euch die Zukunft gedeutet wird. Willst du das abstreiten?»

Ich spürte, wie sich die Schlinge um meinen Hals enger zuzog. «Aber wir haben doch keine Dämonen angerufen! Das waren nur Kindereien, alle Welt orakelt doch.»

Bruder Heinrich überhörte meinen Einwand. «Eins dieser Weiber ist die dünne Agnes, das wissen wir nun. Und *du* weißt, dass das Henkersweib, Meister Hans möge mir verzeihen, eine Person von zweifelhaftem Ruf ist. Ebenso wie das alte Kräuterweib Käthe, das wiederum eine gute Bekannte von dir und deiner Mutter war.»

«Ist die Käthe denn auch angeklagt?», fragte ich erschrocken.

«Stellst du die Fragen oder ich?», kam es barsch zurück. «Also: Kennst du noch andere verdächtige Personen außer dieser Käthe und dem Henkersweib?»

«Nein, Herr Inquisitor.»

«Auch nicht in Straßburg?»

Worauf wollte er hinaus? Ich schüttelte den Kopf.

«Antworte gefälligst!»

«Nein», beharrte ich.

«Es geht aber das Gerücht, dass dein eigener Ehegatte sich der heimlichen Magie verschrieben hat.»

Mir wurde heiß und kalt zugleich. Ich durfte jetzt ja nichts Falsches sagen.

«Verzeiht, werter Inquisitor, wenn ich mich einmische», ließ sich da erneut Beisitzer Goll vernehmen. «Aber ich denke, in diesem Punkt vergleicht Ihr Äpfel mit Birnen. Hexerei hat meiner Ansicht nach nichts mit wissenschaftlich betriebener Alchimie oder Magie zu tun. Der gelehrte Magier benutzt seinen männlichen Verstand, um die geheimen Kräfte der Natur zu durchdringen und Gutes zu tun, Hexen bedienen sich des Teufels, um Schaden anzurichten.»

Der Spitzbart schien Bruder Heinrich wahrhaftig durcheinandergebracht zu haben, denn nach einem mehrmaligen Räuspern fuhr er fort:

«Dann zäumen wir das Pferd eben von hinten auf. Glaubst du, Susanna, dass es Hexen gibt, die sich dem Teufel verschrieben haben?»

Ohne nachzudenken, antwortete ich mit: «Nein, Herr Inquisitor.»

«Glaubst du, dass so schändliche Dinge geschehen können wie Wetterzauber und Schadenzauber an Mensch und Vieh?»

«Ich weiß nicht ... eigentlich nicht.»

«Ist aus deiner Blutsverwandtschaft schon einmal jemand wegen Hexerei oder Schadenzauber für verdächtig gehalten oder eingeäschert worden?»

Ich wusste: Wenn ich diese Frage verneinte, würde ich ihn noch mehr gegen mich aufbringen. Also antwortete ich: «Nur meine Mutter, aber sie ist unschuldig.»

Die Fragen kamen nun Schlag auf Schlag.

«Weißt du, dass du hier wie in Straßburg in üblem Ruf stehst, weil du noch keine Kinder hast und deine Mutter verbrannt worden ist?»

«Das ist nicht wahr!»

«Hast du mit verdächtigen Zauberern wie der Agnes oder der Käthe mehrfach vertraulichen Umgang gehabt?»

«Nein.»

«Hast du solcherlei Verdächtigen Geschenke gemacht?»

«Aber nein, Herr Inquisitor»

Das war natürlich geschwindelt, denn gerade Käthe hatten wir öfters mal eine Kleinigkeit zugesteckt.

«Du lügst!», kam es prompt. «Zeugen haben ausgesagt, dass ihr die alte Käthe mit Gartenfrüchten versorgt habt.»

«Aber doch nur, weil sie so wenig zum Leben hat.»

Ein triumphierender Zug breitete sich auf Bruder Heinrichs Miene aus. «Gremper, schreibt explizit auf: Mit dieser ihrer Antwort ist die Inquisitin wiederum der Lüge überführt worden. Zurück zu dir, Susanna. Kennst du die Leitnerin aus Orschweiler?»

«Nein. Ich hab sie heute im Keller zum ersten Mal gesehen.»

«Sie ist aber gut bekannt gewesen mit jener als Hexe überführten Hebamme Marie, die wiederum deine Mutter entbunden und ihrem teuflischen Bund zugeführt hatte. Noch vor der Folter hat die Leitnerin deine Mutter als Unholdin entlarvt.»

Mir schwirrte der Kopf.

«Trotzdem kenne ich sie nicht, Herr Inquisitor. Weder diese Marie noch die Leitnerin.»

«Kennst du die Wölflin und die Bertschin?»

«Sind das die Frauen, die auch im Turm einsitzen?»

«Beantworte meine Frage!»

«Nein, ich kenne sie nicht.»

«Du lügst schon wieder. Ein Nachbar hat ausgesagt, dass Katharina Wölflin am Margarethentag mehrmals bei euch zum Mittagessen eingeladen war.»

«Das habe ich vergessen.»

«Hast du vielleicht auch vergessen, was letztes Jahr am Samstag nach Pfingsten geschehen ist?»

«Am Samstag nach Pfingsten?»

«Stell dich nicht dumm. Jeder hier im Raum weiß das.»

«Nun ja», stotterte ich, «da gab es den großen Hagelsturm.»

«Aha. Und wo warst du während des Unwetters?»

«Zu Hause, wo sonst?»

«Und kurz vorher?»

«Ich ... ich weiß nicht ...»

«Dann sag ich's dir. In eurem Garten vor der Stadt. Gibst du das zu?»

«Jetzt, wo Ihr's sagt, erinnere ich mich. Der Himmel wurde ganz grün und gelb, und ich bin schnell nach Hause gelaufen.»

«Mit wem warst du im Garten?»

«Mit niemandem. Bin meistens allein dort.»

«Was genau hast du gemacht?»

Als ich plötzlich verstand, worauf er hinauswollte, blieb mir die Sprache weg.

«Was soll ich schon gemacht habe», brachte ich schließlich heraus. «Gemüse und Kräuter hab ich geerntet.»

«Du lügst schon wieder! *Du* warst es, die den Hagel gesotten hat! Gestehe: Mit wem hast du es getan und in welcher Weise?»

«Aber das stimmt nicht.» Flehentlich sah ich den Richter und die Beisitzer an. «Ihr müsst mir das glauben, Ihr hohen Herren.»

Bruder Heinrich schlug mit der Faust auf den Tisch.

«Du bist dort gesehen worden, mit einem Topf oder einer Schüssel zu deinen Füßen ...»

«Das war ganz gewiss mein Gartenkorb», rief ich dazwischen.

«... Und du warst nicht allein. War die alte Käthe bei dir? Die Leitnerin, die Wölflin und die Bertschin?»

«Ich war allein, so glaubt mir doch. Wer soll das sein, der mich gesehen hat? Bringt denjenigen her, damit er's mir ins Gesicht sagt.»

«Nun, dieser Zeuge fürchtet zu Recht deine Rache und besteht daher darauf, unerkannt zu bleiben.» Der Prior wandte sich an die Ratsherren. «Ehrenwertes Gericht, ich will Euch sagen, wie es mit dem Hagelzauber weiterging. In drei Dingen machte sich die Inquisitin nämlich höchst verdächtig, von der Aussage unseres Zeugen ganz abgesehen: Da sie selbst das Unwetter gebraut hatte, konnte sie erstens rechtzeitig zu Hause Schutz suchen, hatte zum Zweiten ihre eigenen Gartenfrüchte in Sicherheit gebracht und war zum Dritten, um der Gefahr der Entdeckung zu entgehen, bereits am nächsten Tag aus Schlettstadt verschwunden.»

«Das indessen», murmelte der Beisitzer namens Mendelin, «ist in der Tat höchst auffällig.»

«Aber ich bin nicht verschwunden. Mein Vater hatte mich nach Straßburg gebracht, weil ich den Kaufherrn Seidensticker heiraten wollte.»

«Ach ja? Hattest du mir nicht einst im Vertrauen gesagt, du wolltest diesen Mann nicht haben? Und stattdessen lieber ins Kloster gehen? Warum also so plötzlich?»

Ich biss mir auf die Lippen und schwieg. Es war ohnehin alles verloren.

«Ich denke», fuhr Bruder Heinrich mit seinem falschen Lächeln fort, «wir können uns nun alle ein Bild machen von der Verdächtigen, die sich tiefer und tiefer in Widersprüche verstrickt. Dass sie auf den eigenen Ehegefährten einen gar schändlichen Liebeszauber ausgeübt hat, haben wir bereits gestern vor dem Herrn Richter ausgeführt. Die Herren Beisitzer mögen dies gerne in den Schriftstücken des Notarius nachlesen. Ebenso, dass die Verdächtige sich heimlich mit ihrem teuflischen Buhlen vor den Mauern Straßburgs trifft, was ich, um es noch einmal zu betonen, mit eigenen Augen gesehen habe. Dies alles sollte uns nicht verwundern, da schon ihre Mutter eine Unholdin war und die Hexerei oftmals an die Töchter weitergegeben wird. Ich denke, wir können die gütliche Befragung hiermit abschließen und uns beraten.»

Ich krampfte meine Hände ineinander. «Was habt Ihr mit mir vor, Herr Inquisitor?»

«Nicht ich bin es, der über dich richtet, Susanna. Das bleibt Aufgabe der weltlichen Richter. Meine Wenigkeit ist nur dazu da, die Wahrheit über dich und diese ketzerische, gottverachtende Hexensekte herauszufinden. Schweige also nicht länger, sondern erleichtere dein Gewissen, bevor wir uns beraten. Nach deinem Geständnis kannst du durch das Sakrament der Beichte von Gott Vergebung erlangen. Gib also deinem verstockten Herzen einen Ruck!»

«Aber ich habe nichts zu gestehen», schrie ich heraus.

Er kniff die Augen zusammen und starrte mich lauernd an.

«Auch nicht, dass du den Küfermeister Ruprecht verflucht und ihm den Tod gewünscht hast? Wie du mir dereinst selbst gebeichtet hast?»

«Ich hab ihn nicht verflucht, ich war nur wütend! Außerdem lebt er ja noch.»

«Noch! Auch ein Fluch braucht seine Zeit, bis er wirkt.»

«Ich sag jetzt gar nichts mehr.»

«Möglicherweise», warf Beisitzer Goll ein, «steht sie noch immer unter einem Schweigezauber.»

Bruder Heinrich nickte. «Es gibt ein probates Mittel, dies herauszufinden. Nämlich die Tränenprobe.»

Er erhob sich, ging um den Tisch herum und legte mir die linke Hand aufs Haar. Ich zuckte zusammen, und ein Gefühl des Ekels überkam mich.

«Ich beschwöre dich», sprach er nun in seltsam leierndem Tonfall, «bei den bittersten Tränen, die unser Herr Jesus am

Kreuz zum Heil der Welt vergossen hat, und bei den heißesten Tränen der glorreichsten Jungfrau Maria, die sie über seine Wunden zur Abendstunde hat fließen lassen, und bei allen Tränen, die die Heiligen und Auserwählten Gottes je vergossen haben, dass du, sofern du unschuldig bist, auf der Stelle Tränen vergießest. Keinesfalls aber, wenn du schuldig bist. Im Namen des Vaters und des Sohnes und des Heiligen Geistes. Amen.»

Er zog seine Hand zurück und schlug das Kreuz.

Mein Herz raste. Ich blinzelte, schluckte, räusperte mich, doch meine Augen waren wie ausgetrocknet.

Der Prior nickte.

«Büttel», befahl er, «bringt sie in die Kammer nebenan, auf dass sie dort unsere Beratung abwartet.»

Mit schleppenden Schritten folgte ich dem Büttel in die kahle Kammer und lehnte mich dort an die Wand. Hätte ich jetzt weinen können, ich wäre zurückgestürmt in den Saal. Doch alles in mir fühlte sich leer und kalt an.

Ich wusste nicht, wie viel Zeit vergangen war, als ich wieder hereingerufen wurde. Richter Böcklin hatte sich von seinem Stuhl erhoben.

«Wir, Richter und Beisitzer des hoheitlichen Gerichts zu Schlettstadt», hob er an zu sprechen, «finden nach sorgfältiger Prüfung aller Punkte, dass du in deinen Aussagen schwankend bist. Obendrein sind verschiedene Indizien zutage getreten, welche genügen, dich den peinlichen Fragen und Folterungen auszusetzen. Deswegen erklären, urteilen und erkennen wir, dass du am heutigen Tage zur dritten Nachmittagsstunde der Tortur ausgesetzt werden sollst.»

Verschwommen nahm ich wahr, wie Bruder Heinrich den Kopf schüttelte, sich erhob und dem Richter etwas ins Ohr flüsterte.

«Ich korrigiere mich», fuhr Böcklin fort. «Wir erklären, dass du morgen früh zur neunten Stunde der peinlichen Befragung ausgesetzt werden sollst. Desgleichen erklären wir, dass du nicht mehr, wie bislang, zur *Sicherung* im Verlies einsitzen wirst, sondern zur *Strafe*, und daher in Ketten gehalten wirst.»

KAPITEL 61

Wenig später

Zurück in meinem Kerker, liefen mir die Tränen nur so übers Gesicht. Schluchzend hockte ich auf meinem Lager, während mir der alte Wärter wortlos eiserne Schellen um die Fesseln anlegte, die über eine Kette an der Wand befestigt waren. Als er später den Eimer für die Notdurft auswechselte und das Mittagessen brachte, weinte ich noch immer. Es war, als wollten all die ungeweinten Tränen der letzten drei Tage herausfließen.

Es gab keine Hoffnung für mich. Morgen früh würde mich der Henker den Folterwerkzeugen aussetzen, und ich würde alles gestehen, was ich gestehen sollte. Und damit war mein Ende besiegelt, ein Ende in den Flammen des Scheiterhaufens. Warum quälte mich dieser unselige Inquisitor, den ich nicht mehr Bruder Heinrich nennen wollte, noch mit diesem halben Tag und einer ganzen Nacht?

Irgendwann musste ich vor Erschöpfung wohl eingeschlafen sein. Denn ich schrak aus dem Schlaf auf, als ich ein eindringliches Geräusch hörte: Quietschend öffnete sich das Eisengitter zu meiner Zelle. War etwa bereits der nächste Morgen angebrochen? Doch vor mir stand nicht der Scharfrichter, sondern eine Frauengestalt, und der fahle Lichtschein aus der Wärterecke verriet, dass es noch Tag sein musste.

Es dauerte einen Moment, bis ich das Weib von Meister Burkhardt erkannte. Die Baderin trug, obwohl es Hochsommer war,

Handschuhe und ein ähnliches Amulett um den Hals wie die Herren Richter. Außerdem hatte sie einen Henkelkorb dabei und eine Laterne. Das Türchen hinter sich ließ sie halboffen stehen, wohl wissend, dass ich angekettet war.

«Steh auf und zieh dich aus», befahl sie barsch, ohne mich zu grüßen.

«Was wollt Ihr von mir?», fragte ich erschrocken.

«Das wirst du schon sehen. Mach hin, hab keine Lust, den halben Tag in einem Hexenkerker zu verbringen.»

«Hört auf! Ich bin keine Hexe, das wisst Ihr ganz genau.»

«Weiß ich das wirklich? Die peinliche Befragung wird's schon ans Licht bringen.»

Vergebens versuchte ich, mit meinen Fußketten auf die Beine zu kommen. Nur widerstrebend half sie mir. Als sie einen groben, erdfarbenen Kittel sowie klobige Holzpantinen aus ihrem Korb zog, wusste ich, was mit mir geschehen sollte.

Mit meinen zittrigen Fingern brachte ich kaum die Ösen und Haken meines Mieders auf. Schließlich streifte ich mit ihrer Hilfe das Kleid ab und stand im kurzen Unterkleid vor ihr.

«Alles!», befahl sie, und mein Blick ging unwillkürlich zum Gitter.

«Wo ist der Wärter?»

«Oben, bis wir hier fertig sind.» Sie zog Schere und Barbiermesser aus der Tasche.

«Ich ... ich halt das nicht mehr aus», flüsterte ich und schwankte gegen die kalten Steine der Wand.

«Wirst du dich wohl ausziehen?»

Grob riss sie mir die Arme in die Höhe und zog mir auch noch das Hemd über den Kopf. Splitternackt stand ich vor ihr. Ich wollte mich nach dem Kittel bücken, doch sie war schneller.

«Später. Erst wirst du geschoren. Wenn du nicht stillhältst, wird's schmerzhaft.»

Schon entfernte sie mir mit dem Messer die Achselhaare.

«Sauber», sagte sie am Ende laut. Und dann begann sie wahrhaftig, mir die Scham zu scheren.

«Warum tut Ihr das?», fragte ich entsetzt.

«Weil du am Körper einen Schweigezauber versteckt haben könntest. Wie die meisten Hexen.»

So heftig mein Herz auch klopfte, so glaubte ich von draußen doch so etwas wie ein unterdrücktes Stöhnen zu hören.

«Ist da noch jemand?», stieß ich hervor.

«Niemand außer mir. So halt gefälligst still, Weib! So ... fertig. Auch sauber.»

Als ob das nicht alles schon entwürdigend genug wäre, griff sie mir mit ihren behandschuhten Fingern erst zwischen die Pobacken, dann in den Schritt. Ich schrie auf.

«Stell dich nicht so an», raunzte sie. «Dich erwartet noch Schlimmeres, das kannst du wohl glauben.»

Für einen kurzen Moment kehrte mein Zorn zurück.

«Was seid Ihr nur für ein herzloses Weib!», fauchte ich.

Ungerührt reichte sie mir den schäbigen Kittel. «Jetzt kannst den anziehen und dich hinsetzen, während ich dir die Haare schneid.»

Kraftlos gehorchte ich. Mit geschlossenen Augen hörte ich das Klappern der Schere an meinem Haarschopf, bis ich spürte, wie mir das Barbiermesser über die Kopfhaut fuhr, die sich merkwürdig kühl anfühlte. Dafür rann jetzt von der Schläfe warm ein Streifen Blut herab.

«Fertig. Kannst die Augen wieder aufmachen.»

Ich wischte mir das Blut von der Wange und starrte auf den Haufen rötlich blonder Locken, der sich auf der Pferdedecke verteilt hatte. Kurz geriet ich in Versuchung, ihr das Schermesserchen, das sie achtlos neben sich abgelegt hatte, in den Hals zu rammen. Nur, um ihr weh zu tun. Verloren war ich ohnehin.

«Jetzt noch die Schuhe.»

«Wieso die Schuhe?»

«Was brauchst du feine Kalbslederschuhe in der Folterkammer?», fragte sie zurück und zerrte mir die Schuhe von den Füßen, schüttelte sie aus und suchte sogar noch zwischen meinen Zehen nach einem versteckten Amulett.

Reglos ließ ich alles geschehen. Dann packte sie ihren Kram zurück in den Korb, mitsamt meinen Schuhen.

«Die haben mir die hochlöblichen Herren vom Gericht zur Belohnung versprochen. Und dein Gewand», sie legte Kleid und Umhang obenauf, «geht an den Henker, wenn's dann so weit ist.»

Mit diesen Worten verließ sie meine Zelle, zog das Gitter zu und drehte den Schlüssel im Schloss herum.

«Alles sauber, konnte nichts finden», hörte ich sie von draußen sagen. Die heisere Stimme, die ihr mit «Gut gemacht, Baderin» antwortete, ließ mir das Blut in den Adern gefrieren: Der Inquisitor war also auch im Keller gewesen!

Die Baderin war nicht die Einzige, die mich am Nachmittag im Kerker aufsuchte. Irgendwann tauchte ein hagerer Greis am Gitter auf, wie ein Gespenst stand er da. Ich wandte sofort den Kopf ab.

«Das ist nicht die Susanna», hörte ich ihn sagen. Die Stimme kam mir merkwürdig bekannt vor.

«Natürlich ist sie's», beharrte der Wärter. «Susanna, so steh gefälligst auf und komm näher. Du hast Besuch. Er will mit dir reden, aber reinlassen darf ihn nicht.»

Ich erschrak, als ich jetzt Elsbeths Vater erkannte. Es beschämte mich zutiefst, dass er mich in diesem erbärmlichen Zustand vorfand. Andererseits glomm sofort ein winziger Funken Hoffnung auf, meiner Verurteilung doch noch zu entgehen. Der alte Bäckermeister musste nur meinem Vater Bescheid geben.

Mühsam kam ich auf die Beine und tippelte in kleinen Schritten Richtung Gitter. Gerade so weit, wie die Kette meiner Fußfessel reichte. Die Pferdedecke hatte ich mir bis über den Kopf gezogen, um meinen hässlichen Schädel zu verbergen.

«Du bist's wahrhaftig. Die kleine Susanna aus dem Gänsegässchen!», rief er mit brüchiger Stimme. «Ach herrjemine, wenn das die Elsbeth erfährt, dass du hier im dunklen Kerker sitzt. Das wird sie ganz traurig machen.»

«Die Elsbeth ist tot, Gevatter», sagte ich leise.

«Was redest du? Ich hör doch so schlecht.»

«Die Elsbeth ist tot!»

«Tot? Richtig, das hab ich schon wieder vergessen. Genauso mausetot wie meine liebe Frau.»

Tränen traten ihm in die Augen und begannen, über die faltigen Wangen zu laufen. Am liebsten hätte ich mit ihm geweint, aber ich hatte keine Tränen mehr in mir.

Er wischte sich übers Gesicht. «Aber warum hast du ein so seltsames Gewand an? Und wo ist dein schönes Blondhaar hin? Ganz fremd siehst du aus.»

«Das ist, weil ich morgen früh in den Folterkeller soll. Bitte, Gevatter, Ihr müsst jetzt gleich zu uns nach Hause und dem Vater sagen, dass man mich hier eingesperrt hat. Eine Hexe soll ich sein, aber der Inquisitor lügt! Der Vater muss eine Bürgschaft beantragen, damit ich aus diesem Kerker komm. Und er muss Zeugen suchen, die vor Gericht sagen, dass ich keine Hexe bin. Bitte, Gevatter! Das ist sonst mein Ende!»

«Was bist du? Eine Hexe?»

«Nein! Ich bin keine Hexe!», schrie ich ihm entgegen, da er offenbar inzwischen fast taub war. «Sagt meinem Vater, dass ich hier bin, er muss vor Gericht gehen.»

Er schien verstanden zu haben. «Dein Vater weiß gar nicht, dass du hier bist?»

«Nein, das ist ja das Furchtbare.»

Er nickte bedächtig. «Ja, ja, ich hab auch grad erst davon erfahren. Der Herr Inquisitor hat mich holen lassen. Ich soll dir gut zureden, dass du deine Missetaten gestehst. Dann würde der Herrgott dir auch gnädig sein.»

«Aber ich bin ganz ohne Schuld, versteht Ihr denn nicht?»

Da reichte er mir einen frisch gebackenen Herrenwecken durch die Stäbe.

«Hab ich dir mitgebracht. Aus Konrads Backstube.»

Mit dem Duft des Brötchens stiegen sofort Erinnerungen an die Wintertage unserer Kindheit auf, wo Elsbeth und ich immer vor der Kälte in die Backstube geflüchtet waren, um uns dort aufzuwärmen und vom Teig zu naschen.

«Und wenn du die Wahrheit sagst», fuhr er fort, «kommst du vielleicht mit dem Leben davon, sagt der Herr Inquisitor.»

«Aber wenn ich doch überhaupt nichts getan habe!», rief ich verzweifelt. Der alte Mann schien rein gar nichts zu begreifen.

Plötzlich brach er erneut in Tränen aus.

«Ach Elsbeth, mein Mädchen, warum hast du uns das angetan? Deine Mutter wird die Schande nicht ertragen.»

Ich schüttelte heftig den Kopf. «Ich bin nicht Elsbeth. Ich bin Elsbeths Freundin Susanna aus dem Gänsegässchen. Ihr müsst zu meinem Vater, jetzt gleich.»

«Nein, nein, nein, diese Schande!» Er geriet ins Wanken und musste sich an den Gitterstäben festhalten. «Warum hast du uns das angetan? Haben wir dich nicht gottgefällig und im festen Glauben erzogen?»

Ich gab auf. Elsbeths greiser Vater war nicht mehr Herr seiner Sinne.

«Geht nach Hause, Gevatter, und ruht Euch aus», sagte ich entmutigt und wandte mich ab. Den Herrenwecken warf ich achtlos auf mein Lager.

Etwas unvorstellbar Grausames würde nun seinen Lauf nehmen. Meine Hoffnung war endgültig gestorben.

An diesem Tag erschien Gottschalk weitaus früher als sonst zur Wachablösung. Nachdem er den alten Kahlkopf heimgeschickt hatte, trat er zu mir ans Gitter. Er wirkte erschüttert von meinem Anblick.

«Dachte ich mir's», murmelte er. «Geschoren und im Hexenkittel. Lässt dich der neue Stockwart wenigstens in Ruh?»

Ich nickte stumm.

«Hör mir jetzt genau zu, Susanna.» Er senkte die Stimme, und sein Tonfall wurde dringlich. «Bestehe darauf, dass du zu den anderen Verdächtigen in den Turm gebracht wirst. Jetzt sofort. Ich geb dem Gerichtsdiener Bescheid, dass du dem Hohen Gericht etwas Wichtiges zu vermelden hast. Und zwar, dass du den Hexen dort im Turm durch einen Zauber ihre Geständnisse entlocken kannst, wenn du ihnen von Angesicht zu Angesicht gegenüberstehst. Und dass du hernach obendrein alle deine Untaten gestehen wirst. Ich weiß nämlich, dass noch keine von denen was zugegeben hat, nicht mal die Leitnerin nach der ersten Folter. Und sag den Gerichtsherren oder auch dem Inquisitor – wem, das ist ganz gleich –, dass sie dir eine gute Stunde Zeit für deinen Zauber geben sollen. Hernach mögen sie selbst in den Turm kommen und sich von dem Ergebnis überzeugen.»

«Ich will nicht in den Turm», sagte ich müde. «Ich hab auch nichts zu gestehen, noch weiß ich zu zaubern.»

«Das glaub ich dir, aber darum geht es gar nicht. Hauptsache, du kommst in den Turm. Hast du alles verstanden?»

«Ja. Aber was soll mir das bringen außer noch mehr Unheil?»

«Vertrau mir, Susanna. Mehr kann ich dir nicht sagen.»

KAPITEL 62

Kurze Zeit später

Gedämpft drangen von gegenüber, wo der Magistrat tagte, die Stimmen der Ratsherren herüber, während Heinrich allein im Kleinen Saal am Tisch saß. Endlich fand er wieder einmal die Zeit, sich Notizen für seinen Hexenhammer zu machen, den er im Spätherbst nach Speyer in die weithin bekannte Offizin des Druckers Peter Drach bringen wollte.

Er rief sich noch einmal das Verhör ins Gedächtnis. Die maßgebliche Frage nach der Realität von Hexen und Schadenzauber hatte Susanna wie alle Hexen im ersten Verhör verleugnet, das allein machte sie schon verdächtig. Die richtige Antwort, sofern jemand unschuldig war, hätte in etwa lauten müssen: «Ob es das gibt oder nicht, überlasse ich dem Höchsten.» Diese Passage musste unbedingt hinein in sein Werk, ebenso wie die bewährte Tränenprobe. Auch den sinnigen Ausspruch von Beisitzer Goll wollte er erwähnen, hatte er selbst doch nie darüber nachgedacht, warum der Heiland als Mann geboren worden war.

Seine Schreibfeder kratzte über das Papier, dann hielt er inne und gönnte sich einen Schluck Rotwein. Ja, es war ein guter Schachzug gewesen, die Folterung der Leitnerin vorzuziehen, auch wenn er sich damit hinterher den Unmut des Gerichts zugezogen hatte. Hatte man sich doch ausbedungen, bei den peinlichen Befragungen mit zumindest einem Gerichtsherren anwesend zu sein. Aber wie dem auch sei, das Gebrüll der Delinquentin musste Susanna bis ins Innerste getroffen haben. Mürbe machen, das war sein Leitsatz, und dazu gehörte auch, die Verdächtigen vor der Folter noch mindestens eine Nacht zappeln lassen. So wie jetzt Susanna, die kein Auge mehr zutun würde vor Angst. Und irgendwann würde auch die Leitnerin gestehen, wenn er die peinliche Befragung wiederaufnahm. Da eine Wiederholung der Tortur nach geltendem Recht nicht erlaubt war, nutzte er den Winkelzug, diese als Fortsetzung zu bezeichnen, denn schließlich hatte er die Befragung ja unterbrechen müssen, als die Hexe ohnmächtig geworden war.

Bislang nahm also alles seinen geplanten Verlauf. Dennoch war er nicht zufrieden mit sich. Nicht nur die Leitnerin, die seiner Meinung nach eindeutig die Anführerin der hiesigen Sekte war, sondern auch Susanna zeigte sich zäher als gedacht. Wie frech und trotzig sie ihm manchmal geantwortet hatte. Aber morgen im Folterkeller würde er ihr schon beikommen.

Daumenschrauben und Stiefel würde er weglassen. Im Gegensatz zu anderen Inquisitoren widerstrebte es ihm nämlich, Blut an den Frauen zu sehen. Nein, er würde Susanna nur am Seil aufziehen und eine Handbreit über dem Boden hängen lassen, vorerst ohne Gewichte. Er sah es schon in allen wunderbaren Einzelheiten vor sich. Ganz langsam würde er es angehen lassen, ihr zwischen den Schmerzen immer wieder etwas Ruhe gönnen, ihr gleichsam die Gelegenheit bieten, dem Teufel abzuschwören und alle Schändlichkeiten zu gestehen. Hierzu würde er sie losbinden lassen und zur Seite nehmen, den Arm um ihren bebenden Leib legen, sie väterlich an sich drücken. Mit sanfter Stimme würde er ihr das Leben versprechen, auch wenn dies nur ein Leben in ewiger Kerkerhaft bedeutete.

Wieder nahm er einen kräftigen Schluck. Dabei fragte er sich, was ihm lieber wäre: Susanna auf dem Scheiterhaufen brennen zu sehen oder auf immer in den Turm eingesperrt? Er wusste es nicht. Beide Vorstellungen besaßen ihren eigenen Reiz.

Ein Wunsch indessen hatte sich ihm bereits erfüllt: Er hatte sie gänzlich nackt und wehrlos gesehen! Wie schön sie gewesen war mit ihrem wallenden Blondhaar und dem zarten Flaum an der Scham, wie erregend schön! Wenn er nur daran zurückdachte, erregte es ihn erneut, und so betete er rasch mit fester Stimme ein Ave-Maria.

Zum Glück für ihn war ihr Zauber dort drunten im Keller rasch verflogen, nachdem die Baderin ihr Werk getan hatte. Kahl geschoren und bleich hatte Susanna im Schein der Laterne plötzlich einem zu dünnen Engerling gleichgesehen. Unwillkürlich schüttelte er den Kopf. Wie die zwei Seiten einer Medaille war das Weib: Auf der Vorderseite gab es sich schön und verführerisch, doch drehte man die Medaille um, zeigte sich seine ganze Hässlichkeit.

Das Klopfen gegen die Saaltür unterbrach seinen Gedankenfluss.

«Wer stört?», rief er nicht eben freundlich.

Doch da öffneten sich schon schwungvoll die Türflügel, und Richter Böcklin trat ein.

«Hier seid Ihr also», stellte er erstaunt fest.

«Ja, ich erwarte noch das Kräuterweib Käthe zu einer ersten Unterredung. Ich habe den Büttel nach ihr schicken lassen.»

Böcklin runzelte verärgert die Stirn. «Ihr wollt sie ohne uns und Euren Notarius verhören lassen?»

«Hochverehrter Herr Richter, Ihr wisst selbst, dass es für ein persönliches Vorabgespräch nicht Eure Erlaubnis braucht. Das hatten wir bereits mehrmals besprochen. Was gibt es also?»

«Der Gerichtsdiener war eben bei mir. Die Inquisitin vom Herrenstüblein habe eine wichtige Aussage zu machen.»

Vor lauter Überraschung fiel Heinrich die Feder aus der Hand und hinterließ auf dem Papierbogen einen hässlichen Tintenklecks. «Will die Susanna etwa ein Geständnis ablegen?»

«Besser noch: Sie will die ganze Hexenbande entlarven. Dazu müsste sie aber zu den anderen Verdächtigen in den Turm gebracht werden.»

«Wie bitte?»

«Nun ja, es klang ein wenig wirr, was der Gerichtsdiener vermeldet hat, der es wiederum vom Stockwart Gottschalk erfahren hat. Wenn ich's recht verstanden habe, könnte Susanna Mittnachtin, so sagt sie, durch einen Zauber den anderen gefangenen Hexen ihre Geständnisse entlocken, und hernach würde sie all ihre eigenen Freveltaten freimütig zugeben. Wenn dem so ist, können wir uns also den teuren Lohn für den Scharfrichter morgen früh sparen.»

«Das würde mich doch sehr erstaunen», murmelte Heinrich. Auf Susannas peinliche Befragung zu verzichten, missfiel ihm.

«Suchen wir sie doch selbst auf, und zwar jetzt gleich», schlug Böcklin vor. «Dann können wir ihr Ansinnen immer noch ablehnen. Wobei ich finde, dass es einen Versuch wert wäre, um diesen unseligen Prozess baldmöglichst abzuschließen.»

Heinrich verzog das Gesicht. «Warum drängt Ihr weltlichen Richter immer so auf Eile, wenn es um Ketzer und Unholde geht? Gerade in solchen Fällen braucht es Beharrlichkeit und ganz besondere Sorgfalt. Hinzu kommt, dass bei einer Überführung in den Turm ganz Schlettstadt erfahren würde, wer hier im Herrenstüblein gefangen war.»

«Ja und? Susanna Mittnachtin ist doch zweifellos eine Hexe, die früher oder später der ganzen Stadt vorgeführt wird, was gibt es da noch zu verheimlichen?»

«Ihr habt recht, werter Ratsherr.» Heinrich sprang auf. «Worauf warten wir noch?»

Während er Böcklin in den Keller hinunter folgte, dachte er über diese wundersame Wendung nach. Ganz Schlettstadt sollte nun wissen, dass Susanna als Hexe entlarvt war. Mochte die Mittnacht-Sippschaft auch kopfstehen und hundert Bürgschaften einreichen, der Prozess würde seinen vorgesehenen Lauf nehmen. Und ja, er wollte Susanna brennen sehen, und mit ihr mindestens drei Dutzend andere Hexen!

KAPITEL 63

Wenige Stunden später

Die Nachmittagssonne schmerzte mir in den Augen, als ich, der Fußketten entledigt und die Hände auf den Rücken gebunden, über den Seiteneingang das Rathaus verließ. Zwei mit dicken Knüppeln bewehrte Büttel hatten rechts und links von mir Stellung bezogen und trieben mich vorwärts, ohne mich zu berühren.

Ich konnte kaum einen klaren Gedanken fassen. Was tat ich hier? Warum nur hatte ich mich von Gottschalk zu diesem Schritt drängen lassen?

Immerhin hatte mich der Inquisitor zu meiner großen Erleichterung nicht allein im Kerker aufgesucht. Sonst hätte ich gar nichts von dem gesagt, was Gottschalk mir eingetrichtert hatte, sondern hätte stattdessen diesem abscheulichen Mönch bestimmt meinen ganzen Hass entgegengeschleudert. Doch die besonnene Art des Richters hatte mich ruhiger werden lassen, und so hatte ich meine wie auswendig gelernten Sätze vorgetragen und angestrengt darauf geachtet, nichts durcheinanderzubringen.

Dem Inquisitor war anzusehen gewesen, dass er von der Verlegung in den Turm nicht sehr erbaut war.

«Warten wir also ab, ob dein Zauber wirkt. Zur siebten Abendstunde sehen wir uns im Turm wieder. Falls du es bis dahin geschafft hast, dass sich die anderen Hexen zu erkennen geben, und du uns zudem sämtliche Mitglieder dieser teuflischen Sekte preisgibst, schenken wir dir das Leben.»

Damit hatte ich nicht gerechnet. Sollte das Gottschalks Absicht gewesen sein? Dass ich, um meinen eigenen Hals zu retten, unschuldige Frauen auf den Scheiterhaufen brachte?

«Dann wäre ich also frei?», fragte ich ungläubig.

Der Inquisitor lachte rau. «Wie einfältig bist du, mein Kind?

Nein, du wirst den Rest deines Lebens im Gefängnis verbringen, wenngleich ausreichend versorgt und mit mir als deinem Seelsorger und Beichtvater. Falls dein Geschwätz aber ein Schwindel sein sollte, hängst du morgen früh mit schweren Gewichten im Seil.»

Entsetzt starrte ich ihn an. Ein Leben in Gefangenschaft, noch dazu diesem Mann Tag und Nacht ausgeliefert? Nein, dann wünschte ich mir schon lieber den Tod. Nur die schreckliche Angst vor der Folter hinderte mich daran, alles zu widerrufen. Und wie eine Erleuchtung kam mir plötzlich der Gedanke, dass Gottschalk mich mitnichten zur Denunziation anstacheln wollte, sondern mir lediglich die Möglichkeit verschaffte, die Stadt zu durchqueren. Um endlich aller Welt zu verkünden, dass ich, Susanna, die Tochter des angesehenen Kleinkrämers Bertolt Mittnacht, unschuldig angeklagt war.

Als ich nun mit geschorenem Schädel und in meinem hässlichen Kittel mit meinen Bewachern den Wafflerhof überquerte, glotzten uns wie erwartet die Leute hinterher. Der Platz war sehr belebt an diesem warmen Sommertag, und schon riefen die Ersten: «Seht nur! Da läuft eine von den Hexen!»

Wie gerne hätte ich den Kopf unter einem Schleier verborgen. Die Menschen wichen vor mir zurück, ein Hund kläffte mich an, Kinder warfen mit kleinen Steinchen nach mir. Einer von ihnen, ein etwa zehnjähriger Junge mit feuerrotem Haar, rannte vor mir davon, als sei der Leibhaftige hinter uns her.

Es half alles nichts. Ich musste mich zu erkennen geben. So nahm ich alle Kraft zusammen und rief: «Ich bin Susanna, die Tochter vom Krämer Mittnacht. Holt meinen Vater oder meine Brüder her. Ich soll in den Turm gebracht werden, aber ich bin unschuldig!»

«Gütiger Himmel! Sie ist's tatsächlich», raunte es hie und da, einige bekreuzigten sich.

«So erbarmt euch, ihr Leute, und holt meinen Vater!», wiederholte ich, doch da stieß mir schon einer der Büttel seinen Knüppel in die Seite.

«Wirst du wohl dein Maul halten!»

Während ich weiterstolperte, hielt ich verzweifelt Ausschau nach bekannten Gesichtern. Am Fischmarkt bei Sankt Fides sah ich die Magd Grit am Brunnen stehen und schwatzen.

«Ich bin's, die Susanna! Lauf schnell zu meinem Vater ...»

Eine schmerzhafte Maulschelle unterbrach mein Rufen, Hiebe in den Rücken trieben mich vorwärts. Da tauchte vor uns auch schon der Turm des Niedertors auf. Inzwischen war uns ein ganzer Pulk von Menschen gefolgt, und auf meinem Kittel klebten Spuren von Pferdemist und rohen Eiern. Meine Verzweiflung hatte mich verstummen lassen. Ich war schweißgebadet.

Da kam uns ein Hüne von Mann entgegen und trieb die Menge zurück. Sein Wappenrock in den Farben der Stadt wies ihn als Torwächter aus. Er musste neu im Amt sein, denn ich hatte ihn all die Jahre nie hier gesehen.

«Ist das die Seidenstickerin, auch Susanna Mittnachtin genannt?», fragte er, während er die Menschenmenge mit seiner Hellebarde zurückhielt.

«Das ist sie wohl, die Hexe», erwiderte der Büttel, der mir die Ohrfeige versetzt hatte. «Bist du neu hier?»

«Von wegen, die dritte Woche hab ich schon mein Amt. Schnell, bringt sie herein in die Durchfahrt. Der Turmwart erwartet euch schon.»

Wir verschwanden zu dritt im Halbdunkel des Torbogens. Ich konnte niemanden sehen. Ein Stück weiter, auf der Brücke über dem Stadtgraben, waren vier Pferde mit Packtaschen angebunden, von einem Jungen bewacht. Ich erkannte den kleinen Rotschopf wieder, der mich jetzt neugierig anstierte. Der zweite Torwächter lehnte müßig an der Mauer des Außentors.

Dies alles nahm ich wahr wie in einem Traum. Ein Traum, aus dem ich jäh herausgerissen wurde: Plötzlich sprangen durch die offene Tür zum Gefängnisturm zwei mit Kapuzen verhüllte Gestalten heraus und schlugen mit ihren Knüppeln meine Bewacher nieder, bis sie bewusstlos zur Seite rollten. Dann zerschnitt der kleinere der Angreifer meine Handfessel und zerrte mich zu den vier Pferden, wo sein Gefährte, der zu meinem Erstaunen eine Mönchskutte mit übergeschlagener Kapuze trug, schon dabei war aufzusteigen.

«Rasch, aufsteigen», flüsterte der andere und schwang sich ebenfalls in den Sattel.

Da erst begriff ich, dass dies kein Überfall war, sondern meine Rettung.

Mit Hilfe des Rotschopfs kam ich auf dem Pferd meines Befreiers zu sitzen, direkt vor ihm. Kaum befand ich mich im Sattel, gab er dem Ross die Sporen. Wir preschten auf das Außentor zu. Der schlaksige, hochgewachsene Mönch, der reichlich schief im Sattel hing, ritt derweil dicht neben uns, als der Torwächter auch schon zur Seite sprang. Weiter ging es in scharfem Galopp auf die Landstraße zu, die klobigen Holzschuhe an meinen Füßen hatte ich längst verloren.

Alles war so schnell gegangen, dass ich kaum wusste, wie mir geschah. Krampfhaft hielt ich mich am Sattelknauf fest und wagte kaum, den Kopf zu wenden. Als ich es dennoch tat, stieß ich einen erstickten Schrei der Erleichterung aus: Mein Retter war Orlando und der junge Mönch, dem die Kapuze vom Kopf gerutscht war, mein Bruder Martin!

Da begann ich zu weinen, vor Freude, vor Erschütterung, vor Aufregung und noch immer vor Angst.

«Es ist vorbei, Susanna.» Orlando verlangsamte sein Pferd und drückte mich fest an sich. «Bald sind wir in Sicherheit.»

Doch noch ehe ich mich ein wenig beruhigen konnte, sah ich

durch die Staubwolke der Landstraße hinter uns die beiden Torwächter herangaloppieren.

«Sie sind hinter uns her!»

«Ganz ruhig. Die gehören zu uns. Genau wie der rothaarige Junge eben. Ich erkläre es dir später. Jetzt sollten wir dich schleunigst verkleiden, falls man die Umgebung nach dir absucht.»

Wir bogen auf einen schmalen, leicht erhöhten Weg ab, der mitten hinein in den Illwald führte. Die Luft unter dem leuchtend grünen Blätterdach roch sumpfig, Stechmücken setzten sich mir auf die verschwitzte Haut.

Auf einer Lichtung an einem der zahlreichen Wasserläufe half Orlando mir vom Pferd. Ich hatte keinerlei Kraft mehr und sank zu Boden. Obwohl ich vor Dreck starrte, kauerte sich Orlando neben mich, zog mich hoch in seine Arme und küsste mich auf die Wange.

«Ich kann's noch immer nicht fassen, dass ich dich wiederhab», flüsterte er. «Glaub mir, Susanna: So viel wie in den letzten drei Tagen habe ich mein ganzes Leben nicht gebetet.»

«Darf ich jetzt auch mal meine Schwester begrüßen», hörte ich Martins Stimme, dann umarmten wir uns und mochten uns gar nicht mehr loslassen.

«Dieser Hundsfott von Prior hat unverschämtes Glück gehabt», sagte Martin schließlich und half mir auf die Beine. «Hätte *er* dich in den Turm begleitet, ich glaube, ich hätte ihn totgeschlagen.»

Ich wollte den beiden endlich sagen, wie froh ich war, brachte aber immer noch kein Wort heraus. Mir war, als hätte mich jemand im letzten Augenblick vor dem Ertrinken gerettet und ich läge am Ufer, noch immer um Luft ringend.

Mittlerweile waren die Torwächter bei uns angelangt und sprangen vom Pferd.

«Los jetzt», rief der Hüne, der vor dem Tor die Menschenmenge in Schach gehalten hatte, öffnete die Packtasche seines Pferdes und warf Martin ein Bündel zu. «Wir haben keine Zeit zu verlieren.»

Während die beiden falschen Torwächter die Pferde tränkten, führte mich Orlando zum Wasser, wo ich meinen brennenden Durst stillte und mir den Dreck von der Haut schrubbte, als wollte ich die Erinnerungen an die letzten Tage entfernen. Das kalte Wasser tat gut. Ganz allmählich kehrte ich in die Wirklichkeit zurück.

«Ich denke, es reicht», lächelte Orlando. «Du bist schon ganz rot.»

«Aber sieh mich doch an, wie hässlich ich bin! Kahlköpfig und zerstochen. Und jeder sieht, dass ich wie eine Hexe geschoren bin.»

«Dein Haar wird nachwachsen, und vorerst ist es gerade gut so, wie du aussiehst. Ab jetzt bist du nämlich der stumme Dominikanermönch Johannes aus Straßburg.»

Martin tippte mir auf die Schulter. «Hier, Bruder Johannes. Zieh dich um.»

Er hielt mir Sandalen und ein schwarz-weißes Mönchsgewand hin, wie auch er es trug.

«Hab ich einem Mitbruder gestohlen, der Herr möge mir verzeihen.»

Da erst verstand ich, wovon die Rede war.

«Ich soll mich als Mönch verkleiden?»

Martin nickte. «Da du seit deiner Kindheit stumm bist, kannst du nichts falsch machen. Bekreuzigst dich halt ein bisschen öfter als sonst. Und jetzt beeil dich, wir müssen weiter.»

«Wohin?»

«Erst mal bis zum Rhein.»

Ich verbarg mich vor den Blicken der Männer hinter einem dichten Busch, riss mir den widerwärtigen Kittel vom Leib und streifte mir Tunika, Skapulier und die Kapuzenkutte über, gürtete das Gewand fest zusammen und schlüpfte in die Sandalen. Alles passte so einigermaßen, wenn auch die Sandalen etwas zu groß waren, aber die würden ja meistens von der Kutte verdeckt sein.

Mit tief ins Gesicht gezogener Kapuze kehrte ich zurück zu Martin und Orlando, die bei den Pferden am Bach warteten. Ihre Begleiter hatten sich inzwischen ihrer Wächtertracht entledigt und trugen ihre eigenen Röcke.

Mit großen Augen starrte Orlando auf meine seltsame Verkleidung.

«Jetzt bist du mir wirklich fremd.»

In diesem Moment bellte in der Ferne ein Hund.

«Los, wir müssen weg hier!», drängte er. «Den Hexenkittel nehmen wir mir, damit wir keine Spuren hinterlassen. Wir entledigen uns seiner später.»

KAPITEL 64

Am selben Abend

𝓑ei einbrechender Dunkelheit erreichten wir das Rheinufer. Obwohl wir die letzte Stunde in ruhigem Schritt zurückgelegt hatten, konnte ich mich vor Erschöpfung kaum noch auf dem Pferderücken halten. Auf meine drängenden Fragen nach den Umständen meiner Rettung hatte Orlando mich immer wieder auf später vertröstet.

«Wir müssen uns erst über den Rhein in Sicherheit bringen. Je weniger du bis dahin weißt, desto besser.»

Bei dem kleinen Fischerdorf Rheinau bestiegen wir eine Fähre, die uns mitsamt den Pferden auf die andere Flussseite brachte. Dort im Fährhaus, wo wir die Nacht verbringen wollten, erwartete mich eine weitere große Überraschung: In der kleinen Schankstube saß nur ein einziger Gast, ein älterer Mann – mein Vater!

Ich traute meinen Augen nicht, als er von der Bank aufsprang, stutzte und schließlich mit offenen Armen auf mich zustürmte.

«Dem Herrgott sei Dank!», rief er, und Tränen liefen ihm über sein alt gewordenes Gesicht. «Es ist geschafft! Meine ... mein geliebter Junge.»

Ich wollte etwas erwidern, bemerkte aber gerade noch rechtzeitig Martins warnenden Blick. Auch hier im Fährhaus hatte ich den stummen Mönch zu spielen.

Eine dicke Frau brachte uns Bierkrüge an den Tisch. «Das sieht mir ja ganz nach der Rückkehr des verlorenen Sohnes aus.»

«Ihr habt ins Schwarze getroffen, gute Frau», erwiderte mein Vater und zog mich erneut an sich. «Das ist das schönste Geschenk meines Lebens.»

«Nun, dann lasst Euch das kühle Bier schmecken. Abendessen gibt's in einer Stunde.»

Mein Vater nickte. «Und wenn Ihr bis dahin auch den Schlafsaal richten könntet? Ich glaube, wir sind alle rechtschaffen müde.»

«Keine Sorge. Die Strohsäcke und Decken liegen schon bereit.»

Nachdem wir gierig unser Bier ausgetrunken hatten, schlug Martin vor, sich noch ein wenig die Beine zu vertreten vor dem Essen.

Ich nickte heftig, wollte ich doch endlich erfahren, wem ich meine Rettung zu verdanken hatte. Ich brannte darauf zu erfahren, wie all das, was an diesem Nachmittag geschehen war, zusammenhing, wer es sich ausgedacht hatte, wer es zustande gebracht hatte, wie sie erfahren hatten, wo ich eingekerkert war.

Ein Schimmer des letzten Tageslichts lag über den schwarzen

Umrissen der Vogesen auf der anderen Rheinseite, als ich mit Orlando, Martin und meinem Vater ein Stück den einsamen Uferweg entlangging. Dabei erfuhr ich endlich, unter welchen schier unglaublichen Umständen meine Befreiung vor sich gegangen war.

Nachdem Orlando und Simon an jenem Tag, der in meiner Erinnerung unendlich lange her war, zum Mittagessen zurückgekehrt waren und hatten erfahren müssen, dass ich von der Wache abgeholt worden war, waren sie sofort zum Bischofshof geeilt. Als sie endlich von einem der Domherren empfangen worden waren, wollte man dort weder etwas von einer Susanna Seidenstickerin wissen, noch habe man von einer amtlichen Vorladung gehört.

«Spätestens jetzt wussten wir, dass da heimtückische Machenschaften im Gange waren und nur dieser Prior dahinterstecken konnte», sagte Orlando. «Aber mit ein paar Goldstücken bringst du selbst die Bischofswache zum Reden. Wir hatten erst herausfinden müssen, wer von denen dich aus der Stadt herausgebracht hatte, und gegen ein zweites Goldstück haben wir erfahren, dass man dich den Schlettstädtern übergeben hatte.»

Daraufhin hatte Simon Orlando ein gutes Pferd verschafft sowie zwei zuverlässige, bewaffnete Männer, die sonst seine Handelskarawanen zu bewachen pflegten. Noch am selben Tag waren die drei nach Schlettstadt aufgebrochen, das sie am nächsten Vormittag erreichten.

«Und da stand dann plötzlich dieser unbekannte junge Mann vor mir», warf der Vater ein und zeigte auf Orlando, «und berichtete mir völlig aufgelöst, dass du regelrecht entführt worden seist. Gregor hat dann sogleich Martin aus dem Kloster holen lassen, und gemeinsam haben wir stundenlang Pläne geschmiedet, nur um sie immer wieder zu verwerfen. Es durfte ja nichts schieflaufen. Übrigens war Gregor der Besonnenste von uns allen.

Er konnte Martin grad noch daran hindern, schnurstracks zum Prior zu rennen und ihn zur Rede zu stellen. Aber damit wäre alles verloren gewesen.»

«Wo ist Gregor? Warum ist er nicht mit dir mitgekommen?», fragte ich ihn.

«Das wäre mehr als unklug gewesen. Nach deiner Flucht wird man dich zuallererst bei uns zu Hause suchen, dann wahrscheinlich in Straßburg. Gregor muss also im Haus sein, falls jemand vom Gericht bei uns auftaucht. Wir haben ausgemacht, dass er und Maria aus allen Wolken fallen, wenn sie erfahren, dass du eine geflohene Hexe sein sollst. Und sie sollten angeben, ich sei zum Einkauf in Marckolsheim. Von den beiden soll ich dich von ganzem Herzen grüßen, und sie hoffen, dich ein andermal wiederzusehen. Wenn alles vorbei ist. Mit Maria hat es dein Bruder übrigens ganz wunderbar getroffen. Sie hält zu uns, trotz all des bösen Geschwätzes in der Stadt.»

«Dann habt ihr also bald schon gewusst, dass ich im Kerker saß?»

«Ja, seit Orlandos Ankunft, an deinem zweiten Tag im Verlies. Ich hatte ja davon gehört, dass dieser Prior seit einiger Zeit einen Hexenprozess führt, aber als ich dann begriff, dass auch du im Kerker sitzt, hat es mir fast das Herz zerrissen.»

«Glaub mir, Susanna», Orlando fasste im Dunkeln nach meiner Hand, «ich hab es kaum ausgehalten zu wissen, dass du irgendwo gefangen bist und wir nichts von uns hören lassen. Aber es ging nicht anders. Bei jedem Atemzug hab ich daran gedacht, dass man dich womöglich schon gemartert hatte. Oder haben sie etwa …»

Ich schüttelte den Kopf. «Man hat mir nur die Folterwerkzeuge vorgeführt. Morgen früh wäre es so weit gewesen.»

Er zog seine Hand zurück und wischte sich über die Augen, wie ich selbst in der Dunkelheit sehen konnte. Ich war verwirrt über seine Vertraulichkeit im Beisein der anderen und blickte unwillkürlich zu meinem Vater.

Der räusperte sich. «Ich weiß Bescheid, Susanna, und Martin und Gregor auch. Der junge Mann hier hat uns alles erzählt. Er hat von Anfang an mit offenen Karten gespielt, und so entsetzt ich im ersten Moment war, so denke ich, er hat recht getan damit. Für Lügen und Ausflüchte war keine Zeit mehr.»

Jetzt war es mein Vater, der meine Hand nahm.

«Weißt du, ich habe mir das ganze Jahr über oft Vorwürfe gemacht, dass ich dich an Simon Seidensticker verheiratet habe. Aber nun glaube ich, dass das alles eine Fügung des Schicksals war, und da sollte ich nun als Vater nicht hineinpfuschen. Von mir habt ihr beiden jedenfalls den Segen, und ich wünsche mir nichts mehr, als dass ihr bald in Frieden ein neues Leben beginnen könnt.»

Gerührt erwiderte ich seinen Händedruck.

«Und was ist mit Simon?», wandte ich mich mit belegter Stimme an Orlando. «Warum ist er nicht hier? Will er mich gar nicht mehr sehen?»

«Auch er muss zu Hause bleiben, falls dich in Straßburg jemand suchen kommt. Außerdem hätte ihn, wie er sagte, der Abschied zu sehr geschmerzt. Aber glaub mir, er war schier wahnsinnig vor Sorge um dich, und er hat keine Kosten gescheut für deine Befreiung. Pferde und Ausrüstung sind von ihm gestellt, die Bestechungsgelder, das Reisegeld für uns und unsere Begleiter. Einfach alles. Simon ist dir ein getreuer Ehemann. Ein Ehemann, der dich nun gehen lässt und dir dein Glück gönnt.»

«Wie werde ich ihm nur jemals danken können?», murmelte ich, und ein warmes Gefühl für diesen seltsamen Menschen durchströmte mich, für diesen Mann, der mich auf seine Weise geliebt hatte, für dieses Mysterium, an dessen Seite ich über ein Jahr gelebt hatte.

«In Augsburg schreiben wir ihm einen Brief. Bis dahin müssen wir unsere Spuren verwischen.»

«Wir gehen nach Augsburg? Zu Simons Sohn?»

Orlando schüttelte den Kopf. «Das ist nur unser erstes Ziel. Danach geht es weiter in meine Heimatstadt Venedig. Dort kennt man dich nicht, dort sind wir sicher. Dort bauen wir uns ein neues Zuhause auf.»

Ich schwieg. Venedig lag für mich am Ende der Welt, und dieser Gedanke erfüllte mich mit Sorge.

«Bist du enttäuscht? Willst du das nicht?», fragte Orlando leise.

«Nein, aber ...», stotterte ich, «das heißt, dass ich mich auf immer von meiner Familie verabschieden muss.»

«Hör zu, Susanna», mischte sich mein Vater ein. «Ich hätte keine ruhige Minute mehr, wüsste ich dich in Straßburg oder sonst irgendwo hier am Oberrhein. So weit weg als möglich, das ist die einzige Lösung. Und in Venedig könnt ihr beide neu anfangen.»

Seine Stimme war ganz dünn geworden, auch er schien von den Gefühlen überwältigt. Ich wusste jedoch, dass er recht hatte. Dass Venedig die einzige Möglichkeit war.

«Was war das eigentlich für ein rothaariger Junge in Schlettstadt?», fragte ich, um abzulenken.

«Das war Lampert, unser neuer Botenjunge», erwiderte der Vater. «Ein feiner Bursche, auf den man sich ganz und gar verlassen kann. Er ist, als du aus dem Rathaus entlassen wurdest, quer durch die Stadt zum Niedertor gerannt, um den Männern Bescheid zu geben, dass es losgeht. Schließlich mussten ja erst die Torwächter überwältigt, gefesselt und im Torhaus versteckt werden.»

Allmählich begriff ich, dass meine Befreiung bis ins Kleinste geplant gewesen war.

«Und woher wusstet ihr, dass ich in den Turm gebracht werden sollte?»

«Vollkommen sicher konnten wir nicht sein», sagte Orlando. «Aber wir haben zum Herrgott gebetet, dass du Gottschalks Weisung folgen würdest und die Herren Richter darauf eingehen würden.»

«Gottschalk? Dann war er also auch eingeweiht?»

«Ja. Er hatte deinem Vater am zweiten Tag berichtet, was mit dir geschehen ist. Weil er dich nämlich für unschuldig hält. Wir wollten ihn nicht in Gefahr bringen, und deshalb musste er auch dir gegenüber Stillschweigen bewahren. Wir wussten, dass wir dich wohl kaum hätten aus dem Rathaus befreien können. Aber ihm kam der rettende Gedanke, dass man dich unter einem Vorwand zum Stadttor bringen müsste. Übrigens hat er für all das nicht einmal Geld nehmen wollen.»

Ich schluckte. Dieser brummige, schwarzbärtige Kerl hatte mir also das Leben gerettet. Wie man sich in einem Menschen täuschen konnte!

«Und Elsbeths Vater? Er hatte mich auf Geheiß des Inquisitors sogar im Gefängnis aufgesucht. Hat er euch gar nichts erzählt?»

«Ach, Susanna», entgegnete Martin. «Der alte Mann ist schon lange nicht mehr Herr seiner Sinne. Er bringt alles durcheinander, und was er jetzt noch weiß, hat er ein Ave-Maria später schon wieder vergessen. Niemand glaubt ihm mehr was. Kein Wunder, dass dieser Erzschelm von Prior ihn zu dir geschickt hat. Der sollte dich bloß zermürben.»

Der Vater trat neben mich und zog mich in die Arme.

«Ich werde dem Herrgott ewig dankbar sein für deine Rettung. Und da unser Martin dir das Lesen und Schreiben beigebracht hat, werden wir weiterhin voneinander hören, auch wenn Hunderte von Meilen zwischen uns liegen. Wir werden einander niemals vergessen, glaub mir.»

Er kämpfte mit den Tränen.

«Übrigens», fuhr er fort, «werden Gregor, Maria und ich unseren Kramladen aufgeben und nach Marckolsheim ziehen. Dort weiß niemand von unserer und Mutters Geschichte. Ich habe dort Freunde und gute Handelsbeziehungen. Außerdem wollen Gregor und Maria nicht, dass ihr Kind in Schlettstadt zur Welt kommt.»

«Dann ist es bald so weit?»

«Ja! Stell dir vor: In ein, zwei Wochen werde ich Großvater!»

Mir schwirrte allmählich der Kopf. Vor kurzem hatte ich noch geglaubt, alles sei vorbei, und nun zeigte sich das Leben von ganz neuen, von ganz wunderbaren Seiten!

«Wie mich das freut, Vater! Da fällt's mir schon ein bisschen leichter, so weit fortzugehen.» Dann wandte ich mich an Martin. «Und du? Wirst du nach Schlettstadt zurückkehren?»

Der lachte bitter. «Zu meinem grässlichen Prior? Um nichts in der Welt. Nein, ich werde geradewegs von hier nach Köln wandern. Ins Kloster von Jakob Sprenger. Wenn ich dem nur die Hälfte dessen erzähle, was hier vor sich gegangen ist, wird er mich mit offenen Armen aufnehmen. Er ist ein entschiedener Gegner von Heinrich Kramer und dessen Art von Ketzerverfolgung.»

«Dann werden Orlando und ich also morgen ohne euch weiterreisen?»

Alle drei nickten sie in der Dunkelheit.

«Schreckt dich das?», fragte Orlando. Noch bevor ich antworten konnte, flüsterte er mir ins Ohr: «Ich liebe dich mehr als mein Leben, Susanna. Und ich möchte, dass du meine Frau wirst. Willst du?»

«Ja», brachte ich gerade noch heraus.

«He, ihr Turteltauben», mischte sich mein Bruder ein. «Wir müssen zurück, das Abendessen wartet. Und ich hab schon mächtigen Kohldampf. Und denk dran, *Bruder Johannes*. Essen kannst du, aber nicht reden. Übrigens bekommst du morgen meinen Gaul, liebe Schwester. Zu Pferd seid ihr schneller in Augsburg. Schaffst du das?»

Da endlich fiel die Anspannung von mir ab, und ich musste lachen. «So schief wie du kann ich allemal auf einem Pferd sitzen.»

KAPITEL 65

Unterwegs nach Venedig, Anfang August 1486

Unsere kleine Karawane, bestehend aus einem jungen Handelsmann, einem stummen Klosterbruder und zwei gut bewaffneten Reitern, überstand den ersten Teil der Reise gänzlich unbehelligt, und so kamen wir nach einer Woche wohlbehalten in Augsburg an. Hier wurde ich endlich ruhiger, hatte sich mir doch unterwegs bei jedem Reiter, der sich näherte, vor Furcht die Kehle zugeschnürt.

Wir brachten unser Gepäck zu Orlandos Muhme Ottilie, der Schwester seiner Mutter, die mit einem Silberschmied verheiratet war. Die zierliche Frau und ihr Mann freuten sich sichtlich, ihren Neffen wiederzusehen, und auch mich begrüßten sie mit echter Herzlichkeit.

«Bleibt, solange ihr wollt, du und dein geistlicher Freund. Ihr könnt die Gästekammer unterm Dach nehmen.»

So bekamen wir denn wahrhaftig eine gemeinsame Schlafstatt zugewiesen, und mein Herz tat einen Sprung, als ich sah, wie Orlandos Augen bei dieser Bemerkung aufleuchteten. Natürlich mussten wir uns trotzdem vorsehen, erst recht in der Stille der Nacht. Nicht einmal zum Flüstern durfte ich mich verleiten lassen, da ausgemacht war, dass selbst hier in Augsburg nur Simons Sohn von unserem Geheimnis erfahren sollte.

Während Wolf und Herrmann, unsere bewaffneten Begleiter,

die Pferde in einen Mietstall brachten, trafen wir uns mit Dietrich. Auch hier war die Wiedersehensfreude groß, an der ich, vorerst wenigstens, wiederum nur stumm teilhaben konnte. Da Dietrich im Hause seines Lehrherrn, des Buchdruckers Schönsperger, wohnte, lud Orlando ihn kurzerhand in eine Schenke im Lechviertel ein, einem belebten Handwerkerquartier. Auf dem Weg dorthin zuckte ich jedes Mal zusammen, wenn uns jemand neugierig anstarrte, und als kurz vor der Schenke ein hagerer, ältlicher Mönch unseren Weg kreuzte, versteckte ich mich sogar in einer Toreinfahrt.

Noch bis zum Abendessen ließ Orlando seinen Freund im Glauben, ich sei ein junger Predigermönch namens Johannes. Erst beim zweiten Krug Bier stutzte Dietrich: «Du kommst mir merkwürdig bekannt vor, Bruder Johannes.»

Da brach Orlando in sein wunderbar ansteckendes Lachen aus: «Potzblitz! Dass du da auch endlich draufkommst!»

Ich hätte gern in das Lachen eingestimmt, brachte aber nur ein Lächeln zustande, da ich zu erschöpft war nach dem tagelangen Ritt, dem Auf und Ab der Gefühle und nicht zuletzt meiner Zeit im Kerker. Mir schmerzten die Muskeln, mir dröhnte der Kopf, zumal es die letzten beiden Tage sehr heiß gewesen war. Immer wieder begannen meine Hände zu zittern, und von dem guten Linseneintopf mit Speck brachte ich kaum einen Bissen herunter.

«Wieso? Wer soll der Mönch sein?», hörte ich Dietrich verwundert fragen.

Obwohl uns in dem überfüllten, lauten Schankraum kein Mensch beachtete, begann Orlando, im Flüsterton zu berichten, was es mit meinem Mummenschanz auf sich hatte. Nur, dass wir ein Paar waren, verschwieg er und beließ es dabei, dass Simon ihn beauftragt habe, mich sicher nach Venedig zu bringen.

Nachdem Dietrich der Geschichte mit offenem Mund gelauscht hatte, raunte er zurück: «Dann darf also auch in Augsburg niemand wissen, wer sie ist?»

«Du hast's erfasst. Die Schergen dieses Inquisitors könnten bis hierher ausschwärmen. Kann ich mich also auf dich verlassen?»

«Aber ja, auf jeden Fall. Menschenskind, so viel Nächstenliebe hätte ich meinem alten Herrn gar nicht zugetraut.»

Orlando wurde ernst. «Nächstenliebe würde ich es nicht nennen. Es ist eher schon eine richtige Liebe, wenn auch eine, die nur schwerlich zu verstehen ist.»

Dann biss er sich auf die Lippen und schwieg. Ich wusste, dass er immer noch mit dem Gedanken kämpfte, er hätte seinem Freund und Lehrherrn die Ehefrau genommen. Auch wenn wir uns immer wieder aufs Neue beschworen, dass es Simon so und nicht anders gewollt hatte. Nur: Wie sollte es weitergehen? Ich hatte vor Gott das Ehegelübde gesprochen, und das heilige Band der Ehe konnte nicht einfach so mir nichts, dir nichts vom Menschen durchschnitten werden.

Vom Essen hatte ich noch immer kaum etwas angerührt, und so fragte Orlando mich nach einem Augenblick des Schweigens besorgt: «Du wirst doch nicht etwa krank?»

Ich machte mit den Händen die Geste für Müdigkeit, und er nickte.

«Gehen wir heim zu meiner Muhme. Dietrich, wir sehen uns dann morgen wieder und schreiben zusammen eine Nachricht an deinen Vater.»

Schwer krank wurde ich zwar nicht, aber dennoch mussten wir unseren Aufenthalt in der schwäbischen Handelsstadt auf mehrere Tage ausdehnen. Nachdem wir gleich am Morgen in Dietrichs Buchdruckeroffizin drei Briefe verfasst hatten – einen an meinen Vater, einen an Simon und einen dritten nach Köln, in Martins künftiges Kloster – und danach in das Haus der Muhme zurückgekehrt waren, brach ich förmlich auf der Türschwelle vor Schwäche zusammen. Mit Orlandos und des Hausherrn Hilfe wurde ich zu Bett gebracht. Zu unserem großen Glück hatte Orlando vorgesorgt: Bereits am Abend zuvor hatte er mir grinsend eine Leinenbinde gereicht, die er sich unterwegs beschafft hatte. «Damit bindest du dir unter der Tunika die Brust fest», hatte er mich angewiesen.

«Wie bitte? *Was* soll ich tun?»

«Na ja, sicher ist sicher. Schließlich willst du ja nachts nicht in deiner Kutte schlafen, falls mal jemand in die Schlafkammer kommt. Und wo dein Haar schon wieder nachwächst, scher ich dir gleich mal eine Art Tonsur. Und denk dran: Auch in der Schlafkammer musst du stumm bleiben: Die Wände haben Ohren.»

So hütete ich denn mit abgebundener Brust unter der Tunika das Bett, während Orlando viele Stunden allein in der Stadt unterwegs war, um in Simons Auftrag die Handelsherren Fugger, Meuting und Höchstetter aufzusuchen und ihnen anzubieten, Silber, leichte Ware oder Schriftstücke nach Venedig mitzunehmen.

Drei Tage lang vermochte ich vor Erschöpfung kaum zu essen, fühlte mich elend in meiner Kammer, verschlief den halben Tag und hatte nachts schlimme Albträume aus dem Folterkeller und von Bruder Heinrichs Verhören. Zum Glück konnte ich mich beim Erwachen kaum an Einzelheiten erinnern, und Orlandos Muhme und eine alte Magd kümmerten sich rührend um mich.

Am dritten oder vierten Tag schließlich nahm mich Muhme Ottilie ins Gebet. Sie hatte mir einen Napf mit kräftiger Hühnerbrühe gebracht und sich zu mir auf die Bettkante gesetzt.

«Es fällt mir schwer, dich Bruder Johannes zu nennen», begann sie nach einer Weile. «Ich bin mir nämlich sicher, dass du weder ein junger Mönch bist noch stumm.»

Ich erschrak.

«Ich weiß nicht», fuhr sie fort, «warum mein lieber Neffe solch ein Geheimnis um dich macht, aber er wird seine Gründe haben. Was ich aber nicht möchte, ist, in meinem eigenen Haus belogen zu werden. Wer also bist du wirklich?»

Ich wand mich unter ihrem forschenden Blick, und da ich sie als sehr besonnenen und gutherzigen Menschen erlebt hatte, brachte ich schließlich hervor: «Meinen Namen darf ich Euch nicht verraten, um Euch nicht in Gefahr zu bringen. Orlando bringt mich außer Landes, da ich auf der Flucht bin. Aber Ihr müsst mir glauben, dass ich ganz und gar unschuldig bin.»

«So etwas hatte ich mir fast gedacht», murmelte Ottilie. Laut sagte sie: «Du bist zwar eine Fremde, aber aus irgendeinem Grund glaube ich dir. Trotzdem musst du verstehen, dass wir dich unter diesen Umständen nicht weiter beherbergen können, so leid mir das für euch tut. Morgen früh müsst ihr weiterreisen.»

Drei Tage später, Anfang August, erreichten wir am späten Nachmittag das Ammergau, und ich sah das Alpengebirge in seiner ganzen Mächtigkeit vor mir liegen. Die hohen Gipfel unter dem blassblauen Sommerhimmel machten mir einerseits Angst, andererseits wusste ich: Spätestens jetzt würde sich meine Spur verlieren. Tief in mir drin regte sich ein Glimmen, ein erstes Aufglühen der Lust, die Welt zu sehen, wie ich es zuvor schon in Straßburg gespürt hatte, wenn Orlando mir von fernen Städten und Landschaften erzählt hatte. Nur diesmal wurde das Reisen Wirklichkeit.

Dass ich mich unserer Augsburger Gastgeberin offenbart hatte, hatte Orlando weniger erbost als vielmehr äußerst besorgt gemacht. Aber wenigstens hatte ich nicht das Ziel unserer Reise preisgegeben, und Ottilie hatte beim Abschied auch nichts davon wissen wollen.

Nach einem Tag Erholung in einer Reiseherberge machten wir uns an die Durchquerung der Alpen – zu Fuß, während unsere vier Pferde das Gepäck trugen. Zum Glück war ich wieder gut bei Kräften.

«Du wirst sehen», sagte mir Orlando beim Abmarsch, «jetzt im Hochsommer ist es wunderschön im Gebirge. Eine bessere Zeit gibt es nicht.»

Er behielt recht. Je tiefer wir ins Gebirge eindrangen, je höher unser Marsch uns hinaufführte, desto milder und klarer wurde die Luft. Wir wanderten ohne Eile, zu Mittag rasteten wir auf den Almen, wo graue, mit schweren Glocken behängte Kühe weideten, erfrischten uns an eiskalten Bergbächen, dösten in der Sonne im weichen, saftigen Gras. Hier in den Bergen musste ich nicht mehr den stummen Mönch spielen, wenngleich ich noch immer meine Kutte trug und bei jedem Reisenden, der sich näherte, die Kapuze überschlug.

Ich spürte deutlich: Mit jeder Meile weg von zu Hause wichen mein Abschiedsschmerz und die Angst vor meinen Verfolgern dem Glücksgefühl, an Orlandos Seite ein neues Leben zu beginnen. Noch hielten sich Wolf und Herrmann stets an unserer Seite, auch des Nachts, und so blieb Orlando und mir als einzige Geste der Zärtlichkeit, Hand in Hand einzuschlafen. Dabei war mein Verlangen, mich ihm hinzugeben, längst erwacht und ließ mich kaum einschlafen.

«Wann darf ich denn endlich wieder eine Frau sein?», fragte ich ihn, nachdem wir bei kaltem Nebelwetter den Brennerpass überquert hatten und uns gegen Mittag die durchbrechende Sonne wieder aufwärmte.

Er blieb stehen und lachte: «Glaub mir, ich kann's auch kaum erwarten, wenn du dich nicht mehr hinter dieser kratzigen Mönchskutte verstecken musst. In zwei Tagen sind wir in Bozen, dort besorge ich dir Schuhe und ein schönes Gewand. Und eine hübsche Haube für deinen Haarflaum. Im Moment siehst du noch aus wie ein Küken. *Come un pulcino.*»

«Na warte!» Scherzhaft schlug ich ihm die Hand weg, die mir über mein stoppelkurzes Haar fahren wollte. «Du wirst noch drum betteln, dass ich dich zu mir ins Bett lasse.»

Aus dem Augenwinkel sah ich, wie der hünenhafte Herrmann, der an mir vorbeimarschierte, breit grinste.

«Such uns schon mal einen sonnigen Rastplatz», rief Orlando ihm zu, wartete ein Vaterunser ab und küsste mich zärtlich auf den Mund.

«Von Bozen ist es grad noch eine Woche bis Venedig», sagte er, als wir weitergingen. «Dann siehst du zum ersten Mal das Meer. Du wirst meine Heimatstadt über alles lieben, das weiß ich, *cara mia.*»

Ich dachte an die Lagunenstadt, die er mir so oft beschrieben hatte, dass ich sie bildlich vor mir sehen konnte. Dann, ganz plötzlich, überfiel mich ein dunkler Schatten. Ich kannte dort keine Menschenseele, verstand die Sprache nicht, und Orlando, der in den Handel seines älteren Bruders einsteigen wollte, würde nicht mehr viel Zeit für mich finden.

Er musterte mich aus seinen pechschwarzen Augen. «Was schaust du so finster?»

«Mir ... mir wird auf einmal ganz bang, wenn ich an Venedig denke. Ich könnte dort nicht einmal auf dem Markt einkaufen, weil ich nichts verstehe.»

Er schaute mich aufmunternd an. «Du hast recht. Ich habe auch schon daran gedacht, dass wir dir Italienisch beibringen müssen. Aber je eher wir damit anfangen, desto besser. Ab heute bringe ich dir die venezianische Sprache bei. Du wirst sie bald im Schlaf sprechen, aber bis es so weit ist, bleibe ich, so oft es geht, an deiner Seite.»

«Das ist es nicht allein. Bis jetzt haben die Zöllner unterwegs nichts wissen wollen von mir, als Predigermönch. Und ihr Männer hattet Simons Handelspapiere vorgezeigt. Aber wie soll es in Venedig weitergehen? Ich habe keinerlei Papiere, keinen Geburtsbrief, keine Taufurkunde, nichts.»

«Na und? Das alles wurde uns unterwegs gestohlen. Du wirst sehen: Wir werden uns ohne Schwierigkeiten all diese Papiere besorgen können. Wir Lombardios gehören zu den ratsfähigen Familien und haben beste Beziehungen zum Dogen und zum Patriarchen von Venedig.»

«Bloß eines wird selbst deine einflussreiche Familie nicht bewirken können», sagte ich leise. «Dass wir beide heiraten, wo ich doch schon rechtmäßig und vor Gott verheiratet bin.»

Er lächelte zärtlich. «Auch dafür gibt es eine Lösung: Der Patriarch von Venedig kann einen Dispens beim Papst erwirken, damit würde deine Ehe für ungültig erklärt werden. Weil sie nämlich nie vollzogen wurde. Gerade Papst Innozenz erteilt sehr gerne Dispens, wenn die Bezahlung entsprechend gut ist. Das alles hat Simon längst mit mir besprochen, und er hat mir hierfür sogar ein Schreiben mitgegeben. Eigentlich hätte es eine Überraschung werden sollen, aber nun, da du es weißt: Es ist gewissermaßen sein Hochzeitsgeschenk an uns.»

Ich war sprachlos. Was für ein selbstloser und großherziger Mensch Simon doch war!

Nach diesem Moment der Verblüffung fragte ich mit einem letzten Zweifel in der Stimme: «Bist du dir sicher, dass dein Vater so etwas überhaupt in die Wege leiten würde?»

«Ach, der ist so allerhand gewöhnt von seinen Söhnen und hat bislang für alles eine Lösung gefunden. Du musst wissen, die Liebe hat in Italien den allerhöchsten Stellenwert, so sieht das auch mein Vater. Du wirst ihn mögen, der ist genauso brummig und gutmütig wie deiner. Und meine Brüder sind ebenfalls nicht übel, auch wenn sie manchmal ein reichlich großes Maul haben.»

«Aber du bringst eine Fremdländische mit heim. Darüber wird deine Familie nicht begeistert sein.»

«Hast du vergessen, dass meine Mutter aus Augsburg stammt? Und überhaupt sind die Deutschen in Venedig hochangesehen.» Erneut blieb er stehen und strich mir über die Wange. «Sag bloß: Willst du mich gar nicht mehr heiraten?»

Statt einer Antwort zog ich ihn in den Schatten eines Felsen und küsste ihn voller Leidenschaft.

KAPITEL 66

Zu Augsburg, 9 Jahre später, im August 1495

Wann endlich würde die Christenheit erkennen, welch herausragende Bedeutung sein Wirken und seine Werke hatten? Wann würden der Geistlichkeit die Augen aufgehen, wen sie hier eigentlich mit Füßen traten und damit zum Märtyrer machten? Aber wenn sich jemand nicht unterkriegen ließ, dann er, Henricus Institoris!

Allein diesem wetterwendischen Intriganten Sprenger hatte er es zu verdanken, dass er nicht mehr Prior seines Klosters war, dass er seit Jahren seine geliebte Heimatstadt nicht mehr betreten hatte, dass er in der Welt herumirrte wie ein kopfloses Huhn …

Seitdem Jakob Sprenger vor sieben Jahren zum Provinzial der Teutonia, der deutschen Ordensprovinz der Dominikaner, aufgestiegen war, und zwar völlig unverdientermaßen, wie Heinrich fand, blies man unter den Klosterbrüdern zur Hetzjagd auf ihn. Eine ganze Reihe von Strafmaßnahmen hatte man schon gegen ihn ausgesprochen. So war er als Prior in Schlettstadt abgesetzt worden. Von der Ordensführung wurden ihm bei Androhung der Exkommunikation alle Tätigkeiten in der Öffentlichkeit untersagt. Obendrein waren alle Klöster angewiesen, ihm den Zutritt zu verwehren.

Ganz und gar hanebüchener Vergehen beschuldigte man ihn, die er in der Provinz Teutonia begangen haben sollte: des Missbrauchs seines Amtes als Klostervorsteher, der Verleumdung von Ordensbrüdern, Unterschlagung von Ablassgeldern, Fälschung von Urkunden (explizit jener, die er seinem Zweitdruck des *Hexenhammers* zugefügt hatte) und in diesem Zusammenhang auch des Missbrauchs des guten Namens von Jacobus Sprenger. Ja sogar Tollheit, Streitsucht bis hin zu Tätlichkeiten und Trunksucht warf man ihm vor.

Was für impertinente Lügen! Aber ein Sprenger durfte nun einmal ein großes Maul führen, standen über ihm doch nur noch der Ordensgeneral und der Heilige Vater.

Pah! Heinrich schnaubte und begann, laut vor sich hin zu brabbeln, während er mit gebeugtem Rücken den glühend heißen Rathausplatz von Augsburg überquerte, um in den Schatten des Perlachs zu gelangen.

«Ich werde dich besiegen, Sprenger. *Mein* Name und nicht deiner wird eines Tages in aller Munde sein. Allein dafür werde ich dich überleben, das schwöre ich dir.»

Die schwüle Sommerhitze in diesen Tagen machte ihm zu schaffen, sobald er die kühlen Mauern des Augsburger Dominikanerklosters verließ. Und doch musste er schon morgen wieder auf Reisen gehen. Seine Dienste als Prediger und als Lektor an der Klosterhochschule seien nicht mehr erforderlich, hatte ihm der Prior beim Morgenessen mit einem hündischen Lächeln eröffnet. Auch das war ganz gewiss auf Sprengers Mist gewachsen.

Wohin sollte er gehen? Zurück nach Salzburg? Oder nach Speyer, wo er auf gutem Fuß stand mit dem Stadtprediger Wimpfeling? Viele Orte auf dieser Erde blieben ihm nicht mehr, die letzten Getreuen waren an einer Hand abzuzählen.

Seit dem Tod von Papst Innozenz vor drei Jahren hatte er auch bei der römischen Kurie keinen Rückhalt mehr. Innozenz' Nachfolger Alexander, ein Mensch, dem es nur um seine Macht ging, und ein Weiberheld dazu, scherte sich keinen Deut um die wahre Bedrohung des Christentums. Selbst Heinrichs bahnbrechendes Werk *Malleus Maleficarum* hatte nach einem gewissen Achtungserfolg keine weiteren Auflagen mehr erfahren, denn die großen Druckwerkstätten weigerten sich, ihn zu verlegen. Es war, als hätte die ganze Welt sich gegen ihn verschworen, doch mundtot machen ließ er sich keineswegs, o nein! So einige scharfzüngige und geistvolle kleinere Schriften gegen Ketzer und Leugner des Hexenunwesens hatte er seither bereits in schäbigen Hinterhofwerkstätten auf eigene Kosten drucken lassen. Und eines schönen Tages würde auch die Bedeutung seines *Malleus Maleficarum* erkannt werden.

Abrupt blieb er mitten im Getümmel des Fischmarkts stehen und hielt sich die Brust. Für einen Moment bekam er kaum noch Luft. Das geschah ihm öfter in letzter Zeit. Das Alter machte ihm zu schaffen. Und die Müdigkeit. So müde war er geworden, so überdrüssig all dieser Kämpfe. Ihm war, als sei die Welt ins Stocken geraten angesichts der Übermacht des Bösen und hätte ihn kleinen Wurm als einzigen Aufrechten, als letzten Krieger gegen die nahende Apokalypse, zurückgelassen.

Er ließ sich auf dem steinernen Rand des Marktbrunnens nieder und benetzte seine Stirn mit dem kühlen Wasser. Sollte er aufgeben? An die zweihundert Unholdinnen hatte er bereits ihrer gerechten Strafe zugeführt, doch es hätten Tausende und Abertausende sein müssen. Und seit Jahren schon war seinem inquisitorischen Eifer kein Erfolg mehr beschieden, nicht einmal in Nürnberg, wo man ihn erst eine Prozessanweisung in deutscher Sprache verfassen ließ, um dann doch keiner einzigen Hexe den Garaus zu machen.

Hatte die letzte Hexe, die er auf den Scheiterhaufen gebracht hatte, nicht Susanna geheißen? Jenes mariengleich schöne Mädchen aus Schlettstadt, das es sogar vermocht hatte, ihn, Heinrich Kramer, zu behexen? Sofort hatte er wieder ihr Bild vor Augen, und plötzlich erinnerte er sich, dass er hier in Augsburg vor einigen Tagen von ihr geträumt hatte. Schon rang er erneut nach Luft.

«Ist Euch nicht wohl, ehrwürdiger Bruder?» Ein Fremder beugte sich mit besorgter Miene zu ihm herunter. «Kann ich Euch helfen?»

Heinrich wehrte den dargebotenen Arm ab.

«Nein, es geht schon wieder. Es muss gehen.»

KAPITEL 67

*Republik Venedig, im Frühherbst 1499,
13 Jahre nach Susannas Flucht*

Die Sommerhitze war endlich vorbei, von der Adria her wehte ein milder Wind. Wir hatten beschlossen, nach der Sonntagsmesse in San Polo Apostolo einen großen Spaziergang zu machen, bevor schon bald die herbstlichen Regenfälle einsetzen würden. Wir wollten hinüber nach San Marco und weiter nach Castello, um von dort in einer Gondel auf den Lido überzusetzen, der die Lagune vom offenen Meer trennte. Schon die Fahrt in diesen schlanken, langgestreckten, in bunten Farben gestrichenen Booten begeisterte mich jedes Mal aufs Neue, aber das Schönste war doch, im warmen Sand zu sitzen und über die endlose, glitzernde See zu schauen. Dabei malte ich mir dann aus, wie die Welt hinter dem Horizont wohl aussah.

«Tommaso, bleib bei uns!», rief ich unserem Ältesten zu, der plötzlich wie von einer Biene gestochen vor uns im Zickzack über den weitläufigen Campo fegte, um Tauben und Spatzen aufzuscheuchen.

«So lass ihn doch», lachte Orlando. «Der Junge muss sich halt austoben.»

Wir waren nicht die einzigen Kirchgänger, die über den seit einigen Jahren mit hellen Steinen gepflasterten Platz schlenderten. Während die Kinder herumtobten und Fangen spielten, lauschten die Erwachsenen dem Spiel der Musikanten, genossen die warme Sonne auf den Stufen des Brunnens oder blickten den Glücksspielern über die Schulter, die in Venedig auch noch den kleinsten Campo bevölkerten, bevor sie von den Stadtwächtern auseinandergetrieben wurden.

Hier im Handelsviertel der Stadt war Orlando wohlbekannt, sodass wir immer wieder freundlich gegrüßt wurden und Scherzworte hin- und herflogen in dieser wunderbar melodischen Sprache, die ich inzwischen recht gut beherrschte. Vor allem die Frauen ließen es sich nicht nehmen, unserer kleinen Tochter über das lockige, blonde Haar zu streichen. Was Caterina stumm und mit nur leicht vorgeschobener Unterlippe über sich ergehen ließ. Sie war drei Jahre jünger als Tommaso und das genaue Gegenteil ihres Bruders: sanft, verständig und vorsichtig in allem, was sie tat.

Jetzt marschierte sie brav zwischen uns beiden und hielt uns an der Hand fest.

«Bekomm ich dann ein Stück Mandelkuchen, wenn ich so weit laufen muss?», fragte sie.

Orlando beugte sich zu ihr hinunter und drückte ihr einen Kuss auf die helle Stirn.

«Ma sì, tesoro mio.»

Wie so oft durchströmte mich ein warmes Glücksgefühl. Längst fühlte ich mich zu Hause in dieser lebendigen, bunten

Stadt, die überall von Kanälen durchzogen war und inmitten der tiefblauen Lagune lag. Als glanzvolle Republik und Seemacht mit einer mächtigen Kriegs- und Handelsflotte, mit Besitzungen rund um das Adriatische Meer und Handelswegen bis in die Levante und ans Schwarze Meer war Venedig mehr noch als Straßburg von Menschen aus aller Herren Länder bevölkert: von Hebräern, Mohren und Sarazenen, von Menschen aller Hautfarben also und in seltsamen Trachten, deren Lateinisch oder Italienisch kaum zu verstehen war, dazu die Kaufleute aus den deutschen Landen. Der blühende Handel hatte die Stadt reich und mächtig gemacht, der Handel mit kostbaren Tuchen, Salz, Getreide und edlen Gütern wie Spezereien, Honig, Perlen, Edelsteinen, Ambra, Rosenwasser und Duftseifen. Das fruchtbare Hinterland, in das wir vor Tommasos Geburt hin und wieder Ausflüge gemacht hatten, lieferte Wein, Holz, Baumwolle und vielerlei Früchte, die ich nie zuvor gekostet hatte. Auf der Insel Murano wurden Glaswaren und Spiegel gefertigt, nach geheimen Rezepturen, auf deren Verrat die Todesstrafe stand. Im Arsenal fertigten Hunderte von fleißigen Arbeitern Galeeren und Handelsschiffe. Wie hatte ich in den ersten Jahren gestaunt über diese ganz und gar andere Welt!

Wir wohnten nicht weit von der Kirche in Orlandos Elternhaus am Rio de la Madoneta, dem Kanal der kleinen Jungfrau. Das geräumige Haus mit dem hübsch bepflanzten Innenhof bot Platz für uns alle: für den alten Tuchhändler und seine Magd ebenso wie für die drei Brüder und deren Familien. Der alte Tommaso hatte sich aus den Geschäften zurückgezogen, und Orlando war zum Teilhaber seines ältesten Bruders Angelo geworden. Hin und wieder wurden wir in das Fontigo tudisco eingeladen, den Deutschen Handelshof am Canal Grande, gleich bei der hölzernen Rialtobrücke. Dort hatte eine jede Kaufmannschaft seine eigene Kammer, so die aus Köln, Straßburg, Nürnberg, Augsburg, Lübeck und einigen anderen deutschen Städten des Reiches. Dort hatten wir auch Simon wiedergesehen, ein einziges Mal nur, zwei Jahre nach Tommasos Geburt. Nur um sich von unserem Glück zu überzeugen, hatte er die lange, beschwerliche Reise auf sich genommen. Wir hatten die knappe Woche mit ihm sehr genossen, wobei die Zeit viel zu schnell vergangen war. Alles hatte sich richtig angefühlt. Wie ein fürsorglicher Vater hatte sich Simon uns gegenüber verhalten. Damit konnte Orlando endlich sein ewig schlechtes Gewissen ruhen lassen, das er trotz der gegensätzlichen Beteuerungen Simons seit damals, seit unserer Ankunft in Venedig gehabt hatte, zumal Simon in Straßburg rasch einen Nachfolger für Orlando gefunden hatte, einen erfahrenen Kölner Kaufmann. Mich hatte der Straßburger Magistrat übrigens, in Absprache mit den Schlettstädter Amtsleuten, nach meiner Flucht für tot erklären lassen. Was für ein seltsamer Gedanke.

Neun Jahre war dieses Wiedersehen nun schon wieder her, und mir wurde ganz wehmütig zumute, als ich jetzt an meinen einstigen Ehegefährten dachte. Erst recht, da sein letzter Brief nichts Gutes verhieß: Er war inzwischen Mitte sechzig, quälte sich mit Gliederschwamm und Gicht und vermochte nicht einmal mehr kürzere Reisen bis Basel oder Frankfurt auf sich zu nehmen. Dafür kümmerte sich wohl die Hausmagd Marga ganz rührend um ihn, und zum Dank dafür hatte er sie geheiratet, was in Straßburg wohl wochenlang zu großem Gerede geführt hatte. Man möge sich also nicht um ihn sorgen, schrieb er in warmen Worten, er sei in besten Händen. Aus diesem Brief erfuhren wir auch, dass die Köchin Kläre endlich ihren Jörgelin geheiratet hatte und nun als Meisterfrau in dessen Sattlerei lebte, was mich von Herzen freute.

Auch Martin, der noch immer bei den Dominikanern in Köln war, hatten wir wiedergesehen. Er hatte uns vor drei Jahren auf dem Weg nach Rom, wo er seinen Doctor der Theologie machen wollte, besucht. Orlando und ich hatten seit unserer Ankunft in Venedig, auf meinen eigenen Wunsch hin, nie wieder über diesen unseligen Bruder Heinrich gesprochen, auch nicht bei Simons Besuch. Mir genügte, dass ich ihm hatte entfliehen können und dass auch die anderen angeklagten Frauen freigekommen waren, wie wir aus einem Brief des Vaters damals erfahren hatten. Die Schlettstädter Obrigkeit hatte sich wohl einer Verurteilung entgegengestellt.

Doch dann, kaum dass Martin den zweiten Tag bei uns zu Gast gewesen war, war es aus mir herausgeplatzt:

«Lebt der Prior noch?»

Fast erschrocken hatten die beiden Männer mich angeschaut.

Nach kurzem Zögern hatte Martin genickt. «Ja, aber Heinrich Kramer ist schon seit Ewigkeiten kein Prior mehr. Wie du vielleicht weißt, ist er immer schon mit vielen in unserem Orden aneinandergeraten, insbesondere mit unserem Kölner Prior und Ordensvorsitzenden, der Herr sei seiner Seele gnädig.» Er bekreuzigte sich, da Jakob Sprenger, wie ich inzwischen wusste, zwei Jahre zuvor verstorben war. «Da Kramer auch unter den Schlettstädter Mönchen keine Mehrheit mehr hinter sich hatte, wurde er abgesetzt und dem Kloster eine Reform an Haupt und Gliedern verordnet.»

Ich hörte ihm atemlos zu, obwohl nur die Erwähnung dieser Person mir immer noch Schmerzen in der Magengrube verursachte.

«Dann ist er gar nicht mehr in Schlettstadt?», fragte ich.

«Nein, und er ist auch nie wieder dorthin zurückgekehrt. Sprenger hatte schon bald erwirkt, dass Kramer aus dem Straßburger Bistum verwiesen wurde, außerdem darf ihn keines unserer Klöster in der Teutonia mehr aufnehmen noch beherbergen, auf Lebenszeit. Und so irrt er nun in der Weltgeschichte herum, man hört mal hier, mal dort von ihm, aber zu sagen hat er nichts mehr. Zuletzt war er wohl mehrere Jahre an der Mosel auf Hexensuche, auch in Nürnberg, ist aber bei der weltlichen Obrigkeit überall abgeblitzt.»

«Dann ist er auch kein Inquisitor mehr?»

«Nun ja», Martin rieb sich die Nase, «seine Ausgrenzung scheint ihn von weiteren Hexenverfolgungen abgehalten zu haben. Sprengers Nachfolger hat ihn, in Absprache mit dem Ordensgeneral, in außerdeutsche Gebiete abgeschoben, in der Hoffnung, dass er dort nicht allzu viel Unheil anrichtet mit seinem Gezänk und seiner Hetze. Er ist mittlerweile nichts weiter als ein armseliger Wanderprediger, der auf eigene Faust in den Kirchen gegen Ketzer und Irrlehren predigt. Es heißt, dass er all seine Predigten für teures Geld drucken lässt und anbietet wie Sauerbier. Wahrscheinlich ist er inzwischen arm wie eine Kirchenmaus.»

«Warum war dein neuer Prior, dieser Sprenger, eigentlich so feindselig gegen Kramer?», fragte Orlando, der die ganze Zeit aufmerksam zugehört hatte.

«Weil Jakob Sprenger in dieser Art von Hexenverfolgung einen Irrweg sah, wie viele andere hohe Geistliche übrigens auch. Und obendrein hatte Kramer dessen guten Namen für seine eigenen Zwecke schändlich ausgenutzt. Ihr müsst wissen, dass Kramer im Frühjahr nach dem Schlettstädter Hexenprozess eine umfangreiche Abhandlung über Hexen hatte drucken lassen, mit dem Titel *Malleus Maleficarum*, zu Deutsch: Hexenhammer. Ein schreckliches Machwerk, wirr und unlogisch im Aufbau, menschen- und frauenverachtend im Inhalt. Obendrein ist im Text mehrfach die Rede von *wir* und einem zweiten Autor, der in der Vorrede und in der mitgedruckten Papstbulle als Jakob Sprenger aufgeführt wird. Klammheimlich hatte sich dieser Lügner also einen allseits bekannten und geschätzten Mann als Mitautor und Mitstreiter in Sachen Hexenverfolgung erfunden, und damit hat er willentlich die Leser in die Irre geführt. Ihr könnt euch denken, wie erbost

Sprenger hierüber war. Erst recht, als dem zweiten Druck noch ein Gutachten der Theologischen Fakultät zu Köln beigefügt war, ebenfalls wieder in Sprengers Namen, mit den gefälschten Unterschriften der Professoren. Darin wird sogar eine mit Sicherheit ebenso gefälschte Empfehlung des Königs erwähnt.»

Orlando pfiff durch die Zähne. «Was für ein Scharlatan!»

Mein Bruder nickte. «Ein Aufschneider, Täuscher und Fälscher, der sich in einer Welt voller Feinde sieht. Übrigens hatte das Buch unter Geistlichen und Rechtswissenschaftlern zunächst großen Wirbel entfacht, doch inzwischen ist es, dem Herrgott sei Dank, weitgehend in Vergessenheit geraten.»

«Dann glaubst du gar nicht an Hexen?», fragte Orlando.

«Ich glaube, dass die Dämonen uns Menschen immer wieder in Versuchung führen, dem Glauben abzuschwören. Nicht aber, dass vor allem das weibliche Geschlecht der Versuchung erliegt, noch dass solche Spukgeschichten wie Hexenflug, Teufelsbuhlschaft oder Hagelzauber in Wirklichkeit geschehen. All solches mag Ergebnis eines verwirrten Geistes sein oder wird den armen Seelen mittels Folter als falsche Wahrheit herausgepresst.» Er wandte sich wieder mir zu. «Darf ich dich etwas fragen, Susanna?»

Ich ahnte, was kommen würde, und nickte.

«Hättest du bei der peinlichen Befragung Schadenzauber und Teufelsbuhlschaft gestanden?»

«Ich glaube, ich hätte alles gesagt, was man von mir hätte hören wollen», erwiderte ich stockend. «Nur um der Tortur zu entkommen.»

«Genau das meine ich. Auch Unschuldige zwingt der Schmerz zu lügen.» Martins Blick wurde verlegen. «Weißt du, Susanna, was mir nach all den Jahren noch immer zu schaffen macht? Dass ich diesen Mann, der dich ums Haar auf den Scheiterhaufen gebracht hätte, einst zutiefst verehrt und bewundert habe!»

Er tat mir fast leid, wie er mich so verzweifelt ansah.

«Du warst noch sehr jung damals», sagte ich und strich ihm über die Wange.

Mit einem Mal spürte ich, wie gut mir dieses Gespräch tat. Es war mir, als würde mein Albtraum zu einem Ende finden. *Sprich den Teufel an und spucke ihm ins Gesicht, dann verschwindet er*, hatte ich mal jemanden sagen hören. Heinrich Kramer, der mir bis dahin immer wieder einmal wie ein unheilvoller Geist im Schlaf erschienen war, hatte mit Martins Worten an Schrecken verloren. Dennoch betete ich zu Gott, diesem Menschen nie wieder zu begegnen.

Als wir meinen Bruder einige Tage später schweren Herzens verabschiedeten, hatten wir ihm versprechen müssen, ihn bald einmal in der Heiligen Stadt zu besuchen. Doch sosehr ich mir das gewünscht hätte, ich hatte mich in der Folgezeit nicht dazu durchringen können, meine beiden Kinder wochenlang in Venedig zurückzulassen.

Ohne dass ich es bemerkt hatte, waren wir an dem großen Brunnen mitten auf dem Campo angelangt. Caterina hatte sich auf die Stufen gesetzt und zeigte einem gleichaltrigen Mädchen voller Stolz ihre Stoffpuppe, die sie immer mit sich herumtrug. Derweil half Orlando unserem Sohn auf den Brunnenrand, wo er sogleich begann, im Wasser herumzuspritzen.

«He, du machst uns alle nass», lachte ich. «Gehen wir lieber weiter.»

Nur widerstrebend konnten wir Caterina von ihrer neuen Freundin weglotsen, zum Trost nahmen wir sie in die Mitte und ließen sie immer wieder hoch in die Luft fliegen, was sie mit Freudenjauchzern begleitete.

Insgeheim dankte ich dem Herrn für das Glück, das mir mit meiner kleinen Familie gegeben war. Wir hatten zwei gesunde Kinder, und, sosehr mich das damals getroffen hatte, es war mir nur eines im Kindbett weggestorben. Ich hatte einen Mann, der mich achtete und verehrte und den ich immer noch von ganzem Herzen liebte. Der einzige Schatten auf meinem großen Glück war, dass ich meinen Vater niemals wiedergesehen hatte. Nun war er tot, im letzten Winter friedlich eingeschlafen, im Beisein von Gregor, Maria und seinen drei Enkelkindern.

Wir erreichten den Rialto-Markt, wo sich werktags die Kaufleute sammelten, um ihre Geschäfte zu betreiben. Jetzt waren die Läden und die Stuben der Geldwechsler verschlossen. Vor der hölzernen Brücke über den Canal Grande nahmen wir die Kinder fest bei der Hand. Da dies der einzige Fußweg über den Kanal war, herrschte hier selbst an Sonntagen dichtes Gedränge.

«Da vorn ist mein Freund Marino!», rief Tommaso mitten auf der Brücke, und schon hatte er sich von meiner Hand losgerissen. Kopfschüttelnd sah ich ihm nach. Keine zwei Atemzüge später prallte er gegen einen schmächtigen Mann, der der staubigen, abgewetzten Kutte nach zu urteilen ein Bettelmönch war. Prompt begann der, laut zu fluchen und zu meinem Schrecken mit dem Stock nach dem Kleinen zu schlagen.

Ich stürmte auf ihn zu.

«Hört Ihr wohl auf!», rief ich in meiner Erregung auf Deutsch und packte den Stock. «Er ist noch ein Kind.»

Der Mann hielt inne. Er war alt, sehr alt. Aus gelblichen Augen in einem faltigen, verhärmten Gesicht starrte er mich an.

«Margaretha?»

Als hätte ich mir die Finger verbrannt, ließ ich den Stab los. Der Alte war Heinrich Kramer! Seine Gesichtszüge hatten sich mir so eingebrannt, dass ich ihn auch nach hundert Jahren noch erkannt hätte.

«Was tust du hier in Venedig?», fragte er mit heiserer Stimme, und deutete auf Caterina, die inzwischen mit Orlando näher gekommen war. «Ist das da deine kleine Susanna?»

Während Tommaso zu weinen begonnen hatte, zitterte ich am ganzen Leib.

Orlando packte ihn beim Kragen seiner Kapuze. «*Maledetto!* Wer seid Ihr, dass Ihr es wagt, meinen Sohn zu schlagen?»

«Das ist ... der Inquisitor ...», stieß ich hervor.

«Ja, ganz recht, der bin ich. Doctor Henricus Institoris, Inquisitor von päpstlichen Gnaden. Und jetzt lasst mich gefälligst los, ich hab es eilig. Ich muss zu Thomas Donatus, dem Patriarchen von Venedig. Ihm mein neues Büchlein *Opusculum in errores Monarchie* bringen.»

«Was? *Du* bist dieser Erzlump?» Mit zornrotem Gesicht zwängte Orlando ihn gegen das Brückengeländer und begann, ihm die Kehle zuzudrücken. «Das wirst du mir büßen, du elender Bastard!»

Noch nie hatte ich Orlando so außer sich erlebt. Verzweifelt rang der Alte nach Luft und verdrehte die Augäpfel nach oben, bis nur noch das Weiße zu sehen war.

«Hör auf! Bitte hör auf!», rief ich und zerrte an Orlandos Arm. Rundum waren die Menschen stehen geblieben und glotzten uns unverhohlen an, ohne dass jemand eingeschritten wäre.

Endlich ließ Orlando ab, und der Alte sank in sich zusammen wie ein schlaffer Sack.

Da geschah etwas Überraschendes. Kramer rappelte sich auf, klopfte sich den Staub von der Kutte und nahm seinen Stock.

«Da muss ich wohl wieder einmal gestürzt sein», sagte er fast entschuldigend zu mir. Er schien völlig vergessen zu haben, dass er mich eben noch mit meiner Mutter verwechselt hatte.

«Sagt, werter Junker», wandte er sich ausgesucht höflich an Orlando, «hättet Ihr nicht ein wenig Reisegeld für mich? Ich muss morgen weiter nach Böhmen, in päpstlicher Mission.»

Mit angeekelter Miene griff Orlando in seine Rocktasche und zog einen venezianischen Dukaten heraus.

«Nimm das hier und verschwinde aus meiner Stadt.»

Unter mehrfachen Bücklingen nahm der Alte die Münze entgegen und steckte sie ein.

«Habt tausend Dank, junger Mann. Gott segne Euch und Eure Familie.»

Benommen sah ich ihm nach, wie er sich schwankend und bei jedem Schritt mit dem Stock vorantastend in Richtung San Marco davonmachte.

Caterina umklammerte meine Hand.

«Wer war dieser Mann?», fragte sie mich sichtlich erschrocken.

«Ein böser Mensch, den ich von früher kenne.»

«Aber ein Mönch kann doch nicht böse sein.»

«Doch, das kann er», antwortete Orlando an meiner Stelle. «Sehr böse sogar.»

Er legte mir den Arm um die Schultern und zog mich an sich.

«Vor dem musst du dich nicht mehr fürchten», flüsterte er mir zu. «Das schwöre ich dir bei meiner Liebe zu dir.»

Ich schmiegte mich an ihn. Ja, es war wirklich vorbei. Der Mann, dem ich eben begegnet war, war nicht der Bruder Heinrich meiner Albträume und beizeiten immer noch durchwachten Nächte. Nein, dieser Mann war ein schwächlicher, gebrochener Tattergreis, noch dazu augenscheinlich ein wenig blöde im Kopf.

Den Inquisitor und Hexenjäger Heinrich Kramer gab es nicht mehr.

NACHWORT DER AUTORIN

Der von der Geistlichkeit inzwischen völlig isolierte Heinrich Kramer war zum Ende meiner Romanhandlung tatsächlich in Venedig. Danach wurde er von Papst Alexander VI. als Nuntius (Botschafter) quasi strafversetzt nach Böhmen, wo er 1505 von der Welt unbeachtet und vereinsamt im Alter von fünfundsiebzig Jahren starb. Von Hexenprozessen ist in dieser Zeit wenig zu hören.

Dennoch sollte sich seine menschenverachtende Vision erfüllen, wenn auch erst knapp drei Generationen später: Der *Hexenhammer*, das wohl unheilvollste Buch der frühen Weltliteratur und 1487 erstmals in Speyer gedruckt, wurde ab 1574 zum Bestseller und lieferte das theoretische Fundament für den Neubeginn der Hexenverfolgungen, denen bis ins 18. Jahrhundert Zigtausende Menschen zum Opfer fielen, vor allem Frauen. Die verheerende Saat des Schlettstädter Dominikanermönchs war also doch noch aufgegangen.

Die neuere Forschung ist sich heute weitgehend einig, dass der noch immer häufig als Mitautor genannte Jakob Sprenger nichts mit diesem mehrere hundert Seiten dicken Machwerk zu tun hatte. Kramer hatte seinen damals weitaus berühmteren Gegenspieler ohne dessen Wissen mit ins Boot genommen, um diesem Buch mehr Gewicht und Aufmerksamkeit zu verleihen.

In der Romanhandlung habe ich übrigens einige Textstellen aus dem Hexenhammer benutzt, allerdings der Verständlichkeit halber auf Deutsch – als Geistlicher hatte Kramer stets auf Lateinisch geschrieben. Wer es sich, wie ich für meine Recherchen, antun und den Hexenhammer lesen möchte, dem sei die kommentierte Neuübersetzung von Wolfgang Behringer, Günter Jerouschek und Werner Tschacher empfohlen (München, 2000).

Für die Person Heinrich Kramers habe ich mich, soweit es mir möglich war, an die historischen Fakten gehalten. Susanna hingegen ist eine fiktive Figur. Sie steht stellvertretend für alle, die – aus den unterschiedlichsten Gründen – unschuldig in die Mühlen jener sich auf den christlichen Glauben stützenden Unrechtsjustiz gerieten.

Weitere Informationen über Heinrich Kramer und die frühe Hexenverfolgung finden Sie auf www.astrid-fritz.de

GLOSSAR

Ablass, Ablassbrief – Nachlass von Sündenstrafen seitens der katholischen Kirche, in Form von Urkunden, gegen Geldzahlungen oder Bußleistungen

Albertus Magnus – deutscher Gelehrter, Bischof und Kirchenlehrer (1200–1280), 1931 heiliggesprochen

Alraune – sagenumwobene, giftige Heil- und Zauberpflanze aus der Familie der Nachtschattengewächse; ihre Wurzel erinnert an eine menschliche Gestalt

Ambra – kostbare Substanz aus dem Verdauungstrakt von Pottwalen, früher zur Parfümherstellung benutzt

Amman – Oberschwäbische Bezeichnung für *Schultheiß*

Apostel – Jünger, Bote, Gesandter von Jesus Christus

apostolisch – 1. päpstlich; 2. nach Art der *Apostel*

Approbation – Bestätigung, Genehmigung, Gutachten. Auch: Druckgenehmigung bei theologischen Werken

Aquin, Thomas von – italienischer Philosoph, Autor, Dominikaner und Kirchenlehrer (1225–1274). Einer der Hauptvertreter der mittelalterlichen *Scholastik*

aufziehen – äußerst schmerzhafte Foltermethode, bei der das Opfer an auf den Rücken gebundenen Händen mittels einer Seilwinde in die Luft gezogen wird

Augustinus von Hippo – Philosoph, Bischof und einer der Kirchenväter der Spätantike, die entscheidend zur Bildung des Christentums beigetragen hatten (354–430); siehe auch *Augustinusregel*

Augustinusregel – geistliche Regeln von *Augustinus von Hippo*, die bis heute von verschiedenen Orden verwendet werden, wie von den Dominikanern oder den Augustiner-Eremiten

Auszehrung – auch Schwindsucht: historische Bezeichnung für verschiedene «zehrende» Krankheiten wie Krebs oder Tuberkulose

Ave Maria – lat.: gegrüßest seist du, Maria. Grundgebet der katholischen Kirche

Bader – ursprünglich Betreiber einer Badstube, bald schon Arzt der kleinen Leute. Daraus entwickelte sich der Handwerkschirurg oder Wundarzt (im Gegensatz zum gelehrten, studierten *Medicus*)

Bannwart – oberdeutsch für Flur-, Reb- oder Waldhüter

barbieren – altes Wort für rasieren, Haare schneiden

Barfüßer – volkstümlich für Franziskanermönche

Beelzebub – einer der zahlreichen Namen für den Teufel

Benedictus – (lat.: gesegnet) hymnischer Gebetstext aus dem Neuen Testament

Bistum – deutscher Begriff für *Diözese*

Blatter – Blase, Pustel

Breisgau – Landschaft um das südbadische Freiburg

Brixen – Stadt und Bischofssitz in Südtirol, heute italienisch Bressanone

Bückling – tiefe Verbeugung

Büttel (auch Stadtweibel, Scherge, Steckenknecht, Stadtknecht) – niedrige gerichtliche Hilfsperson in der mittelalterlichen Strafverfolgung; vollzieht auch einfache Leibesstrafen

Buhle – veraltet für Liebhaber

Buhlschaft – veraltet für Liebesverhältnis

Bulle – hier: mittelalterliche Rechtsurkunde

campo – ital.: Feld, Platz

Canon Episcopi – (lat.: bischöfliche Richtschnur) kirchenrechtliche Vorschriften aus dem Frühmittelalter *cara mia* – ital.: meine Teure, meine Geliebte

Castello – historischer Stadtteil von Venedig mit zahlreichen Kirchen und Klöstern, damals Bischofssitz

Cato der Ältere – altrömischer Feldherr, Staatsmann, Geschichtsschreiber und Schriftsteller (234–149 v. Chr.)

Chirurgus – historischer Begriff für *Wundarzt*

Chor – Altarraum der Kirche, der den Geistlichen und Mönchen vorbehalten war; oft durch einen *Lettner* vom Bereich der Laien getrennt

Chrysostomos – Prediger und Kirchenlehrer des 4. Jahrhunderts

Clairvaux, Bernhard von – Zisterziensermönch, Kreuzzugsprediger und Mystiker (um 1090–1153)

Confratres – lat. für Mitbrüder

Dekan – Vorsteher / Sprecher der Fachrichtung einer Hochschule

Delinquent – alter Begriff des Strafrechts: Straftäter

Diözese – kirchlicher Verwaltungsbezirk mit einem Bischof als Vorsteher

Directorium Inquisitorum – schriftliche Anleitung für Inquisitoren, um 1376 von Nikolaus *Eymericus* verfasst

Dispens – amtliche oder auch kirchenrechtliche Befreiung von einem Verbot oder Gebot, hier von einer nicht vollzogenen Ehe

Doge – Oberhaupt der historischen Stadtrepublik Venedig

Domherren – zumeist adlige Beamte geistlicher Fürsten

Drudenfuß – Pentagramm, fünfzackiger Stern; Zeichen mit hoher Symbolkraft, in der Magie als Abwehrzauber gegen Dämonen verwendet

Dukaten – venezianische Goldmünzen

eidgenössisch – die Schweizer Eidgenossen betreffend

Etymologiae – Werk von *Isidor von Sevilla*, in dem er das gesamte weltliche und geistliche Wissen der Antike und des Frühmittelalters zu vereinen versuchte; die Handschrift (ab 1472 gedruckt) blieb über Jahrhunderte Standardlektüre von Studenten

Exempla – Mehrzahl von exemplum (lat.: Beispiel)

Exkommunikation – Ausschluss aus der kirchlichen Gemeinschaft, als Strafe angewandt

exhumieren – einen bestatteten Leichnam wieder ausgraben

Exodus – das 2. Buch Moses, das sich mit dem Auszug der Israeliten aus Ägypten befasst

Exorzismus – Teufelsaustreibung

Eymericus, Nikolaus (auch Nikolas Eymerich) – spanischer Dominikaner und Inquisitor (1320–1399)

Faktor – hier: Handelsgehilfe, der die Transporte begleitete und kontrollierte und dabei in allem den Kaufherrn vertrat

fallendes Weh – altertümlicher Name für Epilepsie

Formicarius – Hauptwerk des Dominikanermönches Johannes Nider, in dem der Ameisenhaufen (lat. formicarius) als Metapher für den idealen Staat steht; das letzte Kapitel beschäftigt sich mit Zauberei und der neuen Sekte der Hexen

Geiler von Kaysersberg, Johann – kirchenkritischer Publizist und Münsterprediger in Straßburg (1445–1510)

Gerechtigkeit – alter Begriff für Lizenz, Genehmigung

Gift und Gabe – alter Begriff für Mitgift beim Klostereintritt

Glauben – auch: Credo genannt, von lat.: ich glaube. Christliches Glaubensbekenntnis als fester Gebetsbestandteil des Gottesdienstes

Gliederschwamm – alter Begriff für Gelenkschmerzen

Gutleuthaus – Siechenhaus der Leprakranken, zum Schutz vor Ansteckung außerhalb der Stadt

Habit – Ordenstracht von Nonnen und Mönchen, bestehend aus Unter- und Oberkleidern. Farbe je nach Ordenszugehörigkeit

Hafner – alte Berufsbezeichnung für Töpfer

Häresie – Ketzerei, Irrlehre, von der katholischen Lehre abweichende Haltung

Harnisch – Rüstung, Plattenpanzer eines Ritters; halber Harnisch: leichterer Rüstungstyp des 15./16. Jahrhunderts

Hausarme – anerkannte Almosenempfänger einer Gemeinde/Stadt

Herrenbrot (auch: Semmelbrot) – aus hellem, feingemahlenem Weizen gebackenes Brot; üblich ist sonst dunkles Brot

Heiliger Stuhl – Bischofssitz, Papstsitz in Rom

Hieronymus – Gelehrter, Heiliger und Kirchenvater der frühchristlichen Kirche (347–420)

Hildegard von Bingen – Äbtissin, Heilige und Universalgelehrte, deren heilkundige Schriften noch heute bekannt sind (1098–1179)

Hochaltar – Hauptaltar einer katholischen Kirche, in der Regel prächtig und kostbar ausgestaltet

Hussiten – Anhänger des Reformators Jan Hus (1415 auf dem Konstanzer Konzil hingerichtet), als Ketzer verfolgt

Ill – elsässischer Nebenfluss des Rheins

Inkubus – als Begriff der Hexenlehre: Teufel in Männergestalt, der sich mit Hexen paart

inquirieren – gerichtlich untersuchen

Inquisit – Untersuchungsgefangener

Inquisition – Untersuchungsgericht der römisch-katholischen Kirche in der Ketzerverfolgung vom 13. bis 18. Jahrhundert

Isidor von Sevilla – frühmittelalterlicher Bischof und Autor (560 bis 636 n. Chr.)

Jahrzeit – jährliches Totengedenken während einer Messe, oft als Stiftung gegen Güter oder Geld

Johanni – Datumsangabe nach Johannes dem Täufer: 24. Juni

Johannisfeuer – alter Brauch zur Sonnwende am Vorabend zu *Johanni*

Johanniter – Ritterorden, der im Zuge des ersten Kreuzzugs in Jerusalem entstand

Josefi, Josefstag – Datumsangabe nach Josef, dem Bräutigam der Gottesmutter Maria: 19. März

Kaldaunen – anderes Wort für Kutteln

Kapitel – Versammlung von stimmberechtigten Mönchen / Nonnen

Kapitelsaal – klösterlicher Versammlungsraum

Kaplan – Priester, der in einer (Hof-, Burg-, Spital-)Kapelle die Messe zelebriert

Katarrh – früher synonym für Erkältung benutzt

Kaufhaus – in früheren Zeiten Handelshaus der Kaufleute

Kellerhals – Abgang zum Keller von der Diele oder von außen

Kestenholz – heute Châtenois; Gemeinde im Elsass westlich von Schlettstadt / Sélestat

Klausur – ein nur den Nonnen / Mönchen zugänglicher Gebäudekomplex des Klosters, als Ort des Rückzugs und der Besinnung, der nach strenger Ordensregel nur in Ausnahmefällen verlassen werden darf

Kleriker, Klerus – Geistlichkeit, Gesamtheit der Priester

Kloben – eigentlich: Holzklotz; hier für klobige alte Schuhe

Kommende – klösterliche Niederlassung des *Johanniter-* oder eines anderen Ritterordens; auch Komturei genannt

Kommissär – Abgesandter, Beauftragter

kommod – gemütlich, bequem

Komplet – abendliches Schlussgebet der *Stundengebete*; danach gilt nächtliches Stillschweigen im Kloster

Komtur – Leiter der Ordensniederlassung eines geistlichen Ritterordens (*Kommende*)

Konvent – abgeschlossener Wohnbereich der Nonnen / Mönche eines Klosters

Konziliaristen – Kirchen- und Ordensreformer im Spätmittelalter, die gegen die Oberhoheit des Papstes bei den Konzilversammlungen waren

Körpersäfte – siehe *Säfte*

Kreuzgang – rechteckiger Wandelgang im Klausurbereich eines Klosters um einen Innenhof, meist südlich der Kirche; von hier aus erschließen sich die einzelnen Klosterräume

Kreuzaltar – Volksaltar für Kirchenvolk und Laien; befindet sich im Gegensatz zum *Hochaltar* vor dem *Lettner*

Küferei – Werkstatt der Küfer zur Herstellung von Gefäßen

Kukulle – Teil der Ordenstracht: bodenlanger, glockenförmiger, stark gefältelter Kapuzenmantel mit überlangen, überweiten Ärmeln, der zum Gottesdienst getragen wird

Kurie, römische – päpstlicher Hofstaat

Laienbrüder (auch: Konverse) – Laienmitglieder eines Klosters, die zwar Gelübde ablegten, aber ohne Weihen waren; verrichteten zur Entlastung der Mönche/Nonnen die körperlichen Arbeiten, daher gemilderte Askese und Gebetspflicht

Laien – getaufte Christen, die weder Mönche noch Geistliche waren

Lassbinde – Binde beim Aderlass zum Blutstauen

Laudes – Morgenlob der *Stundengebete*; die Laudes (Plural) enden mit Tagesanbruch

Leisten – Holzmodell für Schuhe

Lektor – hier: geistlicher Schulmeister, Vorleser

Lettner – (hohe) Schranke in der Kirche, die den Altarbereich der Mönche/Priester (*Chor*) von dem der Laien trennt

Levante – altes Wort für Orient

Lohe – zum Gerben von Leder verwendete Baumrinde

Lombardei, lombardisch – norditalienische Region zwischen Alpen und Po-Ebene

Lombardus, Petrus – Bischof und Gelehrter der *Scholastik*, Verfasser der *Sentenzenbücher* (um 1095–1160)

Ma sì, tesoro mio – ital.: aber ja, mein Schatz

Magdalenentag – Datumsangabe nach der heiligen Magdalena, der Begleiterin Jesu und Zeugin seiner Auferstehung: 22. Juli

Magistrat – im Mittelalter: Stadtrat, Gesamtheit städtischer Amtsträger

maledetto! – ital.: verflucht!

Malefikant – Übeltäter, Verbrecher

Margarethentag – Datumsangabe nach der heiligen Margaretha: nach alten Kalendern der 13. Juli (in der katholischen Kirche heute der 20. Juli)

Martha von Bethanien – eine der drei Jüngerinnen Jesu, Schutzpatronin der Dienstboten

Martini, Martinstag – Datumsangabe nach dem heiligen Martin: 11. November

Matutin – mitternächtliches *Stundengebet*

mea culpa – lat.: meine Schuld; zentrale Worte aus dem katholischen Schuldbekenntnis

Medicus (auch Physikus, doctor medicinae) – studierter Arzt, der im Gegensatz zum *Wundarzt*, dem Vorläufer des Chirurgen, für die angesehenere Innere Medizin zuständig war

Melancholie – Schwermut; früher auch gleichbedeutend mit dem Krankheitsbild der Depression verwendet

Metzig – oberdeutsch für Metzgerei, Schlachthaus

Miasmen – giftiger Pesthauch. Die Miasmentheorie ist aus der antiken Viersäftelehre (siehe *Säftelehre*) abgeleitet. Sie war auch Laien geläufig, da sehr einfach

Michaeli, Michaelistag – Datumsangabe nach dem Erzengel Michael: 29. September

Mönchspfeffer – strauchartige Pflanze, die schon im Mittelalter zur Hemmung des Geschlechtstriebs eingesetzt wurde

Morgenlob – klösterliches *Stundengebet* am Morgen

Muhme – alte Bezeichnung für Tante oder Base

Nider, Johannes – Dominikanermönch, Kirchenreformer und Verfasser des *Formicarius* (1385–1438)

Non – *Stundengebet* zur neunten Tageslichtstunde (ca. 15 h)

Nothelfer – vierzehn frühchristliche Heilige, die als Helfer in unterschiedlichen Notlagen sehr populär waren

Novize – Klosteranwärter in einer meist einjährigen Probezeit, danach erfolgt das Ordensgelübde, siehe *Profess*

Obolus – ursprünglich antike Münze; synonym für kleine Spende, kleiner Geldbetrag

Observanten – Reformflügel im damaligen Richtungsstreit der Dominikaner, der für strikte Einhaltung der Ordensregel stand, wie etwa der Armutsregel

Offizin – altes Wort für eine Werkstatt mit Verkaufsraum, insbesondere bei Buchdruckereien und Apotheken

Ohnrechte (auch: Unehrliche, Unredliche) – war damals weniger ein moralisch-sittlicher Begriff als vielmehr ein sozialer und rechtlicher: nicht handwerks-, zunft- und ratsfähig. In der Frühen Neuzeit dann wurden die Unehrlichen (wie Henker, Prostituierte, Abdecker oder Fahrende) aus der Gesellschaft mehr und mehr ausgegrenzt

Opusculum in errores Monarchie – Kramers Streitschrift gegen den Papstkritiker Antonio Roselli

Oration – Gemeinschaftsgebet im christlichen Gottesdienst

Ordensgeneral – oberster Leiter des Dominikanerordens

Paramente – Textilien für den Gottesdienst, oft aufwendig und künstlerisch gestaltet

Paternoster – lat.: für Vaterunser, eines der christlichen Hauptgebete; auch Synonym für eine kurze Zeitspanne

Pater noster, qui es in caelis – Vater unser, der du bist im Himmel: erster Vers des Vaterunsers auf Lateinisch

Patriarch – höchstrangiger Bischof

Patrizier – Oberschicht in (spät)mittelalterlichen Städten *peccavi nimis cogitatione, verbo et opere: mea culpa* – lat.: Ich habe gesündigt in Gedanken, Worten und Werken durch meine Schuld, Teil des katholischen Schuldbekenntnisses

peinliche Befragung – hier im alten Wortsinn: schmerzhaft; also Befragung unter Folter

Perlach – Kurzform für Perlachturm, einen mittelalterlichen Wachturm in Augsburg

Pestilenz – alter Name für jede Art von tödlicher Seuche

Pfalz – hier das historische Straßburger Rathaus, das am heutigen Gutenbergplatz stand

Prediger – volkstümlicher Name für den Dominikanerorden

Prior/in – Klostervorsteher/in

probat – passend

Profess – Ordensgelübde zu Armut, Keuschheit und Gehorsam, mit dem Nonnen oder Mönche sich dauerhaft an die Ordensgemeinschaft binden

Provinzialkapitel – Versammlung von Klostervertretern einer Ordensprovinz

Refektorium – klösterlicher Speisesaal

Rosenkranzbruderschaft – spätmittelalterliche Gemeinschaft von *Laien* zur Vertiefung der Volksfrömmigkeit

Rosenkranzgebet – katholische Gebetsfolge mittels einer Gebetskette

Rute – altes Längenmaß, je nach Region 3 bis 9 Meter

Säfte, Säftelehre – veralteter medizinischer Begriff nach der Viersäftelehre (Humoralpathologie) der Antike, die für die mittelalterliche Medizin bestimmend war: Krankheiten entstehen, wenn die vier Säfte Blut, Schleim, schwarze und gelbe Galle nicht mehr im Gleichgewicht miteinander sind

Sakristan (auch: Küster) – verantwortlich für alles rund um die Kirche, wie Gerätschaften des Gottesdienstes, Kirchenschatz, Glockengeläut, Beleuchtung; auch als klösterliches Amt

Sankt Fides – Schlettstädter Benediktiner-Kirche, heut Sainte-Foy

Sankt Markus – Datumsangabe nach dem Evangelisten Markus: 25. April

Sankt Petri – auch Petri Stuhl, Datumsangabe nach dem Apostel Petrus und dessen Ernennung zum ersten christlichen Bischof: 22. Februar

San Marco – Stadtteil Venedigs als historisch politischer Mittelpunkt, mit Dogenpalast und Markusplatz

San Polo – Stadtteil Venedigs mit der gleichnamigen antiken Kirche, alten Stadtpalästen und dem historischen Handelszentrum Mercato di Rialto

Sarazenen – arabischer Volksstamm. Früher gleichbedeutend für Muslime

Schaube – weite, mantelartige Jacke mit weiten Ärmeln, vorne offen und mit Kragen; als Amtstracht von Ratsleuten meist mit Pelzbesatz

Schindanger (auch Schindacker, Wasen) – Brache vor den Toren der Stadt, auf der Tierkadaver verscharrt wurden oder auch die Leichname derer, die nicht christlich bestattet werden durften (Selbstmörder, Prostituierte, Hingerichtete)

Scholastik – gelehrte wissenschaftliche Denkweise des Mittelalters, in der eine Behauptung logisch erörtert wird, indem zunächst das Für und Wider dargelegt wird

Schragentisch – Tischplatte auf zusammenklappbarem Untergestell

Schultheiß – vom Landesherrn eingesetzter Amtsträger, Gemeindevorsteher mit Gerichtsgewalt. Auf dem Dorf Schultes oder Schulze genannt

schwarzgalliges Gemüt – altertümlicher Ausdruck für melancholisch, depressiv

Sebastian – römischer Soldat, Heiliger und Märtyrer, vor allem als Pestheiliger verehrt

Sentenzenbücher – die vier Bücher des *Petrus Lombardus* mit Sammlung einprägsamer Texte und Lehrsätze der Kirchenväter, als Lehrbuch in der mittelalterlichen Theologie verwendet
siech – krank, gebrechlich
Skapulier – Teil der Ordenstracht: schürzenartiger Überwurf über der Tunika, oft mit Kapuze
Spezereien – veraltet für Gewürzwaren
Studiosi – lat. für Studenten
Studium artium et naturalium – mittelalterliches Grundstudium (Grammatik, Logik, Naturphilosophie)
Stundengebete (auch: Chorgebete, Horen, Tagzeiten, Gotteslob) – Traditionell sammelte man sich im Kloster achtmal am Tag, also alle drei Stunden, zum gemeinsamen Gebet auf Latein. Außer dem Nachtgebet (Matutin oder Vigil) sind dies die Laudes (ca. 3 h), die Prim (6 h), die Terz (9 h), die Sext (12 h), die Non (15 h), die Vesper (18 h) und die Komplet (21 h) – ungefähre Angaben nach der antiken Zeitrechnung, die den Tag von Sonnenaufgang bis -untergang in zwölf gleich lange Stunden einteilte
Subprior – Vertreter des Priors (Dominikanerorden)
Suspension – hier: Amtsenthebung eines Geistlichen als Kirchenstrafe
Terz – *Stundengebet* zur dritten Tageslichtstunde (ca. 9 Uhr)
Teutonia – deutsche Ordensprovinz der Dominikaner
Theriak – kostspieliges mittelalterliches Universalheilmittel nach einer aus der Antike stammenden Rezeptur; neben pflanzlichen Teilen enthielt es auch Opiate, Schlangen- und Krötenpulver
Tonsur – kreisrund zu einem schmalen Haarkranz ausrasiertes Kopfhaar von Mönchen
Tortur – Folter
Traktat – schriftliche Abhandlung zu einem bestimmten Thema
Traminer – uralte Rebsorte

Treppengiebel (auch Staffelgiebel) – stufenförmige Dachgiebelseite eines Hauses

Trippen – hölzerner Schuhuntersatz, um das kostbare Schuhwerk vor Straßenkot und Nässe zu schützen. Mit einem Ledersteg am Fuß gehalten und durch zwei untergelegte Klötzchen erhöht

Truchsess – mittelalterliches Hofamt, das in Adelstitel überging

Tunika – Teil der Ordenstracht: knöchellanges, loses Untergewand mit Ärmeln, durch Strick oder Gürtel gehalten

Valerius Maximus – altrömischer Schriftsteller kurz nach Christi Geburt, im Mittelalter sehr populär

Veitstanz, Veitstänzer (auch: Tanzwut, Tanzplage) – «Krankheitserscheinung» des späten Mittelalters: Die Betroffenen tanzten, bis Schaum aus dem Mund quoll, Wunden auftraten und sie erschöpft zusammenbrachen. Möglicherweise nach Genuss pflanzlicher Drogen oder vergifteten Getreides

Vesper – längeres Stundengebet zum Abend (gegen 18 Uhr)

Vigilien – hier: Totenfeier in der Nacht vor der Beerdigung und dem jährlichen Todestag

vita apostolica – christliches Lebensideal, das sich am Vorbild der *Apostel* orientiert

Waldsee – gemeint ist hier Bad Waldsee im Landkreis Ravensburg

Waldenser – religiöse Gemeinschaft aus Südfrankreich, im Mittelalter als Ketzer von der *Inquisition* verfolgt

Wafflerhof – zentraler Platz am Schlettstädter Rathaus, heute Place d'Armes

Wechselbalg – abergläubische Vorstellung, nach der ein Dämon ein Neugeborenes gegen ein Teufelswesen austauscht

Welsch, Welscher – alte Bezeichnung für Angehörige romanischer Völker und darüber hinaus für alle(s) Fremde(n)

Wöchnerin – Frau in der Zeit des Kindbetts

Wucher – hier im ursprünglichen Sinne von Zins

Wundarzt (auch Bader) – im Gegensatz zum gelehrten *Medicus* ein Handwerksberuf (Arzt der kleinen Leute). Untersteht wie die städtische Hebamme und der Apotheker dem in der Regel studierten Stadtarzt

Zabern – deutscher Name für die elsässische Kleinstadt Saverne

Zeughaus – städtisches Lagerhaus für Waffen und Kriegsausrüstung; heute Arsenal genannt

Zwinger – zwischen zwei Wehrmauern gelegenes Areal einer Burg oder Stadtbefestigung

Weitere Titel von Astrid Fritz

Das Mädchen und die Herzogin

Der Hexenjäger

Der Pestengel von Freiburg

Der Ruf des Kondors

Die Bettelprophetin

Die Himmelsbraut

Die Räuberbraut

Die Vagabundin

Henkersmarie

Unter dem Banner des Kreuzes

Wie der Weihnachtsbaum in die Welt kam

Die Hexe von Freiburg

Die Hexe von Freiburg

Die Tochter der Hexe

Die Gauklerin

Serafina

Das Aschenkreuz

Hostienfrevel

Das Siechenhaus

Tod im Höllental

Das für dieses Buch verwendete Papier ist FSC®-zertifiziert.